MW01470205

El caballerizo de Astigi

Rosario Tovar

Copyright © 2018 Rosario Tovar Velázquez

Copyright © 2018 José Luis Sánchez Gómez,
de las imágenes del mapa y cubierta

ISBN-13: 9781983335792

www.rosariotovar.com
charotovar63@gmail.com

Diseño y maquetación: MarianaEguaras.com

Impreso por Amazon - *Printed by Amazon*

Reservados todos los derechos. No se permite la reproducción total o parcial de esta obra, ni su incorporación a un sistema informático, ni su transmisión en cualquier forma o por cualquier medio (electrónico, mecánico, fotocopia, grabación u otros) sin autorización previa y por escrito de los titulares del *copyright*. La infracción de dichos derechos puede constituir un delito contra la propiedad intelectual.

A mi madre,
por mostrarme la serenidad y la templanza...

Y a Inma, corazón sin límites.

Breve es la felicidad de este mundo;
pequeña es la gloria de este siglo;
caduca y frágil la potencia temporal.

San Isidoro de Sevilla

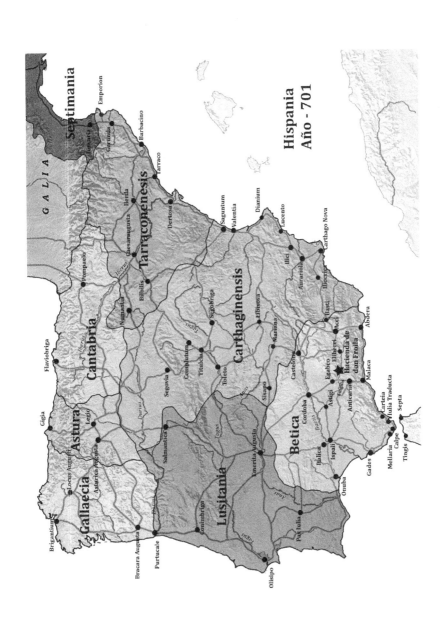

Hispania
Año - 701

Corre el año 700. Égica reina en Hispania junto a su hijo Witiza, al que asocia a su reinado consolidando así una línea sucesoria hereditaria que comenzó con Ervigio, suegro del rey, a pesar de que por tradición los monarcas visigodos se elegían en los concilios. Esta medida, que en siglos anteriores provocara levantamientos e insurrecciones entre la nobleza hispana, terminaría por generar, tras la muerte de Witiza, un conflicto que acabó por influir en la caída del poder visigodo.

Fuera de Hispania, el Imperio Romano de Oriente (Bizancio), con Tiberio III, pierde sus últimas posesiones en África a manos de *mauris* y sirios —como años antes había perdido las del sureste peninsular hispano ante los visigodos—, cayendo estas bajo dominio del Califato de Damasco. El poder omeya se extenderá por todo el norte africano hasta rodear Ceuta (*Septa*), reducto militar godo. Muza ibn Nusayr, nombrado por el califa Al-Walid I, gobierna este extenso territorio como *wali de Ifriquiya*, acabando con la resistencia bizantina y los levantamientos beréberes.

En dicho contexto se ambientan las vidas de los personajes de esta novela, que no deja de ser una ficción, a pesar de los hechos y detalles históricos que se narran. Estos están tomados de fuentes contemporáneas y de algunas clásicas, y pretenden ajustarse a ellas en lo posible. Entre las primeras, destacar los trabajos publicados por Javier Arce, José Beneroso, Pedro Chalmeta, Amancio Isla y Joaquín Cestino, por citar algunos. Mencionar, por supuesto, a Isidoro de Sevilla, cuyas *Etimologías* han sido una obra de referencia esencial para entender la realidad y cotidianidad de la época, así como para evitar anacronismos. Dada la contradicción de las fuentes en algunos pasajes, como el recorrido de Abd al-Aziz por el sudeste peninsular, me he tomado la libertad de adaptarlo a los intereses de la trama. Los términos finales del Pacto de Teodomiro, así como el papel indirecto que en

11

él tuvieron las mujeres de Orihuela, no son ficción. Su contenido se ha conservado gracias a las copias y referencias que hicieron varios cronistas de la época.

Esta novela no hubiese sido posible sin el apoyo de mis *lectoras beta*, Delfi Bastos, Marga Ramírez, Lurdes Suárez e Inma Ruiz de Arcaute, que han soportado su gestación con paciencia y me han dado la motivación y el entusiasmo necesarios para parirla. Gracias a todas. Tampoco lo habría sido sin los recursos bibliográficos de la Biblioteca Universitaria de Granada, que me han facilitado la información necesaria para recrear un período histórico confuso y apasionante.

Rosario Tovar Velázquez

PRÓLOGO

(Año del Señor 701, entre Anticaria[1] y Astigi[2])

—¡Te pillé, haragán!

El hombre había prendido al chico por la cintura. Era menudo y no tendría más de diez o doce años, pero pateaba como un animal. Tuvo que cogerlo en brazos, apretándole las piernas fuertemente contra sí para inmovilizarlo. Los dos perros de caza que acompañaban al crío ladraban desesperados, yendo de un lado para otro, pero sin atreverse a atacar.

—Tranquilo, tranquilo, que no te voy a hacer daño... —le dijo para calmarlo y se dirigió con él hacia el grupo de cuatro hombres que acampaban en un claro cerca del río. Uno de ellos les daba la vuelta a dos espetos en los que había clavados sendos conejos que se tostaban al calor de unas brasas. Se levantó y lo miró con los brazos en jarras.

—¿Qué traes ahí, Adolfo?

—El potrillo salvaje que vimos a media tarde en el monte, señor; parece que nos ha seguido. Estaba escondido, mirando a los caballos.

El hombre, con la corpulencia de un herrero, dejó al chico en el suelo, sujetándolo firmemente por el brazo. El que estaba junto al fuego se acercó, observando con curiosidad su pelo enmarañado, que no le llegaba a la nuca, y su sucio sayo, rígido por

[1] Antequera
[2] Écija

13

las manchas de estiércol. Luego vio los perros, que guardaban la distancia, inquietos, los rabos metidos entre las piernas.

—¿Cómo te llamas? —le preguntó con una voz ronca. El niño se agachó, buscando una postura de protección, sin abrir la boca. El siervo tiró de él y lo sacudió.

—¡Contesta, haragán! —le increpó.

—Déjalo, Adolfo —ordenó el que claramente era su amo. Vestía al estilo godo con túnica corta y manto, mientras que el resto de los hombres se cubría con toscos sayos—. Traedme una tea.

Uno de los criados se acercó al fuego y le llevó el trozo de una rama ardiendo. El señor la aproximó al chico, le cogió la cara y la levantó para observarlo. Aún quedaba luz del día, pero su vista flaqueaba tras la puesta de sol. Vio que el niño abría los ojos con pánico, mostrando unas pupilas de un verde tan intenso que le sorprendieron. Después le cogió una mano y le observó la palma y el dorso.

—No temas —lo tranquilizó, agitándole las greñas—, no te voy a hacer daño. ¿Tienes hambre? —El crío asintió casi imperceptiblemente—. Entonces te sentarás y comerás con nosotros. Adolfo te soltará, pero no vas a salir corriendo, ¿comprendes? —añadió, y el chico volvió a asentir.

El siervo se colocó detrás del niño y le liberó el brazo, luego lo empujó suavemente hacia la hoguera. A su alrededor ya se habían sentado los hombres, y el señor asía un espeto y despiezaba el asado, sosteniéndolo sobre una de las piedras donde antes había estado apoyándose. Desgarró un brazuelo del animal y lo acercó al chico, que aún seguía de pie, asustado.

—Ten cuidado, quema.

El niño lo tomó, dudando. Luego, al sentir el calor de la carne, se la pasó de una mano a otra, soplando fuertemente. El señor sonrió.

—¿Son tuyos los perros?

El chico se giró para buscarlos; después lo miró con desconfianza.

—No les voy a hacer nada, no tengas cuidado —continuó el hombre y observó cómo volvía a asentir levemente con la cabeza—. Parecen perros de caza, ¿son buenos? El crío repitió el gesto.

—¿A quién sirves? Porque sin duda eres esclavo... —le dijo estudiando su reacción y le vio negar con tal naturalidad que tuvo el convencimiento de que no mentía—. ¿Dónde están tus padres entonces?

El niño no respondió. Comenzó a morder la carne concienzudamente, abstraído en su tarea, y ninguna de las siguientes preguntas que el señor le hizo fue contestada ni con un gesto, cerrada su mente a las palabras y a la presencia de los que allí estaban.

—Este haragán es imbécil, mi señor. Poco vais a sacar de él. Si miente y es esclavo fugado, desobedeceréis al rey y os castigará a vos y a todos nosotros.

—Adolfo, no voy a torturar a un niño hasta que confiese, por mucho que don Égica así lo haya dispuesto. Esa ley ni es cristiana ni ayudará a nadie a obtener verdad. ¿Qué desgraciado bajo tormento dice algo diferente a lo que quiere oír el que lo aplica? —habló con el ceño fruncido y la vista fija en el trozo de carne que tenía entre los dedos—. El Concilio nunca debería haberla aprobado. Además, yo le creo. ¿Acaso no le has visto las manos?

—¿Quién podrá ser entonces, mi señor? No hay villas por aquí.

—Posiblemente un pobre imbécil al que su familia ha abandonado por vergüenza o por no poder mantenerlo —aventuró mientras metía la mano en un pequeño saco y cogía un puñado de higos que dio al crío. Este los tomó sin mirarlo, abrió uno y lo comió, desechando la piel para depositarla cuidadosamente en el suelo. Así hizo hasta que acabó con todos ellos. Luego recogió los desechos de su comida y se puso en pie.

—¿Qué haréis con él? —dijo el siervo, observando desconfiado al chico, que había lanzado los huesos a los perros y ahora miraba abstraído hacia la recua de caballos que traían de Anticaria y permanecían atados junto a un árbol. Cerca de ellos un potro de un año, quizá separado de su manada, llevaba un rato moviéndose nervioso, resoplando e intentando desatarse. El señor observó cómo se dirigía hacia el animal, parándose cauto entre paso y paso. Adolfo se levantó con la intención de detenerlo, pero el amo extendió el brazo y le sujetó la pierna, negando brevemente con la cabeza.

—Pero señor, asustará a los caballos —protestó, y vio cómo le hacía un gesto de silencio y levantaba una mano, indicándole que esperara.

El chico comenzó a tararear una canción sin letra, como quien musita una nana sin tener consciencia de que está cantando, y el siervo volvió a sentarse intrigado. El potro, en su desconcierto, detuvo sus intentos de soltarse, mirando al crío entre desconfiado y curioso. Y antes de que el último rastro de la luz del día desapareciera del horizonte, los cinco hombres observaban, mudos y maravillados, cómo el potro comía las peladuras de los higos de su mano.

PRIMERA PARTE

CACHORRO

(Año del Señor 709)

Capítulo 1

La comitiva llegó a la hacienda cuando al sol le faltaba poco para ocultarse en el horizonte. Venía de Astigi y la formaban tres personas y una recua de doce caballos. Mucho antes de que traspasaran el perímetro de la cerca de piedra que delimitaba la zona de la casa y los establos, Lelio ya los esperaba con el cuello estirado, intentando localizar a alguien entre los que venían. Era un joven moreno y vigoroso, cuyo cuerpo, sin ser grueso, parecía haberse empeñado en crecer a lo ancho, lo que daba a quien lo veía la impresión de ser más bajo de estatura de lo que era, a pesar de que la mayoría de los siervos no lo sobrepasaba por más de una cabeza. Tenía un cabello hirsuto que le nacía dos dedos por encima de unas cejas muy pobladas, que casi se unían sobre la nariz, rasgo que confería a su rostro un aire tosco que encajaba a la perfección con su mal carácter.

—Hernán, ¿dónde está el señor Froila? —preguntó al primero de los jinetes según se acercaban.

—Se ha quedado en Cordoba[3]. Tenía que entregar ocho caballos a un tratante y dos para el obispo. No llegará hasta mañana —le contestó este sin mirarlo, con una voz grave y autoritaria. Tenía una barba rala y entrecana, y el cabello corto y con grandes entradas. El rostro surcado de las arrugas propias de un hombre que había llegado a la cincuentena castigado por el sol, la guerra y el trabajo. Había sido esclavo en sus años más jóvenes. Liberto ahora, solo se ocupaba de la hacienda y de acompañar al señor

---

[3] Córdoba

en su comercio de caballos. No había conocido más amo que él, y este había recompensado su exquisito respeto y fidelidad convirtiéndolo en su siervo de confianza.

El hombre se volvió hacia el esclavo que cabalgaba a su derecha.

—Coge los caballos y mételos en el establo.

—¿Quién es ese? —Lelio señaló con la barbilla al joven que cerraba la comitiva montando a pelo uno de los animales.

—Ese... —comenzó a hablar Hernán mientras se bajaba de su montura con movimientos lentos— ...Es el nuevo caballerizo del señor Froila —dijo finalmente cuando puso los dos pies en el suelo. Luego se llevó las manos a la cintura y estiró la espalda, cerrando los ojos con fuerza. Habían cabalgado una jornada sin apenas bajarse del caballo y sus huesos se resentían cada vez más.

—¡¿Eso?! ¡Pero si es un porquerizo! —protestó, observando con asco al joven, que ahora pasaba una de las piernas por encima de las crines y saltaba de la grupa con agilidad—. ¡Y es un crío!

Hernán pareció mirarlo con envidia o con añoranza.

—No es tan crío. Y le ha costado al señor dos caballos y el perdón de una deuda.

—¡¿Ha pagado por él?!

El chico le echó una breve mirada de reojo y cogió las riendas del caballo para entregarlas al esclavo. Era delgado, imberbe y desgarbado, y no aparentaba más de diecisiete o dieciocho años. Tenía unas greñas morenas con reflejos rojizos que le llegaban a los hombros y que, dado su gesto cabizbajo, ocultaban sus ojos, pero no sus labios finos, ni la mugre de su rostro ni la del cuello. Vestía un holgado y raído sayo sujeto al cuerpo por una tira de cuero, y unas calzas que tenían aspecto de no haber sido lavadas en meses. Atada a la cintura, una pequeña bolsa de piel con lo que parecían ser sus exiguas pertenencias. Cuando pasó por delante de Lelio con el caballo, este hizo un mohín de asco.

—¡Apesta como un cerdo!

—Sí... —suspiró Hernán—, por eso viene detrás de nosotros. Pero Guma se lo ha vendido al señor Froila como su mejor domador. Algo habrá visto en él para pagar lo que ha pagado por el liberto.

—¿Pero no es esclavo?

—No. Guma ha vendido su servicio, no su persona. Dice que es huidizo como un animal, pero que tiene don con los caballos.

—Tú también lo tienes. ¡Y yo! —protestó el joven, indignado.

—Sí, pero ninguno de los dos se ha atrevido con Barrabás desde lo de Porcio —dijo exasperado—. Muéstrale los establos y dile lo que tiene que hacer. Luego llévalo a Asella para que le dé algo de ropa y comida. ¡Y que se lave y se corte esos cabellos! —dijo, echándole una severa mirada al chico—. Dormirá con vosotros...

—¡Pero si apenas cabemos en...! —Comenzó a protestar Lelio, provocando el enfado de Hernán, que le gritó interrumpiéndolo:

—¡Donde caben ocho, caben nueve!

El joven bajó la cabeza, contrariado, y luego se volvió al caballerizo con desprecio.

—Y tú, ¿cómo te llamas? —le escupió entre dientes.

—¡Cachorro! —le respondió Hernán, dirigiéndose a la casa.

Lelio dejó escapar un bufido.

—¿Eso es un nombre? —espetó al joven con asco.

—Así me llamaba mi padre —respondió él fríamente, mirándolo de soslayo; gesto que el siervo interpretó como temor o precaución.

Lelio lo observó con media sonrisa, envalentonado por la evidente inferioridad física del recién llegado, que le hacía parecer a él más fuerte y más alto.

—Padre... —parafraseó, riéndose con sorna— ¿Acaso sabes quién es? —dijo y se dio la vuelta, dirigiéndose al establo. El chico bajó la cabeza y apretó la mandíbula mientras lo miraba ofendido, los ojos oscurecidos por la rabia. Luego respiró hondo varias veces y lo siguió.

Cachorro detestó a Lelio desde el mismo momento en que llegó a la hacienda. La forma de mirarlo y el desprecio con que se dirigía a él le llenaron de resentimiento. Era de los criados que

21

humillaban y menospreciaban a sus iguales para sentirse por encima de ellos. Le parecía una basura, no muy diferente a sí mismo, pensó, pero al menos él respetaba a los demás, aunque fueran unos cerdos como Lelio.

La hacienda era grande, mucho más que la de don Guma, y estaba enclavada entre una zona de pastos y de dehesa que era perfecta tanto para la cría de caballos como para el cultivo de cereales y legumbres. Las tierras parecían bien cuidadas y los establos eran grandes y espaciosos. Contó al menos treinta caballos de diferentes razas con buen lustre, pero imaginó que habría más en la dehesa. También otro tipo de ganado como cabras, ovejas y cerdos, pues le parecieron pocos los que vio encerrados en las cuadras, considerando la capacidad que estas tenían. A la casa no le faltaba el agua. Poseía una acequia de gran caudal que pasaba cerca de los establos y que regaba sus campos. Imaginó que tomaría las aguas del río Síngilis[4], cuyo curso habían cruzado tras salir de Astigi y cuyas riberas podían adivinarse en el horizonte desde la misma hacienda.

Tras mostrarle todo lo que tenía que saber de la finca, Lelio le indicó las tareas que le correspondían. Dada la cantidad y variedad de las mismas, llegó a sospechar que el criado le habría atribuido alguna de las suyas, pero no estaba en condiciones de protestar, ni siquiera de hacerle saber que dudaba de sus palabras. No era de buen juicio hacer enemigos entre aquellos con los que tendría que compartir el trabajo, el pan y el sueño, y menos aún de aquel que había demostrado tener tan poco, como para mostrarle su desprecio sin siquiera conocerle.

—Esta es la cuadra donde están los aperos de Porcio. Si necesitas algo que no esté aquí, pídeselo a Hernán. Si no está él, me lo pides a mí. Si coges las cosas sin permiso, te parto la espalda con la vara —le dijo con acritud, entrando en un habitáculo con una pequeña ventana que apenas iluminaba la estancia. Al

---

[4]   Río Genil

cruzar el desvencijado portón, escuchó un relincho nervioso y un golpear de cascos en el suelo. Cuando sus ojos se acostumbraron a la escasa luz, apenas vislumbró la cabeza negra de un caballo en la negrura del fondo de la cuadra, encerrado entre una sólida empalizada de troncos de pino. Aparte del animal, el habitáculo no daba para más que el montón de paja que había en una de sus esquinas, y una colección de arreos y aperos en la pared y sobre un banco que, con solo un vistazo, supo que no le serían suficientes para hacer bien su trabajo.

—Ese es Barrabás —dijo Lelio, apuntando al animal con la barbilla—. Ya veremos el *don* que tienes cuando vayas a domarlo.

—¿Por qué está encerrado aquí? —preguntó tímidamente.

—Porque es una mala bestia. Un hijo del demonio que, si fuera por mí, estaría alimentando a los perros del señor Froila. Pero es un capricho de la señora —bufó—, y apenas se atreve a acercarse a él... Le abrió la cabeza a Porcio de una coz.

—Barrabás es un mal nombre para el caballo —musitó el joven, observando el nerviosismo y la inquietud del animal ante la presencia humana.

—Barrabás lo llamamos nosotros. Que no te oigan los señores llamarlo así. El señor Froila cree que será un buen semental, pero no ha habido alma que haya conseguido ponerle unas riendas, y después de lo de Porcio todos le tienen miedo. Porcio era el mejor caballerizo de la hacienda, y este hijo del diablo lo mandó al infierno de un manotazo... Así le parta un rayo —dijo, y escupió en el suelo—. Vamos, tengo que llevarte ante Asella.

Los jóvenes salieron de la cuadra y se dirigieron a un lateral de la vivienda. Penetraron por una puerta pequeña que daba a lo que parecía ser la cocina de la hacienda. La habitación era espaciosa, con una chimenea donde se calentaba una gran marmita, cuyo olor despertó el hambre en el vientre del chico. Al fondo, una enorme mesa con dos bancos corridos a su lado, y a su izquierda, un poyo construido con adobe y madera en el que se amontonaban platos, vasos y algunas ollas.

Frente a él, una mujer de cuarenta y pocos años, con el pelo recogido bajo un paño de lino, desollaba un conejo. Se volvió para mirarlos.

—Asella, dice Hernán que le des algo de ropa y comida. —Lelio señaló al chico con la barbilla, gesto que, por repetido, parecía formar parte del gañán.

—¿Ya ha llegado el señor? —La mujer entornó los ojos y frunció el entrecejo al fijarse en el joven desconocido— ¿Quién es ese?

—Es el nuevo caballerizo del señor Froila —dijo—. No, el señor se ha quedado en Cordoba. Hernán se ha adelantado con los caballos.

—Ya se podría haber pasado por aquí a saludar a su esposa... —masculló ella entre dientes. Lelio soltó una carcajada.

—Te estás haciendo vieja, Asella, y a los buenos sementales les gustan más las potrillas.

La mujer le tiró uno de los conejos que le quedaban por desollar, y el joven salió corriendo por la puerta, riéndose como un bellaco.

—¡Tu madre te debería haber cortado la lengua, malnacido!

Cachorro, que tuvo que agacharse para esquivar el vuelo del animal, aprovechó la postura para cogerlo y entregarlo a la mujer, que volvió a mirarlo con los ojos entornados, examinándolo de pies a cabeza.

—¿De dónde eres? —preguntó por fin.

—Vengo de Astigi, señora —respondió, la vista huidiza entre el suelo y su rostro.

—No me llames así. Aquí la única señora es Benilde —le espetó con autoridad—. Hueles a cerdo.

—Lo sé, señ... —se interrumpió.

—Asella —le corrigió.

—Asella...

—Pase por hoy —le dijo, cogiendo una escudilla y un cucharón, y dirigiéndose a la chimenea—, pero no volverás a comer en esta cocina si apestas de esa manera a pocilga. Siéntate a la mesa.

El chico hizo lo que le indicó, y la mujer le puso un humeante plato de guiso que olía a lentejas y a tocino. Luego le trajo un trozo de pan negro y una cuchara. El joven la miró, como esperando su aprobación para empezar a comer, y después removió el contenido de la escudilla para enfriar la comida mientras Asella lo observaba con interés. Cuando el guiso estuvo a la temperatura en que podía meterse en la boca sin quemarse, el joven comenzó a comer, alternando cada cucharada con un trozo de pan, que a veces echaba en el plato.

—Hueles como un cerdo, pero no comes como ellos... ¿Cómo te llamas?

—Cachorro —respondió, sin levantar la cabeza de la escudilla, esperando lo que vino después.

—Eso no es un nombre.

El chico se encogió de hombros y siguió comiendo. La mujer entendió que no iba a decirle mucho más. Volvió a detenerse en su atuendo con desaprobación.

—¿Esa es la única ropa que tienes? —preguntó y vio que asentía. Ella suspiró—. A ver de dónde saco yo un sayo que te venga, con lo delgado y menudo que eres.

—No tenéis porqué darme nada —dijo sin mirarla. Asella chasqueó la lengua.

—Necesitarás una muda para lavarte la que llevas puesta.

La mujer desapareció por una puerta situada en el lateral de la cocina y volvió al rato con unas calzas y un sayo.

—Es de Hernán, pero ya no la usa.

Cachorro miró la ropa reprimiendo una expresión de desagrado. Aun limpia, parecía ajada y tenía una holgura que permitiría a dos como él vestirse con ella.

—Si te las atas con una cuerda, no se te caerán de la cintura —continuó Asella, extendiendo las calzas a la altura de su rostro. Luego dobló ambas prendas y se las dio al chico. Él cogió el bulto sin mucho convencimiento; aun así hizo una leve inclinación con la cabeza.

—Gracias, Asella.

La mujer volvió a mirarlo detenidamente, con interés, y asintió varias veces en silencio.

—Hueles a pocilga, pero no hablas como un cerdo.

Cachorro escuchó las voces y las risas antes de entrar al cuchitril donde se hacinaban ocho hombres de diferentes edades, siervos y esclavos de don Froila, iluminados vagamente por una lámpara de aceite colgada en la pared. El señor de la hacienda tenía muchos más, pero habitaban en sus propias viviendas en los campos que le pertenecían. Se trataba en su mayoría de hombres casados que trabajaban la tierra o cuidaban los rebaños en la dehesa. Cuando el chico entró por la puerta, todos callaron, mirándolo unos con desconfianza, otros con curiosidad.

—¿Este es el que ha venido por Porcio? —dijo un siervo de edad incierta, con el pelo ya canoso.

—Sí. Lo ha traído Hernán esta tarde —respondió Lelio, que estaba echado en un jergón.

—¿Y dices que es caballerizo y sabe de doma? —prosiguió el hombre—. ¡Si se cae con el viento!

Todos rieron con sorna. Cachorro se sentó en el primer hueco que vio y se apoyó contra la pared, desatando de la cintura la bolsa que llevaba.

—¡Eh! Tú te vas con los esclavos —le espetó otro de los siervos, con una voz rota que desagradó al chico.

—Es liberto, Antonino —apostilló Lelio.

—Liberto o no, a mi lado no se pone. ¡Apesta a estiércol, el condenado!

Lelio se incorporó del estrecho jergón. Solo él y Antonino dormían sobre uno; el resto lo hacían sobre montones de paja o en el mismo suelo.

—¡Pero ¿es que no te has lavado, animal?!

El chico no dijo nada. Se levantó, buscó otro hueco junto a la puerta y se tumbó, dándoles la espalda. El hombre que estaba a su lado se separó de él mientras protestaba:

—¿Y dices que se llama Cachorro? ¡Lechón tendría que llamarse! —exclamó, y las carcajadas llenaron el habitáculo. Luego continuó—. ¡Antonino, este huele peor que tus flatos! ¡Los tuyos al menos vienen y se van, pero este ha venido para quedarse!

El comentario provocó la hilaridad entre los hombres, y al chico se le tensó el cuerpo, pero no se movió. Fue Lelio el que se levantó como un gato y se acercó a él.

—¡Eres un castigo del infierno! ¡¿No te mandó Hernán que te lavaras?! —le gritó, y lo cogió por uno de los brazos. Cachorro se zafó de él, lo que encendió el ánimo del siervo.

—Como me llamo Lelio que duermes afuera —masculló mientras lo agarraba fuertemente por el sayo para levantarlo. El tejido crujió, y el chico se aferró a sus brazos para evitar que se le desgarrara la prenda. Y así lo arrastró hasta sacarlo por la puerta y dejarlo caer frente a la entrada. Luego le arrojó la bolsa con sus cosas y la ropa que le había dado Asella.

—Como entres sin haberte lavado, te vuelvo a sacar, pero con la espalda rota —le amenazó.

Cachorro se levantó con el orgullo herido, cogió sus cosas, que apenas se veían con la escasa luz de la luna creciente, y permaneció de pie dudando qué hacer. Pensó acurrucarse junto al muro, pero hacía frío, y ni siquiera los dos sayos serían suficientes para mantenerle el calor en el cuerpo. Se dirigió a la cuadra de los aperos; allí al menos había paja y dormiría bajo un techo. El problema iba a ser el caballo. Si se encabritaba, podría despertar a toda la hacienda.

Abrió el portón justo lo necesario para pasar, intentando hacer el menor ruido posible. Cuando entró, el animal comenzó a moverse nervioso, resoplando y relinchando con inquietud.

—Shhhh... —le susurró—. Tranquilo, tranquilo... —repitió varias veces. Luego se fue a tientas hacia una esquina de la cuadra, se sentó en el suelo y no se movió, rogando que el caballo se calmara. Tuvo que pasar un rato para que el animal dejara de patear y resoplar, y él comenzara a creer que podría quedarse en aquel cobertizo. A pesar de no ver al semental, sentía su presencia y su tensión, en guardia, atento al menor movimiento que hacía.

Cuando Cachorro consiguió relajarse, pensó que su suerte no era muy distinta a la del animal. Rechazado, en una casa extraña, obligado a alejarse de un entorno en el que se sentía seguro... Su mayor deseo era salir corriendo y escapar. Al animal se lo impedía la cerca; a él, su lealtad a Guma y el miedo al señor Froila. Ambos estaban forzados a quedarse. La reflexión le hizo sentir que tenía más en común con aquel caballo que con nadie en toda la hacienda. Exceptuando la sequedad de Asella, no exenta de algo de amabilidad, los demás le habían tratado con desprecio. Ni aseado quería volver a aquel cuchitril para rodearse de comadrejas que se habían acostumbrado a sus propios hedores. Prefería quedarse en aquella cuadra, aunque le comieran las pulgas y las ratas le anduvieran por encima. Tendría que convencer a Hernán para que se lo permitiera... Y ya se le había ocurrido la excusa. Respiró profundamente, dejando salir el aire con suavidad, ovillándose en el suelo sin apenas hacer un ruido. Quizá lograra dormir un poco... Solo esperaba que sus pesadillas no alarmaran al animal.

Capítulo 2

Cachorro abrió los ojos sobresaltado cuando la luz del alba apenas se adivinaba por el ventanuco. Tenía la sensación de no haber dormido, pero recordaba algún sueño tan paralelo a la realidad que se había confundido con ella. Lo cierto es que se habría quedado ovillado allí un buen rato más, pero los ruidos del exterior le indicaron que la casa ya había despertado y que era momento de levantarse.

Aprovechó que estaba en la cuadra para aliviarse. Luego sacaría sus excrementos con los del caballo; aunque aún no sabía cómo se las apañaría para limpiar el estiércol del animal si apenas podía acercarse a la empalizada sin que se encabritara.

Salió afuera y vio a algunos de los siervos dirigirse a la cocina de Asella. Hernán apareció detrás de los establos, acomodándose las calzas.

—¿Dónde has dormido esta noche? —le preguntó, severo—. Me han dicho los hombres que tuvieron que sacarte de la casa por tu hedor. ¡¿Acaso no te dije que te lavaras?! —le increpó. Cachorro bajó la cabeza.

—Me demoré en la mesa y luego no sabía dónde hacerlo, y hacía frío... —se excusó.

—Esta noche dormirás con ellos. —Le hizo un gesto con el índice hacia la casa, después apuntó hacia él—. Si sigues apestando, tienen mi permiso para molerte a palos.

—Hernán, dejadme pasar las noches en la cuadra —rogó, mirándole a los ojos.

—Los siervos del señor Froila no son animales ni él los trata como tales —respondió secamente.

Como si ese cuchitril fuera diferente a una pocilga, pensó.

—Hernán, el caballo es bravo y ha recibido mal trato. Desconfía de los hombres como pocos he visto en mi vida. Habré de pasar mucho tiempo junto a él para que se haga a mi presencia y me permita acercarme. ¿Cómo voy a hacer el resto de las tareas que me habéis encomendado entonces? Dejadme dormir en la cuadra. El semental se acostumbrará a mí sin necesidad de que reste tiempo a otros quehaceres, y Lelio y los otros dormirán más holgados.

El siervo lo observó con curiosidad durante un momento, la barbilla adelantada, mientras asentía con la cabeza.

—Asella tiene razón contigo —habló finalmente, pero no le dijo en qué—. Sea, pero volverás con los hombres cuando lo hayas domado. Ahora ve a comer, el día es largo y el señor llegará durante la mañana.

Cachorro se acercó a la puerta de la cocina, sin traspasarla. Estaba abierta, y a través de ella pudo ver a un grupo de criados sentados a la mesa. Lelio fue el primero en percatarse de su presencia.

—¡¿Dónde ha dormido el lechón?! ¡¿En la pocilga?! —exclamó para todos, pero dirigiéndose a él. Los hombres volvieron el rostro hacia la puerta y, al verlo, comenzaron a reír. Asella, que se había detenido en la mitad de la cocina cuando llevaba a la mesa una cesta con manzanas, miró al chico con el ceño fruncido. Luego continuó su camino y puso la fruta junto a unas bandejas ya vacías. Todos se apresuraron a coger una pieza. Asella aprovechó el movimiento de Lelio para pegarle un fuerte pescozón en la nuca. El joven se llevó la mano a la cabeza, mirándola con sorpresa y enojo.

—Eso, por lo que me dijiste ayer —le espetó ella y volvió al poyo, donde ya preparaba el guiso del almuerzo, mientras los siervos, divertidos por la escena, se interesaban por lo que le dijo. Luego observó al joven, que seguía en la puerta.

—¿No entras?

Cachorro negó con la cabeza. Asella se percató de que llevaba la misma ropa que el día anterior. Se aproximó a él.

—¿Aún no te has lavado? —Fue una afirmación, más que una pregunta. Cachorro volvió a sacudir la cabeza. Ella endureció la cara—. ¿Para qué te di yo ayer la ropa?

—¿Qué sentido tiene hacerlo ahora, cuando voy a sacar el estiércol de los establos, Asella?

La mujer lo miró a los ojos un momento, el ceño aún fruncido, la expresión de severidad transformada en suspicacia.

—No vas a entrar, ¿no?

El chico negó en silencio.

—Con una manzana será suficiente —dijo.

Asella fue hacia un cajón que había bajo el poyo, volvió con dos piezas y se las entregó. Cachorro, al verlas, le hizo un breve gesto de gratitud con la cabeza y se marchó hacia los establos mordiendo una de ellas. La mujer lo observó absorta, hasta que la voz rota de Antonino la sacó de su ensimismamiento.

—¡A las viejas yeguas también les gustan los potrillos!

Los siervos rompieron a reír, ante la mirada de enojo de Asella, que le espetó con rapidez y sin elevar el tono:

—A ver qué almuerzas hoy, Antonino.

Lo que provocó aún más carcajadas.

El sol había alcanzado su punto más alto en el cielo cuando Cachorro limpiaba el último establo. Era la caballeriza personal del señor y albergaba los mejores animales. La había dejado para el final con la intención de dedicarles más tiempo y mayor atención al recinto y a sus caballos. Se sorprendió al ver ocupados solo tres de los cinco habitáculos, separados por gruesas tablas de madera. Imaginó que uno de los que estaban vacíos correspondería al semental que estaría montando el señor Froila, y que el otro estaría reservado a Barrabás.

Mientras arrojaba la última espuerta de la sucia paja del establo en el estercolero, lo suficientemente alejado de la parte trasera de las caballerizas como para que no le llegara su olor ni la horda de pulgas, escuchó a un jinete llegar a la hacienda a galope. Pensó que el señor había vuelto de Cordoba, pero luego recordó que con él lo harían dos esclavos más, y solo había escuchado los cascos de un caballo, por lo que supuso que sería Hernán que regresaba de los campos.

Con la espuerta ya vacía, corrió hacia el establo. Quería dejarlo bien dispuesto antes de que regresara el señor Froila, y la llegada del jinete le había aumentado la tensión en el cuerpo.

Cuando se disponía a entrar por el portón, apenas le dio tiempo a vislumbrar a un joven que salía apresuradamente de las caballerizas, sacudiéndose las calzas a la altura de los muslos. Por su gesto cabizbajo no vio a Cachorro, y ambos se dieron de bruces, sin que este, aun frenando el paso, pudiera evitarlo. El golpe hizo que se le escapara un asa de la enorme espuerta, que se abrió hasta los pies haciéndole tropezar y caer sobre el joven. Ambos terminaron en el suelo. Este, chillando y librando una andanada de manotazos, codazos y patadas para zafarse de su cuerpo; y Cachorro, sorprendido por el agudo grito y conmocionado por la avalancha de golpes, intentando protegerse como podía. A pesar de su empeño, no pudo evitar que uno le impactara en la boca y le partiera el labio, dejándolo dolorido. Se dio la vuelta en el suelo, aturdido. Para entonces, el joven ya estaba de pie y le increpaba.

—¡¿Pero cómo te atreves, sucio animal?! —chilló con una voz clara y llena de enojo, dándole un puntapié. Cuando Cachorro consiguió ver con perspectiva, constató que lo que había confundido con un joven se trataba de una chica, vestida con ropas de varón. Se incorporó del suelo y le dio un empujón con las dos manos, que la hizo trastabillar.

—¡¿Has perdido la cabeza?! —gritó enfadado. Luego se chupó el labio para comprobar el tamaño del corte. El escozor lo malhumoró aún más.

—¡¿Quién eres y qué haces aquí?! —le preguntó ella, sorprendida e indignada por la actitud del joven.

—¿Y quién eres tú, que no tienes el juicio de mirar hacia donde te diriges?

32

La chica enrojeció de rabia. Dio un paso y levantó la mano con clara intención de abofetearlo. En ese justo momento se oyó una voz desde fuera.

—¡Hernán, ya llega el señor! ¡Viene por el río!

La joven, al oírlo, abrió desmesuradamente sus ojos castaños.

—¡San Esteban me asista! —exclamó, y salió como alma que lleva el diablo en dirección a la casa.

Cachorro vio cómo corría, serpenteando al aire la cabellera que sujetaba con dos tiras de piel y que le llegaba a la cintura. Era ágil y no parecía tener modales de mujer. Vestía como un siervo, pero sus ropas estaban inmaculadas, excepto por el polvo y los pelos del caballo en las calzas. Calculó que no sería mucho mayor que él y se preguntó quién sería, mientras comprobaba con los dedos si el labio le seguía sangrando. Luego se limpió con la manga del sayo, dejó la espuerta apoyada en el portón y salió a recibir al señor Froila y a sus caballos.

Cuando llegó a la fachada principal de la casa, Hernán, Asella, Lelio y otro criado ya estaban allí, la mirada puesta en la figura de seis jinetes que se aproximaban por el mismo camino que ellos habían recorrido no hacía todavía una jornada. Distinguió al señor y a los dos esclavos. Junto a él, otro hombre que por sus ropajes parecía un sacerdote y, tras él, dos jóvenes con aspecto de siervos. Momentos después detenía don Froila su caballo frente a Hernán y desmontaba con presteza. Cachorro y Lelio se aproximaron con rapidez a cogerle las riendas, y este, al ver la intención de aquel, lo fulminó con la mirada, dejándolo clavado en el lugar donde estaba. El chico miró confuso a Hernán, que se había percatado de todo, pero no intervino; se limitó a dirigirse solícito a don Froila.

—¿Ha tenido buen viaje el señor?

—Demasiado polvo. Si el año sigue seco, la cosecha de trigo se malogrará —dijo serio y, por el tono, supo Hernán que venía contrariado—. El señor obispo va de camino a Acci[5]. Nos visita para elegir los caballos. Los que le he llevado no han sido de su agrado.

---

[5] Guadix

El clérigo, un hombre entrado en carnes que descabalgaba ayudado por los que parecían sus criados, se apresuró a responder.

—No me desagradan vuestras yeguas, don Froila, pero preferiría animales más recios y con algo más de brío que no desmerecieran al señor que los monta.

Cachorro miró a Hernán, que en ese momento cruzaba la vista brevemente con su señor, y comprendió que lo que él mismo había pensado estaba pasando por sus cabezas. ¿Para qué querría un hombre que necesitaba ayuda para bajar de su silla un caballo brioso y difícil de montar? Tras poner los pies en el suelo, los siervos de la casa se postraron, y el obispo les dirigió un rápido gesto de la cruz.

—Asella, prepara una habitación para el señor obispo. Pasará la noche con nosotros —ordenó Froila—. ¿Y mi hija?

La mujer se disponía a hablar, cuando una joven salió de la casa, vestida al uso de las mujeres godas y con una larguísima melena castaña que llevaba suelta y que le llegaba a la cintura. Se acercó a don Froila con respeto y le besó la mejilla.

—Padre, os he echado en falta —dijo—. Espero que el viaje os haya sido favorable.

Él hizo una leve inclinación con la cabeza y luego se dirigió al sacerdote.

—Señor obispo, esta es mi hija Benilde. No sé si la recordáis de la última vez que nos visitasteis.

Ella le hizo una reverencia, y él le dio su bendición, observándola apreciativamente.

—Sí que la recuerdo, pero era apenas una niña y su madre aún vivía. Veo que ha heredado su belleza, don Froila, digna de un buen señor. Haréis buen matrimonio de ella.

La chica bajó recatadamente la mirada. Luego la levantó y, en el trayecto entre la figura del obispo y la de su padre, distinguió la del caballerizo. Los ojos se clavaron en él. Fue un instante apenas perceptible para los demás, pero suficiente para que Cachorro notara su filo y se le secara la boca.

Que San Esteban me asista a mí también... Pensó, y no le dio tiempo a mucho más, pues el señor Froila ya se dirigía a él.

—¿Lo has visto? —le preguntó con sequedad. El chico parpadeó sin reaccionar, luego le vino la imagen del caballo.

—Sí, mi señor.

—¿Podrás domarlo? —le escrutó con la mirada. Cachorro asintió brevemente.

—Con paciencia y la ayuda de Dios —dijo, y vio cómo el hombre parecía quedarse satisfecho con su respuesta. Después le observó el labio.

—¿Ya te has pegado con los siervos?

Cachorro se quedó petrificado. Miró de soslayo a la señora, esperando que lo acusara de haberla agredido, pero en vez de abrir la boca, ella abrió los ojos con temor y se tensó.

—Señor, tropecé con la espuerta y caí sobre la horca —habló finalmente, la mirada en el suelo.

—Aún no sé lo que me ha vendido Guma... —suspiró el hombre.

Lelio sofocó una risa, y el chico pensó con amargura que aquel imbécil ya tenía una razón más para agraviarle.

—¿Quién es él, padre? —preguntó Benilde, los ojos puestos en el chico.

—Es el nuevo caballerizo. Va a domar al semental, o eso espero... —le respondió de pasada.

Ella lo observó desconfiada y con una frialdad que le heló los miembros a Cachorro; luego abrió la boca con intención de hablar y la volvió a cerrar. El joven supo entonces que no iba a castigarlo por su encuentro en el establo, pues, por alguna razón, no convenía a sus intereses; pero por aquella mirada tuvo el convencimiento de que tarde o temprano lo haría por otra cosa.

—Benilde, acompaña a Asella y dispón que a la habitación del señor obispo no le falte de nada y que preparen la mesa. No hemos comido desde que salimos de Cordoba —dijo, y luego miró a Lelio—. Llévate los caballos, los cepillas y les das buena paja. Y vos —se dirigió al clérigo en un tono más amable—, acompañadme a las caballerizas y veréis los animales que puedo ofreceros.

Antes de darse la vuelta, Froila le hizo a Cachorro un seco gesto con la mano para que los siguiera. El obispo se unió a él, renqueando. Aún tenía clavada la silla en las posaderas y las ingles parecían habérsele endurecido en la posición que traían sobre el caballo. Tenía la cabeza tonsurada y una amplia túnica que sujetaba a su generoso vientre con un cinturón repujado. Un manto negro cubría su cuerpo desde sus hombros caídos hasta los tobillos, y el conjunto, unido a la forma torpe de andar, confería a su figura el aspecto de un buitre en tierra acercándose torpemente a la carroña.

—Don Froila —habló con una voz más aguda de lo que sugería el volumen de su cuerpo—, ¿no habéis respondido a la leva de nuestro rey Witiza? Parece que han avistado algunas tropas del emperador en Abdera[6].

Él le devolvió una mirada sorprendida y susceptible. Era un hombre corpulento, entrado en años, pero aún ágil. Hispano de origen, seguía las formas de los godos en el vestir, como hacían ya todos los señores cuyos ancestros vivían en sus tierras mucho antes de que estos las ocuparan; y, como ellos, lucía barba y unos cabellos que le sobrepasaban ampliamente los hombros.

—¿Cómo osaría yo a desoírla, señor obispo? —dijo ofendido—. He enviado a Eliberri[7] una cincuentena de mis más bravos hombres para ponerlos a disposición del ejército del *comes* don Clodulfo, además de una veintena de caballos, que tienen para él más valor que el número de soldados. Generoso he sido, teniendo en cuenta que no es más que una escaramuza de esos perros. No se resignan a haber perdido las tierras que el buen rey Suintila ganó para los visigodos.

—Buen rey Suintila... —repitió el clérigo, escéptico—. Me temo, mi querido señor, que los nobles no opinaban como vos, ni el Concilio que lo excomulgó y lo depuso por Sisenando.

---

[6]   Adra

[7]   Granada

—Sí, por el mismo pecado que cometió el rey Ervigio y toda su parentela sin sufrir castigo —lo miró, desafiante—. Por lo mismo que el rey nuestro señor Witiza pretende hacer con sus hijos. Al menos Suintila echó a las tropas imperiales de Hispania... ¿Qué ha hecho para ella la estirpe de Ervigio?

—Perpetuar su parentela en el trono... —respondió el prelado—. Hasta que los nobles, y los obispos —apostilló—, se cansen y exijan volver al canon. Los reyes han de ratificarse en los concilios. Así era y debería seguir siendo, pero los monarcas saben ganarse a los *duces* y a los *comites* cediéndoles privilegios que ellos aceptan con agrado.

—La historia demuestra que esos gestos no siempre dan provecho... —puntualizó don Froila.

—Tenéis razón. Witiza en nada se parece a su señor padre. Égica se cuidó de atar corto a los nobles, y su hijo los ha desatado para tenerlos contentos. De ahí a que le arranquen las barbas, o lo tonsuren como a Wamba —apostillo con una sonrisilla— hay poco trecho. Pero yo no he dicho nada, amigo mío; este pobre siervo de Dios se debe a Su obra, no a la política —se detuvo frente a la cuadra del semental—. Veo que tenéis un animal aquí, y espléndido sin duda —dijo, asomando la cabeza por la puerta.

El caballo comenzó a patear el suelo. A Cachorro no se le escapó cómo su señor torcía el gesto.

—Sí, pero está sin domar. Puede ser un buen semental para la yeguada —contestó evasivo don Froila.

—O una soberbia montura para el obispo de Cordoba —insistió el clérigo, mirándolo con falsa complicidad.

Los dos hombres entraron en la cuadra y Cachorro los siguió manteniendo la distancia. La expresión tensa del señor le convenció de que ni quería vender el caballo ni quería contrariar al clérigo.

—Es un animal nervioso, señor obispo, difícil de tratar... —insistió don Froila.

—Bien domado... —perseveró el hombre, admirando sus hechuras.

Cachorro se escurrió por el lateral de la estancia, se acercó a la empalizada con un puñado de heno y se lo arrojó con un movimiento brusco. El caballo reculó asustado, con los ollares y los ojos desmesuradamente abiertos. Al topar con la pared de la cuadra se asustó aún más. Se levantó sobre los cuartos traseros y agitó las manos, relinchando amenazadoramente. El chico se retiró con rapidez, exagerando la expresión de temor.

—Salgamos —se apresuró a decir don Froila—, antes de que rompa la empalizada.

Cachorro vio cómo el clérigo trotaba hacia la puerta y cómo lo seguía su señor, tras mirarle significativamente, dudando —imaginó— si el chico era un necio que parecía listo o un listo que se hacía pasar por necio.

—Este caballo no es para vos —habló una vez fuera—. Ya ha matado a un hombre, y aún no sé si acabará alimentando a los perros.

—Sería una lástima, don Froila, es un magnífico animal. Dudo que ese haragán lo dome —dijo intentando recuperar el resuello que el trote le había quitado—. Quizá tengáis razón. Una yegua mansa y bien domada convendrá mejor a mis necesidades. ¿Acaso no es eso lo que todo buen hombre precisa? —concluyó, acompañando una risita a su mirada cómplice.

Cachorro los siguió mientras continuaban hacia las caballerizas pensando que, además de dos yeguas mansas, el obispo iba a necesitar toda la indulgencia de Dios. En el escaso tiempo que llevaba en la hacienda, ya había evidenciado tres pecados capitales.

Capítulo 3

Benilde colocó una jarra de agua junto a la del vino. A su padre, contra la costumbre, no le gustaba el vino aguado y prefería que cada invitado lo rebajara según su agrado. Observó la mesa, comprobando que todo estuviera en orden. No solían recibir visitas y, por su posición, el obispo era un huésped al que había que complacer.

—Pon el pan cerca de las brasas y lo traes con la comida.

—Sí, mi señora —dijo la criada mientras colocaba una bandeja con uvas pasas, higos secos y manzanas.

—Asella, ¿cuándo llegó el nuevo caballerizo? —preguntó—. Ya estaba aquí antes de que lo hiciera mi padre.

—Sí, mi señora. Lo trajo ayer mi esposo, que se adelantó con los caballos.

—No parece de aquí...

—Es de Astigi, señora. Creo que es buen chico, pero ya se ha ganado el encono de los demás siervos —dijo la mujer, sacudiendo ligeramente la cabeza.

—¿Por qué lo dices? —Desde que se topó contra él en el establo, la joven se había preguntado qué lo hacía diferente del resto de los criados, aparte de ser el más andrajoso.

—Esta noche la ha pasado con el semental. El muchacho se hace llamar Cachorro y huele a pocilga, así que ahora todos le llaman Lechón.

A Benilde le divirtió el comentario y se le escaparon unas risas. También ella notó el olor, pero lo atribuyó a la espuerta del estiércol.

—¿A quién se le ocurriría decir que lo llamen de ese modo?

—Dice que así lo hacía su padre, señora.

—¿Qué hombre llamaría así a un hijo, Asella? Más parece que no haya conocido a su familia —dijo con sorna.

—Puede ser, señora Benilde. Cachorro es un buen nombre para un huérfano —añadió, pasando un paño por uno de los vasos que iba a colocar en la mesa. Luego se detuvo brevemente—. También es la forma en que un padre podría llamar con cariño a su hijo de cuna. Sea como sea, ya le han partido la boca. Sé que ha mentido cuando ha dicho que ha tropezado con la espuerta.

—Tropezó con la espuerta, Asella, pero he sido yo quien le ha partido la boca. No cayó sobre la horca, sino sobre mí.

La mujer abrió los ojos desmesuradamente.

—¿Por qué no habéis dicho nada a vuestro padre?

—Porque venía de montar al alazán —dijo, huyendo de sus ojos.

—Señora Benilde —le increpó enojada—, un día vuestro padre os descubrirá y os castigará severamente, y a nosotros nos matará a latigazos por encubriros.

—No te preocupes, Asella, mi padre ya sabe que cabalgo...

—Sí, pero no a ese semental, sola y vestida como un mozo —le reprendió.

La joven se acercó a la mujer y le besó en la mejilla, sonriéndole.

—No te enfades. Lince es buen caballo, y no he salido de la hacienda.

—Vuestras zalamerías no me harán pensar de otra manera —dijo y la miró con enojo, intentando ocultar la complacencia que le había producido el gesto impulsivo de Benilde.

Desde que muriera la esposa de don Froila cuando la niña solo contaba diez años, Asella se había encargado de educarla como a una señora, preparándola en todo lo que una mujer debía saber para administrar una casa y satisfacer a su esposo en lo material. De lo espiritual se encargaba un monje de Egabro[8] que

[8]   Cabra (Córdoba)

venía una vez a la semana a cambio de algunas gallinas y trigo para el monasterio. Él le enseñaba la palabra de Dios y las de los hombres ilustres, referidas a la moral y al papel de las mujeres. Su padre, que no cejaba en su pretensión de procurarle un matrimonio con un buen señor, apuntando incluso hacia la corte, había insistido en que el clérigo, a pesar de su reticencia, la formara en el arte de la lectura como medio para dotar a su hija de un refinamiento que le estaba vedado viviendo a leguas de la ciudad y de los nobles. Aun así, Benilde, fuera por la ausencia temprana de una madre o por su carácter impulsivo e indómito, se resistía a dichas enseñanzas, convirtiendo a veces en un suplicio para el monje el tiempo que tenía que compartir con ella, acostumbrado como estaba a la docilidad inculcada de los novicios del monasterio.

El padre conocía la naturaleza impetuosa de su hija e intentaba corregirla a golpe de autoridad siempre que se encontraba en la hacienda, pero su riqueza se sustentaba en el comercio de caballos, y este le obligaba a ausentarse de ella, a veces durante largas temporadas. A pesar de esto, Benilde había asumido el papel de su esposa en la administración de la casa, y don Froila le confiaba decisiones que en su ausencia antes solo confiaba a Hernán.

—Asella, trae la comida —ordenó Benilde cuando oyó la voz de su padre y del obispo aproximarse. Este entró con paso más seguro ahora y admiró la mesa y las viandas que había sobre ella. Poco después apareció la sierva con una olla de barro que colocó junto a la bandeja de fruta.

—¡Ah! —Suspiró el obispo—. No hay olor más placentero que el de un buen guiso cuando el cuerpo tiene hambre.

—Asella es buena cocinera —respondió don Froila, sonriéndole a la criada.

—Gracias, mi señor —musitó ella mientras llenaba los platos. Luego trajo una bandeja con carne que había puesto en las brasas y el pan caliente, y salió de la estancia.

—¿Habéis encontrado caballos que os satisfagan, señor obispo? —preguntó la joven con exquisita cortesía.

—Sí, mi señora, he aceptado la sugerencia de vuestro padre y me he quedado con las dos yeguas.

—¿No viajaríais con más comodidad en un carro, señor? —dijo con una inocente sonrisa. Su padre le lanzó una mirada de advertencia.

—No, mientras me quede lozanía. Si mi señora cabalgara, sabría que los carros no son más cómodos para las posaderas que la grupa de un caballo.

Benilde abrió la boca, pero su padre se adelantó, tras mirarla con severidad.

—Tenéis razón, señor obispo. Los caminos son duros y el traqueteo de los carros muele los huesos —intervino para evitar que su hija dijera alguna inconveniencia.

El clérigo asintió mientras se llevaba una cucharada de guiso a la boca. Emitió un gemido de placer y levantó una mano.

—Excelente comida, don Froila. Tenéis buena sierva —afirmó y vio cómo el hombre le hacía una leve inclinación con la cabeza—. He visto el magnífico semental negro de la cuadra —añadió después, dirigiéndose a la joven—. Lástima que esté asilvestrado.

—Mi padre lo hará domar para mí —dijo, y calló ante la seria mirada de don Froila.

—¿Cómo para vos? No es caballo para una mujer...

—Será un buen obsequio para mi futuro esposo, señor.

El clérigo le sonrió complacido durante más tiempo del que aconsejaría la conveniencia, y Benilde pudo ver que sus ojos la miraban como podría hacerlo el hombre que recibiera el regalo, o lo que era igual, más interesado en sus hechuras que en las del caballo.

—Habéis mencionado antes a don Clodulfo. ¿Lo habéis visto? —preguntó con curiosidad el obispo dirigiéndose a Froila.

—No. No pasó por la hacienda en su viaje a Eliberri. Quizá lo haga en su regreso a la corte.

—Su esposa murió de fiebres en invierno. ¿Lo sabíais? —preguntó, y vio cómo su anfitrión asentía—. La desdichada sufrió una larga agonía. Clodulfo estaba afligido... Su esposa, además,

42

no le ha dado descendencia. Le aconsejé que buscara una joven de buena cuna que consuele su pena y conciba los hijos que perpetúen su buen nombre —Miró a don Froila y después a Benilde—. Vuestra hija sería sin duda de su agrado. Es joven, hermosa y lozana, y su padre es un señor reconocido y respetado en Cordoba. Sin olvidar que como única hija heredará vuestras posesiones. Ya lo dice el buen Isidoro cuando habla del matrimonio —levantó el dedo índice, dirigiéndose ahora a Benilde—, cuatro son las cosas que al hombre inspira el amor por una mujer: belleza, riqueza, linaje y buenas costumbres. Vos estáis dotada de las tres primeras por herencia, y vuestro padre sin duda vela para que no carezcáis de la última. Todo hace de vos un bocado del agrado de muchos. —Le sonrió—. Estoy convencido de que podréis elegir entre distinguidos aspirantes, como don Clodulfo —apostilló.

—Señor obispo, ¿no creéis que un *comes* tan insigne como él preferiría una mujer de una familia más cercana a la corte que esta modesta servidora de Dios y de su padre? —intervino Benilde, a la que la perspectiva de ser desposada con un hombre que sobrepasaba la cincuentena y con fama de cruel le ponía la piel de gallina.

—El *comes* de Eliberri es un hombre apegado a su tierra —respondió el clérigo—. De allí es su familia y allí ha vivido la mayor parte de su vida. Desde que se convirtió en uno de los hombres de confianza de don Witiza, tras destapar la conspiración del traidor Dalmiro —apostilló—, pasa temporadas en la corte a requerimiento de nuestro rey, pero su mayor interés está en la ciudad y en las tierras que administra.

—Don Clodulfo es buen amante de los caballos —concedió Froila—. Comercio con él desde que se quedó las tierras del traidor. Allí se crían animales oriundos que están entre los mejores del reino. Intercambio con él, y le vendo, sementales y yeguas para mejorar las razas de nuestras cabañas.

—Sí, a don Clodulfo le gustan los caballos, pero el oro le apasiona más y es el que le da la riqueza. A él y al rey —recalcó el obispo—. Quizá sea este otro de los motivos del favor de don Witiza. El *comes* tiene esclavos vigilando filtrando las aguas del río que atraviesa la ciudad entre las dos colinas. Parece que las tierras rojas del cerro donde se asienta la fortaleza de San Esteban contienen arenas de este metal. Dicen que la lluvia las arrastra y las deja en el río, por eso las hace buscar después de las tormentas.

—Tenéis razón, sus intereses son otros, señor obispo. A pesar de su tamaño, la cabaña de don Clodulfo no ha vuelto a tener las cabezas que tenía cuando las administraba el traidor.

Benilde escuchaba con atención tras un disimulado recato, aliviada por el giro de la conversación. El interés del clérigo la inquietaba, pues temía la influencia que este podía tener sobre su padre. Era feliz en la hacienda viviendo como vivía. La perspectiva de un cambio le angustiaba, a pesar de que su juicio le decía que este, tarde o temprano, habría de producirse. La hacienda de don Froila era un bien que podría despertar la codicia de muchos señores, y ella era un modo fácil y placentero de conseguirla. Como mujer, su destino era el matrimonio. Solo esperaba que el esposo que Dios le tuviera destinado no la alejara de las tierras de su padre.

La tregua le duró poco, pues el interés del clérigo volvió a ella como las moscas a la miel.

—Me ha dicho vuestro padre que recibís la palabra de Dios por boca de un monje de Egabro. ¿Qué os está enseñando?

—Ahora leemos al Apóstol San Lucas y a Isidoro...

—¿Leemos? —El obispo miró escandalizado a don Froila.

—He dicho al padre Balduino que enseñe a mi hija a distinguir las letras —se justificó—. Como vos habéis dicho, espero para ella un buen matrimonio. Ningún señor querrá desposar a una aldeana.

—Pero quizá os excedáis, don Froila. Una mujer no debería saber más de lo que sabe la mayoría de los nobles.

—Señor obispo, convendréis conmigo en que reconocer las letras no le hará mal, sobre todo si las usa para leer la palabra de nuestro Señor Jesucristo y de santos varones como Isidoro. En cualquier caso, estas lecturas siempre están dirigidas por el monje.

—Señor —intervino ella—, es un empeño de mi padre, más que mío. Bien sabe Nuestro Señor que a mí me basta con escuchar su palabra por boca de otros, pero acato sus razones. Entiendo, como vos, que una mujer se debe a su oficio, que no es otro que el que Dios le encomienda —añadió con una dulce sonrisa. Y dadas las turbulencias del mundo que le rodeaba, confiaba en que las preocupaciones de Cristo cayeran sobre otros más necesitados que ella de sus encomiendas. Pero eso no lo dijo—. ¿Hasta cuándo nos dignaréis con vuestra presencia, señor? —concluyó, y vio cómo su padre la miraba con desconfianza.

—Parto mañana con las primeras luces del alba. Quiero estar en Eliberri antes de que se ponga el sol, pues he de hablar con el obispo y luego proseguir a Acci.

—También partiré yo hacia la dehesa —dijo don Froila—. Tengo que reunir los potros de un año y ver cómo se encuentra la yeguada.

—Padre, ¿me llevaréis con vos? —interrumpió la hija impulsivamente. Luego, al volver a tomar consciencia de la presencia del clérigo, aclaró con una sonrisa dirigiéndose a él:

—Hace tanto tiempo que no veo nuestras tierras del monte...

—Sin duda la vida de una joven lozana como vos os parezca tediosa en el hogar, mi señora —intervino el obispo—, pero os previene de los peligros que vuestro padre y el resto de los hombres tienen que afrontar cada día al ejercer sus dignas y cristianas ocupaciones; y de otros propios de vuestro género. Como bien dice Isidoro, al que ahora leéis, las jóvenes solteras han de estar guardadas debido a su liviandad de corazón. Una liviandad de que toda mujer adolece por naturaleza. Cuando desposéis, será vuestro marido el que vele por vuestra rectitud; porque, mi señora, los hombres fueron creados a semejanza de Dios, y la mujer a semejanza del hombre, pues la sacó de su costilla y, por ello, a él debe estar sujeta por ley natural —dijo, y Benilde bajó la vista al plato, preguntándose a qué insigne juez se le había ocurrido hilvanar el agua con el aire.

—Por esta razón hacéis bien, don Froila —cargó de nuevo, mirando ahora a su anfitrión—, en proteger a vuestra hija de malas pulsiones y de tareas propias de varones —dijo, y atacó el muslo de un conejo—. Además —añadió, mirándola de nuevo, cuando aún no se había tragado el bocado—, debéis preservar la virtud para vuestro esposo. Ejercicios como cabalgar solo lograrían embruteceros.

—Mi empeño no es otro que mantener la salud y la virtud de mi hija, señor obispo, a pesar de la ausencia de su madre y de la dura vida de la hacienda.

Benilde bajó el rostro, fingiendo obediencia. La realidad era que estaba furiosa consigo misma. Su impulsividad había malogrado las escasas posibilidades de que su padre accediera a su solicitud. De haber elegido mejor el momento, que no era otro que en ausencia del clérigo, quizá habría transigido. Aunque, bien pensado, dudaba de que lo hubiera hecho. La actitud de su padre con ella había ido cambiando con los años. Cuando era una niña la llevaba a ver la yeguada, incluso a algunas cacerías. Desde que se hiciera mujer, se mostraba reticente a que saliera de la hacienda. Le había dado responsabilidades que antes no tenía, pero le había quitado la libertad y la diversión que entonces disfrutaba. Benilde compensaba la nueva situación escapándose a cabalgar, aprovechando las ausencias de su padre y de Hernán. Para pasar desapercibida se vestía con ropas de varón, inconsciente de que este atuendo llamaba más la atención entre los siervos que si montara con ropas propias de su sexo. Sí, temía la reacción que pudiera tener su padre si la descubría, pero su amor por los caballos bien valía aquel riesgo.

Don Froila se disculpó de su ausencia ante el obispo y se dirigió a la cocina. Sabía que allí estaría Hernán y tenía que hablar con él. Cuando entró lo vio almorzando, Asella de pie junto a él reprochándole algo. Al percatarse de su presencia, esta se retiró a la chimenea y el siervo se levantó, solícito.

—Siéntate, Hernán, y sigue comiendo —le habló—. Solo vengo a decirte que mañana salimos al alba a ver la yeguada. Quiero bajar los potros. Diles a los hombres que estén preparados.

—Señor, los siervos me han dicho que los jabalíes están bajando otra vez a los campos. Hace dos noches se metieron en el habar y destrozaron parte del cultivo. Convendría hacer una batida para reducir sus camadas.

Don Froila reprimió una maldición y se sentó en el banco, frente a Hernán, pensando.

—Quizá sea mejor aprovechar la partida... —consideró, hablando para sí—. Sea, diles que se preparen también para la caza. Que lleven las lanzas, las jabalinas y los arcos. Y avisa a algunos hombres de los campos, cuantos más seamos, mejor.

—¿Haremos noche, señor?

—Según sea menester. Dile al caballerizo que venga, quiero ver cómo se las apaña con los potros en libertad —dijo, y miró al criado—. ¿Qué piensas de él, Hernán?

—Es pronto, señor... Parece rápido, hace bien sus tareas; pero creo que prefiere la compañía de los caballos a la de los hombres. No les gusta a los siervos —afirmó, y don Froila lo observó con curiosidad—. Es por su olor, señor, el chico apesta a pocilga; y porque es huidizo y huraño.

—El hedor se arregla con agua y jabón.

—Sí, pero el chico ha salido gato...

Asella miró a los hombres y abrió la boca para hablar. Luego lo pensó mejor y la cerró, apartando la olla de las trébedes.

—Ya te encargarás tú de eso. No quiero peleas entre los siervos. Si hace falta, usas la vara.

El señor salió de la cocina y Hernán continuó comiendo. Asella se acercó a él.

—El chico es noble. No deberías usar la vara con él —dijo, llenándole el vaso de vino aguado.

—¿Qué sabrás tú, mujer? Si apenas lo conoces.

—Te digo, esposo, que ese chico es listo y no está hecho del mismo barro que los demás siervos.

Hernán la miró escéptico, luego esbozó media sonrisa irónica.

—¿Te han engatusado sus ojos?

—¿Qué ojos? ¿Acaso se le ven? —le respondió con sequedad y calló. Era evidente que su esposo y ella no contemplaban la misma cosa.

Al atardecer, Asella venía de recoger los huevos que algunas gallinas ponían por la tarde. No solía dejarlos para la mañana siguiente, por temor a que los comieran las ratas o los zorros. Los llevaba en una canasta, de camino a la cocina, cuando pasó delante de la cuadra de Barrabás y oyó un tarareo en tono grave. Se asomó curiosa por la desvencijada puerta. Vio al caballo, quieto al fondo de la empalizada y, tras el portón, a Cachorro sentado en un tocón, repasando un aparejo con una aguja ensartada con hilo de cáñamo, aprovechando la escasa luz que se colaba por la entrada y el pequeño ventanuco de la cuadra.

—Deberías hacerlo fuera, ahí perderás los ojos —le aconsejó—. ¿Por qué no has ido a almorzar? —preguntó seria, la mano libre en la cintura.

Cachorro la miró brevemente y continuó con su tarea. ¿Qué le iba a decir? La razón era evidente.

—Si sigues empeñado en desobedecer a Hernán, provocarás su ira.

—Tengo que repasar los lazos y las riendas, mañana salimos a por los potros —se excusó.

—Nada que no pudieras hacer después de lavarte y de comer.

El chico volvió a mirarla, huidizo, sopesando el tono de la sierva.

—¿Cuánto tiempo vas a estar así? —le reprochó sin obtener respuesta, luego negó con la cabeza—. Mucho no. Con esas carnes poco aguantarás... —suspiró, y entró en la cuadra. El caballo, que se había mantenido al fondo de la empalizada, comenzó a piafar. Ella lo miró desconfiada y se dirigió al alto banco de madera que había en el lateral de la cuadra, tras la puerta, y dejó algo sobre la tarima. Luego salió sin decir nada.

Cachorro observó sorprendido los dos huevos. No esperaba el gesto de Asella después de haberlo reprendido sin apenas usar palabra. Sabía que reprobaba su actitud, ¿por qué entonces la premiaba? Se levantó del tocón y cogió uno de los huevos, lo pinchó con la gruesa aguja por su lado más estrecho, irguió la cabeza y se lo puso sobre los labios abiertos; luego lo agujereó por el otro extremo, y el contenido cayó en su boca. Con la lengua reventó la yema y el sabor le inundó los sentidos. Llevaba todo el día con dos manzanas en el cuerpo y el huevo le pareció un manjar. Cogió el otro con intención de comerlo, pero lo pensó mejor. Le serviría para matar el hambre por la noche.

Se volvió hacia la empalizada y miró al caballo, que no apartaba sus ojos de él, vigilando cada uno de sus movimientos. Se acercó lentamente al lateral y echó con suavidad una brazada de heno en la esquina del cubículo. El animal se movió de un lado a otro, nervioso, pero sin encabritarse. Aunque desconfiaba de él, parecía estar acostumbrándose a su presencia. Lo observó detenidamente. Era uno de los caballos más hermosos que había visto; entendía el empeño del señor en domarlo, a pesar de su carácter arisco y difícil. Era de un negro extraordinario, con un pelaje soberbio que hacía adivinar su brillo sobre el polvo y la mugre que lo cubrían. Bien cepillado reflejaría la luz como el metal bruñido, pensó. Le estudió las hechuras, las patas, los cascos. El animal estaba lleno de fuerza y de brío, pero terminaría por mustiarse si seguía encerrado en aquel cuchitril como una alimaña.

—¿Por qué no vienes a comer? Sé que tienes hambre —le dijo con una voz grave y suave, como si hablara con un amigo que conociera de toda la vida—. ¿De qué tienes miedo? Yo no voy a hacerte daño. No voy a levantar una vara contra ti, como han hecho otros. —Lo miró a los ojos, negros y brillantes como el cielo de la noche, y el nombre le vino a la mente desde la infancia como una aparición en la que no quiso recrearse—. Leil —le llamó, y el caballo movió las orejas—. Ese serás para mí de aquí en adelante —dijo dándole la espalda, y volvió a sentarse en el tocón. Al hacerlo pisó la cáscara del huevo que se había comido y pensó en

Asella. Su gesto demostraba un margen de confianza hacia él que Cachorro no había justificado con sus actos. Todo lo contrario, su empecinamiento, en su condición, era rebeldía y desobediencia, por más que él tuviera sus razones. Por ello, la paciencia que Asella estaba demostrando le desconcertaba.

El suave ruido de los cascos interrumpió su pensamiento, y giró la cabeza suavemente. El caballo estaba junto al heno y le miraba, alerta. Cachorro no se movió, y tampoco lo hizo el animal, midiéndose. Al rato, este bajó la testuz y comenzó a comer. El joven sonrió apenas y se giró suavemente para seguir con su tarea.

Sí, pensó, quizá Asella no estuviera haciendo otra cosa que acercarse, como él lo estaba haciendo con el caballo.

Capítulo 4

Primero oyó a los perros ladrar, después los cascos de los caballos y las voces de los hombres que arreaban la manada. Asella chasqueó la lengua, no los esperaba tan pronto. Creía que la caza demoraría las tareas en el monte hasta el día siguiente.

—Sigue tú con el pan —dijo a la sierva que le ayudaba con algunas rutinas de la casa mientras se quitaba el sobrante de masa con un poco de harina.

Cuando salió de la cocina, el bajo sol de poniente la deslumbró. Se puso la mano sobre los ojos y vio a Cachorro, a Lelio y a otros siervos junto a Hernán, introduciendo la recua de potros y yeguas en la empalizada. El primero montaba una hembra a pelo y se había metido en el recinto junto con los animales, que se arremolinaban nerviosos intentando evitar su cercanía. El joven desmontó y la mujer temió que los caballos terminaran por arrollarlo, pero el chico se movía con presteza, controlando el vaivén de la manada.

La voz ruda y agria de don Froila le hizo centrar su atención en los siervos que se agrupaban en el patio, tirando de las riendas de cuatro mulas cargadas con la caza. Entre cinco hombres bajaron el cuerpo ensangrentado de un enorme jabalí con largos colmillos. Luego descargaron el resto de los ejemplares, ya de menor tamaño. El señor los miraba con rostro grave; no parecía contento. Aún en su montura, traía a un perro blanco apoyado sobre los muslos y la silla. Benilde, que acababa de salir de la casa, se le aproximó.

—¿Qué le ha pasado a Luna, padre? —preguntó, y se apartó para que él pudiera desmontar. Luego vio la herida sangrante en la pata del animal y abrió la boca con horror.

—La partida ha sido una calamidad —masculló enfadado mientras cogía a la perra, que chilló dolorida—. Apenas cinco jabalíes y dos perros muertos, otro herido, y un siervo tullido que no podrá coger una azada antes de un mes, si es que sana bien... Y todavía tenemos que dar gracias a Dios porque los males no hayan sido mayores.

—¿Dónde está Dardo? —Benilde lo buscó con la mirada entre los canes, que ahora husmeaban con precaución las piezas de caza que yacían en el suelo.

—Fue el primero en caer —dijo secamente. También era la razón de su tensión y de su rabia. Había perdido a su mejor cazador por cinco bestias que apenas supondrían una merma en los daños de los sembrados. Los jabalíes volverían a bajar del monte para arrasar los cultivos de trigo, de nabos y de habas que aún no habían sucumbido bajo la sequía y las heladas. No iba a ser un buen año para la cosecha y eso significaba hambrunas y miseria, y estas siempre traían rapiñas, levantamientos y la presión de la corte sobre los señores.

Don Froila le pasó la perra al siervo que se encargaba de su cuidado.

—Mira a ver qué puedes hacer por ella. Si ves que va a quedar tullida para la caza, puedes acabar con su sufrimiento —ordenó tajante.

Benilde lo miró horrorizada, pero no tuvo valor para protestar. Su padre estaba furioso y en esas condiciones no era prudente contrariarlo. Asella se aproximó a la chica y le puso la mano en el antebrazo, presionándolo levemente.

—¿Qué hacemos con los jabalíes, señora? —la pregunta en realidad iba dirigida a él, pero solo así podía acercarse a Benilde sin que su gesto quedara en evidencia.

—Repartid dos hembras entre los siervos y el resto lo ponéis en manteca y salazón —respondió don Froila—. Tendremos que hacer otra batida antes de que llegue el calor.

En ese momento se les unió Hernán, seguido por Lelio y Cachorro. Este portaba en el brazo un montón de cuerdas, lazos y riendas que iba a llevar a la cuadra. El chico acababa de salir de la empalizada y aún respiraba agitadamente, la frente y el cuello brillantes de sudor.

—Señor, los caballos ya están encerrados. Mañana comenzaremos con la doma —dijo Hernán.

Don Froila asintió, luego frunció el ceño. Le había llegado el hedor y buscó la fuente. No tardó mucho en encontrarla cuando Cachorro pasó delante de él, camino al establo. El chico estaba lleno de polvo de la cabeza a los pies, y el olor a sudor de su cuerpo se había unido con el de estiércol de caballo de su ropa, haciendo la mezcla aún más acre. El señor dio un paso hacia él y lo cogió de las greñas.

—¡¿Quién puede ir de caza contigo?! —gritó—. ¡Las alimañas te huelen a veinte leguas!

Cachorro, que estuvo a punto de caer por la violencia del tirón, soltó lo que llevaba en los brazos en su intento por equilibrarse. Don Froila apretó el agarrón sobre el pelo y el dolor hizo que se le saltaran las lágrimas. Entre ellas vislumbró de soslayo como el señor había sacado de su cinto el afilado cuchillo de desollar. Su sorpresa se tornó en terror cuando vio el miedo de Lelio y la alarma en los rostros de Asella y de su esposo.

—¡¿No te ordenó Hernán que te lavaras, cerdo?! —gritó de nuevo, tirándole del pelo y descargando en él toda la agresividad provocada por su contrariedad y su furia contenida—. ¡¿Te crees un señor?! —exclamó, y cortó el puñado de cabellos que tenía en la mano a golpe de cuchillo. Después agarró otro manojo e hizo lo mismo. Y así, entre tirón y tirón, le trasquiló la cabeza por atrás a diferentes alturas mientras el chico cedía a las rudas embestidas sin oponer resistencia, los ojos fuertemente cerrados, el cuello tenso, el cuerpo encogido; intentando mantener el equilibrio entre sacudida y sacudida. Cuando terminó por detrás, don Froila giró al joven y cogió con el puño los cabellos que le tapaban la cara. Tiró de ellos con energía hasta hacerle bajar la cabeza y los segó de un tajo. Por la fuerza empleada en el cuchillo y el trayecto de la hoja no pudo evitar que la punta rozara la nariz del joven, hundiéndose levemente sobre la parte superior y su ala izquierda.

Cachorro notó el corte e instintivamente aspiró el aire entre los dientes mientras el intenso escozor le hacía fluir las lágrimas, que ahora rodaban por sus mejillas dejando su rastro en el polvo de la cara. La herida comenzó a sangrarle, y el señor, consciente del tropiezo del cuchillo, lo cogió rudamente de la mandíbula, clavándole los dedos entre las encías para levantarle el rostro y observarle el corte. Cuando vio que no era muy profundo, derivó la mirada a sus ojos huidizos, que ahora, con el flequillo a la altura de las cejas, no tenían dónde esconderse. Los contempló sorprendido, girándole ligeramente la cara para estudiar mejor sus rasgos. Había en ellos algo familiar, pero no le trajeron ninguna imagen, quizá porque la fuerza de sus pupilas y la intensidad de su mirada de dolor y de miedo eclipsaron cualquier otro pensamiento.

—Si no fuera por estos ojos y tu destreza con los caballos, no valdrías el estiércol que limpias —dijo, y lo soltó con un leve empujón, dirigiéndose luego a la casa.

Hernán, que había soltado el aire con alivio después de constatar que el amo solo había sacado el cuchillo para trasquilarlo —pues no podía llamarse de otra manera a ese corte de cabellos—, negó en silencio, la mandíbula apretada. El chico lo había dejado en evidencia frente a don Froila, y había tenido que ser el mismo señor el que interviniera para castigarlo. Estaba abochornado y furioso con el joven. Dio un golpe con el dorso de la mano a Lelio, que seguía junto a él y que había pasado del miedo al regocijo al ver cómo el amo se ensañaba con el pelo del caballerizo.

—¡Echadlo al abrevadero! —ordenó.

Cachorro escuchó las palabras de Hernán y se dirigió con rapidez a la alberca, pero antes de que pudiera meterse en ella Lelio y dos criados más ya se le habían echado encima. El primero lo cogió del cuello, y el resto, de las piernas. Cuando intentó forcejear, recibió del joven un rodillazo en la rabadilla que le hizo arquearse.

—No llores, damisela... —le dijo entre gruñidos.

Él no insistió más, sin resuello y dolorido como iba. Los tres hombres lo arrojaron al abrevadero, donde lo sumergieron entre risas y sornas una y otra vez, hasta hacerle pensar que moriría bajo el agua ante la mirada indolente de todos.

Hernán vio cómo Asella se le acercaba decidida, con el ceño fruncido.

—¡Dejadlo ya! ¡He dicho que lo echéis al abrevadero, no que lo ahoguéis en él! —gritó el hombre, y miró a su esposa de soslayo, que ahora redujo el paso.

Los siervos lo soltaron y Cachorro se puso en pie, apoyándose en el borde de la alberca, y comenzó a toser y a dar arcadas. Le había entrado agua por todos los orificios de la cabeza y ahora su cuerpo parecía querer expulsarla a base espasmos, sin apenas dejarle respirar. Cuando consiguió recuperar el resuello notó el frío del abrevadero, alimentado continuamente por el agua helada de la acequia y, fuera por este o por la tensión acumulada, comenzó a temblar descontroladamente. Intentó salir de él, pero sus miembros torpes y las calzas pegadas a los muslos le limitaron el movimiento y a punto estuvo de caer, de no haber quedado sujeto por la axila en el borde de la alberca. Esto provocó aún más risas en los criados, que estaban aliviando la tensión suscitada por el malhumor del señor a costa de ensañarse con el chico. Cachorro se quedó junto al abrevadero, encorvado, estrujando el agua del sayo entre una tiritera agónica.

—Con suerte y las pocas carnes que tiene, el frío le llegará más pronto al tuétano, y el señor y tú os quedaréis sin muñeco con en el que calmar vuestra ira —dijo Asella a su esposo y se volvió en dirección a la cocina.

Hernán la miró enojado y le habría gritado lo que tenía en la boca si no hubiera visto a la señora Benilde observando la escena con curiosidad, y que se acercaba a él sin dejar de mirar a Cachorro.

—¡Tú! ¡Ve a quitarte esas ropas antes de que se te desarmen los huesos! —ordenó con sorna, adelantándose al criado.

El chico se dirigió hacia la cuadra, cabizbajo, encorvado y con los brazos apretados frente al pecho, dejando un rastro de agua allí donde ponía el pie. Al pasar junto a Benilde le echó una mirada breve, entre dolida, avergonzada y desvalida, que le permitió a la joven ver sus ojos por primera vez. Tenía las cejas rectas y pobladas, y unas pestañas largas que se le habían unido con el agua y que resaltaban el brillo de unas pupilas verdes como pocas había visto. Entendió las palabras de su padre. El chico era una piltrafa a pesar de sus finos rasgos, que sin el pelo en el rostro eran ahora más evidentes; pero la fuerza de sus ojos lo hacía diferente, y era la misma que le había borrado en un instante la sonrisa irónica de la boca y le había traído a la mente su conversación con Asella. Sí, la delgadez, el temblor de sus miembros, y el dolor y la indefensión en aquellas enormes pupilas eran los mismos que había visto innumerables veces en los cachorros abandonados por la madre o la manada.

Cachorro se frotó los brazos y se arrebulló entre la paja. Llevaba un rato con aquellas ropas que olían a rancio y aún no se le había quitado el frío. El temblor seguía en su cuerpo; como la humillación, como la rabia, como el desamparo... La herida de la nariz había dejado de sangrar, aunque le escocía cada vez que hacía un gesto con el rostro, y veía constantemente la línea roja como un tropiezo, mirara donde mirara. Cerró los ojos. Mejor no mirar, mejor morirse para no mirar nunca... Se peinó el pelo con los dedos una vez más, llevándolo hacia la cara, para comprobar de nuevo que los escasos mechones que se habían librado del cuchillo no llegaban para taparla. Se sentía expuesto. Se sentía ridículo. No hacía falta ver su reflejo para saber qué aspecto tendría su cabeza: como si una fiera le hubiera cortado el cabello a dentelladas. Luego pensó que en realidad no era muy diferente, pues la brutalidad del señor había sido para él como la del jabalí enrabiado que mató a los perros e hirió al criado. ¿Por qué le culpaba del desastre de la caza? Los siervos olían a hombre a tres leguas. ¿Por qué, de todos, iba a ser su olor a estiércol el que alertara a los marranos? ¿Era mejor el hedor a rancio de las ropas de Hernán? Miró al caballo, que lo observaba desde el fondo de su cubículo.

—¿Tú cual prefieres? —le preguntó, aunque ya lo sabía.

En ese momento la puerta de la cuadra se abrió, topando con el tocón que Cachorro había colocado detrás de ella, asustando al caballo y al chico por igual. Oyó a Asella maldiciendo, según empujaba el portón hasta dejar suficiente hueco para poder pasar.

—¿Qué temes? ¿Qué veamos tus pudores? —le dijo cuando consiguió entrar. Traía una cesta grande del brazo y dos lámparas de aceite encendidas.

—No quiero huevos —contestó él, huraño, abrazándose y echándose el pelo hacia adelante—. No quiero nada.

Asella dejó lo que portaba sobre del banco de herramientas y arrastró el tocón hacia el fondo de la estancia.

—Ven —le ordenó. Cachorro la miró con desconfianza y no se movió—. Ven, te digo.

El chico se abrazó más fuerte, levantando los hombros y hundiendo la cabeza en ellos, el ceño fruncido.

—Si no vienes, me harás ir, el caballo se encabritará y todos perderemos los nervios —insistió. Luego suavizó el tono—. Voy a emparejarte ese pelo. Así parece que te hubiera atacado la sarna.

Cachorro siguió sin moverse, viendo cómo Asella sacaba un cuchillo y le esperaba pacientemente junto al tronco. Tras un momento lleno de tensión, el tesón de la sierva venció su tozudez y el chico se levantó finalmente de entre la paja.

Cuando lo vio de pie, Asella tuvo que hacer verdaderos esfuerzos para contener la risa. Como pensaba, la ropa de Hernán era demasiado grande para su cuerpo menudo. Había atado el sayo a su cintura y este le llegaba casi a las rodillas, y había doblado las holgadas mangas hasta las muñecas. Por el grosor del doblez, sabía que la longitud de las mismas era muy superior a la de sus brazos. Pero el aspecto de las calzas era mucho peor, a pesar de estar medio ocultas y sujetas bajo el sayo. Había tenido que arremangar las perneras para no tropezar con ellas al andar. Parecía un bufón de feria y con ese aspecto los hombres seguirían cebándose en él. Pero no dijo nada para evitar herir el ya maltrecho orgullo del chico.

—Siéntate aquí —le indicó señalando el tocón. El joven dudó, desconfiado—. No temas, soy yo la que le corta los cabellos y la barba a Hernán. También esquilo a Lelio y a otros que no tienen quien lo haga —añadió con sequedad.

Cachorro se sentó en el tronco y Asella lo orientó hacia la luz de sus lámparas, a las que había unido las dos de la cuadra. Sacó de la cesta una pequeña manta de lana, se la colocó sobre los hombros y comenzó a emparejarle los mechones más largos.

—A don Froila no le gusta que los siervos lleven largos los cabellos. Hasta los niños saben que eso solo es propio de los señores. No sé dónde te has criado tú... —le dijo la mujer, y el chico aguantó el responso, como aguantaba los pequeños tirones del cuchillo al cortar el pelo, y el olor a rancio de la ropa, que debía ser familiar para Asella pues no se quejó de él en ningún momento; la mirada perdida en sus manos encallecidas, la vista siempre baja, por mucho que ella le levantara la cabeza. Tras un rato y varios cambios de posición en el tocón, la mujer lo observó satisfecha.

—Ya está —concluyó—. Por suerte tus rizos esconderán los trasquilones. Pero para ello deberías lavarlos de vez en cuando —dijo y buscó en la cesta. Luego le dio un trozo de jabón—. Con esto, ¿me oyes? —recalcó, y la pregunta sonó a orden. El chico se levantó, y la mujer le obligó a sentarse de nuevo—. Espera, aún no he terminado.

Asella extrajo de la cesta un pequeño recipiente de barro cubierto con un lienzo. Lo destapó y lo dejó sobre la tarima. Luego cogió una lámpara y la acercó al rostro de Cachorro, que la observaba con desconfianza.

—Déjame ver esa herida —le dijo y le tiró hacia arriba de la barbilla. El chico se zafó con un gesto brusco de la cabeza.

—Está bien, no es profunda —le espetó e intentó levantarse. La mujer presionó sobre su hombro hasta dejarlo en el tocón de nuevo.

—¿Qué sabrás tú?...

—He curado muchas heridas de los caballos de don Guma, algo sabré... —protestó él, mirándola desafiante.

—Entonces también sabrás que no te hará mal lo que voy a ponerte —dijo ella, respondiendo a su desafío con paciencia, hasta que vio que el chico accedía a dejarse hacer. Asella volvió a levantar su barbilla y le observó cuidadosamente la herida. Luego chasqueó la lengua y negó con la cabeza—. Podía haberte rebanado la nariz por necio...

Y por su tono Cachorro no supo si el insulto era para él o para el señor.

La mujer introdujo el dedo en el tarro y le aplicó una capa de espesa pasta sobre el corte. El intenso escozor le atormentó la expresión y volvió a sacarle las lágrimas.

—Aguanta un poco, es cera y aceite. Te protegerá y evitará que se te emponzoñe —le dijo, e instintivamente reaccionó a su dolor soplándole en el rostro. Cachorro, sorprendido, se dejó cuidar como un hijo en manos de su madre. Hasta que ella paró y él abrió los ojos para ver que Asella lo miraba como antes lo había hecho el señor, estudiando sus rasgos, sus pupilas, su cara... El volvió a zafarse y esta vez se levantó del tronco. Se quitó la manta de lana, la sacudió y se la dio. Ella frunció el ceño, enfadada por su brusquedad.

—Quédatela, es vieja y no nos hace falta. Bastante tengo yo con Hernán y mis calores —dijo con sequedad, metiendo el cuchillo y el tarro en la cesta. Luego sacó un trozo de pan, otro de queso y dos manzanas, y los puso donde el día anterior había dejado los huevos. Al volverse vio la ropa sucia aún mojada en el rincón.

—Dámela, la lavaré. Se te secará esta noche junto al fuego. Así podrás ponértela mañana y yo te arreglaré la de Hernán —habló y se agachó para cogerla.

—¡Déjala! —casi le gritó—. Eso puedo hacerlo yo.

La vehemencia con que lo dijo sorprendió tanto al chico como a la mujer, que se quedó mirándolo, incrédula, sacudiendo la cabeza.

—Demasiado orgullo en un siervo... Ese Guma no te enseñó bien —habló y cogió la cesta y las lámparas.

—Interpretáis mi vergüenza como orgullo, Asella —le corrigió él. Ella lo observó seria, estudiándolo.

—Y tú, la amabilidad como lástima —dijo y salió por la puerta.

Cachorro se sentó en el tocón, apoyando los brazos en sus muslos, los ojos fijos en el suelo. Las palabras de Asella le habían dejado mal sabor de boca. Tenía razón, confundía su amabilidad con compasión, y esto no era fruto de la humildad, sino de su orgullo. Mal hacía despreciando la ayuda de la única persona que lo había tratado con respeto. Al menos, decidió, haría caso de sus palabras.

Cogió el cubo de madera con el que traía el agua al caballo. Estaba casi lleno. Se arrodilló junto a él y humedeció su pelo y el cuello; luego los enjabonó y los aclaró. Se desdobló una de las largas mangas del sayo y se secó con ella el sobrante de agua. Después, con el cuchillo de cortar el cuero, raspó unas virutas al trozo de jabón, las echó en el cubo y metió la ropa sucia. Las dejaría toda la noche en el agua esperando que soltaran algo de su mugre. Si las colgaba al alba para que se secaran, podría ponérselas por la tarde y quitarse las de Hernán, que le hacían sentir como un imbécil.

Una vez terminada la tarea volvió a sentarse en el tronco y se comió el pan y el queso, sin prisa, abstraído y apesadumbrado. Cuando acabó, cogió las dos manzanas y la manta y se fue hacia la paja. Con cuidado la colocó sobre esta, junto a la pared y se apoyó en ella para mirar al caballo, que se movía nervioso.

—¿Tú también piensas que me puede el orgullo, Leil? —le dijo, dándole un mordisco a la manzana y escupiéndolo con fuerza hacia el interior de la empalizada. El animal se fue hacia el fondo, mirando el trozo de fruta con desconfianza—. ¿Quién es más orgulloso, tú o yo? —añadió, mascando un bocado, sin dejar de observarlo—. Ese olor sí que te gusta, ¿eh, Leil? Pues te digo que sabe mejor... —Le escupió otro trozo, pero esta vez el caballo apenas se movió.

Cachorro acabó con las dos manzanas, mordiéndolas alternativamente para sí o para el animal, arrojando los corazones al borde de la empalizada. Se arrebulló en la manta, pasándosela por los hombros, cerrándola en el pecho y en el vientre, y se relajó sin dejar de mirar al caballo. Luego apoyó la cabeza en la pared de la cuadra y cerró los ojos; el calor de la lana era una bendición. Otro gesto que agradecer a Asella. Los acontecimientos del día pasaron por su mente mezclándose con el cansancio y con las imágenes inconexas del principio del sueño, hundiéndose en él durante un rato; hasta que oyó el suave resoplo de los ollares del caballo, tan cerca que abrió los ojos sobresaltado para ver que el animal había sacado la cabeza por los travesaños de la empalizada y estaba comiendo los corazones de las manzanas, a dos varas de su cuerpo. Luego, cuando lo vio moverse, se retiró al fondo del cubículo.

—La vida es cruel, Leil. ¿Por qué ponemos nuestro empeño en hacerla más difícil? —musitó y se acurrucó en la paja para dormirse.

Capítulo 5

Antes del amanecer, Cachorro salía de la cuadra con el cubo de la ropa. Al verlo, los perros comenzaron a ladrar, acercándose con precaución. Él los llamó, los acarició y se dirigió a la acequia, acompañado de los más jóvenes, que saltaban junto al chico pidiendo juego. Sacó las prendas del caldero y las enjuagó en el agua helada, enrollándose constantemente las mangas, que se le desdoblaban cada vez que bajaba los brazos. Luego miró las calzas y el sayo a la escasa luz del alba. Aún estaban arrodalados, pero habían perdido gran parte de las costras y algo de su fuerte olor. Esperaba que así no molestaran al señor y a Hernán. Los tendió en las ramas de un manzano junto a los establos. Quizá para la hora de comer ya estuvieran secos, pues el amanecer mostraba un cielo despejado.

Pensó en Asella. Había visto unas matas de hinojo cuando aclaraba las calzas y decidió ir a coger un poco. También sabía dónde encontrar romero. Le llevaría un manojo; le vendría bien para la cocina. No se le ocurría otra cosa que poder ofrecerle para mostrarle su agradecimiento.

Cuando salía de la cuadra con el ramo de hierbas, se topó con Hernán, que se dirigía al estercolero como todas las mañanas, el escaso pelo alborotado, rascándose la barba de tres jornadas; y al momento supo que el día no iba a ser fácil. El hombre lo miró de arriba abajo y reprimió unas risas; luego volvió a su severidad.

—¿No tenías otra ropa que ponerte? Para esto te prefiero con la hedionda —dijo—. Anda, ve a desayunar; empezamos pronto con los potros.

¿En qué quedamos? Pensó el chico, y se echó los cortos rizos hacia adelante mientras se dirigía a la casa.

—¡Cachorro! —llamó Hernán. Él se detuvo y se giró—. ¿Cómo va el semental?

—Bien. Ya come delante de mí.

El hombre asintió, y ambos continuaron su camino. Al llegar a la puerta de la cocina escuchó las voces de algunos siervos que estaban dentro, pero no vio a Asella junto al poyo ni delante del fuego. Decidió dejar el ramo en el estrecho ventanuco e irse para volver más tarde. En ese momento pasó Lelio con prisa, desplazándolo a un lado al entrar.

—¡Claudio, corre! —exclamó, dirigiéndose a uno de los criados—. ¡Se te ha escapado el espantajo del trigal y está en la puerta!

El hombre, alarmado, ya se estaba incorporando del banco cuando miró hacia afuera y vio al chico, como el resto de los siervos alertados por Lelio, y estalló en carcajadas, secundado a coro por los demás, que comenzaron a celebrar la chanza con palmadas en la mesa y en la espalda del gañán.

Asella salió de la pequeña habitación al oír el jolgorio para observar cómo Cachorro se alejaba de la cocina con largas zancadas. No le costó mucho atar los cabos entre las risas, el atuendo y la huida del chico. Atravesó la puerta con intención de llamarlo, pero se detuvo. ¿Qué iba a decirle? ¿Qué se sentara a comer junto a aquellas ratas? Su orgullo no se lo permitiría. Después le llevaría algo a la cuadra, pensó, pues dudaba que volviera a aparecer por la cocina. Y también tenía que hablar con Hernán... Al volverse vio el manojo de hierbas en el estrecho marco del ventanuco. Lo cogió y lo observó. Estaba atado por los tallos con hilo de cáñamo.

—¿Quién ha dejado esto aquí? —preguntó a los siervos. Lelio habló conteniendo la risa.

—Es la ofrenda de amor de un espantajo. Hernán tendrá que andarse con cuidado... —dijo, y el jolgorio estalló de nuevo.

Asella olió el ramo por la base y lo colgó en la pared, junto a otras plantas aromáticas. Luego se acercó a la mesa y le propinó tal pescozón al criado que a este se le cayó la cuchara sobre el plato y se volvió hacia ella, rabioso. Los demás reprimieron las risas ante la mirada iracunda de la criada.

—No te tolero ni una más, ¿me oyes, Lelio? —le advirtió, recalcando las palabras con frialdad—. ¡Ni una más!

El siervo la miró con odio, conteniéndose. Ella le dio la espalda y continuó sus tareas en el poyo, la mano aún hormigueándole.

Cachorro estaba sentado sobre la empalizada cuando llegaron Hernán y los otros criados. Había cogido los lazos y las cuerdas, y los tenía apoyados sobre uno de los travesaños. El hombre entró por la puerta de la cerca y se situó junto a él, buscando con la mirada entre la manada de potros que se arremolinaban al fondo.

—¿Cuál nos va a dar más problemas? —preguntó sin mirarlo.

—El bayo de ahí —respondió el joven, señalando a un macho dorado con las crines negras. Hernán lo observó y asintió con la cabeza.

—Vamos a por él —le dijo—. ¡Vosotros! ¡Quedaos aquí y estad atentos! —ordenó a Lelio y al resto, que se habían encaramado a la empalizada.

Cachorro saltó del travesaño. Al caer se le deshicieron dos vueltas de las calzas y estas comenzaron a arrastrar. Cogió un lazo y le pasó otro a Hernán, y ambos se dirigieron hacia la recua con cuidado. El chico, doblándose una de las anchas mangas del sayo, solo para constatar que, por su peso, la tela volvía a desliarse cada vez que bajaba el brazo.

Cuando consiguieron acercarse al caballo entre los vaivenes de la manada, Cachorro tenía las manos cubiertas por las mangas, entorpeciéndole los movimientos; y las perneras de las calzas bajo los pies, haciéndole tropezar de vez en cuando para divertimento de Lelio y los criados, que observaban la escena aguantándose la risa.

Hernán consiguió arrinconar al potro y el chico alzó el brazo para colocarle la cuerda. Al hacerlo, el movimiento, unido a la ancha manga del sayo, espantaron al animal y este reculó, preparándose para levantar las manos. Una de las patas le pisó las calzas cuando estaba retrocediendo y el chico cayó de espaldas. Fue la rapidez de Hernán al cogerlo del sayo y arrastrarlo a un lado de la cerca la que lo salvó de ser pisoteado por el caballo.

—¡Así no se puede trabajar! —estalló el hombre— ¡Vete de aquí y no vuelvas con esas ropas! Tienes suerte de que el señor se haya marchado a Cordoba. Si estuviera aquí, te devolvería él mismo a Guma.

Cachorro salió de la empalizada, no sin antes ver cómo Lelio y Antonino cruzaban una significativa mirada, conteniendo la risa por miedo a la contrariedad de Hernán. Una vez fuera volvió a doblarse las perneras y las mangas, enrabiado. Si hubiera tenido un cuchillo, las habría cortado allí mismo. Se dirigió al manzano. Se pondría su ropa así estuviera chorreando agua y apestando a hurón. Cuando llegó, vio alarmado que las prendas no estaban donde las había dejado colgadas. Miró alrededor con ansiedad. Era imposible que la escasa brisa que corría las hubiera arrastrado, pero tenía que comprobarlo. Pensó en Asella. Quizá la criada las hubiera visto y se las hubiera llevado para lavarlas mejor. Corrió hacia la cocina, las perneras otra vez arrastrando.

La mujer lo vio llegar, a grandes zancadas, preocupado, y pensó que a Hernán le había ocurrido algo.

—Asella, ¿habéis cogido vos mis ropas? Estaban secándose en el manzano junto al establo —le dijo precipitadamente, señalando el lugar. Ella lo miró sorprendida y aliviada por la pregunta.

—Las he visto esta mañana, pero no las he tocado. ¿No están allí? —contestó, pero el chico ya se había dado la vuelta y se dirigía a la habitación de los criados. Al rato observó cómo salía corriendo e iba hacia los establos, tirando de las perneras hacia arriba para no pisarlas; y luego hacia las porquerizas.

Asella siguió preparando el almuerzo. Aún debía atender a la señora y no tenía tiempo para interesarse por la preocupación del chico, a pesar de que había conseguido contagiársela. Nada bueno cabría esperar si los siervos estaban detrás de la desaparición de la ropa. Cuando terminó con las tareas de la cocina y fue a echar los desperdicios a los cerdos, vio lo que habría visto Cachorro poco antes. La ira le encendió el rostro y el cuerpo, y volvió enrabietada a la casa. Antes de entrar, observó al chico limpiando los establos. Se había enrollado una cuerda alrededor de las pantorrillas para sujetarse las perneras. Luego le propondría arreglarle la ropa; estaba segura de que esta vez no se iba a negar.

Para antes del almuerzo, los hombres habían dado de mano con los potros. Hernán había cogido una yegua y se había marchado a los campos a comprobar si los jabalíes habían vuelto a bajar o si había rastro de ellos por los alrededores.

Cachorro, que ya había terminado las tareas de limpieza de los establos, se encontraba a las puertas de la cuadra, marcando con un cuchillo un trozo de cuero de una enorme piel de vaca. Quería reparar una de las sillas del señor y había preferido hacerlo fuera, pues manipularla dentro, con aquellas dimensiones, habría asustado al caballo. Vio a Lelio salir de la empalizada acompañado de otros siervos. Portaba en el brazo las cuerdas, riendas y lazos que él mismo había llevado a la cerca esa mañana. Se dirigía con los demás a la cocina cuando le gritó.

—¡Tú! ¡Ven y coge esto, que es tuyo!

Cachorro apretó los dientes y no levantó la cabeza de su labor. Odiaba al joven con toda su rabia.

—¡Eh! ¡Estoy hablando contigo! —dijo enojado, y los criados se detuvieron para mirarlo. Las voces atrajeron la atención de Asella, desde la cocina, y la de Benilde, que se asomó a la ventana de su alcoba para satisfacer su curiosidad.

Cachorro miró al criado esta vez, los ojos entornados, pero no se movió.

—¡Eh, lechón! ¿Prefieres ir a cogerlos a la pocilga? —amenazó, y los siervos comenzaron a sonreírse.

Asella ya se estaba secando las manos en el lienzo que tenía atado a la cintura, la ira cociéndose en el pecho, cuando vio cómo

Cachorro se levantaba despacio, soltando la enorme piel y colocándose el cuchillo en el cinto, y se dirigía hacia Lelio, que lo miraba con una sonrisa torcida. Al llegar junto a él, el chico extendió el brazo para que le pasara las cuerdas. El joven bajó el suyo y las arrojó a un lado, en el suelo, ante las risas de los demás.

—Ya vuelves a tener manos... Cógelas, pues —le dijo y se apartó.

Cachorro le clavó unos ojos que ardían de rabia, sin dar un paso, tentado de darse la vuelta; pero sabía que, de hacerlo, terminaría yendo a la pocilga a por ellas. Se tragó su orgullo y se agachó para recogerlas. Lelio aprovechó el gesto para colocarse por detrás y empujarle con un puntapié en el trasero. La fuerza del golpe lo proyectó hacia adelante sin que le diera tiempo a poner las piernas para equilibrarse. Cachorro cayó de bruces, tras gatear con las manos en la tierra, las mangas otra vez arrastrando.

Asella salió de la cocina como una exhalación, directa hacia Lelio —que se había dado la vuelta y se carcajeaba con los criados—, para ver, impactada, cómo el chico se revolvía en el suelo con la agilidad de una garduña y le propinaba tal patada en las corvas al joven que lo dejó arrodillado y con las manos en el polvo. Luego se le abalanzó encima con todo el peso de su cuerpo hasta hacerlo caer de bruces, la cara arrastrando en la tierra. Antes de que Lelio pudiera levantarse, Cachorro se había colocado a horcajadas sobre él, lo había cogido por el pelo, tirándole fuertemente de la cabeza hacia atrás, y le había puesto el afilado cuchillo en la garganta, ante la sorpresa del resto de los siervos, a los que la risa se les había congelado en los rostros.

—¡Cachorro, suéltalo! —gritó la mujer, alarmada, temiendo lo peor.

Él no solo no lo soltó, sino que apretó aún más el puño sobre Lelio, sacándole las lágrimas por el tirón, como el señor se las había sacado a él apenas un día antes, y acercó la boca a su oreja.

—La próxima vez que me ofendas o me pongas un pie o una mano encima, necesitarás más de dos para sujetarte las tripas en ese saco de estiércol que tienes por vientre —le dijo entre dientes, con una voz fría como la escarcha y afilada como la hoja que ya le había cortado levemente la piel del cuello en el forcejeo—. Damisela...

—¡Basta ya!

Cachorro escuchó la voz un instante antes de recibir el primer varazo en la espalda. Después, sin que le diera tiempo a soltar a Lelio, recibió el segundo en los muslos. Se volvió, panza arriba con el cuchillo aún en la mano y los brazos y las piernas en alto, intentando protegerse de la vara, para ver a Benilde, el pelo como una cascada alborotada sobre su rostro iracundo, dándole otro varazo que paró dolorosamente con las pantorrillas y los antebrazos. Luego ella se volvió hacia Lelio, que ya se levantaba, y le propinó dos golpes en la espalda.

Cachorro se puso en pie y soltó el cuchillo, el ceño fruncido, la cabeza baja. Benilde alzó de nuevo la vara hacia él, y el chico elevó ligeramente los hombros, preparándose para el golpe. Ella, al ver que no se protegía con las manos, se detuvo en el aire, incapaz de asestarlo. En vez de ello, le gritó.

—¡Vuelve a tu tarea!

Después se dirigió a Lelio, que se encogió, poniéndose los brazos en la cabeza.

—¡Y tú! ¡Coge las cuerdas y las llevas al establo! —le gritó y se giró hacia el resto de los siervos—. ¡Seguid con vuestro trabajo! ¡Hoy no hay almuerzo para nadie! ¡Mi padre sabrá de esto! —amenazó.

Cachorro se dio la vuelta, no sin antes mirarla brevemente para ver sus ojos encendidos. Luego vio los de Asella. Su enojo y su frialdad le hicieron más daño que la vara.

—Ese chico no ha hecho otra cosa que dar problemas desde que llegó —Benilde había seguido a Asella hasta la cocina y se había sentado en uno de los bancos de la larga mesa, aún furiosa por haber tenido que usar la vara—. Es desobediente, arisco como un gato salvaje y una calamidad. Solo a un bufón se le ocurre ponerse esas ropas.

—No tiene otras, aparte de las que le ordenasteis que se quitara ayer —intervino la criada, que permanecía de pie junto a la mesa—. Son de Hernán, se las di yo para que se lavara la muda. Cachorro llegó con lo puesto.

—Cachorro... Solo faltaba el nombre para completar la chufla —habló para sí, incorporándose—. Dile que las lave y que vista las suyas. Si mi padre lo ve así, le doblará el castigo.

—Eso ya no podrá ser, señora —intervino Asella. La joven la miró contrariada. Antes de que abriera la boca, la mujer continuó—. El chico lavó sus ropas, yo le di el jabón para que lo hiciera... Y lo hizo. Las vi tendidas esta madrugada y al mediodía estaban en la porqueriza, pisoteadas y desgarradas por los cerdos. No podría volver a ponérselas aunque quisiera —dijo tajante y resentida, y vio cómo la joven volvía a sentarse, girando la cabeza con exasperación—. Señora, los siervos se han estado cebando con el chico desde que llegó, soy testigo; y hoy ha reventado. Denunciadlo a vuestro padre si así lo deseáis, pero sabed antes que en ningún momento le he visto devolver una afrenta hasta hoy. Otros por menos ya habrían partido alguna crisma.

—¿Me estás pidiendo que oculte a mi padre lo que ha pasado? —Benilde la escrutó, incrédula.

—No osaría yo tanto, señora. Solo os digo que a mi parecer ese chico ya ha sido castigado bastante.

La joven continuó observándola, ahora con curiosidad.

—Asella, eres la única en la hacienda que lo defiende —le dijo finalmente.

—También soy la única que ha cruzado con él más de cuatro palabras, señora —contestó, manteniéndole la mirada.

Benilde se levantó del banco y se fue a la puerta, cogió la vara de su padre, que había dejado apoyada junto a la entrada y habló antes de salir:

—Quizá lleves razón...

Cuando se dirigía a la puerta de la casa miró hacia la cuadra y vio al chico manipulando una silla de montar. Sintió curiosidad y desvió el camino. Quería comprobar qué estaba haciendo.

También quería ver al caballo; desde que matara a Porcio, no había vuelto a entrar en la caballeriza. Le había tomado miedo tras ser testigo de cómo le abría la cabeza al criado.

Se acercó a Cachorro. Este, al percatarse de su presencia y de la vara, se levantó rápidamente, tensó el cuerpo y bajó la cabeza, preparándose para lo que viniera. La joven captó el miedo y su resignación, y sintió un regusto de culpabilidad que la incomodó.

—¿Qué haces con la silla? —inquirió con sequedad.

Él la miró fugazmente, extrañado por la pregunta, esperando un reproche, una amenaza o un varazo. Sin moverse le contestó.

—Se la remiendo a vuestro padre, señora.

—No es de mi padre, es mía.

Cachorro la escrutó, apenas levantando la cabeza, intentando averiguar si estaba molesta por arreglársela o por haber pensado que era del señor.

—¿Por eso montabais a pelo? —respondió impulsivamente, al recordar de pronto su tropiezo en el establo. Luego volvió a bajar la mirada, reprochándose la osadía.

—¿Cómo sabes que montaba a...? —Benilde se interrumpió, sorprendida por la sagacidad del chico—. Esa silla es inservible —dijo al final, con desdén.

—No lo será cuando termine de enmendarla, señora —dijo él humildemente, pero con seguridad—. Quedará mejor que estaba y no volverá a romperle unas calzas.

¿Y cómo sabía que le había roto las calzas?

—Sigue pues —concedió ella secamente, y lo vio sentarse y arremangarse hasta el codo. Al hacerlo, dejó a la vista la intensa franja roja que le había producido la vara en el antebrazo. Tenía que dolerle.

Se separó de él y se aproximó a la entrada de la cuadra. La puerta estaba totalmente abierta, dejando pasar la luz y el aire para el animal. Observó al caballo al fondo de la empalizada, tranquilo, aunque comenzó a mover las orejas al verla y a resoplar ligeramente. Cuando entró, el semental reculó.

—Señora —oyó que el chico llamaba; ella retrocedió para mirarlo—. Dejad la vara fuera, se asustará menos.

Benilde lo ojeó con suspicacia, pero hizo lo que le había dicho. Luego volvió a entrar y permaneció un rato cerca de la puerta. El caballo la observó con temor, pero esta vez apenas se movió. Era evidente que la actitud del semental había cambiado desde la última vez que lo vio, semanas antes. Aún desconfiado, parecía tolerar más la presencia humana.

—Sentaos en el tocón y habladle suavemente, le tranquiliza —oyó a Cachorro aconsejarle desde fuera. La joven vio el pedazo de tronco junto al banco de trabajo y se acercó con reticencia. Le pasó la mano por encima para comprobar el grado de limpieza y se sentó. Durante un rato observó al caballo con recelo mientras este la miraba cauto, moviendo las orejas.

¿Y qué le voy a decir?, pensó.

—Tranquilo, bonito, tranquilo... —musitó y se detuvo. Solía hablarles a los caballos cuando los montaba, pero hacerlo por consejo del joven y en su presencia, aunque no la estuviera viendo, le hizo sentirse ridícula.

—Venid cada día y traedle una manzana, le gustan mucho.

Benilde se sobresaltó. Cachorro estaba junto al quicio de la puerta y miraba al animal con afecto. Ella se levantó del tocón y se dirigió hacia afuera. Había decidido de pronto que ya había dedicado demasiado tiempo al semental. El chico, al verla salir, se echó a un lado para darle paso y bajó la cabeza. Cuando se iba, ella se volvió.

—¿Por qué no dijiste a mi padre que fui yo quien te partió el labio? —inquirió, seria—. ¿Temías su castigo?

El chico la miró brevemente, la sinceridad en sus pupilas.

—No, mi señora, en ese momento os temía más a vos.

Ella lo escrutó, confundida, intentando captar el verdadero sentido de sus palabras. Luego se giró, vara en mano, y se marchó con paso rápido.

Capítulo 6

Ermemir forcejeaba y pateaba para que Cachorro lo soltara. Estaban en el establo de su padre, pero era enorme; como la caballeriza en la que trataba a duras penas de meter al niño para retenerlo. Este le clavaba los talones en las espinillas hasta hacerle sollozar. Le dolían los brazos y la espalda de sujetarlo. Finalmente consiguió introducirlo en el habitáculo, pero el espacio entre los travesaños era tan grande que el crío volvió a escaparse por el hueco sin dificultad. Cachorro trató de cogerlo, pero las mangas del sayo eran tan largas que le cubrían las manos, impidiendo que pudiera agarrarlo. Corrió detrás de él, hasta que se pisó las pesadas y larguísimas perneras y cayó al suelo. Cachorro gritaba y gritaba. Sabía que si Ermemir salía por el portón, todo volvería a empezar... Y así fue, a pesar de sus gritos. Luego escuchó a su madre maldecirle en la lengua de los juegos, chillando, chillando. Cachorro se tapó las orejas con los puños para no oírla; aun así no conseguía dejar de hacerlo. La madre relinchaba y relinchaba...

Despertó sobresaltado, incorporándose, la respiración agitada y sudando, para ver al caballo moviéndose asustado de un lado al otro de la estrecha empalizada. Miró por toda la cuadra, buscando el origen de su miedo, hasta que cayó en la cuenta de que él había debido de provocarlo con sus gritos.

—Quieto, quieto... Ya ha pasado, ya ha pasado —dijo, intentando tranquilizar al animal e intentando tranquilizarse él mismo, su corazón latiendo desbocado en el pecho.

Permaneció incorporado mientras recuperaba el resuello y la consciencia de la realidad. Necesitaba entrar de nuevo en ella para salir de la estela angustiante del sueño. Tenía que eliminar hasta el último retazo de la pesadilla para evitar recrearla en cuanto se recostara y cerrara los ojos otra vez. Se pasó la mano por el rostro. La herida de la nariz le escoció, se le había olvidado que la tenía. La tocó suavemente para comprobar si se había abierto. No. No lo parecía a la escasa luz del candil que siempre dejaba encendido en la pared del rincón. Terminó por echarse en la paja. El dolor de los varazos en la espalda le recordó que la realidad no era mucho mejor que sus pesadillas. Se colocó sobre el lado derecho, encogiéndose bajo la manta. Si seguía a herida por día, no duraría un mes. Eso, si sobrevivía al castigo que el señor le diera. No, la realidad no era mucho mejor que el sueño. Era otra pesadilla, más tangible, menos angustiante, pero no por ello menos sombría.

El estómago le rugió. Llevaba un día sin comer, si podía llamarse así a lo que había hecho desde que abandonó la hacienda de Guma. Como esperaba, Asella no pasó por la cuadra para dejarle huevos ni manzanas. Vio en sus ojos que no lo haría, como vio que su paciencia con él ya se había agotado. De haberle hecho caso aún tendría sus ropas y no sería el hazmerreír de las comadrejas. Suspiró abatido.

Un gallo cantó, seguido al momento por la respuesta de otro, que lo hizo con más fuerza que el primero. Lelio tenía razón —pensó—, era un espantajo. ¿Y quién respeta a un espantajo?

Se incorporó; al menos intentaría dejar de serlo. Se levantó del montón de paja y se dirigió al caballo.

—Tranquilo, Leil, tengo cosas que hacer... —le dijo.

Encendió el otro candil que tenía en la cuadra y cogió las tijeras de cortar el cuero. Se midió la largura de las perneras de las calzas por encima del pie y les hizo un pequeño corte. Luego hizo lo mismo con la anchura por ambos lados de la cintura, dejando dos dedos más. Nunca antes había estado tan delgado como ahora. Desde que llegara a la hacienda había perdido al menos cuatro libras de peso.

Se quitó las calzas y las volvió del revés. A la escasa luz de las llamas observó cómo estaba cosida la prenda. No quedaría igual, pero al menos no parecería un bufón. Cortó una de las perneras por el sobrante inferior. Observó la anchura de la pieza y en un impulso se la llevó a la cabeza. Comprobó que era suficiente para cubrirla. Sus comisuras se elevaron levemente, ya tenía con qué hacerse una caperuza. Después procedió a coser el lateral de la pernera a la altura de la marca que había hecho en la cintura, usando la puntada y el hilo con que arreglaba los aparejos. La línea no salió demasiado recta, pero al menos sabía que era lo suficientemente recia como para no descoserse al mínimo tirón. Se colocó las calzas y quedó satisfecho con el resultado. Luego repitió el proceso en la otra pernera. Cuando volvió a vestirlas y comprobó que se ajustaban a sus muslos y a las caderas como deseaba, cortó el sobrante de los laterales. También le vendría bien para hacer vendas.

Ahora solo le faltaba ajustar el talle, era demasiado alto. Lo dobló en línea con el ombligo y lo cosió. Después le hizo una incisión por delante y le introdujo un cordel para atárselas a la cintura. Volvió las calzas y se las puso. El resultado le satisfizo, aunque vio que el tejido había empezado a deshilacharse por el corte inferior de las perneras. El lino de la prenda estaba tan desgastado que el hilo se soltaba con facilidad. Observó la terminación de las mangas y estudió el doblez que tenían. Decidió imitarlo en el acabado de las perneras.

Cuando finalizó con las calzas, la luz del alba se anunciaba en el cielo, y le dolía la espalda tanto como le escocían los ojos de forzarlos; pero aún tenía que cortarle las mangas al sayo. Fue lo siguiente que hizo, y después le redujo la largura a la prenda, hasta dejarla a la altura de la mitad de sus muslos. Con la anchura no sabía qué hacer. Tendría que estudiarla bien, pero estaba tan dolorido que lo dejó para la noche. Se apañaría sujetándolas con una cuerda como había hecho durante todo el día.

Se tumbó en la paja con los brazos hacia arriba, intentando relajar la espalda. El dolor de los músculos era ahora superior al que le provocaban los varazos. La claridad que entraba por el ventanuco le dijo que el sol acababa de salir y que él tenía que levantarse. Decidió tomarse un momento más hasta oír a los hombres afuera. Cerró los ojos, que se le habían quedado resecos, y respiró hondo. Pasara lo que pasara durante el día, al menos nadie volvería a reírse de su aspecto ni a quejarse de su olor, pensó; y en ese momento escuchó un rumor de paja y un suave resoplo. Abrió los párpados para ver a Leil echado en el suelo de la caballeriza. Lo primero que le vino a la mente era que estaba enfermo, y se alarmó, hasta que observó que solo estaba dormitando. Era la primera vez que lo hacía recostado en su presencia. O estaba tan agotado como él, o había decidido darle un margen de confianza. Prefirió pensar lo segundo.

Cachorro se presentó en la cocina cuando ya había desayunado la mitad de los siervos. La otra mitad seguía en la mesa más silenciosa que de costumbre. Asella, que retiraba unas ascuas del fuego sobre el que había colocado una olla, lo miró dos veces. La primera, para cerciorarse de que era él, que venía a comer con los criados; y la segunda, para comprobar qué ropas estaba vistiendo. Cuando constató que eran las de Hernán, frunció el ceño, confusa.

—Buenos días tengas, Asella. ¿Puedo comer algo? —dijo él, vacilante.

La mujer asintió inconscientemente con la cabeza y le hizo un gesto con la mano para que entrara y se sentara, aún preguntándose quién le habría arreglado las calzas y el sayo. Después cayó en la cuenta de que Lelio y Antonino todavía estaban en la cocina, y miró al primero temiendo su reacción.

Cachorro vio al criado, pero no se detuvo. Tomó asiento en el extremo libre de la mesa, en diagonal a él, mientras los siervos lo miraban sorprendidos; para luego observar a Lelio, esperando una respuesta de su parte. A este se le endureció la cara, pero no dijo nada.

Antonino se levantó y le lanzó una mirada llena de desconfianza y asco. Iba a hablar algo cuando se encontró con Asella, que le llevaba un plato de guiso al chico, y le clavó tal mirada de advertencia que al siervo se le congelaron las palabras en la boca. Resopló airado y cruzó la puerta.

Cachorro inclinó levemente la cabeza al recibir la comida. Tenía tanta hambre que había comenzado a ensalivar desde el mismo momento en que entró en la cocina y percibió el olor de las viandas. Tuvo que hacer verdaderos esfuerzos por controlarse y no comer como un animal. Aún temía que todo volviera a torcerse y se quedara de nuevo en ayunas. Entre cucharada y cucharada, miraba de vez en cuando a Lelio, que lo miraba a su vez con odio, pero en ningún momento se achantó. Había percibido el miedo del criado cuando lo tenía agarrado del pelo, sumiso como un cordero al que van a degollar, y ahora su resentimiento se había tornado en desprecio. Respondía a sus ojos con una frialdad que mantenía a raya al gañán, pues este desconfiaba ya de lo que podía esconderse tras los suyos. Al rato, Lelio se levantó y salió, seguido del resto de los hombres.

Asella se acercó a la mesa, le dejó un trozo de queso, nueces y unas manzanas, y se dispuso a recoger los platos y los restos que habían dejado los criados.

—¿Quién te ha enmendado la ropa? —preguntó.

—Yo —le respondió, mirándola apenas. Vio en ella la expresión de incredulidad o de sorpresa que tenía cuando llegó—. Sé coser aparejos, Asella, y el lino es más blando que el cuero.

Ella le cogió la manga y observó el acabado. Cachorro retiró el brazo, intentando no ser brusco esta vez.

—La puntada no es derecha. Me dolían los ojos y estaba muy cansado... —se excusó, esperando la crítica.

—Hasta le has hecho un dobladillo... —dijo ella para sí, maravillada.

—La tela se estaba deshilachando... —justificó.

Asella se alejó con los platos, que colocó en el poyo, y luego entró en la pequeña alcoba. Salió con el tarro del ungüento.

—En verdad que me sorprendes —dijo y se aproximó de nuevo a él. Le levantó el rostro por la barbilla—. Te ha vuelto a sangrar la herida. Si no te la dejas quieta, no se te cerrará nunca.

Se quedará la marca para toda la vida... —habló, y él no supo si lo último era una afirmación o formaba parte de la advertencia.

La criada aplicó una ligera capa de pasta sobre la nariz y comenzó a soplarle. El chico elevó los enormes ojos hacia ella, parpadeando levemente al notar su aliento, y Asella aprovechó para recrearse en ellos. Eran muy hermosos.

—Ya no escuece —dijo él, retirando la cara y partiendo un trozo de pan.

—¿Quiénes eran tus padres? —preguntó intrigada, y vio cómo se cerraba. Tras un momento, contestó:

—No los recuerdo.

—¿Cómo es eso?

—Era muy pequeño... —se excusó y no dijo más.

—¿Eran siervos? —insistió, y él se encogió levemente de hombros.

—¿Qué iban a ser si no? —musitó apenas.

Asella lo escrutó con el ceño fruncido. Sabía que estaba huyendo y que no iba a sacar nada de él. Volvió a su tarea, mirándolo de cuando en cuando. Estaba más delgado, a pesar de que el enorme sayo magnificara la impresión, y parecía más menudo. Al rato vio cómo se levantaba del banco y echaba las cáscaras de las nueces en el plato; luego lo cogió y agarró los corazones de las manzanas con la mano. Dejó el primero en el poyo, ante la mirada desconcertada de la sierva, y se acomodó los segundos en el puño.

—Gracias —se despidió tímidamente y salió de la cocina.

Asella no dijo nada. Observó el plato y luego la mesa, sin apenas una miga. Se volvió hacia él, para verlo entrar en la cuadra con su paso largo y desgarbado.

La repentina irrupción de su marido en la puerta la sacó de sus reflexiones con un respingo.

—Me has asustado...

—¿Tú sabías lo que pasó ayer, esposa? —le espetó él, enojado.

—¿Qué pasó ayer, esposo? —contestó ella, tensándose, pero manteniéndole el pulso con la mirada.

—Qué el caballerizo intentó degollar a Lelio.

—¿Quién te ha dicho eso? —preguntó a la defensiva.

—He visto a la señora. Me acaba de decir que ayer hubo una pelea entre los siervos y que ella los castigó. Luego le he preguntado a Antonino y me ha contado que el chico quiso matar a Lelio.

—Si Cachorro hubiera querido hacerlo, lo habría hecho; tiempo y razones tuvo. Lo que yo vi es que se defendió de una afrenta, o de más de una... —respondió ella, severa—. La señora Benilde los separó con la vara. No creo que vuelva a pasar, a menos que sigan incordiando al chico. Pero ya han visto todos que sabe defenderse solo...

—Tendré que contárselo a don Froila... Ese chico no me da más que problemas —se quejó.

—¿Te ha dicho la señora que lo hagas?

—No...

—Pues entonces déjaselo a ella —dijo la mujer con autoridad—. Y si tú quieres paz entre los siervos, empieza atando corto al gañán de Lelio, y a callarle la boca a ese Antonino, que solo habla veneno.

—¡Tú siempre defendiendo al caballerizo! ¡Hasta le has remendado la ropa! —replicó Hernán, fastidiado.

—¡Ha sido él quien lo ha hecho! Él chico vale más que esos dos bellacos juntos...

—¡Pues aún no ha demostrado valer para lo que el señor ha pagado por él! —protestó el siervo. Asella suspiró.

—Dale tiempo. Sabes que se le dan bien los animales, no tienes más que verlo con los perros —dijo ella, señalando hacia afuera, y vio cómo su esposo hacía un gesto de fastidio—, y además ya ha domado a un asno.

—¿Qué asno? —preguntó el hombre, confundido.

—A Lelio, que no es poco...

Hernán no pudo evitar soltar una carcajada. Sacudió la cabeza un momento, la sonrisa en la mirada, y busco los ojos de su esposa. Esta se la sostuvo, seria, mientras secaba una escudilla con un paño; para luego tornarla en pícara, las comisuras elevándose en sus labios, según se unía a la complicidad de su marido como tantas veces hicieran antes y tan pocas ahora.

—Tu agudeza es como el vino, esposa, mejora con la edad —dijo él poniéndole la mano en el hombro para darle un ligero apretón antes de salir de la cocina.

Benilde se asomó por la ventana de su alcoba. Su padre seguía en Cordoba. No volvería hasta dentro de dos días, pero no podía coger el caballo, puesto que esperaba la visita del padre Balduino como cada miércoles. Miró las tablillas de cera. La tarea que le mandara la pasada semana aún seguía inconclusa. Tenía que copiar el contenido de la pequeña tabla de la izquierda, escrita por el monje, en la de la derecha. Tamborileó con el estilo sobre el borde el díptico de madera, distraída. Quizá mañana podría escaparse si Hernán se marchaba a los campos... Pero para eso tenían que terminar pronto con los potros.

Volvió a mirar por la ventana. Los hombres estaban en la empalizada. Cachorro se encontraba en el interior y se movía con seguridad entre los caballos. Había colocado un lazo a una yegua después de someterla con tenacidad y tranquilizarla con movimientos suaves y caricias. Luego la dirigió hacia un potro más nervioso, colocándose tras ella de modo que pudiera acercarse al animal sin espantarlo. Benilde observó su indumentaria. No parecía la misma del día anterior, a pesar de la afirmación de Asella de que no disponía de otra muda. Al fijarse en el sayo vio que el chico había enrollado un cordel a lo largo de sus brazos para sujetar el ancho de las mangas. Pero fue la señal que la vara había dejado en su espalda al retener el polvo en la superficie de la prenda, cuando le propinó el golpe con todas sus fuerzas, la que le confirmó que se trataba del mismo sayo. Asella le habría enmendado las ropas, supuso.

Volvió al díptico encerado y leyó de nuevo las tres sentencias. Había copiado dos; solo le faltaba la última. El monje poseía una estilizada caligrafía de rasgos regulares y armoniosos que nada tenían que ver con sus torpes y asimétricas incisiones sobre la cera. Sabía que era cuestión de voluntad y paciencia, y que ella podía hacerlo mucho mejor... Si las tuviera, suspiró. Su maestro se había encargado de recordárselo con la propia sentencia Isidoriana elegida para el ejercicio. *Lo que hubieres comenzado con dificultad, con el uso lo acabarás con voluntad.* Sí, no había duda de ello, pues lo que sabía, lo sabía por la costumbre y la experiencia. Pero ¿para qué le iba a servir a ella el esfuerzo de aprender a leer y escribir, si su sino no era otro que desposarse y criar los hijos de su esposo?

Las voces de la calle le hicieron volver la atención a la ventana. Cachorro ya había colocado dos lazos en el cuello del potro y lo sujetaba con Hernán mientras el animal forcejeaba. Dos siervos más se le unieron para dominarlo. El chico aprovechó para subirse a su grupa sin cabalgarlo, solo apoyándose sobre el vientre. El animal intentó zafarse de él levantando las manos, pero los hombres lo retuvieron. Luego bajó los cuartos traseros y Cachorro desmontó rápidamente para evitar resbalar y recibir una coz. Benilde vio cómo repetían la maniobra con el mismo resultado. A la tercera vez, montó propiamente al caballo, agarrándose con fuerza a las crines. El alazán cabeceó, reculó y volvió a levantar las manos para quitarse el peso de encima; pero la férrea sujeción de los hombres y la destreza del chico sobre su grupa se lo impidieron. En un último intento, acosado y fuera de sí, bajó la cabeza y comenzó a cocear. Cachorro saltó de su lomo temiendo precipitarse y ser pateado. Al caer, desequilibrado, se fue al suelo y rodó como un dado, para levantarse con la misma agilidad con que se había arrojado del potro.

No cabía la menor duda de que el chico se movía como pez en el agua entre los caballos. Sabía anticiparse a sus movimientos, y mostraba una autoridad y un arrojo que rayaban la temeridad y que nada tenían que ver con su actitud retraída e introvertida frente a los hombres. Frunció el ceño, abstraída, mientras lo veía ayudar a los siervos a sujetar de nuevo al animal. La actitud huidiza del joven propiciaba que fuera interpretada como debilidad, y quizá los acontecimientos desde que llegó a la hacienda habían contribuido a potenciarla, pero, a pesar de esto, Cachorro parecía tener templanza y fuerza de carácter. Le vino la imagen de su rostro cuando se disponía a darle el varazo, preparándose para recibir el golpe sin siquiera intentar protegerse. ¿Era orgullo o era aceptación de la fatalidad? Quizá las dos cosas, pensó. Había una dignidad en su actitud que no concordaba con su aspecto desharrapado y mugriento, y esto la desconcertaba. O quizá fuera la fuerza y hermosura de sus ojos, que le otorgaban una nobleza de la que carecían su cuerpo y su posición.

Parpadeó. Vio a Cachorro montar de nuevo al caballo, ayudándose de sus crines, y cómo se mantenía en la grupa hasta que este, agotado, comenzó a dar muestras de sumisión.

Sí, pensó mientras volvía al díptico, su padre sabía lo que hacía cuando se lo compró a ese Guma. Y sí, Asella parecía distinguir mejor que nadie el grano entre la paja.

Capítulo 7

El padre Balduino era un hombre tranquilo, dotado de una paciencia a prueba de terquedades que a veces Benilde conseguía romper con sus atrevimientos. La actitud indómita de la joven contrastaba con la de los novicios del monasterio, aleccionados por la regla y acostumbrados a respetar y a acatar, sin cuestionarlos, la jerarquía de la Iglesia y sus preceptos. La señora era resbaladiza como un pez de río y no mostraba interés alguno en ser enseñada, a pesar de ser la voluntad de su padre; pero evidenciaba una fina inteligencia para el debate que, si no exasperaba al monje, sacaba lo mejor de él. Quizá era este el aspecto que más estimulaba al clérigo, aparte de la motivación interesada propia del monasterio.

El abad había elegido a Balduino intencionadamente. Era el único que aunaba aptitud para la didáctica y conocimiento de las mujeres, pues había estado casado antes de ingresar en la regla. Estaba convencido de que la continua exposición de un joven célibe con una hembra provocaría la corrupción de su espíritu. El padre Balduino había ayuntado en su juventud con ellas y había adoptado por convicción la vida monacal. Por tanto, lo creía a salvo de sucumbir, por curiosidad morbosa, a la tentación que suponía relacionarse con una mujer, a pesar de que estas llevaran el germen del pecado en su cuerpo. Confiaba plenamente en que su pasada experiencia marital lo protegería de sus ardides y del influjo lascivo que las rodeaba.

Ya en el interior de la casa, el monje se había acercado a la ventana para observar mejor el díptico encerado que le había entregado la joven, que aguardaba su juicio sentada junto a la mesa.

—Vuestra caligrafía evidencia el poco tesón que habéis puesto en el ejercicio —le dijo y se acercó a ella para mostrarle algunos renglones de la tablilla—. Lo habéis intentado tres veces al menos y habéis abandonado la tarea otras tantas por desinterés; no porque vuestras obligaciones os la hayan impedido.

—¿Cómo decís eso, padre? —preguntó ella, simulando ofensa.

El monje la miró adusto, la capucha de su pardo y basto hábito maximizando una ligera joroba que anunciaba el progresivo deterioro de la edad.

—Mirad. —Le señaló las tres primeras palabras de una sentencia—. Comenzáis con aplicación, pero luego perdéis la paciencia y queréis acabar con prontitud, descuidando con ello el trazo. —Le indicó un reglón en el que gradualmente la caligrafía se agrandaba y se mostraba irregular—. Aquí la abandonasteis y aquí la retomasteis de nuevo en otro momento. —Señaló la diferente factura de dos palabras consecutivas de una misma frase—. Y la última sentencia la habéis hecho de prisa y sin cuidado alguno, preocupándoos por acabar el ejercicio y olvidándoos de su finalidad.

Benilde bajó la cabeza, avergonzada. Luego la levantó impulsivamente para mirarlo.

—Padre Balduino, ¿de qué me va a servir tener una buena caligrafía si nunca voy a ser copista? Como vos sabéis, la intención de mi padre no es ingresarme en un convento.

—Porque la buena caligrafía requiere voluntad, y el ejercicio de la voluntad fortalece la rectitud del espíritu. —Golpeó levemente la mesa con los nudillos, dando autoridad a sus palabras—. Ya lo dice el docto Isidoro: la negligencia y la pereza disuelven el ánimo. No parece que hayáis captado ni un ápice de la enseñanza contenida en las sentencias que os mandé copiar.

—Es una caligrafía difícil... —se quejó ella.

—Es una caligrafía bella, la más bella de la cristiandad —le corrigió el monje, exaltado—; y emular esta belleza conlleva tesón, interés y hábito. Dios os ha concedido el privilegio de que la conozcáis, la sepáis leer y tengáis la posibilidad de reproducirla. ¿Cuántas mujeres en Cordoba pueden decir esto?

—Padre, vos parecéis amar estas letras. ¿Qué las hace diferentes de otras para que las consideréis mejores? ¿Acaso el alfabeto no es el mismo en todos los reinos cristianos desde los tiempos del imperio de Roma?

—Su elegancia, señora. La escritura que se hace en Hispania es más estilizada y armoniosa que la que hacen los francos o los bretones. Nuestras minúsculas tienen trazos altos y son holgadas en el renglón. Las suyas son anchas y redondas, y se unen apretadas. Los trazos de sus astas son bajos y terminan como esta espátula —dijo, mostrándole el acabado superior del punzón—. Mirad...

Balduino cogió la tablilla de madera y aplanó con el estilo parte de la cera escrita, y Benilde lo observó, suspirando aliviada en silencio. Había conseguido desviar la atención del monje apelando de nuevo a su amor por las letras. Se entusiasmaba como un niño, y bastaba una pregunta bien dirigida para que el hombre desatara su verborrea y sus amplios conocimientos, olvidándose durante un momento de ella. Balduino escribió dos palabras iguales con desigual grafía.

—Es difícil emular sobre la cera la diferencia entre estas letras, pues se manifiesta mejor si se caligrafían con tinta sobre pergamino y usando una pluma o un cálamo, pero aun así podréis distinguir que la apariencia es distinta —habló satisfecho, enseñándole el resultado.

Benilde asintió mostrando interés y mirando al monje para ratificar su afirmación mientras pensaba que qué importaba hacerla de una u otra manera si el significado de la palabra no cambiaba.

—Es en verdad más bella, padre, y Dios os ha dotado de buenas manos para ensalzarla.

—Sí, pero lo que me da de más en las manos, me lo va restando de la vista... —Suspiró resignado—. Señora, no basta con unas manos capaces, son necesarios también...

—El uso y la voluntad —interrumpió ella, remitiéndose a la cita Isidoriana, y vio cómo él asentía complacido—. Me aplicaré, padre.

El monje la miró incrédulo, pasándole de nuevo el díptico de madera.

—¡Hablad entonces con vuestras obras... Y rehacedla! —dispuso. Luego buscó en el interior de una bolsa de cuero que había dejado sobre la mesa y sacó un pequeño cuaderno de pergamino. Lo acarició con cuidado, como intentando quitar el polvo que hubiera podido atrapar en el recipiente, y se lo entregó. Benilde lo tomó y lo observó sorprendida. Era un pequeño libro en octavo que no tendría más de veinte páginas, escrito en cuidada letra con tinta roja y negra, y con algunas sencillas iniciales miniadas al comienzo de los pocos capítulos que contenía. Estaba sin encuadernar y la página que hacía la función de cubierta aparecía sin escritura. La joven pasó los dedos por la superficie.

—¡Es muy suave! —exclamó, mirando al monje.

—Es vitela, señora, el pergamino más blanco y delicado. Ese en concreto —dijo, y señaló al cuadernillo— proviene de la piel de un cordero recién nacido. Pero es aún más blanco el que se obtiene del animal no nato.

Benilde reprimió una mueca. Le horrorizó pensar que se pudiera matar a una oveja preñada solo para aprovechar la piel de la cría aún no parida.

—Es para vos —prosiguió el monje con una sonrisa—. Contiene una selección de soliloquios y sentencias que os ayudarán a alcanzar la rectitud moral que se espera de vos, y que habréis de fomentar en vuestros hijos, cuando los tengáis —apostilló.

Ella le hizo una reverencia, como agradecimiento. La alusión a la maternidad le recordó la conversación mantenida días atrás sobre la conveniencia del matrimonio.

—Padre, ¿sabíais que el obispo de Cordoba estuvo en la hacienda?

—No —respondió él ocultando su sorpresa—. ¿Qué razón lo trajo por las tierras de vuestro padre?

—La compra de unas yeguas y un viaje camino a Eliberri y a Acci. Parece que tenía que tratar asuntos con los obispos.

El monje frunció el ceño, mirando pensativo hacia el suelo de la sala y entornando sus ojos inteligentes y nerviosos.

—Reunión de pastores... Algo se cuece en la diócesis de Ispali, o en la corte de Toleto —habló más para sí que para ella.

—Padre, el obispo dijo que el hombre está hecho a imagen de Dios —citó Benilde, y el clérigo la miró desconcertado.

—Así es, señora...

—¿Y la mujer no?

—No, puesto que fue creada del costado de Adán, por eso Isidoro dice que fue hecha a imagen del hombre, precediéndola este en orden. Eva mostró su inferioridad y debilidad de carácter al sucumbir a la tentación del pecado representado por la manzana —dijo el clérigo, acompañando su discurso con leves movimientos de las manos que adornaban sus palabras.

—No hay justicia si el error de una lo ha de pagar el resto...

—Así es, mi señora. Todos los hombres estamos condenados a sufrir por el yerro de Eva —interrumpió Balduino, pero Benilde no se refería a ellos, sino a las mujeres. Vista la interpretación del monje, prefirió dejarlo donde estaba y volvió a sus dudas.

—Cuando el obispo dice que el hombre está hecho a semejanza de Dios, ¿se refiere también a su divinidad?

—No —contestó alarmado—, solo Dios y la Santísima Trinidad pueden ser Dios.

—¿Semeja entonces a su forma física?

—Si... —dudó el monje, preguntándose a dónde se dirigía su pupila—. Digamos que sí.

—No parece, por tanto, que Dios haya distinguido a la mujer por menosprecio, sino por sabiduría —manifestó ella, y vio cómo él la miraba expectante—. Si la hubiera hecho a su imagen y semejanza, como a los hombres, difícilmente podrían estos cumplir su mandato de crecer y reproducirse.

El monje enrojeció.

—Lo difícil, señora, es que un asno avance si su terquedad le impide moverse... No sé por qué me presto a la insensatez de vuestro padre —dijo, conteniéndose. Luego le dio la espalda y miró al techo—. Quizá Dios pone en vos una prueba a mi paciencia.

Las palabras del monje hirieron el orgullo de Benilde y se molestó. No solo despreciaba su razonamiento, sino que además volvía a mostrar su disconformidad por tener que formarla. Y no era que ella deseara fervorosamente que lo hiciera, pero sus razones subyacían en el desinterés, no en la incapacidad, que era lo que parecía creer el padre Balduino.

—¿Por qué os contraría enseñar a una mujer? —preguntó resentida.

—Porque no procede, y es un esfuerzo inútil...

—¿Y si fuera un hombre? —insistió.

—Varones son los que enseño en el monasterio.

—¿Y qué me diferencia de un hombre?

—¿No es obvio? —preguntó el monje, mirándola con superioridad e impaciencia—. Vuestro sexo y vuestra naturaleza.

—¿Esa liviandad de corazón que según el obispo nos lleva al pecado? —inquirió seria, clavando sus ojos castaños, incisivos, en los del clérigo.

—Esa misma... ¿A dónde queréis llegar, señora?

—¿Y acaso no dice Isidoro que el pecado y los vicios son fruto de la ignorancia? —Volvió a insistir señalando una de las sentencias de la tablilla, y vio cómo él asentía—. Pues entonces con más razón deberíais esforzaros en enseñarnos. Además, ¿qué hombre que no sea clérigo prefiere leer y escribir a guerrear junto a don Teodomiro contra las tropas del imperio?

El monje la miró dudando si enfadarse o entrar en el debate. Decidió simplemente desistir.

—Señora, Dios ha puesto la tenacidad y la mente de un varón en vuestro cuerpo de mujer —dijo al final, y confirmó para Benilde que incluso con su halago la subestimaba.

Cuando el sacerdote se marchó de la hacienda, la joven se asomó a la ventana y vio que los siervos habían terminado su tarea con los potros. Fue a la cocina y preguntó a Asella dónde estaba Hernán. Al interesarse esta por lo que quería de él, ingenió una torpe excusa que delató sus verdaderas intenciones ante la mirada suspicaz de la criada. Pero no necesitó mentirle, su esposo aún seguía en la hacienda, marcando algunos animales con los siervos. Benilde torció ligeramente el gesto. Otro día sin poder montar... Se acercó al cesto de las manzanas y se introdujo una por el cuello de la túnica, que tenía ceñida al talle con una cinta de cuero; luego cogió otras dos y se marchó de la cocina, no sin antes dar un impulsivo beso en la mejilla de Asella, que la miraba preguntándose a dónde iba con la fruta.

Al aproximarse a la cuadra, escuchó la voz de Cachorro. Se detuvo para oír qué decía, pero por más que lo intentaba no lograba entender lo que hablaba. Su tono era tan bajo que no distinguía bien las palabras, pero sí lo que parecía apenas una melodía. Estaba cantando o recitando algo. Se acercó al portón abierto. Por la rendija de entre los goznes vio al chico junto a la empalizada de la caballeriza, con un puñado de heno en la mano y el caballo comiendo de él, los párpados entornados. Cachorro apoyaba su cuerpo en uno de sus brazos sobre el travesaño, relajado y absorto, más centrado en la melodía que musitaba que en la actitud del semental.

Cuando ella finalmente se asomó por la entrada, el joven se sobresaltó y dejó caer el heno, separándose de la empalizada. El caballo respondió a su tensión y a la aparición de la extraña reculando al fondo del habitáculo con un respingo. La joven lamentó haber interrumpido el momento, pero ya estaba hecho.

Cachorro la miró para atenderla, aún sorprendido por su inesperada entrada en la cuadra, y vio cómo ella se retraía con timidez en un principio, para luego recobrar su acostumbrada seguridad y su semblante autoritario. Le lanzó una de las manzanas que llevaba en la mano y él la cogió instintivamente, escrutándola confuso.

—Para el caballo —dijo, señalando al animal con la cabeza.
El chico comprendió y asintió.

—Señora, sentaos en el tocón. Si tenéis tiempo y paciencia, podréis dársela vos misma.

Hizo lo que le dijo, dudando que llegara a tanto, y se dispuso a observar cómo procedía frente al semental. Él se acercó de nuevo a la empalizada con movimientos relajados, y en un tono suave, sin dejar de mirar al animal, se dirigió a ella.

—Leil tiene mucho miedo y el miedo puede hacerlo peligroso, pero es un caballo noble.

—¿Leil?

—Así es cómo lo llamo...

—¿Qué nombre es ese? —preguntó. Él se encogió de hombros.

—Solo es como lo llamo, señora, a él le gusta. Pero vos podéis llamarlo como os plazca —dijo y dio un mordisco a la manzana, hasta sacarle un bocado que colocó en su otra mano—. ¡Leil!

El caballo lo miró, dirigiendo las orejas hacia el chico, y Benilde constató que atendía ciertamente a su llamada, aunque no se movió.

—Ven, Leil —insistió, adelantando la mano con el trozo de fruta—, esto te gusta más que el heno.

El animal cabeceó nervioso, pero no dejaba de mirar la manzana. Al rato, después de hablarle e insistirle, se aproximó dubitativo. El olor de la fruta se le hizo irresistible y terminó por colocarse a dos palmos de su mano, aún indeciso. Él dejó su brazo inmóvil delante de su hocico, los músculos del hombro tensándose dolorosamente; hasta que el animal cogió la fruta y retrocedió dos pasos. Cachorro retiró la mano suavemente y volvió a morder la manzana. El siguiente bocado tardó menos que el primero en ser devorado, y el que le sucedió, menos aún; y durante todo este tiempo el chico no dejó de hablarle y alentarle, tranquilizándolo.

Benilde observaba el proceso desde el tocón, muda e impresionada por la confianza y autoridad que Cachorro desprendía al relacionarse con el animal, y por la forma en la que había ido creando para él un espacio de familiaridad que fue venciendo su resistencia. Se sorprendió fijándose en su cuerpo. El amplio sayo falseaba sus formas, potenciando la imagen desgarbada y haciéndolo quizá más menudo de lo que era, pero tenía cierta delicadeza en sus movimientos y sus rasgos que lo distinguían de la mayoría de los siervos. Bien vestido, lavado y peinado hasta podría ser apuesto, pensó.

Cuando solo le quedaba un tercio de la fruta, él se dirigió a Benilde.

—Acercaos a mí con suavidad —le dijo—. No mostréis miedo. Leil lo notará y sentirá que hay algo que temer.

La joven dudó un momento antes de levantarse del tronco. Estaba disfrutando con lo que veía y no quería asustar de nuevo al caballo. Aun así, hizo lo que le había pedido, lentamente. Cuando había recorrido media distancia, el semental amagó con retirarse, y ella se detuvo. Cachorro atrajo de nuevo su atención hacia él, dándole el trozo de manzana que le quedaba, y Benilde consiguió acercarse un poco más. Al final pudo situarse junto al chico sin que el animal se espantara, a pesar de su actitud desconfiada. Ella dio un mordisco a la pieza que llevaba en la mano y le pasó el trozo a Cachorro. Él lo puso a la altura del hocico de Leil y este lo cogió con los belfos.

—Intentadlo vos con cuidado, extendiendo la palma...

—Sé cómo darle de comer a un caballo con la mano —interrumpió ella, sin elevar el tono y sin dejar de observar al animal. Mordió de nuevo la manzana y tomó el bocado con los dedos. Cachorro la vio dudar.

—No tengáis miedo.

—No tengo miedo —respondió inquieta, sin levantar la voz, pero lanzándole de soslayo una mirada orgullosa. Él acató su advertencia, que más que molestarle le divirtió, aunque nada reflejó su rictus reservado.

Benilde extendió el brazo con suavidad pero sin mostrar dudas. Después de lo dicho no podía evidenciar su inquietud; el amor propio se lo impedía. El caballo respondió retrocediendo unos pasos. Cachorro lo alentó, acercando su mano a la de ella. Cuando el animal volvió a aproximarse, él la colocó bajo la suya y Benilde frunció el ceño. Le habría increpado de no haber sentido el aliento del animal en la palma y sus labios cogiendo el fruto. El chico retiró su brazo en ese momento. El entusiasmo que embargó a la joven le hizo olvidar el atrevimiento del siervo, y volvió a morder la manzana para darle otro trozo, esta vez sin su ayuda. Benilde vio como Leil respondía de nuevo a su ofrecimiento, algo más confiado, y su entusiasmo se tornó en emoción y esta, en una alegría que le iluminó la cara y que quiso compartir con él.

Cachorro observó su rostro encendido, los ojos brillando con la pasión de una niña, la sonrisa abierta que partía bellamente en dos su barbilla, trayendo reminiscencias en las que no quiso detenerse; y por primera vez vio a la joven que había tras la señora. La visión derribó un muro y por él atravesó su alegría para contagiarle la mirada y provocarle lo más parecido a una sonrisa que pudieran mostrar sus labios desde que llegó a la hacienda. Y Benilde se percató del gesto.

—Me gustaría sacarlo a la empalizada en cuanto se deje colocar unas riendas, señora, si os parece bien. Necesita moverse —le dijo mientras ella le daba el resto de la manzana.

—Sí, siempre que puedas dominarlo.

—Creo que podré hacerlo, mi señora —afirmó.

Ella asintió, dándole su consentimiento, manteniendo su mirada en él un instante, y esta se quedó clavada a sus pupilas esmeralda, sin saber cómo ni por qué; y tuvo la turbadora sensación de que esos ojos tenían la capacidad de meterse en sus entrañas. Retiró la vista con cierta premura para dirigirla al caballo, y luego se dio la vuelta con intención de marcharse. Cuando salía de la cuadra, Cachorro vio cómo se tocaba el costado, se detenía, metía la mano por el cuello de su túnica con descaro y, ante su sorpresa, sacaba otra manzana. Se la lanzó y él la atrapó. Estaba caliente.

—Esa para ti —le dijo. Después lo miró pensativa y sonrió con picardía y complicidad—. Creo que Adán sería un buen nombre para el caballo —añadió, y se fue con unas risas.

—*Sí* —pensó él mirando la fruta, dudando— *si vos os llama-rais Eva...* —Y le dio un bocado.

Al caer el sol, cuando Cachorro terminó de inspeccionar las ca-ballerizas y volvió a la cuadra, encontró sobre el banco de ma-dera un hatillo con lo que parecía ser ropa. Lo desanudó y pudo comprobar que se trataba de un sayo y unas calzas prácticamen-te nuevos, exceptuando dos remiendos a la altura de las nalgas en una de las perneras. Cogió el primero y se lo colocó sobre los hombros. Parecía ajustarse a su tamaño, o quizá fuera algo más grande... Luego se lo acercó a la nariz. Olía a espliego.

Esa noche soñó con Leil. Había conseguido colocarle unas riendas y lo llevaba a la empalizada. Su padre estaba allí, espe-rándolos. Sujetó al caballo, le acarició el cuello y luego le ayudó a montar a su grupa con aquellos fuertes brazos, elogiándolo por haber logrado domar al animal. Lo miraba con el rostro encen-dido, orgulloso; sus varoniles ojos verdes brillando de gozo y complicidad, la risa divertida y socarrona, la barbilla partida...

Y sintió cómo el pecho se le llenaba de una felicidad tan intensa que despertó. Sin sobresaltos, sin gritos. Despertó para lamentar al momento el haberlo hecho. Se habría quedado viviendo en el sueño, así le costara la misma vida. Todo antes que sentir cómo la dicha se tornaba en aquel dolor tan hondo que le inundaba el alma hasta rebosar, convertido en dos lágrimas que rodaron en silencio por sus mejillas. Apretó los ojos en una mueca desespe-rada. Nunca estaría libre de sus sueños... Hasta los más bellos terminaban haciéndole más daño que la peor de sus pesadillas.

Capítulo 8

En los días que siguieron Asella fue testigo de la transformación de Cachorro, paralela a la evolución del interés de Benilde por el caballerizo; si bien este nunca pareció mostrar intenciones de alentarlo. El gesto de la señora de regalarle una de las mudas que usaba para cabalgar, por muy poco uso que ya les diera o por muy remendadas que estuvieran, demostraba que su actitud con él había cambiado del desprecio al aprecio. Y lo que en un principio había visto con alivio y agrado, tras algunas semanas comenzó a preocuparle.

Era propio de la naturaleza de una joven en la flor de la vida sentir interés por varones de su edad; pero no lo era que una señora lo hiciera por un siervo, aunque este tuviera los ojos más hermosos de Cordoba. Y no podía culparla. La lejanía de la hacienda respecto a la ciudad impedía que Benilde se relacionara con jóvenes de su misma condición. Su padre tampoco parecía tener mucho interés por cambiar ese estado de cosas llevando a su hija a acontecimientos relevantes de Cordoba, Egabro o Eliberri, que le permitieran darse a conocer en otras familias de su rango. Benilde se había criado sin la influencia de su madre durante los años más delicados de su vida. Aquellos en los que se despiertan los apetitos sensuales que vuelven a las jóvenes enamoradizas, y Asella temía que el carácter impulsivo de la señora la llevara a cometer alguna imprudencia.

Y en este escenario la transformación de Cachorro no ayudaba. Sí, seguía oliendo a caballo, huía de las personas como de la lepra y evitaba darse a conocer cuando no tenía más remedio que relacionarse con ellas; pero su aspecto había mejorado sensiblemente. Era atento con quienes lo trataban bien y delicado con las mujeres... Aunque no lo pretendiera. Este rasgo lo distinguía de la rudeza y grosería del resto de los siervos y lo convertía en su centro de atención, tanto de ellos como de ellas. De los primeros, para despreciarlo y hacerlo objeto de sus burlas; y de las segundas, para mostrarle su interés con requiebros e insinuaciones pícaras... Lo que aumentaba aún más la animadversión de los hombres.

A esa atención respondía Cachorro con indiferencia y distancia. Y con estas habría respondido también a la señora de no ser quien era; de eso Asella estaba convencida, pero el apego que tenía Benilde por el semental obligaba a Cachorro a compartir parte de su tiempo con ella. A la criada le había preocupado el interés de la joven cuando comenzó a oírle hablar reiteradamente sobre el chico y el caballo. Su experiencia le decía que lo que andaba en la boca, andaba antes en el pensamiento, y Cachorro estaba constantemente en la suya. Lo que realmente temía era que le anduviera ya por el corazón.

Esa tarde Benilde había ido a la cocina para pasar un rato con ella mientras preparaba la cena. La joven, sentada junto a la mesa, se entretenía limpiando unas judías.

—Cachorro va a sacar mañana a Adán. Ya ha conseguido ponerle la jáquima sin que se espante.

La criada frunció el ceño. Consideraba un sacrilegio llamar a un caballo con el nombre de una persona; más aún si este estaba sacado de la Biblia. Pero a la joven parecía divertirle especialmente.

—No me gusta ese nombre —se quejó.

—¿Prefieres Barrabás?

Asella guardó silencio. No, no prefería Barrabás.

—Cachorro dice que quizá esté preparado para montarlo en menos de un mes —oyó que decía, y la criada se giró como un resorte para mirarla.

—¡No se os ocurra montar a ese animal! —le advirtió severamente.

—Cachorro dice que se dejará domar...

—Por mucho que lo dome —interrumpió— no conseguirá quitarle su naturaleza de semental. No me obliguéis a hablar con vuestro padre —dijo, pretendiendo ser amenaza lo que sonó más como un ruego.

Benilde no protestó. Sabía que si Cachorro lograba domarlo, y de ello estaba segura, su padre no le impediría cabalgarlo siempre que Adán le inspirara confianza, y tenía plena fe en que así sería. La joven se sumió durante un instante en sus reflexiones y Asella temió haberla molestado con sus palabras. Salió pronto de su error.

—He estado pensando que quizá Cachorro sea hijo bastardo de Guma. No es como los demás siervos...

La criada, que pelaba unos nabos, se detuvo, pero no se giró; luego continuó con lo que estaba haciendo.

—No, no lo es, señora. Pero me cuesta pensar que un padre venda a su hijo, por muy bastardo que sea.

—Pues yo no puedo entender que lo haya vendido si lo apreciaba tanto como caballerizo. Quizá la esposa de Guma descubrió que era su bastardo y no lo quiso en la hacienda —insistió la joven.

Asella pensó que el argumento tenía sentido, pero aun así se resistía a pensar que don Guma se deshiciera de un hijo suyo. En ese momento entró Hernán por la puerta con cinco huevos en la mano. Al ver a la señora hizo una reverencia con la cabeza.

—Hay una gallina que está poniendo dentro del serón —dijo—. Una o varias... Lo voy a tener que colgar bien alto de la pared para que no se suban.

La criada le señaló la cesta que contenía los que había cogido durante el día y él los puso en su interior.

—Esas gallinas deberían estar encerradas. Pierdo la mañana buscando los huevos por toda la hacienda... —protestó ella.

El hombre se dirigió hacia la tinaja del agua y se sirvió un vaso hasta los bordes que bebió de un trago. Asella aprovechó la presencia del marido para pedirle su opinión.

—Hernán, ¿crees que Cachorro es un bastardo de don Guma?

El hombre la miró sorprendido y arrugó la cara.

—Pero ¿qué disparates dices, esposa? ¿Cómo va a ser un bastardo del señor Guma, mujer?

—He sido yo quien lo ha pensado, Hernán —intervino Benilde rápidamente, provocando el rubor y la vergüenza del siervo.

—Perdonadme, señora, no quería ofenderos —se excusó contrito, bajando la cabeza con sumisión.

—¿Por qué dices que es un disparate? —insistió.

—Porque don Guma encontró al chico abandonado por la sierra de Anticaria cuando era un niño. Si conocierais al señor, sabríais que sería incapaz de vender a un hijo, aunque no fuera de su esposa. Es un buen hombre. Ya le costó desprenderse de Cachorro.

—¿Por qué lo hizo entonces? —preguntó Asella, tan interesada en el pasado del joven como la señora. Hernán suspiró y dejó sobre la mesa el vaso que aún sostenía en la mano.

—Porque tiene muchas deudas. Don Guma es un buen hombre, pero siempre le ha gustado demasiado el juego. Le pierden los dados, señora —dijo, dirigiéndose a esta—. Su esposa consiguió atar su vicio, pero murió hace dos años y se le ha desatado de nuevo. Le ha corrompido el entendimiento. Tenéis mucha suerte con vuestro padre, mi señora, su fortaleza de carácter le protege de este veneno. He visto hombres honrados perder el sustento de sus hijos en una sola noche. Don Guma ha tenido mala fortuna con una apuesta demasiado alta y unos negocios que no han prosperado. Necesita dinero, por eso está vendiendo lo mejor que tiene.

Pero a Benilde no le interesaban las tribulaciones de Guma.

—Y dices que a Cachorro lo encontraron abandonado. ¿Y no supieron quién era su familia?

—No. Adolfo, el siervo de don Guma —apostilló—, nos contó que cuando lo encontraron iba acompañado de unos perros y que no hablaba. Pensaron que era imbécil y que por eso lo habían abandonado. Pero el señor quiso quedarse con él porque demostró tener mano con los caballos. Luego vieron que imbécil no era, porque entendía lo que le decían, y sobre todo porque al tiempo comenzó a hablar sin traba, como si nunca hubiera dejado de hacerlo.

—¿Y a nadie se le ocurrió averiguar de dónde era o dónde estaban sus padres? —intervino Asella.

—No, no les hizo falta. Decía que el chico tenía pesadillas y gritaba por las noches. Los hombres estaban hartos de despertar sobresaltados con sus terrores, y desde entonces durmió en los establos con los perros. Por lo violentos que eran sus sueños, imaginaron que su familia debía estar muerta. Quizá ardió su casa o los mataron. Cuando le preguntaban al despertar, el chico parecía no recordar nada. Adolfo dijo que por el tiempo en que lo encontraron había habido ataques de tropas del imperio en la costa, con muchas muertes y pillajes. Tal vez el chico sobrevivió a una de ellas, pero nunca consiguieron sacarle nada, excepto el nombre.

—¿Cachorro? —preguntó Benilde, y Hernán asintió.

—El niño era extraño de todos modos, según dijo. Es como ahora, siempre huye de la gente, pero antes era peor. Siempre iba muy sucio, como al llegar aquí, y al parecer se inventaba palabras para hablar a escondidas con los caballos —prosiguió, y Benilde recordó el nombre que le había puesto al semental y cómo no conseguía entender lo que decía cuando lo oyó cantar—. Algunos hombres lo apreciaban, don Guma el primero, pero el resto desconfiaba de él por sus rarezas. Aquí no es distinto. Pero en verdad es bueno con los caballos.

—Sin duda que es bueno —asintió la señora—. Ya le ha puesto la jáquima al semental. Incluso come de su mano y ha conseguido que coma de la mía —dijo mostrando su entusiasmo.

—¿De vuestra mano? —Al hombre se le ensombreció el rostro—. ¿Cómo ha permitido que os acerquéis a él? ¡Voy a partirle la espalda a ese insensato!

—No vas a partirle la espalda a nadie, Hernán —contestó ella con altivez—. Cachorro solo hace lo que yo le digo que haga.

—Señora, ese animal es peligroso, y el chico lo sabe. No debería exponeros a él...

—El chico —parafraseó autoritariamente— conoce mejor que nadie ese caballo, Hernán. Y tú te guardarás de amenazarle o de advertirle a mi padre de cosas que no son —dijo tajante. Se levantó de la mesa, le dejó las judías a Asella y salió de la cocina.

El hombre miró a su esposa con preocupación.

—Los siervos murmuran que la señora pasa mucho tiempo en la cuadra con el caballerizo.

La mujer siguió troceando los nabos, ahora enérgicamente. También ella estaba inquieta, pero las palabras de su marido además la habían enojado.

—Son peores que un corral de viejas malpensadas —masculló entre dientes, pero luego añadió:

—Deberías dar más tareas a Cachorro.

—¡¿Más aún?! Ya tiene bastante con las que tiene, y el señor quiere que dome al semental. El problema no es él, es ella quien lo busca —protestó bajando el tono y señalando la puerta, y aunque no especificó si era él o el problema lo que buscaba la señora, Asella entendió que las dos interpretaciones eran válidas. Y el constatar que lo que ella estaba percibiendo no era ajeno a los demás abrumó más su ánimo.

Cachorro sabía que la actitud de Benilde respecto a él había cambiado desde que se presentara con las manzanas en la caballeriza. Hacía varias semanas de ello y aún estaba sorprendido por el gesto que tuvo de regalarle su propia ropa. Lo intuyó cuando vio el remiendo en las calzas, pero lo descartó por insensato. Fue Asella quien se lo confirmó al agradecerle él el regalo y demostrar esta que no sabía de lo que le hablaba.

Aceptó con agrado las ropas. Eran buenas, finas y le sentaban mejor que las de Hernán, pero constató que lo exponían ante todos y ante ella... Se sentía cómodo en la mugre, era un disfraz que lo apartaba del mundo. El rechazo de la gente lo protegía de su posible interés hacia él, y así Cachorro podía ser quien era. Podía desaparecer como desaparecen los objetos comunes ante los ojos de la multitud. Si era sucio, anodino y mudo como un aparejo de cuadra, nadie repararía en su persona, sería invisible en presencia de la gente. Pero desde que llegó a la hacienda le habían obligado a desprenderse de su protección. Le habían expuesto el rostro, quitado su mugre, vestido de bufón, y lo habían hecho el centro de atención de la casa. Y Cachorro solo quería desaparecer...

Las cosas parecían haberse calmado algo. Los siervos hacían chanzas de él, pero lo evitaban, como evitaban provocarlo. Lelio lo seguía mirando con odio y Antonino con desprecio. Murmuraban y se reían en su presencia, pero Cachorro no volvió a caer en su juego. Sabía que la indiferencia era la peor de las ofensas para quienes solo querían exhibirse.

Lo que no esperaba era el interés de las mujeres... Comenzó con la criada que ayudaba a Asella en sus tareas, que lo miraba con sonrisas recatadas que le incomodaban; y siguió con algunas otras que venían de los campos a la casa. Lo espiaban curiosas y se acercaban con excusas, riéndose entre ellas.

Pero aún esperaba menos despertar la atención de la señora. ¿Cómo podría llamar si no a aquella costumbre de mirarlo constantemente? ¿De buscar sus ojos a hurtadillas para luego huir de ellos turbada? Cuando estaba junto a ella sentía su presencia como un peso, una espada colgada sobre la cabeza, siempre a punto de caer. Habría disfrutado de su compañía, como disfrutaba a su manera la de Asella, si no fuera quien era. Admiraba su frescura, su descaro y la fina inteligencia, pero temía su lado salvaje. Lo intuía, del mismo modo que lo veía en las yeguas asilvestradas. Sabía cómo actuar ante estas, pero se sentía perdido ante ella.

Benilde visitaba la cuadra todos los días con una manzana o alguna otra fruta del gusto del semental, y este ya la reconocía. Se acercaba a la empalizada y le daba de comer poco a poco para disfrutar más tiempo de su presencia. El chico seguía con sus tareas en la caballeriza. No se atrevía a dejarla sola con el animal, pues no podía prever los impulsos de una y el comportamiento del otro ante ellos. Temía que Benilde le perdiera el respeto y terminara por confiarse, como estaba haciendo con él...

Solo dos días hacía que había cruzado esa línea.

Había llegado como otras tardes a la cuadra. Mientras ella estaba con Leil, él se empleó en la factura de unas riendas para el animal, sentado en el tocón. Sentía una rendija de sol procedente de la puerta proyectándose sobre su cabeza, caldeándole el rostro e iluminando el cuero que cortaba difícilmente con unas desvencijadas tijeras. Primero oyó sus pasos suaves sobre la paja, luego notó su presencia junto a él. Le cogió un mechón de pelo y Cachorro se tensó como la cuerda de un arco, haciendo verdaderos esfuerzos por dominar el impulso de zafarse.

—Tienes un extraño color de cabellos —le dijo—. Parecen morenos, pero al sol son como el cobre sin bruñir, salvo que brillan más. ¿De quién lo heredaste, de tu padre o de tu madre?

De la suma de los dos, pensó, pero no fue eso lo que dijo.

—No lo recuerdo, señora. De los dos, supongo.

Después le levantó los rizos de las sienes, de la nuca... Mientras él permanecía inmóvil, los músculos de la espalda y del cuello agarrotados.

—Al final, mi padre no te dejó tan mal... —dijo, y se marchó con una sonrisa, y él quedó lleno de confusión y violencia.

Pero no había de pasar un mes cuando aquella línea fue aún más rebasada para desventura de Cachorro. Aunque antes hubo de aguantar las preguntas curiosas de Asella y sus miradas de desconfianza. También la criada había percibido el cambio de actitud de la señora y recelaba de sus continuas visitas a la cuadra. Le inquiría dando rodeos, eludiendo directamente la cuestión, pero dejaba señales tan claras como las pisadas de un potro en un barrizal. Las respuestas indiferentes y monosilábicas del chico la exasperaban. Pero ¿qué le iba a decir que ella no intuyera ya? ¿Y cómo iba a acusar a la señora, y de qué? ¿Quién era él para hacerlo? Solo un siervo que quería desaparecer y no le dejaban... Al menos le confirmaba su desinterés, si es que eso servía de consuelo para Asella. Y no debió serlo, ya que a veces la veía pasar por la puerta de la cuadra lanzando miradas al interior a hurtadillas, temiendo el enfado de Benilde si descubría que la estaba vigilando. Él se hubiera sentido más cómodo con ella haciéndoles compañía; e incluso alguna vez la había llamado para que entrara, pero el caballo respondía con desconfianza y a la joven le molestaba. Asella debió captar algo que solo ella sabría, puesto que un día lo soltó. Lo llamó cuando salía de la cocina tras un almuerzo, y al mirarla le dijo críptica y severamente:

—Mantén la distancia —y luego volvió a lo suyo.

Sí, como si eso fuera tan fácil...

Sin embargo, de nada habría valido la presencia de la criada en la cuadra para evitar lo que temía, pues ni siquiera se produjo allí, ni Leil fue la excusa.

Fue en la caballeriza del señor Froila. Benilde había aprovechado la ausencia de su padre y de Hernán para salir con Lince, un macho brioso de color castaño que ella misma ensilló y montó sin ayuda alguna. Desde el estercolero la había visto alejarse como un rayo, vestida con la misma ropa que llevaba el día que la conoció. Cuando regresó era ya mediodía, y él se encontraba esparciendo la paja en la caballeriza. Entró sin desmontar, acalorada ella y sudando el caballo, llena de energía y euforia, como si más que cabalgar hubiese estado solazándose en un prado con una jarra de vino. Al verlo le sonrió.

—¡Qué afortunado eres siendo un varón! Puedes montar cuando te plazca —suspiró.

Él sujetó al animal del bocado para inmovilizarlo y ayudarle a desmontar.

—Señora, los siervos no hacemos las cosas cuando nos place —dijo y vio cómo ella le respondía con una sonrisa divertida y unos ojos benevolentes. Después, en un impulso pasó la pierna por encima de la grupa y saltó del caballo con ímpetu. Al caer salió impulsada hacia adelante y Cachorro la agarró del brazo para frenarla. El gesto la aproximó a él, y supo al momento que se había equivocado. Benilde rio divertida su propia imprudencia y aprovechó la corta distancia para mirarlo con complicidad, los párpados risueños.

—Eres tan crío que ni siquiera tienes barba —musitó, poniéndole suavemente la mano en la mejilla. Luego acercó su rostro al de él. Cachorro nunca sabría con qué finalidad, pues apresuró un paso atrás y bajó la vista.

—Señora, no olvidéis quién sois —dijo, y se hizo un silencio tan espeso que pareció que el aire se hubiese transformado en calostro. Luego sintió la bofetada, cuya violencia y conmoción llevó sus ojos sorprendidos a los de ella lo que dura un parpadeo. Suficiente para ver el brillo que dan a una mirada la rabia, la humillación y la vergüenza. Y no le dio tiempo de pedir perdón, pues ella salió a zancadas, los puños apretados; pero sí a sentir un escozor más sutil y doloroso que el golpe. La angustia tuvo el sabor metálico de la sangre de su encía, y el remordimiento el mismo peso y dimensión que la ofensa que acababa de infringir.

Asella podía estar tranquila, pensó con amargura, sabía bien mantener la distancia...

Capítulo 9

El acontecimiento del establo trajo dos consecuencias inmediatas para Cachorro. La primera fue que en las semanas que siguieron Benilde apenas visitó la cuadra, y cuando lo hacía era en su ausencia, lo que intranquilizaba al chico. Y la segunda, que este se sintió liberado, pero a la vez, para su sorpresa, también comenzó a sentirse solo. Tras aquel sentimiento se encontraba la culpa, junto con algo parecido al afecto... Lamentaba el gesto que tuvo con Benilde y más aún su advertencia, pero tampoco podía permitir que la señora se acercara a él hasta el extremo de besarle, aunque lo hubiera hecho en la mejilla.

Asella debió de anticipar algo, pues de lo contrario se habría ahorrado aquellas palabras que le dijo en la cocina. Le daba miedo lo que ocultaban... Y ahora, además, le inquietaba lo que podía esconderse tras la ausencia de Benilde, pues temía haber transformado su aprecio en odio; y aquello, aparte de no ser una buena nueva para él, lo entristecía.

En las escasas veces que habían coincidido tras el incidente, la señora no había querido ni mirarle, menos aún hablarle, excepto para darle secamente una orden. Y fue entonces consciente de que echaba en falta su sonrisa. Que esta, a pesar del peligro que pudiera albergar, se había convertido en un alimento silencioso de su ánimo que había caldeado algún recóndito lugar de su espíritu, que ahora había regresado de nuevo al frío... Y no quiso indagar en aquella sensación, pues sospechaba que lo acercaba más a la señora y levantaba más cuitas en Asella.

La especial percepción de la criada era evidente, así como la certeza de que había sucedido algo que había provocado un cambio de actitud en la joven, pues aprovechando una breve visita a la cuadra para interesarse inusualmente por el semental, abordó la cuestión.

—Parece que la señora Benilde ya no viene a ver el caballo tanto como antes, ¿no? —le había preguntado como quien no quiere la cosa. Él la había mirado de soslayo, brevemente, y algo debió captar ella en sus ojos que respondió a su pregunta, pues pasó a la siguiente.

—¿Por qué? ¿Qué os ha pasado?

Aún sin pretenderlo, aquel *os* había dotado a la frase de una intimidad que lo incomodó. La volvió a mirar, dudando qué podía o debía responder, y el tiempo que duró la deliberación colmó la paciencia de Asella.

—No vas a decir nada, ¿no? —se quejó en un tono exasperado— ¡Qué puedo esperar oír de ti si tú nunca dices nada!

Luego había chasqueado la lengua, negado y salido de la cuadra sin decir adiós. Y sin saberlo, Asella había confirmado la trascendencia de su gesto en el establo y del efecto que este había tenido en la señora, lo cual incrementó aún más su pesar.

El proceso de Benilde fue por otros derroteros. No conseguía entender por qué se había sentido tan humillada, tan herida en el fondo. Su orgullo la había llevado a golpear al chico, y lo lamentaba. Cachorro no hizo otra cosa que lo que se esperaba de un siervo. Le había guardado el respeto y mantenido la distancia que imponían las formas, y ella lo había premiado con una bofetada.

Desde que llegara a la hacienda, por unas razones o por otras, el chico había despertado su lado más salvaje y se había convertido en objeto de sus castigos. También de su atención. Se preguntaba el porqué. Por qué le afectaba y conmovía tanto todo lo que tuviera que ver con él.

La humillación y la rabia dieron paso luego a la confusión y a la vergüenza. ¿Qué había pretendido hacer? ¿Besarle? No conseguía entender qué había pasado por su cabeza en aquel momento. Se había dejado llevar por los impulsos y a punto había estado de cometer una imprudencia indecorosa. Aun sin llegar a consumarla, se había expuesto ante el siervo y lo había forzado a marcar un límite que debía haber impuesto ella.

Tras estas consideraciones que la resituaban en el lugar correcto en el que debía permanecer, estaban otras que la sacaban de él para dejarla confusa y perdida. Y es que al sentimiento de vergüenza se le había unido el de rechazo, pues así había interpretado una parte de sí misma el gesto de Cachorro. Y ahora dudaba si la bofetada había nacido de la humillación producida por su insolencia o de la frustración por no haber aceptado el chico su acercamiento. Y la constatación de esta última posibilidad la torturaba.

Desde que viera sus ojos dolidos cuando salió de la alberca entre tiritones, la presencia de Cachorro se había ido incrementando en su vida sin apenas darse cuenta. La estoicidad elegante del chico, su seriedad, su fuerza de carácter tras los continuos infortunios, la finura de sus rasgos... Todo había ido abonando una semilla que había terminado por enraizar y florecer dentro de ella. Ahora, por más empeño que ponía en arrancarla, apenas conseguía desbrozarla. De eso había sido consciente tras su reacción a las palabras de Cachorro, y decidió enmendar el entuerto que ella misma había provocado. Huyó de él como huía de la vergüenza de volver a mirarlo. Evitó cada posibilidad de encuentro, por lo que espació las visitas al semental, asegurándose de que el chico no se hallara en la cuadra cuando las realizaba. Consiguió con ello mitigar el escozor que le había dejado el incidente de las caballerizas y controlar su interés malsano por el siervo. Al menos durante el transcurso de las semanas que siguieron.

La primavera comenzó a anunciarse mucho antes de que terminara el invierno por las temperaturas suaves y la prolongación paulatina de los días. Las lluvias seguían sin aparecer y su

ausencia ya estaba alterando el normal crecimiento de las cosechas. Había preocupación en su padre y en los siervos de los
campos. También afectaba a los pastos, por lo que el ganado tenía
que moverse más para encontrar alimento. Si Dios no lo reme-
diaba, sería un verano difícil y habría un invierno con hambrunas, como había ocurrido hacía dos años.

A esta preocupación hubo que sumar otra. Desde Toleto llegó
la noticia de la muerte del rey Witiza en plena juventud, ni siquiera había llegado a la treintena. La voluntad manifiesta durante su
reinado de legar este a sus tres hijos, se convertía ahora en un
motivo de enfrentamiento entre los nobles, dada la minoría de
edad de sus vástagos y la necesidad de una regencia. Y precisamente era el *dux* de la Bética, Don Roderico, el que encabezaba
la oposición al testamento del soberano. Este defendía volver al
antiguo orden, en el que la sucesión real se llevaba a cabo entre
los nobles y no entre la parentela del rey muerto o depuesto.
Gran parte de los señores lo apoyaban, pero aquellos cercanos a
Witiza disentían. Las malas lenguas de los Witizanos hablaban
de pasados rencores como motivo de la oposición, pues Roderico era descendiente de Recesvinto, adversario de la familia del
rey muerto desde tiempos de Wamba. Y las voces críticas de los
contrarios acusaban a los señores que apoyaban a Witiza de pre-
tender instaurar la sucesión de los títulos y sus tierras por línea
sanguínea.

Fuera como fuese, la situación política era inquietante, pues
una sublevación o una lucha entre clanes supondrían nuevas
levas, y los señores tendrían que tomar partido por una u otra
facción litigante. Don Froila confiaba en que la sucesión se decidiera en el concilio y en que esta tuviera un apoyo mayoritario,
pues sería la única forma de evitar una guerra.

Las preocupaciones de don Froila no impedían, sin embargo, sus viajes cada vez más frecuentes a la ciudad. Benilde sabía
por comentarios de la servidumbre que su padre tenía una mujer
amancebada en Cordoba. Aquel hecho no la desvelaba. No sería
de buena cuna cuando no la había desposado ni llevado a la

hacienda. Mejor, pensaba; solo recordaba a una madre a la que idealizaba. No quería una extraña en su lugar que usurpara su posición en la casa. Las ausencias de su padre, además, permitían que ella incrementara sus escapadas a caballo, a pesar de la intranquilidad de Asella, que no aprobaba que la joven eludiera el control de don Froila. La cierta introspección generada por las dudas surgidas tras su desencuentro con Cachorro le había hecho refugiarse también en las tareas de la casa y en las que le mandaba el padre Balduino, que había notado con satisfacción una mejoría en la actitud de su pupila respecto de sus enseñanzas.

A pesar de su alejamiento de Cachorro, no podía evitar observarlo desde la ventana cuando se sentaba junto a ella para realizar sus labores de costura o copiar algún texto encomendado por el monje. El chico había empezado a sacar al semental de la cuadra y lo llevaba a la cerca con una larga cuerda para que se ejercitara y se moviera siguiendo sus órdenes. Aún no lo había montado, pero el animal mostraba mayor sumisión. A veces lo veía sentarse en los travesaños de la empalizada y pasar el rato mirándolo, sin atosigarlo. Otras se acercaba a él, poco a poco, y comenzaba a acariciarlo con cuidado por el cuello, el hombro, el lomo, hasta que el caballo se relajaba y se dejaba hacer. Cuando consiguió que aceptara su contacto, probó con la almohaza para ir quitándole la mugre que había ido acumulando en sus días de encierro. El caballo toleró la limpieza y su pelaje empezó a mostrar su verdadero brillo. Las crines eran largas y rizadas, al igual que la cola. Y se movía con elegancia, orgullo y brío. Era un animal soberbio. Benilde disfrutaba de esa transformación cuando iba a verlo a la cuadra. El semental había mejorado en todos los aspectos. Se acercaba nada más verla, se dejaba acariciar la quijada y sus ojos revelaban una mirada inteligente, nerviosa o confiada. Nunca más la expresión de miedo que tenía en sus párpados y belfos cuando lo trajeron a la hacienda.

Su posición en la ventana le permitía además ser testigo de la actitud de Cachorro sin exponer su presencia ante él. Era evidente que amaba al caballo. Aquel chico huidizo y arisco se transformaba junto al animal en otra persona. Le hablaba, lo acariciaba, lo abrazaba... Incluso a veces lo veía sonreír. El cambio era notorio para todos. También lo fue la sorpresa y curiosidad que la doma del semental generó en la servidumbre. Algunos criados se acercaban a la empalizada para admirar a Cachorro con aquel que aún llamaban Barrabás. Cuando veían a Lelio se retiraban de la cerca, apresurados. Por aquella forma de proceder Benilde pudo constatar que el aislamiento del chico no solo estaba provocado por su actitud insociable. Parecía que Lelio mantenía a raya a sus huestes en su guerra particular contra él.

A veces era Asella la que se acercaba a ver al joven con el caballo. Observaba junto a la empalizada cómo manejaba al animal o se aproximaba cuando estaba sentado en los travesaños y lo acompañaba un momento, sin apenas cruzar palabra. Asella apreciaba a Cachorro a su manera seca y adusta, como si fuera un sobrino lejano cuya educación le encomendaran en ausencia de sus padres. Y él parecía haber asumido ese papel con respeto. Benilde vio cómo en alguna ocasión la mujer le entregaba una manzana a hurtadillas. Era la mayor prueba de afecto hacia un siervo que había observado en la mujer desde que tenía uso de razón. Sintió un atisbo de celos.

También los había sentido cuando alguna criada se acercaba curiosa a la empalizada. No le gustaba. Al momento le provocaba una animadversión inexplicable hacia la joven, que le habría impulsado a gritarle desde la ventana que volviera a sus tareas, de no ser consciente de la extrema irracionalidad del gesto. Tenía la sensación de que ellas, aun siendo siervas o esclavas, gozaban de más libertad que ella siendo señora. Cachorro mostraba con las jóvenes la misma actitud respetuosa que con Asella, pero eludía el acercamiento, sobre todo cuando se aproximaban en pareja o en grupo. Benilde constató que, aunque hubiera tenido interés en el chico, que no era el caso, claro estaba, nada tenía que temer de aquellas visitas por la indiferencia que el joven les evidenciaba. Había llegado a la conclusión, con cierto desdén no exento de despecho, de que solo siendo una yegua podría despertar la atención de Cachorro.

Aparte de la doma del semental, el chico se aplicaba en la montura de los nuevos potros. A veces lo veía salir de las caballerizas con dos o tres animales. Cabalgaba uno y dirigía el resto agarrado de las riendas. Se marchaba al trote del recinto de la casa y en unas horas regresaba montado en otro de los animales. Cuando el caballo era arisco lo llevaba solo y no se alejaba demasiado de la hacienda. En una ocasión vio cómo el potro con el que había salido regresaba sin jinete, y ella sintió un vuelco en las entrañas. Habría mandado a la servidumbre a buscar a Cachorro, de no haberlo visto volver al rato corriendo sin resuello y cubierto de polvo de los pies a la cabeza. La anécdota sirvió para confirmarle que el chico era duro como una piedra, y que a ella esa piedra le importaba tanto como para haber sentido algo parecido al horror ante la posibilidad de su pérdida.

La toma de conciencia de que era vulnerable no solo ante la actitud de Cachorro respecto de ella, sino también ante su mera existencia, llenó su ánimo de desazón y desesperanza.

Desconocía entonces que había acontecimientos relacionados con él que podían provocarle aún más confusión y estupor.

A mediados de febrero llegó a la hacienda un correo del *comes* de Eliberri con una misiva para don Froila. El señor temió que se hubiese producido alguna insurrección y se tratara de otra leva, cuando sus hombres apenas habían regresado de la anterior; aunque le sorprendía no haber recibido noticias del *comes* de Cordoba al respecto. Para su alivio no era así. En la carta don Clodulfo le informaba de los hechos que ya sabía, le pedía un semental y dos yeguas de raza africana, y le convocaba para tratar unos asuntos de común interés; por lo que le rogaba su presencia en la Fortaleza de San Esteban de la ciudad eliberritana con urgencia, pues el *comes* debía partir hacia Toleto en los próximos días para asistir al concilio de la ratificación del sucesor del rey. Don Froila marchó hacia Eliberri a la madrugada del día siguiente, llevándose consigo los caballos, dos siervos y a Hernán. La partida del padre dejó en Benilde una sensación agridulce. Por un lado se alegraba; podría coger a Lince y escaparse a ver la yeguada. Por el otro se sentía intranquila. Desde la visita del obispo y sus comentarios sobre la viudez del señor de Eliberri, cualquier noticia o contacto que su padre tenía de él la llenaban de inquietud. La noche anterior le había preguntado sobre el contenido de la misiva y él le había contado brevemente el asunto de los caballos y una alusión a la muerte del rey. Lo que no le alivió la duda, pues nada le dijo sobre la urgencia de la partida y el que fuera él mismo en persona a entregarlos, cuando bien podían haberlo hecho Hernán y los siervos.

Tras la marcha de su padre, Benilde fue a la cocina a por unas manzanas y un poco de pan y queso. Vestía el traje de mozo y, al verla, Asella arrugó el gesto.

—¿Vais a salir con el caballo, señora?

—Sí —respondió lacónica, cortando un trozo de pan. La criada la miró con suspicacia.

—Nunca lleváis comida cuando montáis.

—Voy a ir a la yeguada...

—Señora, os alejaréis mucho de la hacienda. No podéis ir sola —protestó, con el ceño fruncido y cara de preocupación—. Pedid a un siervo que os acompañe.

—No será necesario, conozco bien el camino, Asella.

—Señora, hay jabalíes y lobos y perros salvajes. Si el caballo se asusta y se desboca, corréis peligro de que os deje tirada a merced de las alimañas. Os lo ruego, decidle a Cachorro que os acompañe. Está sacando a los potros... —le dijo, y Benilde se tensó.

—¡No le voy a decir a Cachorro que me acompañe! —exclamó, exasperada—. ¡No necesito que me acompañe nadie a la yeguada!

La criada observó su rigidez. Llevaba unas semanas apagada, casi cariacontecida, y la tirantez de la respuesta la llevó a preguntarse qué era lo que alteraba su ánimo y si Cachorro tenía algo

112

que ver en ello. Llegados a ese extremo, Asella decidió coger el toro por los cuernos.

—¿Os ha ofendido el chico, señora?

Benilde la miró a los ojos fijamente, desafiante, dudando qué sabía la sierva, pero no transmitió ni un ápice de vacilación.

—¿En qué podría ofenderme, Asella?

Decídmelo vos, pensó, y mantuvo su mirada un momento que pareció eterno; y a pesar de la actitud altiva y distante de la joven, tuvo la certeza de que la ofensa se había producido. Lo que no pudo imaginar era cuál habría sido, que no parecía haber conllevado castigo alguno a su autor.

—Haced lo que os plazca —dijo finalmente, con el atrevimiento que le daba la certeza de estar en posesión de la verdad—, pero sabed que vuestro padre no lo aprobaría.

—Mi padre tiene otras preocupaciones, Asella —masculló, y su tono dejó translucir cierta amargura.

Benilde cortó un trozo de queso que colocó en el pan, cogió una manzana del cesto y lo introdujo todo en un pequeño zurrón. Se marchó de la cocina y se dirigió a las caballerizas. De allí salió montando a Lince, la bolsa de la comida atada a la silla, y tomó el camino de la dehesa, pasando antes por los campos.

Contempló los sembrados. Los cultivos de huerta estaban asegurados con los riegos procedentes de la acequia, siempre que el río del cual tomaba las aguas no bajara en demasía su caudal. No era de extrañar que los jabalíes bajaran del monte a la vega. Allí podían acceder con facilidad al alimento que les costaba encontrar en la sierra. Los trigales, sin embargo, mostraban peor aspecto por el tamaño y el color de los tallos. Benilde musitó un ruego a la Virgen para que trajera las lluvias. Otro año de hambrunas cuando los graneros aún no se habían recuperado totalmente de la anterior sería un desastre para la hacienda, pues se tendría que restringir la cuota de alimentos a los siervos. El ganado sufriría igualmente si los pastos se secaban. Confiaba en que Dios en su magnanimidad no volviera a castigar a su rebaño, tuviera este el número de patas que tuviera.

Se adentró en la dehesa. Hacía un día brillante y cálido, más propio del mes de abril que de febrero, con una ligera brisa que movía sus cabellos. A pesar de la ausencia de lluvias, los brotes nuevos ya se adivinaban en los pastos y en las encinas. Sintió que se llenaba de fuerza. Vio algún cernícalo en el cielo, las alas extendidas, inmóvil en el aire, para luego lanzarse hacia alguna presa que ocultaban los árboles. Vio conejos correr a largos saltos para desaparecer en sus madrigueras. Vio perdices levantar el vuelo en parejas huyendo de su presencia. Vio una manada de venados a lo lejos escapando monte arriba... Vio vida por doquier en las tierras de su padre y supo que estaba enraizada en ellas como los árboles que tenía alrededor; que eran su casa como lo era de todas aquellas criaturas que moraban allí. Y sintió la anticipación de un pesar, la amenaza de una pérdida...

A mediodía vislumbró la yeguada. Lince la había olido mucho antes y llevaba un rato emitiendo relinchos de llamada a las hembras. Tendría que controlar bien al caballo, pues la presencia de estas podrían hacerlo más díscolo. Habría más de cien cabezas repartidas por una amplia campa en la que las encinas eran escasas. Parte de las yeguas tenían potros de meses y pastaban tranquilamente.

Benilde se aproximó a una encina de enormes ramas abiertas, que habría visto a sus antepasados romanos desde tiempos de Augusto. Ató el caballo a una de ellas, pues mostraba signos de nerviosismo ante las hembras, y cogió el zurrón con las viandas. Se sentó bajo el tronco en una zona donde la alta copa no conseguía hacerle sombra y comenzó a comer el queso y el pan mientras observaba a las yeguas a una distancia prudente; no quería espantarlas. Disfrutó la soledad en aquellos campos. Nada tenía que ver con la que a veces sentía en la casa. Asella era una compañía limitada a momentos que le satisfacían, pero que no la colmaban. Siempre había echado en falta tener hermanos... La soledad adquiría un carácter diferente cuando cabalgaba por la sierra o la dehesa. Podía no haber un alma a diez leguas alrededor, pero el sentimiento de pertenencia a aquel paisaje la llenaba de una plenitud que mitigaba el de la ausencia.

Tras comer y relajarse un rato al sol, emprendió el camino de vuelta a la casa, sin prisa. Sabía que Asella estaría preocupada, pero no iba a aligerar su paso por ello.

A mitad de camino vislumbró desde un alto, a lo lejos, a un jinete con dos caballos. Pensó que la criada lo habría enviado para buscarla, pero el siervo parecía dirigirse a la hacienda, por lo que el razonamiento no tenía sentido. Al rato vio que cambiaba de dirección y tomaba camino hacia el río. Benilde espoleó al semental. Había tenido el pálpito de que se trataba de Cachorro y quiso comprobarlo. El jinete, siempre de espaldas, desapareció entre los árboles y no volvió a ver su figura; pero a la joven se le había despertado la curiosidad. Continuó por la dirección que había tomado. Si era él, deseaba saber a dónde iba y por qué.

Cuando llegó al punto en el que lo había visto desviar el camino, siguió las huellas de los caballos. La vereda descendía entre encinas, pinos y algunos árboles de ribera hacia el Singilis. Desde un recodo de la senda vio a lo lejos a los potros atados a las raíces de un álamo caído, alejados del curso del río, y al fondo, una minúscula playa formada en la orilla entre gruesas piedras. Bajó el sendero hasta llegar junto a los animales y desmontó. No se oía otra cosa que el fragor del agua al correr entre las rocas. Ató a Lince en una rama del árbol abatido por el viento y la erosión de las crecidas, y se encaramó sobre su tronco. Desde allí, entre zarzales y retamas distinguió a Cachorro sentado en una enorme piedra que descendía plana hasta hundirse en el río. Le daba la espalda, y tenía el torso desnudo, exceptuando por una venda que colocaba a la altura de su pecho. Pensó que quizá el chico no fuera tan duro y se habría lastimado o roto una costilla días atrás, al caer del potro que volvió solo a la casa. Bajó del tronco y fue hacia él para interesarse. Al acercarse un poco más se percató de que también estaba desnudo de cintura para abajo, las piernas dentro del agua. Se detuvo en seco, azorada, sin poder apartar la vista. Iba a darse la vuelta cuando Cachorro se incorporó sobre la roca y, ajeno al hecho de que estaba siendo observado, se giró para coger la ropa.

A Benilde le dio tiempo de ver que la venda, con herida o sin ella, oprimía y ocultaba unos pechos, y que su sexo, salvo por el reflejo rojizo de su vello, no era diferente del suyo.

Capítulo 10

B enilde entró en la casa, tras dejarle el caballo a Lelio, y se dirigió a la amplia sala con chimenea que usaban como comedor. Asella había encendido el fuego, como todos los días en invierno, y los dos troncos que lo alimentaban estaban casi consumidos. Acercó una silla baja al hogar, movió las ascuas e introdujo dos gruesas ramas de encina. Se quedó abstraída viendo cómo las llamas acariciaban tímidamente la superficie de los troncos para luego comenzar a devorar implacablemente su corteza.

Aún estaba impactada. La imagen de la desnudez de Cachorro no se le iba de la mente. Se preguntó por qué no se había dado la vuelta cuando la vio colocándose la venda. Sabía que se estaba aseando, era evidente. ¿Qué iba a hacer si no en el río con el torso desnudo? El interés respecto a su posible herida no justificaba su atrevimiento. Podría haberle preguntado a su regreso... La realidad era que había sentido curiosidad por ver su cuerpo, y lo que no esperaba era descubrir la sorprendente verdad que ocultaba. La constatación de su sexo le había dejado una sensación extraña en el pecho. La atracción que había experimentado por el caballerizo le pinchaba ahora, le escocía como la piel erosionada por un continuo roce. El engaño de Cachorro era una doble ofensa en su caso. Había permitido despertar en ella sentimientos que, si ya eran vergonzosos por estar provocados por un siervo, lo eran aún más siendo este una mujer. Estaba indignada y furiosa. Nada, por muy grave que fuera, justificaba su engaño.

Asella entró en la estancia y observó a la señora sentada junto a la chimenea, contemplando absorta y meditabunda las llamas. Aún no se había cambiado de ropa. Parecía un joven que acabara de salir de la niñez y ya penara por una moza. La idea le escandalizó por sí misma y por lo que la vinculaba al siervo.

—Señora, ¿os traigo ya el almuerzo?

Benilde se sobresaltó; no la había oído llegar.

—No, Asella, he comido en la yeguada y ahora no tengo hambre.

—¿Os encontráis bien? —La criada había notado su tono ausente y sintió preocupación. La joven la miró brevemente, preguntándose hasta qué punto llegaba su transparencia.

—Sí, ¿por qué iba a estar mal? —dijo y lamentó al momento su inflexión defensiva—. Prepárame un baño, quiero quitarme este olor a caballo. Te necesitaré para lavarme el cabello.

—Voy a poner el agua ahora mismo, señora —acató la mujer y salió de la sala con diligencia.

Mientras se calentaba la enorme caldera, Asella trasladó a la alcoba de la señora una gran tina de madera con la ayuda de un criado. Cuando el agua estuvo a la temperatura deseada la llevó con cubos al recipiente y avisó a Benilde. La criada bajó el rostro con respeto mientras la joven se desnudaba, lo que no le impidió lanzarle un par de miradas de soslayo. La había visto crecer desde que era una niña y ahora le maravillaba la madurez de su cuerpo. Se había convertido en una mujer casi sin darse cuenta. Tenía unos senos bien proporcionados y las caderas anchas. Por su constitución pariría bien, o al menos así lo esperaba Asella.

Benilde se introdujo en la tina y la mujer comenzó a frotarle la espalda con un lienzo al que había restregado un trozo de jabón. La joven se dejó hacer en silencio, entre el placer de aquellas caricias enérgicas y el calor del agua, que la sumía en un sopor relajante. Luego Asella le vertió un cazo de agua sobre el pelo y se lo frotó en toda su longitud con el jabón, hasta hacer una gruesa espuma. Tras aclararlo, y mientras se lo desenredaba poco a poco con un peine, Benilde salió de su mutismo.

—Asella, ¿crees que podría pasar por varón con esas ropas? —dijo, mirando a la muda que descansaba sobre un taburete. La criada detuvo por un momento su tarea, sorprendida por la pregunta.

—Difícilmente, señora, con el cuerpo que tenéis.

—¿Acaso no lo ocultan el sayo y las calzas? —insistió.

—Tenéis un pecho generoso que no consigue esconder el sayo. Vuestro cabello también os delata, es mucho más largo que el que suelen llevar los señores, no diré ya los siervos —la miró y sonrió divertida—. ¿Desearíais ser un varón, señora Benilde?

Ella le devolvió la sonrisa débilmente.

—No, pero me gustaría tener la libertad que ellos disfrutan —dijo con cierta tristeza, la barbilla apoyada en sus rodillas—. Dudo que mi padre respondiera igual si le preguntarais a él.

Asella reprimió una chanza, pues el comentario de la joven evidenciaba sus dudas respecto de la aceptación paterna.

—Vuestro padre os ama como sois, no lo dudéis ni por un instante.

—Me pregunto por qué no se volvió a desposar tras morir mi madre —reflexionó con el ceño fruncido, como si no la hubiera oído.

—Porque don Froila la amaba mucho —respondió rápidamente la criada.

—Asella, no me cuentes cuentos de vieja. Sé que el matrimonio de mis padres fue acordado por los suyos a su conveniencia. Además, sé también que mi padre tiene una concubina en Cordoba...

—¿Cómo podéis saber eso? —la interrumpió.

—Oí a Antonino en los establos decir que don Froila estaba con su puta de Cordoba.

—Ese necio deslenguado... —masculló la criada—. Se lo diré a Hernán en cuanto llegue, señora, para que le dé su castigo.

—No es necesario, Asella, le crucé la cara. Y no sé por qué, si de todos modos decía verdad. Quizá mi padre ya tenga un varón correteando por la ciudad.

—Lo dudo mucho, señora —respondió la mujer con seguridad. Benilde la miró curiosa.

—¿Por qué lo dices?

Asella guardó silencio, lamentando su ligereza.

—No hables, si después vas a callar —la reprendió, enojada.

—Señora, vuestro padre fue herido en una campaña cuando vos apenas teníais tres años. Recibió una lanzada en la entrepierna que casi acaba con su vida. No perdió su hombría, pero la infección acabó con su semilla. Al menos eso le dijo el judío a vuestra madre, y el tiempo parece haberle dado la razón, pues solo os tuvo a vos mientras vivió. Pensé que lo sabríais...

No, no lo sabía. Dos secretos desvelados en el mismo día.

—Ya he terminado con vuestro cabello, señora; si queréis, os ayudo a secaros.

—No, Asella, voy a quedarme en el agua mientras esté caliente. Puedes irte.

—Como queráis. Estaré pendiente de vuestra llamada —dijo la mujer y se dirigió a la puerta.

—Asella —llamó sin mirarla—, ¿ha vuelto ya Cachorro?

—No, al menos mientras estuve en la cocina.

—¿Tampoco los potros?

—¿Qué queréis decir? —preguntó confusa.

—Nada. Hace unos días volvió sin jinete el que se llevó...

—¿Teméis por él, señora?

—No, no temo... Por él.

Lo que temía era que no regresara...

Cuando vio a Cachorro en el río con cuerpo de mujer, la imagen sumió a Benilde por un momento en la absurdez de un sueño; como lo haría la visión del cielo sembrado de amapolas o de las aguas del Singilis ardiendo de orilla a orilla. Si aquella joven la hubiera mirado con extrañeza y ofensa y le hubiera preguntado quién era ella, hasta habría dudado de que se tratara del caballerizo, por más que tuviera su rostro; tan convencida estaba de que sus ojos la estaban engañando. Pero Cachorro, al verla, empalideció como la escarcha y puso una mueca de espanto, tratando de cubrirse las vergüenzas con brazos y manos, para luego apresurarse a vestirse la misma ropa que ella le había donado.

Benilde se había aproximado a la chica, lentamente, como una perra de caza que observa una presa, la cabeza adelantada, los brazos ligeramente doblados paralelos a su torso, los párpados arrugados, enseñando unos dientes alineados en tensión...

—Pero cómo... —había balbuceado, sin apartar una mirada que pasaba de la incredulidad a la indignación por momentos—. ¡¿Pero cómo te has atrevido?! —exclamó, elevando la voz.

Cachorro había mirado nerviosamente alrededor, temiendo que la señora viniera acompañada, y luego se agachó para coger una venda mojada que había en la roca. La había liado apresurada sobre la palma, sin bajar la vista a sus manos, que le temblaban torpemente junto a todo el cuerpo, como un gazapo acorralado en una esquina. La metió como pudo en una pequeña bolsa de tela que tenía sobre la piedra. No se atrevía a enfrentarse a los ojos de Benilde, pero le lanzaba breves miradas para medir su reacción. Esta la escrutaba salvaje, esperando una respuesta de la sierva, mientras su mente iba atando cabos a una velocidad vertiginosa.

—¡¿Cómo has podido engañarnos de esa manera?! —había insistido, conteniendo una voz que se llenaba paulatinamente de cólera y resentimiento, mirándola de arriba a abajo—. ¡¿Cómo has osado engañar a mi padre?!

Cachorro se había limitado a girar el cuerpo a un lado y a otro, buscando una escapatoria inútil pues, una vez descubierta, de qué le iba a servir salir corriendo. Debió sentir que todo estaba perdido y, en su desesperación, perdió también los nervios.

—¡No he engañado a nadie! ¡Nunca dije que fuera un varón! —gritó con los ojos encendidos—. ¡Todos han visto lo que han querido ver!

Benilde la había mirado aún más indignada, dando dos pasos hacia ella.

—¡Pero ¿tú te estás oyendo?! ¡¿Acaso no te has hecho pasar por un mozo desde que llegaste a la hacienda?! —le chilló, señalándola de arriba abajo con la mano.

—¡¿Y acaso no lo hacéis vos ahora?! ¡¿Qué nos diferencia?! —le había respondido, adelantando la barbilla en un tono en el que, entre la agresividad de la defensa, se podía captar el rastro de un deseo de comprensión.

Benilde cayó en la cuenta de su indumentaria y enrojeció de rabia.

—¡¿Cómo osas ni por un momento compararme contigo?! ¡¿Cómo te atreves a comparar mi atuendo con tu... Con tu... —Buscó la palabra. No sabía cómo definirla— Con tu aberración?!

Luego recordó sus tribulaciones tras el incidente del establo y a la ira se le unió la vergüenza.

—¡Si yo hasta quise be...! —Se interrumpió, pero ya se había delatado. La declaración de sus intenciones en aquel contexto agobió aún más a Cachorro.

—Señora, por el amor de Dios —había rogado—, yo nunca alenté vuestro acercamiento.

No, no lo había hecho, pensó Benilde; de eso no podía culparla. Hasta lo había impedido... Pero aquello no la exoneraba del engaño. La observó con una mirada salvaje, de arriba abajo, tratando de entender cómo no lo había notado. Cómo no había sabido interpretar aquella delicadeza que lo distinguía de los demás siervos como un rasgo de feminidad. Tan segura estaba de su sexo que estaba dispuesta a ver afeminamiento antes que contemplar la remota posibilidad de que se ocultara una joven tras las ropas. Ni siquiera se lo había cuestionado cuando le acarició el rostro, demasiado suave a pesar de la ausencia de barba. En aquel momento, tras observar su cuerpo desnudo, aún desgarbado por la delgadez, le costaba ver al chico tal como lo había visto hacía menos de un día. Era como si al mirar el tronco de un árbol sin percatarse de la presencia de una mariposa de la noche sobre él, esta se moviera un poco y ya no pudiera dejar de distinguirla entre el gris rugoso de la corteza. Del mismo modo Benilde ya no podía dejar de distinguir los rasgos de mujer en el disfraz de caballerizo.

—¿Por qué? ¿Dime por qué lo has hecho? —le inquirió, sin apartar unos ojos que habían empezado a enfriarse.

Cachorro comenzó a retorcer la punta del sayo, intentando controlar un temblor que se le notaba en los hombros, ya mirando a la señora, ya mirándose las manos, la respiración cada vez más agitada. Su mente era un torbellino que la atenazaba, que le impedía hablar. ¿Por dónde iba a empezar? ¿Qué podría decir que satisficiera a la señora y calmara su rabia? El horror de saberse descubierta la había paralizado. La perspectiva de lo que podría ocurrir en su vida tras ese hecho le aterrorizaba. Pero no era el castigo físico que pudiera infringirle el señor lo que más temía, ni siquiera la reacción del resto de los siervos ante ella, que no iba a ser lisonjera... Era la exposición en sí misma lo que le aterraba, y el que esta supusiera un ariete que derribara el muro con el que se protegía de su pasado.

Benilde intuyó que no iba a decir nada, pues pensó que quizá no tuviera nada que decir, y se dio la vuelta para marcharse con paso decidido.

—¡No puedo ser una mujer en este mundo de hombres! —gritó finalmente, con una carga de desesperación que había detenido a la señora. Esta se giró para encararla. Cachorro seguía sobre la roca, como en un estrado o en un patíbulo, de pie, con el cuerpo ligeramente encogido. Benilde desanduvo los pasos dados, mirándola con la cara arrugada, incrédula.

—¿Qué dices, insensata?... ¡Pero ¿qué estás diciendo?!

—¡No quiero ser una mujer en esta tierra de lobos! —había vuelto a gritar, los brazos apretados contra el estómago, intentando controlar la tiritera.

La señora sintió un atisbo de desasosiego. La reacción de Cachorro era tan física que temió que se desplomara. Le inquietó. Pero sus palabras, ni tenían sentido ni podían justificar su falsedad.

—Eres una aberración —le dijo—. Niegas la voluntad de Dios. Mereces su castigo por ello y el de mi padre por tu engaño.

—Yo ya fui castigada... respondió en un suspiro. Benilde esperó a que se explicara, pero la joven se limitó a mirarla con los ojos atormentados y no dijo más; por lo que se dio la vuelta de nuevo y se marchó. Cuando estaba desatando a Lince de la rama, vio a Cachorro aproximarse con paso apresurado, aún descalza. Saltó el tronco del álamo caído apoyándose en la mano, y Benilde dio un paso atrás, desconfiada. La chica se frenó y le clavó una mirada arrasada.

—No lo hagáis —le rogó, sin levantar la voz, sin apartar sus enormes ojos de ella. Benilde se detuvo un instante, inquieta, luego continuó deshaciendo la lazada.

—Por favor... —había insistido.

La señora ya había desatado el nudo y sacaba las riendas de entre las ramas secas.

—No sin antes oír mis razones —suplicó.

Benilde la observó impaciente, cansada de tanta huida por parte de la joven, y permaneció junto al caballo, dándole a entender que no iba a perder mucho más tiempo con ella. Cachorro se apoyó sobre el tronco, bajando la cabeza, y luego la escrutó con una mirada intensa que le hizo flaquear.

—Pensad en vos como hija, sin vuestro padre —le espetó—; o como esposa sin vuestro esposo. Pensad en vuestra hacienda sin soldados ni sirvientes, muertos todos o huidos. ¿Quién podría protegeros entonces? ¿Quién os salvaría de aquellos que codician lo vuestro? ¿De aquellos que no os quieren allí para acusar o reclamar la tierra de vuestro padre o de vuestro esposo? —preguntó, y calló un instante, sin dejar de mirarla. Luego negó con la cabeza—. Una mujer no es nada en este mundo de hombres...

Cachorro bajó ligeramente el rostro y Benilde observó cómo se le perdía la vista en el suelo, mirando sin ver.

—¿Quién protegió a mi madre de aquella horda? ¿De aquella jauría de lobos enrabiados? ¿Dónde estaba Dios para protegernos? —masculló y le clavó unos ojos salvajes.

—Blasfemas... —había musitado apenas la joven, estremecida por su violencia, y vio cómo Cachorro volvía a perder la mirada, ahora en una zarza.

—Mi hermano, apenas tenía cinco veranos... Le abrieron la cabeza contra el pozo... —continuó, y a la mente de la chica regresó aquella imagen de su cuerpo, el cuello en un ángulo imposible, como una muñeca de trapo; y con ella regresó el temblor incontrolado—. Y mi madre... Mi madre...

Benilde observó sobrecogida cómo Cachorro cerraba los ojos y tragaba saliva varias veces. Luego bajó la cabeza y apretó los párpados, respirando pesadamente, las manos apoyadas en los muslos, el cuerpo estremecido, como si tratara de controlar un llanto o unas ansias de vomitar. Vio cómo tres gotas humedecían el fino limo de entre sus pies descalzos. Después, cuando pareció recomponerse, negó con la cabeza y la miró derrotada, los ojos brillantes y enrojecidos, la mandíbula tensa.

—Una mujer no es nada en este mundo de lobos —concluyó.

Benilde se había quedado muda e inmóvil, la mano apoyada en la silla del caballo. No sabía qué decir y no podía apartar sus ojos de ella. Ni se atrevía a indagar más, tras el pozo de sufrimiento que había vislumbrado en la sierva. Tras un momento de vacilación, puso el pie en el estribo y montó en el caballo. Tiró de las riendas hacia un lado para girarlo, preparándose para marcharse.

—Si me delatáis, me condenáis —le dijo Cachorro, sin ni siquiera levantar la cabeza.

La señora la observó un instante, que pareció eterno; luego indicó al caballo que anduviera, y este comenzó a moverse. No habría dado cuatro pasos cuando lo detuvo de nuevo. Se dio media vuelta en la silla para encarar a la chica y preguntó.

—¿Cuál es tu nombre? Deduzco que Cachorro no lo es —habló con ironía.

—Nunca mentí a nadie cuando dije que así me llamaba mi padre —contestó ella, aún apoyada en el tronco, y se limpió la mejilla con el dorso de la mano.

—¿Cuál es? —insistió Benilde, escrutándola desde el semental. Y vio cómo Cachorro la miraba resistiéndose, como si su nombre fuera una llave que cerrara un mundo y abriera definitivamente otro en el que no quisiera aventurarse.

—¿Cuál es tu nombre?, te digo.

La chica se irguió y clavó sus ojos verdes en ella, sin verla, pues parecían haber emprendido un viaje a lo más profundo de sí misma para sumergirse en su pasado y recuperar una reliquia de entre un montón de escombros. Una palabra que no había vuelto a oír ni pronunciar desde que aquella niña se convirtió en Cachorro. Le rodaron dos lágrimas sin llanto por las mejillas, y pronunció el nombre sin dudarlo, como si llamara a otra persona, o como si se llamara a sí misma para regresarse.

—Guiomar.

SEGUNDA PARTE

GUIOMAR

(Año del Señor 710)

Capítulo 11

Benilde durmió mal aquella noche. Demasiadas revelaciones para digerirlas en un solo día. La de su padre solo corroboraba lo que ya intuía, que no tenía intención de formar otra familia; lo que de algún modo la tranquilizaba. Pero la de Cachorro le obsesionaba. En ningún momento pensó que la sierva volvería a la hacienda. Pero lo hizo, a media tarde, cuando algunos comenzaban a temer por su suerte. Se preguntaba por qué lo habría hecho. ¿Confiaba quizá en que le guardaría el secreto? Recordaba constantemente sus palabras.

Si me delatáis, me condenáis.

¿A qué podría condenarla? ¿A la ira de su padre, a unos cuantos latigazos, quizá? ¿Al escarnio de los siervos? ¿A apartarla de los caballos o a devolverla de nuevo a Guma?... Aun siendo mujer, era un buen caballerizo. ¿Obviaría su padre ese hecho?

Y luego estaba su indignación...

Se sentía estafada y ridícula ante su engaño. Nada lo justificaba, se repetía una y otra vez. Ni siquiera la evidente muerte violenta de su parentela. Recordó las palabras de Hernán sobre sus pesadillas. Tenían razón los hombres de Guma en su conclusión sobre el pasado del chico... De la chica —le iba a costar acostumbrarse a dirigirse a ella como tal—. Había mucho miedo y horror en Cachorro. La visión de su cuerpo desencajado le había sobrecogido; y conmovido y espantado la escueta alusión a su madre y a su hermano. De no haberse sentido tan ofendida, habría intentado acercarse. Su sufrimiento era una herida que no se había cerrado con los años, lo había visto en su gesto y en sus temblores, y quizá ella había contribuido a reabrirla al exponer su secreto.

Aun así, nada de aquello podía justificar su engaño... Tenía la opción de callar, pero se preguntaba cuánto tiempo pasaría hasta que otro lo descubriera. Si lo hacía Lelio o cualquier siervo cercano a este, sería un desastre para ella. Por otro lado sentía la obligación como hija de informar a su padre. Al final, con un regusto de culpabilidad, resolvió que debía ser él quien decidiera sobre Cachorro, y para ello debía contárselo.

Don Froila y sus hombres llegaron con la escasa luz del crepúsculo cuando nadie ya los esperaba. Traían los caballos sudando, algunos con espuma. Debían de haberlos montado al trote o al galope durante una buena parte del camino. Benilde recibió a su padre con un pálpito de inquietud mientras este se bajaba del animal. Venía con el gesto grave, cejijunto y especialmente silencioso.

—Padre, ¿ha ocurrido algo? Os esperaba mañana —dijo, mostrándole su preocupación.

—No. He anticipado la vuelta —respondió lacónico.

—¿Habéis comido? ¿Le digo a Asella que os prepare algo para cenar?

—Sí, que sea ligero. No tengo mucha hambre —contestó, y Benilde se giró para entrar en la casa—. Hija —la llamó—, he de hablar contigo.

Ella lo miró brevemente.

—Y yo con vos, padre.

Benilde se dirigió a la cocina y le dio las órdenes pertinentes a la criada mientras ella entraba en la sala, avivaba el fuego de la chimenea y preparaba la mesa. La sensación de inquietud se había incrementado con el escueto intercambio de palabras. Había algo taciturno en la seriedad de su padre, una amenaza que le tensaba la espalda... O quizá solo fueran sus miedos otra vez.

Don Froila entró en la estancia, se quitó el manto, se sentó y comenzó a atacar el plato de queso, pan y nueces que Asella había puesto sobre la mesa. Luego, en dos tragos y como si fuera agua, se bebió la copa de vino que Benilde le había servido. Pero no abrió la boca.

—Padre, ¿hay noticias de Toleto? —habló la joven, intentando sacar a su padre del mutismo y de paso a ella de la intriga.

—Don Roderico está presionando a señores y obispos para que apoyen su nombramiento como rey. Y los hermanos del difunto Witiza están haciendo lo propio desde la corte a favor de la regencia. Temo que ninguno de los dos bandos dé su brazo a torcer.

—¿En qué podría perjudicarnos eso, padre?

—En nada ahora mismo, siempre que no haya guerra... Pero podría en un futuro... —dijo pensativo, pero no añadió más.

—¿En qué, padre? —insistió Benilde con dulzura.

Don Froila la miró fijamente, el ceño fruncido, barruntando algo que no se decidía a manifestar. Al final, dejó de comer y habló sin apartar sus ojos graves de ella.

—Don Clodulfo me ha solicitado formalmente tu mano, hija...

A Benilde se le contrajeron las entrañas y sintió como si un puño le atenazara el pecho.

—... Y yo he aceptado —concluyó, bajando la mirada al plato, en un gesto culpable o avergonzado.

Si la casa hubiese caído a plomo encima de ella en ese instante, no se habría sentido muy diferente a como lo hizo tras oír las palabras de don Froila. Comenzó a respirar agitadamente.

—No podéis, padre, no podéis... —balbució, incrédula y desencajada.

—El compromiso está cerrado —añadió él, eludiendo en todo momento su mirada—, y yo he dado mi palabra. No puedo decirle que no al señor de Eliberri...

Al ver que todo estaba decidido, la frustración y la impotencia se le transformaron en rabia, y Benilde gritó:

—¡Esa tripa de manteca del obispo le ha convencido de...!

No terminó la frase. Su padre dio un fuerte golpe en la mesa con la mano abierta que hizo saltar la vajilla y sobresaltar a la joven, que se encontraba al borde del llanto.

—¡No te consiento que hables como una porqueriza!

Benilde moderó el tono y se apoyó en la mesa, frente a don Froila, para rogarle con lágrimas en los ojos.

—Padre, por amor de Dios, es un viejo...

El hombre frunció el ceño, evitando su mirada, mientras apretaba dos nueces entre sí con una energía alimentada por la tensión y el enojo.

—Es más joven que yo y es el *comes* de Eliberri. No encontraría mejor esposo para ti...

—Pero yo quiero quedarme con vos, padre —interrumpió en un lamento.

—Yo no voy a vivir siempre, Benilde, y tú no puedes llevar sola esta hacienda. Tarde o temprano tendrás que desposarte, y don Clodulfo es un señor poderoso que te dará un nombre, hijos y unirá nuestras tierras. No veo mejor provecho para ti. Tendrás un lugar en la corte y la mejor posición que nadie en nuestra familia haya alcanzado jamás.

—Padre, me vendéis por un nombre y unas tierras...

Don Froila la miró con unos ojos acerados, reprimiendo un ataque de ira. Luego arrojó con irritación las cáscaras de una nuez podrida a la chimenea.

—¡¿Acaso crees que me hace feliz que te vayas de la hacienda?! —gritó—. Benilde, no me lo pongas más difícil, el acuerdo está cerrado. La boda se celebrará en julio.

La joven se levantó abatida, las lágrimas fluyéndole sin tregua.

—¿Puedo retirarme, padre? —dijo con la voz rota.

—Sí —respondió él, contrito—. ¿De qué querías hablarme antes?

Benilde miró hacia un lado, confusa. Después cayó en la cuenta de lo que tenía que decirle.

—Ya no lo recuerdo, padre...

Asella supo por Hernán del compromiso de la señora con el señor de Eliberri. La primera reacción fue de incredulidad. ¿Cómo iba don Froila a casar a su hija con un hombre tan maduro, por muy *comes* que fuera? La segunda fue de aflicción. Benilde era como una hija. Pensar que tendría que dejar la hacienda le apesadumbraba el alma. Y lo hizo aún más el ver la profunda tristeza en la que se sumió la señora tras conocer la decisión de su padre. La joven pasó dos días indispuesta sin salir de su habitación. Y lo habría hecho un tercero si don Froila no le hubiera obligado a retomar sus responsabilidades en la casa. Aun así, no salió de sus dependencias en los cuatro días que siguieron.

En la mañana del sexto, la criada entró en la alcoba para despertarla y ayudarla a vestirse. La encontró desvelada, aún en la cama.

—Señora, vuestro padre pregunta por vos —le dijo.

—Dile que estoy indispuesta, que tengo mis sangrados o lo que se te ocurra —contestó sin moverse.

—No podéis usar la misma excusa todos los días. Don Froila no os cree, ni a vos ni a mí.

Benilde guardó silencio. La rabia le había regresado de pronto y solo tenía ganas de maldecir a su padre.

—Que venga él a sacarme de la alcoba, a ver si tiene el valor... —masculló finalmente, llena de rencor y de amargura.

Asella obvió todos los protocolos, se sentó en la cama y comenzó a acariciarle el pelo. No se le ocurrió otro modo con que responder al profundo dolor y desazón de la joven. Esta notó sus manos consolándola como podrían haberlo hecho las de su madre, y las lágrimas empezaron a fluirle sin freno. En un impulso se incorporó un poco y se agarró a la cintura de la sierva, apoyando la cabeza en su regazo. Olía a humo y a cocina, y sintió que no cambiaría ese olor por el mejor de los perfumes que hubiera en un palacio.

—Yo no quiero irme de aquí, Asella. Mi padre me ha vendido como a una de sus yeguas —sollozó.

A la criada se le hizo un nudo en el pecho y se tragó las ganas de sumarse a su llanto.

—No digáis eso, señora. Vuestro padre solo quiere lo mejor para vos...

—Si fuera así, me dejaría en la hacienda —protestó con la voz aguda por el llanto.

Asella supo que por ese camino no conseguiría consolarla, pues en el fondo ella pensaba lo mismo. Dejó que se desahogara, y después lo intentó de nuevo, apelando ahora a la curiosidad de la joven.

—Señora Benilde, quizá os cueste dejar la hacienda al principio, pero se os pasará. Conoceréis Toleto, que dicen es una gran ciudad llena de maravillas. Y conoceréis también el palacio y seguramente al mismísimo rey. Además, la hacienda que don Clodulfo tiene en Eliberri es mucho más grande que la de vuestro padre, y dicen que sus tierras son hermosas, con enormes vegas desde las que se ven altísimas montañas siempre nevadas...

Las palabras de la criada parecieron tener algún efecto sobre Benilde, pues esta calmó su llanto, aunque no relajó su abrazo. Finalmente habló con un lamento.

—Pero yo no lo amo, y es un viejo...

—Aprenderéis a amarlo cuando lo conozcáis mejor, señora.

Benilde se incorporó y la miró con el ceño fruncido.

—El amor no se aprende, ni se enseña como el leer o el escribir las letras, Asella.

A la sierva le sorprendió la seguridad con que lo dijo, como si supiera por experiencia propia lo que era; y sin quererlo le vino a la mente la imagen de Cachorro, su preocupación y la extrema delgadez que el chico mostraba esos días. Y temió que hubiera alguna relación en la coincidencia de los estados de ánimo de ambos jóvenes. Benilde la sacó del hilo de sus pensamientos con una pregunta que no esperaba.

—¿Amabas tú a Hernán cuando desposaste con él?

—No es lo mismo, señora. Nosotros nos conocíamos desde niños, y nuestras familias aceptaron nuestra unión.

—¿Pero lo amabas? —insistió.

—Era mi prometido...

—¿Lo amabas?, sí o no.

—Lo amaba, señora —concedió finalmente la criada—, pero lo nuestro nada tiene que ver con vos. Nosotros éramos y somos siervos del mismo señor. Nos criamos juntos y nuestras familias se conocían de toda la vida. No hay nadie en la hacienda ni en las villas más cercanas que tenga vuestro rango, señora, exceptuando a vuestro padre. Vos no podéis desposar con un siervo, por ello don Froila os ha buscado esposo entre otros señores.

—Sí, pero un viejo... —se lamentó de nuevo.

—No es un viejo, señora Benilde. Es un nombre maduro y apuesto —y no pudo decir más, pues, aunque era cierto, también era frío y distante, e inspiraba temor entre los siervos—. De todos modos, lo veréis poco. Don Clodulfo es un hombre muy ocupado y, como *thiufadus*, siempre está guerreando, señora.

—Eso no me consuela, Asella, ni me libera de desposar con él.

—Señora, tened por seguro que vuestro padre no os casaría con don Clodulfo si no lo viera adecuado para vos como esposo...

...O pudiera decirle que no al *comes* de Eliberri, pensó, teniendo en cuenta que su hija estaba soltera y aún sin comprometer. Pero eso no se lo dijo.

—Tened confianza en Dios —añadió al final—, Él nunca nos quita nada sin darnos algo a cambio.

Benilde arrugó el entrecejo. ¿Qué podría darle Dios a cambio de lo que era su vida misma?

Guiomar tuvo pesadillas todas las noches desde que la señora la descubriera en el río hacía ya seis días. En ellas seguía apareciendo su hermano, y su padre a veces; y a estos se les había unido Benilde como un elemento más de angustia. Vivía con una sensación continua de amenaza, de tal modo que perdió en un par de jornadas las pocas libras de peso que había ganado en los últimos meses. Se preguntaba cómo el señor no la había castigado aún y cuánto iba a tardar en hacerlo. Se preguntaba también dónde estaba la señora, pues no la había vuelto a ver desde su desafortunado encuentro en el río. Temió que hubiera enfermado, ya que la propia Asella parecía preocupada y taciturna. Y comprobó que algo había de verdad en ello, pues al interesarse por su ausencia, la criada respondió evasiva que la señora no se encontraba bien. Luego aprovechó para preguntarle cómo se encontraba él. La cuestión la alivió... Solo por un lado. El que se dirigiera a ella como chico demostraba que Benilde no la había delatado, al menos a la servidumbre. Pero el que se interesara por *él* tras hablar de la indisposición de la señora, volvía a intrigarla e incomodarla.

Esa tarde Guiomar estaba en la cuadra, sentada en el tocón junto a la puerta. Había reunido todas las herramientas de filo que tenía y las había colocado a sus pies. En la mano derecha, el cuchillo de cortar el cuero, y sobre el muslo, sujeta con la mano izquierda, la piedra de amolar, contra la que frotaba la hoja acerada. Vio a Benilde entrar sin vacilar en la caballeriza con intención de pasar un rato con el semental. Al momento, la sierva se levantó rápidamente y recogió las herramientas del suelo para salir de la cuadra.

—No es necesario que te vayas, quédate —le dijo, y se acercó a la empalizada. Leil se aproximó a ella con la cabeza baja, y Benilde comenzó a acariciarle el cuello y la quijada mientras el animal sacaba el morro entre los palos buscando la manzana.

—Te estoy convirtiendo en un caballo caprichoso... —le musitó con un tono triste.

Guiomar se sentó de nuevo en el tocón, con el cuerpo encogido, y siguió afilando el cuchillo, lanzando miradas precavidas a la señora, a la que parecía no importarle su presencia allí. Constató que estaba más delgada y que tenía un rictus melancólico y ausente.

Benilde comenzó a darle trozos de la fruta al caballo, metódicamente. Cuando acabó con ella, lo acarició abstraída.

—Mi padre va a desposarme con el señor de Eliberri —dijo.

Guiomar la miró, tan sorprendida por sus palabras como la señora por haberlas pronunciado. Esperó a que añadiera algo más, pero no lo hizo. Iba a felicitarla parca y educadamente por la nueva cuando constató que la joven no lo había dicho con orgullo ni entusiasmo. Más bien como si comunicara una condena.

—¿Le amáis? —preguntó impulsivamente y al momento lamentó su atrevimiento.

Benilde la miró, asombrada, pero no mostró ofensa en sus ojos por su osadía. Fue rebeldía lo que captó la sierva.

—¿Cómo voy a amar a un hombre que apenas he visto tres veces y que podría ser mi padre? —respondió escrutándola, y en ese instante Guiomar fue consciente de la ligera sombra bajo sus párpados—. No hay amor en los matrimonios de los señores.

La chica pensó que no era cierto, pero tampoco estaba en condiciones de rebatírselo.

—Afortunados vosotros... —añadió Benilde—. Tú podrás desposar a la sierva que quieras.

—Por Dios, señora... —rogó Guiomar, con una mirada entre azorada y escandalizada.

La joven cayó en lo que acababa de decir y volvió los ojos en sus cuencas. Apoyó la frente sobre el travesaño de la empalizada y cerró fuertemente los párpados.

—Ya no sé lo que me digo...

Guiomar fue testigo de su abatimiento, que nada tenía que ver con ella. Tuvo el pálpito de que su secreto era como una pluma al viento, comparado con el peso que le afligía en ese instante. Y supo que no había sido la enfermedad la que la había confinado en su casa, sino la pena. Y sintió compasión. Volvió a su tarea de amolar, pues creyó que observarla en aquella profunda vulnerabilidad era perderle el respeto.

Benilde salió de su muda congoja al rato, sacada por Leil, que le había acercado su hocico al rostro. Miró a la sierva, abstraída. Parecía más delgada. Pensó que la incertidumbre de verse descubierta no la habría dejado descansar ni de noche ni de día. Estudió su cuerpo doblado sobre la piedra de afilar. Ya no veía a un hombre en él, tampoco a una mujer. Solo veía a Cachorro... En aquel momento ella levantó los ojos y la sorprendió mirándola.

137

Benilde no apartó la vista. La chica se la mantuvo un instante que pareció enlentecer el tiempo, interrogando su interés, y se produjo una fusión sin palabras que las dejó desnudas de sus corazas. Luego frunció el ceño y volvió rápidamente al cuchillo. La señora parpadeó, intentando fijar la sensación. Sí, veía a Cachorro, pero por un momento había percibido a Guiomar.

—Guiomar... —la llamó. Esta cerró los ojos un momento, como si el nombre fuera un sortilegio que tuviera el poder de apretarle el alma, y luego la miró con una expresión afligida—. No voy a delatarte —le dijo—; allá tú con tus razones.

A la chica se le relajó el rostro y asintió reverencialmente con la cabeza. Antes de que abriera la boca para expresar su agradecimiento con palabras, Benilde volvió a hablar mirando al semental.

—Tendrás que darte prisa en domarlo, mi padre va a incluirlo en la dote —dijo con un regusto de amargura, y se dirigió a la puerta. Al pasar junto a ella se detuvo—. Diré a Asella que te alimente mejor, estás más delgada...

—Vos también, señora —respondió, y vio cómo sonreía leve y tristemente.

—Quizá... Pero a mí nadie me va a liberar de la causa —contestó y salió de la cuadra.

138

Capítulo 12

Lelio sacaba dos potros de las caballerizas en dirección a la empalizada, cuando vio que esta ya estaba ocupada por Guiomar y el semental. El golpe de rabia le hizo enrojecer.

—¡Bastardo! Ha llegado el último y se ha colocado el primero —dijo para sí, dando una patada a una piedra. El gesto asustó a los animales, y tuvo que sujetarlos fuertemente de las riendas para controlarlos. Estaba a punto de gritarle que saliera del picadero, cuando vio a don Froila en la puerta de la cocina hablando con alguien que se encontraba dentro. Se tragó la orden y el insulto, y la frustración lo enojó aún más. Tiró de los potros con brusquedad y los volvió a meter en la caballeriza, pagando con ellos su irritación.

Desde que había llegado *el andrajoso* todos parecían rendirle pleitesía, pensó lleno de resentimiento. Hernán lo prefería como domador y le confiaba los caballos más difíciles, priorizando esta tarea y dejándoles a ellos, cada vez con más frecuencia, la limpieza de los establos. A pesar de esto, muchos de los siervos lo veían con cierta admiración, y a él se lo llevaban los demonios. Asella lo defendía como si lo hubiera parido ella misma, y hasta la señora parecía obnubilada por sus encantos, que él no veía —ni lo intentaba— en aquel desgarbado saco de huesos; un espantajo que no había dejado de serlo a pesar de la mejora de su aspecto. Todo eso por amansar a un caballo que aún no había logrado montar.

—Ojalá le abra la cabeza como a Porcio... —masculló, y escupió en el suelo. Él lo habría domado ya a fuerza de varazos, y el porquerizo se empeñaba en tratarlo como a una damisela.

139

Así trataría a la señora, pensó con asco; si no, ¿cómo podía entenderse que ella disfrutara de la compañía de aquel alfeñique piojoso, o que las siervas ocultaran sus risitas de necias cuando hablaban de él? Las mujeres eran tontas, pero capaces de provocar todos los males del mundo. Dios las debería haber creado con una brida en la boca...

Con estos pensamientos salió Lelio rumiando de la caballeriza y se dirigió hacia el estercolero. Por el camino de la acequia vio aproximarse a Claudio tirando de un asno cargado de cañas. Agarrado del cinturón, a su derecha, una percha de cuero en la que traía colgados una veintena de pájaros, entre mirlos, zorzales y gorriones. A la izquierda, un tirachinas fabricado con madera de avellano, tendones y badana, y sobre el hombro, una honda.

—¿De dónde vienes? —le preguntó extrañado.

—Del río —contestó el joven con una sonrisa, a pesar del gesto serio del siervo—. Hernán me ha pedido unas cañas para Asella, y yo necesito algunas para los sembrados...

—¿Y eso que traes ahí colgando? —Lelio hizo un gesto con la barbilla, mirando a la percha. El joven se encogió de hombros con suficiencia.

—He aprovechado para cazar unos pajarillos. —Volvió a sonreír lleno de satisfacción.

—Si tuvieras el mismo ojo que tienes con la honda para elegir la hembra... —Rio, burlándose de su empeño de perseguir a una criada que lo rechazaba continuamente—. ¿Qué vas a hacer con ellos? ¿Se los vas a regalar?

Claudio, que no pareció ofenderse por las palabras de Lelio, le devolvió la risa, divertido.

—¡Será por eso que se me han escapado dos conejas! —exclamó, acercándose a él—. Voy a llevárselos a Asella para que los eche al guiso.

—Al guiso... —se burló el joven—. Los asará para los señores, necio. ¿No ves que don Froila está en la puerta? Dáselos a Paulo para que su mujer los ponga en unas brasas y nos los comemos nosotros.

El joven se asomó por la esquina del establo y vio al señor junto a la puerta de la cocina hablando con Hernán mientras miraban hacia la empalizada. Pareció dudar.

—Esperaré a que se vaya y tantearé a Asella, a ver qué dice...

—¿Con qué los has matado, con eso o con la honda? —preguntó Lelio señalando al tirachinas.

—Con esto —respondió el criado, palpando la horquilla—. La honda es mejor para animales más grandes.

Lelio se agachó y cogió una china del suelo. Mientras la alzaba al aire y la atrapaba repetidamente, lo miró con ojos socarrones.

—Te apuesto el jergón esta noche a que no le das al caballo en las trancas con esta piedra y desde aquí mismo. —Señaló la empalizada con la barbilla.

Claudio miró hacia allí y frunció el ceño. Luego rio, negando.

—Tú perderías la apuesta y yo el lomo a varazos si el señor me ve...

—¿Cómo te va a ver desde aquí? Nos oculta el establo —le respondió el siervo con tono de mofa.

—¿Y si Cachorro se da cuenta y me delata?

—Lo que te pasa es que no eres capaz de atinarle desde esta distancia —le retó.

—No, Lelio. Lo que pasa es que arriesgo mucho por dormir una sola noche en el jergón. Si al menos fuera una semana...

El siervo sofocó una risa.

—Te haces pasar por necio, pero en el fondo eres una raposa, Claudio —le dijo con una mueca torcida—. Sea. Pero si fallas, me darás la mitad de esa percha.

—Eso no ocurrirá —respondió el criado con una sonrisa de suficiencia y extendió el brazo. Lelio le lanzó la piedra y él la cogió al vuelo, sacando el tirachinas del cinturón con la otra mano. La observó un instante, la colocó en la badana y lo tensó sobre las piernas, achicando los ojos hacia el caballo, que en ese momento reculaba con Guiomar apoyada en su grupa. Luego levantó los brazos a la altura del pecho e, impulsando la horquilla

141

con un movimiento de muñeca, arrojó la pequeña piedra con la destreza y facilidad de quien lo ha hecho cientos de veces.

Las palabras de Benilde respecto a que el semental estaba incluido en la dote presionaron a Guiomar para agilizar su doma. Hasta entonces había logrado que el animal obedeciera sus órdenes en la cuadra y en el picadero. Había conseguido ponerle la jáquima y el bocado, pero se mostraba reacio a cualquier cosa que se le colocara en el lomo. Para acostumbrarlo le echaba encima heno, cuerdas o la manta que Asella le diera, y Leil los toleraba en mayor o menor medida. Una vez incluso, tras verlo relajado, trató de montarlo en la misma cuadra. El intento dio con ella en el suelo, pues el caballo se resistió y reculó al sentir su peso. Por eso había decidido sacar a Leil a la empalizada con la firme intención de montarlo. Si el caballo la tiraba, ella tendría más espacio para moverse y evitar ser pisoteada; y si se encabritaba, el animal tendría más espacio para correr.

La presencia del señor en la hacienda la contrarió. Junto a Hernán, la miraba con gesto severo desde la cocina, y a ella le dio la impresión de que don Froila no estaba contento con su trabajo. Se sintió presionada y esto la inquietó.

Se empleó en cansar al semental durante un buen rato, haciéndolo moverse sujeto con la cuerda. Cuando estimó que ya era el momento, se acercó y comenzó a acariciarlo y a echar su peso sobre él, colgándose a veces del lomo, para soltarse rápidamente. Tras repetir el proceso, decidió dar un paso más. Se subió sobre la grupa de Leil, apoyándose en el vientre, y el caballo comenzó a recular como otras veces, molesto por el peso. De pronto, sin que ella lo provocara, dio un respingo acompañado de un agudo relincho de dolor o de miedo, y el animal arrancó a correr despavorido, soltando coces al aire a diestro y siniestro.

Guiomar, que se había arrojado de su grupa al notar la brusca reacción, cayó de bruces sobre la tierra. Notó cómo el polvo le entraba en las fosas nasales y comenzó a gatear rápidamente hacia la empalizada para evitar ser coceada por el animal, que parecía haberse vuelto loco.

Al momento llegaron Hernán y don Froila. El primero se agachó y la agarró por el cuello del sayo y la sacó del picadero por debajo de la empalizada. Luego tiró de ella hacia arriba y la zarandeó.

—¡¿Qué le has hecho, maldito imbécil?! —gritó entre enfadado y asustado—. ¡Te podría haber matado!

—¡No le he hecho nada! —se defendió ella—. ¡Algo le ha pinchado o golpeado! ¿No lo habéis visto?

—¡Yo no he visto nada! —respondió el siervo, sin admitir que en aquellos momentos ni siquiera estaba mirando. Pero el señor se encontraba allí y parecía contrariado. Tenía que dirigir su enojo hacia Guiomar para evitar que este le salpicara también a él.

La realidad era que don Froila estaba irascible e intratable desde la vuelta de Eliberri. Se le había agriado el carácter, fuerte de por sí, y lo pagaba con la servidumbre. Corría la voz de que su hija había aceptado mal el compromiso matrimonial con el *comes* y que se mostraba díscola y displicente con el padre. Con todo, la armonía existente en la casa se había convertido en un avispero en las últimas semanas. Afortunadamente para ellos, el señor había incrementado sus estancias en Cordoba, dándoles de vez en cuando un poco de sosiego entre aquella tensión.

—¡Este necio no vale ni para amansar a un ternero! —La voz ronca de don Froila tronó como una tormenta sobre la joven—. ¿Cómo podría domar a un semental? Maldito el momento en que se me ocurrió comprárselo a Guma... —masculló con rabia y frustración, mirando ahora al caballo, que había dejado de cocear y se movía inquieto al fondo del picadero, aún emitiendo algunos relinchos.

—Hernán —prosiguió el señor—, ve buscando otro semental para don Clodulfo, e intentad vosotros domar a este. Si no se deja, ¡pues para carne! Estoy harto de este caballo. Me ha costado mucho más de lo que parece valer.

A Guiomar se le encogió el alma al escuchar las intenciones de don Froila.

—Señor, os doy mi palabra de que se dejará montar en menos de una semana.

Froila la miró con desprecio, empequeñecida su figura entre los dos hombres, la cara y el cuerpo aún cubiertos de polvo.

—¡Tu palabra! —tronó de nuevo, clavándole las pupilas con enojo—. ¡Qué vale la palabra de un caballerizo!

—Os lo juro entonces por mi vida —le respondió, con una determinación no exenta de orgullo que sorprendió a Hernán por su osadía y al señor por lo que contenía de desafío.

Don Froila la miró incrédulo, sopesando sus palabras. La aparición de Lelio interrumpió lo que estaba a punto de decirle.

—Señor, el caballerizo está malcriando al semental. Lo está haciendo manso con una fruta, pero rebelde sin su premio. Ya habéis visto cómo coceaba —intervino el siervo solícito, como si la expresión de su opinión fuera un deber inexcusable.

Hernán le lanzó una dura mirada, molesto por la intromisión del criado, y Guiomar enrojeció de indignación.

—Os digo que algo le ha golpeado —justificó, llena de impotencia.

—¡El caballerizo tiene razón!

Todos se giraron hacia donde provenía la voz. Vieron cómo Benilde se aproximaba con paso decidido. Llevaba en la mano el pequeño cuaderno de pergamino que le diera Balduino.

—Lo he visto desde mi alcoba —dijo, grave, cuando se reunió con ellos—. Algo oscuro le ha dado en el flanco antes de encabritarse. Y Cachorro no está malcriando al caballo —aseveró, fulminando con una mirada a Lelio, que empalideció momentos antes de que se le encendiera la cara—. Ha usado la fruta solo para acercarse al animal. No la vara, como otros. Antes de que él llegara no había un alma que se atreviera a ponerse a diez pasos del semental, y ahora hasta yo puedo ponerle la brida. ¿Y dudáis de que él consiga montarlo? —dijo desafiante, mirando a su padre y a Hernán, que negó brevemente bajando la cabeza.

Luego se introdujo el cuadernillo por el cuello de la túnica y rodeó la empalizada hacia donde se encontraba el animal, aproximándose lentamente, llamándolo y calmándolo.

Guiomar le iba a sugerir que lo dejara solo hasta que se tranquilizara, pero no era el momento ni quién para decirle a la señora lo que debía hacer.

—Ven, Adán, bonito, ven aquí —lo llamó con el tono que empleaba cuando iba a verlo a la cuadra con su manzana.

El animal pareció amansarse un poco. Momentos después permitió que se acercara aún más, hasta situarse junto a los travesaños. El padre estaba a punto de intervenir, cuando fue el mismo caballo el que se le aproximó, buscándole las manos. Benilde le acarició la quijada y el cuello, hablándole con suavidad. Luego dirigió una mirada altanera y triunfante hacia los hombres, mientras le ataba las riendas a la empalizada, y volvió de nuevo junto a ellos.

—¿Aún seguís dudando? —dijo, sin apartar unos ojos distantes de los de su padre. Él pareció tensarse, como si la pregunta hubiera trascendido la mera doma del animal, y apretó la mandíbula. Después encaró a Guiomar, tanto por evitar la mirada de su hija como por dar fin a aquella guerra sin palabras.

—En menos de una luna don Clodulfo pasará por la hacienda. —La información era gratuita e iba dirigida más a la hija que a los siervos—. Si en una semana no te veo cabalgando sobre el caballo, solo te encargarás de los cerdos —dijo con una voz acerada como un cuchillo. Luego miró a Hernán—. Tú ve buscando otro animal de todos modos.

Don Froila se marchó en dirección a la casa y Benilde, evitando al padre, lo hizo hacia la cocina. Antes, brevemente, había mirado a Guiomar para descubrir en sus ojos por primera vez algo parecido a la admiración.

Cuando Benilde salió de hablar con Asella, el semental ya no estaba en el picadero. Fue a la cuadra y allí encontró a la joven inspeccionando al animal. Estaba dentro del habitáculo, mirando algo en la cadera de Leil.

—¿Sabes ya qué le ha pasado? —le preguntó con interés, acercándose a los travesaños. En ese instante sintió cómo le pinchaba una de las esquinas de pergamino en el pecho y recordó que aún llevaba el cuaderno debajo de la ropa. Tiró fuertemente del cinturón mientras encogía el vientre y movía la túnica de un lado a otro, hasta que el pequeño libro cayó entre sus pies. Lo recogió del suelo y lo puso sobre el tocón, ante la mirada sorprendida y curiosa de la joven, que no apartaba sus ojos del tronco.

—Dime —le insistió cuando llegó de nuevo junto a ella. Guiomar la observó sin entender, perdido el hilo tras lo que acababa de ver—. Que si sabes lo que ha pasado —le aclaró.

—No estoy seguro —respondió ella—. Tiene una pequeña hinchazón entre la cadera y la ijada, como si algo le hubiera golpeado. Quizá haya sido un abejorro, pero no parece una picadura. ¿No visteis vos lo que era?

Benilde negó con la cabeza, asumiendo su mentira, y Cachorro la miró pasmada, elucubrando la razón que le había llevado a hacerlo.

—¿Habéis mentido para contradecir a vuestro padre? —preguntó finalmente. No se atrevía a contemplar la posibilidad de que lo hiciera por protegerla.

—No. Lo he hecho porque he visto la reacción de Adán y me ha sorprendido tanto como a ti. Sé que eres incapaz de hacerle daño —dijo, apoyándose en la empalizada. El caballo fue a olerle la cara y las manos, y ella le acarició la quijada mientras le miraba la pequeña protuberancia en la piel—. Si no ha sido un bicho, quizá haya sido una pedrada.

—¿Quién podría hacerlo? Solo vi a Lelio por los establos, y estaba demasiado lejos... No creo que sea tan necio para hacerlo estando vuestro padre presente.

—Tal vez esa fuera una buena razón... Lelio no te quiere bien. Cuídate de él —sugirió la joven, y apoyó sus palabras con una expresión grave.

—Lo sé, señora —reconoció, acariciando la grupa del animal—. Ni él, ni otros en la hacienda; pero estoy acostumbrado.

De pronto, Benilde cambió su mirada de interés a enojo.

—Guiomar, ¿por qué sigues refiriéndote a ti como varón? No tienes necesidad de hacerlo conmigo. —A ella le cogió desprevenida el tono de censura con que le habló.

—Disculpadme, señora; pero si no lo hago y me confío, terminaré por delatarme ante alguien que seguro no tendrá vuestra comprensión. Por lo mismo, os ruego que me llaméis Cachorro y hagáis como yo en lo que os sea posible. Si os acostumbráis a tratarme como mujer, puede que lo hagáis también delante de otros sin pretenderlo, y quizá acabéis por revelar mi naturaleza.

Benilde supo que tenía razón. Dos veces había estado a punto de delatarla inconscientemente frente a Asella. Se quedó pensativa un rato que a Guiomar se le hizo eterno y luego concedió.

—Pondré mi empeño, aunque me cuesta... Puedes corregirme si yerro. Que seguro no será una vez, ni dos —suspiró.

Guiomar la miró con unos ojos agradecidos y asintió con una leve reverencia. Luego salió por encima de la empalizada. Fue a la esquina, cogió una silla de montar y la colocó sobre el travesaño y, sobre esta, la mantilla de cáñamo y lana.

—¿Vas a montarlo? —le preguntó Benilde sorprendida.

—No, solo voy a ponerle la silla para que se vaya acostumbrando. Mañana intentaré montarlo —dijo mientras volvía a meterse en el habitáculo y le ponía la pequeña manta sobre el lomo—. Tendrá que dejarse, le guste o no. Dudo que Lelio le de manzanas si no consigo cabalgarlo en esta semana —concluyó, mirándola con ironía.

Guiomar se dio la vuelta para coger la silla y colocarla sobre la mantilla. Cuando se giró con ella, la manta estaba en el suelo. Volvió a dejar el aparejo sobre el travesaño de pino y le recolocó la mantilla de nuevo en el lomo. Al volverse para tomar la silla, vio a Benilde sonreír con expresión divertida. Cuando fue a colocarla, la manta estaba otra vez entre los cascos del animal. Guiomar frunció el ceño, sin comprender, y en ese instante la risa de la señora resonó en la cuadra como el repiqueteo de una campana, y se intensificó a niveles de ofensa ante su mirada de contrariedad y extrañeza. No tardó en comprender que era Leil quien se quitaba la mantilla en cuanto ella se giraba, y que la hilaridad ahora desmedida de la señora, que no conseguía parar de reír, estaba provocada tanto por la escena como por su necesidad catártica de exonerarse de la tensión, frustración y furia acumuladas tras conocer su compromiso con don Clodulfo y su marcha de la hacienda.

Guiomar no pudo evitar sonreír, contagiada por la risa de la joven, que ahora le había dado la espalda para intentar controlarse mientras se abrazaba el vientre. La propia imagen de los esfuerzos de la señora por acabar con el ataque de risa, terminó por provocar la suya propia, que surgió grave y tímida, y que duró lo que dura un suspiro.

Benilde se dio la vuelta sorprendida, aún con lágrimas en los ojos y con una sonrisa maravillada, para ser testigo, durante un instante, de la extraordinaria rareza de ver a la joven con el rostro iluminado por la alegría de una risa. Y cayó en la cuenta de que era la primera vez que lo hacía delante de ella, y de que quizá también lo fuera desde que llegó a la hacienda.

—Tu cara está hecha para sonreír, Guiomar. Es un regalo que Dios te ha dado y que tú pareces rechazar.

La sierva bajó la mirada, tímida, y el rictus circunspecto volvió a apagar su rostro. Las palabras de Benilde habían tenido un doble efecto sobre ella. Por un lado y un momento caldearon su alma. Por otro, levantaron la costra de la antigua herida.

¿Por qué habría de darle Dios un rostro para la alegría si después iba a dejarla sin razones para expresarla?

Cuando Benilde regresó a la casa, aún sorprendida y conmovida por la reacción y la belleza oculta de Guiomar, recordó que había olvidado el cuaderno en la cuadra. Volvió a por él. Al asomarse por la puerta vio al caballo, que parecía haber aceptado la silla sobre el lomo después de haber estado durante largo rato demostrando su incomodidad con manotazos en el suelo. Y luego vio a Guiomar sobre el tocón, tan ensimismada que no advirtió su presencia. Tenía el librito abierto en las manos y parecía seguir con los ojos un renglón mientras movía los labios levemente en silencio.

Capítulo 13

Benilde dejó el bordado y miró por la ventana de su alcoba. Si había algo que le gustara menos que los ejercicios de caligrafía, eran las labores de costura. Su padre le había traído finas telas de Cordoba para su ajuar, y Asella la había conminado a coser dos piezas que vestiría como tocado, pues su futura condición de esposa la obligaría a llevar el cabello oculto como símbolo de su estatus de casada. El hecho de que detestara tanto aquel matrimonio como llevar el pelo sujeto y escondido bajo un paño le hacía sentir, al bordar aquella prenda, como un penado que tuviera que forjar los grilletes con los que iba a ser encadenado.

Vio a Guiomar salir de la empalizada a lomos de Leil. Lo había estado montando toda la semana y le había demostrado a su padre que ni siquiera necesitó siete días. Al cuarto el animal aceptó el peso de la joven, después de haberla tirado en más de una ocasión. No obstante, el semental se mostraba brusco en la montura y Benilde veía a Guiomar manejándolo a veces con dificultad. Contempló cómo se dirigía con él al trote hacia el río, sorprendiéndola, pues esperaba su encierro en la cuadra como en otras ocasiones. Supuso que querría probarlo fuera de la empalizada. Observó con cierta envidia su figura al alejarse. El pelo le había crecido y sus rizos ya alcanzaban una longitud que rozaban la provocación en un siervo. Le diría a Asella que se los cortara antes de que lo hiciera su padre. Se estaba arriesgando a que le rebanara la nariz, y esta vez a propósito.

Frunció el ceño, pensativa, y la vista se le fue al librito de pergamino que estaba sobre la mesa.

No. No la había creído cuando la descubrió con él en las manos, porque, aunque su excusa tenía alguna coherencia, su intuición en aquel momento le dijo que mentía. Sí, era muy posible que Guma tuviera un secretario que registrara sus transacciones comerciales, pues su negocio era grande, o al menos lo había sido, a tenor de lo que Hernán les contó. Era posible también, incluso, que Guiomar hubiese tenido en las manos alguna de las pizarras en las que el escriba hacía sus anotaciones, y que este, ante la curiosidad del que consideraba siervo, le hubiera enseñado las letras de su nombre, como ella aseguró. Pero saber cinco letras no enseñaba a leer, y a Benilde le había dado la impresión de que la chica lo estaba haciendo. La justificación de que solo admiraba la belleza de la caligrafía también podría haberla convencido, de no haber sido por su expresión de pánico al ser descubierta con el cuaderno, que le recordó en alguna medida a la que mostró en el río al ver su sexo revelado. Ahora, con el paso de los días, tenía algunas dudas de su intuición pues, para su desconcierto, a pesar de todos los secretos que parecían ocultarse tras la vida de la joven, Guiomar no le inspiraba desconfianza. Más bien al contrario...

Antes de volver al bordado, Benilde miró de nuevo por la ventana y algo llamó su atención. Abrió rápidamente el postigo para ver mejor. Por el horizonte, a menos de una legua, observó una pequeña columna de polvo. Un grupo de jinetes se aproximaba por el camino hacia la hacienda, y era numeroso, por lo que pudo deducir.

Vio a Lelio acercarse a la cerca, extendiendo su corto cuello y mirando en la misma dirección.

—¡Lelio! —lo llamó desde la ventana—. ¿Dónde está mi padre?

El siervo se giró y se aproximó rápidamente a la casa.

—¡En los campos, mi señora!

—¡Dile a un criado que toque la campana, y luego coge un caballo y avísale de que vienen jinetes, apresúrate! —le apremió llena de preocupación y se dirigió hacia la puerta de la casa. Antes de abrirla llegó Asella y se puso delante de la joven, impidiéndole el paso.

—Señora, no salgáis hasta que regrese vuestro padre. No sabéis quiénes son ni lo que pretenden. Le diré a un criado que los reciba.

Benilde pensó que tenía razón y volvió a la alcoba mientras oía ya el sonido de la campana alertando a los siervos de la hacienda y de los campos. Desde la ventana observó cómo la columna de una docena de hombres se aproximaba al paso, y cómo uno de ellos se separaba y se acercaba al trote a la casa. Al llegar fue recibido por Antonino y Asella, y los vio parlamentar. Después, la criada entró de nuevo en la casa y, al momento, apareció por la alcoba con la inquietud reflejada en el rostro.

—Señora, el *comes* don Clodulfo solicita ver a los señores y pide hospedaje para él y su séquito durante esta noche.

A la joven se le cayó el alma al estómago y el corazón comenzó a latirle desbocado en el pecho.

—¡Pero ¿cómo?! ¡Mi padre lo esperaba para dentro de quince días! —exclamó llena de angustia.

—Dice que asuntos imprevistos le han obligado a adelantar la vuelta de Toleto —justificó la sierva—. Señora, creo de debéis salir a recibirle si vuestro padre no llega antes de que lo haga el *comes*.

Benilde se retorció las manos. ¿Qué asuntos podrían ser aquellos? Se preguntó angustiada, temiendo que pudieran provocar de igual modo un adelanto de la boda. Aún faltaban tres meses... Pensó que si también le quitaban ese tiempo, se moriría.

—Asella, ¿cómo voy a recibir yo a don Clodulfo? —se lamentó.

—Como la señora que sois —aseveró la criada, infundiéndole confianza—. Con nobleza, con respeto y con sencillez. ¡Apresuraos! Os ayudaré a cambiaros de ropa —dijo, y se aproximó al enorme baúl con la intención de elegirle una túnica más apropiada para la ilustre visita. Benilde se desnudó y se colocó torpemente los nuevos ropajes. De no ser por Asella le habría resultado más difícil, dado su nerviosismo. Esta le acercó luego el pequeño cofre con sus joyas, y ella se puso los brazaletes y el anillo que pertenecieron a su madre, mientras la sierva le arreglaba el pelo y se lo peinaba con premura.

Cuando salió a la puerta, el *comes* ya estaba allí, todavía a lomos de su caballo, y la observaba con atención y una expresión neutra. Después desmontó con agilidad, pero ceremoniosamente, y se acercó a ella sin dejar de mirarla a los ojos.

—Veo que las palabras del obispo no os desmerecen —dijo con una sonrisa de medio lado, y le beso la mano suavemente ante la sorpresa de la joven—. Señora, perdonadme por presentarme sin avisar y antes de lo convenido con vuestro padre.

Benilde le hizo una leve reverencia con la cabeza y le señaló gentilmente el interior de la casa. El hombre entró y ella lo siguió con el ceño fruncido. El corto instante que duró el cruce de su mirada con la del *comes* le había bastado para sacar tres impresiones muy simples, que a la larga se demostrarían veraces: que a pesar de la edad, don Clodulfo aún conservaba su atractivo; que sabía sonreír a una mujer; y que en ningún momento la sonrisa había alcanzado a sus distantes ojos grises. Desde esa premisa Benilde tuvo la certeza de que aquel hombre no la iba a hacer feliz.

Guiomar se acercó al perímetro de la hacienda por la vereda que llevaba al río. Venía caminando, conduciendo a Leil de las riendas, molesta aún con el animal porque había estado a punto de tirarla al salirle al vuelo dos perdices por el camino. El caballo se asustaba con facilidad y reaccionaba con movimientos bruscos que ponían en peligro a su jinete. Tenía que cabalgarlo con más frecuencia fuera del recinto de la casa para que cogiese confianza, y debía hacerlo con prontitud. La señora le había expresado su deseo de montarlo, y por experiencia sabía que su impulsividad no atendería a razones.

Desde los establos observó un movimiento inusual de siervos en la puerta de la casa. Apresuró el paso, temiendo que el señor hubiera convocado a los hombres por alguna razón de urgencia. Al llegar con el caballo a la cuadra, comprobó que no solo había criados, sino también soldados, y que la mayoría no eran siervos de don Froila. Dedujo que había llegado la comitiva de algún señor importante, y no le dio tiempo a mucho más, pues Hernán se acercó a grandes zancadas.

—¿Dónde estabas? —preguntó enojado—. ¿No has oído la campana?

—En el río. He sacado al semental fuera del picadero... Se asusta de todo lo que se mueve —se justificó.

—Apresúrate a encerrarlo y lleva la yegua del *comes* a las caballerizas del señor. Lelio está sacando a uno de los animales para hacerle sitio —apostilló—. Dale buen forraje y la cepillas como si fuera la mismísima montura del rey. Luego ayúdales a colocar las bestias y su carga en los establos —concluyó, apuntando a un grupo de criados con varios mulos y un carro.

A Guiomar le sorprendió la llegada inesperada del señor de Eliberri, y entendió el nerviosismo y la prisa de Hernán. Metió a Leil en la cuadra y le quitó los aparejos, sin ni siquiera detenerse a cepillarlo. Luego salió de la caballeriza.

—¿Cuál es la yegua del *comes*? —preguntó mirando a la decena de caballos que se arremolinaban en la explanada.

—Aquella torda de allí —respondió el hombre, señalando con la cabeza a un extraordinario animal gris moteado con negrísimas crines y cola. Estaba elegantemente enjaezado con aparejos de fina factura y se movía nervioso, a pesar de que un siervo lo sujetaba por el bocado.

Guiomar miró hacia la yegua, apreciando su hechura, y una sombra helada le atravesó el pecho de pronto, deteniendo su respiración por un instante y sembrándole una duda que comenzó a estremecerle el cuerpo.

No podía ser...

Sin apartar los ojos de las manchas de los belfos del animal, la joven se acercó al criado que lo sujetaba.

—Déjamela, he de llevarla a las caballerizas de mi señor —le dijo sin apenas mirarlo y con una voz que le costó sacar de dentro. El hombre la miró con desconfianza, dudaba que aquel siervo tan menudo pudiera controlarla.

—Yo lo haré. Tú solo dime dónde están. Está muy nerviosa y no creo que seas capaz de...

No terminó la frase. La yegua, al ver a la joven, movió las orejas hacia adelante y acercó el morro a su cara con precaución. Guiomar aprovechó su gesto para acariciarle el cuello durante un momento y cogerla de la jáquima. Tiró suavemente de ella hacia abajo, se aproximó a la parte superior de la quijada y le susurró algo sin dejar de pasarle la mano por el hombro. La yegua cabeceó y emitió un suave resoplo. Luego la joven la condujo sin dificultad hacia el establo ante el estupor del criado, que había soltado las riendas sin ni siquiera darse cuenta.

—¡El diablo me lleve! —exclamó pasmado, y luego se acercó a Hernán, que en ese momento pasaba junto a él—. ¿Quién es ese mozo?

El hombre se detuvo y miró.

—El caballerizo de mi señor Froila.

—¡Es bueno, el condenado! Le ha dicho algo y lo sigue como un cordero. ¡Esa yegua, que es un dolor!

Hernán observó cómo el caballerizo, que ahora había soltado al caballo, se dirigía al establo, cabizbajo, con él tras sus pasos. Frunció el ceño, escamado, pero solo habló secamente.

—Por algo es nuestro mejor domador.

Guiomar entró en el establo con el corazón desbocado, tragando saliva y tratando de aliviar el nudo que se le había hecho en la garganta, que parecía no querer dejarla respirar. Con las manos temblorosas le soltó la cincha a la yegua y le quitó la silla y la mantilla. No necesitaba ver la mancha en forma de cruz sobre el lomo para cerciorarse de que era Bruma, pues la propia actitud del animal con ella se lo había confirmado; pero la buscó, la encontró y la tocó. Como tocó Santo Tomás la herida de Jesús, tras su resurrección, para convencerse de que era verdaderamente Él. Entonces el nudo de la garganta se le hizo insoportable. Se abrazó al cuello de la yegua, que se dejó con un suave resoplo, y sollozó.

—Al final te han montado —le dijo con la frente apoyada en su hombro—. Cuántos varazos te habrá costado...

Después de todos aquellos años la había reconocido, a pesar de los cambios de su cuerpo y de su voz. La emoción le atenazaba el pecho.

Se habría quedado abrazada al caballo toda la vida, llorando de alegría y de pena; pero no podía permitírselo, a riesgo de que entrara un criado —o peor, Lelio— y la viera. Habría preguntas que no podría responder sin evidenciar que mentía. Se recompuso y se limpió las lágrimas.

Cepilló la yegua con la almohaza y le dio de comer el mejor forraje de don Froila. No la trató como si fuera la montura del mismísimo rey, sino como si fuera de su mismísima carne, una hija, su amante... Le habló en todo momento, susurrándole a veces en la lengua de los juegos. Hasta que un siervo que desconocía hizo su aparición por el portón de la caballeriza y Guiomar volvió a su habitual contención.

—Es espléndido el animal, ¿eh? —le dijo el hombre, sonriéndole.

—Lo es —contestó ella, nerviosa y sin apenas mirarlo.

—Es briosa en exceso. Solo mi señor sabe domeñarla.

La joven ocultó su contrariedad, para luego sucumbir a la urgencia de despejar su duda.

—¿A quién se la compró tu señor *comes*?

—A nadie. Es de la yeguada que don Clodulfo tiene en Eliberri. Siempre lo ha sido.

No, siempre no...

Guiomar salió de la caballeriza acompañada del criado, aún confusa, nerviosa y distraída. La explanada frente a la casa ya se había despejado y dos siervos conducían hacia los establos el carro que acompañaba a la comitiva. En ese momento apareció el *comes* por la puerta principal y la joven se detuvo para observarlo. Era un hombre alto y corpulento. Vestía una túnica azul con ribetes dorados y un ancho cíngulo, en cuyo centro se distinguía una gruesa hebilla. Sujeta a este colgaba una larga y pesada espada, en la que apoyaba la mano izquierda. Se había echado hacia atrás su manto negro, que ceñía sobre los hombros con una fíbula con forma de pájaro, que por su brillo y a pesar de la distancia, supo que era de oro. Llevaba los cabellos largos, con dos mechones sobre las orejas que semejaban tirabuzones. El pelo, entrecano, aún conservaba restos del rubio original que tendría en su juventud. Su porte parecía regio y altivo, y su actitud, la del noble acostumbrado a que la vida se moviese en la dirección deseada.

Nada encontró en su figura que pudiera desagradarle, pero la actitud de los siervos que tenía alrededor convenció a Guiomar de que su autoridad estaba reforzada por el miedo. Lo percibió en el mismo criado que la acompañaba, que al percatarse de la presencia de su señor, bajó la cabeza y apresuró el paso hacia el carro que llevaban a los establos.

Entonces don Clodulfo llamó a un siervo por su nombre y le gritó con una potente y clara voz que marcaba fuertemente las erres.

—¡Traedme el cofre y la vaina de cuero!

Y a Guiomar se le detuvo la sangre en las venas.

La sensación fue tan física y tan brutal que empalideció como una muerta y el estómago se le revolvió en el vientre. Le sobrevino un temblor de la nada y una necesidad incontrolable de salir corriendo. Dando traspiés se dirigió hacia el estercolero que había tras el establo. No le dio tiempo a llegar. Se apoyó en la pared trasera del edificio y comenzó a vomitar con fuertes arcadas, como si todo lo que hubiera dentro de su cuerpo fuera un veneno que tuviera que expulsar costara lo que costase. Cuando ya no le quedó nada que echar salvo el mismo estómago, se sentó en el suelo con la espalda contra el muro. Se habían ido las arcadas, pero se le había quedado el temblor. Se abrazó el torso y encogió las piernas en un intento de sujetarse los miembros, que parecían querer desmoronarse con aquellos estertores.

Fue entonces cuando vio a Asella junto al gallinero, mirándola paralizada, con una cesta en el brazo y una gallina agarrada por las alas pataleando impotente.

Guiomar se levantó al momento, apoyándose torpemente en la pared, para luego resbalar por ella y volver a caer de culo. La criada soltó la gallina, dejó la canasta de los huevos en el suelo y se aproximó a la joven. Cuando llegó junto a ella, esta ya había conseguido ponerse de pie y se limpiaba la cara y la boca con la manga del sayo, aún sin poder controlar los temblores.

—¡¿Qué te pasa, criatura?! Tienes la muerte en la cara —le dijo observándola con miedo y preocupación—. ¿Estás enfermo?

Guiomar negó repetidamente con la cabeza.

—Se me ha descompuesto el cuerpo —respondió con una voz trémula y debilitada que no convenció a Asella

—¿Tienes calentura? —preguntó y llevó la mano a su frente. La joven se zafó con un brusco gesto, pero a la criada le dio tiempo a comprobar que la piel estaba helada.

—¡Os digo que no estoy enfermo! He comido bayas verdes en el río y me han sentado mal...

—¡Pero mira cómo estás temblando! —insistió la mujer, que no creía sus argumentos.

—Es por el vómito. Me cuesta la vida, pero luego se me pasa —se justificó, y vio cómo seguía mirándola con desconfianza. Decidió enfrentarse a sus ojos esta vez y le habló en un tono más calmado.

—Es cierto lo que os digo, Asella. No os preocupéis por mí.

La criada arrugó el entrecejo y rumió algo que no llegó a palabra, pero pareció ceder.

—Quiero que pases luego por la cocina... —Ante la cara de protesta que comenzó a poner la joven, añadió rápidamente levantando una mano—. Y me llevas los dos pollos del gallinero que veas más cebados. Con el tiempo que he perdido contigo no puedo ponerme a perseguirlos. Y dile a Antonino que mate dos corderos y que me los lleve. ¡Destripados!

Asella retrocedió a por la cesta, la cogió y volvió con ella del brazo. Al pasar de nuevo junto a Guiomar la miró de arriba abajo. Parecía tener menos temblores.

—No sé cómo te las arreglas siempre para perder las pocas carnes que ganas... —le dijo negando con la cabeza, y se marchó hacia la casa con paso rápido.

Guiomar se acercó de nuevo al muro y levantó la tierra con el pie para ocultar los restos que había dejado. Solo faltaba que llegara Hernán para preguntarle también qué le pasaba. Luego se apoyó contra la pared, intentando que el sol le caldeara el cuerpo y los temblores cesaran de una vez. Cerró los ojos, respirando pesadamente. No podía ser. No podía ser... Al oír aquella voz sus piernas le habían llevado inconscientemente al estercolero, y sabía que no había sido por descargar su estómago en el lugar más apropiado... Contrajo el rostro en un gesto de sumo dolor y angustia.

Después de tantos años huyendo de su pasado como un perro aterrorizado, se había dado cuenta de que aún permanecía encadenada a él, y de que la cadena ya había llegado al tope. La revelación de su nombre y de su sexo a Benilde fue la llave que abrió el arcón de su alma y desempolvó todos los horrores... Y aquella mañana su propia yegua, como en una cruel parábola sacada del mismo apocalipsis, le había llevado al señor que los había hecho posibles.

Capítulo 14

Asella retiró la fuente con el asado y trajo otra con fruta, dulce de membrillo, pan y nueces. Los comensales guardaron un incómodo silencio mientras la criada retiraba los platos con los restos de los huesos del cordero. Al coger el de Benilde vio que apenas había comido. Miró su cara de soslayo. Le bastó para saber que estaba tensa y nerviosa a pesar de su aparente quietud. Tenía las manos en el regazo y se frotaba las uñas de los pulgares entre sí. La había visto sacar fuerzas de flaqueza al recibir al *comes*, mostrando la buena educación recibida y lo mejor de su oficio de señora de la casa, pero sabía que la ansiedad le estaba carcomiendo desde el mismo momento en que conoció la identidad del visitante. Afortunadamente don Froila había llegado poco después de haberlo hecho el *comes*, liberando a la hija del incómodo trago de dar hospedaje y conversación al que iba a ser su esposo sin apenas conocerlo.

—Asella, puedes retirarte —ordenó el señor. Luego se volvió hacia su huésped—. Don Clodulfo, os reitero mi agradecimiento y el de mi hija por los presentes que nos habéis hecho —dijo, señalando hacia la pared, junto a la que se encontraba un cofre del tamaño de una vara, bajo cuya tapa asomaba la esquina de un paño. Sobre él descansaba una espada apoyada en una funda de cuero repujado.

—La belleza y lozanía de mi señora merecen las mejores telas de Toleto —contestó con una sonrisa cortés al padre y luego a Benilde. El estremecimiento que le recorrió provocó que su intento de corresponder con otra sonrisa se quedara en un apretar de labios; pues, en boca del *comes*, el posesivo unido a su persona

161

había perdido para ella el componente de cortesía y había ganado el de dominio—. La espada es un magnífico ejemplar del espadero de la corte —continuó—. En su taller se templa el mejor acero de Hispania, podéis estar seguro. Ya sabéis que las espadas toletanas tienen fama dentro y fuera del reino.

—Me honráis, señor —agradeció de nuevo don Froila con una ligera reverencia.

—Siempre me habéis servido bien, querido amigo. Es un presente digno de vos. Quiera Dios que no tengáis que usarlo...

Benilde vio cómo su padre bajaba la vista al plato en un gesto que interpretó de preocupación. Se produjo un silencio tan incómodo que, de no haberlo roto don Froila, lo habría hecho ella.

—Mi señor *comes*, deduzco de gran importancia los asuntos que os han hecho volver de Toleto en vísperas del concilio.

La joven levantó rápidamente los ojos hacia el noble, con nerviosismo y expectación, y los bajó de nuevo al regazo. La duda le reconcomía. Don Clodulfo, que se apoyaba relajado sobre la silla, el brazo extendido sobre la mesa modelando una gruesa miga de pan, miró fijamente al padre y luego volvió a su mano.

—No va a haber tal concilio. Al menos por ahora... —dijo, y el hombre lo miró con rostro de sorpresa, abriendo la boca con intención de hablar. No le dejó—. Don Froila, vos soléis ir a Cordoba con frecuencia, ¿no es así? —preguntó.

—Así es, señor. Tengo negocios con varios tratantes de caballos de la ciudad —argumentó evasivo.

Benilde le lanzó una mirada de soslayo. Sí, bonitos negocios eran aquellos... Pensó.

—¿Cuándo fue la última vez que la visitasteis? —inquirió el *comes* sin dejar de mirarlo.

—No hará más de dos semanas...

—¿Y no habéis visto algún movimiento inusual en la ciudad? —Volvió a preguntar con interés.

—No, señor. ¿A qué os referís?

El *comes* le clavó los ojos intensamente, y don Froila tuvo la sensación de que dudaba de la veracidad de su respuesta.

—Al parecer, hace algunas semanas y a espaldas de la corte, Don Roderico convocó en asamblea a todos los *maiores* afines a él. Se constituyeron como senado en Cordoba y lo han nombrado rey.

La sorpresa hizo que a Benilde se le abriera levemente la boca. Una ola de esperanza la llevó a pensar que los acontecimientos quizá retrasaran la boda; pero luego imaginó que del mismo modo también podrían adelantarla, y la incertidumbre incrementó su inquietud.

—¡Pero no puede! —exclamó su padre, dando un respingo en la silla, escandalizado—. ¡Juró fidelidad a Witiza!

—Sí, pero no a sus hijos —respondió el *comes*—. Ni a sus hermanos, que son los que realmente influirían en la regencia durante la minoría de edad del rey. Roderico se está sirviendo del rechazo que algunos nobles sienten por la ambición de don Oppas. Creen que como tío del heredero ejercerá el poder bajo cuerda, ya que no puede hacerlo abiertamente por su condición de arzobispo.

—¡Eso son infundios! —enfatizó don Froila—. La tonsura se lo impide, y dudo que don Oppas quiera disputarle el reino a Agila o a cualquiera de los otros hijos del rey.

—Así es, mi querido amigo, pero aunque la tonsura le impida reinar, no le impide influir en el reinado. De todos modos, Don Roderico ha jugado arteramente sus bazas. Se ha servido de su posición de *dux* de la Bética para ganarse el favor de muchos *maiores* de la provincia y del resto del reino, y ha aprovechado la debilidad que la repentina muerte de nuestro señor Witiza ha provocado en la corte para alzarse por encima de la voluntad del rey.

—Pero ha de haber muchos nobles señores que apoyen a los herederos. Vos entre ellos, supongo.

—Suponéis bien, don Froila. Los hay, pero esta sedición nos ha cogido por sorpresa y la organización de los traidores nos lleva ventaja. El *dux* ya ha reprimido la defensa que Requesindo ha hecho en favor de la familia del rey, que le ha costado la vida.

Don Roderico está ahora en Toleto, y la corte, con la familia real en pleno —apostilló—, ha salido de la ciudad. Os aseguro que esto no habría sido posible sin el apoyo de godos influyentes y de obispos bien nombrados.

Don Clodulfo se acercó a la fuente y tomó dos nueces con una mano. Las apretó hasta que crujieron. Las puso sobre la mesa y comenzó a separar las cáscaras del fruto, distraídamente.

—La posición de Roderico es muy fuerte ahora —continuó—, y el ejército que lo apoya también. Dudo que muchos *maiores* le hagan frente con la familia real huida y sus fuerzas desorganizadas.

—Es de buen juicio, don Clodulfo —concedió Froila—, pocos señores se arriesgarían a sufrir la ira de un monarca, aun siendo un usurpador, sin contar con suficientes garantías. Nadie quiere perder sus tierras, ni su libertad ni la de su progenie. Me maravilla, no obstante, que la corte no anticipara la posibilidad de este levantamiento tras la inesperada muerte del rey, teniendo en cuenta las antiguas diferencias entre la parentela de Roderico y la familia de Witiza.

—De todos es conocida esa rivalidad... Pero no fue impedimento para que el rey nombrara a Roderico *dux* de la Bética. Nuestro difunto señor quiso congraciarse con todos los enemigos que hizo el padre durante su reinado—. Don Clodulfo apartó con gesto indolente los trozos de cáscara de nuez que había reunido en un montoncito—. No se puede dar poder al adversario, mi querido señor. Al contrario, se ha de aprovechar su debilidad para aniquilarlo. Es el mejor modo de asegurar que no volverá a levantar la mano contra nos. Witiza fue un hombre blando, don Froila, y de aquellos lodos vienen ahora estos barros.

—Mi señor *comes*, ¿creéis que habrá guerra? —preguntó el padre, preocupado.

—No sabría deciros... Hasta ahora Roderico y sus fieles han aplastado los intentos de defender la voluntad de Witiza. Incluso dicen que el usurpador ha mandado acuñar moneda con su nombre en Cordoba... —apostilló—. Todo esto ha enfriado el ánimo de muchos señores.

El *comes* se detuvo un momento y Benilde pensó que hablaba de sus propios sentimientos.

—Ha sido todo demasiado rápido —prosiguió—. Tarde o temprano Roderico tendrá que convocar a los *maiores* del reino para el juramento de fidelidad. Será una prueba de fuego para él y para todos nosotros, querido amigo.

—¿Puedo preguntaros vuestra posición, señor?

Don Clodulfo le clavó una rápida mirada que, aunque iba dirigida al padre, provocó inquietud en Benilde. Había algo que no era cordial en aquellos ojos gris azulados, a pesar del esbozo de sonrisa que ahora le dedicaba.

—¿Puedo preguntaros yo la vuestra, mi buen amigo?

—Señor *comes*, yo siempre he sido leal a la voluntad del rey legítimo —aseveró don Froila—. Es el único modo de perpetuar la paz del reino. La guerra es un azote que Hispania no puede permitirse, y aún menos ahora, cuando apenas nos hemos recuperado de los últimos años de hambruna y de peste.

—También lo soy yo, don Froila. No solo he perdido a un rey con la muerte de nuestro señor Witiza, que Dios guarde en su gloria; también he perdido a un amigo. Mi conocida cercanía a la familia real y a la corte deja clara mi postura —aseguró don Clodulfo—. No obstante, la situación requiere prudencia. Como bien habéis dicho vos, no voy a exponer mis intereses sin garantía. Y al igual que yo piensa la mayoría de los señores que defienden la legitimidad del heredero Agila. Desgraciadamente la historia de nuestro pueblo está llena de disputas como esta. En unas la razón fue hacia los leales, y en otras, hacia el usurpador. Corresponde a los hermanos de Witiza organizar a sus partidarios, del mismo modo que lo ha hecho Roderico. Si en algo conozco a don Oppas, estoy seguro de que no se va a resignar a una derrota sin presentar lucha, y de que el *dux* Sisberto seguirá a su hermano en lo que le proponga. La mayoría de los partidarios de los hijos de Witiza se han marchado de la corte, como yo, y se han retirado a sus dominios en espera de sus movimientos sin dejar de vigilar los de Roderico. En estos momentos es más juicioso aguardar a que las cosas se calmen y atacar cuando el enemigo menos lo espere. Habremos de tener nuestros hombres preparados para lo que venga...

Don Froila asintió, dándole vueltas a una nuez, reflexionando las palabras del *comes* con gesto circunspecto.

—Si hay guerra, señor, de nada habrá servido que las lluvias hayan regresado con la primavera. No habrá hombres que puedan encargarse de los cultivos ni de recoger las cosechas.

—No adelantemos acontecimientos, mi querido amigo... Y cambiemos de tema. Mi señora Benilde está abrumada por tanta política —dijo, y sonrió a la joven—. Hablemos de asuntos más amables y apropiados para un corazón delicado como el vuestro. Señora, aún recuerdo a vuestra madre y os aseguro que habéis heredado su belleza y la habéis mejorado.

—Sois muy gentil, mi señor —respondió ella, mirándolo apenas, para volver la vista a su regazo.

—El obispo me dijo que practicáis la lectura y la caligrafía, y que poseéis una fina inteligencia. Me place que mi futura esposa haya recibido una educación a la altura de una reina. Os gustará la corte, mi señora. Esperemos para ello que las aguas vuelvan a su cauce —apostilló con una sonrisa—. No veréis mayor elegancia y distinción como la que hay en torno a la familia real. Los mejores telares y los orfebres más renombrados se encuentran en Toleto. La ciudad misma es magnífica, construida sobre un enclave sin igual creado por el río Tagus[9]. Ha crecido mucho desde que la corte se instaló allí, y posee bellísimos edificios. La Basílica de los Apóstoles Pedro y Pablo es majestuosa —dijo, extendiendo y moviendo la mano, como si con el gesto pudiera recrear su belleza ante los anfitriones—. Allí es donde ungen a los reyes, mi señora, y tiene cabida para más de un centenar de almas.

[9] Tajo

También lo es la de Santa María, sin duda, cerca de palacio. Junto a ella se encuentra mi casa. Demasiado grande para mí después de la muerte de mi esposa. Poseo una docena de siervos y no puedo estar encima de ellos... El *comes* hizo un inciso para llenarse la copa de vino y continuó.

—Os aseguro que no echaréis de menos ninguna de las comodidades que aquí poseéis —dijo, y bebió de su copa sin dejar de mirarla.

Y en aquel momento, quizá por la embriaguez que por fuerza debía tener, pues no había dejado de servirse vino durante toda la comida, Benilde le vio un brillo diferente en los ojos. Como si ella, a pesar de haber estado junto a él en la mesa, hubiera revelado de pronto su presencia para el regocijo del señor de Eliberri. Y la sensación que le dejó aquella mirada le produjo un leve estremecimiento, pues sintió que estaba a leguas de compartir el mismo deseo o sentimiento que la había provocado.

¿Qué tendría que moverse en sus entrañas para llegar a amar a aquel hombre o, al menos, para que le produjera algo diferente a la aversión y frialdad que le inspiraba?, se preguntó. ¿Cómo podría ella compartir un hogar, no digamos ya un lecho, con aquel extraño que era tan cercano a ella como lo era el cielo del infierno? ¿Sentiría él lo mismo al mirarla?

Pero qué necedades pensaba, se dijo, mientras don Clodulfo respondía una duda a su padre. ¿Cómo iba a comparar sus cuitas con las del *comes*? Él tenía la posibilidad de rechazarla, aun habiéndola elegido como esposa. ¿Acaso podría Benilde hacer lo mismo? Le llevaba casi cuarenta años; a sus ojos era un viejo. ¿Tenía potestad para rechazarlo por ello? No. El padre Balduino le dijo que podría engendrarle hijos a pesar de su edad. Y eso parecía justificarlo todo. Un hombre era un hombre hasta tanto pudiera demostrar con una mujer que lo era. Abraham tuvo hijos con cien años, era un varón antes que un anciano. Pero hasta las leyes de los visigodos rechazaban que una vieja desposara con un joven. No estaba bien visto a los ojos de Dios ni a los de los hombres, le había dicho el monje, porque era *antinatura*. Excluida la posibilidad de engendrar, en esa unión solo quedaba la lascivia, pecado que recaía siempre en ella por su condición imperfecta de hembra, y porque una mujer que ha perdido ya su lozanía no puede poner los ojos en un muchacho sin demostrar su impudicia. ¿Anularía la ley su matrimonio con don Clodulfo si este, como le ocurrió a su difunta esposa, no le engendrara un hijo?, se preguntó. ¿Sería considerada entonces una unión *antinatura* que solo servía a la lascivia del *comes*? No. Balduino nada le dijo en ese sentido.

Guiomar tenía razón, pensó, una mujer no era nada en aquel mundo de hombres.

Guiomar se había echado sobre la paja. Tenía algunas jáquimas que coser pero, tras la vomitera, sentía su cuerpo debilitado. La angustia le atenazaba y solo esperaba el momento de que el *comes* se marchara con todo el séquito. Apretó la pequeña figura de plata entre las manos. Tras saber quién era el *comes*, el miedo había hecho que la buscara entre sus pertenencias y se la colgara en el cuello. Su madre se la había dado poco antes de que los hombres llegaran a la villa, y ahora ella estaba muerta y Guiomar viva. Quizá si la hubiera conservado, la habría protegido; como pareció haber hecho con ella.

A punto había estado Asella de descubrirla cuando le llevó los pollos. Vio a la criada tan agobiada en la cocina por la llegada del señor de Eliberri, que se quedó para ayudarla a matarlos. Tenía dos siervas más, pero no daban abasto para preparar tanta comida para los señores y toda la comitiva.

Cuando estaba desplumando una de las aves, Asella se acercó y volvió a ponerle la mano en la frente. Luego le tiró de la apertura del sayo para observarle el cuello.

—¿Qué hacéis? —le había dicho ella, zafándose y volviendo a cerrarse la prenda.

—Quiero comprobar si estás enfermo.

—¡Os he dicho que no! —protestó—. ¿Acaso creéis que estoy apestado? No tengo bultos en el cuello ni en las ingles... —Le mantuvo la mirada con el ceño fruncido un instante y luego la apartó—. Fueron las bayas...

—No tienes calentura, pero sigues con mala cara...

—Ya se me pasará.

¿Y ese cordón que tienes colgado? —le había preguntado, como de pasada.

—Es una vieja medalla... —le había dicho, y después, antes de que abriera la boca, le insistió—: Asella, no terminaré con los pollos si no dejáis de entretenerme.

Y con aquello acabó el interés de la sierva. Luego hubo tanta gente para alimentar que Guiomar pasó desapercibida. Apenas había comido. Tenía el estómago cerrado por la ansiedad y solo deseaba volver a la caballeriza y ocuparse de algo que la ocultara del bullicio y de los ojos de tantos extraños. Solo deseaba eso, y que el *comes* se marchara por donde había venido.

Oyó voces fuera de la cuadra y se incorporó rápidamente, introduciendo el colgante de nuevo en el sayo y sacudiéndose la paja de las calzas. Leil miraba ya hacia la puerta con las orejas hacia delante; luego se movió hacia el fondo. No era Benilde, dedujo. Guiomar cogió una de las jáquimas que estaba cosiendo y el punzón, y comenzó a perforar el cuero por donde pasarían las puntadas, apoyándose en la tarima del banco de las herramientas.

Momentos después entraba don Froila por el portón, empujándolo para abrirlo de par en par.

—Este es el animal del que os hablé en Eliberri. Es un semental asilvestrado que llegó a mi yegua buscando a las hembras. Nunca me había costado tanto atrapar a un caballo, mi señor —dijo mirando al *comes*, que en ese momento cruzaba por el dintel de la cuadra.

A Guiomar se le bloqueó el cuerpo, como si sus músculos se hubiesen contraído hasta soldarse con sus huesos. Torpemente retrocedió con un paso hacia la esquina y bajó el rostro, apenas

169

respirando y tratando de contener el incipiente temblor. Don Froila la miró de soslayo tomando conciencia de que estaba allí.

—Es el ejemplar más extraordinario de mi cabaña por su pelaje y por las hechuras. Y es bravo como pocos. Me ha matado a un caballerizo, y este —dijo, señalando a Guiomar— ya ha conseguido domarlo. Pero nos ha costado demasiado tiempo.

Don Clodulfo observó al animal apreciativamente, recorriendo con los ojos cada uno de sus rasgos; como cerciorándose de los detalles que le daban valor y lo distinguían de otros sementales.

—En verdad es magnífico... Ese caballo dignificaría al peor esclavo que lo montara. ¿Se ha dejado ya? —preguntó.

—Sí, mi caballerizo pudo con él esta semana.

El *comes* miró a Guiomar, que se había encogido aún más al notar sus ojos sobre ella, y levantó las cejas, sorprendido de que un joven tan menudo hubiera sometido al animal.

—¿Cómo es? —le preguntó.

—¡Responde! —le gritó don Froila, y Guiomar se sobresaltó, levantando la mirada un instante para constatar que la pregunta había ido dirigida a ella y que los dos señores la miraban expectantes.

—Muy nervioso, pero noble... —dijo con una voz que apenas le salía del cuerpo.

—¿Puede montarse ya con seguridad para el jinete? —inquirió don Froila.

—Quizá en unas semanas, mi señor, aún es desconfiado —respondió, y levantó la vista ligeramente hacia los hombres, esperando otra pregunta. Vio que la de don Clodulfo se demoraba un momento en sus ojos, achicando los suyos, para volver después a su indiferencia.

Los señores centraron de nuevo la atención en el semental y la joven apenas escuchó lo que hablaban, distraída y ensordecida por su propia voz, que le gritaba en su cerebro que saliera de la cuadra. Cuando fueron ellos los que lo hicieron, se quedó tan debilitada que volvió a tumbarse en la paja y se tapó con la manta. Era inútil continuar con la factura de las riendas, las manos le temblaban tanto que habría terminado por clavarse el punzón en los dedos.

Esa noche Guiomar apenas pudo dormir. Pasado ya el efecto que don Clodulfo le producía, su mente comenzó a pensar con frialdad. Había tenido al señor de Eliberri dándole la espalda a tres pasos. ¿Qué podría temer él de un siervo escuchimizado y encogido en aquella esquina? Habría sido tan fácil coger el punzón y habérselo clavado en la espalda a la altura del corazón... ¿Por qué ni siquiera se le había pasado por la cabeza? Supo la respuesta al instante. Porque el terror que le inspiraban la voz y la presencia de aquel hombre estaba muy por encima de cualquier otro sentimiento que pudiera provocarle. Porque el odio estaba sepultado bajo un mar de preguntas que aún no tenían respuesta, y solo un odio feroz podría darle el valor de matar a una criatura, aunque esta les hubiera puesto rostro a todas sus desgracias.

¿Quién era ella para aquel hombre? Nadie, pues al mirarla no pareció reconocer nada que le produjera la mínima inquietud o interés. Con la muerte de su familia había muerto ella misma y su linaje. Guiomar solo era una sombra que dejó aquel horror.

Esa noche soñó que estaba en el estercolero. Severina había echado tanto estiércol sobre ella que el peso y el hedor la estaban asfixiando. Intentó retirar el saco para respirar, pero no conseguía quitárselo de encima. Comenzó a gritar y a dar patadas para zafarse de él. Entonces escuchó los relinchos de Leil y despertó sobresaltada para apenas vislumbrar, con la escasa luz del alba que entraba por el ventanuco, al semental pateando el suelo de la cuadra. Se deslió de la manta de Asella, la tenía retorcida alrededor del pecho y de su cuello, y supo al momento que había estado peleándose con ella y que sus gritos habían asustado al animal. Lo tranquilizó, intentando a la vez recuperar el resuello. Se acercó el sayo a la nariz. Solo olía a ella y a sudor. ¿Por qué entonces sentía el hedor del estiércol en la garganta? Había convivido con ese olor desde la muerte de su familia. Se había protegido en él. Pero ahora, y por primera vez desde entonces, había comenzado a sentir que ya no estaba segura en ninguna parte, y que ese hedor encubría y representaba todo el dolor que había vivido tras aquel día aciago. Era como si Dios hubiese decidido ir retirando los ropajes de su pasado para ir dejándola desnuda y sin lugar donde huir o esconderse. Si este al final se revelaba, ¿cómo y con qué nombre podría seguir viviendo?

Capítulo 15

Don Clodulfo partió al día siguiente de haber llegado, no sin dejar en Benilde otro motivo más para la inquietud. Antes de emprender la marcha con todo su séquito, expresó a don Froila las cavilaciones que le habían ocupado parte de la noche. Era de sueño ligero, se había quejado, y con los años sus horas de descanso se habían ido acortando. Por ello, y a pesar de que el vino que consumió habría tumbado al mismísimo Goliat, le dio tiempo para pensar en la conveniencia del adelanto de la boda, aduciendo como motivo la inestabilidad de la situación política. Benilde no supo qué podría haber cambiado en esta de la noche a la mañana para que el *comes* planteara aquella posibilidad. El estado del reino seguía, cuando amaneció, lo mismo que estaba al anochecer. Lo único que había cambiado en ese tiempo era la forma en que el señor de Eliberri la miraba; así como el brillo de sus ojos al hablar del espléndido ejemplar azabache que tenían en la cuadra. La joven no sabía cómo interpretar con certeza el sesgo de aquellas miradas. Le llevaría aún algunos meses conseguirlo. De haberlo hecho entonces habría llegado a la conclusión de que, en definitiva, ambas venían a expresar lo mismo. Por un lado, la impaciencia de poseer, y por otro, el deseo de montar; verbos que para don Clodulfo, y como Benilde tendría ocasión de comprobar, significaban igual referidos a hembras y a caballos.

Pero la joven no entendió el brillo interesado de sus ojos, como tampoco la pusilanimidad de su padre ante la propuesta del *comes*, pues aquel ni negó ni asintió, dejando a este la iniciativa de buscar una nueva fecha según los compromisos del señor de

173

Eliberri; provocando tal rabia en Benilde que se pasó un día llorando en la alcoba y dos más sin dirigirle la palabra. El hombre, sin saber cómo gestionar su propio malestar, huyó de él para entretenerlo en Cordoba.

Benilde aprovechó la marcha del padre para desahogar su enojo, subiendo un peldaño más en su escala de desobediencia. No habría pasado una hora de su partida cuando entró en la cuadra vestida de mozo y se colocó delante de Guiomar, que cosía una brida con dificultad, apoyándose en la tarima de madera.

—Prepárame al semental, voy a montarlo —le dijo con una determinación que no dejaba lugar a dudas.

Guiomar se volvió para mirarla, sorprendida. Luego aseveró el gesto y contestó con la misma decisión que había mostrado la joven.

—Disculpad mi atrevimiento, señora, pero no.

—¿No? —Benilde arrugó el entrecejo sin dar crédito a lo que oía—. No, ¿qué?

—No os voy a preparar al caballo, ni vos vais a montarlo, aún...

Benilde dio un paso adelante y le clavó los ojos, amenazadora. Le sacaba casi un palmo, y Guiomar se encogió nerviosa.

—¿Te atreves a desoír mis palabras?

La chica rehuyó su mirada, fría como un témpano. Venía ya cargada de rabia cuando entró en la caballeriza, y supo que no iba dar su brazo a torcer y que se estaba exponiendo a la vara. Bajó los ojos, sumisa.

—Perdonadme, señora. Leil no es Lince. Aún es díscolo a la montura... Dadme una semana más —rogó—. Podríamos probarlo en la empalizada...

—¡Asella antes me ataría a la cama! —exclamó—. Voy a montar a ese caballo lo quieras tú o no, así que prepárame la silla.

—No es sensato, señora... —insistió la sierva, agobiada.

—¡Prepárame la silla, he dicho! —Dio otro paso hacia ella.

Guiomar se escurrió por el lateral, salvando la cercanía de la joven, que la miraba conteniendo la ira, el cuerpo echado hacia adelante, y se aproximó a la empalizada para colocarle los arreos al semental.

—Os acompañaré, entonces —concedió nerviosa.

—¡Tú te quedarás aquí! —ordenó ella tajante—. No te necesito para montar a Leil. No eres la única que sabe manejarlo. Guiomar, nerviosa, comenzó a ponerle la jáquima al caballo; luego la silla mientras negaba repetidamente con la cabeza.

—Vuestro padre me matará por esto... —se lamentó.

—Mi padre no se va a enterar, está en Cordoba con su puta —masculló llena de amargura y de resentimiento.

—Si os ocurre algo antes de la boda... —dijo la sierva para sí y se dispuso a sacar el caballo del habitáculo. A la joven se le endureció el rostro.

—Ojalá... —contestó entre dientes mientras ponía el pie en el estribo y montaba al animal.

A Guiomar le escandalizaron sus palabras y entendió que sacar a Leil era un acto de rebeldía contra la voluntad de su padre, y que poco le importaba su seguridad o las consecuencias que pudieran tener sus actos. Temió, impotente, que su temeridad la llevara a pagar un precio demasiado alto, y decidió finalmente que tenía que hacer algo.

Benilde salió a galope de la cuadra, tomó por el estercolero para no ser vista por Asella y se alejó del recinto de la hacienda en dirección al río. No le hizo falta espolear al caballo para que volara por los caminos como si fuera un alma liberada tras años de cautiverio. Y la joven se liberó con él, su cuerpo vibrando por la excitación. Se olvidó de su futuro, de su padre, de don Clodulfo y de su marcha de la hacienda. Solo sentía la exaltación en el pecho y la sensación, real como la carne, de que era una con su montura; de que podría ir a los confines del mundo en aquel caballo negro como la pez.

Sin apenas ser consciente de adónde se dirigía, tomó el sendero que llevaba al Singilis; el mismo que conoció el día que descubrió que Cachorro era mujer. Pasó entre los pinares y las alamedas hasta descender por la vereda que llevaba a la ribera, más rápido de lo que aconsejaba la dificultad del terreno. Al final del camino se topó de bruces con el álamo caído. A Benilde apenas le dio tiempo a acomodar la postura, cuando Leil ya estaba saltando por encima del tronco. Se le subió el estómago a la boca mientras el animal volaba y terminó por contraérsele cuando este volvió a poner los cascos en la tierra, pues a punto estuvo de caer al desequilibrarse por la brusquedad del movimiento.

Ya respiraba llena de excitación por la proeza que acababa de hacer, cuando, como una flecha, irrumpió un conejo de entre uno de los matorrales. Leil, asustado, hizo un requiebro para esquivarlo y frenó la carrera. Benilde salió despedida por encima de la cabeza del caballo y se agarró a las riendas del animal como si se trataran del hilo que podría mantenerla unida a la vida. Cuando estas dieron todo el largo que tenían, interrumpieron el vuelo libre de la joven y provocaron que se diera la vuelta en el aire para convertir la previsible caída de bruces en una espectacular caída de espaldas.

Guiomar, a la que no se le ocurrió otro remedio ante la insensatez de la señora que desobedecerle en lo que estaba en su mano, había cogido una yegua de los establos, la había montado a pelo y había salido tras la joven, guardando la distancia que le permitían las limitaciones del animal y el poder seguirla sin ser vista.

No se fiaba de Leil, pues casi todas las veces que lo había cabalgado fuera de la empalizada le había dado algún problema. Cuando vio a la señora marcharse con él a aquella velocidad, se le encogieron las entrañas. A pesar de que la había perdido de vista, podía distinguir con claridad las huellas que el galope del caballo había dejado en la tierra del camino. Vio que se dirigía a su lugar favorito del Singilis y se le ocurrió que quizá fuera el animal el que la estuviera conduciendo a ella, pues siempre lo llevaba allí cuando salían.

Al bajar el sendero que llevaba a la orilla del río, vislumbró a Leil al fondo, suelto y sin jinete. El alma se le cayó a los pies. Antes de terminar el camino, descabalgó, corrió y agarró las riendas al animal.

—San Esteban nos asista —musitó, descompuesta. Luego miró por todos los lados, gritando.

—¡Señora! ¡Señora!

Al momento escuchó su voz por encima del ruido del agua.

—¡Aquí! ¡Estoy aquí!

Guiomar exhaló el aire con alivio, al menos estaba viva; y corrió hacia donde provenían los gritos. Se topó con el tronco del álamo, lo saltó y un poco más adelante, en un recodo, la vio.

—¡Alabado sea Dios! —No pudo más que exclamar.

Benilde se encontraba de espaldas y cabeza abajo sobre el extremo de un enorme zarzal, entremezclado con madreselva. Había caído a plomo sobre el matorral y estaba tan atrapada entre las espinas que no podía moverse sin clavárselas aún más.

Guiomar se acercó a ella con cara de pasmo, preguntándose cómo se las había arreglado para caer en aquella extraña posición sobre la zarza.

—¡No te quedes ahí como una imbécil! ¡Sácame de aquí, por amor de Dios! —dijo con un rictus de dolor.

La joven se apresuró hacia su izquierda, luego hacia la derecha, indecisa. No sabía por dónde empezar a desengancharla. Al final fue directamente al centro.

—Agarraos a mis brazos, señora, voy a tirar de vos...

Benilde hizo lo que le decía, y la chica trató de separarla de la zarza, sin conseguirlo, provocando los ayes de la señora.

—Tengo las calzas muy enganchadas y cada vez que intento soltarlas se me clavan más las espinas en la espalda —se quejó con el rostro atormentado, desesperada—. Tendrás que tirar tú de mis piernas.

Guiomar se separó de la joven con cuidado y estudió la situación de nuevo.

—Necesitamos ayuda, señora; voy a... —No pudo terminar la frase.

—¡Te lo prohíbo! —gritó—. Si Asella se entera de esto, se lo dirá a mi padre, y no me volverá a dejar salir de la casa antes de que me despose. Y yo me moriré de pena antes de morirme de asco —dijo entre dientes—. ¡Esto lo haremos tú y yo, aunque me tenga que dejar la piel en esta maldita zarza!

Vista la determinación de Benilde, a Guiomar no le quedó otra opción que buscar alguna forma de sacar a la joven de aquel atolladero con el menor daño posible. Se acercó a ella.

—Agarraos a mi sayo con fuerza, señora. Así no se os clavarán las espinas en la espalda cuando os desenganche las piernas.

Benilde hizo lo que le dijo, pero tiró de la ropa con tal energía que la chica a punto estuvo de caer sobre ella.

—No tan fuerte o tendrán que sacarnos de aquí a las dos.

La joven relajó la presión y Guiomar pudo equilibrarse de nuevo.

—Sostened vuestro peso en mi sayo y tirad de las piernas hacia mí, solo cuando yo os lo diga.

Guiomar introdujo su pie por el interior del matorral, a pesar de los arañazos, apartó con cuidado algunos tallos de la zarza y asió las calzas de Benilde a la altura de las rodillas.

—¡Ahora! —gritó y tiró con todas sus fuerzas de la tela mientras echaba su cuerpo hacia atrás.

Las piernas se desengancharon del matorral y se le vinieron encima por su propio impulso, desequilibrándola al quedar su pantorrilla atrapada en el zarzal. Guiomar cayó de espaldas con parte del cuerpo de la señora sobre ella. La rodilla de la joven le impactó en la cadera al hacerlo y uno de sus pies le golpeó en la barbilla, dejándola atontada por un momento. Aún tenía en los oídos, mezclado con la conmoción de la patada, el chillido de Benilde al precipitarse sobre ella.

—¿Estáis bien? —preguntó apresuradamente, sobreponiéndose como pudo, abriendo los ojos y viendo solo cielo. Luego incorporó la cabeza para toparse a unos palmos con el trasero de la señora, que trataba de arrodillarse entre gemidos.

—¡Desengánchame el pelo, por lo que más quieras!

Guiomar se arrastró dolorida sobre la espalda para zafarse de su cuerpo y se puso de pie, renqueante. Benilde se había quedado de rodillas frente al matorral, como una lavandera en la orilla de un río, su extensa y larga cabellera enganchada en las varas de la zarza.

—¡Por todos los santos! —exclamó la sierva—. Esto va a costar más que sacaros del zarzal.

Guiomar comenzó a desengancharle el cabello con paciencia, partiendo de la cabeza. Le iba cogiendo mechones y los iba soltando a lo largo, ayudándose con los dedos, tratando de evitar unos tirones que en ocasiones acababan por producirse, provocando los quejidos y las maldiciones de la señora. La situación era tan absurda que en un momento de tensión la chica sofocó una risa nerviosa. Benilde giró el cuello como pudo para mirarla, la cara congestionada por la postura y el enojo.

—¡No te consiento que te rías de mí!

—No me río, señora —se excusó—. Es que esto parece sacado de la historia de un bufón, y yo ya tengo los dedos morados por los pinchazos.

—Peor tengo yo la espalda —contestó, altanera.

Pero vos os lo habéis buscado, pensó, pero dijo:

—Mejor la espalda que la cara. Si hubierais caído de cabeza, ahora tendríais el rostro de un crucificado. Creo que le debéis la vida a la zarza, señora...

—Voy a matar a ese caballo en cuanto me liberes... Todo por un simple gazapo —masculló, y Guiomar comprendió al momento lo que había ocurrido.

—Señora, os avisé de que Leil no está preparado aún. No sería justo que lo pagarais con el animal —dijo respetuosa, pero con determinación—. Si lo hacéis ahora, además, el caballo no sabrá por qué lo castigáis.

La joven resopló exasperada, pero no dijo nada.

—Tened paciencia —añadió—, ya estoy acabando.

Cuando Guiomar consiguió desenredar todo el pelo, ayudó a Benilde a levantarse y comenzó a revisar el estado de las calzas y del sayo. La tela de este aparecía con puntos sueltos a lo largo y ancho de la espalda, incluso con pequeños rotos allá donde las espinas se habían enganchado más. Muchas de ellas permanecían aún clavadas entre los hilos.

—¿Os encontráis bien? —preguntó la chica, quitando algunos de los pinchos de las prendas.

Benilde comenzó a desabrocharse el cinturón y se quitó el sayo. Luego se agarró el borde inferior de la camisola y se la sacó por la cabeza.

—¡Por Dios, mi señora, que soy un siervo! —exclamó Guiomar, dándose la vuelta.

Benilde la miró con el ceño fruncido mientras se desanudaba las calzas.

—¿Tanto simular que eres varón te ha hecho olvidar tu verdadero sexo?

—No, señora, pero nadie lo sabe, excepto vos...

—Y nadie nos ha de ver —respondió—. Vamos, quítame las espinas que se me han quedado dentro. Las siento como agujas en la espalda y en la cintura. No puedo decirle a Asella que lo haga sin que me delate a mi padre...

La sierva se giró prudentemente y al verle el cuerpo se pasó la mano por la cabeza. Tenía la piel como si le hubieran dado diez azotes con la vara de una zarza. Fue tal la impresión que le produjo el aspecto de los arañazos sobre la palidez de su carne que se olvidó de su desnudez.

—Señora, la sangre de algunas heridas no deja ver si aún tenéis las espinas clavadas. Deberíais lavaros el cuerpo en el río, así quedarían limpios los arañazos —le dijo señalando hacia el Singilis—. El agua está fría, pero hoy calienta el sol y hay una piedra grande en la orilla en la que podréis secaros.

Benilde pensó que era lo mejor. Se calzó las botas y recogió la ropa del suelo. Observó al hacerlo que la camisola estaba manchada por diversos puntos y por el sangrado dedujo que algunas heridas eran meros arañazos, pero que otras parecían ser más profundas, lo que la llenó de inquietud. Con las prendas abrazadas para cubrirse el torso, se dirigió al río y las dejó sobre la enorme piedra a la que se había referido la sierva. Luego se subió en ella con la ayuda de Guiomar, se sentó y descendió hasta que el agua le llegó por la cintura, resoplando y maldiciendo su suerte y la temperatura helada del Singilis. Poco a poco y suavemente, comenzó a lavarse las heridas de la parte trasera de las piernas.

Guiomar no había dejado de observarle la espalda, preocupada por el aspecto que tenían algunos cortes. No lo pensó más.

—Señora, aguardadme un momento, voy a la hacienda. Estaré aquí antes de que os haya dado tiempo a secaros... —dijo y se dio la vuelta, corriendo en dirección a los caballos.

—¡¿Dónde vas?! ¡No te atrevas a traer a nadie...!

—¡No se me ocurriría! —la interrumpió mientras montaba ya a Leil. Luego salió como una flecha sendero arriba, dejando a la señora con la palabra en la boca, jurándole los varazos que le iba a propinar.

En el tiempo que Guiomar tardó en regresar, Benilde se había lavado todo el cuerpo, retirándose la sangre seca. Lo que más temía era que Asella la descubriera, y por fuerza lo haría si la ayudaba a bañarse. También lo haría con solo ver cómo había quedado la camisola. Se había mirado detrás de los brazos y de las pantorrillas. Hasta donde ella llegaba, la mayoría de las heridas eran meros arañazos muy superficiales. Pero ahora, tras lavarlos, le escocían como si la hubieran azotado.

Se encontraba boca abajo sobre la piedra. La misma en la que descubrió a Guiomar y que, al parecer, usaba para asearse. Era enorme, muy plana, y descendía levemente hacia el río en un recodo en que las aguas manseaban, formando una plataforma perfecta para lavarse el cuerpo o la ropa con cierta seguridad y para después secarse cómodamente sobre su pulida superficie templada por el sol. Y en esas estaba cuando oyó llegar a la sierva. Observó cómo se aproximaba corriendo con un pequeño hatillo de tela entre las manos. Al verla otra vez como Dios la había traído al mundo, la joven frenó la carrera y se acercó a la roca con la mirada baja.

—¿Qué traes ahí? ¿Y por qué has tardado tanto? —le preguntó Benilde, más irritada por el escozor y la preocupación que por su tardanza.

—Es el ungüento de Asella y unas vendas mías...

—¡No habrás osado decirle...! —comenzó a gritarle mientras se incorporaba ligeramente, mostrando su generoso pecho sin rubor.

—¡No! Le he dicho que un potro le había mordido las trancas a otro y que si no le curaba la herida, se le emponzoñaría —le respondió sin atreverse a levantar la mirada. Benilde se tranquilizó y volvió a relajarse en la piedra.

—¿Y te lo ha dado sin más?

—Sí. Hace dos semanas le pidió un panal a Jacobo y la vi preparando la mezcla. Me ha dado el frasco viejo, pero aún queda bastante para vos. Si me lo permitís, os la pondré sobre las heridas más abiertas —dijo, destapando el tarro y mostrándole el contenido. Luego se tocó la nariz—. A mí me hizo bien.

Benilde observó el ungüento y después a Guiomar. Estaba frente a ella, apoyada junto a la roca que le llegaba por la cintura, y la miraba con timidez, esperando su permiso. La joven asintió finalmente, se incorporó y se sentó con cuidado, dándole la espalda para facilitarle la tarea. Luego tomó la camisola y se cubrió con ella la desnudez del torso.

Guiomar frunció el ceño. Limpia ya la piel de los restos secos de sangre, podía distinguirse mejor el daño producido. Solo algunas heridas debajo de los hombros y sobre una de las caderas presentaban peor aspecto, habiendo sangrado ligeramente después de ser lavadas, pero el resto eran superficiales. No obstante, la irritación provocada hacía que el daño pareciera aún mayor del que era. Posiblemente en unas semanas no quedara rastro de muchos de los arañazos, pero en aquel momento, supuso, debían de escocerle hasta el llanto.

—Señora, dadme la camisola —le dijo, ofreciéndole el sayo a cambio. Ella se volvió con el rostro arrugado—. Si Asella la ve así, sabrá que algo os ha ocurrido. Le voy a dar jabón... —se justificó.

—¿También has traído? —preguntó, observándola admirada mientras le pasaba la prenda y tomaba la que le entregaba. La vio asentir con la cabeza. Luego se subió a la piedra, se acercó al agua, mojó la camisola y le restregó el jabón en aquellas zonas manchadas por la sangre. Hecho esto, la dejó al sol, se aclaró las manos y tomó la venda del hatillo, que humedeció en el agua hasta la mitad. Después se arrodilló detrás de la joven, que observaba muda el ceremonial.

—Señora, retiraos el pelo de la espalda —le dijo, sin atreverse a tocarlo, y Benilde lo hizo—. Os voy a quitar la sangre de algunas heridas. No tengáis cuidado, el paño es mío y está lavado. No es de los que uso para los caballos.

Con la parte húmeda de la venda comenzó Guiomar a frotar suavemente la piel alrededor de una de las lesiones más profundas que tenía en la columna, debajo de la nuca, y después la presionó con el extremo seco. Benilde se estremeció por el dolor.

—Aguantad un poco, señora —dijo, aplicando luego una fina capa de ungüento.

Benilde sintió el agudo escozor y emitió un gemido, seguido por una exhalación; pero apenas se movió, excepto por un ligero encogimiento de hombros y el leve temblor que la tensión le estaba generando. Entonces notó el aliento de Guiomar y, después, cómo le soplaba suavemente la herida, aliviándola y provocándole un estremecimiento que le erizó la piel del cuello y de los brazos.

—¿Os molesta, señora? —le preguntó.

La joven tardó en responder y cuando lo hizo solo fue un susurro.

—La herida, sí...

Benilde soportó la limpieza y el tratamiento de los cortes y arañazos con estoicismo. También con admiración por la delicadeza de Guiomar, que no había abierto la boca, excepto para soplarle sobre aquellas heridas que le provocaban mayor dolor. Cuando pareció haber acabado, la joven se giró para mirarla. Estaba tan cerca que la sierva echó el torso hacia atrás para guardar la debida distancia. Le miró los antebrazos y las manos. Los tenía llenos de arañazos que debió haberse hecho al tratar de liberarla del zarzal. Se giró aún más y le tomó la mano derecha. Notó la reticencia de Guiomar a ser tocada y observada. Le levantó ligeramente la manga del sayo por donde asomaba una profunda línea roja, cuya sangre aún permanecía seca en la piel. Cogió el paño y se la limpió. La sierva hizo un ademán de soltarse, pero Benilde no se lo permitió.

—Puedo hacerlo yo, señora —protestó.

—También yo —respondió la joven, tajante, aplicándole un poco de ungüento en la herida. Vio cómo Guiomar evitaba en todo momento mirar hacia abajo y se dio cuenta de que, al soltar el sayo, este se había deslizado, dejando su torso semidesnudo apenas cubierto por su largo cabello. Le divirtió el azoramiento de la sierva, que solo se atrevía a fijar la vista en el río.

—Cachorro... —comenzó a decir, y sus ojos se volvieron hacia ella expectantes. Benilde pudo ver que el sol, al darle de frente, le intensificaba el verde de las pupilas y que en el centro de sus iris podían distinguirse algunas motas azules. El efecto la maravilló, provocando que olvidara por un momento la pregunta que le iba a hacer. Cuando la insistencia de su mirada terminó por incomodar a la sierva y esta derivó de nuevo la vista al río, centró otra vez la atención en sus dudas.

—¿Cómo fue que solo tú te salvaste el día que dieron muerte a tu familia? —habló finalmente y notó al momento que la joven se cerraba—. Respóndeme —insistió sin soltarle el brazo.

Guiomar alternó la mirada, nerviosa, entre el tarro de Asella y el río, para acabar hablando rápidamente y en un suspiro.

—Severina me escondió en el estercolero...

—¿Cómo? —preguntó sorprendida—. ¿Quién es Severina?

—Una sierva. Me ocultó de los hombres enterrándome en estiércol...

—¿Y cómo no moriste ahogada? —dijo, sin apenas dar crédito a sus palabras.

—Me echó un saco por encima y me cubrió con borra de caballo —musitó, eludiendo en todo momento sus ojos.

—Y entonces, ¿cómo es que Guma te encontró sola en el monte? ¿La sierva no cuidó de ti después?

Guiomar miró sin ver, adentrándose con reticencia en un recuerdo que no podría ser recreado sin angustia.

—Severina me dijo que no me moviera de allí hasta que ella o mi madre fueran a buscarme... —También le insistió en que si lo hacían extraños no dijera a nadie quién era, cosa que no entendió; pero eso no se lo iba a contar a la señora—. Cuando dejé de oír los gritos y los cascos de los caballos no vino nadie, y salí del estercolero... —Guiomar retiró su brazo de la mano de Benilde, pero esta ya había notado que había comenzado a temblar—. Severina había ido a buscar a mi hermano... También la mataron. Estaba cerca de mi madre...

Con el cuello abierto.

—Solo había humo y muertos... No hay horror más grande... —musitó y se interrumpió, buscando la tapa del tarro nerviosamente e intentando evitar aquellas imágenes de su cabeza y dar por finalizada la conversación. Pero Benilde no iba a facilitarle la tarea.

—¿Cómo te encontró Guma?

—Hui de la villa... Me siguieron los perros de mi padre. Estuve andando una o dos semanas... No sé, no recuerdo nada. Luego me encontraron los hombres de don Guma...

—¿Y no se dieron cuenta de que eras una niña entonces? —preguntó fascinada.

—Severina me cortó el cabello en el establo, antes de esconderme. Yo había estado con los potros y vestía sayo...

Guiomar se puso en pie y saltó de la piedra. Cogió la camisola, la frotó y la aclaró en la orilla.

—¿Por qué tu hermano no estaba contigo? —Volvió a preguntar Benilde y vio cómo su rostro se llenaba de angustia mientras miraba a todas partes buscando una huida.

—Se escapó para buscar a mi madre... —la oyó decir finalmente con una voz que no le salía del cuerpo.

—¿Qué edad tenías entonces?

Doce años, pensó, pero se sentía tan agobiada por sus preguntas que tenía el cuerpo en tensión, y esta le hizo responder secamente.

—No lo recuerdo —dijo y estrujó la camisola con tal fuerza que Benilde creyó que la tela crujiría. Supo entonces que poco más iba a sacar de la sierva, excepto quizá su desacato. Se limitó a observar cómo tendía la camisola sobre una de las piedras de la orilla y luego le repasaba las calzas, metiendo alguno de los hilos rotos hacia el interior de la prenda con un seco y fino tallo de hierba.

Poco a poco pareció relajarse, concentrada en su tarea; lanzándole algunas miradas de vez en cuando para cerciorarse de su estado y medir precavida sus pensamientos.

Benilde, por el contrario, apenas había apartado la vista de la sierva mientras encajaba toda aquella información en la imagen que tenía de ella, produciéndole una mezcla de curiosidad, interés y admiración que hacía estimulante su compañía. Más que estimularla, pensó, su cercanía le gustaba. Se sentía cómoda con Guiomar y se dio cuenta de que confiaba plenamente en ella, quizá por su carácter noble y respetuoso, o por su mutismo, tan elocuente como lo era su mirada. Pues, para Benilde, sus ojos tenían la capacidad de expresar lo que no hablaba su boca. Se preguntó si la sierva confiaba de igual modo en ella; y sintió que no.

—Cachorro —le dijo buscando sus pupilas—. Me mentiste cuando me contaste que el secretario de Guma te enseñó las letras de tu nombre, ¿no es cierto?

La sierva la miró durante un momento y negó con la cabeza.

—¿Qué letras eran aquellas? —insistió.

Guiomar, sin apartar la vista de ella, se aproximó a la roca donde había vuelto a tumbarse Benilde boca abajo y humedeció su índice en la venda aún mojada. Después comenzó a escribir con la yema sobre la superficie oscura de la piedra. Trazó primero una C con pulso titubeante, luego siguió con una A, una H, una O y finalizó con una R. La señora vio su caligrafía irregular poco antes de que el sol evaporara los signos.

—Esas son las letras de mi nombre —habló con firmeza sin dejar de mirarla para afianzar su testimonio—. No os mentí cuando os lo dije. —Y volvió a la roca en la que tendió la camisola y la mudó de sitio para acelerar su secado. Después se sentó sobre la piedra con la vista perdida en el fragor del agua y en sus pensamientos.

No le había mentido, era cierto. Pero tampoco le había confesado que cuando Aurelio le enseñó aquellas cinco letras, ella ya sabía escribirlas todas.

Capítulo 16

Benilde durmió mal la noche de la caída. Al dolor que sentía en la piel cada vez que movía la espalda o las mantas rozaban cualquier parte afectada de su cuerpo, había que unir el desvelo que dos imágenes reiterativas le provocaban siempre que la vencía el cansancio. Por un lado estaba la recreación del vuelo espeluznante que la llevó a la zarza, que reprodujo al menos tres veces en el comienzo del sueño, provocándole otros tantos sobresaltos. Podría haberse abierto la cabeza en la caída. Podría haber muerto de hambre y de sed atrapada en la zarza. O peor, podrían haberla devorado los lobos si Guiomar no la hubiera encontrado. En la oscuridad de la noche aquellas perspectivas, mezcladas con el duermevela, se convertían en pesadillas que le impedían el descanso y la introducían en una espiral de preocupación en la que cualquier pensamiento devenía en motivo de angustia. Así, pasaba con facilidad del horror de lo que podría haber sido, al desasosiego de lo que podría ser. ¿Y si se le emponzoñaban las heridas? ¿Y si Asella descubría sus arañazos y la delataba a su padre? ¿Y si el *comes* decidía desposarse en unas semanas?... Todas estas preguntas se sucedieron en su mente una y otra vez, haciéndole desear que amaneciera para que la luz del día acabara con aquella tortura.

Solo había otro pensamiento que consiguió desviar su atención de esta espiral para meterla en otra que, por sugestiva, terminaba por generarle cierta ansiedad.

Guiomar.

Aún sentía su aliento en la nuca y el solo recuerdo le había erizado la piel, que respondió sensibilizando sus heridas para castigar con dolor lo que la evocación tuvo de placer. La sierva había despertado una conciencia de su cuerpo extrañamente agradable, a pesar de que las circunstancias en las que se produjo no lo eran. Asella la había aseado tantas veces que ni podría recordar, y en ninguna había sentido su contacto con aquella cercanía e intimidad. La delicadeza de Guiomar cuando le curaba las heridas, los suaves roces en la piel al secarla y al aplicarle el ungüento, su silencio, que parecía magnificar su proximidad... Todo aquello había dotado de un sesgo placentero a lo que en sí mismo era una tortura. La preocupación de la joven por su bienestar, y su implicación y complicidad en el secreto la habían conmovido. Sentía en aquel momento una confianza y un afecto que no sentía ni siquiera por Asella, y menos aún por su padre, al que culpaba de todas sus desventuras por haber sucumbido a los intereses del señor de Eliberri.

Guiomar solo era una criada a su servicio, obligada a obedecerla en todo. ¿Por qué entonces deseaba tanto su confianza? ¿Por qué le producía inquietud la posibilidad de que no correspondiera a su aprecio por ella en la misma medida?

En un acto de sinceridad reconoció que las últimas visitas que hizo a la cuadra estaban más motivadas por disfrutar de su compañía que por ver al semental. Esta reflexión la llevó a otra más descorazonadora. Según se iba aproximando la fecha de los esponsales, y a pesar del supuesto interés y amabilidad mostrados por el pretendiente hacia ella, Benilde sentía más desafección por el *comes* y mayor afecto por la sierva. Y esto, considerando lo inapelable de su futuro, que no parecía darle ni un solo motivo de satisfacción, contribuyó a hundirla aún más en su desdicha.

En un arrebato de orgullo pensó que al menos tendría que intentar algo para dulcificar la amargura del destino que le habían impuesto.

Y en este entorno, el mes de mayo fue transcurriendo sin muchas novedades. Las lluvias de primavera estaban salvando las cosechas, pero la situación política seguía augurando problemas.

Don Roderico continuaba en Toleto gobernando una calma tensa sin quitar ojo a los hermanos de Witiza mientras el reino vivía en una sospecha constante de levantamiento. Se hablaba de que los vascones, pueblo bravo y reacio por tradición a someterse, estaban mostrando su descontento con movimientos que comenzaban a generar recelo para quebradero de cabeza del nuevo monarca, demasiado ocupado en el corazón del reino para tenerse que preocupar, además, por una de sus extremidades. El *comes*, por su parte, seguía en Eliberri pendiente del rey impuesto y en contacto con la corte depuesta. Aún no había fecha para la boda, pero el señor la había condicionado a su vuelta a Toleto, que sería antes de que los calores del verano hicieran un suplicio transitar los caminos.

Y en cuanto a Benilde, la mayoría de los arañazos ya se le habían secado, quedando aún las costras de las heridas más profundas. Guiomar se las había cuidado hasta que se cerraron sin mostrar indicios de ponzoña. Para poder hacerlo, Benilde había permitido a la sierva que la acompañara en sus paseos a caballo. Visto el resultado que tuvo su aventura con el semental, estimó prudente no volver a cabalgarlo sin su compañía. Leil se mostraba más dócil cuando salía junto a otro animal, y poco a poco fue suavizando su carácter arisco y nervioso en la cabalgadura.

A pesar de que estas salidas conjuntas estaban justificadas por el sentido común, dado el empecinamiento de la señora en montar a un animal que hasta hacía unos meses era capaz de matar a quien se le acercara, la servidumbre acogió este hecho con maledicencia. Y Asella, como ya hiciera tiempo atrás, comenzó a preocuparse por la cercanía que parecían disfrutar Cachorro y la señora, más aún tras el compromiso de esta con el *comes*.

Para ella era un alivio que la acompañara en sus salidas con el semental, pues no se fiaba de aquel caballo que era el mismo diablo, pero Benilde parecía mostrarle una confianza que no era propia de la relación entre ama y siervo, no al menos sin años de fidelidad, como era el caso de ella con don Froila. No hacía falta mucha agudeza para darse cuenta de que la joven, por lo común tensa por la proximidad de la boda, se relajaba en compañía de Cachorro. El hecho, además, de que la señora ya no preguntara o comentara cosas sobre *el caballerizo*, le llevó a la conclusión de que obtenía información de primera mano y que, por alguna razón, no estaba dispuesta a compartirla con ella como antes hacía. Percibía en su relación, pues, una exclusividad y un mutismo que por fuerza debían esconder motivos de mayor peso, y aquello le producía una mezcla de intranquilidad y de celos. Esta inquietud se vio potenciada por una serie de pormenores que le corroboraron que la sospecha había llegado hasta don Froila.

Del primero había sido testigo días atrás, cuando, desde la porqueriza, observó a Lelio espiando por la rendija de la cuadra. Al ver al señor aproximarse, aquel apresuró su marcha y este se detuvo escamado para mirar al interior, como antes lo había estado haciendo el siervo. Poco después salía Benilde riendo de la caballeriza. Ella, cuya única expresión desde el compromiso era un rictus amargo... Al percatarse de la presencia del padre congeló la sonrisa, quizá dispuesta a seguir castigándolo con su frialdad, y se marchó hacia la casa sin decir nada. Asella vio cómo el señor miraba a la hija y después hacia la cuadra, pensativo. Luego dio unas órdenes, y del interior vio salir a Cachorro corriendo hacia los establos. La forma de mirar a *uno* y a otra hizo pensar a la sierva que don Froila cavilaba algo que los vinculaba a los dos. Y si alguna duda tenía, Benilde ayudaría a despejarla un día después.

La señora había entrado en la cocina al mediodía y se había sentado en el rincón junto a la lumbre. Había cogido una ramita y la estaba prendiendo en la llama, absorta y con expresión grave. Asella se preguntó por qué no estaba en la caballeriza, hasta que la visión de Cachorro sacando el estiércol de los establos vino a responderle la duda. La criada había tratado de darle conversación, pero Benilde no parecía dispuesta a hablar mucho. Seguía sumida en sus pensamientos mientras agitaba la ramita que ahora ardía por el extremo. La sierva tuvo una leve idea de por dónde andaban sus cavilaciones cuando, sin mayores prolegómenos, le espetó:

—Asella, ¿duele mucho parir un hijo?

Ésta, que limpiaba de bichos unas judías, detuvo su tarea para mirarla un momento.

—Mucho, señora —respondió y la vio arrugar el entrecejo—. Pero la alegría de tenerlo después en los brazos hace que se te olviden todos los dolores del parto. Duele muchísimo más cuando lo pierdes...

Ahora fue Benilde la que la observó con curiosidad.

—¿Cuántos tuviste tú? —preguntó finalmente con interés.

—Seis, mi señora —respondió y, como no dejaba de mirarla, continuó—. El primero, mi Hernán, murió en Abdera, luchando con don Teodomiro contra los imperiales. Esos perros... Solo tenía diecisiete años —musitó y fijó la vista en la pared durante un momento—. La segunda murió en el parto. La tercera, Emilia, vive en Cordoba con su esposo, un molinero. Y la última, mi Julia, que vos conocisteis cuando erais aún una niña —dijo con una sonrisa—, sigue en Basti[10]. Los otros dos, otro varón y una hembra, se los llevaron las fiebres sin llegar al año. A pesar de los malos ratos, tener hijos es una bendición, señora...

—Yo no quiero tenerlos con don Clodulfo —interrumpió Benilde sin mirarla. Y Asella se preguntó si con ello había querido decir que los deseaba con otra persona.

—Eso no es algo que esté en vuestra mano. Los hijos son voluntad de Dios —dijo, observándola con gravedad y preocupación—. Las mujeres hemos nacido para dar vida, señora...

—Aunque nos cueste la muerte... —interrumpió—.

—¿Tenéis miedo a morir en el parto, señora?

—No, Asella, tengo más miedo a morirme en vida... —le respondió sin apartar la vista de las llamas.

En ese momento entró don Froila por la puerta de la cocina. La hija levantó la cabeza y le sostuvo los ojos al padre, pero esta vez no pareció mostrarle encono.

10   Baza (Granada)

—Asella, ¿dónde está Hernán? —preguntó.

—Está en los campos, mi señor —respondió solícita—. ¿Queréis que envíe a alguien para avisarle?

—No. Solo quiero que le digas en cuanto venga que mañana partimos para Egabro. Hemos de llevar cinco potros para un tratante.

Cuando se disponía a salir, Benilde se dirigió a él.

—Padre, ¿sabéis algo de Eliberri?

—No. El mensajero venía de Egabro... —contestó, descansando las manos en su ancho cinturón, refiriéndose al correo que había llegado esa mañana.

—Padre... —titubeó la joven—. He pensado que si el semental aún es desconfiado, quizá sería juicioso incluir los servicios del caballerizo en la dote para que continuara con su doma...

Asella desvió una mirada sorprendida hacia Benilde para retirarla luego con discreción. ¿Cómo se había atrevido a pedirle aquello?

Don Froila observó a la hija no menos extrañado, rumiando una duda.

—El *comes* tiene caballerizos tan capaces como Cachorro o aún más —respondió finalmente.

—Pero no conocen a L... al semental —corrigió—. Solo Cachorro ha sabido domarlo.

—Pues con más razón me interesa conservar a mi caballerizo —objetó, molesto por la insistencia de su hija—. De cualquier modo, de aquí a la fecha de la boda el caballo ya estará más que preparado. Tiempo le he dado. ¿Por qué crees que no me llevo a Cachorro en mis viajes?

—Pero padre, si yo quisiera montarlo...

—El caballo es para don Clodulfo —dijo con una voz severa y contenida—, dudo mucho que te deje montarlo. El caballerizo se va a quedar aquí...

—Padre —le interrumpió la joven visiblemente enojada mientras se incorporaba de la silla, desafiante—. ¿No vais a concederme ni una sola gracia antes de deshaceros de mí?

Don Froila inspiró levemente y retuvo el aire, como si le hubieran abofeteado. Movió la mano derecha en un impulso que luego pareció sofocar y se agarró el cinturón con el puño crispado.

—El caballerizo se queda aquí —le espetó, masticando las palabras—, y tú vas a dejar de visitar la cuadra.

Benilde salió de la cocina a grandes zancadas y el señor suspiró de impotencia, intentando calmar su tensión. Miró a Asella buscando apoyo y negó repetidas veces con la cabeza.

—Esta hija va a acabar con mi razón antes de marcharse. Ojalá el *comes* viniera mañana para llevársela...

—Es joven, mi señor, y no desea dejar la hacienda... —justificó la sierva.

—Tampoco lo deseo yo, pero he de desposar a mi hija y no he encontrado mejor pretendiente... —Don Froila miró al fuego con gesto grave—. Debí haber desposado yo también en cuanto murió su madre. Tanto domar caballos y no me daba cuenta de que mi hija se estaba asilvestrando... —Luego volvió a Asella—. No te olvides de darle el recado a Hernán. Y no dejes que mi hija pase mucho tiempo en la cuadra —dijo y salió de la cocina, dejando a la mujer con la palabra en la boca.

—Sí, ¿y qué siervo puede oponerse a la voluntad de la señora cuando no estáis vos? —musitó llena de impotencia.

Aquel incidente le demostró que el interés de Benilde por Cachorro era tan evidente como imprudente, pues la hacía osada, y esta osadía había alertado a don Froila. Asella sabía la posición de la señora, pero desconocía la de Cachorro. Se sintió en la obligación de averiguarla, así como de avisarle de que el señor no veía con buenos ojos su cercanía con Benilde.

Guiomar ayudó al señor, a Hernán y a Lelio a preparar los potros que iban a llevarse a Egabro. Querían salir temprano con intención de estar en la villa antes de mediodía. Tras su marcha se dirigió a la cocina de Asella para desayunar. El resto de los hombres estaba ya allí cuando llegó. Saludó a la criada y se sentó donde siempre hacía. Comió con rapidez, pues don Froila lo había cargado de tareas antes de irse, y sabía que en su ausencia Benilde aprovecharía para montar al semental. Cuando se levantó del banco con la intención de marcharse con los siervos, Asella la miró significativamente. Antes de que llegara a la puerta le habló.

—Cachorro, quédate un momento. Hay algo que quiero que me hagas...

La ambigüedad de sus palabras provocó la sonrisa de algunos hombres y dieron pie a que Antonino desatara su lengua.

—Asella, este alfeñique es demasiado joven para ti. Seguro que te valgo mejor yo —dijo suscitando el sofoco de algunas risas.

—Entonces lleva esa basura a los puercos —respondió la mujer señalando el cubo de los desperdicios. El comentario liberó un coro de carcajadas que fueron alejándose mientras los criados se dirigían a sus respectivas ocupaciones.

Guiomar seguía en medio de la cocina esperando las indicaciones de Asella, segura de que estas nada tenían que ver con la alimentación de los cerdos.

—Siéntate, quiero hablar contigo —le dijo finalmente con el rictus severo que le había dejado Antonino.

La joven se volvió hasta el banco y se sentó, inquieta por aquella solemnidad, y le intranquilizó aún más ver a la mujer dirigirse a la puerta para comprobar que nadie quedaba alrededor. Después se acercó a ella y la miró grave.

—La señora le ha pedido a don Froila llevarte con ella cuando despose para que te ocupes del semental —le espetó.

Guiomar sintió como si le hubiera arrojado un cántaro de agua helada por la cabeza. Despegó los labios y la respiración se le agitó. Disfrutaba cada vez más de la compañía de Benilde, pero no a cualquier precio. Nunca al precio de don Clodulfo. El terror que le producía la cercanía de aquel hombre estaba muy por encima del placer que le provocaba la de ella. Las palabras de la criada le llenaron de angustia y la miró sin apenas respirar, esperando oír cuál había sido la respuesta del señor. Pero Asella no la sacó de la duda. Más bien la introdujo en otra.

—¿Estás tú detrás del deseo de la señora? —preguntó, y aunque de nuevo la sierva se había expresado mal, no podría haberlo hecho mejor para ilustrar su verdadera preocupación, pues Guiomar la identificó a la primera. La joven negó repetidamente con la cabeza.

—¿No se lo has sugerido tú para terminar la doma? —insistió la mujer con la vista clavada en sus ojos.

—No. El semental ha mejorado mucho estos días. Estará bien preparado antes de la boda —aclaró y, como vio que no dejaba de mirarla y parecía dudar de sus palabras, continuó—. No me gusta ese hombre, ¿por qué habría de pedir servir para él?

Por la razón que fuera, sus palabras provocaron la susceptibilidad de Asella.

—No es a ti a quien ha de gustar —le reprendió.

Y estas, la de Guiomar.

—Tampoco gusta a la señora —replicó con cierto desafío en los ojos.

—¿Qué sabes tú de eso? —preguntó conteniendo el enojo. Guiomar exhaló el aire de sus pulmones sin dejar de mirarla. ¿Qué sentido tenía tensarse con ella, cuando ambas pensaban lo mismo?

—Tengo ojos, Asella, como los tienes tú —dijo finalmente buscando la complicidad con la sierva y abandonando su habitual tratamiento cortés. Esta retrocedió hasta la tarima de la cocina y se apoyó de espaldas en ella. Luego miró de nuevo hacia la puerta para cerciorarse de que no había nadie escuchado y habló:

—El señor no quiere que Benilde vaya a la cuadra.

Guiomar frunció levemente el entrecejo. ¿Qué había detrás de aquella reticencia?

—Cuídate de don Froila —añadió—, no le gusta que la señora pase el tiempo contigo. No deberías salir a cabalgar hoy con ella...

—¿Acaso puedo desobedecerla si me lo pide? ¿Podéis hacerlo vos? —le respondió impotente.

—¿Lo haces a disgusto entonces? —le preguntó con ironía, y vio cómo Guiomar callaba.

La joven entendió al momento por dónde se dirigían las preocupaciones de Asella y del padre. Clavó sus pupilas en las de la mujer, como queriendo llegar hasta el señor a través de la sierva.

—Nada ha de temer de mí don Froila —dijo.

—Lo sé —asintió—. Quizá lo teme de ella...

Guiomar negó con la cabeza, sin dejar de mirarla.

—Tampoco de ella ha de temer nada —dijo con tal seguridad y franqueza que a la mujer no le quedó la menor duda de que era cierto y de que el vínculo que compartían la joven y *aquel caballerizo* era mucho más sólido de lo que había imaginado, pues difícilmente Guiomar habría osado verbalizar con aquella fe la actitud de Benilde si no tuviera un conocimiento forjado previamente por la familiaridad.

—No sé lo que tienes con la señora, o qué tiene ella contigo. Pero sí sé que por muy casto que sea, no lo va a entender nadie. Hazme caso —le aconsejó—, evítala en lo que puedas y cuídate de don Froila. ¿Me oyes? Cuídate de don Froila. Se juega mucho con este matrimonio...

Capítulo 17

Como esperaba Guiomar, la señora fue a buscarla a los establos antes de mediodía para pedirle que ensillara a Leil y que la acompañara en su paseo por la hacienda. La sierva aún tenía la advertencia de Asella pesando como una piedra sobre su sosiego. Era evidente que algo temía el señor, pues le había mandado faenas que habitualmente ordenaba a otros criados. ¿Pensaba que así evitaría que Benilde saliera con ella a cabalgar? ¿Acaso no conocía el carácter de su propia hija?

—No puedo acompañaros, señora. He de terminar las tareas que me ha encomendado vuestro padre —justificó mientras revisaba los cascos de una de las yeguas de la caballeriza.

—Nada que no puedas hacer cuando regresemos —dijo, obstinada.

—Mi señora, no puedo desobedecer a vuestro padre —rogó, mirándola llena de preocupación.

—Y no lo harás... Solo demorarás un poco tus ocupaciones —insistió con una sonrisa traviesa.

Guiomar frunció el ceño y miró a otro lado, inquieta y angustiada por su tesón. Benilde captó su reticencia y le habló con un sesgo de decepción en la voz.

—¿No quieres acompañarme?

Su desilusión apesadumbró a la sierva que, llevándose las manos a la cintura, giró la cabeza y chasqueó la lengua.

—No es eso, señora —protestó, y la miró de medio lado durante un momento—. A vuestro padre no le gusta que descuide mis tareas por vos—. No se atrevió a decirlo de otra manera, y aun así sus palabras provocaron el enojo de Benilde. Pero no contra ella.

—¿Teme quizá que vayas a quitarme el virgo destinado al *comes*? —dijo con ironía y acritud, ruborizando a Guiomar.

—Por Dios, señora... —musitó escandalizada, apartando su vista de ella. Cuando volvió a mirarla, la joven había girado la cabeza y respiraba con agitación, la mandíbula apretada. Le pareció que trataba de contener el llanto entre la rabia.

—Iré con vos —concedió al verla tan desgraciada—. Voy a preparar a Leil.

Se dirigieron hacia el recodo del Singilis, como lo habían estado haciendo los días de las curas, pues el lugar se había convertido en el destino preferido de Benilde, como antes lo había sido de Guiomar. Apenas hablaron durante el camino, la sierva empeñada en ir dos cuerpos por detrás de la señora, tratando de algún modo de mantener la distancia, ya que no podía evitar su compañía. Benilde pareció respetar la intención de la joven, quizá por su propio mutismo y tristeza, o quizá porque creía que iba forzada y tensa por desobedecer la voluntad de su padre.

Cuando llegaron al río, descabalgaron, dejaron que los caballos bebieran y los ataron al álamo. Luego la señora se tumbó en la enorme piedra para disfrutar del sol. Se relajó sobre su superficie plana y caliente y cerró los ojos, las manos descansando sobre el vientre. Olía a tierra húmeda y a flores. La madurez de mayo y las lluvias habían vestido la vegetación con sus mejores galas, y el Singilis bajaba pleno y claro con su curso nutrido además por el deshielo. Solo el sonido del canto de algunos jilgueros en los arbustos y de los ruiseñores en la alameda acompañaba el incesante rumor del agua.

Casi se estaba quedando dormida cuando escuchó un ruido de piedra contra piedra. Levantó la cabeza sobresaltada para ver a Guiomar sentada sobre un peñasco cercano a la orilla, tirando chinas hacia una gran roca que cortaba en dos las aguas del río unas varas más abajo. Se relajó de nuevo con los ojos entornados, observando su menuda figura desdibujada por el brillo de sus propias pestañas.

—Cachorro —llamó, y la joven interrumpió un lanzamiento para mirarla—, ¿por qué no vienes y descansas en la piedra? Hay espacio para las dos.

—No es necesario, señora, estoy bien aquí —respondió prontamente, elevando la voz para hacerse oír sobre el sonido del agua.

—Ven de todos modos —insistió—, quiero preguntarte algo y no quiero hacerlo a gritos.

Guiomar se aproximó reticente y se sentó en la roca más cercana a la de Benilde. Esta se giró sobre su lado para encararla y apoyó la cabeza en su mano.

—¿Cómo te las arreglas con tus sangrados? —le espetó sin pudor, provocando el sonrojo de la sierva—. Los míos son tan abundantes que a veces he manchado la cama.

Guiomar pareció incómoda con la pregunta. Al final habló en un tono apocado.

—Los míos no lo son tanto, señora... A veces incluso paso meses sin ellos.

Benilde frunció el ceño, sorprendida.

—¿Cómo es eso? Asella dice que todas las mujeres tienen sangrados cada luna. Todas menos las que ya han perdido su juventud —apostilló.

—No sé, señora. Quizá yo soy medio mujer o estoy perdiendo mi juventud —dijo, y sonrió ligeramente.

—No digas necedades. Cuando te vi sobre esta piedra no me pareció que te faltara o te sobrara nada —afirmó con cierto enojo y provocó con sus palabras el rubor en Guiomar—. ¿Qué haces para no manchar las calzas?

—Ya os he dicho que mis sangrados no son tan grandes como los vuestros. Me los anuncia el dolor del vientre... A veces es muy fuerte. Cuando lo empiezo a sentir uso una de mis vendas. Una vez manché las calzas... Desde entonces coloco una o varias hojas de limonero entre los pliegues más bajos del lienzo.

—Nunca se me había ocurrido...

—A mí me sirve. Evita que cale... Además, enmascara algo el olor de la sangre. Los caballos la perciben y algunos se ponen nerviosos.

Benilde la observó sin hablar, sopesando sus palabras e intentando encajarlas en aquel cuerpo ambiguo. Guiomar jugaba con una blanca y pulida piedrecita, girándola entre sus dedos, levantando su mirada de vez en cuando hacia la suya.

—¿No desearías ser una mujer?...

—Soy una mujer, señora —interrumpió la sierva, y desvió sus ojos hacia el río, con el entrecejo arrugado.

—Quiero decir... ¿No desearías casarte y tener hijos? ¿No te gustaría...? No aquí en la hacienda —apostilló—. ¿No te gustaría vestir como una sierva y trabajar como ellas?

Guiomar miró la piedra que tenía entre las manos con la misma expresión contrita, luego volvió la vista al río.

—He pasado tanto tiempo vistiendo calzas que no sé si sabría moverme con túnica —dijo como para sí. Luego clavó sus ojos en los de Benilde—. Señora, mi vida son los caballos. No creo que como mujer me dejaran ocuparme de ellos...

Benilde arrugó el rostro. Había dicho túnica. Las siervas no vestían túnica, no al menos en su hacienda... Pero tenía la sospecha de que si le hacía referencia a este hecho, la joven se cerraría.

—¿Nadie descubrió nunca tu disfraz? —preguntó finalmente.

—Solo vos y Esther, una vieja esclava judía del señor Guma.

—¿Y no te delató?

Guiomar negó con la cabeza, sin dejar de mirar a la señora.

—¿Cómo fue eso? ¿Le contaste lo de tu familia? —dijo y vio a la joven asentir sin abrir la boca. Dado que los ojos de la señora no dejaron de insistir, la sierva no tuvo más remedio que explicarse.

—Poco tiempo después de que don Guma me acogiera, sufrí de fiebres. El señor me alejó de la casa por temor a que fuera peste y me confió a la esclava porque había sido hija de físico y sabía de cuidados, y porque me estimaba más a mí que a ella —apostilló como para sí—. Un día me subió tanto la fiebre que me metió en el abrevadero de las ovejas para bajarla, me dijo. Descubrió mi sexo cuando me quitó las ropas mojadas.

—¿Y por qué no te delató ante Guma? —preguntó, cada vez más interesada en su historia.

—Desde el día que mataron a mi familia no he dejado de tener malos sueños. Debí de tenerlos muy violentos con la fiebre... Esther creyó que me habían forzado y que por eso me protegía de los hombres vistiéndome de varón. No la desdije... —Guiomar se incorporó y arrojó con fuerza la piedra que tenía en la mano, que se partió en dos al chocar con la roca del río—. Mi señora, deberíamos volver. Asella estará preocupada y yo aún tengo muchas tareas que hacer...

Benilde se puso en pie con desgana y saltó de la piedra. Se habría quedado allí todo el día, tomando el sol y hablando con Guiomar, pero la sierva tenía razón y, además, tampoco le agradaba hacerlo con ella a disgusto. Por más que lo intentaba nunca conseguía que se relajara y se confiara. Cada pequeña concesión de información sobre su persona le costaba un interrogatorio y terminaba provocando la incomodidad de Guiomar, y esta, a su vez, cierta frustración en Benilde.

El camino de vuelta fue un calco al de la ida. La sierva se empeñaba en ir dos cuerpos de caballo detrás de la señora, y ella reducía la marcha de Leil para que aquella la alcanzara. Tras dos paradas sin motivo, Guiomar entendió cuál era la intención de la joven y transigió en su deseo antes de que esta desatara su enojo, pues ya había vislumbrado su impaciencia en una de las miradas que le dedicó. Cuando consiguió tenerla a su par, Benilde sacó el tema que le había estado rondando en su mente durante parte de la noche.

—Cachorro, he pedido a mi padre que te deje acompañarme cuando despose con el *comes* para que así termines la doma de Leil. Quizá si le dijeras que el semental aún no está preparado... —le sugirió, mirándola, para ver que ella giraba el rostro intentando ocultar su contrariedad y envaraba el cuerpo. Su gesto le respondió mejor que si lo hubiera hecho con palabras. Cuando habló finalmente, estas ratificaron su postura.

—Mi señora, el caballo ya está prácticamente preparado...

Benilde miró al frente, decepcionada. Pocas posibilidades había de que su padre transigiera a su deseo, pero menos habría si Guiomar no colaboraba. ¿Y de qué le iba a servir que lo hiciera si ya le había mostrado su falta de entusiasmo? La respuesta de la sierva la enojó. Volvía a ratificar la distancia que las separaba a su pesar. De nada valían sus esfuerzos por acercarse si siempre se topaba con el mismo muro. De nuevo resurgió en ella el sentimiento de rechazo, y de nuevo respondió a él con frialdad y orgullo. Sin apartar los ojos del camino le espetó:

—¿Tan segura estás de que cualquier persona puede montarlo?

Lo dijo con tal acritud que Guiomar la miró precavida y angustiada.

—No, señora. Aún hay que probar cómo responde con otros jinetes, pero...

—Pero tú no quieres irte de la hacienda —interrumpió Benilde. Ante el silencio incómodo de Guiomar, continuó como para sí—. Tampoco es que pueda culparte por ello.

Y tampoco podía hacerlo por no corresponder a su afecto.

Guiomar captó la amargura de Benilde y sintió que se le rompía algo por dentro.

—Señora —habló finalmente—, vuestro padre sospechará otras intenciones si le digo lo que me habéis sugerido... Le di mi palabra de que el animal estaría preparado antes de vuestra boda.

Pero Benilde fue más allá.

—¿Me acompañarías con gusto si él no pusiera objeciones?

Guiomar rehuyó su mirada y se refugió en cualquier punto de su alrededor que no fuera aquella insistencia; pero sintió que su huida la exponía aún más. Se enfrentó de nuevo a ella.

—Lo haría, señora, aunque fuera a la misma Septimania... Pero no con don Clodulfo —dijo, y de nuevo centró su atención en el camino. La hacienda ya estaba a la vista y algunos siervos trabajaban en los campos. Guiomar frenó al caballo para quedar a la debida distancia, dejando a Benilde sola y confusa por su respuesta. Se percató entonces de la cercanía de la casa y respetó su gesto. Con sus palabras la joven había calmado un escozor, pero había levantado otra duda. ¿Por qué no con don Clodulfo? ¿Temía su fama de severo? Decidió que no dormiría esa noche sin conocer antes las respuestas.

Cuando llegaron a la hacienda, Benilde descabalgó y Guiomar la secundó para coger a Leil y meterlo en la cuadra. Para su sorpresa fue la señora quien lo hizo. La sierva ató su yegua a una anilla junto a la jamba de la puerta y la acompañó para desensillar al semental y quitarle el resto de los aparejos. Vio cómo Benilde se quedaba junto a Leil, sujetándole el bocado y acariciándole la quijada, mostrando en definitiva poca intención de marcharse. Le preocupó aquella demora por la advertencia de Asella y por la curiosidad insistente de la joven. Y la inquietud devino en nerviosismo.

Mientras desataba la cincha del caballo, la señora retomó lo que le habían interrumpido.

—¿Por qué has dicho antes que no te gustaría acompañarme por don Clodulfo?

Guiomar se sintió acorralada. Retiró la silla del lomo del animal y la soltó con esfuerzo y brusquedad en el suelo. Al hacerlo, el movimiento sacó el cordón de cuero por el cuello de su sayo, y Benilde se percató. Cuando se aproximó de nuevo al caballo para quitarle la mantilla, la joven aprovechó su cercanía para tomarlo con los dedos y tirar de él. El propio agobio de la sierva por encontrar un modo de responderle sin exponerse le hizo bajar la guardia y, para cuando quiso darse cuenta, Benilde ya había sacado el colgante de entre sus ropajes y lo observaba.

—¿Qué es esto? —preguntó extrañada, intentando identificarlo.

Guiomar dio un paso atrás y volvió a introducirlo por el cuello del sayo. Si la brusquedad del gesto no la hubiera delatado entonces, lo habría hecho su cara de espanto al verse descubierta. La reacción puso en alerta a la señora y despertó su carácter autoritario.

—Déjame verlo —ordenó.

—Solo es una medalla, señora —justificó nerviosa, tratando de quitarle importancia mientras retiraba la mantilla al animal.

—Déjame verlo, he dicho —insistió severa, escamada por la reticencia de la sierva en mostrar una simple medalla. Benilde se acercó a ella, le abrió ligeramente el cuello del sayo hasta encontrar el cordón y tiró de él. Al hacerlo salió una imagen de filigrana de plata, no más grande que la última falange de su pulgar, que por su forma no consiguió identificar. Parecía un pájaro sin cabeza, una rara flor o una mano de dedos simétricos con un ojo en el centro, y estaba tan negra que dudó que realmente fuera de plata.

—Esto no es cristiano —le dijo con desconfianza, echándole un último vistazo para soltarlo luego con cierta repulsión.

Guiomar volvió a meterlo entre la ropa, como si al esconderlo pudiera hacer desaparecer la desconfianza que había generado.

—Solo es un amuleto... —se justificó.

—La Iglesia de Dios prohíbe los amuletos y los símbolos paganos. Por menos de esto te acusarían de brujería —insistió, como si comenzara a verla con otros ojos.

—Era de mi madre. Me lo dio para protegerme el día que llegaron los hombres...

—Eres judía —dedujo con sorpresa, mirándola y hablando para sí—. Por eso mataron a tu familia...

—Yo no soy judía —protestó con un ruego en los ojos—. Esto no es judío.

—Eres judía —repitió la joven, severa, sin apartar unos ojos sorprendidos y escandalizados, mientras continuaba atando cabos—. Por eso no te delató la esclava de Guma.

—¡Yo no soy judía! —protestó Guiomar, elevando la voz por primera vez, con un tono que rayaba la rabia.

—¡Si eso era de tu madre, tus padres eran judíos, y tú lo eres por tanto! ¡Lo niegas por evitar la esclavitud!

La sierva adelantó un paso hacia Benilde y la miró, temblando por la tensión.

—Mis padres no eran judíos —dijo marcando y masticando las palabras. La señora le mantuvo la mirada, desconfiada e inquieta por su intensidad. Luego esquivó su cuerpo para marcharse.

—Mi padre fue gardingo del rey Wamba. ¿Cómo iba a ser judío entonces? —le espetó cuando ya le había dado la espalda.

Benilde se giró y le clavó unos ojos sorprendidos e incrédulos mientras parpadeaba incesantemente.

—Mientes...

—¡No miento! —respondió desafiante—. Se llamaba Dalmiro. Combatió junto al *dux* Teodomiro contra los enemigos del rey.

La señora achicó los ojos y se acercó a Guiomar, que temblaba como las hojas de un álamo entre la brisa.

—¿Y qué hace la hija de un gardingo limpiando estiércol?

Lo dijo con tal frialdad que la sierva lo recibió como una bofetada.

—No has hecho otra cosa que mentir desde que llegaste a la hacienda —continuó en el mismo tono—. Incluso a mí, que te he demostrado una confianza que no mereces.

—Señora —rogó—, solo mentí cuando os dije que mis padres eran siervos. Nunca...

—¿Y por qué he de creer que no lo estás haciendo ahora? —le interrumpió, clavándole unas pupilas aceradas—. Toda tu vida está llena de secretos y de mentiras... Y a mí ya se me ha acabado la paciencia.

Benilde salió de la cuadra, no sin antes echar un último vistazo al atravesar la puerta para ver cómo Guiomar apoyaba el brazo sobre el lomo de Leil y bajaba la cabeza, respirando agitadamente.

Se retiró a la casa preguntándose por qué se había enfadado tanto con ella; por qué la había tratado con tal frialdad y qué se escondía realmente detrás de aquel desasosiego. ¿Por qué había reaccionado así si nunca había tenido tanta certeza de que le estaba diciendo la verdad...? En el fondo sentía que cuanta más información conocía de la sierva, menos encajaban las piezas de aquel acertijo que era su vida.

Y por si fuera poco, a estas preguntas se le había unido otra, ahora más insistente.

¿Dónde había escuchado antes el nombre de Dalmiro?

Capítulo 18

Benilde no dejó de pensar en el incidente de la cuadra durante los dos días que siguieron. Aún no sabía por qué había respondido con tal acritud a la confesión de la sierva. ¿Qué más le daba a ella que sus padres fueran o no judíos? Quizá estaba influida por don Froila, puesto que él no los quería en la hacienda. Desde tiempos del rey Ervigio se habían dictado tantas leyes en su contra que su padre prefería no tenerlos directamente a su servicio, a pesar de ser buenos en los negocios y en la medicina. Incluso el monje Balduino mencionaba al docto Isidoro para acusarlos de todos los males del mundo. Desde aquella perspectiva, ser judío era una maldición y el insulto más infame. Si la familia de Guiomar era judía, pensaba, por fuerza ella debía ser esclava. Quizá por ello se defendió de aquella manera de su acusación. Aunque le extrañaba que renegara de su propia familia con la vehemencia que había mostrado. Su orgullo al mencionar a su padre era más propio de la hija de un señor que de un esclavo. ¿Por qué entonces se había agarrado a esa posibilidad como si le fuera la vida en ello? Se le ocurrieron dos razones en las que no quiso ahondar, pues las dos le incomodaban y desasosegaban igualmente: una, que era increíble, o cuanto menos inquietante, que la hija de un gardingo terminara como un caballerizo; y la otra, que su orgullo de señora, sutil y doblemente rechazada por la sierva, la prefería judía para así reafirmar su disgusto y su elevada posición sobre ella. De cualquier modo, ambas, unidas a la imagen de una Guiomar tensa y mortificada, le habían dejado deprimida. Por si fuera poco, llevaba dos días sin salir de la casa, sin cabalgar a Leil, sin ver a la sierva y sin dejar de pensar en ella...

—Asella, ¿un gardingo es como un *comes*? —preguntó la joven. La criada había irrumpido en su alcoba para conminarla a levantarse. Aunque Benilde llevaba rato despierta, no mostró ninguna intención de salir de la cama. Pocas cosas le motivaban para hacerlo.

—Si no lo sabéis vos... —respondió la sierva mientras sacaba alguna ropa del baúl.

—¿Y por qué habría yo de saberlo? —protestó. Asella interrumpió lo que estaba haciendo para mirarla.

—¿El padre Balduino no os ha enseñado nada sobre la corte?

—No —dijo—, él es un hombre de Dios...

—No sé, señora... Creo que un gardingo es un hombre del rey, su guardia personal o alguien de su confianza.

—¿Cómo un *thiufadus*? —insistió la joven con interés, provocando cierta impaciencia e incomodidad en Asella.

—Os digo que yo no entiendo de estas cosas, señora. El *comes* don Clodulfo es un *thiufadus*, pero no todos los *comites* viven en la corte. Han de gobernar la ciudad que les han encomendado. Yo creo que los gardingos viven junto al rey, ¿no es así? —respondió, y vio cómo Benilde se encogía de hombros levemente—. Señora, estas cuestiones os las contestaría mejor vuestro padre.

Benilde hizo un claro mohín de rechazo y se movió en la cama para no mirarla. La criada chasqueó la lengua levemente mientras negaba con la cabeza, los brazos en jarras y el ceño fruncido.

—Alguna vez tendréis que dejar de culpar al señor. Él solo hace lo que cree que es mejor para vos...

—Es mi vida, Asella, podría habérmelo dicho antes de aceptar la palabra de don Clodulfo —protestó, con el rencor en la mirada.

—Señora, vivís tan alejada del mundo que ni siquiera conocéis sus leyes. ¿Qué padre trata con su hija la cuestión de su matrimonio? No lo hace ni con su esposa —dijo, y siguió trajinando en la alcoba.

Benilde miró sin ver hacia la pared, perdida durante un momento en sus pensamientos. Luego, se volvió de nuevo sobre su costado para encarar a la sierva.

—Asella, ¿te recuerda a alguien el nombre de Dalmiro? —preguntó.

La mujer se detuvo y bajó la cabeza un instante mientras pensaba.

—Creo haberlo oído de un señor de Eliberri...

—¿Un señor de Eliberri? —interrumpió Benilde, levantando ligeramente la suya de la almohada para observarla mejor.

—No lo sé, señora. Cuanto más vieja me hago, menos seso tengo. Preguntad a vuestro padre. Si es quien creo que es, tuvo tratos con él —dijo mirando a la joven para ver cómo la expresión obtusa volvía a su rostro. Suspiró con desazón—. ¡Ay! Señora Benilde... Cada día que pasa es un día menos que podréis disfrutar de la presencia de vuestro padre. Deberíais serenar ese encono; después lo echaréis en falta.

La joven se giró de nuevo y se cubrió hasta el cuello con la ropa de la cama, contrariada. Asella le había recordado la boda y el poco tiempo que le quedaba en la hacienda, y se deprimió aún más.

—Señora, ¿os ayudo a vestiros?

—No tengo ganas de levantarme —dijo sin mirarla, y la criada la observó con preocupación; su palidez, su melancolía...

—¿Os sentís bien? —La mujer se acercó al borde de la cama—. ¿No estaréis indispuesta?

No, no se sentía bien, pero tampoco estaba enferma. Asella le puso la mano en la frente y luego en el cuello. Benilde se dejó hacer sin moverse.

—No lo parece... Creí que también vos... —comenzó a decir con ligereza y luego se contuvo, lanzando una rápida mirada a la joven para ver si se había percatado de sus palabras. Y fue aquel gesto el que la alertó.

—¿Quién ha enfermado? —preguntó escamada. Asella tardó en responder, reticente.

—Cachorro... —contestó finalmente.

Benilde se incorporó sobre su codo para escrutarla, sobresaltada.

—¿Qué le ocurre?

La sierva fue consciente de la inquietud y el interés de la joven, que parecía haber salido de su modorra como por encanto.

—No lo sé —respondió—. Si al menos se quejara... Lleva unos días que apenas ha comido y tiene mal aspecto. El día que llegó don Clodulfo lo vi vomitando detrás del establo. Y ayer al mediodía me lo encontré tumbado en la cuadra, cuando tenía que estar sacando el estiércol de las caballerizas.

—¿Has hablado con él? —preguntó la joven preocupada. Si en un momento llegó a vincular el estado de la sierva con su acusación, la mención de don Clodulfo había confundido su argumento. La respuesta de Asella volvería a darle fuerza.

—No, apenas si abre la boca y está muy huraño. Quizá haya tenido algún problema con vuestro padre o con los siervos.

Benilde reculó ante sus palabras, y esta reacción no pasó desapercibida para la criada; le sugirió que quizá el problema lo había tenido con ella.

—Porque no lo ha tenido con vos, ¿no? —habló como de pasada, sin mirarla.

—¿Por qué habría de tenerlo? —dijo, y por el tono acabó respondiéndola.

Asella le dio la espalda para abrir la ventana y suspiró exasperada. El secretismo evidente entre *ambos* le sacaba de quicio.

Benilde se levantó finalmente de la cama, espoleada más por su intranquilidad respecto a Guiomar que por sus obligaciones en la casa. Las palabras de la criada le habían llenado de inquietud, a su pesar, pues seguía enrocada en mostrar una desconfianza en la joven que en el fondo no sentía. Era una cuestión de amor propio. Lo reconociera o no, su enfado con ella en la cuadra estaba más motivado por la impotencia de sentirla tan distante e inaccesible que por el hecho de que pudiera ser judía o hija de señor. Era como tratar de coger una trucha en el río; aun en las manos, siempre se escurría resbaladiza.

Y después estaba su constante sentimiento de rechazo. ¿Pues qué, si no, había sido aquella respuesta a su invitación a acompañarla tras la boda? Estaba convencida de que don Clodulfo era una mera excusa para disfrazar su desinterés. Por eso Benilde tenía que encontrar un argumento sobre el que comenzar a construir su desapego. Y para ello necesitaba confirmar la existencia o no de aquel tal Dalmiro.

Decía el docto Isidoro que con tesón y voluntad se alcanzaban las más duras empresas. Con tesón, pues, emprendería ella la suya, aunque no fuera tan loable. Sabía que había escuchado aquel nombre en algún momento y, aunque en este estaba su padre, no recordaba haberlo hecho de su boca. Pero no quería preguntárselo a él, pues supondría una tregua en su guerra de frialdad y también sacar un hilo que, por lo insólito de la pregunta, pudiera a través de ella llevar a su padre hasta Guiomar. Decidió probar otra vía. Decidió que lo intentaría con Hernán. Si, como había dicho Asella, aquel hombre había tenido tratos con su padre, por fuerza el siervo, como hombre de su confianza durante décadas, habría de conocerlo.

Ni siquiera tuvo que forzar la ocasión. Vino a ella con una visita de Hernán a la casa, como un mensajero de la fortuna; y aunque buscaba a su padre con cierta urgencia, lo retuvo el tiempo suficiente para lanzarle la pregunta fingiendo más desinterés que curiosidad.

—Hernán, ¿has oído alguna vez el nombre de Dalmiro?

—¿Dalmiro? —respondió extrañado—. ¿Os referís al traidor?

—¿Traidor? —repitió la joven con asombro, olvidando todo el disimulo.

—¿En boca de quién habéis oído vos ese nombre?

Benilde titubeó, buscando con urgencia una autoría y le espetó la que primero le vino a la cabeza.

—De don Clodulfo... —mintió.

—Entonces sin duda se trata del traidor —dedujo él, convencido, sorprendiendo a Benilde por la coincidencia en la elección.

—¿Quién es?

—Era, señora, pues lo ajusticiaron por su infamia.

—¿Pero quién era? —insistió la joven, desconcertada.

—Un *thiufadus* venido a menos —contestó, asintiendo repetidamente con la cabeza—. Poseía buenas tierras cerca de Eliberri, en la vega. Llegaban casi al Monte Solorio[11], señora; y tenía los mejores caballos de raza hispana del oriente de la Bética, solo superados por los de vuestro padre. Conoceréis esas tierras cuando desposéis con el *comes*, pues ahora le pertenecen.

—¿Cómo es eso? —Benilde arrugó el rostro, intentando ocultar su inquietud. Las pistas del acertijo comenzaban lentamente a tener sentido.

—La ambición, que es mala cosa, señora; corrompe a los hombres por muy buenos señores que sean... Don Dalmiro apuntó demasiado alto y se levantó contra el difunto Witiza cuando acababan de uncirlo rey. Intentó hacer a su manera lo que hizo Suniefredo a su padre Egica unos años antes y ahora ha hecho Don Roderico a sus hijos, pero solo a Roderico le ha salido bien la jugada. El *comes* segó el levantamiento de Dalmiro y le dio muerte, y el rey le recompensó con sus tierras, que ahora administra.

La estupefacción dejó muda a la joven durante un instante. Luego, ante la intención de Hernán de marcharse, añadió.

—¿Tenía familia don Dalmiro?

—La tenía —dijo, asintiendo de nuevo varias veces—, y pagó bien cara la osadía del traidor, señora. Murieron todos al oponer resistencia a los hombres del *comes*. Una lástima... Don Dalmiro era buen señor, pero, como os he dicho, las ansias de poder corrompen al mejor de los hombres... Mi señora, he de encontrar a

---

[11] Sierra Nevada

vuestro padre —se excusó—. Los lobos se están acercando otra vez a la hacienda. Anoche mataron cinco borregos del rebaño. Hemos de hacer algo para acabar con ellos, o serán ellos los que acaben con nuestras ovejas.

Benilde lo dejó ir en busca de don Froila y se sentó en la ventana. Mayo estaba resultando más frío y húmedo de lo habitual, y aquel día las escasas nubes, que al amanecer eran de un blanco puro, se habían unido ahora para tornarse en un gris amenazante. Sin embargo, el aire, que a veces se movía en suaves rachas, era cálido y llevaba la fragancia de la lluvia.

Vio a Guiomar conduciendo unos potros de la empalizada a los establos, lo que le ratificó que la tormenta se anunciaba. Sintió el impulso de salir de la casa y ayudarla, pero se contuvo. Lo que realmente deseaba era verla y hablarle, preguntarle cómo estaba... La vehemencia de ese anhelo la inquietó y despertó de nuevo su orgullo. Hernán había ratificado la existencia de aquel Dalmiro, pero eso no implicaba que la sierva hubiera dicho la verdad, pensó. Bien podía haber sido una criada que escapó de la masacre. Una criada que aun siendo una niña conocía las letras y había vestido túnica. Una criada que se comportaba a veces con la dignidad de una señora...

Se movió inquieta en la silla. La historia de Guiomar era para ella como un tiesto roto. Benilde se había empeñado en recoger los trozos y volver a unirlos; y ahora que todas las piezas encajaban, sentía su propia resistencia a aceptar la realidad del objeto que formaban. ¿Podía ser la vida tan implacable para alterar el orden de las cosas? ¿Podía la hija de un señor levantarse señora un día y acostarse sierva al otro? ¿Podría ocurrirle a ella?...

Al atardecer don Froila entró en la casa. Benilde, por no compartir un mismo espacio con su padre, buscó una excusa y se dirigió a la cocina; prefería mil veces la compañía de Asella. Salió por la puerta principal, pues aunque podía haberlo hecho por el corredor interior que comunicaba con la estancia de los criados, le apetecía respirar el aire de la calle. La tormenta había soltado su carga durante una hora, y luego, como por encanto, los cielos habían comenzado a abrirse para dejar una tarde de grises y dorados, imprimiendo su extraña y hermosa luz en la fachada y en el paisaje. Benilde se demoró en la puerta para disfrutar del olor a tierra mojada y observar el espectáculo de los rayos de sol entre las nubes. Luego entró en la cocina.

Asella la miró extrañada, limpiándose las manos llenas de harina en el lienzo que tenía sujeto a la cintura.

—¿Necesitáis algo, señora?

—No —respondió parca—. Sigue con tu tarea —añadió y se sentó junto al hogar, como tantas veces había hecho en los últimos meses. Comenzó a reunir las ascuas, ociosa y meditabunda, y la criada chasqueó levemente la lengua. Se acercó a ella y le quitó con delicadeza el atizador.

—Señora, dejad el fuego como está. No quiero que se pegue el guiso —dijo, sacando parte de los rescoldos de debajo de las trébedes, sobre las que se asentaba una olla humeante—. ¿Tenéis frío?

—No —respondió. Su tono de preocupación le había traído a la mente la conversación de la mañana—. ¿Has hablado con Cachorro? Debe estar mejor, pues lo he visto metiendo los caballos en el establo antes de la tormenta.

—Sí, pero tampoco esta tarde ha venido a almorzar —protestó mientras echaba agua a la masa del pan—. Le he preparado un poco de comida... Se la llevaré cuando termine con esto, y no me iré de allí hasta que no acabe con todo.

Benilde vio sobre la mesa un hatillo a medio cerrar que contenía un trozo de pan, queso y unas nueces. Pareció dudar un momento. Luego se levantó, decidida, y anudó el lienzo.

—Voy a llevársela yo.

—Pero señora, vuestro padre... —comenzó a protestar Asella, interrumpiendo el amasado.

—Quiero ver al caballo —dijo, disponiéndose a salir—. Además, quizá a mí sí me hable.

O quizá no quiera ni verme.

Benilde se aproximó a la puerta de la cuadra. Estaba entreabierta. Al asomarse por ella, el caballo se acercó a la empalizada, buscándola. Guiomar, que afilaba su cuchillo apoyándose en la tarima, se sobresaltó al advertir su presencia. Estaba tan absorta que no la había oído llegar. La miró fugazmente a los ojos, luego se fijó en el hatillo y se volvió para continuar su tarea. En el instante que duró el gesto, Benilde notó cómo se le había endurecido el rostro.

—Me ha dicho Asella que apenas has comido en dos días —casi murmuró. Guiomar siguió frotando el cuchillo contra la piedra de amolar y no dijo nada.

—Mírame cuando te hablo —insistió, molesta.

La sierva se dio la vuelta y le clavó unos ojos resentidos, para luego fijarlos en el suelo. Seguía enojada, y Benilde se sorprendió de que tuviera la osadía de evidenciarlo; aunque lo hizo aún más el hecho de que ella misma claudicara ante su presencia.

—Te he traído un poco de pan y queso, y quiero que esta noche no te vayas a dormir sin antes haber acabado con todo —continuó la joven suavizando el tono y acercándose para colocar el hatillo en la tarima. Al hacerlo, posó levemente la mano sobre el antebrazo de Guiomar. Esta, sorprendida por el contacto, volvió a mirarla, pero Benilde ya se alejaba con la cabeza inclinada para aproximarse a Leil y acariciarle el hocico.

La sierva volvió a su tarea, confusa. El gesto de la señora la había desconcertado. Si hubiera sido una palabra, ¿habría sido una disculpa? A ella le había sugerido eso... Tuviera la intención que tuviera, la había reconfortado.

Benilde continuó acariciando la frente y las orejas del semental, distraída, lanzando de vez en cuando miradas a la sierva. Finalmente le espetó.

—¿Eras de Eliberri?

Guiomar se giró para encararla, la sorpresa y la expectación dibujados en su rostro. Asintió levemente, el ceño fruncido y una expresión de preocupación que iba borrando todas las anteriores.

—¿Cómo lo habéis sabido?

—Por Hernán —dijo. Cuando la vio parpadear llena de alarma continuó—. No tengas cuidado, no te he delatado.

Guiomar soltó el aire de sus pulmones, pero la tensión seguía crispándole el rostro. Era consciente de que la señora ya sabía algo de su familia, y lo que pudiera desvelarle le angustiaba.

—¿Por eso no quieres acompañarme cuando despose con el *comes*? —preguntó, y ante su mirada de confusión y extrañeza aclaró—. ¿Por no volver a ver las tierras de tu padre en manos de don Clodulfo?

—¿Qué queréis decir? —Guiomar le clavó unos ojos intensos, parpadeando nerviosa.

—Las tierras de Dalmiro son ahora de don Clodulfo. ¿No lo sabías?

Guiomar negó repetidamente con la cabeza, la respiración cada vez más agitada. Su respuesta dejó claro a Benilde que la sierva desconocía esa parte de su historia, y el hecho la confundió.

—¿Si no lo sabías, cómo es que no quieres venir conmigo por don Clodulfo?

—El *comes* estaba entre los hombres que atacaron la hacienda —aseguró con una voz que no le salía del cuerpo.

—¿Lo viste? —preguntó incisiva—. ¿Cómo, si estabas escondida en el estercolero?

Guiomar negó varias veces. Luego habló.

—No, no lo vi. Lo oí...

—¿Afirmas que don Clodulfo estuvo presente en la muerte de tu familia solo por su voz? —Benilde arrugó el rostro con incredulidad.

—Señora, creedme; la reconocería entre miles de voces. La tengo clavada aquí desde entonces —dijo con vehemencia, llevándose la mano a la sien—. Y sigue apareciendo en mis pesadillas para no darme ocasión de olvidarla.

Benilde la observó, impactada, preguntándose si la crueldad del *comes* llegaba hasta el punto de matar a mujeres y a niños. Se resistía a creerlo. Pero en definitiva fue él quien sofocó el levantamiento de Dalmiro. Pensó que en una guerra siempre morían inocentes y que, de cualquier modo, fue su padre el que la había provocado.

—Don Clodulfo se limitó a hacer justicia, Guiomar —le habló con suavidad.

—¿Qué decís?

—Tu padre se levantó contra el rey... No lo sabías, ¿no? —preguntó, tras ver su expresión escandalizada—. Tu padre traicionó al rey, Guiomar.

La joven comenzó a negar repetidamente, no podía creerla.

—Mi padre era un señor leal. Mi padre combatió a los enemigos del rey, no era un traidor —respondió con la voz alterada.

—Dalmiro se levantó contra el nombramiento de Witiza y presentó batalla; por eso le dieron muerte. Por eso entraron en la hacienda. Me lo ha contado Hernán esta mañana, Guiomar. Él llegó a conocerlo.

El tono de Benilde era amable, como el del adulto que explica a un niño algo que sabe que le va a hacer daño y para lo que no tiene un remedio que le calme. Guiomar seguía negando insistentemente.

—Mi padre no nos haría eso... Él no le haría eso a mi madre —contestó, temblorosa, y se giró para continuar afilando la hoja. No podía oír aquella calumnia. No podía ni siquiera imaginar que Dalmiro, aquel hombre recto y afectuoso, aquel soldado bravo y leal, fuera capaz de una ignominia que hubiera llevado a la muerte a su familia y a sus súbditos.

Benilde vio cómo se resistía, cómo huía de una verdad que era nueva para ella, que se revelaba después de todos aquellos años para darle el golpe de gracia. La supo tan desgarrada que no quiso insistir, y esa falta de insistencia en la señora, que era la vehemencia personificada, provocó una grieta en el muro de Guiomar por la que penetró la duda. La joven negó con más fuerza, luchando ahora entre dos frentes; pues al levantado por la dolorosa revelación de Benilde se le unió el que había erigido la propia Guiomar al considerar la posible verdad que había en ella.

Todos aquellos años sin entender el porqué de la crueldad de la vida, y de pronto esta se justificaba como un castigo al deshonor de su padre...

La sierva se afanó frenéticamente en su tarea, como si al frotar el cuchillo contra la piedra pudiera desgastar aquel momento y su realidad hasta hacerlos desaparecer. Pero su temblor era ahora tan incontrolado que acabó haciéndose un corte en el nudillo del pulgar, y el dolor físico, unido a aquel hondísimo dolor del alma, precipitaron su derrota.

Benilde contempló muda aquel proceso. Vio cómo, sin un solo sollozo, las lágrimas comenzaban a rodar sin freno por el rostro de Guiomar, que batallaba sin éxito por controlarlas, la herida del dedo sangrando profusamente. Y no pudo soportarlo más. Se acercó y le aferró las muñecas.

—¡Detente ya! —exclamó entre el ruego y la orden. La joven se resistió, tratando de soltarse; luego cedió ante la fuerza de la señora—. Te vas a cortar un dedo con el cuchillo —dijo, quitándoselo de las manos y poniéndolo en la tarima. Después se agarró el borde de la manga para presionarle con ella la herida del pulgar. Guiomar se dejó hacer con reticencia, respirando con dificultad por su lucha contra el llanto. Con la otra mano se limpió torpemente las lágrimas de la cara, pero estas siguieron fluyendo aún más descontroladas por la propia bondad de la señora, que sin saberlo estaba abriendo otra brecha en su muralla, acelerando el derrumbe.

Benilde la miró a los ojos con preocupación y se topó de bruces con aquel desamparo... No fue hasta ese momento que se dio cuenta que acababa de robarle lo único amable que le quedaba de su familia, y se arrepintió profundamente de su ligereza. Incapaz de soportar la idea del daño que había infringido, la abrazó en un intento de calmarlo. Notó cómo se envaraba y se encogía; notó su resistencia y perseveró. Hasta que sintió que se rendía y que la muralla finalmente se desmoronaba. La abrazó entonces más fuerte, y la joven pareció desaparecer entre sus miembros. Tan delgada estaba...

—No llores, Guiomar —rogó en un susurro, presionándole la cabeza contra su hombro, para oír cómo sofocaba un sollozo.

La sierva levantó los brazos para apoyarlos tímidamente, los puños cerrados, en la espalda de la señora. Y esta los recibió como una aceptación, una cesión de todo lo que antes le había negado... Y sus defensas también cayeron.

—Perdóname —le susurró en la sien, conmovida.

Benilde sostuvo a la sierva en su catarsis, en su lucha sin resuello por sofocar las lágrimas, por no abandonarse sin medida. Notó el calor húmedo que aquella batalla provocaba en su cuerpo y fue tan consciente de él que sin apenas darse cuenta se despertó el suyo propio. Se le disparó el corazón en el pecho y sintió una rara flojedad en los muslos. Deseó susurrar su nombre, pero le salió una corta expiración que murió en la sien de Guiomar, donde había ido a refugiarse de aquella zozobra.

Entonces lo vio, apenas por el rabillo del ojo. Lelio en la puerta de la cuadra, con los suyos muy abiertos. Como una aparición, se esfumó por donde había entrado.

Benilde se separó de Guiomar bruscamente, dejándola aturdida, como a la niña que a punto de dormirse la arrancan del pecho de su madre.

—¡Dios nos asista! ¡No, no! —exclamó, y salió corriendo en busca del criado. Lo vio andar apresuradamente hacia la casa.

—¡Lelio! —lo llamó, y el siervo aminoró el paso, mirándola, pero no se detuvo—. ¡Lelio! —insistió alarmada, para ver que este continuaba su camino, ahora más deprisa.

Su manifiesta desobediencia confirmó a Benilde que el criado atendía a una autoridad superior, y supo al momento, con horror, que todo estaba perdido y que con su debilidad había condenado irremisiblemente a Guiomar.

Capítulo 19

Benilde entró en estampida por la puerta de la cuadra, el rostro blanco, la boca seca y un sudor frío invadiéndole el torso. Se topó con una Guiomar que, por su expresión desencajada, habría deducido lo que acababa de ocurrir, a pesar de no haber visto a Lelio por encontrarse a su espalda. La agarró del sayo por el pecho y la llevó a rastras hacia donde estaban los aperos del semental.

—¡Ponle la silla a Leil ahora mismo! ¡Vamos! —le gritó frenética, soltándola para asir las riendas con unas manos tan temblorosas que apenas conseguía descolgarlas del clavo en el que se apoyaban.

La sierva cogió la silla y se detuvo, mirándola aterrada.

—Señora, no pretenderéis huir de vuestro padre... —comenzó a decir.

—¡Vamos! —le apremió, zarandeándola por la manga e introduciéndose por la empalizada para colocarle el bocado al semental—. ¡Tienes que irte ahora mismo!

Guiomar se quedó helada. No podía creer lo que le estaba diciendo.

—Señora, me condenáis...

—¡Ya te he condenado antes! ¡¿No te das cuenta?! —la interrumpió gritando con lágrimas en los ojos—. ¡Muévete, por amor de Dios!

La joven entró en la empalizada y comenzó a colocarle la mantilla a Leil con reticencia.

—Soportaré los latigazos si hace falta, señora, pero si huyo con el caballo, vuestro padre me matará —dijo con un ruego, poniéndole la silla. Benilde la miró ferozmente.

—¡Te matará lo mismo, aunque no te lo lleves, necia! —le chilló. Luego le clavó unos ojos suplicantes y comenzó a negar—. Guiomar, tú no conoces a mi padre... Tú no lo conoces... Se juega mucho más que el honor en esta boda.

La sierva apenas podía ajustarle la cincha al animal, el corazón encogido y sus manos temblando torpemente.

—Puedo decirle quién soy... Puedo decirle que soy una mujer —protestó, reticente a la idea de agravar aún más un delito que ni siquiera había cometido.

—Si lo haces, te matará por engañarnos a todos y acercarte a mí simulando que eras varón. ¿Es que no te das cuenta?

—¡Pero vos podéis decir que lo sabíais! —insistió, y Benilde apartó la mirada y se mordió el labio.

Entonces lo hará por lo que Lelio ha visto en mí, pensó aterrada, y aquello, aparte de no exonerar a la sierva de la pena, la mataría a ella de la vergüenza. Sí, la joven había condenado doblemente a Guiomar. La primera vez, a causa de su inconsciencia y la segunda, llevada por su impudicia. La huida era, por tanto, la única posibilidad que la sierva tenía de esquivar el destino de la muerte, y la mejor solución que tenía la señora para evitar su indignidad.

—¡Guiomar, vete, por lo que más quieras! —le suplicó finalmente, al borde del llanto—. Mi padre vendrá de un momento a otro y no se atendrá a razones.

Benilde abrió la empalizada, mirando constantemente hacia la puerta de la cuadra, y la sierva montó a Leil.

—¿Y qué os ocurrirá a vos?

—A mí no puede hacerme nada—. *No sin dañar la mercancía*, pensó. Aunque sabía de otras formas de infringirle el daño sin levantar una mano contra ella.

—¡Espera! —le gritó mientras descolgaba el zurrón de la sierva y metía en él el hatillo de la comida y el cuchillo que había estado afilando. Benilde se lo entregó a Guiomar, que se lo colocó por el cuello, y luego corrió a darle la manta de Asella—. Te hará falta para la noche... Vete por el estercolero hasta el río. ¡No pares hasta la madrugada! —le insistió vehemente—. Mi padre enviará hombres a buscarte, ve donde no espere encontrarte.

¿Y dónde está ese lugar?, pensó Guiomar con tal indefensión en la mirada que Benilde comenzó a llorar de pesadumbre. Empujó la puerta de la cuadra para dejar paso al caballo, mirando de nuevo hacia la casa, y cuando la sierva pasó a su lado le puso la mano en la rodilla.

—Que Dios te proteja, Guiomar —le dijo, y luego para sí—. Y a mí me perdone... —Las lágrimas corriéndole ya por las mejillas.

La joven espoleó a Leil, que salió a galope por detrás de los establos hacia el río. El sol acababa de meterse por el horizonte, incendiando el cielo de naranjas, rojos y verdes entre espesas nubes gris azuladas. Pensó que quizá el mundo se había dado la vuelta y que aquellos fueran los colores del infierno. No había horizonte que ilustrara mejor su sino. Un fuego cegador antes de dar paso a la noche más oscura... De nuevo, tras casi una década, se encontraba huyendo de un hogar para escapar de la muerte y, como entonces, lo hacía con parecido terror y con el mismo desamparo.

Siguió río arriba, buscando un lugar donde vadearlo sin peligro antes de que anocheciera. Su curso venía alimentado por la reciente tormenta y las zonas que conocía para hacerlo no eran seguras ahora. Para colmo, la vereda estaba llena de barro y las pisadas del caballo quedarían dibujadas en ella como las letras en un trozo de pizarra, mostrando claramente a quien lo siguiera el camino que había tomado. Sabía que don Froila mandaría a los hombres a buscarla. Era impensable que su orgullo de señor dejara las cosas como estaban; a sus ojos la afrenta debía de ser imperdonable. Había seducido a la hija, prometida de un *comes*, y se había escapado robando parte de la dote de la boda. Era un crimen horrendo que, sin haberlo cometido, su huida había acabado por ratificar. Ya no había vuelta atrás. Sentía miedo ante la posibilidad de que pudieran encontrarla, pero no lo sentía menos ante la perspectiva de una escapada en la oscuridad de la noche, por unos caminos que apenas conocía y con manadas de lobos en los montes.

Se centró en encontrar el vado, y lo halló. El Singilis se abría en un llano lo suficiente como para que las aguas perdieran profundidad. Parecía ser un paso del ganado, dadas las pisadas en la orilla. Condujo a Leil hacia él y, al entrar en el agua, comprobó que esta no llegaba al vientre del animal. Decidió cruzarlo, pues apenas quedaba luz del día y dudaba que encontrara otra zona más apropiada para hacerlo. Encogió las piernas hacia los flancos del caballo para no mojarse las maltrechas botas y lo animó a que continuara, hablándole y tranquilizándolo. A pesar de la inquietud de Leil, vadeó el curso del río con menos problemas de los que había anticipado. Ya en el otro lado, volvió a espolear al animal sin saber a dónde dirigirse. Su prioridad era alejarse de la hacienda de don Froila. No hacía más que mirar alrededor para ver, apenas, si alguien la seguía.

Frenética, siguió cabalgando hasta que, en un golpe de cordura, detuvo al animal. Tenía que usar la cabeza o el miedo le haría cometer algún error. Si continuaba por donde iba, saldría de las tierras del señor para acercarse a las del *comes* don Clodulfo. Eso sería como escapar de la boca de un lobo para esconderse en la guarida de un oso. Si se dirigía hacia el norte, llegaría a Egabro o a Cordoba, zonas que don Froila conocía bien y frecuentaba; por lo que no era sensato elegir esa vía. Astigi quedaba descartado, pues suponía que sería el primer lugar en el que el señor la buscaría, dada su vinculación con Guma. Se le ocurrió que el único camino que le quedaba la dirigía hacia el sur. Si conseguía orientarse, llegaría hasta la calzada que llevaba a Anticaria. Aunque no la siguiera directamente para evitar ser vista por los caminantes, le serviría como guía. Desde allí podría ir hasta Malaca, y desde esta continuaría la línea de costa hacia poniente, hasta llegar a Iulia Traducta[12] o a Carteia[13], ciudades y puertos que conocía gracias al comercio que don Guma mantenía con

---

[12] Algeciras
[13] Bahía de Algeciras

Septa[14], villa desde la que le servían los caballos africanos. Desde allí podría seguir hasta Gades[15] y entrar en la Lusitania, o bien intentar embarcar hacia Africa. Pasada Malaca, no tendría problema en orientarse en aquella parte de la Bética, pues la había recorrido innumerables veces con las caravanas de don Guma y era como su segunda tierra.

Se rodeó el torso con la manta y se la sujetó con su cinturón. Se orientó como pudo con los montes y la luna creciente y siguió cabalgando, ahora al paso. Hacía un poco de frío. De no haber sido por Benilde, habría salido de la hacienda sin sus cosas y sin comida. De pronto recordó como un mazazo el asunto que había provocado aquella situación, que había cedido su protagonismo a la urgencia de la huida. Se resistía a creer a la señora. Su padre había sido gardingo y después *thiufadus* y, aunque ella no lo recordaba en su niñez como tal, sabía que comandaba al menos un centenar de soldados, a los que él mismo entrenaba. Todo lo que ella conocía de defensa lo había aprendido viendo a los hombres practicando en la villa. Su padre era un militar cabal, pero por encima de esto era un señor y un criador de caballos. Y, por encima de todo, era un hombre de honor. Don Dalmiro nunca habría puesto en peligro la vida de su familia ni de sus siervos. En su recuerdo idealizado no lo veía capaz de hacer tal cosa. Además, llevaba muchos años retirado de la corte y de la política. ¿Qué podría haber ganado él levantándose contra el rey?

A pesar de su convencimiento, Benilde había sembrado una duda en la imagen que tenía de su padre, y esta había conseguido echar una raíz debido a la actitud protectora de la señora. Se persuadió de que su fuente de información debía estar equivocada, pues no la creía capaz de inventar una infamia solo por hacerle daño. Menos aun cuando el que le hizo al revelarlo provocó en ella lo más parecido a la pesadumbre que le había conocido

---

14   Ceuta
15   Cádiz

nunca. Nadie la había abrazado de aquella manera desde que era una niña. Despertó un sentimiento familiar enterrado profundamente en un lugar recóndito de su pasado, reconfortándola. De no haber aparecido Lelio habría terminado por abandonarse a él, y lo habría hecho confiada por la franca compasión de la señora. Una compasión que había precipitado el infortunio... Miró al cielo estrellado entre las nubes. Dios cuidaba a sus criaturas, decía el padre Balduino cuando les daba misa en la hacienda. Forma extraña de hacerlo con ella, pensó. Desde que nació, su vida había sido como la de un pequeño ratón entre las garras de un gato ahíto y aburrido. Se preguntaba si sobreviviría a su juego y si en el fondo merecía la pena venir al mundo solo para aguantar zarpazos.

Benilde vio cómo Guiomar apenas había cogido el camino del río cuando oyó a su padre salir de la casa. Lo observó dirigirse hacia ella con largas zancadas, seguido de un Lelio que se apresuraba tras él con pasos cortos. El pavor al ver su rostro crispado e iracundo la paralizó a tal extremo que se quedó clavada en la puerta de la cuadra sin reaccionar, y habría creído que no podría dar un paso si su padre no la hubiese cogido del brazo y la hubiera metido en la caballeriza, soltándola con un empujón que la llevó a la pared del fondo de la cuadra, junto al montón de paja. Benilde se llevó la mano al hombro dolorido por la violencia del gesto mientras don Froila echaba una rápida mirada a la estancia. El semblante se le había helado al ver la empalizada vacía.

—Señor, el caballerizo ha huido con el semental. Estaba aquí... —dijo Lelio solícito junto a la puerta, y recibió del hombre una mirada acerada que le hizo dar un paso atrás y bajar la cabeza.

La que le dirigió Benilde estaba tan encendida por el odio que, de haberse materializado, lo habría reducido a cenizas. Pero don Froila no le dio margen para la complacencia.

—¿Dónde está? —preguntó con una frialdad que le paró la sangre en las venas.

—Padre, no me ha tocado. No sé lo que os ha contado el criado, pero...

—¡¿Dónde está?! —tronó, cortando en seco la justificación de la hija. Esta tragó saliva y la lengua se le quedó pegada al paladar.

—Padre, os juro por Dios que no me ha tocado, creedme —suplicó con una voz que no le salía del pecho.

—¡Señor, que me parta un rayo ahora mismo si Cachorro no abrazaba a la señora! —protestó el siervo, que veía peligrar su credibilidad por el juramento de la joven.

—¡Tú no sabes lo que has visto, malnacido! ¡Envidioso del demonio! —le gritó Benilde fuera de sí.

—¡Señor, os juro que estaban abrazados! —insistió Lelio mirando al señor y señalando con el brazo hacia la tarima—. ¡¿Por qué no está el caballerizo si no?!

—¡Silencio! —gritó el padre con el rostro desfigurado por la ira. Puso los brazos en jarras, respirando pesadamente, y perdió la vista en la empalizada. Luego se dirigió a Benilde, que seguía junto a la pared abrazándose el torso.

—¿Dónde está Cachorro? —le dijo en un tono contenido ahora, mirándola fijamente, esperando que contestara, aunque le llevara todo el tiempo del mundo. Benilde intentó buscar una respuesta que pudiera convencer a su padre, pero supo que no había ninguna y sucumbió.

—No lo sé —contestó finalmente, contrita, apartando los ojos de los suyos; corroborando la verdad de la acusación con sus palabras y su semblante.

El hombre arrugó la cara y tensó el cuerpo. Volvió a centrarse en la empalizada durante un momento, la respiración de nuevo agitada. Oyó al siervo a su espalda, que se retiraba.

—Lelio —lo llamó, y se movió hacia el fondo de la cuadra, junto a un extremo de la tarima—. Ven aquí.

El criado entró, solícito y temeroso.

—¿A quién has contado lo que has visto? —le preguntó, severo.

—Solo a vos, mi señor, no me he encontrado con nadie...

Don Froila asintió sin dejar de mirarlo durante un instante, como dándole su aprobación.

—Dime exactamente qué has visto.

—Padre... —comenzó a rogar Benilde de nuevo.

—¡Calla! —le gritó, cada vez más crispado y le hizo un mohín con la cabeza al criado para que hablara. Este se dirigió hacia la tarima, delante de don Froila y empezó a explicarse.

—Estaban aquí, mi señor —dijo, colocándose donde los había visto—. Cachorro estaba de espaldas, así, y abrazaba a la señora...

Benilde negaba con la cabeza, observando con horror la burda escenificación del abrazo por parte de aquel zafio criado, que era lo mismo que echar un cubo de inmundicia a algo que había sido hermoso.

Y entonces ocurrió, como en un sueño absurdo que deviene en pesadilla. Su padre, en un momento en el que Lelio le daba la espalda, cogió un cuchillo del banco de aperos y le segó la garganta.

La joven vio la confusión del chico y su cara de pavor en una dimensión del tiempo que nunca antes había percibido. Como si este se enlenteciera y los gestos se definieran al detalle. Lo vio llevarse la mano al cuello, incrédulo primero, luego aterrado al sentir la sangre. Vio cómo trastabillaba y se desplomaba. Vio, en definitiva, cómo se le iba la vida lentamente entre pataleos y estertores, como lo había visto tantas veces en los cerdos en época de matanza. En aquel intervalo en el que se detuvo el tiempo, y antes de que la conciencia del horror que acababa de presenciar le hiciera retroceder, tropezar con la horca y caer sobre el pajar, Benilde fijó una convicción que le acompañaría durante toda su existencia: que la línea que separaba la vida de la agonía era tan sólida como la que separaba el agua del éter; y que, por muy diferentes que nacieran, todas las criaturas de Dios acababan siendo iguales ante la muerte.

—¿Qué habéis hecho, padre? ¿Qué habéis hecho?...

La joven gateó de espaldas sobre la paja para alejarse de Lelio, cuya sangre se extendía lentamente por el suelo de la cuadra.

Don Froila tiró el cuchillo junto al cuerpo del criado y la miró con el rostro arrasado y descompuesto.

—Esta muerte caerá sobre tu conciencia tanto como cae ahora sobre la mía —le dijo, atormentado—. Si te hubiera llevado al convento de Cordoba cuando murió tu madre, las monjas te habrían educado como la hija de un señor, y no serías la vulgar porqueriza en la que te has convertido. De nada han servido mis desvelos ni las enseñanzas del padre Balduino. Te has criado como una yegua salvaje y te has ofrecido al primer potro que se te ha puesto por delante; un sucio caballerizo salido de una pocilga... —dijo con asco—. Si no estuvieras comprometida con el *comes*, te dejaría en el lupanar de Cordoba, pues no eres diferente a las meretrices que allí viven.

—Padre, por amor de Dios —lloró—, no es lo que creéis. Os juro que no me ha tocado. Os lo juro...

—De hoy hasta el día de la boda, te aplicarás en tus labores sin salir de la alcoba. No hablarás con nadie, ni siquiera con Asella. Y por lo que aquí respecta —añadió mirando al cuerpo del criado—, Cachorro ha discutido con Lelio y le ha cortado el cuello, sé que lo intentó una vez —apostilló, mirándola—, y luego ha huido con el caballo. Por muy lejos que vaya con el semental, tengo hombres que sabrán encontrarlo. No volverá a poner los pies con vida en esta hacienda... Antes me muera yo.

Don Froila se aproximó a Benilde y la cogió del brazo con rudeza hasta ponerla en pie.

—Ahora vete a la casa. Cenarás como si nada hubiera ocurrido —añadió, y la miró fijamente a los ojos, acercándola a su cuerpo—. Y si le llega al *comes* algo de lo que aquí ha pasado, como Dios existe que te llevo al lupanar.

Benilde no durmió aquella noche, y lo hizo poco y mal las que siguieron. La imagen del rostro aterrorizado de Lelio la torturaba constantemente. Nunca pensó que su padre fuera capaz de matar al criado solo por lo que había visto. Aquello le ratificaba que habría matado igualmente a Guiomar sin dudarlo de haberla encontrado en la cuadra. A no ser, quizá, que la sierva se hubiera descubierto. En la soledad de su alcoba tuvo tiempo de reflexionar sobre ello. Estaba segura ahora de que si hubiera hecho caso a la sierva, Lelio seguiría con vida y ella permanecería en la hacienda, tal vez como criada y con algunos latigazos, pero absuelta del delito en definitiva. La realidad era, sin embargo, que Guiomar valía ahora más muerta que viva, y que Benilde era la única responsable de aquella condena; como lo era también de la muerte de Lelio. A su pesar, tuvo que admitir que su padre tenía razón. La culpa y el arrepentimiento la corroían. De todas las posibles salidas que pudo tener la situación, ella había elegido la más dolosa para los implicados y la que su miedo, en aquel momento, consideró que menos la exponía. Y lo había hecho por vergüenza, asustada por los sentimientos que el abrazo de la sierva le había desatado. Ahora aquellos, teniendo en cuenta la gravedad de lo ocurrido, eran una anécdota ridícula y lacerante que no justificaba tal desenlace. El peso de su conciencia por la muerte de Lelio se impuso sobre ellos y quedaron desterrados; como desterrada estaba la misma Guiomar.

En aquel estado de cosas, la futura boda era para Benilde una liberación más que un castigo. Don Froila sugirió al señor de Eliberri la celebración de los esponsales en la primera quincena de junio, aduciendo asuntos de índole comercial que le habían surgido; y don Clodulfo aceptó, fijando la fecha en el segundo domingo de aquel mes. El *comes* le expresó además su intención de dirigirse a Toleto tras la boda, por lo que no volverían a Eliberri.

De todo esto informó el padre a Benilde con parca frialdad y, por primera vez desde que el compromiso se acordara, la noticia fue recibida con sumisión por parte de la hija.

Entretanto, Asella intentaba recuperar su ánimo de todo lo acontecido, haciendo sus propias cábalas, que ni siquiera se atrevía a compartir con Hernán.

Fue este el que había descubierto a Lelio a la mañana siguiente de su muerte. No hubo que hacer muchas conjeturas para llegar a la conclusión de que Cachorro le había cortado el cuello y luego se había dado a la fuga llevándose sus pertenencias a lomos del semental. Algunos siervos lo habían visto cabalgándolo a galope río arriba, a la caída del sol. Y aquel fue el camino que siguieron los tres hombres armados que envió don Froila en su busca en cuanto le comunicaron la muerte del criado.

Para Asella era impensable que Cachorro hubiera matado a Lelio, por mucho que ya antes le hubiese puesto un cuchillo en la garganta. No encajaba con la imagen que tenía del que ella creía caballerizo; pero su huida, con el semental además, daba crédito a la sospecha. Como tampoco encajaba la actitud de Benilde y don Froila tras el suceso. Lo que en un principio entendió como afectación de los señores por lo acontecido —cada uno en lo que le tocaba, que en nada se asemejaba, pues al hombre le dolía la pérdida de un valioso animal, que le había dado muchos quebraderos de cabeza, y de un siervo; y la joven lloraba la de un caballo que adoraba y la del siervo, que en su caso no coincidía con el muerto— devino luego en algo más complejo. Pues ¿qué relación tenía el degüello del criado con la manifiesta y fría atención del padre respecto a la hija? Don Froila no abandonó la casa en esos días, manteniendo a la servidumbre alejada en todo momento de la señora. Y aquello no era común en él, como tampoco lo era aquel mutismo desolado en ella.

Estaba convencida de que las cosas no eran como parecían ni como las contaban, pero tampoco tenía argumentos para negarlas ya que, por más vueltas que les daba, siempre había una pieza que no encajaba. Pues, si en la presunción de la muerte por una discusión entre siervos que se detestaban desentonaba la actitud de los señores, en la de que don Froila hubiera descubierto algo entre Benilde y Cachorro chirriaba la muerte de Lelio.

Fuera como fuese, Asella sintió en sus carnes la desaparición del caballerizo. Con Benilde, era lo más cercano a un hijo que había tenido desde que Julia se fue de su lado. Y como si hubiera nacido de su cuerpo, le dolía y lamentaba su desventura tanto como su pérdida, aunque hubiera matado al mismísimo rey; pues del igual modo estaba irremisiblemente condenado. Conociendo a don Froila, Cachorro ya estaba muerto. Solo faltaba saber cuánto tardarían en dar con sus huesos en el suelo.

Capítulo 20

Benilde vio desde la alcoba cómo los dos hombres descabalgaban delante de la puerta de la casa, acompañados de tres perros. Venían con el gesto serio y circunspecto. Reconoció al joven Claudio y a Salustio por su leve cojera. Este desató de la silla lo que parecía una bolsa de cuero cubierta con una pátina de barro seco, y luego ambos entraron en la vivienda. El corazón le dio un vuelco en el pecho. Salió de la habitación y se dirigió a la sala, donde ya se encontraban los hombres hablando con don Froila. Se aproximó con sigilo a la puerta entreabierta y junto a ella permaneció, pegada a la pared y oculta a la visión de los hombres, apenas respirando para que su padre no advirtiera su presencia, y porque el presentimiento que había tenido le impedía hacerlo con normalidad.

—Sí, mi señor —hablaba Claudio—, le alcancé con la honda y a punto estuvo de caer, porque se dobló sobre el semental. Intentó cruzar el torrente con el caballo, pero el animal perdió las manos y el agua los arrastró hacia el río. Nosotros también intentamos cruzarlo para seguirlo cauce abajo. Flaviano se metió primero y el agua también arrastró su montura y se lo llevó. No pudimos hacer nada por él... El torrente nos cortaba el paso para seguirlo río abajo y nos dio miedo terminar como ellos. Decidimos esperar a que menguara, y se nos echó la noche encima. Al amanecer —continuó Claudio— el torrente no era más que un riachuelo y lo cruzamos sin problema. El cauce del río también había menguado un poco, pero se había desbordado por muchos puntos de la orilla, tanto por arriba como por abajo. Las inundaciones han sido muy grandes en algunos sitios, señor. Se han perdido muchas cosechas en las vegas que hay entre Anticaria y Malaca. Hemos tenido que dar muchos rodeos para evitarlas y eso ha retrasado nuestra búsqueda...

—A unas cuatro leguas del torrente nos encontramos muerto el caballo de Flaviano —intervino Salustio, al ver que su compañero se iba por las ramas y que el señor comenzaba a impacientarse—. Estaba atrapado en el río entre un árbol caído y unas peñas. Buscamos por allí por si veíamos al pobre desventurado, pero no hallamos su cuerpo. Lo encontramos una legua más abajo, casi oculto entre los cañizos...

—Señor —interrumpió Claudio, contrito—, lo enterramos con piedras en uno de los campos cerca del río, porque el cuerpo estaba muy desecho y había empezado a descomponerse. Y también porque no teníamos una bestia para traerlo a la hacienda y darle cristiana sepultura.

Don Froila asintió con rostro grave.

—Habéis hecho bien —respondió para alivio de los criados—. ¿Dónde hallasteis el zurrón?

—Un par de leguas más abajo —prosiguió Claudio—, en la orilla. Se había enganchado en unas ramas y estaba sobre el barro. Al principio no pensamos que fuera el de Cachorro, pero al cogerlo lo reconocí. Además, al abrirlo vimos que tenía su cuchillo del cuero —dijo deshaciendo el nudo de la bolsa y sacándolo para entregárselo a don Froila. Aún tenía el mango húmedo. Luego vació el resto sobre la mesa. El señor rebuscó entre el contenido, donde solo había unos rollos de lienzo empapados y un hatillo que, al desanudarlo, dejó caer su carga: un puñado de bellotas, en su mayoría podridas.

—Tiene media docena de vendas —continuó Claudio—. De los caballos serán, no sé para qué se las llevó...

—Buscamos por los alrededores, río arriba y río abajo, pero no encontramos nada más —intervino Salustio—, ni siquiera huellas de hombre o de caballo. Es una labor imposible, señor. La crecida ha arrancado casi todos los cañaverales que había en las orillas. Los ha arrastrado y los ha dejado apilados en los recodos con el barro. En algunos hay hasta cuatro varas de profundidad de cañizo, fango y piedras. Hemos encontrado animales muertos en ellos. A Flaviano lo vimos porque le asomaban las piernas, pero hemos visto recodos con tanto cañaveral amontonado que bien podrían esconder dos caballos con sus jinetes. Hemos seguido el río hacia abajo hasta que se ha metido en un barranco muy cerrado. Todo lo que haya entrado vivo en él, por fuerza ha tenido que salir muerto. Mi señor, es imposible que Cachorro haya podido escapar de la crecida por su propio pie, con lo menudo que era. Flaviano le sacaba tres cuerpos y lo arrastraron las aguas como a un muñeco. Hemos preguntado en las villas y en las haciendas de la zona, y ni le han visto ni dan un puñado de trigo por su alma. Dicen que todo lo que arrastra el río cuando se desborda fenece en él. Lo hemos seguido hasta llegar a su desembocadura en Malaca y no hemos encontrado más que olor a muerte y ruina. Solo soy un humilde siervo, mi señor, pero si me preguntáis os diré que creo que Dios ya ha castigado a ese bastardo. La pena es que se haya llevado también a Flaviano y a los caballos...

Don Froila volvió a asentir, el ceño fruncido y la cara tensa. Cogió el cuchillo y lo observó detenidamente.

—Aguardad aquí —le dijo, y se dirigió hacia la puerta con él en las manos. Quería preguntarles a Hernán y a Asella si lo reconocían como el de Cachorro. Al salir de la estancia vio con sorpresa a Benilde apoyada en la pared, los ojos velados por las lágrimas, sin siquiera tratar de ocultarse ni justificarse. La joven clavó la mirada en el cuchillo y al momento se derrumbó. Salió corriendo hacia la alcoba tapándose la boca con la mano para ahogar los sollozos.

Don Froila no tuvo ya necesidad de interrogar a los siervos. Con su reacción la hija le había asegurado la propiedad del objeto y le había reafirmado la decisión de dar muerte a Cachorro.

Lo que contaron los siervos había ocurrido cuatro jornadas antes. Previo a estas, Guiomar llevaba otras tantas de huida cabalgando de noche o de madrugada y ocultándose para descansar durante el día. Así había conseguido encontrar la calzada que llevaba hasta Anticaria, y la siguió en unas horas en las que difícilmente podría haber hallado a alguien por el camino, puesto que a veces la oscuridad era tal que costaba seguirlo sin perderse o poner en peligro al animal y al jinete; lo que la obligaba a abandonar para continuar con las primeras luces del amanecer. En otras ocasiones, llevada por el temor a ser encontrada por los hombres de don Froila, había seguido la marcha dando rodeos para separarse del camino más transitado. Todo esto retrasaba su huida, duplicando las dos jornadas que distaban entre la hacienda y la costa de Malaca.

Para complicar las cosas, se había comido todo lo que Benilde le puso en el zurrón y, al tercer día de camino, el hambre la debilitaba. Su temor a ser vista le hacía alejarse de cualquier villa o casa que se encontraba en la ruta, por lo que ni podía pedir ayuda ni podía arriesgarse a robar en algún sembrado. Rebuscó, por tanto, bajo las encinas haciendo acopio de bellotas, a pesar de saber que casi todas estarían podridas o duras como piedras. También trepó a los árboles buscando nidos, y fueron los huevos que en algunos encontró los que le entretuvieron el hambre.

El cuarto día, como anticipo de lo que luego habría de suceder, amaneció inquietante. Había una templanza húmeda, y una extraña luz gris verdosa irradiaba el ambiente. En el cielo enormes nubarrones pasaban bajos y sombríos, soltando de vez en cuando una breve lluvia de gotas gruesas como tremises de oro.

Guiomar se había separado de la calzada y se había dirigido al río para que Leil pudiera beber agua y para buscar una zona al abrigo de unos árboles o de unas peñas bajo las que pudieran ocultarse y protegerse, pues estaba cansada y el día anunciaba tormenta. Encontró un alto junto a la ladera del barranco en el que se concentraban un grupo de álamos y una enorme encina, y se acercó a esta pensando que su copa les daría refugio y quizá algo de alimento. Ató el caballo fuertemente a su tronco, pues el animal, presintiendo la carga en el ambiente, se mostraba inquieto y emitía relinchos nerviosos continuamente.

A media tarde se cerró el cielo. El rumor de los truenos que había estado oyendo a lo lejos se acercó amenazadoramente hasta que la oscuridad se hizo tan espesa que los relámpagos iluminaron la tierra y el aire. Entonces comenzó a soplar un viento que parecía proceder de todas partes y que hizo volar ramas y crujir los árboles. Pensó que moriría aplastada por algún álamo o por una rama de la encina, pero su temor fue eclipsado por el del caballo, que trataba de soltarse. Le asió fuertemente el bocado y le bajo la cabeza, intentando tranquilizarlo y taparle los ojos.

Poco después se abría el firmamento y una densa cortina de agua con granizo comenzó a descargar, como si en vez de cielo fuera un mar que se estuviera derramando sobre ellos.

Guiomar cogió la manta de Asella y se la colocó sobre su cabeza y la del animal, hablándole constantemente para apaciguarlo e intentar sosegarse ella, rogando a todos los santos que aquel castigo divino pasara.

Aunque la copa de la encina los protegía de gran parte del granizo, no consiguió hacerlo de la lluvia, y al poco tiempo la joven estaba empapada. El agua le caía de todas partes empujada por el viento. Vio el suelo cubrirse con un manto blanco, como si el pedrisco fuese una nieve danzarina, para observar luego cómo el agua se la iba llevando ladera abajo. Se dio cuenta entonces de que esta bajaba por las paredes del barranco en pequeños arroyos, arrastrando piedras y barro, y de que su vida peligraba ya no solo por la posibilidad de que le cayera un árbol, sino también porque se le viniera encima la ladera misma. Pensó en montar al Leil y salir corriendo de allí, pero, viendo la fuerza del agua y oyendo el estruendo de los truenos, difícilmente iba a poder dominar al aterrorizado animal. Se agarró a su cuello y comenzó a cantar una plegaria con los ojos cerrados, un canto que aprendió de su madre y que no había vuelto a entonar desde pequeña; y se empleó en él como si fuera un sortilegio que pudiera protegerla y acabar con aquella pesadilla. Y poco a poco entró en trance, la frente pegada a la piel cálida y húmeda del animal. Le sorprendió cómo las palabras le venían a la mente, formando una frase

239

detrás de otra. Reconoció en su propia voz la de su madre, y con ella le vino su rostro, los ojos azules como la piedra de aquel anillo que su padre le regaló y que siempre se ponía en las celebraciones; su pelo rojo oscuro, tan brillante; las puntas de sus dientes asomando por aquellos labios que siempre sonreían... No, no había una mujer más hermosa que doña Elvira.

Continuó musitando la melodía olvidada por encima del rumor de los truenos, que ya se desplazaban barranco arriba, y del propio río, cuyo fragor iba ganando al de la tormenta. Y recordó, como si alguno de aquellos relámpagos hubiera iluminado un rincón de su mente, que a su padre no le gustaba oírsela cantar a su madre, y menos aún que lo hiciera ella. Y se preguntó por qué. Por qué él no hablaba nunca la lengua de los juegos...

Cuando la tormenta comenzó a amainar, fue consciente del daño que había producido y del que podría seguir produciendo. Aunque la lluvia ahora caía mansamente, de las laderas del barranco seguían afluyendo verdaderos arroyos que cada vez arrastraban más barro y más piedras, alimentando a un río cuyas aguas habían perdido su transparencia por la cantidad de lodo que ahora llevaban. Vio crecer el cauce por momentos y decidió moverse de donde estaba para alejarse de la ribera y salir a campo abierto. Montó a Leil y se dirigió con precaución río abajo, buscando un sendero que los sacara del barranco. Se había echado la manta por la cabeza, tratando de protegerse de la lluvia, pero estaba tan empapada que de poco le servía. Tenía las botas tan llenas del agua que le escurría calzas abajo que, de no ser porque las apoyaba en los estribos, se le habrían caído de los pies. Pero lo peor era que el frío y la humedad se le estaban metiendo en los huesos.

Habría andado una legua sin encontrar un paso que no se hubiera convertido en arroyo cuando, cortándole la marcha, se topó con un torrente que iba a dar con sus aguas en el río, desbordándolo ya cauce abajo. Era imposible pasar por allí, por lo que se dio la vuelta y desanduvo el camino, tratando de encontrar el sendero del que había partido tras dejar la calzada, pues la ruta por la ribera ya no parecía segura.

Llevaba un rato por la vereda sin dejar de observar la crecida amenazadora del río, que ya arrastraba todo lo que se encontraba a sus lados, cuando oyó los perros. Primero dudó, pues el estruendo del agua ensordecía el resto de los sonidos, pero los relinchos de Leil le alertaron de que él también había percibido algo. El nerviosismo le tensó el cuerpo, ya agarrotado por el frío. Intentó tranquilizarse. Podrían ser cazadores a los que les hubiera sorprendido la tormenta, como a ella. Si actuaba con normalidad, no tenían por qué sospechar que estaba huyendo. Tampoco tenía dónde esconderse, pues la crecida del agua le obligaba a ir pegada a la ladera del barranco, ni podía retroceder. Entonces vio al primer perro. Este se detuvo en medio del sendero, a lo lejos, y le ladró. Guiomar frenó el caballo, alerta. Sorprendentemente, el animal dejó de ladrar y se aproximó a ella moviendo la cola. Fue cuando lo reconoció. Era uno de los perros de caza de la hacienda, y la constatación de aquel hecho la dejó confusa. ¿Acaso la había seguido? Le tenía cariño al animal, y él a ella... Pronto salió de dudas, pues a este se le unieron dos más que le ladraban como locos, y detrás de ellos aparecieron tres hombres. Y reconoció a Claudio. Y él pareció reconocerla.

Se dio la vuelta y espoleó al caballo. Los criados la siguieron al galope.

—¡Detente, Cachorro, o será peor para ti! —le gritó Flaviano, uno de los cazadores más avezados de don Froila y también uno de sus mejores soldados, que parecía comandar aquella batida. Guiomar miró hacia atrás. Vio que todos ellos iban armados, Salustio ya con la espada en la mano, y supo que no escaparía viva de allí si no lograba salir del barranco. Difícil tarea, pues ya antes no había conseguido ver un sendero que la sacara de él.

Dirigió el caballo a uno de los pequeños arroyos que bajaban por la ladera, pero la tierra estaba tan empapada que se desmoronó y Leil se deslizó, y a punto estuvieron de rodar. Guiomar se estabilizó como pudo y continuó ribera abajo, perdiendo distancia de sus perseguidores y sabiendo lo que ineludiblemente se iba a encontrar. Hasta que llegó al torrente y no tuvo más remedio que detenerse.

Cuando los siervos la vieron, supieron al momento que habían ganado, pues no tenía escapatoria; por lo que frenaron sus caballos, estudiando cómo la iban a abordar. Claudio descabalgó, cogió su honda y la cargó con una piedra de una bolsa que llevaba sujeta al cinturón, manteniendo el brazo separado del cuerpo, preparado para girarla y lanzarla. Flaviano desenfundó su espada y se dirigió a ella:

—¡Cachorro, date preso o lo lamentarás!

¿Acaso lo iba a lamentar menos si se entregaba? No. Decidió que tenía una remota posibilidad si cruzaba el torrente. Si lo conseguía, la empresa retendría a los hombres durante el tiempo suficiente como para tratar de escapar río abajo, hasta salir del barranco a campo abierto. Una vez allí ya no habría animal capaz de alcanzar a Leil. Pero para ello tendría que atravesar aquella torrentera que bajaba casi como una cascada para morir en un río no menos amenazador.

Azuzó a Leil para cruzarla, y se resistió. Tuvo que espolearlo para que metiera las manos en el agua, que ya le salpicaba el cuerpo y la cara, tal era su fuerza. Miró hacia atrás y vio a Claudio girando su honda y cómo hacía el gesto de lanzarla. Se agachó instintivamente, pero la piedra le dio entre la columna vertebral y el hombro. El golpe y el dolor fueron tan fuertes que a punto estuvo de caerse del caballo. Se dobló sobre él y lo espoleó de nuevo. El animal entró en el torrente con un salto y el primer golpe de agua lo giró, encarándolo corriente abajo. Leil relinchaba de terror, tratando de mantener la posición, mientras se acercaba cada vez más al cauce del río.

Guiomar se aferró a su cuello, sujetando las riendas, mareada por el dolor que le había producido la pedrada. Notó cómo perdía una bota y cómo, al intentar apoyarse de nuevo en el estribo, el pie descalzo se le resbalaba por el interior, quedando atrapado en el tobillo y perdiendo así la sujeción de la pierna derecha. Por más que la subió para sacarlo de allí no lo consiguió, centradas sus fuerzas, además, en mantenerse sobre el semental.

Guiomar tiró de las riendas hacia la izquierda, tratando de conducir al caballo fuera del torrente. El dolor de la espalda al hacerlo le hizo gritar. Cada forcejeo para no perder el equilibrio e intentar controlar al animal era una tortura. Pero ni sus esfuerzos ni los de Leil pudieron evitar que el agua los arrastrara hasta el río. Y solo fue al encontrarse ya dentro de él, que tomó conciencia de la verdadera magnitud de la crecida. El caballo no hacía pie y se mantenía a flote con dificultad, relinchando aterrado, mientras sacaba apenas la cabeza en un agua turbulenta que parecía hervir por su violencia.

La joven notó cómo el caudal la elevaba y la separaba del animal. Se aferró a sus crines, desesperada. Sabía que si la corriente la alejaba de Leil, sería como una hoja a merced de la crecida, con la única diferencia de que ella no flotaba. Sentía el estribo en el tobillo, arañándole la piel de la pantorrilla, pero ninguno de sus intentos de soltarse le liberó el pie.

La fuerza del agua los llevó río abajo. Atrás, oyó voces que llamaban a Flaviano y los gritos del hombre pidiendo auxilio, tan desesperados como lo estaba ella. Cuando ya pensaba que quizá Leil la sacaría de aquella pesadilla, pues pareció estabilizarse y conducirse sobre el agua, se aproximaron a una zona de grandes rocas. Al pasar sobre ellas, el caballo se desequilibró hasta atravesarse en la corriente. Y ahí empezó su agonía. El animal zozobraba y Guiomar comenzó a ser arrastrada fuera de su lomo. Desde el mismo momento que perdió el apoyo de su montura, la joven se hundió en el agua. Braceaba como podía y a veces conseguía sacar la cabeza, siempre detrás del animal al que permanecía sujeta por el pie atrapado en el estribo.

En un momento que vivió como el absurdo de un delirio, vio al caballo tropezar con lo que podría ser una gran roca y girarse sobre el lomo, las patas al aire. La vuelta la colocó a ella por debajo del vientre del animal, y supo que de allí ya no saldría. Por más que braceó, solo agarraba cañas y ramas que la laceraban. Notó los cascos de Leil, que a veces le daban en las piernas. Notó el agua entrándole por todos los orificios del rostro. Notó, en definitiva, cómo se ahogaba. Entonces sintió el golpe en la cabeza, y dejó de luchar y de pelearse contra la corriente. Parecía que Dios se había apiadado finalmente de ella y había decidido dulcificarle la muerte con una pérdida de consciencia...

En ese limbo, la oscuridad del agua la llevó al seno materno —los sonidos ahogados y lejanos, la levedad del cuerpo—, y en él vio a su hermano. Por fin le llegaba la muerte para saldar su deuda con él. Por fin se acabarían sus visitas y sus pesadillas. Por fin se enfrentaría a sus jueces con el corazón en la mano para que lo echaran a los perros... Mil veces por fin se acababa la huida. Y no habría ya una Severina que la sacara del agua, pues no merecía la protección de su madre. Tampoco su padre iría a rescatarla, como no lo hizo el día de la masacre. Aquella muerte era el colofón a una vida cuyos renglones se habían torcido hasta hacerla incomprensible; que se le iba ahora como debió habérsele ido aquella tarde en la hacienda de Eliberri. Hoy al fin lo hacía, pero lo hacía sola. Nadie lloraría por ella, se dijo, y luego, para desdecirse, le vino la imagen de Benilde en la cuadra...

Después, la oscuridad del agua se unió a la de su conciencia y se hizo permanente.

TERCERA PARTE

BENILDE

(Toleto, marzo de 711)

Capítulo 21

B enilde se levantó con cuidado de la cama y se dirigió a la ventana. Llevaba casi diez meses en Toleto y todavía no se acostumbraba a ver tal muchedumbre en las calles. Ella, a la que siempre había gustado estar rodeada de gente mientras vivía en la hacienda, ahora se sentía fatigada por aquella multitud y por la eterna presencia de criados a su alrededor; por aquel ajetreo dentro y fuera de la casa...

A pesar del tiempo que llevaba en la ciudad, se sentía como ave en corral ajeno. Allí no era nadie, por mucho que estuviera desposada con un *comes*. No era la única consorte de un noble en Toleto. Además, apenas había tenido contacto con la corte. Su tortuoso embarazo y la actitud excluyente de don Clodulfo la habían mantenido alejada de los actos sociales. El señor de Eliberri era más reacio que sus iguales a llevar a su esposa a los eventos que se celebraban en torno a la familia real, aun escasos por la situación política. Benilde no dejaba de ser una joven provinciana que, por mucho que tuviera un nombre en Cordoba y Egabro, en Toleto no era más que la hija de un terrateniente de la Bética.

Aun así, había visto al rey Roderico en varias ocasiones. La última, en la Iglesia Pretoriense de los Santos Pedro y Pablo, donde se celebró la bendición del monarca y su ejército antes de partir camino del norte para combatir a los vascones, que finalmente se habían sublevado contra su autoridad.

La presencia del rey era imponente, no solo por la comitiva que lo acompañaba, su guardia personal, formada por hombres de aspecto marcial y aristocrático. Ya sabía lo que era un gardingo... Además, Don Roderico era un hombre de porte soberbio y viril que derrochaba fuerza, cuyos ricos ropajes y corona lo ensalzaban aún más. Esta, formada por un ancho anillo de oro, estaba bellamente engarzada con perlas y piedras preciosas. Decía el secretario de su esposo que los godos habían terminado por imitar a sus enemigos del imperio, copiando sus ceremonias y el boato real, pero que la corte de Justiniano era mucho más rica que la hispana. ¿Cómo sería la del emperador?, pensó entonces, pues nunca había visto tanta riqueza en un hombre como vio en el rey Roderico; en la fíbula que sujetaba su rojo manto; en la pesada hebilla de su cíngulo; en su espada y en el mango de su corta daga. Hasta en la coraza que le protegía el pecho y que vestía sobre una túnica ribeteada con bordados de hilo de oro. A este ornato había que añadir su actitud regia y autoritaria. Apenas habló; no lo necesitaba. Bastaba una mirada para que un súbdito hiciera esto o aquello, tal era la comunión con el monarca.

Y después estaba la reina Egilona, en un segundo plano, pero con una presencia que la distinguía de todas las mujeres allí reunidas. Decían que era de origen hispano, como ella, pero en su caso de familia noble, pues estaba emparentada con el *comes* Cassio, de Cesaragusta[16], y que el suyo había sido un matrimonio de conveniencia, pues Don Roderico quería asegurarse con él el apoyo de su pariente. Las malas lenguas decían también que ella no lo amaba, que su corazón estaba con Don Pelagio, primo del rey y enemigo acérrimo de la estirpe de Witiza y, por esto, defensor de la causa de Roderico. Fuera como fuere, era una mujer digna de un rey.

Y alrededor de los monarcas y de su guardia, bullían los obispos y el resto de una corte de señores de mayor o menor rango. Muchos de ellos ávidos de figurar ante la familia real, vistiendo sus mejores galas y mostrando sus más solemnes rostros, su fidelidad más sumisa. Otros presenciaban la ceremonia como meros testigos obligados por el protocolo, oculta su animadversión hacia los nuevos monarcas y su cohorte de acólitos, que ostentaban

16   Zaragoza

ahora un poder que no tenían antes y que provocaba la inquina de los que habían perdido su influencia con el cambio de regencia. Entre ellos se encontraba don Clodulfo. Pero todo esto le era ajeno a Benilde. Se sentía a leguas de aquellas ambiciones, de aquellos intereses satisfechos o encontrados. Su mundo era otro y había desaparecido... Tras el corto tiempo que llevaba en Toleto, recordaba su vida en la hacienda como si hubiese sido un sueño. Le era tan real como las historias que narraba La Biblia; una semblanza de algo que había vivido otra persona y no ella.

Las voces de la calle le hicieron volver a su bullicio. Un hombre que arrastraba una carreta con una jaula llena de gallinas se unió al grupo de comerciantes y siervos que vendían sus mercancías en la plaza, formando una algarabía. Era evidente que se conocían por su actividad cotidiana. Observó sus chanzas y las risas que provocaban entre ellos. Los labios se le curvaron ligeramente, contagiada por un momento de su alegría.

Alegría... Un sentimiento que le quedaba tan lejano como la hacienda de su padre.

Vio gente entrando y saliendo de la Iglesia de Santa María. Don Clodulfo tenía razón: había muchos templos en Toleto. No existía un rincón en la ciudad que no contara con el suyo y que no expusiera su riqueza en sus muros y en sus capiteles, en sus ricas coronas votivas. No había escapatoria a la presencia de Dios en la tierra ni a los ojos de sus soldados. Nunca en su vida había visto tal cantidad de hombres tonsurados. Pero si la Iglesia ejercía el control, también era un lugar de refugio. La de Santa María lo era para ella. Se había convertido en el único destino en que podía eludir, temporalmente, la prisión de la casa de su esposo, y el que la había transformado a ojos de los demás en la mujer más piadosa de Toleto. Pero Benilde no buscaba a Dios en Su casa; trataba más bien de encontrarse a sí misma fuera de la del *comes*.

La Iglesia de Santa María era majestuosa. Aunque hacía más de treinta años que no se celebraban concilios en ella, mantenía su peso como sede episcopal. Y como la mayoría de las basílicas godas que imitaban a las del imperio, tenía tres naves separadas por arcos de herradura. Las columnas en las que se sustentaban poseían ricos capiteles labrados con escenas bíblicas. Tenía pocas ventanas, y muchas de ellas estaban cubiertas por celosías de piedra calada, dotando al templo de una luz tenue y casi irreal.

Como esposa del señor de Eliberri era tratada con especial respeto por los clérigos que en ella había. Faltaba más, pues el *comes* era uno de los más generosos contribuyentes a su riqueza. Solía sentarse, tras el *iconostasio*, en los primeros escaños de la parte destinada a mujeres, y se dejaba inundar por el olor a cera y a incienso. La escasa luz natural y el ambiente creado por la iluminación de las velas la sumían en un trance en el que encontraba paz, en el que se refugiaba del mundo y de sí misma. Un misticismo que le generaba la ilusión de que la vida trascendía de su persona, que era un todo en el que ella no era más que una mota de polvo.

Había sentido aquella misma sensación durante la primera misa a la que asistió con su esposo, recién llegada a Toleto; esta vez en la Basílica Pretoriana. Quizá fuera la impresión de ver el boato que rodeaba a la figura del rey, o por la presencia de Don Roderico en sí, pero fue al oír por vez primera las oraciones cantadas por aquel coro de voces aterciopeladas de los monjes y obispos, entonando las palabras del culto con una melodía sosegadora que la envolvía en una melancolía y piedad infinitas, que le afloraron todas las penas y el arrepentimiento de sus pecados; que no eran muchos, pero tan grandes... Las lágrimas le fluyeron entonces cargadas de emoción, de pesar y, a la vez, de alegría por liberarse. Luego terminaría por acostumbrarse a aquella celebración de la misa, tan diferente a la parca y monótona cantinela del padre Balduino y, aunque ya no le removía tanto el alma, la sensación de paz que le dejaba era la misma en todas ellas.

La niña emitió un gemido y ella volvió sus ojos a la cama, apretando los párpados con pesar. Faltaba poco para que comenzara a demandar su ración de leche, y el solo pensarlo le provocaba sudores fríos. En ese momento escuchó unos leves golpes en la puerta.

—Adelante —dijo, y una joven criada entró en la alcoba.

—Señora, el médico está aquí —habló, sin atreverse a levantar los ojos del suelo.

—Hazle pasar —respondió ella, mirando a la niña para ver si se había despertado.

Instantes después, un anciano alto y delgado con una larga barba gris, como sus cabellos, hacía su aparición por la puerta de la alcoba, acompañado por la criada, que la cerró y permaneció junto a ella. A pesar de su avanzada edad, Elí Ben Janoj no carecía de fuerza y mostraba un aplomo y seguridad que no eran propios de un esclavo.

—Buenos días, señora. ¿Cómo os encontráis hoy?

—Mejor que ayer, Elí, pero le temo a la boca de la niña más que a un látigo.

El hombre sonrió. Estimaba a la joven señora que en nada se parecía, por su forma de tratarlo, a la difunta esposa de don Clodulfo, y menos aún al *comes*. Llevaba atendiéndola tres meses, desde que su embarazo dio indicios de complicarse, y la había asistido en el parto, cuya dificultad estuvo a punto de llevárselas a las dos. Ahora, después de tres semanas, ya se había recuperado algo de los estragos que la venida al mundo de la hija del *comes* había dejado en su cuerpo.

—Veo que os siguen doliendo los pechos, mi señora —dijo finalmente.

—Cada vez más, Elí; sobre todo al principio, cuando la niña empieza a mamar. Me dan ganas de llorar...

—Tenéis los pezones agrietados, señora —habló, con una sonrisa compasiva—. Para esto no hay muchos remedios, mas que aguantar; aunque puedo haceros un aceite que al menos os los calmará entre tomas; pero habréis de lavarlos con jabón antes de que la niña mame, pues su olor y su sabor podrían hacer que rechazara el pecho. Otro remedio es que vuestro esposo compre los servicios de un ama de cría si no tenéis alguna entre vuestras criadas. Eso os liberaría del tormento...

—Para dárselo a otra pobre mujer... —interrumpió Benilde.

—Señora, no todas las mujeres sufren los dolores que vos tenéis al amamantar. Vuestra piel es delicada y sois madre primeriza. Con el tiempo vuestros pezones se protegerán de la boca de la niña endureciéndose, y olvidaréis el suplicio por el que ahora pasáis.

—Probaré ese aceite, Elí. Y si el dolor se me hace insoportable, le pediré a mi esposo un ama de cría para la niña. Espero que no se oponga si llega el caso.

—No tendría por qué, mi señora —la tranquilizó—. Puedo prescribíroslo si pusiera objeción. Sé que los judíos no somos de su agrado, pero lleva requiriendo mis servicios desde hace años y creo que en algo confía en mí como médico.

—Os... Te lo agradezco, Elí —corrigió. Le costaba reprimir el voseo con aquel hombre. Por muy esclavo que fuera, su honorabilidad le inspiraba la fórmula de cortesía. Pero hacerlo provocaría el enojo de su esposo, a quien le gustaba marcar la distancia entre los señores y los siervos, no digamos ya entre los esclavos, aunque no fueran los suyos. Y no es que en la hacienda de su padre los criados tuvieran un tratamiento diferente, pero en la casa del *comes* una relación como la que ella había tenido con Asella era imposible. La propia servidumbre mantenía la distancia por temor al señor, lo que acrecentaba su sensación de aislamiento. No era el caso de Elí. Aunque guardaba las formas, la trataba con la familiaridad tácita de un amigo.

—¿Cómo está la niña? Parece que al menos come —dijo, sonriéndole—. ¿Llora?

—Cuando tiene hambre, y también a veces después de mamar, se queja.

—Bueno, eso es propio de los recién nacidos. Les duele la tripa con los flatos... Se le irán pasando —dijo examinando a la pequeña y palpándole el vientre. Esta comenzó a protestar, molesta.

Benilde observó detenidamente al hombre mientras hacía su trabajo.

—¿De dónde eres, Elí? —le preguntó con curiosidad.

—De Toleto, mi señora —respondió el anciano.

—¡Ah!... Pensaba que eras extranjero.

—No, mi señora —añadió el hombre, mirándola levemente—. Nací en esta ciudad. También mi padre y mi abuelo, y el padre de mi abuelo... Soy hispano, como vos. Solo nos diferencia nuestra religión. Bueno, tampoco ahora, que no puedo practicarla.

—Solo hay un Dios en este mundo —dijo la joven con un tono aleccionador del que ella misma se sorprendió.

—En efecto —afirmó el hombre, la sonrisa dibujada en los ojos—, y muchas formas de rezarle, os habría dicho mi padre.

—Por menos de lo que acabo de oír han azotado a un hombre.

—Como os digo, mi señora, eran palabras de mi padre —volvió a sonreírle—, uno de los mejores médicos de Toleto y el que me enseñó todo lo que sé.

—¿También era esclavo?

—No, señora. Nunca hubo esclavitud en nuestra familia. Al contrario, nuestra casa estaba llena de ellos... —se interrumpió, observando a la joven—. Quizá peco de falsa modestia, pero procedo de un linaje de médicos reconocidos en Toleto, que tal vez termine conmigo... No sé si mi hijo aún vive.

—Deduzco que no está contigo —habló Benilde con interés. Era una lástima que el buen hacer de Elí Ben Janoj se perdiera con su muerte.

—Así es, marchó a África hace más de veinte años cuando las leyes de Ervigio nos hicieron la vida imposible —respondió—. Yo me quedé en Toleto por mis hijas y por mis enfermos. También porque pensé, ingenuo de mí, que el rey había llegado a su límite y que era difícil que las leyes pudieran endurecerse más. Hasta entonces habíamos podido sortearlas gracias a nuestro dinero. Hay muchos señores que miran para otro lado por un puñado de tremises, señora —apostilló—. Pero no conté con su yerno. El rey Égica nos culpó de conspiración para traer de nuevo al imperio a tierras de Hispania. Conspiración contra la patria —repitió para sí, asintiendo con la cabeza—, como si no fuera la nuestra... Y nos condenó a la esclavitud. Así que pasé a servir a aquellos que un día sirvieron para mí, y mis criados cristianos se quedaron con mis posesiones y ahora venden mis servicios por más de lo que lo hacía yo. Así es la vida... La ley de Égica fue dictada en el 694, no se me olvidará nunca, y a nosotros nos desposeyeron dos años más tarde... —Pensó durante un momento, ladeando ligeramente la cabeza—. Eso significa que llevo quince años siendo esclavo, señora... Mi padre se hubiera muerto de vergüenza... O de pena.

Benilde quedó tan impresionada por las palabras del anciano que no supo qué decir. Conocía la situación de los judíos por comentarios ofensivos de la servidumbre. Ella misma se había contagiado de ellos y, cuando le dijeron que sería un médico converso el que la trataría durante su embarazo, no lo acogió con agrado; menos aún al ver su aspecto, pues, a pesar de su supuesta conversión, el hombre mantenía su peculiar forma de vestir que lo distinguía de los cristianos. Luego, con sus frecuentes visitas y dada la exquisita amabilidad y dulzura del anciano, fue cambiando su opinión sobre él y, por extensión, sobre los judíos.

—No sé qué temor tienen los obispos de nosotros —continuó Elí mientras envolvía de nuevo a la niña, que comenzaba a hacer pucheros—. Convivimos juntos en Hispania durante siglos, respetándonos, hasta que el rey Recaredo abandonó el arrianismo y se hizo católico y arrastró al reino con él. Después llegó Sisebuto y comenzaron las prohibiciones. Y desde él no ha habido monarca que no haya dictado una ley contra nosotros. Nos han negado que tengamos esclavos cristianos, pero no para liberarlos, señora, sino para vendérselos a otros cristianos. Nos han prohibido los matrimonios mixtos, solo podemos ejercer el comercio con judíos... Y hasta nos han esclavizado —dijo mirándola y negando—. Yo soy muy viejo, señora, espero no vivir para ver qué será lo siguiente.

—¿Por qué no te marchaste con tu hijo? —preguntó Benilde, conmovida y con un incómodo sentimiento de culpabilidad. El hombre fijó en los suyos unos ojos cansados y afables.

—Ya os lo he dicho... Por mis hijas sobre todo. Pero también por mis parientes y mis amigos, por mis enfermos, por la que era mi casa... Y porque esta es mi tierra, no conozco otra, señora, y porque en ella está enterrada mi esposa, mis padres, los padres de mis padres...

Como si se hubiera conmovido o no quisiera escuchar más, la niña comenzó a llorar desconsolada, interrumpiendo al anciano. Benilde la miró con una expresión de angustia que no pasó desapercibida a Elí. Al ver que la señora no se decidía a cogerla, la criada, que permanecía junto a la puerta, hizo un amago de hacerlo que recibió la aprobación de la madre. La niña pareció calmarse momentáneamente en brazos de la joven sierva.

—Señora, ¿cómo está vuestro ánimo? —preguntó el hombre, mirándola intensamente con sus ojos pequeños y vivos. Benilde le devolvió la mirada, sorprendida en un momento de desamparo, y se encogió de hombros. La percepción de Elí y su preocupación le tocaron un punto sensible y se le empañaron las pupilas, pero no dijo nada.

—No desesperéis —la tranquilizó el anciano—. Lo que os pasa también es propio de recién paridas. Os sentiréis mejor cuando pase un tiempo... Mandadme a un criado esta tarde y le daré el aceite para vuestros pechos y unas hierbas que os calmarán el ánimo —dijo con una sonrisa. Luego le hizo una reverencia y se marchó.

Benilde dudaba de las palabras de Elí. Lo que le pasaba a ella no estaba provocado solo por el parto. Había empezado hacía más de un año y había fraguado en aquella niña, que venía a ser la materialización en carne de su frustración; como si durante aquellos nueve meses hubiera estado gestando en su vientre toda la impotencia y el vacío, el hastío y las ganas de morir, y los hubiera parido en la forma de una cría que tenía los ojos de su padre y la voracidad de la madre en su inocente adolescencia, cuando la pasión se sentía a lomos de un caballo. Y lo peor era el desgarro de no reconocerla como parte de sí misma. Y, mucho peor aún, que aquel tierno engendro de don Clodulfo, que tanta vida le había consumido y tanto dolor producido, no había contado con el mínimo interés del padre desde el mismo momento en que supo que era hembra, enojado por el año perdido sin heredero.

La niña berreaba ya, llevándose los puños a la boca con torpes y descontrolados movimientos. Benilde la tomó de los brazos de la criada, se abrió la túnica y la colocó en uno de sus pechos. La pequeña comenzó a mamar con desesperación, y la joven se mordió los labios, el rostro contraído por el dolor, los párpados fuertemente cerrados, de los que se escapaba alguna lágrima.

Cuando la continuidad de la comezón llegó a adormecerle los sentidos, observó a la niña: sus ojos enormemente abiertos con una mirada gris azulada lejana y errante, hasta que los fijó en los suyos y por un momento dejó de mamar. Benilde vio a través de ellos la fragilidad de aquella criatura, la indefensión inocente de un cachorro...

Y la palabra le trajo un nombre y un recuerdo, tan lacerantes como aquella boca voraz sobre las grietas de sus pechos. Un nombre y un recuerdo cuya boca tenía dientes, que regresaba de vez en cuando para devorarle un corazón sumido en la culpa... Ninguno de los baúles de la dote que su padre le preparara para su partida a Toleto tras la boda pesaba tanto como la carga que Benilde llevaba en su conciencia.

Desde el momento en que supo de la muerte de Flaviano y, por ende, de la de Guiomar, su mente se sumió en un pozo de culpa tan oscuro y espeso que no consiguió penetrar nada más en él. Ni siquiera la remota esperanza que podría suponer el que no hubieran encontrado su cuerpo. Dejó de ser Benilde para convertirse en una muñeca sin alma que merecía todo lo que le ocurriera de allí en adelante.

Asistió a su boda como si de una invitada se tratara. Se había celebrado en Egabro con gran boato por parte de los asistentes, un puñado de amistades de su padre y otro menor de don Clodulfo, oficiada por el obispo de la ciudad. Y Benilde no se acordaba ni de la villa, ni de la iglesia, ni de los invitados. La ceremonia no era más que un trámite que cerraba el contrato para el *comes*. Para don Froila fue además una liberación. Para Benilde, un delirio provocado por su semiinconsciencia.

El viaje desde Egabro hasta Toleto fue otro castigo. El verano se adelantó para hacer de la travesía un suplicio, en un carro que traqueteaba como el trillo de una bestia desbocada en una era empedrada. La sucesión de paisajes, de ciudades y posadas, que en otro tiempo la habrían llenado de excitación, le pareció entonces un *viacrucis*. El olor a rancio de las habitaciones, de los jergones. El olor del sudor del *comes* al tomarla...

Todo aquello lo había sufrido, entre el sueño y la realidad, como un cilicio aceptado para redimirse de la mortificación que le producía la culpa. Ya lo decía Isidoro, grandes lamentos corresponden a grandes pecados...

Pero no había castigo que satisficiera la animadversión que sentía hacia su persona. Tras resistirse muchas veces a la atracción liberadora de la muerte, y dado que poco había ya en su mundo que la motivara, había llegado a la conclusión de que quizá se mantenía viva en él para ejecutar la venganza de Guiomar en sí misma.

Capítulo 22

Habían pasado cuatro semanas desde el nacimiento de la niña cuando el *comes* dignó a Benilde con su presencia en la alcoba. Tan acostumbrada estaba a su desinterés que la aparición de don Clodulfo por la puerta le hizo sobresaltarse. Acababa de darle el pecho a la pequeña y aún vestía la camisola con un amplio cuello, que facilitaba su apertura para amamantar a la cría. La joven vio cómo su esposo desviaba los ojos a su escote y sintió un atisbo de inquietud. La tregua que el embarazo y su debilidad le habían procurado estaba llegando a su fin, pensó. El tiempo de preñez, además, había dotado a su cuerpo de una exuberancia de la que antes carecía. Se le habían ensanchado las caderas, el vientre era más pleno y sus pechos había duplicado su tamaño, mostrando parte de su abundancia por el cuello de la camisola.

Don Clodulfo se acercó a la pequeña, dormida en sus brazos. Le retiró ligeramente el paño que cubría parte de su cabeza y con dos dedos le giró la cara para verla mejor a la luz. La niña se sobresaltó y abrió los ojos; luego comenzó a hacer pucheros. Benilde endureció el rostro, molesta por la rudeza de su esposo.

—No hay duda de que ha heredado mis ojos —dijo él sin pasión, pero con un tono de altivez que denotaba orgullo—. ¿Cómo está?

—Bien, mi señor —respondió la joven—. Elí dice que es una niña sana y fuerte.

—¿Y vos? ¿Os habéis recuperado ya de los rigores del parto?

—Aún tengo mareos —mintió, sin mirarlo—, pero el médico dice que pasarán en cuanto recupere las fuerzas.

El *comes* afirmó con la cabeza, demorando la mirada en su cuerpo. Benilde la sintió sobre ella como la de un lobo valorando si tenía suficiente hambre para tomarse la molestia de atacar a la presa. Para contribuir a su ayuno se puso de pie y comenzó a mecer a la niña, dándole poco a poco la espalda a él.

—Vuestro padre no vendrá al bautizo —dijo don Clodulfo, dirigiéndose a la ventana y mirando distraídamente por ella. La joven se volvió para encararlo, esperando que ampliara la información—. El mensajero de Eliberri ha llegado esta mañana. Pasó antes por la hacienda... Nada de interés. Vuestro padre está bien, pero muy ocupado para dejar sus negocios ahora. Verá a su nieta cuando volvamos a la ciudad.

Una breve y amarga sonrisa se dibujó en las comisuras de Benilde. ¿Habría venido su padre a Toleto si ella hubiera tenido un varón? Sí, porque la celebración de la llegada al mundo del heredero del *comes* habría sido más nombrada que la sobria y privada ceremonia de acristianar que su esposo le había anunciado. Y no es que ella quisiera una multitud en el bautizo de la niña, pero sentía la indiferencia de su esposo y de su padre por el nacimiento de la criatura como un reproche hacia ella por haber parido una hembra.

—Buscadle un nombre a la niña —continuó él sin dejar de mirar a la calle.

—¿Qué? —Benilde no podía creer lo que estaba oyendo. ¿Hasta dónde podía llegar el desprecio de aquel hombre hacia su propia hija?

—Pero que sea godo —prosiguió, como si no la hubiera oído—, y que sea insigne.

—Quizá el nombre de vuestra madre... —sugirió ella para zanjar el tema e implicar a su esposo en la elección.

—Mi madre era hispana —respondió con parquedad, dirigiéndose a la puerta de la alcoba con intención de marcharse. Antes de salir se detuvo para mirarla—. Esta noche vendrá a cenar un ilustre señor. Tenedlo todo dispuesto para que la cena sea de su agrado... Y vestíos a nuestra altura —añadió y se marchó.

A Benilde la visita de su esposo la dejó inquieta. Prefería sus eternas ausencias y su indiferencia que sus atenciones. Estas siempre la alteraban, pues, o bien tenían que ver con el deseo de poseerla, que ella detestaba, o bien estaban relacionadas con un acto social que la ponía a prueba, dado el nivel de exigencia del *comes*. El tono con que la había conminado a vestirse para la cena la había zaherido especialmente; llevaba implícito su menosprecio. Ese era el sentimiento que abundaba en su relación con su esposo. La minusvaloraba hasta tal punto que no podía entender por qué se había desposado con ella. Luego pensaba en la riqueza de las tierras de su padre, que a su muerte estarían a disposición del *comes*, y las dudas se disipaban. Desde la boda don Clodulfo le había dado suficientes pruebas de su codicia desmedida.

Había mucho menosprecio también en la forma de comunicarle las noticias de su padre y de la hacienda. Nunca le daba a leer sus cartas, por lo que hasta entonces no sabía si su padre la había desterrado de su vida con aquel matrimonio o si era su esposo el que minimizaba su relación con la hacienda filtrando los mensajes que provenían de ella. La habilidad de don Clodulfo para aislarla, consciente o no, era taimada. Le quitaba el aire para respirar y, cuando a punto estaba de desfallecer, le entornaba una ventana. Así llevaba viviendo casi un año en aquella prisión. La ventana se abría de vez en cuando para ir a la iglesia; para ver los caballos del *comes*, que tenía prohibido montar; para asistir a alguna regia celebración acompañando a su esposo; para leer...

Si hubiera sabido el padre Balduino que la lectura se iba a convertir en una de las ocupaciones que más placer le iba a producir, no habría dado crédito. Su esposo tenía un *armarium* digno de un monasterio, legado de su padre, hombre culto y ambicioso. De él, junto con los códices, don Clodulfo había heredado la ambición, el nombre y las tierras. No le cupo la cultura, quizá por ser menos hombre que él, o porque la ambición ocupó todo el espacio necesario para esta. Pero aun sin ejercerla, su esposo sabía de su valor y su prestigio, por lo que solía mostrar su *armarium* con orgullo, aunque apenas hubiera leído dos o tres de los libros que contenía. Este pretendido interés le había procurado el aumento de su repertorio, debido a los presentes de señores y obispos que buscaron agradarle, sobre todo en vida del rey Witiza, regalándole bellos códices dignos de su colección. De esta circunstancia se sirvió Benilde, con la lectura, para evadirse del hastío y de su realidad durante los peores meses del embarazo, convirtiéndose en una lectora minuciosa y desarrollando las habilidades para las que Balduino la formó.

Aquel día, al atardecer, el ilustre invitado del *comes* llegó a la casa con cuatro siervos armados. Entraron al patio cerrado y desmontaron de sus caballos. Benilde vio desde la puerta cómo don Clodulfo se acercaba al grupo e hincaba una rodilla delante del que era claramente su señor. Le sorprendió el gesto, pues solo lo había visto postrarse delante del rey. El hombre era más joven que su esposo, pues aparentaba estar en la treintena y, a pesar de que llevaba el cabello tonsurado, no vestía con ropajes de clérigo. Su túnica parecía de rico tejido, pero el ornato era sobrio, así como su manto negro, que aparecía ribeteado con una sencilla orla de hilo de plata. Mayor riqueza mostraban la fíbula con que lo sujetaba a sus hombros y el puño de la espada.

El *comes* lo acompañó a la entrada de la casa, donde esperaba la joven vestida con sus mejores galas y joyas, el pelo oculto bajo un tocado.

—Mi señor, esta es Benilde, mi nueva esposa. Ya sabéis que enviudé hace dos años... —dijo don Clodulfo como si de un trámite se tratara.

—Vuestra *joven* y nueva esposa —subrayó el invitado con media sonrisa. Benilde se postró ante él a imitación del *comes*—. Tengo entendido que ya os ha dado un hijo...

—Una hija —aclaró don Clodulfo, escuetamente.

—¡Ah!... —exclamó, y no añadió más.

—Benilde —prosiguió el *comes*, eludiendo ahondar en el tema—, don Oppas es el hermano de nuestro difunto señor

Witiza, que Dios tenga en su gloria; hijo, como él, del buen rey Égica. Acaba de llegar de Ispali, es el arzobispo de la ciudad.

Benilde volvió a postrarse. Ahora entendía el tratamiento que su esposo dedicaba a aquel hombre.

—Mi señor, lamento la muerte de vuestro hermano y la gran pérdida que ha supuesto para el reino —expresó la joven, llevándose la mano al pecho.

El hombre se inclinó e hizo el ademán de tomarla del brazo, pero no llegó a tocarla.

—Levantaos, señora, os lo ruego —dijo, y continuó andando con ella hacia el interior de la casa—. En efecto, ha sido una enorme pérdida y un desastre para la patria. Pero esto no ha de durar... Habladme de vos. Tengo entendido que sois hija de... —dudó.

—De don Froila, mi señor, nuestras tierras colindan con las de mi esposo en Eliberri —dijo sin apenas levantar la cabeza.

—Y que sois piadosa y docta —añadió el arzobispo con un tono que, por la exageración, dejó claro a Benilde que había algo de sorna en sus palabras.

—Haber leído unos libros no me hace docta, mi señor —respondió en un tono apocado.

—¿Y qué es lo último que habéis leído, si me perdonáis la libertad de preguntaros?

—La *Crónica*, de Juan de Biclaro.

El arzobispo se detuvo para mirarla, sorprendido e incrédulo.

—¿Habéis leído la *Crónica*?

—Sí, mi señor, tres meses de inmovilidad dan para cualquier empresa que no exija el esfuerzo del cuerpo. He tenido un embarazo difícil, y mi esposo posee muy bellos libros —dijo, mirándolo apenas.

—Otras mujeres habrían bordado —respondió el invitado en un tono en el que la joven distinguió más reproche que elogio.

—Señor, os aseguro que hay muchas siervas en esta casa que hacen esa labor mejor que yo.

El hombre asintió con la cabeza, apretando los labios.

263

—Sabia mujer... Solo os falta concebir un heredero para nuestro señor *comes* —dijo, mirándola a los ojos. Ella aguantó su mirada por primera vez; le había hurgado en una zona dolorosa y resurgió un destello de orgullo.

—Como vos sabéis, eso es obra de Dios, más que mía —respondió, y vislumbró una fría mirada de don Clodulfo que la hizo callarse.

Ya en la mesa, y después de que los criados hubieran servido las viandas como si en vez de tres comensales asistiera una decena, el *comes* se interesó por la visita del arzobispo.

—¿Qué os ha traído por tierras de Toleto, mi señor? —preguntó don Clodulfo, vertiéndose vino en la copa.

El arzobispo levantó la suya a modo de brindis y sonrió levemente, clavándole unos ojos pequeños e inquietos, la suspicacia siempre en la mirada.

—Ver a mis queridos y fieles amigos, de los que no he tenido noticias desde que el usurpador se proclamó rey.

El *comes* bebió un trago, huyendo de aquel sarcasmo para esconderse tras la copa. Luego, respiró hondo y encaró a su invitado haciendo acopio de todo su aplomo.

—Don Oppas, vos sabéis mejor que nadie que ha habido mucha confusión desde la huida de la corte del heredero Agila y de la reina. Tampoco hemos sabido nada de vuestro hermano, el *dux* Sisberto. La muerte de don Requesindo y la represión de Roderico han conminado a vuestros aliados a ser prudentes, mi señor. Y yo, os lo juro ante Dios, me encuentro entre ellos.

El arzobispo sacó su daga, pinchó una codorniz de la gran bandeja y se la sirvió en el plato. Le arrancó un muslo con las manos y, antes de llevárselo a la boca, se dirigió al *comes*.

—Habría sido una temeridad quedarse en Toleto tras la muerte del noble Requesindo. Nunca se ha de perder el buen juicio, don Clodulfo, pues con ello se corre el riesgo de perderlo todo —dijo, moviendo la pata del animal para dar peso a sus palabras—. Roderico ha ganado una batalla, pero no la guerra.

—Me alegra oírlo, señor. ¿Significa eso que los hijos de Witiza se están organizando?

Benilde miró al arzobispo durante un instante. No había levantado los ojos del plato en el que se enfriaba la pechuga de una perdiz, pero el tema le interesaba por lo que podía afectarles a su padre y a ella. Temía, como él, la posibilidad de una guerra. Vio cómo el hombre se apoyaba sobre el respaldo de la silla y miraba a su esposo.

—¿Hasta qué extremo estáis con ellos?

—Hasta el extremo de que yo me encuentro en Toleto con vos, mi ejército en Eliberri y Don Roderico luchando contra los vascones en Pompaelo[17]... Quiera Dios que una saeta le atraviese la garganta —dijo don Clodulfo, sin apartar los ojos del arzobispo ni pestañear. Este asintió una vez con la cabeza y sonrió.

—Mejor no dejar estas cosas en manos de Dios ni de la fortuna, fiel amigo.

A Benilde le sorprendieron las palabras de don Oppas, considerando que era clérigo antes que soldado. Al señor de Eliberri también, a tenor de su ceño fruncido y su mirada de confusión. Despegó los labios con intención de decir algo, pero su huésped se adelantó.

—Don Clodulfo, ¿sabíais que hubo una incursión de tropas africanas en la Bética el verano pasado?

—Algo oí, pero por aquellas fechas estaba celebrando mis esponsales —dijo, mirando brevemente a Benilde—. No creo que fuera serio, porque la corte de Roderico no pareció darle importancia.

Don Oppas se tomó su tiempo para responder, saboreando un trozo de carne de la codorniz, que restregaba previamente en la salsa del plato.

—Cuatrocientos soldados cruzaron el estrecho de Calpe[18], más un centenar de caballos...

---

17 Pamplona
18 Gibraltar

—¿Cuatrocientos? —interrumpió el *comes*, sorprendido—. ¡Eso no puede improvisarse!

—En efecto, no hubo improvisación alguna en el ataque. Desembarcaron en Mellaria[19], una pequeña ciudad situada a varias leguas siguiendo la costa al poniente de Iulia Traducta[20] —aclaró al ver la expresión de confusión de su anfitrión—. Es un pequeño islote fortificado... Lo tomaron como campamento y desde allí estuvieron haciendo incursiones en los alrededores, robando, matando y esclavizando a todo el que encontraron. Se llevaron a las mujeres y a los niños a África, y todas las riquezas que hallaron y pudieron transportar.

—Si la flota Siria está frente a nuestras costas...

—No eran sirios los barcos que transportaron la tropa —interrumpió don Oppas.

—Pero entonces... —balbució el *comes*, mirando al arzobispo y esperando a que lo sacara de su desconcierto.

—Sí, mi querido amigo. Los sirios llevan años disputando las tierras al imperio de oriente, y han conseguido hacerse con todas sus posesiones en África hasta llegar a Septa[21]. De hecho es el último reducto que les queda por ocupar. Sin embargo, fueron barcos mercantes los que llevaron a los *mauri* a nuestras costas; por ello no despertaron sospechas. En concreto, fueron las taridas del *comes* don Ulyan, tripuladas por sus hombres, que son navegantes muy hábiles del estrecho. Iban acompañados por guías a su servicio que conocen bien la costa desde Julia Traducta a Gades.

—¡Pero eso es traición!... —protestó el señor de Eliberri, indignado.

—Al rey Roderico, no lo olvidéis; un usurpador —replicó don Oppas, levantando el índice de la mano derecha—. El *comes* de Septa se ha visto obligado a pactar con el caudillo de los sirios

[19] Tarifa

[20] Algeciras

[21] Ceuta

para conservar la ciudad. Musa es su nombre. Sin embargo, don Ulyan siempre ha sido fiel a mi difunto hermano y un noble aliado, defendiendo con juicio una posición tan estratégica para Hispania. El *comes* está con Agila, no reconoce la autoridad de Roderico.

—¿Y qué puede hacer don Ulyan que no podamos hacer nosotros?

Benilde miró discretamente a los dos hombres. Vio que a su esposo se le afilaba la mirada, los párpados ligeramente entrecerrados, como un águila que vislumbrara una presa. El arzobispo torció ligeramente la sonrisa.

—Desequilibrar la balanza, buen amigo, en virtud del pacto que tiene con el sirio. Nos han llegado noticias de Septa... —dijo, y se interrumpió para servirse otra codorniz y llenarse la copa de vino. Benilde se llevó un trozo de la carne a la boca, sin dejar de mirar breve y repetidamente al arzobispo.

—Parece que el gobernador de Tingis[22], un *mauri* llamado Tariq que también obedece al sirio Musa, está reuniendo un ejército entre las tribus africanas —continuó—. Fue él quien ordenó el ataque del verano pasado, y fue otro africano, un tal Tarif, el que lo comandó. Todos estos nombres *mauri* me suenan igual... —apostilló, llevándose a la boca un trozo de pan untado en la salsa—. Pero ahora estamos hablando de miles de hombres, no de cuatrocientos. Parece que las facilidades de la incursión y las riquezas que les procuró los han animado a intentar otra; pero esta mucho más ambiciosa por las movilizaciones que está habiendo.

—¿En qué puede servir esto a nuestros intereses? A los del rey Agila, quiero decir —aclaró don Clodulfo, que había dejado de comer para no perder detalle de las palabras del arzobispo.

—Los africanos solo quieren riquezas. Mujeres, caballos, oro y plata... —enumeró, girando la mano repetidamente—. Y nosotros podemos dárselas sin demasiado coste para sus filas y las nuestras, siempre que Roderico sea derrotado, claro está...

---

22 Tánger

Benilde no pudo evitar mirar a don Oppas tras escuchar sus palabras, y tuvo que morderse la lengua para no intervenir. ¿Qué concepto tenía el arzobispo de las mujeres hispanas cuando equiparaba su valor a la altura de un caballo? ¿Y qué podrían esperar ellas de la protección del rey que aquel hombre pretendía reinstaurar? Vio a su esposo con el ceño fruncido y la intención de hablar, y pensó que él verbalizaría su pensamiento. No tardó en desengañarse.

—¿Estáis hablando de un pacto con el sirio, señor arzobispo?

—Hablo de avenir intereses, señor *comes*; y la posición de don Ulyan nos allana el camino —respondió don Oppas—. Muchos hombres tendría que enviar ese Tariq para superar a todo el ejército godo unido.

—Pero todos los nobles no están con Roderico... —objetó Clodulfo.

—De eso se trata, y esto es lo que podemos ofrecer al *mauri*, o a ese Musa.

—Comprendo... —admitió el *comes*—. Pero no creo que el caudillo sirio o el gobernador de Tingis se avengan a nuestros intereses simplemente por no participar en la defensa.

—En efecto, pero se avendrían si participáramos... Falsamente —dijo el arzobispo, clavándole los ojos a su anfitrión para ver si había captado el mensaje.

Benilde observó al invitado, sorprendida por lo que sugerían sus palabras y por la frialdad con que las dijo. La idea era aviesa y suponía una grave traición a Roderico. La no implicación de algunos nobles obligaría al rey a buscar entre el resto de sus fieles el ejército que plantaría cara a la tropa africana, pero al menos sería un contingente leal. Sin embargo, el falso apoyo de algunos señores haría que el monarca se confiara en su defensa, para ver luego cómo parte de su ejército lo abandonaba a la hora de la batalla.

—No es propio de los godos buscar aliados en sus enemigos —objetó el *comes*.

—Os equivocáis, noble Clodulfo. Nuestra historia conoce algunos casos —dijo, y luego, mirando a Benilde, continuó—. Y vuestra esposa también si ha leído a Biclaro. ¿No es así, mi señora?

¿La estaba retando o solo pretendía ser deferente? La joven se movió incómoda en la silla.

—¿Os referís a la rebelión de don Hermenegildo contra su padre, el rey Leovigildo? —preguntó, insegura.

—En efecto —respondió, ladeando la cabeza con condescendencia—. Él se ayudó de griegos y de suevos. También lo hizo Suintila, aunque eso ya no viene recogido en la *Crónica* —apostilló, mirando a la joven.

—Pero la ayuda extranjera en nada sirvió a don Hermenegildo —intervino Benilde, atrayendo la atención de los dos hombres.

—Que en la historia se repitan hechos, no significa que hayan de repetirse también sus resultados, mi señora. De cualquier modo, Dios ama la justicia y nosotros solo pretendemos ejercerla.

A don Clodulfo comenzó a molestarle la intervención de su esposa en una conversación que no era propia de mujeres. Decidió atraer la atención del arzobispo hacia su persona.

—¿Cómo puedo serviros, mi señor?

—Estando junto a mí y junto a mi hermano Sisberto cuando llegue la hora de la verdad —respondió el hombre, llevándose luego la copa a los labios sin dejar de mirar a su anfitrión.

—Juré fidelidad a mi señor Witiza. Estoy con vos y con vuestro hermano para defender la causa del heredero.

—Os pido un gesto más... —comenzó a decir el arzobispo mientras giraba el pie de la copa sobre la mesa.

—Vos diréis...

—Nos es de suma importancia saber quién está con nosotros en esta empresa —concluyó.

—Puedo sondear los ánimos de los señores afines al difunto rey —ofreció don Clodulfo.

—Sin revelar información...

—Por supuesto —aseveró el *comes*.

—Don Ulyan sabe que Roderico está luchando contra los vascones, por eso han elegido estas fechas para los preparativos. Está cooperando con el gobernador de Tingis —dijo el arzobispo, y luego apoyó los codos en la mesa para encarar a su anfitrión—.

El usurpador no debe tener conocimiento de la magnitud de esta empresa antes de tiempo o se malograrían nuestras posibilidades —recalcó.

—No lo hará por mí —reafirmó don Clodulfo.

—Los desembarcos comenzarán prontamente. El *comes* de Septa ha puesto de nuevo sus barcos a disposición de ese Tariq. Llevará semanas trasladar toda la tropa. Entre los *mauri* del gobernador y los gomeres de don Ulyan pueden reunirse seis o siete mil hombres... —calculó, y vio cómo su anfitrión musitaba la cantidad, sorprendido—. No creo que desembarquen otra vez en Mellaria, pues desde la incursión han reforzado la zona. Posiblemente se lleve a cabo en el Peñón de Calpe o en Iulia Traducta, pues don Ulyan conoce bien la zona.

—Mi señor, ¿no teméis que los sirios quieran también nuestra tierra para ellos? —preguntó Benilde con modestia, recibiendo la mirada incrédula de los dos hombres. La joven se vio obligada a justificarse—. Acabáis de decir que le han arrebatado las posesiones africanas al emperador, y la mitad de la Bética fue también territorio suyo hasta hace una centena de años.

—Siria queda muy lejos de Hispania, y nuestra tierra está separada además por el mar. Una vez aquí sus tropas estarían aisladas. No hay cuidado, mi señora —afirmó don Oppas—. Su intención es venir, dar el golpe y marcharse con el botín, como hicieron el año pasado. Y lo que nosotros queremos es que el golpe le sea dado a Roderico. El botín es el precio que habremos de pagar para que se cumpla la legítima voluntad de mi hermano Witiza —dijo el arzobispo, y luego, sin dejar de mirar a Benilde, añadió—. ¿Estará vuestro noble padre con nosotros?

—Mi padre odia la guerra, mi señor, y a aquellos que la provocan...

—Por eso es fiel a Witiza —intervino don Clodulfo—. Mi suegro y sus hombres estarán junto a los míos, llegado el momento.

El hombre le hizo una breve inclinación con la cabeza. Luego volvió a dar vueltas al pie de la copa, de la que llevaba rato sin beber, no así su anfitrión.

—Noble Clodulfo, ¿cómo van vuestras minas de oro en Eliberri? —preguntó, clavándole la mirada.

—No las llamaría yo minas... —respondió él algo incómodo, sospechando cuáles eran las intenciones que se ocultaban detrás de aquel interés—. Desgraciadamente, los godos copiamos a los romanos en muchas cosas, menos en la minería. No tenemos su técnica, mi señor... Tengo a parte de mis esclavos bateando las aguas de los tres ríos que pasan por la ciudad y la vega, pero a veces dan más esfuerzos que ganancias.

—Pero algo dan... ¿Me equivoco? —insistió el arzobispo.

—Algo dan... —concedió el *comes* finalmente.

—Necesitaremos la contribución que nuestros fieles puedan aportar en nuestra empresa, como ya sabéis... Por supuesto, esta será bien recompensada por el rey y su regente en cuanto recuperemos el trono.

—Podéis contar con ella, mi señor —admitió don Clodulfo con una leve inclinación de la cabeza.

El foco de la conversación pasó entonces a la crítica a los señores que apoyaban a Roderico, y Benilde terminó por abstraerse. Y así permaneció hasta el final de la cena y la despedida del arzobispo, que se marchó tras asegurarle a su esposo que recibiría un mensajero con instrucciones y conminarle a que le hiciera llegar sus noticias con discreción.

Aquella noche, en la cama, Benilde reflexionó sobre la cena y la conversación de don Oppas. Siempre había pensado que la historia y sus hechos se escribían con la mano de Dios, como las hambrunas, la sequía y la peste. Pero las palabras del arzobispo le habían demostrado que eran los hombres los que escribían la guerra, según los intereses de unos pocos. Pues, ¿cuál podía ser el supuesto interés del Creador en que fuera Agila y no Don Roderico el que reinara en Hispania? Tan cristiano era el uno como el otro... Tras oír a don Oppas, le sobrecogió la facilidad con que podía decidirse el destino de tanta gente, de unas tierras, de un

271

país... Como si de un juego de dados se tratara. Todo por recuperar el poder perdido.

Un ruido en la puerta interrumpió el curso de sus pensamientos. Al momento esta se abrió y por ella entró don Clodulfo, que se detuvo, tras cerrarla, para mirar a la joven con los ojos empañados por el efecto del vino y del deseo.

Benilde tragó saliva. La tregua había llegado a su fin. Su esposo, como don Oppas con el reino de su sobrino, había regresado para recuperar el terreno perdido.

Capítulo 23

La primera vez que la tocó, Benilde no se sintió diferente a una piedra. Pero no lo vivió así su cuerpo, pues suponía que las piedras no padecían y ella sufrió las caricias de don Clodulfo con asco y sus embestidas con dolor; a pesar de que al principio su esposo mostraba intenciones de ser... ¿Delicado? ¿Podría llamar delicadeza a aquella invasión enardecida y desaforada de su cuerpo? No esperaba oír las campanas del cielo al yacer con él, pues no lo amaba; pero las canciones, los poemas y los corros de criadas dibujaban escenarios que nada tenían que ver con lo que ella vivía en su matrimonio. Se habrían ajustado mejor a lo que había sentido estando junto a Guiomar, pero la sola idea de pensar en ello la torturaba.

De aquella primera vez en la posada de Castelona[23] recordaba, como un símbolo que representara el conjunto de la noche, los restos del engrudo de la pared en su pelo. A pesar del peso de don Clodulfo sobre ella, había ido reptando sobre la cama para aliviar las embestidas, hasta que su cabeza dio contra el muro. De haber sido este de madera, la percusión le habría ido marcando el ritmo a su esposo.

La supuesta delicadeza del *comes* duró lo que duró la novedad. Cuando don Clodulfo constató que su empeño no iba a sacar de la joven otra cosa que aquel estoico y resignado aguante de sus acometidas, descuidó las formas, si alguna vez las tuvo. Para el caso, disponía de criadas y concubinas que mostraban más pasión en un gemido de dolor que la pasiva y muda disposición de su esposa.

[23] Linares

El pronto embarazo de Benilde y su complicación la habían exonerado de la atracción del marido durante los meses que le duró la barriga. Después, tras el nacimiento de la niña, ya fuera por el interés en la sucesión de su linaje o seducido por la belleza y voluptuosidad del cuerpo de la joven, había vuelto a sus deberes maritales en el lecho. O fuera de él... El *comes* descubrió, como una novedad estimulante, que podía combatir los rigores que la edad y la ausencia de pasión de su esposa imponían a su virilidad rompiendo las normas que exigían el respeto y el decoro en la forma de tomarla. Benilde, que ya había conseguido acostumbrarse a los ardores de don Clodulfo en la alcoba, y que aguantaba como un mal rato previo a la liberación del sueño, tuvo que soportarlos ahora fuera de ella; y comenzó a temer los pocos almuerzos o cenas que compartía con él en la casa. Lo que un día provocara una ingesta excesiva de vino sin aguar se había convertido para el *comes* en un divertimento que la joven detestaba. Su esposo había comenzado a tomarla, tras las viandas, como si de un postre se tratara, en la misma mesa en la que se apilaban los platos y los restos de la comida.

Todo había comenzado con una embriaguez moderada que había enardecido la lascivia del *comes,* y con el error de Benilde de ponerse a su alcance al servirle más vino en aquellas circunstancias. El hombre le había metido la mano bajo la túnica para acariciarle los muslos, y ella intentó zafarse. Segundo error, pues la resistencia alentó a don Clodulfo, poco acostumbrado a admitir una negativa. Terminó apoyada sobre el vientre en las piernas de su esposo, que la sujetaba con una mano y con la otra le levantaba la túnica hasta dejar su trasero al aire para acariciarlo impúdicamente. La humillación de su desnudez expuesta a la posible entrada de un siervo la azoró y agitó su respiración. Tercer error. Benilde llegó a pensar que su esposo había interpretado su agitación como arrobamiento y que aquello había incrementado su deseo de poseerla. Luego constataría que era su resistencia lo que más le estimulaba.

El *comes* le había acariciado el sexo buscando la misma respuesta que ella notaba del suyo en su costado. No debió de encontrar lo que pretendía, pues metió los dedos en la copa de vino para humedecerla. Después se incorporó bruscamente, la colocó sobre la mesa y la cubrió como los sementales a las yeguas. La posición en sí misma era humillante, aunque al menos la liberaba de la voracidad húmeda de su boca en el rostro.

Desde que desposara, Benilde nunca había entendido lo que su esposo buscaba al tocarla; hasta que un día, en el tedio ya de uno de aquellos sometimientos y sin saber ni cómo, pensó en Guiomar, y el deseo de su cuerpo se le reveló...

Cuando confesó al sacerdote de la Iglesia de Santa María los despachos lujuriosos de su esposo en su embriaguez, el clérigo los justificó por la naturaleza propia de los hombres, que aseguraba el cumplimiento del mandato de Dios de la reproducción. Le afeó el cuestionarlos e insinuó la responsabilidad que ella podría tener en los supuestos excesos del *comes*. Benilde no le confesó más. La respuesta del sacerdote fraguó su descreimiento por la palabra de los clérigos. ¿Dónde quedaban aquellas sentencias del docto Isidoro contra el exceso de vino, *ponzoña del ánimo*? ¿Y aquellos *Avisos de la razón* de sus *Sinónimos* en los que prevenía contra la fornicación, como el peor de todos los pecados y un mal mayor que la muerte misma? La arbitrariedad interesada de los juicios de sus confesores le despertó aquella antigua rabia, y esta la liberó del remordimiento. Si su marido no era culpable del ardor lujurioso que mostraba frente a cada hembra que se le ponía por delante, tampoco lo iba a ser ella por lo que había sentido su cuerpo aquel día al pensar en Guiomar.

Fruto de la actividad lasciva de don Clodulfo fue el retraso en los sangrados de Benilde, que ya habían vuelto a hacer su aparición. Ella temió, acertadamente, que se tratara de otro embarazo; pues a la falta le siguieron los vómitos matutinos. La joven recibió la noticia con pesar. Las dificultades pasadas durante la anterior preñez le hacían temer la que se anunciaba. No solo era la tortura de la inmovilidad a la que pudiera obligarla, también era el riesgo de perder su propia vida, según les había advertido Elí Ben Janoj. Aunque esta última perspectiva, considerando los alicientes que le habían quedado tras la marcha de la hacienda y sus pocas ganas de vivir, no le suponía una gran preocupación.

El nuevo estado de esperanza de Benilde fue recibido por don Clodulfo con satisfacción. Sus ardores habían dado provecho, y su esposa mostraba signos de gran fertilidad a tenor de los resultados. Solo faltaba que esta vez le pariera un varón. Respecto a la advertencia de Elí, y para mortificación de la joven, el *comes* no pareció mostrar muchas cuitas.

La única consecuencia positiva de la preñez para Benilde fue que don Clodulfo, temiendo malograr el embarazo, dejó de servirse de su cuerpo. Y aquello le supuso recobrar parte de su libertad, pues el interés de su esposo por ella llegó a decaer hasta niveles que rayaban el insulto. Luego sabría que había otras causas que lo favorecieron, y ella, a pesar del inicial despecho, lo aceptó como un regalo del cielo. Sin embargo, al mes de la segunda falta comenzó a sangrar ligeramente y Elí se hizo asiduo en la casa del señor de Eliberri, como lo había sido tiempo atrás.

El primer día que la asistió tras ser requerido por la joven, el judío la miró con gravedad.

—Señora, no deberíais haber quedado preñada —le dijo—. No es conveniente para vuestra salud haberlo hecho tan pronto.

Benilde no supo si se había referido a la preñez o al haber reanudado la actividad carnal.

—No es a mí a quien deberías reprender, Elí —le respondió ella, severa, sin moverse de la cama de su alcoba, donde estaba recostada—. Mi esposo no se atiene a razones cuando se trata de satisfacer sus apetitos. Quizá me prefiera muerta...

El anciano la había mirado con inquietud, tomando conciencia de la infelicidad de la joven. Pareció rumiar algo, pero no dijo nada.

—¿Habéis dejado de amamantar a la niña? —preguntó finalmente.

—No, pero alterno las tomas con un ama de cría. Las grietas han mejorado desde entonces. También por tu aceite, Elí.

—Lo celebro, señora... —contestó él con un rictus de preocupación—. Pero no tanto porque os hayáis quedado en cinta de nuevo. Pensé que el amamantar a vuestra hija lo evitaría, pero veo que no ha sido así. Temo la fragilidad de este embarazo.

—Y yo temo que prospere...

El médico miró a la joven con sorpresa y luego a la sierva que estaba en la puerta. Esta, al sentirse observada, desvió los ojos de la señora rápidamente.

—Necesitaré agua caliente. —Inventó él como excusa, dirigiéndose a la criada. Y ella, tras dudar y recibir la venia de la señora, salió de la estancia.

Benilde se retorció las manos en un gesto inconsciente.

—No quiero vivir para parirle hijos al *comes* como una coneja. Para el aprecio que después les muestra... —se lamentó con amargura—. Quiera Dios que se vaya esta criatura y yo con ella.

El anciano observó cómo se le llenaban los ojos de lágrimas.

—Veo que la tisana que os hice para el ánimo no os está sirviendo de mucho —se lamentó—. Os vendría bien un consejero. Quizá vuestro confesor...

Benilde le clavó los ojos, el ceño fruncido, reprimiendo la rabia.

—¿Mi confesor? ¿Qué paz puedo hallar en un sacerdote que me hace culpable de los arrebatos lujuriosos de mi esposo? —le replicó.

—La naturaleza de los hombres es diferente a la de las mujeres... —comenzó a decir el anciano.

—¿También me vas a culpar tú, Elí? —le interrumpió.

—Nunca, mi señora...

—¿Respetabas tú a tu esposa? —le preguntó la joven sin parpadear, los ojos clavados en sus pupilas grises.

—Siempre —respondió él con rotundidad.

—Mi esposo no lo hace. Siente más placer si me humilla —dijo apartando su mirada. El anciano parpadeó, sobrecogido por su franqueza y apesadumbrado por el dolor y resentimiento que albergaba.

—La fragilidad de vuestro embarazo lo mantendrá alejado ahora...

—Lo que dure —interrumpió ella. Elí la observó con preocupación, y de nuevo pareció que retenía algo. Benilde continuó—. No cejará hasta que tenga un varón...

El hombre guardó silencio durante un momento y luego habló.

—Vuestro esposo ya lo tiene.

Ella frunció el entrecejo, mirándolo sin entender. Al ver que él no continuaba, preguntó:

—¿Qué quieres decir, Elí?

El anciano pareció arrepentirse de sus palabras, pero ya había soltado la liebre y pensó que no podía dejarla con la duda.

—Don Clodulfo tiene una concubina en la ciudad —dijo—. Es la comidilla de los nobles desde hace varios meses, pues se trata de la favorita del difunto rey Witiza. Hace una semana parió un hijo varón, que supongo ha de ser suyo, pues le asistí en el parto a requerimientos del *comes* y me pareció que lo recibió con la alegría de un padre. Si es así, quizá este hecho le calme la urgencia... —dijo y la observó con desasosiego temiendo que su testimonio le hubiera causado más dolor que alivio—. Perdonadme mi ligereza, señora, pero he creído que deberíais saberlo; aunque esto me cueste la represalia del *comes*.

Benilde seguía mirando hacia el suelo de barro, el rostro arrugado por la sorpresa y la contrariedad. ¿Qué era ella para su esposo? ¿Qué valor tenía ya en aquella casa? Si es que alguna vez lo tuvo... Su matrimonio era como una comedia en la que el demonio hubiera alterado los papeles. Don Clodulfo la tomaba como a una puta, y a su concubina la apreciaba como a una esposa, pensó con acritud; pues un hombre no recibe a un hijo con la alegría de un padre si no ama antes a la madre. ¿Acaso había acogido del mismo modo a su hija?

Recordó con amargura y rabia la amenaza de don Froila en la cuadra después de matar a Lelio... Ojalá Guiomar hubiera sido un varón, deseó. Ojalá la hubiera tomado y le hubiera hecho un hijo. Ojalá su padre la hubiera llevado al lupanar de Cordoba... Para el caso, en aquél al menos estaría más cerca de su tierra que en el que vivía en Toleto.

—Ahora entiendo que a mi esposo no le importe mi vida más de lo que le importa la de una criada —dijo como para sí, derrotada. Luego miró al anciano y vio la profunda preocupación en su cara—. No tienes por qué disculparte, Elí —lo tranquilizó—. Tampoco haré nada que pueda delatarte ante el *comes*, no tengas cuidado. Te agradezco la franqueza y la confianza. Pocos hay en esta casa que tengan tu lealtad y tu nobleza...

—Solo tienen miedo de vuestro esposo, señora; es un hombre muy severo... Lamento mucho el dolor que os ha podido causar mi testimonio —volvió a justificarse el anciano.

—No lo lamentes, Elí; quizá tus palabras me hayan abierto los ojos más que el mejor de los consejeros... —le dijo, aún abstraída. Luego lo enfrentó, la mirada cansada—. ¿En qué grado puede poner en peligro mi vida el hijo que espero?

—Es un embarazo muy delicado... Habréis de guardar reposo desde ahora —respondió el médico.

—¿A riesgo de qué?

—A riesgo de perderlo, mi señora —contestó—. Aun así, no puedo garantizaros que prospere.

—¿Y cuál sería el riesgo para mi vida? —preguntó ella sin apartar los ojos de él.

—En caso de que se malograra, el sangrado podría ser mayor cuanto más grande sea la criatura. Todo esto, si es que la perdéis, que Dios no lo quiera.

—¿Podría morir yo?

—Eso solo está en Sus manos —respondió él, elevando levemente las suyas.

—No quiero dejarlo a Su voluntad —replicó ella en un impulso y vio cómo Elí la miraba escandalizado—. Si lo puede decir un arzobispo, lo puedo decir yo... —se justificó, recordando las palabras de don Oppas y eludiendo los ojos del anciano; pero no dijo más.

—Señora, no me pidáis que os ayude en lo que parecéis sugerir. Está en contra del juramento —respondió el anciano con el rostro grave y serio.

—No te lo voy a pedir, noble Elí... ¿Pero crees que si Dios quisiera este hijo le pondría tantos impedimentos? —dijo y lo miró sin pestañear, desafiante. La confusión se dibujó en el rostro del hombre por un instante y lo dejó sin palabras. Benilde bajó la cabeza y clavó los ojos en el regazo—. O quizá solo sigue castigándome por mis pecados...

Cuando Elí Ben Janoj se marchó, Benilde tuvo mucho tiempo de pensar sobre lo que le había dicho.

Si don Clodulfo ya tenía un hijo al que pudiera criar como heredero y una hija que le asegurara las propiedades de su padre en el caso de que ella muriera, ¿qué valor tenía Benilde para él? Ninguno, se respondió. Tal vez ya se había convertido en un estorbo para el *comes*. La toma de conciencia de la perspectiva que abría este nuevo estado de cosas le hizo replantearse su vida. Había anhelado la muerte en muchas ocasiones desde la desaparición de Guiomar y su posterior matrimonio, e incluso tras el nacimiento de la niña; pero esta obedecía a su propio deseo e infelicidad. La reflexión de que quizá su esposo también la deseara le llenó de ira y de rencor, y ambos sentimientos despertaron su rebeldía. No, no le iba a allanar el camino al *comes*, y aquello pasaba por mantenerse viva. En un arrebato de fría conciencia decidió que ningún vástago de don Clodulfo, nacido de la humillación, merecía su esfuerzo si este era a costa de su propia vida.

Un mes más tarde abortaba de forma natural, con una hemorragia que la mantuvo una semana en cama para evitar males mayores y que le dejó el cuerpo débil. Durante aquellos días su esposo apenas la visitó una vez. Pasado este tiempo, Benilde volvió a recuperar sus rutinas, pero algo se había endurecido en ella. Ya no era la joven derrotada y sin alma que llegó de la Bética.

Una mañana, tras amamantar a la niña, se encontraba leyendo junto a la chimenea de la sala, cuando el secretario de don Clodulfo le pidió permiso para entrar.

—Mi señora, he concluido vuestra carta —le informó—. Mañana partirá el mensajero que va a Eliberri y pasará por la hacienda de vuestro padre.

El hombre era alto y delgado, ligeramente cargado de hombros, como si en su introspección el cuerpo tendiera a concentrarse sobre sí mismo. Vestía con ropajes oscuros y vivía con la austeridad de un monje, aun siendo seglar. Parco en palabras, allí donde se encontraba le acompañaba el silencio. Era algunos años más joven que su esposo, aunque aparentaba su edad, y se encargaba de llevarle la administración de todos sus negocios. Nunca había estado casado y tenía su propia habitación, disfrutando de un status que ningún otro siervo del *comes* poseía.

—Déjame verla, Vifredo, y trae tinta y pluma —expresó Benilde. El hombre parpadeó. No esperaba aquella solicitud por parte de la señora, acostumbrado como estaba a la actitud del *comes*, cuya fe en aquel secretario subyacía más en la dejadez que en la plena confianza.

—Voy a traéroslas, mi señora —dijo con una ligera reverencia.

Benilde apartó la mesita con el infolio que descansaba sobre ella, se retiró la manta de las piernas y se incorporó de la silla con cuidado, colocándose las manos en el vientre y enderezando la espalda hasta oír crujir los huesos de la columna. Llevaba más de una hora leyendo el manuscrito y el cuerpo se le había anquilosado. Se dirigió hacia la chimenea y removió cuidadosamente el fuego, alimentándolo con un par de troncos ligeros. Aunque sus sangrados ya habían remitido, aún tenía miedo de realizar movimientos bruscos o esfuerzos que pudieran reanudarlos.

—Eso puede hacerlo un criado, señora —se apresuró a decir el secretario, que acababa de regresar con el encargo en la mano.

—También puedo hacerlo yo, Vifredo. No dejaré de ser la esposa del *comes* por ello —le respondió con una sonrisa cansada.

—Habéis de velar por vuestra salud —se justificó el hombre, consciente de que la joven lo había malinterpretado.

Benilde se dio cuenta de su suspicacia y se arrepintió de la ligereza de su juicio.

—Ya velo, noble Vifredo, no os preocupéis —añadió, extendiendo ahora la sonrisa a los ojos.

El secretario le entregó la carta y ella la leyó en pie, sin moverse de la chimenea. En resumen, contenía lo que ella misma le había dictado días atrás, puliendo sus palabras con expresiones más cuidadas, y encabezándola y acabándola con fórmulas comunes y elaboradas de cortesía. En ella se interesaba protocolariamente por la salud de su padre y por cómo iban las cosas en la hacienda. Le contaba someramente los últimos acontecimientos de su vida en Toleto, incluyendo su malogrado embarazo, y mencionaba de pasada a don Clodulfo, cuya figura el secretario había ensalzado con un par de epítetos que ella nunca habría elegido; para finalizar mencionando la salud y el apetito de su nieta. Aquella era la primera comunicación personal que dirigía a su padre después de la boda, y la iniciativa le había surgido tras anunciarle su esposo, de pasada y como si de un trámite se tratara, que iba a enviar a un mensajero a Eliberri.

Si en su contenido la carta era plana, no lo era en su forma. El secretario tenía una caligrafía pulcra y refinada que habría merecido el elogio del padre Balduino. Adornaba las iniciales de principio de párrafo, y el conjunto de la misiva era tanto para ser leído como para ser admirado.

—Vifredo, voy a tomarme la libertad de afear vuestro bello trabajo con mi firma —le dijo la joven.

—Mi señora, la carta es vuestra, aunque no la hayáis escrito de puño y letra —le contestó el hombre, circunspecto, pero respetuoso.

Benilde se sentó en la mesa, cogió el cálamo y, tras mojarlo en el tintero, escribió su nombre cuidadosamente.

—No está a vuestra altura, pero mi padre sabrá que estoy detrás de vuestra letra.

El secretario sonrió levemente, después tomó el pergamino de las manos de la joven, le hizo una pequeña reverencia y se dispuso a salir.

—Vifredo —le llamó—, vos no sois de Toleto, ¿me equivoco?

El hombre se volvió y se aproximó un paso.

—No, mi señora.

—¿Quizá sois de la Septimania o de la Tarraconense?...

—De la Septimania... —respondió él, evidenciando su curiosidad—. ¿Cómo lo habéis sabido?

—Lo he deducido por vuestra letra —afirmó la joven con satisfacción, y Vifredo levantó las cejas con sorpresa—. Mi maestro y confesor, el padre Balduino, era un devoto enamorado de la caligrafía. Me enseñó la diferencia entre la letra hispana y la que hacen los anglos y los francos. La vuestra tiene rasgos que me ha recordado a la de ellos, y he pensado que seríais de una provincia más cercana a esas tierras.

—Sois muy sagaz, señora —respondió con una leve sonrisa y una mirada que denotaba un aumento en la consideración de la joven—. Mi maestro en Narbona[24] provenía de Britania. Se formó junto al doctísimo Beda, en el monasterio benedictino de San Pedro. Me enseñó el arte de la escritura tal como se lo enseñaron a él. Luego aprendí la letra hispana, pero no la domino al extremo de la de mi maestro.

—Es muy bella vuestra caligrafía, noble Vifredo —asintió Benilde. Luego, mirándolo con interés, le preguntó—. ¿Cuánto tiempo lleváis sirviendo a don Clodulfo?

—Desde que salí del monasterio de Narbona. Toda mi vida, mi señora.

—Pero vos no sois monje...

[24] Narbona, Francia.

—No. Mi padre me confió al abad Basilio para formarme. Luego, en tiempos del rey Ervigio, llegué a Toleto y entré al servicio del padre de vuestro esposo. Su secretario había enfermado de estranguria, y yo le ayudaba. Cuando murió, ocupé su puesto, mi señora; siempre he servido en esta casa.

Benilde asintió y miró el enorme infolio que estaba sobre la mesa.

—¿Conocéis bien el *armarium* de mi esposo? —preguntó.

—Sí, como vos sabéis; soy yo quien cuida de sus libros. El señor ha tenido además la generosidad de permitirme su lectura.

—Entonces quizá podáis aconsejarme... Acabo de leer los *Sinónimos* de Isidoro —mintió, señalando al infolio. No lo había terminado. Meses antes lo habría devorado buscando la paz en él, sumida como estaba en la derrota y en la culpa; pero ahora, tras conocer la existencia de la concubina de don Clodulfo y de su hijo, y tomar conciencia de la falsedad del interés de su esposo y de la hipocresía de la sociedad que la rodeaba, su carácter indómito había vuelto a resurgir de los lodos que la habían sepultado tras la boda. Había comenzado a leer la obra de Isidoro antes de su último embarazo y posterior aborto, y ahora, cuando estaba a punto de terminarla, su rabia se rebelaba y le impedía hacerlo. Sus palabras ya no le calaban. Tanta rectitud del alma, tanto esfuerzo moral, tanto castigo del espíritu y del cuerpo... En aquel mundo podrido e hipócrita en el que la verdad se emponzoñaba bajo capas de lujosa apariencia con el beneplácito de los hombres de la iglesia, que ensalzaban la nobleza de un linaje y cerraban los ojos a sus culpas, cegados por el brillo del oro que donaban a sus templos. ¿Qué crédito tenían aquellos que juzgaban los pecados dependiendo del tamaño de la bolsa que poseía el pecador?

En su rebeldía, Benilde había resuelto que solo Dios podía juzgarla por los suyos en el cielo, y que ya había pagado bastante por ellos en la tierra.

—Me gustaría seguir mi lectura con algo de historia, aunque ya conozco la obra de Biclaro —continuó.

—Permitidme aconsejaros entonces que leáis la *Historia de los godos*, de Isidoro, pues continúa la crónica hispana donde el ilustre Biclaro la dejó. Vuestro esposo posee un bello ejemplar copiado en Ispali —dijo el secretario, halagado por la confianza que la señora depositaba en su juicio.

—Os lo agradezco, Vifredo, será lo próximo que lea —afirmó Benilde con una sonrisa. En ese momento apareció una criada por la puerta y ambos dirigieron sus miradas hacia ella.

—Perdonadme, mi señora, la niña se ha despertado y está llorando. Creo que tiene hambre...

La joven suspiró, se excusó con el secretario y se dirigió a la alcoba. Cuando entró, vio a la cría berreando en la cuna, llevándose los puños a la boca y arañándose la cara con sus movimientos torpes. La madre la cogió y comenzó a mecerla y a hablarle. Luego se la colocó en el pecho con la soltura de quien ya ha hecho un hábito. Arrugó el entrecejo durante las primeras chupadas y después se fue relajando, según se iba reduciendo la molestia en sus pezones, que ya no llegaba a dolor. La miró mientras mamaba, limpiándole suavemente los restos de lágrimas y mocos con un paño suave.

En los meses transcurridos, la niña había engordado. Se le había redondeado la cara y le había crecido la pelusilla rubia que tenía por pelo. Los ojos parecían más vivos ahora y la seguían con interés. Era una criatura preciosa, pensó la joven sonriendo levemente, y se dio cuenta por primera vez de que había sentido algo parecido al orgullo y al afecto por su hija. Y es que, poco a poco, y a pesar del evidente parecido que esta tenía con su esposo, Benilde la había ido disociando de él; quizá por su insultante desinterés por ella, o porque también le veía rasgos de su propia familia. Se reconocía en la barbilla, en su boca... Había comenzado a sentirla más como suya que del *comes*, y esto fue despertándole una maternidad que había permanecido oculta tras la profunda aversión hacia su esposo. En el fondo, la pequeña estaba tan sola como ella en aquella casa, pues no era para su padre más que un objeto con el que satisfacer sus intereses. Se preguntó con ironía y asco si ya le habría decidido el matrimonio.

Cuando acabó de mamar, Benilde puso a la pequeña en la cuna, y esta movió sus brazos y piernas con satisfacción y alegría. La miraba a los ojos fijamente, y le dedicó una sonrisa tan viva y limpia que la joven no tuvo más remedio que reírse. Miró a la criada —que se había acercado a ella para ayudarla— buscando complicidad. La chica le devolvió la sonrisa.

—Va a ser una niña muy alegre, mi señora —dijo con timidez.

—Sí... —respondió ella, volviendo sus ojos a la pequeña. *Como yo lo era...* pensó con un halo de tristeza. *Ojalá lo sea siempre...*

Decidió que, por lo que a ella respectaba y por encima de su esposo, haría todo lo que estuviera en su mano para que así fuera.

Capítulo 24

Dos hechos, según Benilde, parecieron contribuir a un cambio en la actividad del *comes* en la casa. Por un lado estaba la sucesión de visitas que, con un alto grado de secretismo, había generado aquella cena con don Oppas. Si estas confundieron a la joven en un principio, luego le dieron pie para llegar a la conclusión de que algo estaba tramando su esposo. No le costó relacionarlo con el contexto de las palabras del arzobispo en aquella velada.

La mayoría de los hombres que se reunieron con don Clodulfo pertenecía a la nobleza. Los había reconocido por su asistencia a algunas ceremonias en las que la corte había estado presente. Aunque muchos de los visitantes le mostraron sus respetos a Benilde, su esposo no le permitió estar presente en sus encuentros, lo que en un principio le hizo pensar que se trataba de reuniones de negocios. Fue la reiteración inusual de estas, junto con el alto rango de los participantes, lo que la convenció de que su motivación era política; pues por la casa pasaron *comites*, obispos y terratenientes. Dado que gran parte de ellos tenía en común su oposición al rey Roderico, no le costó ampliar este rasgo al resto de visitantes, por mucho que nunca antes hubiera cruzado dos palabras con ellos. Su esposo parecía estar cumpliendo religiosamente con la discreta encomienda de don Oppas de ayudar a los intereses de los hijos de Witiza.

Aunque algunos de aquellos encuentros dieron lugar a cenas o almuerzos con sus contertulios, en los que Benilde estuvo presente nunca se habló del objeto de las visitas. Y si un comensal hizo algún comentario al respecto, don Clodulfo se cuidó de enmudecerlos con un cambio de conversación o una discreta advertencia.

Este hecho le dio luz para afianzar su convencimiento de que el *comes* había cambiado su actitud con ella. Si en un principio la ignoraba al extremo de no importarle si estaba o no presente en la estancia o en la casa, como si su sumisión y su gesto ausente la hubieran hecho transparente e inocua a los ojos de su esposo, ahora este parecía ser plenamente consciente de su presencia. Y es que, desde el momento en que Benilde comenzó a reivindicarse, había recuperado parte de aquella energía y aquel carácter que el matrimonio le había domeñado. La joven se hizo evidente a don Clodulfo. Quizá en exceso, pues el *comes* parecía querer evitarla. La desconfianza que ahora le mostraba le confirmaba que había comenzado a verla como un ente ajeno que de algún modo podía escapar a su control, y esto le dio fuerza para continuar por aquella senda, aun a riesgo de convertirse en molestia para él.

El otro hecho que había contribuido al evidente cambio de su esposo era, al parecer de Benilde, la relación que mantenía con su concubina. La joven se preguntaba cuánta responsabilidad tenía en aquel nuevo estado de cosas la vuelta en sí misma, y cuánta, el interés del *comes* en la favorita de Witiza y el hijo que ahora tenía con esta.

Fuera por su actividad política, por la inclinación paterna hacia su bastardo y la madre que lo trajo al mundo, o por ambas razones, don Clodulfo estuvo ausente de la casa los últimos días sin que Benilde supiera de su paradero. Tuvo que preguntar al secretario de su esposo para saber, tras algunas vacilaciones del hombre, que el *comes* estaba muy ocupado en asuntos que tenían que ver con la seguridad del reino. Al parecer, habían llegado noticias del desembarco de un ejército africano en costas de la Bética. Las tropas de guarnición de la zona no habían podido hacerle frente por el elevado número de atacantes, y habían enviado aviso a Toleto de la seriedad de la incursión y de la necesidad urgente de refuerzos y de la intervención del rey. Informado Don Roderico de la situación, había decidido abandonar Pompaelo con su ejército, donde aún se encontraba combatiendo la revuelta de los vascones. La importancia del ataque africano le había hecho llamar a levas, y todos los señores fueron convocados con sus hombres para asistir al monarca en su enfrentamiento con los invasores. Según Vifredo, don Clodulfo estaba muy atareado organizando los preparativos para cumplir la orden del rey. Estos implicaban al mismo secretario, y por ello su ausencia era tan frecuente como la de su esposo, se excusó el hombre ante la joven, a la que la información sirvió para constatar que los planes de don Oppas y sus acólitos marchaban según lo habían estipulado.

Aquella mañana Benilde había buscado al siervo para que le entregara la obra de Isidoro que le había recomendado días atrás. Entró en la estancia donde don Clodulfo tenía su *armarium*, la misma en la que el propio Vifredo solía llevarle los asuntos administrativos al *comes* y donde este, de vez en cuando, se sentaba para tratarlos junto al secretario. La habitación estaba vacía. Fue un criado el que le dijo que el hombre había salido junto al señor, camino de la fragua del espadero. Necesitaba dotar de armas a aquellos siervos y esclavos que combatirían por primera vez en las filas de su ejército. Al parecer, la demanda de armamento se había disparado tras el llamamiento a levas y la amenaza de guerra, y las herrerías propias de los señores no eran suficientes para fabricar todas las armas necesarias para la dotación conveniente de los hombres de cada casa en tan escaso margen de tiempo.

Ante la ausencia del secretario, Benilde decidió que ella misma buscaría el libro. Cogió la llave del *armarium*, que Vifredo guardaba en una pequeña alacena junto con el material de escritura y algunas pizarras con registros de cuentas, y abrió la puerta del enorme mueble. Al momento le inundó el olor a cuero de las encuadernaciones, mezclado con la fragancia de la madera de roble. El armario tenía cuatro baldas. Las dos superiores se usaban como archivo y las inferiores estaban ocupadas por una veintena de códices de diferentes tamaños, en su mayoría de gran grosor y peso, encuadernados en piel o en pergamino. Los más voluminosos tenían tachones y guarniciones metálicas en el centro y las esquinas para soportar el peso al estar tumbados, protegiendo así la piel de la encuadernación.

Benilde tuvo que sacarlos uno a uno y leer el principio del texto para encontrar la crónica de Isidoro. Al hallarlo, constató que, tal como le dijo Vifredo, el códice era un bellísimo ejemplar. Estaba encuadernado en piel de cordero y ricamente miniado, escrito sobre vitela con hermosas y ornadas iniciales. Dejó el resto de los volúmenes como estaba y se dispuso a cerrar el armario. Cuando lo estaba haciendo se interrumpió. La curiosidad le llevó a fijarse en los documentos que tenía casi a la altura del rostro. Sobre la tercera balda aparecían, perfectamente colocadas en perpendicular, un montón de cartas en pergamino, enrolladas y sujetas con gruesos cordones de lana o con cintas de tela. Junto a estas, evitando que rodaran, una compacta caja de madera de dos palmos de anchura por una y media de altura.

Benilde cogió una carta al azar. Se parecía a las que había recibido su esposo de la hacienda de su padre y pensó que quizá fuera una de ellas. Le retiró el hilo de lana y comenzó a leerla. Se trataba de una misiva enviada por el obispo de Eliberri dándole cuenta de la revuelta de algunos judíos en la ciudad, y sugiriéndole la necesidad de castigar a los instigadores con dureza para evitar que aquellos episodios volvieran a producirse. La joven enrolló de nuevo el pergamino y lo dejó donde estaba. Cogió otro. Esta vez, de los que se apoyaban en el lateral de la caja. Le deslizó la cinta y lo leyó. El corazón comenzó a latirle más rápido por la excitación. Era una carta de su padre. Había sido escrita a principios de abril y mencionaba la participación en una venta de un centenar de caballos bien domados a un comprador de la corte. Por la fecha, y teniendo en cuenta que aún no se sabía nada de la incursión africana, no le costó relacionarlo con la conversación de su esposo con don Oppas. Tal cantidad de animales solo estaba justificada por la dotación de una caballería. Se preguntó si su padre sabría entonces del alcance de aquellos movimientos.

Lo que leyó después le aceleró aún más el corazón, pero esta vez por la preocupación. Su padre mencionaba también algunas dificultades provocadas por la enfermedad de su mejor siervo, que había contraído unas fiebres y del que temían por su vida. Benilde supo al momento que aquel hombre solo podía ser Hernán, pues no había otro en la hacienda que pudiera ser necesario para su padre hasta el punto de que su indisposición le crease dificultades.

Habían pasado más de dos meses desde la llegada de la misiva. ¿Qué habría sido de él? La imagen de Asella le vino a la mente y se le agarró un nudo en el pecho. La había echado tanto de menos en aquella casa fría y sin alma... Durante el embarazo había llegado a plantearse el pedirle a su padre que la enviara a Toleto para ayudarla y hacerle compañía; pero pensó que la mujer era imprescindible para la hacienda y que su padre no transigiría. También desistió porque en la casa del *comes* Asella no sería más que una vulgar criada y temía cómo pudiera tratarla su esposo. Era una mujer con demasiado carácter y dignidad para aquella propiedad en la que la servidumbre no tenía más valor que el más sucio de sus animales.

La enfermedad de Hernán, la incertidumbre sobre su suerte y la comunión con la preocupación o el dolor de Asella la llenaron de angustia, hasta el punto de olvidarse de la exigua mención que su padre hacía de ella y de su nieta, que en otro tiempo y ocasión la habría llenado de resentimiento. Buscó entre las cartas la existencia de otra posible misiva, enviada posteriormente, que le diera información sobre la suerte del siervo, pero no la halló. Sí encontró una anterior a aquella que, si bien no le calmó la ansiedad de saber sobre Hernán, sí le mitigó de algún modo la desazón por lo que la joven interpretaba como desafección de su padre hacia ella. En la carta, mostraba su preocupación por la salud de la hija y su complicado embarazo, y rogaba a Dios para que estuviera con ella y le diera fuerzas en el parto. Aunque estaba dirigida al *comes*, gran parte del texto tenía a Benilde como destinataria, lo que la acercó a su padre y alimentó el odio hacia su esposo por no haber tenido la deferencia de dejar que la leyera.

Llevada por la necesidad angustiosa de encontrar la posible misiva, abrió la caja de madera. En ella halló una bolsa de tela con lo que parecían ser monedas. Al deshacerle el nudo vio veinte sólidos de oro acuñados por Égica en Toleto. Junto a esta había otra de mayor tamaño, fabricada con finísima piel de cordero, que parecía contener documentos. Miró hacia la puerta de la estancia, llevada por la sensación de que estaba traspasando un terreno vedado para ella; pero la curiosidad era más fuerte que su prudencia, que de cualquier modo nunca había sido un rasgo que otrora la definiera. Desató el cordón que la cerraba y observó su interior. Había tres rollos de pergamino de diferentes tamaños. No necesitaba leerlos para saber que ninguno de ellos lo había enviado su padre, pero aun así sacó el más grande y lo ojeó. Era un escrito sellado por el rey Witiza en el que otorgaba al *comes* la administración de las tierras de Eliberri que habían estado en posesión del conspirador don Dalmiro; así como la posesión de todos sus esclavos y el señorío de los siervos que trabajaban para él.

Benilde entendió que el valor de aquel documento había llevado a su esposo a conservarlo con especial interés, y dedujo que los dos que lo acompañaban gozarían de igual categoría. Iba a cerrar la bolsa, cuando un impulso le hizo sacar el documento más pequeño. Por su tamaño era indudablemente una carta. La desenrolló esperando encontrar otra misiva real, y para confirmarlo dirigió sus ojos a la firma.

Dalmiro, hijo de Gudiliuva.

La joven frunció el ceño y la respiración se le volvió más pesada. La proximidad que aquel escrito tenía de Guiomar hizo que le temblaran ligeramente las manos. Miró de nuevo hacia la puerta con temor. A la sensación furtiva de estar invadiendo la propiedad de su esposo se le unió el interés obsesivo y culpable sobre todo lo que tenía que ver con la que fue su sierva. Comenzó a leer desde el principio.

Mi señor, la convicción de que Dios me ilumina en la ver-
dad me hace escribiros esta carta. Sé que aborrecéis como
yo la insidia, la injusticia y las malas artes de los que se
hacen con el gobierno sin decencia...

Un ruido proveniente de algún lugar de la casa le sobresaltó. Benilde enrolló el pergamino rápidamente mirando otra vez hacia la puerta y lo introdujo en la bolsa de cuero con las manos temblorosas por la tensión. Lo colocó de nuevo en la caja y cerró el armario. Luego sacó la llave y cogió el códice. En ese momento don Clodulfo apareció por la puerta y, al verla, entrecerró los ojos.

—¿Qué hacéis vos aquí? —le preguntó, serio—. Os estaba buscando.

Benilde, que se dirigía a la alacena para dejar la llave, lo pensó mejor y la depositó sobre la mesa, haciendo de tripas corazón para mostrar una calma que no sentía.

—Vifredo me recomendó esta obra de Isidoro —dijo, haciendo un gesto con la barbilla hacia el códice que sostenía sobre el pecho—. Al no encontrarlo aquí he pensado que habría salido con vos, mi señor. Me he tomado la libertad de cogerlo yo, pues no sabía cuánto tardaría en regresar.

Benilde vio cómo el *comes* la observaba con desconfianza, mirando la llave y luego el manuscrito. Después pareció que otra cosa ocupara su atención y penetró unos pasos en la estancia.

—He de hablar con vos —le dijo, mirándola con frialdad—. Debéis prepararos para viajar a Eliberri. Partiréis pasado mañana con unos siervos y Erico, uno de mis soldados, que va a reunir mi tropa de la ciudad. Él os dejará en la villa de la vega y se reunirá conmigo en Cordoba con mi ejército.

Así, sin más... Benilde se había quedado helada. Soltó el aire que había retenido en los pulmones y balbució.

—¿Y vuestra hija? —Fue lo primero que se le vino a la cabeza.

—La niña irá con vos, por supuesto —respondió él, sorprendido por la pregunta.

Ella respiró aliviada. Luego recabó en el contenido de lo que le había comunicado y le surgieron las dudas. ¿Por qué la enviaba a Eliberri, si él se dirigía a Cordoba? El temor la invadió de golpe.

—¿Ha pasado algo? ¿Le ha ocurrido algo a mi padre? —le habló angustiada—. ¿Por qué os dirigís a Cordoba?

—Sosegaos, mujer, no tengo nuevas de que así sea —le contestó con cierto desdén—. El rey nos ha emplazado allí para reunir a su ejército. Ha habido una invasión en las costas de la Bética, ya sabéis... —dijo sin dar más detalles, apartando su mirada de ella.

Mujer... ¡Hasta dónde llegaba el desprecio de aquel hombre!, pensó Benilde, indignada por su desconsideración y agobiada por la urgencia y precipitación de los acontecimientos.

—¿Nos acompañaréis vos hasta Cordoba?

—No, yo iré con Don Roderico —respondió el *comes* y se dispuso a salir.

—¿Por qué a Eliberri? —le espetó la joven cuando él ya abandonaba la estancia—. Podríamos detenernos en casa de mi padre... O quedarnos en Toleto.

El hombre apoyó la mano en el marco de la puerta y volvió la cabeza.

—Vuestro padre también ha sido convocado por el rey, y vos y mi hija permaneceréis donde yo decida que debéis estar —le dijo tajante y se marchó, dejando a Benilde sumida en el desconcierto.

El anuncio de la partida tuvo a Benilde tan confundida que no acertaba a interpretar su estado de ánimo. Nerviosismo, preocupación desmedida, desconfianza... Pero también excitación, curiosidad y expectación por conocer Eliberri. Todos aquellos sentimientos se mezclaban para sumirla en una tensión continua que le quitó el sueño las dos noches previas al viaje. La parquedad en la información del *comes* y su actitud fría y opaca le llenaron de dudas. Tuvo la certeza de que no iba a obtener de él más de lo que dijo, pues los intentos que hizo para aclararlas se estrellaron contra su mutismo insultante y su continua ausencia.

Todo se estaba disponiendo para la marcha. La casa mostraba una actividad que mareaba, de la que ella solo era espectadora. Los criados trabajaban en los preparativos como un mecanismo perfectamente sincronizado, consultándole lo imprescindible, más por respeto que por necesidad de organización. Esta obedecía a don Clodulfo, y al secretario, la ejecución; y la exactitud de sus movimientos hizo pensar a Benilde que aquellos eran comunes en la casa. Resultaba evidente que parte de ella se trasladaba con la joven, aunque su esposo no la acompañara en el viaje. Al parecer, aquellas mudanzas eran habituales en la vida del señor de Eliberri pues, como tal, tenía que atender sus obligaciones en la ciudad que administraba, por mucho que los asuntos de la corte le atrajeran más.

Lo que Benilde no acertaba a comprender era por qué a ella la enviaba a la villa y parte de la mudanza iba a la ciudad, concretamente a la fortaleza de San Esteban, que era donde el *comes* tenía habitualmente su residencia. Era aquella una de las dudas que le inquietaban y que resolvió parcialmente al exponerla al secretario de su esposo. Vifredo, tras mostrar cierta confusión, le explicó parcamente que era voluntad de don Clodulfo. Luego añadió, quizá por consideración, que en la villa de la vega el verano eliberritano era más llevadero por ser aquella zona más fresca que la colina donde se asentaba la fortaleza. La respuesta no convenció a la joven, que le expresó su lógica de que quizá fuera más conveniente permanecer en San Esteban, considerando que el reino estaba amenazado. Vifredo excusó entonces la decisión del señor argumentando que la fortaleza quedaría prácticamente desguarnecida con la marcha del ejercito del *comes* a Cordoba. La respuesta, si bien podía tener cierta coherencia, tampoco satisfizo la razón de Benilde. Guarnecida o no, una fortaleza en una colina no dejaba de ser una fortaleza, siempre más segura que una villa en medio de una vega...

No tuvo que esperar mucho tiempo para que la duda se resolviera en su totalidad al escuchar casualmente, desde su alcoba, a dos criados discutir sobre el destino de uno de los carros. El siervo que parecía de más edad le gritaba al más joven que aquel estaba reservado para las cosas de *la favorita* y que irían con los de la ciudad. No le costó atar los cabos y deducir que eran dos las partidas que su esposo preparaba; y las preguntas que ahora se hacía eran si don Clodulfo tendría la desvergüenza de imponerle la presencia de su concubina en el viaje, y si esta ocuparía su lugar en la residencia del *comes* o le destinaría una casa en la ciudad. El orgullo y la rabia le amargaron las horas previas a la salida. Cuando definitivamente supo que solo viajaría ella con los siervos y el tal Erico, se tranquilizó. Días después tendría ocasión de celebrar la decisión de su esposo, como pudo comprobar. Enviarla a la villa implicaba alejarla de él, y en ausencia de don Clodulfo Benilde podía ser más ella misma.

No sería hasta la mañana de la partida cuando Benilde conoció quiénes formarían parte de ella y cuántos vehículos la compondrían. Cuando salió al patio, avisada por Vifredo de que todo estaba dispuesto, encontró un enjambre de criados trajinando en torno a tres carros. Dos de ellos estaban cargados con bultos de diferentes tamaños que estaban siendo protegidos con lonas de gruesa tela, ajustadas con cuerdas a las tablas laterales. El tercero era una carreta cubierta con otra lona para resguardar a sus ocupantes del sol y de la lluvia, y parecía estar destinada al traslado de ella y de la niña, y quizá de las dos siervas que las acompañaban.

Tras los carros, cuatro soldados armados con espada conducían una decena de caballos bajo las órdenes de un quinto, que vestía cota de malla y yelmo, y montaba en un nervioso alazán. Al aproximarse el secretario, el hombre volvió el rostro y vio a Benilde. Después de observarla un instante pareció darse cuenta de que se trataba de la esposa del *comes* y al momento descabalgó, acercándose a ella. Antes de que hablara, lo hizo Vifredo.

—Señora, este es Erico, el soldado del *comes* que os acompañará y protegerá hasta Eliberri.

Benilde contempló al imponente guerrero, que se quitaba el yelmo para hacerle una reverencia, mostrando una larga y enmarañada cabellera castaña que raleaba en la coronilla y en sus amplias entradas. No era joven, pero la anchura de sus hombros y sus enormes brazos y manos hacían de él un hombre de aspecto temible. Sin embargo, su mirada tímida ante ella y su actitud respetuosa y caballeresca le inspiraron simpatía y confianza.

—Mi señora —habló con una voz grave y comedida, diferente de la autoritaria que le había oído al dirigirse a los soldados—, soy vuestro servidor en este viaje. Nada habréis de temer en él, pues os juro que os protegeremos como lo haría el mismo señor *comes*.

Benilde frunció ligeramente el ceño y apretó la boca. Puestos a elegir, su esposo sería la última persona en la que ella confiaría su protección; pero lógicamente no se lo iba a manifestar al siervo. Sin embargo, no se reprimió al expresar lo que se le ocurrió después:

—No os pediré tamaño esfuerzo, noble Erico, me bastará con que lo hagáis como si yo fuera vuestra propia hija —dijo con una sonrisa pícara que le hizo reconocerse en sus antiguos modos, y que dejó tan desconcertado al soldado que añadió rápidamente—. ¿Tenéis hijos, señor?

El hombre miró al secretario, intentando encontrar en su rostro la clave para interpretar el tono de la joven, y vio cómo este bajaba la cabeza y reprimía una leve risa. Luego asintió, guardando la corrección en todo momento.

—Sí, mi señora...

Benilde volvió a sonreírle, esta vez con la mirada, y afirmó con satisfacción.

—Entonces nada he de temer.

La comitiva partió para Eliberri instantes después, compuesta por los tres carros, diez siervos, cinco soldados y cinco caballos de refresco. En ningún momento don Clodulfo apareció para despedirse de su esposa y de su hija.

Cuando atravesaron las murallas de Toleto, Benilde se giró para mirarlas, preguntándose si volvería a verlas otra vez. A pesar de la incertidumbre del viaje y del desconocimiento de su nuevo destino, tuvo el convencimiento de que no las iba a echar de menos.

Capítulo 25

La madrugada del quinto día de marcha la comitiva dejó la ciudad de Castelona[25]. Habían pasado la noche en la misma posada en la que se detuvieron durante el viaje de ida, de ingrato recuerdo para Benilde. Esta vez, al menos, había podido dormir un poco, a pesar del asco que le produjo el sucio jergón sembrado de chinches, por muy decentes que parecieran las sábanas que lo cubrían. Prefirió compartir su sangre con los bichos antes que morir de cansancio y dolor de huesos. Recordó aquella conversación con el obispo en la casa de su padre. Era un castigo viajar sobre un carro por aquellos caminos llenos de piedras. Los godos parecían desatender el mantenimiento de la obra que los antepasados romanos de Benilde construyeron para facilitar las comunicaciones entre las tierras de Hispania, y algunos tramos se asemejaban a cursos de río. Se le había olvidado el martirio del viaje de ida hacia Toleto. Luego recordó que lo hizo enajenada por las circunstancias y que, por aquel entonces, el dolor del alma se imponía sobre el del cuerpo.

Miró con envidia a los hombres que cabalgaban delante del carro. Sobre el animal la espalda se resentía, pero al menos la suavidad del paso evitaba aquel traqueteo infernal en las posaderas y en los huesos, cuya molestia apenas aliviaba el cojín en el que se sentaba. No estaba dispuesta a pasar otro día encima de aquel tormento. Antes de que el sol llegara al mediodía hizo que detuvieran el carro.

---

[25] Linares

—Erico —dijo al soldado—, traedme uno de los caballos de refresco. Sé que a mi esposo no le gusta que cabalgue, pero vos me guardaréis gentilmente el secreto —concluyó decidida y con una sonrisa cautivadora, sorprendiendo a los siervos y a las criadas que la acompañaban. Una de ellas tomó a la niña de sus brazos.

El hombre la miró confundido y alarmado, acercándose a la carreta.

—Pero, señora, no tiene silla —replicó.

—Descuidad, eso nunca fue un problema para mí —le respondió con soltura, moviéndose de su asiento.

Erico vio cómo la joven revolvía en uno de los baúles que llevaba en el vehículo y sacaba una pequeña manta de lana. Entendió que estaba decidida a montarlo sin siquiera vestir unas calzas.

—Permitidme, señora, que os ceda mi montura. Es noble animal, no pondrá vuestra vida en peligro —ofreció solícito, bajando del alazán y acercándolo al carro para que lo montara.

—Agradezco vuestro gesto, Erico, y lo acepto. Sois gentil —dijo y, ante el asombro de los siervos, se arremangó la túnica y montó a horcajadas, tirándose de la prenda que ahora apenas le cubría los muslos—. Pasadme la manta, os lo ruego.

El hombre se la entregó y vio cómo la colocaba sobre sus piernas, y entendió que lo hacía más por evitarles la violencia a ellos que por vergüenza o por recato. No se le escapó el suspiro de satisfacción y la felicidad de su rostro cuando tomó las riendas, y simpatizó al momento con la frescura de su carácter, que lo desconcertaba sobremanera considerando de quién era esposa. Era una lástima, pensó, que la hubieran casado con aquel lobo cruel de don Clodulfo.

—No sé si sabéis, noble Erico, que mi padre es comerciante de caballos —le aclaró ella como si le hubiera leído la mente, una vez que el siervo se colocó a su lado con la nueva montura, más por protección que por hacerle compañía—. Me he criado entre ellos desde que era una niña, y los conozco y los amo como si fueran parte de mi familia. —Le sonrió—. Por ello sé que vuestro alazán es africano.

—Sois muy sagaz, señora. Lo es. Lo prefiero de esta raza, aunque sea más pequeño que nuestros caballos, porque es rápido e inteligente. Os puedo asegurar que en la guerra es mucho más útil que el más fuerte de nuestros sementales. Lo aprendí de mi anterior señor... —dijo y se interrumpió, guardando un incómodo silencio.

—Erico, ¿desde cuándo servís a mi esposo? —le preguntó ella, que se había percatado de la reacción del hombre. Vio cómo la miraba de soslayo para luego fijar la vista en el camino, huyendo de sus ojos.

—Desde que el rey Witiza cedió la administración de las tierras de don Dalmiro al *comes*, mi señora.

Benilde lo observó sorprendida durante un momento. Lo último que esperaba era oír aquel nombre en la boca del soldado. Además, siempre que lo había hecho había ido asociado a la palabra traidor, excepto en palabras de Guiomar y ahora en las de aquel hombre.

—¿Lo conocíais entonces?... —preguntó con un interés que no pasó desapercibido para él, y vio su gesto huidizo. Le pareció que dudaba qué contestar y se apresuró a aclararle—. Erico, no temáis vuestras respuestas. Mi curiosidad atiende a mis propias razones; no la interpretéis como una prueba de vuestra fidelidad hacia mi esposo.

Sus ojos se midieron durante un momento. Luego el hombre asintió levemente, y la joven tuvo la sensación de que la había creído y había salvado alguna de sus reticencias.

—Señora, serví a don Dalmiro hasta su muerte. Lo conocía bien.

—¿Era buen señor? —preguntó, como el principio de un cabo que esperaba le llevara a Guiomar; y tuvo que hacer esfuerzos para no evidenciar la excitación que le embargaba por momentos.

—Lo fue —dijo, y miró hacia el horizonte—. El mejor que tuve.

A Benilde le sorprendió la sinceridad de la respuesta, considerando que, como amo, sus palabras dejaban a su esposo en mal lugar. El siervo pareció pensar lo mismo y se apresuró a aclarar:

—Os ruego que no me malinterpretéis, mi señora, no tengo queja de vos ni de vuestro esposo; pero me habéis preguntado, y yo os contesto. Don Dalmiro tenía una condición que nunca he vuelto a ver en un señor. Trataba a sus siervos con condescendencia, señora. A todos —enfatizó—, incluidos los esclavos. Era un hombre con honor, un soldado leal y un buen cristiano.

—¿Por qué entonces traicionó al rey? —le preguntó ella, con más curiosidad que reproche.

—Lo desconozco, mi señora. Hubo un desembarco de tropas imperiales en Abdera y lo acusaron de desoír una leva.

—¿Cómo pudo hacer eso, siendo tan leal?

—Porque el aviso no le llegó —dijo tajante y, ante la cara de extrañeza e incredulidad de Benilde, añadió—. Sus problemas comenzaron mucho antes que eso, señora, mucho antes —enfatizó mientras asentía y miraba al horizonte.

La joven esperaba una explicación y Erico se vio obligado a continuar.

—Don Dalmiro fue uno de los gardingos más jóvenes del rey Wamba, señora. Le guardó fidelidad durante todo su reinado y luchó junto a él en el levantamiento del *dux* Paulo en la Narbonense. El rey premió su entrega con las tierras y la villa de Eliberri. También para asegurar la protección del territorio, pues era un gran soldado y un buen *thiufadus*. Solo por esto ya ganó enemigos —añadió, pero omitió entre quiénes—. Después llegaron las tretas de Ervigio y los suyos, y destituyeron al rey Wamba con engaño...

—¿Cómo se puede destituir a un rey mediante engaño? —interrumpió Benilde.

—Wamba enfermó gravemente. Las malas lenguas aún dicen que por veneno —apostilló—. Al estar moribundo, recibió la penitencia y, como es costumbre, le tonsuraron la cabeza. Luego el rey mejoró, pero como la ley impide reinar al tonsurado, fue destituido por el Concilio en favor de Ervigio.

—¡Eso es ladino! —exclamó la joven, escandalizada, y luego añadió—. Hispania sería una tierra afortunada si la labor del Concilio se empleara en interés de todo el reino —dijo, y clavó la mirada en el camino. Erico la observó de soslayo y decidió probarla.

—Sí, mi señora, pero tal vez el interés de todos no convenga al de los *duces* y al de los *comites*.

Ella lo miró sin pestañear.

—No confundáis los intereses de mi esposo con los míos, Erico. —Que era lo mismo que decir que no la asociara a su codicia—. Decidme en qué afectó esto a don Dalmiro.

—El señor no apoyó la treta, y aquello no gustó a Ervigio ni a sus fieles. Luego vino lo de doña Elvira, y don Dalmiro terminó por caer en desgracia.

—¿Doña Elvira? —preguntó la joven, cada vez más intrigada por la historia.

—Era su esposa, mi señora. Una esclava...

—¡¿Don Dalmiro desposó a una esclava?! —interrumpió Benilde, impactada, mirándolo con incredulidad, intentando encajar toda aquella información con la que tenía de Guiomar.

—Sí, mi señora. La había conseguido como botín de guerra durante un enfrentamiento con las tropas del emperador. Era una mujer muy bella —concedió, y pareció perderse en su recuerdo. Luego contrajo el rostro y miró a un lado, intentando ocultarlo de Benilde—. Tenía los rasgos de las mujeres de la Mauritania —prosiguió—, pero su pelo era cobrizo y sus ojos, del azul de las turquesas que no he visto ni siquiera entre los godos. Don Dalmiro decía que su belleza parecía haber sido modelada por las mismísimas manos de Dios.

Los ojos de Guiomar no eran azules, sino verdes, pensó Benilde, pero también había visto la obra de Dios en ellos. Luego recreó la imagen de los reflejos cobrizos de su pelo al sol y no tuvo duda de que aquella mujer era su madre.

—Decían que estaba emparentada con La Kahina, pero eso no eran más que habladurías —continuó Erico.

—¿Quién es La Kahina?

—Era una sacerdotisa africana... Una bruja, dicen otros —apostilló—. Por lo que sé, comandó a su pueblo contra los sirios. Una brava mujer que les dio mucha guerra, al parecer... Viniera de donde viniera —continuó con su relato—, el señor se enamoró perdidamente de doña Elvira. Tanto que no la quiso como concubina. Le dio la condición de liberta, la bautizó y la desposó... Ya podéis imaginar la reacción de las gentes de la corte. Algunos decían que lo había embrujado con sortilegios de su lengua... —El hombre perdió la mirada en el horizonte—. La gente es necia, señora, bastaba mirarla para saber que era su hermosura la que lo había hecho cautivo.

—¿Pero cómo pudo desposar a una esclava? La ley lo prohíbe.

—Esto ocurrió poco antes de que el rey Ervigio la promulgara. Don Dalmiro ya había abandonado Toleto y se había retirado con doña Elvira a sus dominios en Eliberri.

—¿Y el rey no lo castigó?

—No. Quizá porque se marchó a tiempo de la corte, o porque el matrimonio fue antes de que se dictara la ley... Pero pasó de comandar una *thiufa* con mil soldados a apenas una centuria. Eso sí, bien entrenados. Nos hacía llamar cada luna para ejercitarnos en la lucha. Pero una centuria no es una *thiufa*, señora —dijo, negando levemente y mirando hacia el camino—. Don Dalmiro terminó perdiendo su poder, como perdió el honor a ojos de la corte. Aun así, tanto el rey Ervigio como su yerno Égica lo convocaron en tiempos de guerra, y el señor respondió sin falta a todas las levas. Y os puedo asegurar que no había militar como él. —Volvió a mirarla para enfatizar sus palabras—. El mejor que ha asistido al *dux* don Teodomiro en la lucha contra los ataques de las tropas imperiales y africanas. Ni a Ervigio ni a Égica les interesó perder sus servicios en la Bética. Ni las riquezas que les tributaba, señora, que eran muchas... La corte le volvió el rostro, pero dejó bien abierta la mano —dijo, y pareció sumirse en sus pensamientos.

—¿Tenía hijos don Dalmiro? —formuló Benilde con simulada ligereza, tratando de reconducir la conversación al terreno que más le interesaba y ocultando el nerviosismo que le inspiraba la expectativa de la respuesta.

—Sí, mi señora, tenía dos. Un niño de cinco años y una de once o doce, no recuerdo bien la edad, ha pasado tanto tiempo... El varón heredó los ojos de Elvira y la finura de sus rasgos, pero era muy delicado, y su madre lo protegía en demasía. Eso no gustaba a don Dalmiro. —Hizo una pausa—. La hija era la viva imagen del padre —continuó sonriendo, y la joven lo miró con interés, el corazón desbocado en el pecho—. Tenía sus ojos. Eran verdes y gallardos, pero no tan hermosos como los de su madre... ¡Cómo serían los de doña Elvira...! Pensó Benilde.

—...Pero tenían su fuerza —prosiguió y sonrió abstraído—. Es como si los viera ahora mismo... Era un tormento para la madre. Se escapaba de ella siempre que tenía ocasión. Prefería la compañía del herrero, del caballerizo, de los jóvenes que se formaban en la lucha... Don Dalmiro la adoraba. Dios no le dio un varón sano hasta que ella cumplió los siete, y... Porque tuvo dos más —aclaró, interrumpiéndose—, pero no pasaron del año; por eso doña Elvira se preocupaba tanto por el hijo. La niña era más fuerte... Lista y curiosa como un zorro —añadió sonriendo de nuevo y mirándola con complicidad—. Recuerdo que una vez se empecinó en criar diez lechones que una cerda había abandonado. A la madre se le había retirado la leche por una fiebre y los animales aún no estaban destetados. Iban a acabar en la cazuela, pero la niña se empeñó en alimentarlos.

—¿Cómo? —preguntó la joven, divertida, imaginando a una pequeña Guiomar rodeada de lechones.

—¡Con la tripa de un cordero que llenó con leche de vaca! —exclamó él, riendo—. Doña Elvira se negaba a que metiera los lechones en la casa... Y tenía carácter, mi señora, podéis creerme; pero después de que la niña se escapara dos noches para alimentarlos en la cuadra, transigió. El padre también, pero porque quería ver si su hija era capaz de sacarlos adelante. Y los sacó. ¡A todos! —Rio de nuevo—. Y cuando crecieron no podían andar sueltos, pues no había alma que levantara la voz a la criatura sin sufrir el ataque de los cerdos; la protegían como a una madre —dijo, y comenzó a carcajearse, atrayendo la atención del resto de los siervos de la comitiva—. ¡Corrieron a don Dalmiro por la hacienda porque le echó una reprimenda! —dijo entre risas, con los ojos iluminados. Luego bajó la cabeza, negando—. Era una niña singular. Creo que su padre lamentaba que no hubiera sido varón; habría tenido cualidades para ser buen señor y mejor gardingo de haberse criado en la corte...

Si había tenido alguna duda, Erico las había aclarado; aun así, Benilde necesitaba escucharlo de su boca.

—¿Cómo se llamaba?

—Guiomar —respondió él con una sonrisa que, en un instante, se había tornado en triste—. Me habéis recordado a ella cuando os he visto montar. Como vos, adoraba los caballos.

A Benilde se le hizo un nudo en la garganta, y no supo si fue por volver a oír su nombre o por ver su infancia feliz a través de la devoción de Erico. Y sintió que habría dado lo que fuera por retroceder al momento en que Guiomar montaba en el semental para huir de la hacienda, pues, visto lo que la vida le había dispuesto durante aquel año, sin duda alguna se habría escapado con ella.

—¿Qué les pasó, Erico? —preguntó finalmente, sabiendo qué iba a responder.

—Les dieron muerte, mi señora —dijo, la vista perdida en las manos que sujetaban las riendas.

—¿Por qué?

El hombre la miró sorprendido. No había razón para que la joven estuviera afectada por la suerte de don Dalmiro y su familia, pero por su tono le pareció que lo estaba.

—Señora, es algo que no he dejado de preguntarme desde que ocurrió.

—Nunca he oído que desatender una leva conlleve la muerte al señor y a su familia —añadió Benilde, simulando ignorancia. Quería conocer su versión sin contaminarla con lo que ya sabía.

—No, no es eso lo que dice la ley de Ervigio; pero a don Dalmiro se le acusó de algo más.

Benilde captó la reticencia del soldado e insistió.

—Erico, contadme lo que sabéis, os lo ruego.

—Tal vez no queráis... —respondió y luego pareció dudar—. ...O no debáis saberlo, señora.

—¡Quiero saberlo! —enfatizó ella con autoridad—. Si debo o no, es algo que no os corresponde a vos decidir —añadió y lo miró intensamente. Luego suavizó el tono—. Erico, como os dije antes, tengo mis propias razones para interesarme por la suerte de don Dalmiro y de su familia.

El hombre la observó sorprendido. Había algo en la joven que le intrigaba. La prudencia le aconsejaba mantener la boca cerrada por temor al señor al que servía, pero el instinto le decía que aquella mujer era más afín a él que a su esposo; hecho que resultaba tranquilizador para Erico y lo sería para el resto de los siervos de la villa, considerando su miedo y su odio por don Clodulfo y su parentela.

—Después de lo que ocurrió con la leva —continuó con cierta vacilación—, el *comes* convocó a don Dalmiro para que se presentara en Eliberri con la mitad de su tropa. Todos pensamos que nos habían llamado a levas. Así lo creímos cuando llegamos a la fortaleza de San Esteban, pues allí estaba gran parte del ejército de vuestro esposo —dijo y pareció dudar—. Tuve un mal pálpito, porque vi que nos miraban con desconfianza. Don Dalmiro entró para presentarse al *comes*, y salió muerto. Lo sacaron cuatro hombres y lo arrojaron a nuestros pies. Les acompañaban vuestro esposo y el obispo de Eliberri. Todos desenvainamos las espadas al ver muerto a nuestro señor, pero para entonces los hombres de don Clodulfo nos apuntaban con arcos y lanzas. El *comes* leyó la orden del rey para apresar a don Dalmiro por desobediencia e insurrección, pues dijo que existían pruebas de su traición contra Witiza. Dijo que se había resistido a la detención, y que por ello tuvieron que darle muerte sin juicio. Pero ahí no terminó la pena por su delito. —Miró a Benilde con una ironía amarga—. Para horror nuestro, lo decalvaron delante de todos y le cortaron las barbas. Le despojaron de la coraza y de su manto y lo vistieron con un sucio sayo que quitaron a un siervo desharrapado. Después le cortaron la mano derecha de un espadazo. Pusieron su cuerpo en un carro y lo pasearon por toda la ciudad para que el pueblo conociera su traición y aprendiera del escarmiento —miró hacia el horizonte, sin ver—. Todos pensamos que el horror había terminado ahí...

A Benilde se le encogió el pecho y dudó por primera vez si quería saber el resto de la historia, pero para entonces Erico ya la había reanudado.

—La pena por traición conlleva la confiscación de las posesiones. Vuestro esposo fue nombrado administrador de todos los bienes y las tierras de don Dalmiro por la misma orden del rey. Los que fueron sus siervos pasaban a serlo del señor Clodulfo, incluida la tropa. Por eso, cuando acabaron de mostrar el cuerpo por toda la ciudad, se dirigieron con el carro a la villa. El *comes* quería que todos allí lo vieran y supieran quién era el nuevo señor. Algunos de nosotros lo acompañábamos, desarmados. Cuando llegamos, reunieron a la servidumbre y les leyeron los delitos de don Dalmiro. Doña Elvira, al ver el cuerpo de su esposo y oír de lo que se le acusaba, comenzó a gritar y a llamar al *comes* asesino y lobo perjuro... A sus gritos, llegó Ermemir de los establos y se agarró a la madre, chillando como un poseso. A don Clodulfo no le gustaron las acusaciones de la señora y la dio para el disfrute de la tropa.

—¿Qué?... —musitó apenas Benilde, mirándolo horrorizada.

Erico la escuchó como si no fuera ella ni nadie. Las palabras habían empezado a salirle sin pensar, en una letanía que no controlaba. Después de todos aquellos años huyendo del recuerdo, este había regresado sumiéndolo en el estupor absurdo de una pesadilla.

—La dio para el disfrute de la tropa —repitió—. Podía hacerlo, había recuperado su condición de esclava por ser la esposa de un usurpador, al igual que lo eran sus hijos. Los hombres al principio no se atrevieron a tocarla, pero luego fue un soldado y lo hizo y entonces fueron todos los demás. Ermemir se aferró a su madre, y la madre al niño. Necesitaron cuatro hombres para separarlos... Y el crío terminó estampado contra el pozo...

—No... —La joven no quería escuchar más, pero el hombre ya no era consciente de la impresión que sus palabras estaban teniendo en ella, la mirada perdida en el camino.

—Doña Elvira enloqueció, y algunos siervos fueron a ayudarla, y entonces empezó el infierno... Los hombres los masacraron, a pesar de que iban desarmados. Luego... La forzaron entre todos... Hasta que comenzó a chillarles en su lengua, como poseída, y uno de los soldados le clavó un puñal en la garganta por temor al poder de sus maldiciones.

Benilde no pudo oír más. Espoleó el caballo y escapó de sus palabras al galope, camino adelante. Erico le había traído a Guiomar y le había dado una familia, un pasado... Y con él le trajo su horror. Y tuvo que huir de él, como la sierva lo había estado haciendo todos aquellos años. Recordó sus lágrimas sin llanto en el río, su dolor, que a fuerza de contenerlo en las entrañas se le había endurecido como una piedra emponzoñada, envenenando su vida y su alegría. Si había oído a su madre, si vio su cuerpo ultrajado, ¿cómo había podido sobrevivir a esa imagen una niña de once o doce años? ¿Cómo, al recuerdo de su familia masacrada?... Muriendo —lo supo al momento— para nacer otra en su cuerpo. Había enterrado a Guiomar en un páramo arrasado de su alma, con su alegría, con el resto de su familia, para convertirse en Cachorro: un perro abandonado que ocultaba una niña en su mugre. Entendió su disfraz, huía de su identidad como del dolor. Benilde necesitó un año y a Erico para comprender, y esta comprensión la unió aún más al recuerdo idealizado de Guiomar y potenció su carencia y el lamento de haberla empujado hacia la muerte. La desesperación devino en lágrimas y la hizo azuzar aún más el caballo.

Habría recorrido dos leguas cuando oyó gritar a Erico.

—¡Deteneos, señora! ¡Deteneos, os lo ruego!

Benilde cobró conciencia de que el hombre debía llevar un rato detrás de ella, intentando alcanzarla sobre un caballo sin montura. Imaginó su preocupación y frenó al alazán. Se limpió los restos de lágrimas y lo encaró hacia él. El hombre le cogió las riendas, temiendo que pudiera espolear de nuevo al animal.

—Perdonadme, señora, os lo ruego —pidió angustiado—. No debí contároslo.

—¿Qué hizo mi esposo? —le espetó, y sonó más a orden que a pregunta.

—Señora... No os... —comenzó a decir el hombre.

—¿Qué hizo Clodulfo mientras forzaban a doña Elvira? —repitió con hielo en la mirada.

Él tragó saliva, indeciso.

—Nada. Ordenó que vaciaran los establos y los graneros y llevaran todo a la ciudad. Luego se marchó con algunos hombres.

—¿Qué fue de la niña?

Erico negó con la cabeza.

—Quemaron uno de los establos con siervos de la casa. Estaba con ellos... —Apenas se le oyó. Benilde asintió y le clavó los ojos intensamente.

—¿Y vos qué hicisteis, Erico?

Al hombre se le cayó el alma al suelo, la mirada fija en ella.

—Yo tenía hijos, señora... —habló tragando una saliva que no le quedaba en la boca—. Yo entonces tenía esposa y cuatro hijos, y vivían en la villa... —dijo y vio cómo la joven seguía escrutándolo, dudando entre la lástima y el asco—. No me castiguéis con vuestro desprecio, mi señora, ya lo ha hecho Dios y yo mismo. No he dejado de oír sus gritos desde aquello... Son mi pesadilla y mi penitencia.

Capítulo 26

Nunca había visto montañas tan altas. La llegada a Eliberri se anunció leguas antes por aquel largo perfil gris azulado, casi simétrico y con manchas blancas, que separaba el cielo de la tierra en el horizonte.

—¿Qué montañas son aquellas, Erico? —preguntó Benilde al soldado, señalando la cordillera con el brazo extendido. Él cabalgaba junto a ella en otro de los caballos de refresco.

—Es el Monte Solorio[26], mi señora.

—¿Cómo es que está manchado de blanco? —Volvió a preguntar, poniéndose la mano sobre los ojos para protegerlos del sol—. No puede ser nieve...

—Lo es, señora —respondió el hombre, manteniendo su mirada en la joven para observar una reacción que esperaba.

—¡Estamos a finales de junio, no es posible que lo sea! —exclamó.

—El Monte Solorio siempre tiene nieve, mi señora. En verano casi la pierde, pero siempre queda algún nevero. La lluvia de los primeros fríos de octubre lo cubre otra vez, y para noviembre está tan blanco que cuesta mirarlo sin deslumbrarse por la mañana —dijo con una tímida sonrisa—. No conozco sierra más alta que esta. Los que han subido a sus picos dicen que allí siempre hace frío, y que se ve el mar y hasta las tierras africanas. En verano tenemos parte de la yeguada en sus faldas.

—¿Por qué lo llaman Monte Solorio si siempre tiene nieve? Deberían llamarlo nevado entonces.

---

[26] Sierra Nevada

Erico sonrió y se encogió de hombros.

—Dicen que por ser el primero que se ilumina con el sol del amanecer y el último que lo refleja cuando se oculta.

La respuesta pareció satisfacer la lógica de la joven, pues nada añadió, los ojos recorriendo absortos y maravillados el paisaje que se había abierto frente a la comitiva, algunas leguas después de dejar Deifontes, donde habían pernoctado en una posada junto a los nacederos de aguas cristalinas que daban nombre al lugar.

Eliberri, ya a la vista, era una ciudad pequeña comparada con Toleto, pero su enclave no era menos espectacular que el de la capital del reino; pues si en esta el curso del río Tagus constituía uno de sus elementos más distintivos, en aquella lo eran la extensa y frondosa vega que se extendía a sus pies y los montes que la rodeaban en todos sus límites, coronada en su parte oriental por aquella sierra que presidía, regia, el conjunto del paisaje en el que la ciudad se acomodaba. Esta casi habría pasado desapercibida entre la grandilocuencia natural que la rodeaba, de no ser por la monumentalidad de dos edificios que captaban la atención en una segunda mirada. La Fortaleza de San Esteban y la Iglesia de San Vicente.

La ciudad se dividía entre las faldas de dos colinas enfrentadas, separadas por un estrecho barranco que se abría llegando a la vega y por un río que moría en un joven Síngilis que Benilde no supo reconocer. Su curso bajaba del mismo Monte Solorio y bordeaba la parte sur de la ciudad. Cuando Erico le dijo su nombre, ella sintió una familiaridad reconfortante. Leguas a poniente, siguiendo sus aguas, estaba la hacienda de su padre.

La Fortaleza de San Esteban, situada en la cima de la colina más prominente, constituía un recio baluarte desde el que se divisaba toda Eliberri y gran parte del territorio que la rodeaba. Al observarla a lo lejos, Benilde se alegró de que su esposo le hubiera destinado otra residencia. Aunque el enclave y las vistas fueran imponentes —imaginaba—, vivir confinada entre aquellos muros sería como hacerlo en una cárcel.

La comitiva se detuvo a los pies de la ciudad bajo la falda de la colina que aparecía en la margen derecha del río que la dividía, cercana a un extenso arrabal que los criados llamaron de los judíos, pues allí se asentaban. Por el tamaño que ocupaba, la joven dedujo que una buena parte de la población lo era, y recordó la alusión que sobre ellos hacía el obispo de Eliberri en aquella misiva enviada a su esposo.

La mitad de la servidumbre y uno de los carros se separaron entonces para adentrarse en la ciudad en dirección a la fortaleza. El resto, con Erico y una expectante y nerviosa Benilde a la cabeza, cruzaron el Singilis y siguieron el camino hacia la vega entre huertos, arroyos y arboledas. Ambos cabalgaban en silencio hasta que el soldado habló.

—Mi señora, os confieso que me sorprendió que el *comes* os enviara a la villa, pues él no suele residir allí... —refirió con liviandad y luego vaciló, cayendo en la cuenta de que había dicho una inconveniencia. Se disponía a enmendarla cuando la joven se adelantó.

—Mi esposo necesita espacio... —justificó con ironía, los ojos en el camino. Después se dejó llevar por el rencor y continuó, mirándolo—...Para sus caprichos.

El hombre la observó sorprendido y desvió incómodo la vista a los huertos.

—Soy joven, Erico, pero no soy un polluelo que se ha caído del nido. Sé que mi esposo pretende traer a la *favorita* y a su bastardo a Eliberri —dijo marcando el tono al mencionarla. Ante el silencio violento del soldado, continuó, ahora con un tinte de orgullo en la voz.

—No sintáis pena por mí, me hace un favor... Conociendo la naturaleza de mi... Del *comes* —rectificó, tratando de separar a su esposo de sí—, no creo que sea la primera concubina que tiene y que trae a la ciudad —añadió y luego frunció el entrecejo, meditabunda—. Lo único que me sorprende es no haber oído que tenga más bastardos por ahí —dijo y observó al soldado para ver si su reacción le aportaba más información. Él miró hacia las riendas sin atreverse a hacerlo hacia la joven.

—No lo creo, señora —dijo parcamente.

—¿Por qué? —preguntó ella, sorprendida por la seguridad con que el hombre le había respondido.

—Porque la esposa... La anterior esposa del *comes* —corrigió rápidamente— estaba emparentada con la familia de Cixilo, la esposa del rey Égica. Todas las propiedades que tiene el señor en Toleto las heredó de doña Bruneilda. No creo que don Clodulfo se arriesgara a deshonrarse ante la corte. Cixilo era una mujer influyente y poderosa; tanto que el concilio decretó que a la muerte del rey Égica la recluyeran en un convento, temiendo sus ardides, señora.

Benilde asintió, grave, asimilando aquella información nueva para ella, dado el mutismo de los siervos de la casa de Toleto. Entendió la cercanía del *comes* al rey Witiza y a su familia. Entendió la relación que este tenía con la corte, así como los velados reproches que don Oppas le dirigiera aquella noche durante la cena. Y entendió, llevada por la animadversión que sentía por él y basándose en su propia experiencia, que su esposo se habría desposado con ella también por conveniencia, y que gran parte de sus posesiones ahora provenían de sus matrimonios.

—¿Era bella doña Bruneilda? —preguntó por la curiosidad de saber si erraba en la suposición. El hombre la miró de soslayo desconfiando del interés de Benilde, pero de algún modo sospechando el curso de sus pensamientos.

—La belleza depende del gusto, mi señora... —vaciló, y recibió la mirada descreída de la joven. Comprendió que su desparpajo no admitía tapujos—. No lo era tanto como vos —admitió— ni tenía vuestra juventud... Era una mujer muy altiva; no tenía vuestra naturalidad —concluyó como para sí.

Benilde lo observó con un interés disfrazado de ironía.

—¿Con ello queréis decir que era más noble que yo?

—No, mi señora. —Negó con la cabeza—. Solo quería decir que era más arrogante.

La cercanía a la villa se advirtió por una sucesión de cultivos de mayor tamaño que los de las huertas que habían atravesado, y por los saludos de Erico a algunos de los siervos que labraban la tierra. A lo lejos, a la derecha del camino, se veía una sucesión de álamos que hacían adivinar la existencia de un río que se adentraba en aquella enorme vega, partiéndola en dos. En el horizonte, justo enfrente, un alto cerro verdeazulado ocultaba parte del Monte Solorio y, ante aquel, dos colinas más suaves y arboladas, separadas por dicho río y el valle que había formado, venían a morir al pie de la inmensa y fértil llanura. La villa estaba situada en la falda de la izquierda, cercana al curso del agua y a la vega, pero a una altitud que le permitía tener una amplia visión de esta y del camino que conducía a la ciudad. Estaba compuesta por una gran vivienda de una sola planta, con una sucesión de establos y pequeñas edificaciones de diferentes usos que se extendían tras ella hacia poniente. Cerca del río, junto a un ancho puente de piedra y madera, podía distinguirse un molino y las viviendas de los siervos que se ocupaban de los campos.

De un simple vistazo, Benilde supo que tanto la hacienda como las tierras que la rodeaban eran más ricas que las de su padre, y ni siquiera había visto las posesiones de don Clodulfo en la ciudad. La joven vio cómo el número de siervos se incrementaba según se iban acercando a la villa. Muchos de ellos observaban mudos la comitiva, mirándola con extrañeza y gravedad. Otros saludaban a Erico con parcos movimientos de cabeza, fijando luego unos ojos fríos en la mujer que cabalgaba junto a él. Benilde sintió un cierto desasosiego que se afianzaría cuando llegaron finalmente a la casa. La sensación de que allí no era bien recibida se convirtió en convencimiento tras ver el gesto de uno de los criados que se acercaron para asistir a los recién llegados. Le pareció que, en un momento en el que no se creyó observado, el siervo escupía en el suelo después de haber cruzado su mirada con ella. Habría dudado del sentido de aquel ademán si la respuesta de Erico, que también se había percatado, no hubiese sido la que fue. El soldado bajó del caballo, lanzándose literalmente de él, y le propinó al hombre tal bofetada que lo tiró al suelo de culo.

—¡Guarda el debido respeto a tu señora, verraco! —le gritó enfadado y lo cogió por el sayo sin esfuerzo hasta ponerlo de nuevo en pie, acercando la boca a su cabeza al hacerlo para darle después un empujón.

El criado se llevó la mano a la cara y miró a la joven de soslayo, avergonzado, mientras se apresuraba hacia uno de los establos dando traspiés.

Benilde, como el resto de los criados que se encontraban entre los carros, se había quedado inmóvil, impactada por la escena. Erico se aproximó a ella para ayudarle a bajar de su montura. Cuando lo hizo, lo miró intensamente.

—¿Qué le habéis dicho al levantarlo? —le preguntó con autoridad. Él dudó un momento y luego habló, elevando la voz para que todos lo oyeran.

—Que no juzgara sin conocer.

Benilde observó cómo los siervos bajaban la cabeza y continuaban con su trabajo.

—Veo que aquí no soy bien recibida... —expresó finalmente sin apartar sus ojos de él, esperando una explicación.

—No es por vos, señora, es por vuestro esposo —justificó el soldado.

La joven ató el último cabo de la sospecha que le faltaba por atar.

—Esta era la villa de don Dalmiro... —dijo bajando el tono y pretendiendo preguntar, pero sonó como una afirmación.

Erico apenas asintió, como si pronunciar el nombre en aquel lugar fuera una herejía que pudiera despertar todos los demonios. La joven miró a la casa, que había adquirido de pronto una significación y un peso que la abrumaban, y tuvo que abrir la boca para tomar aire. El hombre captó el gesto y lo malinterpretó.

—No tengáis cuidado, mi señora —se apresuró a tranquilizarla—. Vos no sois como el *comes* ni como doña Bruneilda. Tened paciencia con los siervos, no tardarán en darse cuenta.

Pero a Benilde la actitud de los criados le importaba en aquel momento menos que el polvo del camino que cubría su túnica y que sentía en sus labios y entre sus dientes apretados. La certeza de que aquella villa se trataba de la casa de Guiomar la embargó en una sensación agridulce y condescendiente. Seguía teniendo el convencimiento de que Dios se empeñaba en castigarla por su responsabilidad en la muerte de la sierva, acercándola aún más a ella. Y difícilmente podría desprenderse de la culpabilidad haciéndola tan presente... No dejaba de ser paradójico que fuera su matrimonio con don Clodulfo —azote que había afectado a las dos en diferente medida— el que le permitiera revivir la presencia de Guiomar en su propio contexto.

Aquel acercamiento, sin embargo, satisfacía otra parte más oculta e ingobernable de sí misma que seguía ensalzando su figura con un secreto regocijo lleno de contradicciones. Pensar que aquella casa la había visto nacer, que había habitado entre sus muros, que había correteado el suelo que ahora ella pisaba le hizo ver la villa y todo lo que la rodeaba con los ojos de Guiomar, y esto, de algún modo, era lo mismo que fundirse con ella.

En su estado de introspección apenas fue consciente de que Erico había desaparecido en el interior de la casa y de que los hombres habían comenzado a retirar las lonas de los vehículos, sorteando su confusa presencia.

Como en el momento de la carga de los carros, la descarga produjo otro incidente que vino a sacar a Benilde del trance pero, al contrario del de Toleto, este la satisfizo más y le sirvió para desquitarse del escozor de aquél. De nuevo, dos criados comenzaron a discutir; esta vez por el destino de uno de los baúles que se encontraba en el vehículo que trasladaba las pertenencias de Benilde. Al alboroto de las voces, la joven se aproximó para interesarse por el problema que lo había provocado. Uno de los siervos, visiblemente contrariado, se explicó:

—Señora, este necio se confundió de carro al montar el baúl —dijo, señalando un gran arcón labrado en oscura madera—. Este tendría que haber ido a la ciudad con las cosas del *comes*.

El otro criado comenzó a protestar y de nuevo surgieron las mutuas acusaciones.

—¡Callad! —gritó Benilde con autoridad, enojada, y los hombres enmudecieron—. ¡Abridlo! —ordenó después, tras comprobar que no lo identificaba como uno de los suyos.

Los siervos se apresuraron a obedecer, estorbándose y dedicándose miradas de encono. Cuando finalmente lo hicieron, la joven pudo ver que el pesado arcón contenía media docena de códices de gran formato, la caja que vio en el armario días atrás, antes de partir, y algunos documentos sueltos. No le costó deducir que se trataba de parte de la colección de libros y del archivo de su esposo, y supuso que el resto de los mismos habría ido en el otro carruaje.

—Señora, Vifredo dijo que este baúl iba en el carro de la ciudad, y este asno lo colocó en el vuestro —volvió a protestar el siervo—. ¿Veis? Son cosas del *comes*.

Benilde observó los cantos de los códices y decidió que los libros le serían de más provecho a ella que a un don Clodulfo que se iba a guerrear al otro extremo de la Bética.

—Mi esposo dijo que enviaría conmigo alguno de sus libros para mi recreo —mintió—. Estos han de ser.

El criado que había recibido los insultos miró al otro con un enojo lleno de satisfacción, y este volvió a protestar.

—Pero señora, el secretario dijo...

—¿Pones al secretario por encima de la esposa del *comes*? ¿O es que osas dudar de mis palabras? —le interrumpió, clavándole unos ojos severos y amenazantes. El siervo se achicó.

—No, mi señora...

En ese momento Erico, que salía de la casa acompañado de una anciana, se aproximó al grupo.

—¿Qué sucede, mi señora? —se interesó, mirando serio a los criados. El reprendido, aún insatisfecho por la decisión de la joven, se dispuso a hablar, pero ella le interrumpió de nuevo.

—Nada que no se haya solucionado ya —dijo con autoridad, mirando a los hombres—. Meted las cosas del carro en la casa y el baúl en mis aposentos. Y mostradme mis habitaciones, estoy cansada del viaje y mi hija tiene que comer —ordenó después, dando el asunto por acabado. Erico les hizo un leve y seco gesto con la cabeza, y estos se apresuraron a retomar las tareas de descarga. Luego se dirigió a la joven, haciéndose a un lado para dar paso a la anciana que se mantenía detrás de él.

—Señora, esta es Licia, la sierva que se encarga de llevar la casa del *comes*. Si necesitáis cualquier cosa, habréis de pedírselo a ella; conoce la villa mejor que nadie.

Benilde observó a la mujer; el cabello gris, descubierto, recogido en una trenza, y se percató de que su rostro, surcado de arrugas superficiales, no reflejaba la misma edad que su pelo. Quizá rondara los cincuenta, pero aparentaba más. Tenía cejas pobladas en las que también abundaban las canas, y unos ojos pequeños, vivos e inteligentes que no parecían regalar sonrisas sin justificación. Unos labios finos y rectos con las comisuras marcadas hacia abajo terminaban por dar a su cara una expresión adusta y seca que no inspiraba simpatía. Antes de dedicarle una leve reverencia, la mujer ya la había examinado de arriba abajo y la observaba como si tratara de evaluar su carácter a través de la firmeza de su mirada. Benilde no le dio tregua.

—¿Sabes coser? —le preguntó, confundiendo a la criada.

—Sí, señora... Pero Columba es nuestra costurera más hábil... —contestó con una voz grave y neutra.

—Bien —la interrumpió—, dile entonces que necesitaré unas calzas a mi medida y una túnica corta. Luego te daré la tela. Ahora prepara mis aposentos y dales acomodo a mis criadas; no hemos dormido en una cama decente desde hace casi una semana... Y, Erico —se dirigió al soldado—, quiero conocer las caballerizas del *comes* antes de que os marchéis. ¿Cuándo partís?

—Pasado mañana. He de reunir a los hombres en menos de un día —respondió él, y luego se detuvo para continuar en un tono más bajo—. Don Clodulfo ha preferido coger la mayor parte del cupo de la leva de esta villa... Los siervos están descontentos por eso, mi señora. A nadie le gusta la guerra, y hay cosechas que están por recoger... —añadió chasqueando la lengua y negando—. Tenemos que unirnos a la guarnición de San Esteban y con ellos marcharemos hacia Cordoba en dos días.

Benilde asintió, inquieta. Le había vuelto la imagen de la hacienda de su padre y, con ella, la preocupación. Como la villa, se encontraría en la misma situación. Los campos se quedarían con la mitad de los hombres, y las cosechas estarían a merced de las alimañas y de las posibles inclemencias del tiempo. Si se malograban los cultivos, guerra y hambruna se hermanarían para azotar a la población y al mismo reino.

—¿Se unirán los hombres de don Froila a la tropa del *comes*? —preguntó la joven.

—Eso tengo entendido, mi señora.

—Mi padre no tiene edad para la guerra, Erico. Temo por él... —expresó, buscando consuelo en el soldado—. Si tenéis ascendencia sobre mi esposo... —comenzó a decir y se interrumpió al ver su cara de inquietud.

—No soy hombre de su confianza, señora —se excusó—, solo soy un buen soldado... Vuestro esposo me ha puesto al mando de parte de su tropa porque sabe que los hombres de la villa confían en mí... A pesar de aquello... —Vaciló, apartando la mirada de Benilde—. Pero os juro que le protegeré siempre que esté en mi mano y Dios lo permita.

La casa era hermosa, a pesar de que, según Licia, los siervos se habían limitado a mantenerla como estaba. El *comes* no solía visitarla, excepto para ver cómo andaban los campos y sus negocios en la hacienda, llevarse los caballos de vez en cuando y dejar claro quién era el señor de aquellas tierras. Eso no lo había expresado así, pero a Benilde le fue fácil deducirlo por su tono. La criada, como el resto de los siervos, no estimaba a don Clodulfo y, por extensión, tampoco la estimaba a ella. Si bien no tenía razón en el motivo por el que la juzgaba, sí la tenía por lo que solo la joven sabía; así que de algún modo aquel rechazo encontró un justo argumento en su conciencia.

El abandono del interés del *comes* por la casa no le había restado belleza. Construida en una sola planta, al uso de las casas hispanas de ascendencia romana, tenía un fresco patio interior, en cuyo alrededor estaban dispuestas las habitaciones. Estas eran espaciosas y estaban bien amuebladas para acomodar al ocupante y sus pertenencias. Como rasgo más moderno, a la vivienda se le habían ido adosando en uno de sus extremos otras dependencias para el albergue de los criados que servían en la casa y unas caballerizas destinadas al señor, que estaban ocupadas por los mejores caballos de la hacienda.

Al entrar en su aposento, lo primero que vio fue el arcón labrado de su esposo junto a la pared de enfrente, bajo una pequeña ventana que miraba al sur. A la derecha de la cama de recia hechura se hallaba una cuna de madera algo tosca y vestida, como aquella, de fino lienzo blanco.

Cuando a la caída del sol por fin se metió entre las sábanas, pensó que no podría pegar ojo en toda la noche. Tenía el cuerpo roto por el viaje, pero su mente estaba excitada y llena de imágenes. Se sentía ajena y extraña en la casa, como si su presencia fuera un elemento discordante en la armonía frágil de aquel entorno. Y con esta sensación debió dormirse, rendida finalmente al cansancio, pues soñó que la casa estaba viva, que respiraba y latía, y que tosía hasta expulsarla por la puerta. Fue su primera pesadilla.

La segunda fue aún más inquietante. Doña Elvira aparecía en el sueño con un larguísimo y negro cabello, entremezclado con finos hilos de cobre. Se sentó en la cama, mirándola con el rostro casi olvidado de su madre. Le acarició las sienes y le besó la frente en un gesto lleno de protección y reminiscencias. Luego le susurró dulcemente, *¿dónde está mi hija?*, y Benilde abrió los ojos sobresaltada, preguntándose si aquella mujer era doña Elvira, que buscaba a Guiomar, o era su propia madre buscándola a ella.

La tercera le vino de madrugada, y tras esta no volvió a dormirse.

Soñó que tenía los pechos llenos de leche y recordó que a aquellas alturas de la noche aún no había amamantado a la niña.

La cogió de la cuna y se la colocó en uno de los pezones. La cría lo agarró impaciente y comenzó a chupar con ansia. Sin embargo, la presión en la mama no disminuía. Cuando alzó sus pequeños ojos hacia ella, Benilde vio que los tenía verdes y que no se trataba de su hija, sino de una Guiomar niña que la miraba con aquel desamparo suyo. Sintió entonces una infinita ternura que sobrepasaba los límites de la maternidad y que devino en placer cuando la niña que sostenía entre sus brazos dejó de serlo para convertirse en la adulta arisca y vulnerable que se hacía llamar Cachorro.

Despertó con el cuerpo embargado por el deseo y la ansiedad. Constató que, efectivamente, tenía los pechos hinchados y que la niña aún no había mamado. Si había llorado reclamándola, no la había oído. Su silencio la llenó de pánico y se acercó rápidamente a la cuna para comprobar, temblorosa, cómo estaba. La cría se movió al notar sus manos y ella soltó el aire, aliviada. Se sentó después en el borde de la cama, derrotada por la mala noche y por la confusión de sus sueños, de cuya estela no lograba desprenderse.

La pequeña comenzó a protestar por fin, demandando su alimento. Benilde entendió entonces que la niña también había acusado el ajetreo del viaje y que el cansancio la había rendido al extremo de imponerse sobre el hambre. La cogió y se la puso sobre uno de sus pechos. Al notar su boca sobre él, revivió el sueño y regresó la sensación de placer. La joven apretó los ojos con fuerza para reprimir las lágrimas, llena de impotencia.

Si no conseguía desligar la presencia de Guiomar de aquella casa, pensó con desesperación, difícilmente podría vivir en ella.

Capítulo 27

La partida de Erico fue multitudinaria. Benilde se preguntaba de dónde habían salido tantos siervos y esclavos; tantas mujeres, niños y ancianos que se reunieron para despedirlos. La tropa estaba formada por unos ciento cincuenta hombres, armados en su mayoría con hachas, hondas y cuchillos. Muchos llevaban palos a modo de lanzas, con un extremo en punta como sustitutivo de la pieza de metal que le habría dado tal carácter. Otros, en su defecto, habían atado en él la hoja de un cuchillo. Solo unos pocos portaban espada corta y escudo, mostrando que en algún momento habían sido más soldados que agricultores o pastores. Casi todos iban a pie, salvo aquel selecto grupo, y les seguían una recua de treinta caballos y varios carros con provisiones, arrastrados por un buen número de mulas.

Las mujeres de la villa que despedían a sus maridos e hijos se abrazaban a ellos y se resistían a soltarlos, angustiadas por el temor de no volver a verlos. Muchas de ellas sollozaban, haciendo con ello llorar a los niños; dotando a la partida de un dramatismo que llenaba la escena de tal pesimismo y desesperanza que contagiaron a la propia Benilde, a pesar de que en teoría, y por lo que sugirió don Oppas, aquellos hombres no entrarían en combate; sino que, como mucho, lo simularían. Luego recordó lo que había dicho Erico del cupo de la leva y malpensó que quizá el *comes* los había elegido para sacrificarlos con intención de dotar de veracidad a su impostura.

Días después de la partida, Benilde se vistió las calzas y la túnica corta que tan bien le había bordado la tal Columba y salió con aquel atuendo hacia las caballerizas, sorprendiendo a las criadas y a los siervos que permanecían en la villa. Si la vestimenta suponía un desacato a su condición de mujer, su cabello sin cubrir, solo sujeto por dos bridas de fino cuero, lo era a su condición de casada. Y ambas cosas, a su posición como pudorosa esposa del *comes*.

Cuando llegó al establo, Zaqueo, un joven caballerizo tuerto de un ojo y con un brazo casi tullido, que se había librado de la leva por sus evidentes taras, la miró boquiabierto. Se conocían ya por la visita que Benilde y Erico habían hecho a las cuadras el día antes de la partida, pero el siervo había visto a una señora vestida como tal, no a aquel mozo con cuerpo de mujer. Ella comenzó a mirar y a acariciar a los caballos hasta llegar a una yegua en la que había puesto los ojos cuando entró en el establo con el soldado, pues, por su color, le recordaba al semental, y la inercia le hizo querer montarla. Era negra, como aquel, pero no tenía su brillo en el pelaje ni la fuerza en su mirada.

—¿Cómo es? —le preguntó al joven, acercando la mano a la quijada del animal.

—Es noble, señora, de montura fácil, pero renquea un poco cuando algo le molesta —le contestó, acercándose al caballo.

—Quiero que la ensilles para mí. Voy a cabalgar un rato por la hacienda —le ordenó. Él corrió para coger una de las sillas que descansaban sobre un travesaño.

—¿Quién os acompañará, mi señora? —preguntó mientras agarraba el aparejo con la mano sana y lo apoyaba sobre el dorso de la tullida—. Es para preparar el otro caballo.

—Nadie.

El chico la observó brevemente con expresión confusa, la duda en la mirada.

—¿Deseáis que lo haga yo? —se ofreció—. Conozco bien las tierras...

Benilde sintió simpatía por el mozo y tentada estuvo de tomarle la palabra, pero su intención era cabalgar por aquella hacienda como lo hacía por la de su padre, sola y sin la vigilancia perpetua de los criados.

—No hará falta, Zaqueo, bastante trabajo tendrás ahora que se han ido tantos siervos.

—Es cierto, señora Benilde... Pero vos desconocéis la hacienda. Es muy grande, podríais perderos... —insistió con un tono sincero y humilde.

—Seguiré entonces un camino y lo desandaré para volver. Te agradezco el ofrecimiento —respondió la joven, dedicándole una cálida sonrisa. Era uno de los pocos criados de la villa que se habían dirigido a ella sin mostrar recelo.

Poco después salía al trote, siguiendo el sendero que subía colina arriba desde la casa. Las viviendas ralearon y los cultivos cambiaron según ascendía. La tierra, de un marrón oscuro en la vega, pasó a un rojo tostado intenso que la maravilló. Eran sin duda terrenos de secano, por lo que solo vio trigales, algún lentejar, olivares y viñedos ganados a los grandes pinares que se extendían hacia levante, en dirección a las faldas del Monte Solorio. Siguió dicha orientación hasta llegar a la cima de la sucesión de colinas rojas. La visión desde allí era espectacular. La enorme y arbolada llanura de la vega a los pies, extendiéndose a poniente, surcada de huertas desde la villa hasta el río y a lo largo de su otra orilla. Y a levante, formado por el mismo curso del agua, el valle cerrado que se adentraba como una grieta entre las faldas del imponente Monte.

Se sentía exultante, llenos los pulmones de algo más grato que el aire. Había recobrado la libertad en aquella tierra ajena y majestuosa, que le era tan extraña como lo era ella para los hombres y mujeres con los que se cruzaba, que la miraban cejijuntos y desconcertados, las manos sobre los ojos para protegerse de un sol que empezaba a morder, preguntándose quién era el mozo o la moza que cabalgaba con ricas telas sobre uno de los corceles del señor.

Decidió bajar desde aquella cima hacia el río y seguirlo hasta llegar al puente que se encontraba cerca de la villa. No habría pérdida. Antes de llegar al cauce se topó con una estrecha acequia que corría paralela al río, pero que se separaba de él, según este bajaba y se adentraba en la vega. Junto a ella, un pequeño sendero creado por los hombres encargados de mantenerla le atrajo tanto que cambió de parecer y lo tomó. La vereda transcurría entre frondosos bancales y cortados que, por su altura, aconsejaron a la joven seguir por el interior de la acequia en algún tramo para evitar que un traspiés del animal diera con él y su jinete en el suelo, tras treinta varas de caída. Abajo, a su izquierda, se sucedían las huertas y las pequeñas viviendas de los siervos que las cuidaban.

Muchos de ellos, imaginó, estarían ahora en Cordoba renegando de su suerte y pensando en sus mujeres e hijos y en las cosechas que tuvieron que abandonar sin recoger, y que ahora ella podía ver desde aquel sendero. Tendría que hablar con Licia para interesarse por cómo se las iban a apañar para que aquellos campos no se perdieran.

En esos pensamientos iba sumida, acompañada por el fresco sonido del agua de la acequia y del siempre presente rumor del río que ascendía desde el valle, cuando se abrió el terreno y vislumbró por fin el puente y parte de las viviendas cercanas a la villa media legua más abajo. Aún tendría que descender, y para ello tomó otra estrecha vereda que parecía ir en dirección a la casa. Al seguirla observó que, a los lejos, sobre un ancho bancal en el que había un descampado lleno de piedras, una mujer se sentaba sobre una roca. Al acercarse, Benilde consiguió identificarla. Para su sorpresa, se trataba de Licia, y se preguntó qué haría tan alejada de la casa si ella no se ocupaba de los campos.

Ya fuera porque viera a la señora o porque había terminado su descanso, o lo que la hubiera ocupado allí, la sierva se levantó de su asiento, descendió el bancal con precaución y dificultad, y tomó el sendero en dirección hacia la villa, perdiéndose entre los árboles.

Cuando Benilde llegó a la altura de aquella parata, hizo subir al caballo por la corta y empinada cuesta que conducía al bancal y que conservaba las huellas de la sierva. Quería ver qué la había llevado allí, y no tardó mucho en comprobarlo. Tal como había vislumbrado momentos antes, el lugar era un pedregal de rocas blancas, calcinadas por el sol y manchadas por la tierra roja de secano. Necesitó dos ojeadas más para darse cuenta de que no solo se trataba de un lugar para el escombro de las piedras sacadas de los campos y de un vivero para lagartos y serpientes; aquellas se acumulaban sin orden en un extremo del bancal, pero en el otro parecían guardar cierta simetría. Siguió las huellas de la criada hasta el punto en que se detenían. Vio con sorpresa una breva, fresca y casi recién cortada, colocada sobre una de las rocas. Luego, una desvencijada y podrida cruz hecha con dos cañas tumbada entre dos leves promontorios; así como algunos restos de manojos de retamas secas y cenicientas. Un estremecimiento le recorrió la espalda. Aquel lugar parecía un cementerio. O quizá no lo era, dudó, pues su grado de abandono no decía mucho de la cristiandad de los parientes cuyos muertos estaban allí enterrados.

Benilde abandonó el bancal con una sensación de desasosiego y una duda sobre la que tendría que indagar. Cuando llegó a la villa no tardó mucho en hacer llamar a Licia. Esta acudió a la señora con su acostumbrado rictus seco y hosco, parca en palabras y avara de gestos que pudieran hacer sentir a la joven un mínimo de empatía.

—¿Cuántos hombres se han quedado en la hacienda? —le preguntó, interesada en la respuesta y en encontrar un tema con el que mostrar cierta complicidad con la sierva.

—Pocos, señora. Los más viejos, los tarados, los enfermos y los niños —respondió ella con un desabrido tono de voz que le sonó a reproche.

—Habrá que recoger las cosechas. He visto que el trigo está casi a punto...

—Difícil será —objetó la criada sin dejar que terminara de hablar—, si vuestro esposo se ha llevado a todos los varones sanos que había en la villa. Faltan manos para tanta tierra.

Ya fuera por el sesgo impertinente de la sierva o por su atrevimiento, Benilde sintió un amago de rabia que hubo de reprimir con una fuerte dosis de templanza, pero que tiñó de autoridad y desafío su respuesta.

—Pues lo tendrán que hacer los que se han quedado, con las mujeres y los niños de pecho si hace falta —dijo recalcando sus palabras mientras le clavaba los ojos sin pestañear. La mujer bajó la mirada, acatando, pero Benilde vio cómo se le apretaba el gesto; por lo que prosiguió, suavizando el tono—. Si la guerra se alarga y los hombres no vuelven para la siembra, solo nos quedará la cosecha de este año, pero para ello hay que recogerla. Licia, no me preocupa la riqueza del *comes*; me preocupa que la guerra se lleve el pan de la villa.

—La guerra se lo llevará igualmente —replicó—, y si no lo hace, lo hará el señor, como siempre. Y en los campos se quedarán los cuerpos de los viejos y los enfermos.

Benilde escuchó a la criada, pestañeando, sin saber cómo reaccionar ante una evidencia como aquella, que hablaba de la severidad cruel del *comes* y de la ausencia de miedo de la anciana.

—No temes al látigo... —dijo, más para sí que para la sierva. Esta apretó los labios, mirándola brevemente, acallando con el gesto otra impertinencia—. ¿A qué temes, pues? ¿A la muerte? —continuó, clavándole los ojos, como si con ello pudiera romper la pétrea defensa tras la que se ocultaba—. No, tampoco temes a la muerte —concluyó.

—Soy vieja, señora. Solo Dios me retiene en este mundo. Los míos ya se fueron... —replicó concisa, sin mirarla.

Benilde observó detenidamente a la mujer. Su ánimo era humillarla por su insolencia. Años antes lo habría hecho con una vara sin dudarlo, pero el halo de dignidad que vislumbraba detrás de aquella severa mueca se lo impedía y la llevaba a buscar el acercamiento.

—¿No tienes hijos? —preguntó, y Licia la miró con desconfianza y precaución; lo que hizo pensar a Benilde que quizá temiera que pudiera usarlos para castigarla.

—Tres me quedan de seis —contestó finalmente—. Una está en Eliberri y los otros dos se irían con Erico... Estaban en la fortaleza.

—¿Temes por ellos, como temo yo por mi padre?

—Temo por todos los que se han ido —respondió seca—, hay hombres mucho mejores que mis hijos.

Benilde asintió sin dejar de mirarla; después decidió abordar el tema que le rondaba por la cabeza.

—¿Dónde está el camposanto de la hacienda? —preguntó, y vio cómo la mujer se movía, mostrando por primera vez un leve indicio de inquietud.

—Junto a la ermita, cerca del camino que lleva a Eliberri.

—Te he visto antes en el pedregal que hay más allá de la villa —dijo, señalando con la mano en aquella dirección—. ¿Es ese?

La mujer se envaró y negó con la cabeza.

—¿Quién hay enterrado allí si no es el camposanto? —inquirió con autoridad.

Licia apretó la boca, reacia a hablar. Su demora provocó la insistencia de Benilde, que endureció el tono.

—¿Quién hay enterrado allí?

La mirada tenaz y resoluta de la señora la presionó hasta tal punto que la mujer confesó en un tono bajo y reticente.

—Mi hermana...

—¿Era judía? —aventuró— ¿Lo eres tú?

—¡No, por amor de Dios! —exclamó la anciana con asco, y la joven tuvo la impresión de que habría escupido de no haberse encontrado dentro de la casa.

—¿Murió de peste, entonces, como los otros que están enterrados allí? —insistió, y la sierva no dijo nada. Benilde llegó a pensar por su silencio que quizá fuera aquella la razón de que no los hubieran sepultado en el camposanto.

—¿Por qué has dejado la breva? —Volvió a preguntar, ya por curiosidad. La mujer pareció aliviada con el giro, pues contestó al momento.

—A Severina le encantaban los higos... —dijo.

—¿Severina? —repitió Benilde para sí, desviando los ojos y frunciendo el ceño.

—Sí, mi hermana... —reiteró Licia. Pero la joven no la oyó, sumida en sus pensamientos. ¿Por qué le sonaba tanto ese nombre? ¿Y en boca de quien lo había escuchado?

Severina me escondió en el estercolero.

El recuerdo regresó tan nítido que pensó que había oído la mismísima voz de Guiomar. Y por segunda vez en el día se estremeció.

—¿Severina era tu hermana?

La sorpresa con que lo dijo la delató ante Licia, que la miró asombrada de que aquella joven supiera de la existencia de una sierva que difícilmente podría haber conocido.

—¿Sabéis vos de ella? —Se atrevió a preguntar, y ahora fue la señora la que pareció vacilar y contenerse.

—Por Erico... —dijo, y sintió su mirada incisiva, que le confirmó que aquella respuesta no la había convencido. Decidió cortar la charla. Por un lado ya imaginaba quiénes podían estar enterrados allí, no hacía falta insistir. Por otro, no quería que los ojos agudos y perspicaces de la sierva pudieran escrutar otros secretos.

—Dile a la ama que me traiga la niña —le ordenó sin mirarla. Luego, cuando la mujer estaba a punto de salir por la puerta, la llamó. Licia se giró para atenderla—. Antes de que se ponga el sol, manda aviso al hombre que se ha quedado a cargo de los campos, he de hablar con él.

La anciana la observó un instante, y volvió a su rostro la dureza que momentos antes se había desdibujado. Luego le hizo una leve reverencia y salió de la estancia.

Como Benilde había ordenado, antes de que cayera la tarde Licia se presentó en el patio de la villa con un anciano delgado y nudoso como un sarmiento. De una sola ojeada vio que aquel hombre no tendría fuerzas ni para levantar cuatro veces seguidas un azadón, no digamos ya una espuerta llena de nabos. La joven miró a la sierva, incrédula, sospechando que trataba de dar fe a su criterio trayéndole al más débil de los hombres que se habían quedado en la hacienda. La mujer no le dio margen para expresar su suspicacia.

—Señora, este es Juan, el siervo que mejor conoce los campos y las cosechas del señor. Todos respetan su juicio —dijo, y se dispuso a dejarlos solos.

—No te retires, Licia, quiero que estés presente —le ordenó. Luego se volvió hacia el viejo, que no osaba levantar sus ojos hacia ella, las manos agarrando una sucia caperuza que había perdido su color hacía mucho tiempo.

—Juan, es voluntad mía que se recojan todos los sembrados que estén por cosechar. Tendrás que reunir a los siervos que haya en la hacienda para que los campos no se pierdan, incluidas las mujeres y los niños que tengan edad para hacerlo—. El hombre abrió la boca y Benilde alzó la mano para acallarlo—. Incluidas las criadas que me sirven en la casa —dijo mirando a Licia—, todas.

—Pero, mi señora —habló finalmente el anciano, con una voz quebrada que era un ruego en sí misma—, vos sabéis que los hombres se han ido a Cordoba con vuestro esposo. Vos lo visteis... Y se han llevado las mulas... Las mujeres no tienen la fuerza de un varón...

—Pues trabajarán con la que tengan... —le espetó—. Para la carga contaréis con los caballos de los establos del *comes*.

Los dos siervos se miraron sorprendidos.

—No son caballos de tiro, señora Benilde... —objetó él.

—El señor nos hará colgar si usamos sus sementales para trabajar los campos —protestó Licia.

—El señor está en Cordoba y luego marchará a Gades... Si los caballos se deslucen, ya habrá otros en la yeguada de mi padre o en la del *comes* que los sustituyan; la cosecha ahora es lo primero. Y soy yo quien os lo ordena, vosotros solo cumplís mi voluntad.

—Señora, hay siervos que no aguantarán más de dos días en los campos —dijo la mujer mirando al anciano, más por usar su persona como ejemplo que por buscar la complicidad del hombre en su argumento.

—Menos aún aguantarán si no hay nada que llevarse a la boca este invierno —replicó la joven con autoridad—. Trabajarán los que puedan, y los que no, que cuiden los rebaños.

Licia la miró con dureza, conteniéndose a duras penas.

—Nada habrá que comer de todos modos cuando vengan de Eliberri a llevarse lo que hayamos recogido —masculló con rabia.

Benilde arrugó el entrecejo y desvió la vista de la mujer. Luego bajó el tono y continuó:

—¿Cuándo será eso?

—Antes de que termine el verano, mi señora —respondió el anciano. Benilde jugó con el cuello de su túnica, concentrada. Luego habló, alternando los ojos entre los dos criados.

—Entonces tendremos que hacer algo para que no se lo lleven todo.

—Los hombres del señor conocen bien los graneros de la villa —objetó Licia, incrédula.

—Pues entonces tendremos que guardar parte de la cosecha en otro lugar que no conozcan —insistió, desafiante.

—Disculpadme, mi señora —intervino el anciano, apretando la caperuza nerviosamente—, pero si los hombres de Eliberri descubren que escondemos las mieses, nos matarán a latigazos por robar al *comes*.

Benilde se giró en el banco de piedra, mirando pensativa hacia el pequeño estanque que apenas conservaba alguna de las teselas que otrora lo adornara. Luego ojeó los muros del patio lentamente.

—No, si se guardan en la casa...

Licia elevó ligeramente las comisuras en un gesto que habría sido casi una sonrisa si su expresión no reflejara aquel desprecio.

—¿Acaso hay alguna diferencia entre guardarlas en la casa del *comes* o llevarlas a la ciudad?

La joven la miró con el rostro fruncido, preguntándose qué le había hecho a aquella mujer para que la odiara tanto. Se levantó sin apartar sus ojos y vislumbró cómo el anciano daba un paso atrás y bajaba la cabeza, asustado. La criada se mantuvo inmóvil, a pesar de que la señora se acercó a dos cuartas de su rostro.

—Licia —le dijo con un infinito cansancio—, quiera Dios que te de salud, y a mi mucha paciencia, para que puedas comprobar que sí la hay.

Cuando los siervos se hubieron ido, Benilde volvió a sentarse en el banco, desalentada. Miró de nuevo aquel patio, absorta; las puertas que llevaban a las dependencias alrededor del peristilo, las parras que le daban algo de sombraje durante el día y que ahora ocultaban parte de un cielo que comenzaba a dorarse; los altos cipreses, que habrían conocido varias generaciones de habitantes de aquella casa que nada tenían que ver con su familia...

Y se preguntó qué necesidad tenía ella de implicarse en una hacienda que no era ni sentía suya, por muy esposa del *comes* que fuera; qué satisfacción podría obtener su preocupación de hallar un medio de evitar mayor sufrimiento a unos siervos que la estimaban tan poco; qué la llevaba a buscar congraciarse con unas gentes que la trataban con el mismo desprecio que su esposo...

Solo se le ocurrió un motivo, que se alargaba como su sombra sobre el borde del estanque: compensar de alguna manera el daño que don Clodulfo había infringido a aquel lugar y a aquellas familias; compensar del único modo que estaba en su mano a los espíritus de aquella casa, a la memoria agridulce de Guiomar; ocupar su lugar y hacer lo que la sierva habría hecho de haber crecido en la villa. Quizá así pudiera pagar su deuda con ella. Quizá así dejara de aparecer en sus sueños...

La joven se levantó, se sacudió la túnica y se retiró un mechón de cabellos del rostro.

...O quizá solo fuera la naturaleza terca e impulsiva de la hija de un terrateniente de la Bética —pensó finalmente con un hondo suspiro.

La cena fue tan frugal como su apetito. Cuando llegó a la alcoba, la criada que cuidaba a la niña se levantó, solícita.

—Está dormida, mi señora —le dijo, casi en un susurro—. ¿Queréis que la despierte?

—No, ya lo hará ella cuando tenga hambre. Puedes retirarte —le ordenó, pero antes de que saliera volvió a llamarla—. ¿Habías estado tú antes en esta villa? —le preguntó en un tono casual.

—No, señora. Doña Bruneilda no solía viajar a Eliberri, y cuando lo hacía se quedaba siempre en la ciudad —respondió la chica, abandonando el susurro.

—¿Tú sabes de quién era esta alcoba? —inquirió de nuevo.

—Del *comes*, mi señora —dijo, más por suposición que por conocimiento.

—¿Y antes de él?

La sierva pareció no entender a dónde quería llegar la joven. Dudó un momento y luego habló, insegura.

—No lo sé, señora, pero he oído a algunas criadas referirse a ella como la de doña Elvira.

Benilde asintió e hizo un leve mohín con la cabeza para que saliera. Cuando se quedó sola, se sentó en el borde de la cama y observó la habitación con nuevos ojos. La luz vacilante de las lámparas de aceite le daba un aspecto irreal a la estancia, magnificado por la inestable sombra de los pocos muebles que albergaba. No le sorprendieron las palabras de la sierva, solo le habían ratificado una duda que había comenzado como sensación, días atrás. Si se dejaba atrapar por el miedo no podría dormir en aquella alcoba ni podría vivir en la casa. Tendría que familiarizarse con las presencias que intuía, hacerlas suyas con la calidez que había sentido junto a Guiomar; no con la angustia y la culpa que le habían quedado tras su pérdida.

Miró el arcón de don Clodulfo, sólido, ostentoso y oscuro, como una metáfora que lo representara en aquella estancia, y recordó su contenido. Tras un momento de contemplación absorta, se levantó y lo abrió. Fue directa a la caja de madera y sacó la bolsa de cuero. Reconoció el nudo apresurado que le hiciera al cerrarla, días atrás en Toleto. Extrajo los tres documentos que esperaba encontrar, tomó la carta firmada y sellada por don Dalmiro y se acercó con ella a la lámpara. Había decidido que, para comprender la historia de la casa, tenía antes que entender las razones que tuvo aquel hombre para arrojarla al infierno y arrastrar con él a su familia y a sus siervos.

Capítulo 28

Para finales de julio parte de las cosechas se había recogido, con un esfuerzo sin precedentes en aquella hacienda, que había incrementado, aún más si cabía, el encono de siervos y criadas hacia la señora. Como Benilde había ordenado, la mitad de las mieses se almacenaron en los graneros. La otra, en un almacén improvisado que la joven mandó construir, levantando una pared en una de las alcobas más espaciosas de la casa.

A primeros de agosto, mucho antes de lo que era habitual según los siervos, los recaudadores de Eliberri se presentaron en la villa con carros y mucha prisa. A pesar de las protestas de la señora, arramblaron con los graneros sin siquiera preguntar por qué era tan escasa la cosecha y sin dejar el cupo que le correspondía a la hacienda. Aquella actitud era inusual y fue achacada a las necesidades de la guerra. Días después conocerían la verdadera razón.

La noticia llegó como una ola sumiendo a la villa en la angustia y el miedo. El rey Roderico había muerto y su ejército había sido derrotado cerca de Lacca[27], una antigua ciudad en ruinas que existía mucho antes de que llegaran los romanos y que se encontraba a leguas de Gades. Las tropas godas habían huido en estampida y las invasoras, formadas por africanos y un número menor de sirios, habían ido tomando ciudad por ciudad hasta llegar a Astigi, donde se habían refugiado los restos del ejército de Roderico. Allí se hicieron fuertes, tratando de proteger el paso del Río Singilis como un medio de evitar el avance de los

---

[27] En las inmediaciones de Arcos de la Frontera

africanos hacia Cordoba; pero la ciudad terminó cayendo después del intenso asedio al que fue sometida. Las gentes decían que los infieles pasaban a cuchillo a todo cristiano que encontraban por delante y que se comían su carne; y que se llevaban a las mujeres para violarlas y a los niños para venderlos como esclavos. Tales eran las historias que se contaban que algunas ciudades se rindieron sin lucha, parte de su población huida a las montañas, presa del pánico.

En aquellas circunstancias no tardaron mucho tiempo en llegar a Eliberri, y ni siquiera necesitaron toda su milicia para ocupar la ciudad. La Fortaleza de San Esteban cayó sin esfuerzo con la ayuda de los judíos, que vieron en el ataque extranjero una forma de liberarse del yugo injusto al que les habían sometido las leyes godas.

Fueron aquellos días de caos. Se produjeron huidas en espantada de siervos libres y esclavos, rapiñas y ajustes de cuentas. La población judía quedó al mando de la ciudad, junto a un mínimo contingente africano. Poco después las tropas se marchaban, llevándose todas las riquezas que pudieron transportar consigo.

Ya fuera por su alejamiento de la ciudad, por la relativa facilidad con que esta fue tomada o por la prisa que los invasores tenían de seguir conquistando, la villa se libró del ataque directo de los extranjeros; no así del alto precio que hubo de pagar por ello en caballos y otras reses a los nuevos gobernadores. Era un mal menor, considerando lo que había ocurrido en otras ciudades y haciendas. Además, aún conservaban el grano en la casa, que se había librado también de aquella rapiña; pues ya se sabía que la villa había sido previamente saqueada, como todas la de Eliberri, en la huida de los hombres que don Clodulfo había puesto al mando de la ciudad. El hecho de que la leva se hubiera llevado a los varones más sanos y en la hacienda permanecieran los criados más débiles había contribuido, además, a la escasa deserción que se produjo en ella por parte de la servidumbre.

Mientras tanto, nada se supo de don Clodulfo ni de los hombres que se llevó; hasta la llegada de uno de los siervos. Era un soldado que había marchado con Erico hacia Cordoba. Regresó a caballo, famélico y con una herida cicatrizada que le había cortado los tendones de la mano. Benilde ordenó que lo ayudaran a lavarse y que le dieran ropa nueva, pues la que llevaba, llena de sangre seca, atraía a moscardas y avispas. Luego lo hizo entrar en la cocina y mandó que le sirvieran comida hasta saciarse. Fue entonces cuando el hombre le entregó la misiva del *comes*.

Benilde deslió el maltrecho pergamino con desconfianza e inquietud, aún sorprendida por la actitud cauta y reservada del soldado. Reconoció la elegante letra de Vifredo, si bien aquella vez la carta carecía de un mínimo adorno; era evidente que había sido escrita con premura. Tenía un mal presentimiento, por lo que abandonó la cocina y a los siervos que se habían reunido en torno al recién llegado y buscó privacidad en sus aposentos. Una vez allí, desenrolló de nuevo el documento. Tras leer las primeras líneas hubo de buscar una silla para sentarse. La misiva era corta, pero demoledora. Benilde se preguntaría después cómo un inofensivo pedazo de piel podía hacer tal daño y cambiarle tanto la existencia en un instante, si nada parecía haberse alterado en aquella hacienda, en la que había sido exiliada del mundo y de su propia vida.

Don Clodulfo, a través de la mano hábil y las palabras corteses de su secretario, le comunicaba, *con gran pesar*, que su padre había muerto en la batalla con los pérfidos *mauri*. La consolaba con la compasión de Dios y le pedía fuerza, valor y paciencia, pues las necesidades de la guerra le llevaban a Toleto, donde habría de permanecer hasta que el senado nombrara al nuevo rey, y el reino recuperara el gobierno y las tierras que había perdido.

Benilde recibió aquellas noticias como un mazazo. Sin sangre en el rostro y con la boca seca, el estupor la mantuvo inmóvil hasta que la conciencia del desamparo se impuso sobre el terror del abandono, y comenzó a llorar por la suerte de su padre, al que ya no volvería a ver, y por la suya propia. Lloró hasta el sollozo por sí misma, cuyo mundo, aquel lleno de gratitud que conociera en la hacienda, desaparecía definitivamente de su vida.

Cuando se le agotaron las lágrimas y la pena se le hubo entumecido, fatigada por el llanto, le sobrevino el pánico. Estaba sola en una tierra que no era suya y en la que no tenía aliados. ¿Cuánto tiempo lograría sobrevivir? Recordó aquellas palabras de Guiomar en el río, su llanto seco, su tono resentido... Y se recordó a sí misma ante ella, su altivez, su soberbia, ajena a un sufrimiento que le era tan lejano como las historias de los bardos. Y ahora, como si el destino devolviera toda bofetada infringida, las palabras de la sierva habían regresado convertidas en maldición. Sí, sin su padre, con un esposo que la abandonaba a su suerte y con unos súbditos que preferirían matarse antes que dar su vida por la parentela de don Clodulfo, ¿quién las protegería ahora? ¿En quién podría confiar?

El pánico le hizo pensar en la huida como única solución; volver a su hacienda, donde al menos la conocían y estimaban. Luego, cuando el ataque de angustia remitió dejando espacio de nuevo al juicio, reparó en que los caminos serían mucho más inseguros que permanecer en la villa, y en que ni siquiera sabía si su hacienda seguiría en pie o si la habrían arrasado los africanos. Allí al menos, les gustara o no, seguía siendo la señora de la casa.

Como la fase del llanto, la del miedo fue relajándose para dar paso a la de la rabia. Don Clodulfo era un ser abyecto y vil. ¿Por qué no había caído él en la batalla en vez de su padre? ¿Por qué no lo habían atravesado un centenar de saetas envenenadas? ¿Dónde estaba la justicia de Dios, que permitía que villanos como él salieran indemnes de los males que ellos mismos provocaban? Maldijo su estirpe y su sangre con toda su furia, y entonces recordó que era la que corría por las venas de su hija, y otra vez regresaron las lágrimas, ahora de impotencia.

No tenía armas para combatir a su esposo, solo se tenía a sí misma, y no le iba a regalar el placer de allanarle el camino —resolvió con la vehemencia que da el rencor—. Ni les daría la satisfacción a los siervos de mostrar debilidad en aquellos momentos.

Más que nunca necesitaba templanza, su fuerza y toda la autoridad que esta pudiera inspirar.

Cuando llegó de nuevo a la cocina, el soldado ya había terminado de comer y narraba algunos acontecimientos, agarrando un vaso de vino con la mano izquierda. En una esquina, dos criadas lloraban abrazadas a otras que las consolaban. La noticia del regreso del siervo debió correr como el rayo, pues la estancia se había llenado de hombres y mujeres. Al ver a la señora, los que estaban sentados se pusieron rápidamente en pie, y algunos se dispusieron a salir de la estancia.

—Podéis quedaros —les dijo—, todos tenemos familia entre los que se fueron; es justo que sepáis qué ha sido de ellos.

La joven se colocó en la mesa, frente al soldado, y le pidió que volviera a sentarse.

—¿De dónde vienes? —le preguntó sin prolegómenos.

—De Cordoba, mi señora, salí hace diez o doce días... He perdido la cuenta... —contestó el hombre con un gesto de profundo cansancio.

—¿Cómo has tardado tanto en llegar? —inquirió ella, firme.

—He tenido que evitar las calzadas, mi señora, y rodear las ciudades y las villas. Hay tropas africanas por todos los lados... He cabalgado de noche y me he perdido muchas veces... —justificó, la desesperanza en el rostro.

—¿Has pasado por la hacienda de don Froila? ¿Sabes si la han atacado? —Volvió a preguntar ella, ocultando su angustia.

—No lo sé, mi señora —negó con la cabeza—, he rodeado Egabro y he ido a través de los montes. Los africanos han seguido las calzadas... Quizá no hayan pasado por vuestras tierras. Van de ciudad en ciudad, tomando y saqueando lo que encuentran, pero siguen las calzadas... —reiteró, tratando de minimizar su preocupación—. Quizá por eso han respetado esta villa.

El hombre agarró el vaso con la intención de beber, pero se dio cuenta de que estaba vacío y retiró la mano. Benilde le hizo un gesto a Licia para que lo llenara de nuevo. La criada, que permanecía de pie a tres pasos de la mesa, tomó la jarra de vino y le sirvió. Tras ello, el hombre dio un largo trago, como si temiera que pudiera ser el último. Benilde prosiguió el interrogatorio.

—¿Cómo pudieron derrotar al rey? ¿Tan numeroso es su ejército? —dijo, y vio cómo el hombre negaba con la cabeza.

—No, mi señora, no tanto como el nuestro... —respondió, y se le quedó mirando sin dejar de sacudir la cabeza, como si ella pudiera sacarlo de aquella confusión—. Salimos de Cordoba camino de Astigi con más de treinta mil hombres. Cuando pasamos la ciudad y se nos unieron sus tropas, y luego las de Ispali, llegamos a cuarenta mil. Cuarenta mil, señora... —repitió para enfatizar la cifra—. Íbamos hacia Carteia, con miedo. Muchos llevaban años sin luchar... ¡Los que habían luchado alguna vez...! —objetó—. La mayoría no había cogido más espada que una hoz, y matar a un hombre no es como cortar hierba, mi señora... Además, los soldados que conocían a los *mauri* contaban que eran salvajes y crueles, por eso íbamos con tanto miedo. Pero antes de llegar a Lacca los oteadores nos dijeron que ellos no pasarían de quince mil. Eso nos subió los ánimos. ¿Quién iba a querer enfrentarse a un ejército como el nuestro? —dijo, y volvió a buscar la complicidad en la señora.

—A mediados de julio nos encontramos por primera vez —prosiguió el soldado—. Don Roderico estuvo enviando avanzadillas que se enfrentaban con las de los africanos, haciéndoles mucho daño. Así estuvimos casi una semana, hasta que cargamos contra ellos con todo el ejército muy cerca del río. El rey llevaba la caballería y el grueso de la tropa. El *dux* Sisberto comandaba el ala derecha y don Oppas la izquierda. Nosotros íbamos junto a él siguiendo las órdenes de vuestro esposo. —El hombre pareció dudar entonces y buscó de nuevo el vaso, al que dio otro trago con la mano temblorosa, ayudándose de la tullida.

—Continúa —le ordenó Benilde, el corazón en un puño.

—El choque fue horrible, mi señora... los hombres caían como borregos atacados por una jauría de perros salvajes. Sus caballos son pequeños y muy rápidos, y tienen arcos y espadas cortas y curvas que manejan con ligereza —prosiguió, mostrándole la larga herida en el brazo como una ilustración de la efectividad de aquellas armas—. Están acostumbrados a la guerra... No hace falta ser soldado para saberlo —dijo, la mirada perdida en la mesa durante un instante; luego volvió sus ojos a Benilde—. Pero nosotros éramos muchos más. Los envolvimos por los flancos hasta rodearlos completamente. Entonces... —vaciló—. Entonces don Oppas dio la orden de retirada, y vimos que don Sisberto la daba también... No entendíamos nada, señora, no entendíamos nada...

El hombre hizo otra pausa y Benilde apretó la mandíbula, pugnando por que las lágrimas no le llegaran a los ojos ni la rabia a la boca.

—Y nos retiramos... Tomamos el camino de vuelta, dejando a Don Roderico a la suerte de aquellos perros.

La joven oyó a los siervos protestar calladamente, y las mujeres que habían estado gimiendo retomaron los sollozos de un modo tan ostensible que crisparon el ánimo ya castigado de la señora.

—Si no vais a ser capaces de conteneros, mejor os retiráis —les dijo, clavándoles una mirada tensa. Las mujeres callaron, y las que les daban consuelo apretaron el gesto. Licia, tratando más de dejar en evidencia su falta de compasión que de informarla, intervino.

—Acaban de saber que han perdido a sus esposos —le dijo grave y secamente.

—Y yo acabo de saber que he perdido a mi padre —le espetó la joven, manteniendo los ojos en ella hasta que la criada bajó los suyos.

—Lo siento, señora, Dios lo tenga en su reino —musitó, y al momento se le unió el resto de los siervos en las condolencias. Benilde sintió que si se dejaba llevar por la pena que le renacía en aquel momento, terminaría sollozando como las criadas. Levantó la mano en un gesto brusco, a medio camino entre el agradecimiento y la orden de que callaran, y se dirigió de nuevo al soldado.

—Continúa, ¿a dónde os dirigisteis?

—Desandamos el camino y nos acantonamos en Astigi —prosiguió él, mirando a Licia para que le llenara el vaso—. Al poco llegó lo que quedaba de la tropa del rey. Nos dijeron que habían visto muerto su caballo, asaeteado. Lo reconocieron por la silla de oro. Decían que era imposible que el rey se hubiera salvado estando el animal como estaba. Por eso los hombres que quedaban huyeron como pudieron. Los africanos no debieron quedar conformes, pues los siguieron, tomando todas las villas camino a Astigi. Se han hecho además con el tesoro real, que iba con Don Roderico, y han matado a miles de hombres en la batalla y en los saqueos.

El soldado negó con la cabeza y bebió otro trago, frotándose luego la cicatriz con las yemas de los dedos, en un gesto nervioso que repetía mecánicamente. Cuando Benilde iba a abrir la boca, el hombre continuó sin atreverse a mirarla.

—Yo no sé qué esperaban los hermanos de don Witiza, mi señora. Se equivocaron si creyeron que los africanos se conformarían con el tesoro y con asolar unas cuantas ciudades, y que luego cogerían sus barcos y volverían por donde habían venido. En Cordoba dicen que habrá más desembarcos. Sí, se han quedado con el tesoro y ahora quieren más... En Astigi nos asediaron durante semanas. El *dux* Sisberto y don Oppas pidieron parlamento con los enemigos. No sé qué hablaron, pero el arzobispo ordenó la retirada a Toleto, y el *dux* se quedó en la ciudad. Hemos sabido que ha muerto y que Astigi ha caído. Tan seguros están los sarracenos que han dividido sus tropas en tres partes, y cada una ha tomado una dirección para hacer más daño y ganar más tierras en menos tiempo.

—Si don Oppas marchó a Toleto, ¿por qué el *comes* estaba en Cordoba? —intervino Benilde, a la que una sospecha le había despertado la curiosidad.

—Don Clodulfo dejó parte de su séquito en la ciudad antes de salir con el rey. Pasó a recogerlo, junto con los enseres que no viajaron a Eliberri con vos —respondió el hombre, y a la joven se le oscureció la mirada. Apretó la mandíbula. Intentaba retener la pregunta que finalmente escupió con una alta dosis de ironía.

—¿Estaba la favorita en ese séquito?

El hombre desvió la mirada, violento e incómodo, rascándose de nuevo la cicatriz que estaba enrojecida por el continuo roce.

—Señora, soy un soldado... —se excusó—. Yo no sé de los asuntos del *comes*.

—¿Había una mujer en su séquito? —insistió la joven, mirándolo con autoridad.

—Sí, mi señora —concedió finalmente el siervo.

Así pues, don Clodulfo anteponía la seguridad de una concubina por encima de la de su esposa y la de su hija, lo que venía a ratificarle que poco podría esperar ya de aquel hombre. Pero lo último que quería Benilde era mostrar un ápice de debilidad ante los criados, por lo que volvió a preguntar de nuevo para no darles tiempo a madurar, al menos en aquel momento, que la señora no contaba con el favor del *comes*.

—En qué situación está el reino, según tu juicio.

—En muy mala, mi señora —dijo el soldado, halagado por la fe que mostraba en su criterio—. La mayoría de los señores de confianza del rey han caído. Los que han sobrevivido han marchado a Toleto para defender sus intereses y la capital. También lo han hecho don Oppas y los partidarios de los hijos de don Witiza. El arzobispo pretende ungir como rey a su sobrino Agila, pero para ello tendrá que reunir al senado. Nadie esperaba el avance tan rápido de los sarracenos, y menos que salieran de la Bética; pero ya han tomado Cordoba, y he sabido que una de las facciones se dirige hacia la capital. Quizá la urgencia de la defensa no les permita convocar una asamblea... Don Oppas ha tomado el mando de lo que queda del ejército, y creo que es su intención pactar con los enemigos.

Él ya había pactado, pensó Benilde llena de rabia, y aquellas eran las consecuencias.

—Nadie que haya permitido esta ignominia debería nombrar o ser nombrado rey —escupió ella.

El soldado asintió, mirando a la joven con interés, sorprendido por su clarividencia o por la información que poseía, así como por el hecho de que sus palabras fueran una puya a las lealtades del *comes*.

—Olvidáis que vuestro esposo está con él...

Fue Licia la que intervino con su acostumbrada aspereza, y Benilde sintió que el reproche iba dirigido a ella tanto como a su señor. Se giró en el asiento hacia la sierva llevándose un dedo al rostro.

—¿Acaso tengo los ojos azules, Licia? —le preguntó con sarcasmo, tomándose luego un mechón de cabello—. ¿Acaso el pelo cano? ¿Te he mandado azotar alguna vez, a pesar de que no has hecho otra cosa que agraviarme desde que llegué a esta casa? No, Licia, como ves en nada me parezco al hombre con el que fui desposada.

Ni a la joven que era antes de aquello, pensó después mientras le clavaba una mirada feroz a la mujer.

—Señora, qué va a ser de nosotros si el señor no está en Eliberri para protegernos... —se lamentó Zaqueo, que permanecía junto a la puerta con el rostro descompuesto. Su intervención animó la del resto de los siervos, y estos comenzaron a hablar a coro, apesadumbrados y asustados. Benilde dio un manotazo en la mesa.

—¡Pero está la señora! —exclamó, aun sabiendo que difícilmente podría proteger a alguien si apenas podía defenderse a sí misma—. Si alguno de vosotros cree que estará más seguro en Eliberri o en alguna otra parte, tiene licencia para marcharse. Pero oídme bien, no le será permitido volver una vez lo haya hecho —aseveró, recorriendo una a una las caras de los presentes y tratando más de informar que de convencer—. Hay grano para un año, y aún quedan caballos en la yeguada. Los africanos ya han pasado por Eliberri y nos tienen bajo tributo. No creo que vuelvan para arrasar lo que les provee riqueza —dijo, sin saber aún que en esto, como en otras cosas que tomaba por seguras, se equivocaba.

Benilde se levantó del asiento con intención de retirarse y dejar al soldado a disposición de las dudas de la servidumbre. De pie junto a la mesa buscó su mirada.

—¿Qué ordenes tienes del *comes?* —le preguntó.

—Permanecer en la hacienda, mi señora, e informarle si las cosas cambian en Eliberri.

Benilde asintió, reflexiva; luego, tras un instante de indecisión, volvió a preguntar en un tono bajo.

—¿Cómo murió don Froila?

El hombre miró hacia la mesa y después al vaso de vino. Pareció considerar que era una falta de respeto beber cuando la joven estaba esperando la respuesta y regresó por fin a sus ojos, sumiso.

—Señora, vuestro padre comandaba la caballería que don Clodulfo puso a disposición del rey —dijo y tragó saliva—. Murió en la misma batalla de Lacca.

Benilde se retiró a su alcoba sin almorzar, dejando a la niña al cuidado del ama. Estaba tan derrotada y abatida por la rabia y el dolor que solo deseaba meterse en la cama para no despertar nunca. No tenía fuerzas para luchar, otro día más, contra todas las adversidades que Dios porfiaba en ponerle en el camino. Ahora sí, se sentía como un polluelo recién salido del nido que iba a dar entre las garras de un gato sin hambre, un juguete de la inclemencia del Creador; y la esperanza se le había caído ya en un pozo sin fondo, agotada por tanto zarpazo.

Vestida, se echó sobre la cama y se cubrió el rostro con el antebrazo. No tenía energía ni lágrimas para llorar. Tampoco tenía un cuerpo al que velar ni la historia de una heroicidad que hubiera dado, en su defecto, algún sentido a la muerte de su padre. Tomó la carta, que había quedado tal como la dejó sobre el blanco lienzo de la cama, y la desenrolló, esperando interpretar una nueva información en la segunda lectura. La parquedad cruel de la misiva la golpeó con la misma intensidad con que lo hizo en la primera y la dejó otra vez hundida en su miseria. Y aun así lo haría una tercera, llevada ya por una inercia autocompasiva que la abstrajo del contenido, releído hasta la saciedad, para detenerse en la forma. Y fue en aquel justo instante de vacío del alma y ausencia de tiempo que deja el dolor prolongado, que reparó absurdamente en la particularidad de la letra D.

Como si un resorte hubiese tirado de ella, se levantó de la cama y abrió el arcón de su esposo. Sacó de la caja la misiva de don Dalmiro que leyera meses atrás y la observó con detenimiento, alternando la vista de una carta a otra. Luego, tomó al azar un documento de los que se encontraban en el archivo del *comes* y lo ojeó. Y luego cogió otro más, y otro, y otro... Después, como una sonámbula cuyos actos siguieran la trama incomprensible de un sueño, Benilde enrolló la misiva de don Dalmiro junto a la que había recibido esa misma mañana y las ocultó en el fondo de la arquita donde guardaba la ropa de la niña. Tras hacerlo, se sentó de nuevo en la cama, inmóvil, mirando sin ver la pared de la alcoba, aturdida por la revelación que le había llegado —como un remoto arcano cuya simbología se abriera a sus ojos— para darle luz a una verdad tan cegadora que la dejó incapaz de la más mínima reacción.

Miró el tosco crucifijo que había en la pared, la cara hierática y vacía del Cristo tallado en la madera.

¿Qué sentido tenía ahora que Dios, a través de su mismísimo nombre escrito en un pergamino, le regalara tal revelación cuando ya era tarde para remediar el inmenso daño que aquella carta había causado?

Capítulo 29

Menos de seis meses necesitó la servidumbre de la villa para disociar la imagen de Benilde de la de su esposo y estimarla como señora. Seis meses y una administración de la hacienda que minimizó en esta las consecuencias de la guerra. La terquedad de Licia necesitó un año más. Muchos acontecimientos ocurrieron fuera de la villa durante aquel tiempo. Toleto había caído sin lucha en el mes de noviembre. Las tropas de *El Tuerto*, un africano llamado Táriq ibn Ziyad, entraron en la capital como un paseo triunfal. Don Oppas había convencido a los nobles de que era mejor rendirse para evitar la destrucción de la ciudad. Los tesoros que no pudieron ocultarse fueron saqueados, incluida la mesa del Rey Salomón, reliquia que era orgullo y símbolo del reino visigodo desde que Alarico se la despojara a Roma. El arzobispo, en connivencia con los ocupantes, aprovechó la invasión para deshacerse de sus enemigos haciendo que los africanos los pasaran a cuchillo. Este hecho provocó el éxodo de los señores que apoyaron a Roderico hacia la Hispania septentrional, donde se atrincheraron entre astures, cántabros y vascones para defender su independencia. Con ellos estaba el primo del rey, Don Pelagio, que había logrado sobrevivir a la batalla y que terminaría liderando la resistencia.

En este contexto, libre ya de opositores, Agila fue ungido como monarca de un reino que ya no controlaba. Un títere en manos africanas y en las de su propio tío, que era quien manejaba la política que los invasores le permitían ejercer.

Paralelamente, el sirio Musa ibn Nusayr, *walí* de África que ordenara la invasión y que permanecía en Tingis[28], decidió cruzar el estrecho de Calpe con su tropa, dieciocho mil hombres entre sirios y africanos. Lo que había comenzado como una incursión se había convertido en una ocupación sin su consentimiento, y las riquezas ganadas a los hispanos eran tantas que desconfiaba del uso que su capitán Tariq les estuviese dando. Además, las noticias del éxito de la invasión y de que los soldados que habían participado en ella habían recibido doscientos cincuenta dirhams por cabeza hicieron que a las tropas de Musa se les unieran miles de voluntarios, pues todos querían cebarse con aquel festín.

Cuando los señores que apoyaban a don Oppas y sus sobrinos vieron que pasaba el tiempo y que los invasores no tenían intención de abandonar las tierras ocupadas, comenzaron a levantarse para recuperarlas. Así, un año después de que la invasión se llevara a cabo, la población de algunas ciudades se reveló contra las guarniciones que Táriq había dejado para controlarlas.

Fue el momento que don Clodulfo aprovechó para regresar a Eliberri tras más de un año sin que la hacienda recibiera noticia alguna de él. Viendo que no sacaría ya provecho de una corte desmembrada, volvió los ojos a sus tierras. Entró en la ciudad con doscientos hombres y se hizo con la Fortaleza de San Esteban, apoyado por una exigua población que no quería ser gobernada por judíos y extranjeros.

Cuando Benilde conoció la noticia de la recuperación de Eliberri por parte del *comes*, supo que pronto se personaría en la villa para reclamarla. Se equivocaba en parte; aún tuvo que esperar cuarenta días para que lo hiciera. Se presentó a primeros de febrero con treinta soldados y cuatro carros. La joven lo vio llegar desde la ventana y pensó con espanto que sus días en la villa se habían acabado, justo cuando había conseguido hacerse valer entre

[28]   Tánger

la servidumbre. Con el estómago hecho un nudo lo recibió en la amplia sala que una vez fuera lugar de agasajo para invitados, pidiendo a Licia y a dos criadas que permanecieran junto a ella.

Don Clodulfo, vestido con yelmo, cota de malla y coraza, entró en la estancia buscando a Benilde con la mirada. Había envejecido, pero sus ojos seguían siendo incisivos y fríos, y la recorrieron de la cabeza a los pies con un parpadeo lento que le revolvió las entrañas.

—Traedme vino y marchaos —les dijo a las criadas con una voz autoritaria que no admitía dilaciones. Benilde se adelantó al movimiento de las mujeres.

—Trae una jarra y un vaso —le espetó a una de las siervas que se apresuró a obedecerla—. Vosotras quedaos aquí.

Licia, que ya se disponía a salir, se detuvo y miró a la chica que la acompañaba, haciéndole un leve gesto afirmativo. Ambas permanecieron junto a la puerta, a disposición de la señora. Don Clodulfo se las quedó mirando y luego volvió sus ojos a Benilde, frunciendo el gesto. La criada regresó instantes después con el vino y, tras dudar, se colocó junto a las otras.

—¡Marchaos, he dicho! —gritó entonces el hombre, sobresaltando a las siervas. Las más jóvenes se apresuraron a salir. La anciana, sin embargo, permaneció junto a la puerta, la mirada baja. El *comes*, sin dar crédito a lo que veía, se acercó a ella mientras se quitaba uno de los guantes. Benilde vio las intenciones de su esposo y temió por la mujer.

—Puedes irte, Licia —intervino, y esta salió tras una breve reverencia. Don Clodulfo le clavó los ojos a su esposa.

—¿Desde cuándo sois vos la que dais las órdenes en esta villa? —le preguntó con una mirada oblicua y un tono de fría ironía que le apretó aún más el nudo en el vientre.

—Desde que vos la abandonasteis, mi señor —le espetó ella, fingiendo una calma que estaba muy lejos de sentir.

El *comes* se quitó el otro guante y los dejó sobre la mesa; luego se retiró el yelmo y se echó el almófar hacia la nuca; tomó la jarra de vino, se llenó el vaso y bebió. A Benilde le pareció que estaba más delgado y que había perdido pelo en las entradas. Lo vio acercarse y se envaró, dando un ligero paso hacia atrás, hasta toparse con una de las sillas. Él esbozó media sonrisa envanecida.

—El obispo me aconsejó bien; sois una plebeya pero sabéis llevar una hacienda mejor que el más hábil de mis hombres. Y el campo no os ha hecho perder vuestra hermosura... —dijo y le levantó la barbilla. Ella se zafó con un movimiento brusco de la cabeza y le retiró la mano con el antebrazo.

—...Pero sí vuestros modales —concluyó.

—No os atreváis a tocarme.

Casi fue un susurro, pero estaba cargado con todo el desprecio que la joven había acumulado hacia aquel hombre. Él dio otro paso más, y Benilde se defendió atacando.

—Sois un asesino. Enviasteis a mi padre con Don Roderico, a pesar de que ibais a abandonarlo —le espetó. Él acusó el golpe un instante y se recuperó con la misma rapidez. Miró hacia la mesa y jugó con uno de los guantes.

—Los intereses de la guerra exigen sacrificios, mi señora...

—¡¿Los intereses...?! —preguntó ella, achicando los ojos—. ¿Qué intereses? ¿Os referís a los vuestros?... —acusó—. Don Oppas se ha deshecho de Roderico y vos lo habéis hecho de mi padre en una misma tirada.

Don Clodulfo apretó el guante y la miró con frialdad. Luego volvió a su tono condescendiente.

—Veo que el dolor ha trastornado vuestro juicio, mi señora. Tanta soledad no os ha hecho bien...

Si los ojos de Benilde hubieran sido saetas, el hombre habría muerto atravesado. La joven se apoyó sobre el respaldo de la silla con los dedos crispados y habló, separando apenas la mandíbula.

—No me iré con vos —le escupió—. No voy a compartir el lecho con vuestra puta.

Don Clodulfo parpadeó, frunciendo los labios con rabia, y ella tuvo la certeza de que la iba a abofetear. Si lo hubiera hecho, le habría dado al menos la satisfacción de haberle herido en su orgullo; sin embargo, el hombre transformó su crispación en una leve risa de desprecio.

—No vengo a por vos, mi señora —dijo, elevando una comisura—, vive Dios que me sois más útil en la hacienda. He venido a llevarme provisiones y caballos para la fortaleza. Hemos de prever un asedio. Nos vendrá bien el grano... Sé que habéis hecho construir otro silo en mi villa; astuta argucia por vuestra parte que nos va a ser de gran ayuda.

Benilde respiró agitada, frunciendo el ceño y apretando los dientes. No podía dar crédito a sus palabras. Si bien era un alivio saber que no se marcharía de la casa, la grosería del *comes* hacia ella y lo que suponía el abandonarlas allí, ante la posibilidad de un asedio africano, llevándose además las reservas de la hacienda para la temporada, era la peor de las vilezas.

—¿Tenéis la indecencia de decirme que prevéis un ataque y nos vais a abandonar a nuestra suerte? —le preguntó, mirándolo con odio.

—La hacienda ya ha salido indemne de la invasión de esos perros, ¿por qué habría de sufrir daño si se produce una segunda? —respondió él, evitando sus ojos.

—Porque en esta va a haber resistencia —le espetó.

—No adelantéis acontecimientos, mi señora; nadie conoce la voluntad de Dios. En la villa poco va a quedar que pueda serles útil a esos ladinos —dijo él, colocándose los guantes con parsimonia—. Además, acabáis de decir que no queréis compartir vuestra alcoba con mi... ¿*puta*? —La miró con aquella sonrisa de medio lado que jamás llegaba a los ojos y se acercó a su rostro—. Sabed que *nunca* —enfatizó— tendréis la distinción ni la gracia de esa... *puta*. Por mucho que leáis —añadió moviendo una mano en el aire—, no dejaréis de ser una plebeya con tierras. ¡Ah...! —exclamó como si hubiera recordado algo—. Que ahora también son mías...

—¡Sois un perjuro artero y un asesino! —le gritó Benilde con lágrimas de rabia en los ojos—. ¡Si hay justicia en Dios, ardéréis en el infierno por todas las vilezas que habéis cometido! ¡Por todas!

Don Clodulfo dio un paso y le cogió la mandíbula, clavándole los dedos en las mejillas hasta hacerle abrir la boca. Ella trató de zafarse de nuevo, pero la mano del *comes* era una tenaza y los intentos solo le provocaban más daño. En ese momento entró Licia por la puerta.

—Mi señor, los siervos solicitan vuestra disposición en un asunto... —dijo, y se quedó junto a la entrada.

El *comes* miró a la sierva un momento sin soltar a Benilde.

—¡Diles que entren! —gritó. La criada hizo un gesto hacia alguien que se encontraba fuera de la estancia y volvió a colocarse cerca de la puerta. El hombre volvió a mirarla con los ojos entornados; luego se volvió hacia la joven y le habló en un tono amenazante y frío.

—Tentado estoy de llevaros conmigo... Pero la madre de mi *hijo* gusta de ser único plato —le dijo, liberándola con un empujón.

Benilde cayó sobre la silla y se agarró a la mesa para estabilizarse. Se llevó la mano a la cara y tragó una saliva que le sabía a sangre. Don Clodulfo se colocó el almófar sobre la cabeza y se puso el yelmo. Luego tomó los guantes, se reajustó sobre las caderas el ancho cinturón del que colgaba la espada y la miró de medio lado.

—No olvido que tenéis algo que me pertenece... En vuestra alcoba, me han dicho.

La joven pensó en la niña y se le desencajaron la cara y el corazón. Se levantó como pudo de la silla, la boca seca de pronto, preparándose para defenderla. Él se dirigió a los siervos que entraban en ese momento en la sala.

—Id a por el arcón a los aposentos de mi esposa —les ordenó. Benilde, aliviada, se dejó caer de nuevo en el asiento para reponerse de la impresión, pasándose la lengua por unos labios resecos, los oídos comenzando a pitarle.

Cuando los criados regresaron con el enorme baúl, el *comes* les hizo un gesto para que se detuvieran. Lo abrió y lo observó. Después miró brevemente en el interior de la caja de madera.

Pareció quedar satisfecho con lo que vio, pues no indagó más. Cerró el arcón y les hizo otro gesto con la barbilla para que lo llevaran a los carros. Don Clodulfo dirigió entonces una leve reverencia a la joven, que permanecía medio apoyada sobre la mesa, y se dispuso a salir. Al pasar junto a Licia se detuvo apenas para darle tal bofetada que, de no haber estado junto a la pared, la mujer habría caído al suelo.

—Para que no olvides quién es el señor de esta casa —le dijo y desapareció, dejando a la anciana doblada y apoyada sobre el muro, escupiendo un diente sobre la palma de su mano, y a Benilde acudiendo a trompicones a ayudarla.

Don Clodulfo marchó a la ciudad tras llevarse el grano y dejar una parte para que la casa comiera hasta la próxima cosecha. El resto de los siervos de la hacienda no estaba incluido en sus previsiones. También vació las caballerizas, permitiendo que se quedara un animal, solo tras la apreciación de Benilde de que no podrían avisar a la fortaleza si avistaban africanos procedentes de los caminos que llevaban a la costa. Otra de sus concesiones fue el compromiso de cederle unos siervos en la época de siembra y de recogida de la cosecha, siempre que la situación en Eliberri lo permitiera. Nada dijo de la yeguada, por lo que imaginó que serían sus hombres los que se ocuparían, y que pocos caballos verían en la villa.

Cuando el *comes* se hubo ido, la joven comenzó a temblar sin control. Tal había sido la tensión ante la presencia de su esposo que, al relajar su cuerpo tras su marcha, los músculos de sus miembros reaccionaron torpemente. La ira que sentía tampoco ayudaba. Don Clodulfo había saqueado la hacienda como la peor de las hordas enemigas. Nada impediría que los siervos pasaran hambre hasta la siguiente cosecha. ¿Cómo podrían subsistir hasta entonces? ¿Cómo iban a tener fuerzas para labrar los campos? Don Clodulfo los estaba condenando a morir de inanición o bajo el látigo.

Odiaba tanto a aquel hombre que le dolían el pecho y la mandíbula. No había muerte que le satisficiera para él si concluía con el fin de sus sentidos. Le deseaba un sufrimiento eterno, un dolor que igualara al menos todo el que había ocasionado. Lloró de rabia e impotencia. ¿Cómo pudo su padre vincularla a aquel ser tan despreciable que la había humillado de todas las formas posibles? ¿Cómo podía tener protectores en la corte y en la Iglesia ese lobo artero e impío? ¿Hasta qué grado de vileza podía llegar un padre que desdeñaba a su propia hija por reforzar su menosprecio hacia la madre?

Tentada estuvo de recriminarle el abandono de la niña, pero temió que don Clodulfo se la llevara por venganza. La quería lejos de él. Aquel hombre solo podría ver en ella un objeto para la satisfacción de sus intereses políticos o patrimoniales. Y en cuanto a Benilde, poco valor tenía ya para su esposo; era su muerte lo que podía darle más provecho, y tuvo la certeza de que por aquella razón la había dejado en la villa.

Días después de la incursión del *comes* en la hacienda, Benilde regresaba de uno de sus paseos por los alrededores. Había decidido llevarse a la niña, pues con casi dos años ya se mantenía en la silla, apoyada y sujeta en su regazo. La cría mostraba alegría cuando veía a los animales, y la joven pensó que aquel era buen momento para sacarla. Solo tenía intención de hablar con los siervos de los campos para tratar de encontrar un modo de conseguir carne y provisiones para las gentes de la villa, por lo que el recorrido iba a ser corto. De regreso, venía pensativa por el camino de las huertas que siguiera la primera vez que cabalgó por las tierras y, como aquella, volvió a ver a Licia en el pedregal. Decidió unirse a la criada y comunicarle lo hablado con los campesinos.

Cuando apareció en la parata, la mujer ya la esperaba de pie junto a la piedra en que solía sentarse. Al ver que la señora tenía intención de bajar del caballo, extendió sus brazos para coger a la niña, la tomó y se apoyó con ella en la roca; pesaba demasiado para su espalda. Benilde desmontó y ató las riendas del animal a un arbusto; luego vio que había un ramito de flores silvestres sobre una de las tumbas. Le maravilló aquella delicadeza en una mujer que consideraba seca y amargada.

—Mi hermana habría cumplido hoy cincuenta años —dijo, como intuyendo sus pensamientos. Benilde le sonrió levemente e hizo un ademán para volver a coger a la niña—. Podéis dejarla conmigo si lo deseáis, señora —le sugirió, y la joven aceptó el ofrecimiento, apoyándose en la roca junto a la sierva. La cría miró a Licia y fue a tocarle la herida de los labios con el índice. Esta le apartó la mano suavemente, se sacó el crucifijo de madera que tenía entre la ropa y se lo dio para entretenerla.

—Los siervos me han dicho que van a cavar trampas para cazar a los jabalíes que bajen de los montes, ya que no tenemos caballos ni hombres para hacer batidas —le comentó la joven.

—El *comes* tampoco aprobaría la caza en sus tierras, mi señora —objetó la mujer.

—Tienes razón... Si se acercan y caen en las trampas solo estaremos defendiendo los campos de los destrozos —dijo, y vio cómo Licia afirmaba con la cabeza—. Tendremos carne para poner en salazón, y quizá así haya comida en la hacienda para pasar el invierno. ¿Te sigue doliendo? —le preguntó, mirándole la herida.

—Un poco... Me duele más haber perdido un diente con la mala boca que tengo —admitió con un suspiro, tocándose los labios con cautela.

—Dios ha de castigarle por esto... Y por otras cosas. No le deseo una buena muerte —dijo y desvió la vista hacia un lado.

Licia observó cómo la joven fruncía el ceño y se abandonaba a una muda desdicha. La mujer inspiró profundamente para expirar luego con lentitud, contagiándose de su aflicción.

—Os he juzgado mal, señora. Mi necedad os ha culpado de los pecados de vuestro esposo. No tengo perdón de Dios.

Benilde la miró, sorprendida. La sierva había ido cambiando su aspereza con ella en los últimos meses hasta llegar a alinearse a su favor ante la presencia del *comes*; pero no esperaba una concesión como aquella.

—No te culpo, Licia. No me conocías...

—Pero supe que no erais como él en cuanto me digné a miraros; aun así, no cejé en mi empeño de rechazaros —admitió—. Os he detestado tanto por lo que hizo don Clodulfo en esta hacienda que hasta el nombre de vuestra hija me parecía una chufla para zaherirnos.

Benilde la miró asombrada y después desvió sus ojos al horizonte. No quería entrar en ese asunto. La anciana prosiguió, volviendo la cabeza hacia los túmulos que se adivinaban en el terreno.

—Yo no soy como mi hermana... Juzgo antes de conocer el crimen. A Erico no pude mirarle a la cara durante años. No podía ver a sus hijos ni a su esposa sin sentir desprecio por lo que hizo. Bueno —aclaró—, por lo que no hizo... Cuando murió ella de un mal parto, Erico lloró tanto que me di cuenta de que había sido injusta con él. El amor puede hacer valiente a un cobarde, señora, o un cobarde del más leal de los hombres.

—Él no se perdona por aquello, Licia —comentó Benilde. La anciana asintió con la cabeza y volvió a mirar hacia las tumbas.

—Cuando doña Elvira llegó a la villa, los siervos no la recibieron bien —dijo—. No podían aceptar que una esclava extranjera e infiel fuera la señora de la casa. Pero se ganó el favor y la fidelidad de los criados. Creo que no he conocido belleza como la de ella... Era singular. Erico se avergüenza de que otros más débiles que él defendieran a la señora con sus vidas.

—¿Conocías a los hijos de don Dalmiro? —preguntó la joven con interés.

—Poco, mi señora. Los veía algunas veces cuando venía a traer la harina a la villa. Mi esposo era el molinero. Cuando tenía mucha labor, era yo la que llevaba el carro. No me importaba, así podía ver a mi hermana. Severina amaba a los hijos de doña Elvira como si fueran suyos. Dio su vida por protegerlos... Su muerte no valió para nada.

Benilde se mordió el labio en un gesto inconsciente. Deseaba decirle que no era cierto, pero no se atrevía a desvelar que la sagacidad de la sierva le salvó la vida a uno de ellos... Para que después ella se encargara de desbaratar su obra conduciendo a Guiomar hacia la muerte —se reprochó mirando hacia las tumbas. Tras un momento de silencio, habló.

—¿Están enterrados ahí, no es cierto?

Licia asintió con la cabeza y luego volvió sus ojos hacia la tierra, la mirada perdida.

—Los cuerpos estuvieron dos días sin sepultura —dijo—. Los hombres tenían miedo de que el señor los castigara por enterrarlos... Pero espantaban a los perros que iban a husmear entre los muertos. Cuando vieron que el *comes* no volvía a la hacienda, los sepultaron. Por compasión, y porque el hedor y las miasmas iban a matar a los que quedaron vivos. Pero no se atrevieron a hacerlo en el camposanto, por si ello contrariaba al *comes* o al obispo.

—¿Tú no estabas en la hacienda? —preguntó la joven, aún con la cara descompuesta por el asco y la atrocidad.

—No, no estaría viva de haber estado aquí —respondió con seguridad—. No sé si habría dado la vida por doña Elvira, no la estimaba tanto; pero sí lo habría hecho por mi hermana —dijo, y volvió los ojos hacia el lugar en el que descansaba el ramito de flores—. Estuve para enterrarla. No volví a esta casa hasta que mi esposo murió. No podía; pero don Clodulfo puso a otra familia al cuidado del molino y a mí me mandó a la villa... Tuve que tragarme las tripas. Me acogieron bien como hermana de Severina, pero yo no tengo su bondad...

Licia calló y frunció el gesto; luego volvió su atención a la niña, que trataba de tocarle la herida de nuevo. Por primera vez Benilde sintió verdadera compasión por la sierva.

—Si el cielo existe, tu hermana estará en él —le dijo. La criada la observó con curiosidad durante un instante.

—¿Albergáis dudas, señora?

Benilde miró hacia las tumbas, luego hacia el estrecho horizonte de vega que se veía entre los árboles.

—En estos últimos años... A veces, Licia.

—No dudéis de Dios, señora —expresó la mujer, poniendo unos ojos condescendientes en ella—. Cuando se ha perdido todo, es lo único que nos queda —dijo, y vio cómo a la joven se le llenaban los suyos de lágrimas—. Y también tenéis a esta preciosa criatura, que no es culpable del padre que tiene.

Benilde sonrió ante las palabras de Licia y le cogió una mano a la niña. Esta le echó los brazos y ella la tomó, dándole una sucesión de arrumacos que sacaron las carcajadas a la cría y una risa discreta a la sierva. Cuando la joven se cansó de jugar con su hija, volvió a la conversación y a un tema del que quería la opinión de la criada.

—Licia, ¿por qué ajusticiaron a don Dalmiro? —le preguntó, mirándola con interés. La anciana, sorprendida e incómoda por la cuestión, desvió la vista.

—Porque traicionó al rey, según el *comes* —contestó con parquedad.

—¿Y qué dicen los siervos? —insistió la joven sin apartar sus ojos de ella.

—Señora, lo que opinen los siervos tiene poco valor...

—Para mí sí lo tiene, Licia —le respondió Benilde con toda la sinceridad que pudo mostrarle. La criada le mantuvo la mirada, sopesando su interés o quizá su propia respuesta. Luego se decidió a hablar.

—Creen que le traicionaron a él...

Benilde asintió levemente, los ojos fijos en la anciana.

—¿Por qué motivo? ¿Por sus desavenencias con el rey? —Volvió a preguntar, y de nuevo constató la reticencia de la mujer. Pensó que tenía que tranquilizar su inquietud—. Nada has de temer de mí, Licia —le aseguró—. Sabe Dios que poco hay ya que pueda sorprenderme de los intereses de la corte...

—No tanto de la corte como del *comes*, señora —interrumpió la anciana y luego se detuvo. La mirada atenta de Benilde la llevó a explicarse—. Don Clodulfo siempre deseó estas tierras desde que supo que habían encontrado oro en alguno de sus barrancos. Ya hacía filtrar las arenas del río que divide Eliberri, y cuando consiguió las de don Dalmiro, puso a todos los siervos a lavar los barros del río —dijo, señalando en su dirección—, descuidando los campos y la yeguada. Vuestro esposo nunca fue buen vecino de don Dalmiro. Siempre ambicionó su tierra y envidió su nobleza. Todos saben que el señor no simpatizaba con el rey Witiza, pero quien lo conoció bien nunca lo creyó capaz de poner en peligro la vida de su familia por ello. Dicen que llamó a la insurrección y que el obispo tenía las pruebas... Yo tampoco puedo creerlo.

—¿Por qué? —interrumpió la joven.

—Porque don Dalmiro no tenía la ambición del *comes*. Ni siquiera se cuidó de buscar ese oro que dicen que tiene la tierra. Para lo que da... Más dan los caballos... —Negó con la cabeza—. El señor amaba a su mujer y a sus hijos, y le costaba abandonarlos en tiempos de guerra. Se había alejado mucho de la corte, ¿qué interés podía tener ya en ella? Además, señora —añadió mirándola—, ¿por qué mataron también a su parentela si no fue para no dejar herederos que pudieran reclamar la tierra? A ningún conspirador trataron con tan mala saña... Mi hermana y los demás murieron por defender a la familia de esa injusticia.

Licia se interrumpió, negando con la cabeza. La amargura le volvió al rostro y le marcó las arrugas de la frente y de las comisuras.

—Yo amaba mucho a mi hermana —continuó como si hablara para sí—. A veces no puedo perdonarle a Dios que diera su vida por nada.

Benilde no fue capaz de escuchar las palabras de la anciana sin que se le removiera algo en la conciencia. ¿Qué habría hecho Guiomar en aquella situación?, pensó. Pero Guiomar estaba muerta, y esta certeza desató su boca.

—Tu hermana no murió por nada, Licia.

La mujer, que al principio había interpretado sus palabras como una mera fórmula destinada a consolarla, vislumbró en la expresión y en el tono de la joven un matiz que la alertó.

—¿Qué queréis decir, mi señora? —le preguntó, intrigada.

—Que antes de morir, Severina salvó a uno de los hijos de doña Elvira —confirmó sin mirarla, con la sensación de que traicionaba de algún modo a Guiomar. El rostro de Licia mostró una confusión que duró un instante para revelar luego una contrariedad que estaba a un paso del enojo.

—Os equivocáis, mi señora. Los hijos de don Dalmiro están enterrados ahí —dijo señalando uno de los túmulos—, al lado de los cuerpos de la madre y del señor.

—Pues uno de ellos no lo es —aseguró Benilde, y vio el encono y el desconcierto de la sierva—. La agudeza de tu hermana protegió la vida de la hija, escondiéndola en el estercolero —afirmó, incorporándose de la roca y pasándole la cría a la anciana.

Licia balbuceó llena de asombro mientras la señora, afectada, desataba al caballo y lo montaba.

—¿Cómo podéis saber eso? —se apresuró a preguntar la criada, que temía que la joven se marchara dejándola con aquella incertidumbre.

—Me lo dijo la propia Guiomar... —contestó, tomando a la niña de sus brazos—. Llegó como sierva a la hacienda de mi padre.

La anciana, sumida en la mayor de las confusiones, les espetó.

—No puede ser... ¿Cómo sabéis que no era una impostora?

Benilde la miró fijamente, tratando de que la tristeza que le embargaba por momentos no le quebrara la voz.

—¿Conoces muchas criadas que sepan leer y escribir? —dijo—. ¿Qué sucia caballeriza tendría la dignidad de un noble si no lo es? ¿Quién se haría llamar *Cachorro* por no delatarse con el orgullo de no abandonar, al menos —apostilló—, uno de los nombres con que la llamaba su padre? —Benilde habló más para sí misma que para la anciana—. Pregunta por esto a los siervos que la conocieron, si es que queda alguno en la villa. Yo sé que era la hija de don Dalmiro —aseveró y tiró de las riendas para poner al caballo en marcha. Licia, impulsivamente, agarró al animal del bocado para detenerlo.

—¿Era...? ¿Dónde está Guiomar ahora, mi señora? —le preguntó, mirándola ansiosa. Benilde desvió los ojos.

—Murió en una riada hace dos años... —dijo casi en un susurro.

Y algo en mí murió con ella, pensó y tiró de las riendas de nuevo, huyendo de la criada y de su propia necesidad de liberar su conciencia como un torrente.

De vuelta a la casa temió que quizá hubiera hablado demasiado y que la ansiedad de saber de Licia se extendiera a otros siervos y trataran de obtener de ella más información. Se preguntó qué podría contarles sin mentir que no acabara por comprometerla. Decidió que exigiría reserva a la criada en cuanto regresara a la villa, sumida ahora en una preocupación que comenzaba a pesarle, y que se habría minimizado hasta la desaparición de haber sabido la magnitud de la que se acercaba, serpenteando, por los caminos de la vega.

Capítulo 30

—¡Señora, habéis de iros sin demora! ¡Coged a la niña y partid ahora mismo en la yegua!

Licia había entrado en la sala sin anunciarse y con el rostro desencajado, sobresaltando a una Benilde que descansaba junto a la chimenea tras el almuerzo. La joven había estado rumiando la conversación que había tenido con ella por la mañana y preparando una justificación que mantuviera la boca de la sierva cerrada a los oídos de las criadas. Por más vueltas que le daba, no encontraba ninguna. Tras la muerte de Guiomar, ¿qué sentido tenía mantener su secreto? Quería hablar con ella para sellar algunas cuestiones, pero no esperaba verla aparecer con aquella urgencia, congestionada, casi doblada sobre su vientre, apoyándose en la mesa y tratando de recuperar el resuello. Benilde se alarmó.

—¡Por amor de Dios, ¿qué ocurre, Licia?! —exclamó, levantándose del sillón—. ¡Me estás asustando!

—Mi señora, vienen africanos por el camino de la costa... Ha pasado un siervo para avisarnos de que han atacado las villas vecinas y de que se dirigen hacia aquí —relató entre jadeos—. Iba a la ciudad para avisar al *comes*... Debéis marcharos a Eliberri antes de que lleguen. Puede que ya no tarden en hacerlo, porque el siervo venía a pie...

A la joven se le aceleró el pulso y sintió que se le encogían los músculos de la espalda.

—¡San Esteban nos asista! ¿Son muchos? —preguntó angustiada, acercándose a ella y cogiéndola de los brazos para incorporarla.

—No lo sé, señora, pero el hombre nos ha dicho que matan a quienes encuentran... —explicó y se agarró a Benilde, la mirada apremiante —. Debéis marchar a Eliberri y avisar al *comes*, él os protegerá en la fortaleza. Llegaréis antes que el criado...

—¿Cómo voy a ir a Eliberri, Licia? —interrumpió la joven, desesperada—. ¡El *comes* me prefiere muerta!

—¡Y así estaréis si os quedáis en la villa! —replicó la mujer, apretándole los antebrazos—. Don Clodulfo no puede negaros la protección, sois su esposa y quedaría en entredicho ante sus soldados... ¡Hacedlo aunque sea por la niña! Y pedidle que no se olvide de nosotros... —le rogó y vio cómo cedía—. ¡Id a por ella, yo os cogeré ropa de abrigo!

Benilde se apresuró hacia sus aposentos, donde la cría dormía al cuidado de una sierva. La seguía Licia, cojeando y agarrándose la cadera. Cuando llegó junto a la cuna despertó a la pequeña sin cuidado. Esta respondió a su brusquedad con llanto.

—¡Huye a los campos y escóndete donde no te vean! —le gritó a la joven sierva, envolviendo a la niña en una mantita de gruesa lana. La criada miró a Licia, confundida y asustada.

—¡Vienen los africanos! —le aclaró ella—. ¡Avisa a todo el que veas y vete a las huertas! ¡Y no te ocultes en las casas, será allí donde primero busquen! —le gritó cuando salía. La chica cruzó la puerta a la carrera, sollozando e invocando a todos los santos del cielo.

Benilde dejó a la pequeña sobre la cama, tan envuelta en la ropa que no podía moverse. Luego comenzó a desvestirse.

—¡¿Pero qué hacéis, mi señora?! —exclamó Licia, que le traía una capa para colocársela sobre los hombros.

—Voy a ponerme las calzas...

—¡Por amor de Dios, no hay tiempo! —le gritó, deteniéndola. Benilde la miró un instante y advirtió su terror. Asintió levemente y volvió a cerrar los broches de la túnica. Se colocó la pesada capa y se ajustó la fíbula sobre el hombro. Luego cogió a la niña, que continuaba llorando molesta por su estrecha prisión de lana, y salió de la casa con ella en dirección a las caballerizas, seguida por una Licia que trataba de apurar su paso a base de cojetadas. Fuera, vio el desconcierto de la servidumbre, que gritaba y huía colina arriba o hacia el río y los campos, llamando a los hijos y acarreando a los más pequeños como fardos.

Cuando llegó al establo, el alma se le cayó a los pies. La yegua no estaba. Alguno de los criados había huido con ella o la había cogido para avisar a la fortaleza.

—Dios me asista... —musitó la joven con la boca seca, mirando desencajada a una Licia que maldecía a voces la sangre de aquel que había cometido tamaña vileza. Los ojos se le humedecieron y se sintió perdida.

—Señora, huyamos a las huertas —propuso la sierva, más templada que ella—. Algún agujero habrá donde podamos escondernos. Los africanos van a la ciudad, quizá no se adentren en los campos.

Las dos mujeres se giraron para salir por la puerta del establo y oyeron entonces otros gritos. Eran chillidos de terror y alaridos salvajes que las sobrecogieron. Luego estos se mezclaron con el sonido ensordecedor de los cascos de los caballos... De docenas y docenas de caballos. Benilde cerró los ojos, convencida ya de que Dios las había abandonado, y las piernas comenzaron a temblarle sin control; pero Licia empujó la puerta del establo y tiró de ella hacia el fondo.

—¡Salid por la de atrás, rápido!

Benilde cruzó la caballeriza y le dio una patada a la portezuela hasta abrirla. Luego volvió la cabeza buscando a Licia. Vio cómo esta se detenía para coger una de las horcas del pajar y se colocaba en medio del establo, encarando el portón.

—¡¿Qué haces?! —le gritó sin comprender.

—¡Idos y escondeos donde podáis, mis piernas no me dan para más!

—¡¿Has perdido el juicio, insensata?! —La joven volvió a adentrarse en el establo con intención de ayudarla, pero esta le chilló con una autoridad que la sorprendió, paralizándola.

—¡Marchaos! ¡Pensad en vuestra hija, por amor de Dios! —la increpó, enojada.

Benilde salió del establo, tras mirar a la mujer un momento, y siguió la vereda que partía de la parte trasera del edificio, tratando de sofocar un llanto que ya le atenazaba la garganta y cuyas lágrimas le impedían ver con claridad. Los gritos que le llegaban eran atroces y su miedo era tal que los temblores le entorpecían cada paso.

Unas varas más adelante se topó con el estercolero del establo y vio que el sendero acababa allí. Severina le vino a la mente. Imaginó que la situación que ahora vivía ella no sería muy diferente de la que viviera la sierva cuando intentaba ocultar a Guiomar. La semejanza la llevó a pensar que si a esta le dio resultado, ¿por qué no habría de dárselo a ella? Tampoco es que le quedaran muchas opciones donde elegir, teniendo en cuenta además que los africanos no tardarían en rodear la villa y peinar los alrededores.

Dejó a la niña en el suelo y cogió la pesada horca de hierro clavada en el estiércol. Para que los humores no le calaran la ropa, eligió una zona donde la borra de caballo estaba más seca y suelta, y la arrastró hacia un lado, intentando liberar un espacio en el que cupiera su cuerpo. Miraba continuamente hacia su espalda, temiendo ver aparecer a algún soldado. El intenso hedor le golpeó al remover el estiércol. En otras circunstancias le habría provocado arcadas, y repulsión los cientos de pulgas que notaba saltar a su alrededor, así como los escarabajos que quedaron al descubierto y que corrían para ocultarse; pero la situación no admitía remilgos.

Una vez hecho el hueco, colocó a la niña en él; luego se quitó la capa y la cubrió con ella, y a esta, con toda la borra que había amontonado en los laterales. La cría, que había reanudado el llanto al dejarla en el suelo, chillaba ahora aterrorizada, a pesar de las palabras de consuelo con que Benilde le hablaba. Difícilmente podía transmitirle tranquilidad, pensó, si su voz delataba su propio miedo.

Cuando cubrió todo el tejido, levantó uno de sus extremos y se introdujo debajo de él. Tomó a la niña y la apretó en su regazo, encogiéndose para dejar su cuerpo bajo la capa. Luego sacó un brazo por encima de la cabeza e intentó hacer caer más estiércol sobre ellas. Tras esto, se quedó inmóvil, susurrándole canciones absurdas a la pequeña para calmarla; pero el hedor se fue haciendo tan presente que pensó que morirían por la peste y la falta de aire. También estaba el picor. Tenía la sensación de que los cientos de pulgas se les meterían por todos los orificios de la cabeza... No podría soportar mucho tiempo de aquella manera, se asfixiaba. ¿Cómo consiguió aguantar horas Guiomar?, se preguntaba constantemente.

El corazón desbocado por la sensación de ahogo y un intenso sudor frío le hicieron pensar que estaba al borde del mareo, y el miedo a esa posibilidad y a morir enterrada en el estiércol la llevó a abrir un pequeño hueco por el extremo de la capa. Respiró al notar que entraba algo de aire y de luz, y consiguió ver por el estrecho pliegue parte del estercolero y del mango de la horca, que había dejado en el suelo sin clavar. La medida surtió efecto al notar un ligero frescor en el rostro. Trató de atemperar su respiración y tranquilizarse; quizá así consiguiera calmar también a la niña. Las voces y los gritos aún seguían llegando, amortiguados por la borra, pero los sentía lejanos, y aquello le dio esperanza.

—Dios, no nos abandones, no nos abandones... —musitó repetidamente, como una plegaria que tuviera el poder de protegerlas y aislarlas mientras estuviera siendo pronunciada.

Pero Dios parecía no querer oírla, o quizá solo pretendía divertirse con ellas, pues escuchó unos pasos que huían a la carrera, entre jadeos y gemidos, acercándose por la vereda. A estos le siguieron el cabalgar de un caballo y la voz de un hombre que gritaba algo ininteligible para ella, demasiado cerca del estercolero... Después llegaron los chillidos de una mujer, que se alejaban al mismo tiempo que el sonido de los cascos del jinete.

Benilde se encogió aún más, temblando y abrazándose a su hija; deseando desaparecer del mundo, deseando que todo se detuviera; deseando que el cielo se abriera y que un rayo divino fulminara a aquella horda de lobos... Y que volviera a abrirse para que otro fulminara a su esposo, a su puta y al bastardo... Maldijo llena de desesperación, sofocando los sollozos. Hasta que oyó los goznes y el golpe de la puerta trasera del establo al abrirse y dejó de respirar. Escuchó cómo unos pasos se acercaban y se detenían. Entonces cubrió la boca de la niña con la mano. Esta movió la cabeza al resistirse, por lo que la agarró con más fuerza, toda su atención centrada en los ruidos del exterior.

De nuevo oyó los pasos acercándose y aseguró la mano sobre el rostro de la niña. Fue entonces cuando reparó en que tenía el índice lleno de sus mocos, y que estos y sus dedos le estaban impidiendo respirar. Benilde se los retiró, alarmada, y la cría tosió, boqueó y dio un chillido que hizo llorar a Benilde, pues supo que todo estaba ya perdido. Apretó a la niña sobre su pecho, intentando sofocar su llanto sin dejar de oír los sonidos de fuera. Apenas escuchó los pasos, pero vio cómo una sombra menguaba la luz que penetraba por el pequeño respiradero de la capa. A través de él vislumbró la punta maltrecha de una sandalia y unas uñas negras, y cómo una mano asía el mango de la horca...

Se echó sobre la niña para protegerla, haciendo un hueco entre sus brazos, pues tuvo la certeza de que iba a morir trinchada como un cerdo por las púas del apero. Y en ese eterno momento que le supuso la consciencia inminente de la muerte, Benilde pensó en su padre. ¿Qué diría al verla morir en un estercolero? La orgullosa hija de don Froila, la digna esposa del *comes* de Eliberri dejando la vida rodeada de sangre y de mierda...

El trote de un caballo y unos gritos autoritarios parecieron demorar la sentencia, al menos con la horca, pues quien fuera el que la había cogido la arrojó de nuevo al suelo. Luego oyó que decía algo y, al momento, la capa salió volando y el sol de la tarde la cegó por un instante. Levantó un brazo para defenderse de un golpe que esperaba y que no llegó. Cuando sus ojos se acomodaron a la luz, vio un hombre con yelmo y, sobre este, un turbante. Tenía espesa la barba y un alfanje en la mano, y la observaba detenidamente, valorando la presa con interés. Benilde protegió de nuevo a la niña sin dejar de mirar al sarraceno, aterrada.

Las palabras ininteligibles del soldado que montaba a caballo desviaron su alerta hacia el jinete; solo para verlo partir al galope hacia la casa. El que estaba junto a ella le agarró del brazo hasta incorporarla, a pesar de su resistencia, y la empujó para que anduviera en dirección a la villa, amenazándola con el alfanje. Luego se agachó y cogió la capa; la sacudió, la miró apreciativamente y se la colocó en el hombro como un fardo.

Benilde miró a izquierda y a derecha, buscando una huida imposible. Solo vio la cara cetrina del sarraceno. Este pareció creer que se demoraba, pues le dio tal manotazo en la espalda que le hizo trastabillar. Apresuró entonces el paso para evitar que otro golpe diera con ellas en el suelo. El hombre rio y le habló en un tono ufano y risueño que le inspiró todo menos confianza.

Al llegar a la explanada, frente a la entrada de la villa, la joven observó una docena de siervas reunidas en el centro, custodiadas por soldados. Lloraban y gemían, algunas con sus hijos en los brazos o pegados a las piernas. Buscó a Licia entre ellas, pero no la halló. Miró hacia el extremo de la plaza y vio con horror que los soldados estaban apilando algunos cuerpos ensangrentados de ancianos y mujeres. Aquella visión le impactó y le aterrorizó tanto que se le bloquearon las piernas. El hombre que la escoltaba la llevó entonces a empujones hacia el grupo, y la niña, viendo llorar a los críos y a las madres, comenzó de nuevo a berrear sin consuelo.

Había soldados por todas partes, sarracenos de Damasco en su mayoría. También algunos *mauri*, a los que Benilde distinguió por su diferente forma de vestir y por aquellos turbantes con los que cubrían sus cabezas y embozaban los rostros. Entre todos eran cientos, y parecían seguir llegando más, y más, y más...

En aquel desorden la joven reconoció cierta organización. Un grupo de hombres saqueaba la casa; otro buscaba en los establos; otro, en las cuadras; y otro, en el resto de los edificios. Reunían frente a la entrada las cosas que consideraban botín, haciendo acopio para cargarlas posteriormente en carros. Pensó que poco encontrarían tras el saqueo de su esposo, y temió que los sarracenos terminaran por pagar su enojo con las mujeres. Como si la fatalidad hubiera querido confirmar sus temores, vio cómo un soldado salía del establo arrastrando por el suelo a una Licia sin vida, cuyo cuerpo terminó en la pila. La pena se antepuso al horror, y lloró por aquella mujer a la que comenzó odiando y acabó por estimar.

—Mi señora, ¿qué van a hacer con nosotras? —gimió una de las siervas.

—Solo Dios lo sabe... —le contestó, limpiándose la nariz con el dorso de la mano y tratando de recomponerse ante ellas—. Encomiéndate a Su misericordia, pues nadie más que Él puede ayudarnos ahora.

—Quizá vengan los soldados de Eliberri... Ya deben saber que los africanos están aquí... —dijo otra, buscando esperanza donde ya no había horizonte.

Antes vendrá San Miguel y la corte celestial... Pensó Benilde con amargura.

Un hombre gigantesco con un turbante verde deslavado llegó entonces y se acercó a Benilde, le cogió la cara a la niña y la observó, sujetando la muñeca de la madre, que intentaba evitarlo. Luego la soltó y comenzó a dar órdenes a la tropa. A sus palabras, tres soldados se dirigieron hacia el corro de mujeres y trataron de llevarse a dos de ellas, que empezaron a gritar y a abrazarse, intentando liberarse de los sarracenos. En aquella confusión una criada propinó un manotazo a un soldado, y este sacó su alfanje y lo levantó sobre la joven, provocando los chillidos de las demás.

La voz autoritaria de un jinete lo detuvo. El recién llegado, subido a un caballo blanco bellamente enjaezado, llevaba un atuendo que lo distinguía de los demás. Se protegía el cuerpo con una loriga y una coraza de cuero, tachonada con placas de metal bruñido y, sobre estas, un manto blanco demasiado limpio para ser de un soldado en plena guerra. Vestía almófar sobre la cabeza, pero era el yelmo lo que más atraía la atención, pues tenía repujados de fina factura y remaches de lo que parecía ser plata. También los tenía su escudo, que llevaba colgado a la espalda. Su porte distinguido y la actitud de la tropa ante la aparición del jinete le dieron motivos a Benilde para pensar que estaban ante uno de los capitanes de aquel ejército. Y así pareció ser, pues el hombre increpó de tal manera al soldado que, a pesar de no entender aquel galimatías, todas las mujeres comprendieron que lo estaba reprobando. El bruto bajó la cabeza, asustado, hablando en un tono de ruego, y se alejó después hacia los sarracenos que arrastraban a los muertos.

—¡No os resistáis y no se os hará daño!

A Benilde se le erizó la nuca y buscó con la mirada al dueño de aquella voz que les hablaba en su misma lengua, esperando encontrar a un soldado vestido como lo hacían los godos. Se equivocaba. Vio que procedía de un jinete africano y, por el color negro de su manto y el escudo que llevaba sobre la cadera de su montura, le pareció que era el mismo que había vislumbrado en el estercolero. El hombre se había colocado junto al capitán y hablaba con él, dándoles la espalda. No pudo ver más, pues algunos sarracenos retomaron la tarea de llevarse a las mujeres, provocando de nuevo los empujones y el griterío entre ellas. A pesar de aquella resistencia, comenzaron a ceder entre sollozos, llamándose las unas a las otras mientras se alejaban.

Benilde se aferró a la niña al observar que un soldado separaba a una sierva de su hijo, hecho que elevó la histeria y el terror de las madres. Buscó al capitán con la mirada, esperando que intercediera otra vez; pero solo vio al africano del manto y turbante negros delante de él, sobre un caballo nervioso que no paraba de patear el suelo. Las miraba de vez en cuando, según se iban llevando a las siervas. En una ocasión pareció ver algo o a alguien entre ellas que atrajo su atención, pues mantuvo los ojos fijos, a pesar de que su montura se giraba hasta ponerse de nalgas. Benilde vio cómo se aseguraba el embozo sobre la nariz y tiraba de las riendas de su caballo para encararlas. No supo que el objeto de su interés era ella hasta que el jinete se acercó al capitán y le habló, señalándola claramente. Lo que dijo debió provocar la consideración del superior, pues este la miró con curiosidad, asintió, y le respondió algo al africano.

Entonces, ante la sorpresa de todos, el enorme sarraceno del turbante verde que se había interesado por la niña intervino con evidente cara de enojo, y se produjo un cruce de palabras entre él y el africano que derivó en discusión, y que llevó a Benilde a pensar, con horror, que se la estaban disputando. El capitán la zanjó levantando la mano bruscamente, y luego habló de nuevo con el jinete del manto negro. Este pareció explicar algo en aquella lengua extraña, y volvió a señalar, esta vez hacia una de las cuadras. La disputa debió despertar el interés de todos los hombres que los rodeaban, pues se habían acercado para observar a los litigantes, esperando curiosos la posible resolución.

Tras oír las palabras del africano, el capitán hizo un mohín con la barbilla hacia uno de los soldados que presenciaban la discusión, y este corrió hacia el edificio al que había apuntado el jinete. Instantes después regresaba trayendo algo en las manos que sacudía con los dedos y limpiaba en sus zaragüelles. Con una leve inclinación de la cabeza, se lo entregó al superior. Este observó curioso lo que parecía un caballito tallado en madera, oscurecido por la mugre. Lo giró varias veces en sus manos y luego se lo arrojó al gigante que permanecía en pie, los labios fruncidos en una mueca de descontento y de rabia. El hombre, tal como lo había cogido, lo tiró a los pies del corcel del africano, sobresaltando al animal. Luego se marchó hacia la casa, tras decir algo que, por su expresión, no satisfizo al capitán.

Benilde no entendía nada, pero a la tensión, terror e incertidumbre de no saber qué iba a ser de su vida y de la de su hija, se les unió una sensación extraña que se le había aferrado a la boca del estómago y que apenas le dejaba respirar. Observó al jinete de negro. Puestos a elegir, si en verdad se la estaban disputando, lo prefería a la mala bestia que se había marchado apartando los soldados a empujones. El africano no parecía soldado, a pesar de que le distinguió una loriga bajo el manto. Ni siquiera llevaba espada, solo una daga en el cinto y el broquel sujeto a la silla. El caballo que montaba era tan negro como su vestimenta, exceptuando las patas, marrones por el barro o por el polvo del camino, y constató que el animal era más grande que el del mismo capitán. El jinete, que se había quedado mirando la pequeña talla de madera, descendió de su montura y, sin soltar las riendas, la recogió del suelo. Le pasó luego los dedos por la superficie, retirándole el polvo, y la observó, absorto, hasta oír un comentario procedente de algún sarraceno que provocó algunas carcajadas en la tropa y una leve sonrisa en el capitán. El africano se introdujo la talla bajo el manto y le hizo una pequeña reverencia al superior. Benilde creyó entonces que aquel hombre iría a recoger su trofeo, y se preparó, todos sus miembros en tensión. No esperaba lo que sucedió después.

El capitán desenfundó su alfanje, lo agarró de la punta y le ofreció la empuñadura al jinete, diciéndole algo y mirando levemente a la joven. Él lo tomó y se volvió hacia ella, observándola, mientras movía la muñeca que sostenía la espada, inconscientemente, como midiendo su peso y su equilibrio. Después soltó las riendas y se dirigió hacia Benilde, renqueando del pie derecho.

Los soldados que controlaban la media docena de cautivas que quedaban en el grupo, se separaron unos pasos. Algunas siervas, al ver que el africano se acercaba espada en mano, comenzaron a gemir y a llorar, retrocediendo hasta dar con la tropa, que las contuvo. Dos de ellas, para sorpresa de esta, se abrazaron a Benilde y a la niña, sin que la joven acertara a comprender si lo hacían por protegerlas o buscando protección. Fuera por lo que fuere, con el corazón desbocado y temblando de terror, miró como pudo al hombre que se acercaba. Vislumbró, entre el hueco que dejaba su turbante, unas cejas pobladas y fruncidas en el ceño, unos mechones oscuros de pelo que se le escapaban entre los pliegues del tejido, y su juventud; y captó el tormento y la duda en aquellos escuetos rasgos, y no pudo captar más, pues el joven se detuvo, bajó la cabeza y la giró. Así permaneció un momento, dudando, hasta que se volvió de nuevo al capitán y le habló, entregándole el alfanje tal y como el hombre se lo había dado. Este asintió, dijo algo e hizo un gesto a los soldados. Varios sarracenos separaron entonces a las siervas de Benilde, en un forcejeo que provocó los chillidos aterrorizados de la niña.

Cuando la señora se quedó sin protección, fueron a por la cría, a la que trataron de arrancar de sus brazos. Benilde se resistió, llorando desesperada, mientras luchaba por no soltar a su hija. No pudo ver cómo el africano se retiraba el embozo del rostro, pero sí oír la claridad de su voz, que detuvo a los sarracenos, a Benilde y hasta a la pequeña, remplazando sus gritos por hipidos.

Buscando ansiosa al autor de la orden, la joven observó cómo el africano, que ya estaba junto a su caballo, soltaba de nuevo las riendas y se giraba para parlamentar otra vez con el capitán. Este lo escuchó con el ceño fruncido, tenso. Luego asintió e hizo un gesto con la mano que estaba a medio camino entre la concesión y la impaciencia, y se retiró.

Benilde los miró agitada, intentando que el aire le llegara a los pulmones; sabiendo que aquellos hombres había decidido su destino y el de su hija. Como pudo, se cambió la niña de brazo, pues el dolor que sentía por su peso y el forcejeo con los soldados le hizo temer que se le cayera del regazo.

Y en ese justo instante, ante el asombro de los soldados, el caballo negro del africano se acercó a ella lentamente, confiado, y le olió el rostro; después le husmeó las manos entre suaves resoplos...

La joven lo observó con desconfianza primero; luego, con pasmo e incredulidad, examinando ansiosa sus ojos, los ollares, el hocico, la osamenta... Después, con el corazón en la boca y los párpados desorbitadamente abiertos, buscó a su jinete, que se había vuelto hacia ella, libre ya de máscara, y reflejaba en el rostro el tormento y la palidez de la muerte...

Y se percató entonces de sus labios finos, de la cicatriz, y de aquella trágica e intensa mirada verde...

374

CUARTA PARTE

MUTARJIM

(Año del Señor 713)

Capítulo 31

Cuando Guiomar vio las montañas nevadas comenzó a sentir un profundo desasosiego. Había llegado a habituarse a las *razzias* sarracenas, pero no esperaba la impresión que le supondría enfrentarse de nuevo al paisaje de su infancia, a pesar de haberlo echado tanto de menos. Aquel malestar empeoró según se fueron acercando a la villa de su padre, y a tal punto llegó la descomposición de su cuerpo que pensó que necesitaría separarse de la tropa para aliviar el estómago y las tripas.

—¿Acaso has visto el espíritu de un muerto? —le preguntó Abd al-Aziz, en un momento en que requirió su presencia para consultarle si el río que estaban atravesando era el que pasaba a los pies de la ciudad.

—De muchos, mi señor... —le respondió, con una voz que no le salía del cuerpo, tras aclararle que aquel no era el Singilis—. Estas eran las tierras que robaron a mi familia tras darle muerte. No había puesto un pie en ellas desde entonces...

—Pues ve acostumbrándote, *Mutarjim*, pues mi intención es acampar aquí.

Acostumbrarse... ¿Quién podría acostumbrarse al ultraje y a la masacre de sus padres? ¿Quién, al más cruel de los sentimientos de abandono?, pensó mientras subía el sendero que le llevaría a la villa, con unos dientes tan apretados que le dolían las encías. Había presenciado las *razzias* africanas de Tarif, luego las de Tariq, y ahora las sarracenas del hijo de *walí*, que solo tomaba prisioneros que sirvieran como esclavos y que luego pudiera vender, deshaciéndose de todos los que presentaban batalla y de aquellos que pudieran ser un estorbo para su campaña.

Había visto mucha brutalidad e inclemencia en aquella guerra. Tuvo que endurecer su corazón para protegerse del dolor ajeno. Era la única forma de seguir viviendo una vida que Dios se empeñaba en mantener en la tierra, a pesar de tantos avatares que la hacían parecer más la historia épica de un personaje sacado de la Biblia que la de la hija de un gardingo caído en desgracia.

Sin embargo, el regreso a la casa donde se crio desató en ella un temor más profundo que todos los horrores de la guerra, pues los miedos de los niños son los más terribles del alma, y fueron estos los que volvieron con toda su crudeza.

Cuando llegó frente a la casa se le fueron los ojos al pozo. Allí estaba, tan recio como en su niñez. No había caído fulminado por el peso de los acontecimientos que presenció. Como si nada hubiera ocurrido, allí estaba también la villa. Algo más ajada la fachada. Unos árboles que recordaba más pequeños, y un abrevadero junto a las caballerizas que le parecía entonces mucho más grande. Buscó el establo que había ardido aquel día aciago. Vio que lo habían vuelto a levantar con alguna diferencia que distorsionaba el recuerdo de su infancia. La imagen le trajo el olor a muerte y a rescoldos que no eran solo de madera. El estómago volvió a encogérsele.

El cuerpo de su madre no estaba en la explanada, pero sentía su presencia en toda la villa. Como la de su padre. Tenía la sensación de que no tardaría en aparecer, montado en su alazán, para descabezar a espadazos a todos los sarracenos. Y fue consciente de que había recreado la expectativa que tuvo aquel día nefasto. Durante años se preguntaría por qué su padre no llegó para salvarlos; por qué no estaba allí para ordenar a sus hombres que impidieran aquel sinsentido. Y albergó la esperanza de que un día apareciera para rescatarla, pues había sido incapaz de reconocer en aquel cuerpo decalvado y mancillado sobre el carro la distinción de la figura de su padre. Tuvo que ser la conversación fortuita de Guma con un tratante de Acci sobre la suerte del traidor Dalmiro la que, años después, respondiera aquellas dudas y le robara el último asidero al que se aferraba su esperanza, dejando sus sueños definitivamente a oscuras.

Los gritos de la servidumbre la llevaron al presente de nuevo, y se aseguró el embozo del turbante sobre el rostro. Le aterraba que alguna criada la reconociera y desenmascarara su sexo ante los sarracenos. Temía que Abd al-Aziz castigara su engaño ofreciéndola a la tropa. Poco tardó en darse cuenta de que tampoco ella reconocía a aquellos siervos que corrían aterrados. Ya fuera por que murieran junto a su madre o porque se tratara de los hijos ya crecidos de los hombres de su padre, no halló en ellos rasgos que le recordaran a nadie que morara entonces en la villa. Luego pensó que posiblemente don Clodulfo habría sustituido a los muertos por hombres y mujeres traídos de Eliberri.

Uno de los sarracenos corrió hacia el establo. Guiomar vio que permanecía en la puerta y que después entraba a paso lento, y tuvo la certeza de que había encontrado a alguien. Dirigió su caballo hacia la caballeriza, convencida de que solo hallaría mujeres, ancianos o niños, pues era evidente que el *comes* se habría llevado a los hombres para la defensa de la ciudad. Ni siquiera esperaba que hubiera caballos, ya que poco habían encontrado en las haciendas vecinas. Era evidente que don Clodulfo esperaba el ataque de Eliberri y nada había dejado para el enemigo.

Cuando entró, observó a una anciana en el suelo, junto a una horca, y al sarraceno que miraba alrededor de la cuadra, riendo.

—¡Quería clavármela, la vieja! —exclamó y salió por la puerta trasera del establo.

Guiomar se aproximó a la mujer y desmontó. Estaba tendida de lado, con la mitad de la cara sobre la paja. La giró hasta ponerla boca arriba. Tenía los ojos entrecerrados y un profundo corte en la base del cuello que la había hecho desangrarse. Su expresión la conmovió. Tan convencida estaría la sierva de su muerte que ni siquiera reflejaba el horror del momento en el rostro. Se fijó en sus rasgos, le resultaban familiares; aunque no lograba precisar el recuerdo. Como un olor le vino Severina a la memoria. Pero no podía ser la sierva, estaba tan muerta como la mujer que ahora veía. Sin embargo, algo debió despertar su recuerdo en ella, pues montó a Leil y salió del establo para rodearlo.

Vio entonces al soldado observando el estercolero. Se aproximó como una sonámbula, los ojos clavados en la borra que se estremecía y que escasamente ocultaba una tela cuyo color destacaba por algunas zonas para delatar el escondrijo. Adivinó las intenciones del sarraceno cuando se agachó para coger la horca, y lo detuvo.

—¡No sabes quién se esconde, necio! ¡Puede ser de valor para el hijo del *walí*! —le gritó en su lengua.

—Por sus chillidos, más parece un nido de ratas —le contestó el hombre con socarronería, soltando la horca y agarrando el extremo del tejido para descubrir la presa.

Por un momento Guiomar esperó ver a una niña de doce años acurrucada como un cachorro en una madriguera, muerta de miedo, tapándose los oídos con las manos para no oír los gritos de su madre... Esperó encontrar a una Guiomar en aquel estercolero en el que la ocultaron hacía una docena de años, y del que salió para no ser nadie...

Pero no era ella. Solo era una sierva que protegía a su hijo con su cuerpo.

—¡Llévala con las demás, y busca rebaños y grano! —le dijo al soldado, enojada, y regresó a la casa para reunirse con Abd al-Aziz. Al llegar a la explanada le vio salir de la vivienda y subir a su montura.

—¡No quiero muertos aquí! ¡Deshaceros de los cuerpos! —gritó a los soldados. Después se volvió hacia Guiomar—. Encuentra a Halim y dile que no monte mi tienda; hoy dormiré bajo ese techo... Luego ve con las cautivas, Jabib necesitará de tu oficio —le ordenó.

De todos los trabajos que Guiomar había realizado para los sarracenos, el de traductor era el que le procuraba más sinsabores, a pesar de que gracias a él, unido a su conocimiento de una buena parte de los caminos de la Bética, se había hecho útil para Abd al-Aziz, como antes lo había sido para Tariq. Lo que comenzara con algunas colaboraciones aisladas en la campaña del africano había derivado, con el hijo de *walí,* en una función por la que ahora se la reconocía; hasta el punto de que habían dejado de llamarla *Jiru* para referirse a ella como *Mutarjim*. Su presencia como tal en los pactos y negociaciones del sirio con algunos señores y *comites* durante la campaña había ido dotando a su papel de un matiz mediador que ella nunca hubiera pretendido, de no haber sido auspiciado por el mismísimo hijo de Musa. En este contexto, su nuevo oficio le placía; no así cuando era requerido en los interrogatorios de prisioneros o en el prendimiento de cautivas. Menos aún en aquella villa en la que posiblemente quedaran algunos hombres y mujeres que sirvieron a su padre.

Había temido ese escenario desde el momento en que conoció el objetivo de Abd al-Aziz de recuperar las ciudades que se habían levantado contra los invasores en el oriente de la Bética. Eliberri era una de ellas. Por fuerza habría de regresar a la tierra en la que nació. Albergaba la esperanza de que la villa quedara al margen del ataque, pero esta se tornó en angustia cuando supo que los hombres de confianza del hijo del *walí* le habían aconsejado aproximarse a la ciudad por donde no eran esperados, y eso colocaba a la hacienda de don Dalmiro en su ruta. La necesidad que Abd al-Aziz tenía de abastecer a su ejército hizo el resto.

Así, a la ansiedad de tener que enfrentarse a los demonios de su infancia, se sumaba la de participar en la *razzia* que saquearía unas tierras que habían sido suyas, por mucho que ahora lo fueran de aquel monstruo de don Clodulfo. Por aquella razón, cuando se acercó por fin a las cautivas, el remordimiento la torturaba. Sabía que sus destinos no eran la muerte, pero muchas quizá la habrían preferido antes que la vida que les esperaba. El no poder hacer nada por ayudarlas no aliviaba el escozor de su conciencia, y esto la debilitó hasta el punto de incapacitarla para hablarles, para tranquilizarlas y pedirles su cooperación con los soldados, como único medio de evitarles mayores males.

Así fue, hasta que vio a Benilde entre ellas.

Tuvo que mirarla varias veces para convencerse de que aquella mujer era la joven hija de don Froila; quizá porque lo último que esperaba era encontrarla en la villa, sabiendo que el *comes* estaba en la ciudad, y porque su cuerpo y su rostro habían madurado, dotándola de una feminidad de la que antes carecía. Quizá también porque la criatura que sostenía entre sus brazos le daba una dimensión que poco encajaba con la imagen que guardaba de aquella joven impulsiva e impetuosa. Por el color de su ropa reconoció que era la mujer que se ocultaba en el estercolero, y le sorprendió no haberse dado cuenta entonces de que no se trataba de una sierva.

El descubrimiento de Benilde provocó en Guiomar calor y frío. Le sobraba el manto, le sobraba la loriga y el turbante que le embozaba el rostro, pues comenzó a sudar tanto que las riendas le resbalaban en las manos. Aun así se aseguró la faja sobre la nariz, temiendo que la reconociera. Al sentimiento de vergüenza provocado por la culpabilidad de tomar parte en aquella masacre, se añadía el miedo visceral a que la descubriera ante los soldados. Sin embargo, y para su asombro, por encima de todos los temores que predicaban su huida afloró otro sentimiento más irracional que la conminó a asumir el riesgo sin plantearse posibles consecuencias. Algo que llamó lealtad, porque no sabía de otros nombres. Algo que le azuzó la mente para hacerle reclamar ante Abd al-Aziz la propiedad de la cautiva, con tal voluntad que el hijo de *walí* de África ya había asentido antes de preguntarle por qué habría de concederle tal gracia.

—Mi señor —le respondió—, esa mujer es la esposa del hombre que dio muerte a mi familia y nos robó las tierras.

Ante esta afirmación, Jabib, uno de los capitanes más díscolos y fieros de Abd al-Aziz, viendo que no se trataba de una sierva, reclamó también su propiedad. Ya se había interesado en la hija por sus rasgos, y ahora lo hacía por el dinero que pudiera sacar en la venta de la madre a los rumíes. La solicitud no inhibió a Guiomar; al contrario, volvió a demandar a Benilde con más encono, sorprendiendo con su actitud al hijo del *walí*.

—¡El libre por el libre, el esclavo por el esclavo, la mujer por la mujer...! —declamó la joven, parafraseando una sura coránica que había oído en boca de varios soldados para demandar la ley del Talión en algún asunto—. Exijo sobre esta mujer el derecho a la venganza de mi madre.

El argumento hizo que Jabib enrojeciera de rabia.

—¡Qué hace un rumí acogiéndose a la *sharia*!

—Su madre no lo era —intercedió Abd al-Aziz.

—¿Y quién puede asegurar que el *mutarjim* no miente? —protestó, airado, a lo que Guiomar respondió con presteza.

—Mi señor, Dios es testigo de que estas eran las tierras de mi padre, don Dalmiro, hijo de Gudiliuva. Aquella caballeriza, junto a la casa —dijo señalando una cuadra de adobe unida a un lateral del edificio—, era donde tenía sus mejores caballos. Bajo el pesebre de piedra de la derecha, junto a la pared, hay un hueco de la altura de un pie. Si no lo han cubierto y no se la han comido las ratas, encontraréis la talla de un potro. Era un regalo de mi padre...

Aunque no para ella.

Abd al-Aziz hizo un gesto a uno de los soldados para que comprobara las palabras de una Guiomar que ya pensaba en otra posible prueba que pudiera convencerlo si le fallaba aquella. No le hizo falta. El soldado regresó con la talla en las manos y se la entregó a su señor, y este, tras observarla, a Jabib. El subordinado la arrojó con rabia a los pies de Guiomar.

—¡Esto no prueba que fuera hijo de noble! —protestó—. ¡Para mí, bien podría haber sido esclavo en esta casa!

—Yo le creo, Jabib —intervino de nuevo Abd al-Aziz—. El *mutarjim* sabe leer y escribir su lengua. ¿Acaso sabes tú hacerlo con la tuya, aun siendo hijo de un buen señor?

Guiomar no vio cómo se marchaba el capitán, pues tenía los ojos fijos en la talla. Desmontó tan centrada en el caballito que descuidó la forma y apoyó el peso por igual en los dos pies. El tobillo derecho le dio una punzada. Obviando el dolor, recogió la talla, la limpió y la observó; mientras le embargaba un aluvión de recuerdos, olores y sensaciones... Previo a otro lleno de culpa.

—¿Lo vas a montar? —dijo alguien de la tropa, y los soldados rieron. La broma consiguió sacar a Guiomar de la ensoñación, y vio cómo Abd al-Aziz le ofrecía su propio alfanje para que cumpliera su venganza sobre la cautiva. Cuando la reclamó no había pensado en ello... Lo tomó, tratando de mostrar tranquilidad, a pesar de que le temblaba la mano. Tenía que ganar tiempo para pensar en algo. Movió la pesada espada y se dirigió hacia una aterrada Benilde simulando decisión. Sus gemidos y ruegos desesperados le desgarraron el alma, y lamentó causarle tal terror. Tras un momento de duda, se volvió hacia el hijo del *walí*, devolviéndole la espada.

—Mi señor, Allah es misericordioso, como lo es el Dios de los rumíes —le habló, llevándose la mano al pecho—. Dejo los pecados del esposo de esa mujer en manos de Su infinita justicia. La muerte es un regalo para quien teme lo que le espera la vida. La suya no me compensará la de mi madre, y hará de mí un impío; pero su vida, sí. Reclamo a la mujer como esclava a mi servicio en pago del crimen cometido por su dueño.

Abd al-Aziz sopesó sus palabras y asintió.

—Sea —le dijo—, pero si la vendes habrás de darle su valor a Jabib.

Guiomar le hizo una pequeña reverencia al hombre, acatando la condición con la seguridad de que aquello era algo que solo haría ante el padre o el esposo de Benilde.

Apenas había respirado aliviada tras la resolución cuando tuvo que enfrentarse a otra contrariedad provocada por su torpeza. Había reclamado a la mujer, pero nada había dicho de la hija. Una niña cuyos cabellos y pupilas la hacían un botín a ojos sarracenos y africanos. Vio su error cuando trataron de arrancarla de las manos de Benilde, y tuvo que intervenir de nuevo para evitarlo, quitándose el embozo del rostro para enfatizar su ruego ante Abd al-Aziz.

—Mi señor, si le quitáis a la niña, la madre preferirá la muerte. Perderé entonces a la esclava y la compensación —justificó—. También perderé el instrumento con el que castigarla si no se presta a mis deseos. Dejadla a mi cuidado, mi señor; juro que no la venderé sin ponerla antes a vuestra disposición.

Sabía por la expresión de Abd al-Aziz que había colmado su paciencia pero, sorprendentemente, accedió a su ruego, justo antes de marcharse y de presenciar lo que ocurrió después.

Leil, fiel a su recuerdo, había decidido que aquel momento era bueno para buscar manzanas en el cuerpo de Benilde.

Guiomar miró a la joven y vio su asombro al reconocer al animal. Vio que la buscaba en su atuendo de africano y vio, para su mortificación, que la hallaba. Si la descubría, todo estaría perdido...

Se apresuró hacia ella en dos zancadas, la separó del caballo con un empujón desmedido por la angustia y masculló un alarmado "*calla*", para luego gritarle, destemplada, que se fuera con los soldados.

El desconcierto pareció sellar la boca y la mente de Benilde, que aún la miraba como si hubiera visto una aparición, mientras se dejaba llevar a empellones por dos sarracenos.

Cuando Guiomar llegó a su tienda, ya montada por el esclavo que Abd al-Aziz había puesto a su servicio desde que comenzara la campaña, dudó y se detuvo antes de entrar. Respiró hondo. Benilde tenía el don de complicarle la existencia... Ya lo había hecho hacía tres años y ahora volvía para retomar lo que dejó.

—¡Ten valor, semental! —le gritó entre carcajadas uno de los capitanes que acampaban cerca de él. La chanza terminó por decidir a la joven.

Al levantar el faldón de la tienda, Guiomar notó el sobresalto de Benilde y observó cómo se abrazaba a su hija, que comenzó a hacer pucheros. Cuando la madre se percató de que era ella, se relajó un poco, mirándola con una expectación tensa que le impedía hablar, como si aguardara a que la joven revelara su verdadero rostro para cerciorarse de que realmente se trataba de la sierva.

Al ver la insistencia de su mirada, Guiomar solo sintió calor, y que la tienda era demasiado pequeña para compartirla con el peso de la presencia de Benilde. Notó que le faltaba el aire. Se retiró la faja del turbante de la cara para respirar, lamentando por vez primera la carga que había asumido al reclamar su propiedad. Esta la hacía tan esclava como ahora lo era Benilde.

Se retiró la daga y el manto. Al hacerlo cayó al suelo la pequeña talla de madera. Guiomar la recogió y volvió a observarla, limpiándole algunos restos de mugre. Le acarició con el pulgar el punto de la testuz en el que le faltaba la oreja, sumiéndose en un recuerdo que le oscureció el semblante. Luego, quitándose el turbante, se acercó a Benilde con timidez y le ofreció el juguete a la niña, que la miraba desconfiada, buscando en la expresión de la madre la aceptación o no del regalo de aquel desconocido.

A Benilde se le hizo un nudo en la garganta. La imagen completa del rostro de Guiomar, los rizos desordenados de su pelo, aquellos reflejos cobrizos, la intensidad trágica de su mirada... Por si todos estos rasgos no hubieran sido por sí solos una prueba, estaba el gesto que tuvo con el caballo. Tan simple, tan suyo... ¿Qué tenía Guiomar que la hacía tan transparente ante sus ojos? Se preguntó. ¿Y qué le ocurría a ella para ser tan permeable al alma de la joven? Habían pasado casi tres años desde la última vez que la viera, y en un instante y con apenas un gesto había salvado aquella distancia para hacerla sentir tan cercana como lo estuvo cuando la abrazaba en el establo. Los ojos se le llenaron de lágrimas y dio un paso hacia ella.

Guiomar vio su intención y retrocedió, dejando a una mortificada Benilde con la duda de si lo había hecho por la inercia del respeto a la que fuera su señora o por resentimiento.

—Nos dijeron que habías muerto en la riada, como Flaviano. Trajeron tu zurrón, con tu cuchillo y las vendas —habló finalmente Benilde, las lágrimas rodándole ya por el rostro.

—¿Murió Flaviano en el río? —preguntó Guiomar, sorprendida.

La joven asintió.

—Lo encontraron ahogado. A él y a su caballo. Dijeron que era imposible que te hubieras salvado, que vieron cómo te arrastraban las aguas. Te buscaron por toda la orilla y solo encontraron el zurrón. Salustio dijo que estarías en el mar o enterrada en los lodos del río... Y yo les creí cuando vi tus vendas... —A Benilde se le rompió la voz y de nuevo los ojos se le llenaron de lágrimas.

La sinceridad de su emoción impresionó a Guiomar. Incapaz de asimilar que ella fuera la causa, se movió incómoda, cojeando ligeramente, hasta sentarse en la esterilla que cubría el suelo de la tienda.

—Aún no sé cómo estoy viva... Se lo debo a Leil y a mi torpeza —le dijo, estirándose para sacar una venda de un pequeño arcón de madera, situado junto a lo que parecía una alfombra o un jergón enrollado. Se quitó la sandalia y se lio el lienzo sobre el tobillo, haciendo presión en la articulación—. Ahora no dispongo de tiempo para explicároslo.

—¿Estás herida?

—No, solo es la moneda con que pagué el seguir viviendo... —respondió sin dar más detalles—. He de salir para buscaros algo de comida y agua... Apestáis a estiércol —dijo, incorporándose y desliando nerviosamente el jergón—. Podéis sentaros aquí... La niña os debe pesar.

Guiomar señaló hacia el jergón. Benilde miró con cautela las manchas que lo estampaban, pero ni estaba en condiciones de negarse a su ofrecimiento ni de exigir comodidades y pulcritud. Ellas mismas eran un nido de pulgas... Colocó a la niña sobre él, y esta se aplicó en zarandear al caballito.

—¿Mama aún? —preguntó la joven señalando a la cría con la barbilla.

Benilde asintió, limpiándose las lágrimas de la cara con la palma de la mano.

—Mejor.... Aquí será más fácil alimentaros a vos que a ella —continuó Guiomar. Luego observó a la niña con una mirada oblicua, el ceño ligeramente fruncido—. Es hija del *comes*, ¿no es así? Tiene sus ojos...

Benilde no dijo nada, solo la encaró, alerta a la expresión de la joven, dispuesta a defenderla de su desprecio, y asintió levemente, preparada para lo que viniera.

—No le harán daño —añadió aquella sorprendiendo a la madre—. Sus rasgos son muy apreciados por los sirios, pero me obligarán a educarla en la religión del Profeta. Y no podréis negaros... Si vuestro esposo ofrece una suma que...

A Benilde se le endureció el gesto.

—El *comes* no va a dar una gallina por mí, Guiomar —la interrumpió.

Sus palabras provocaron la alarma en aquella, que miró hacia la entrada de la tienda con rostro de preocupación; luego se volvió de nuevo a Benilde y la increpó, bajando el tono.

—¡Nunca me llaméis así aquí! ¡Os va en ello vuestra seguridad y la mía! Llamadme señor, *syd* o *mutarjim*. A sus ojos —dijo señalando a la lona en dirección a la casa—, ahora sois mi esclava; no así a los míos; pero debéis actuar como tal. No salgáis de la tienda y si tenéis que hacerlo, cubríos la cabeza y el rostro. A veces os tendré que tratar con rudeza. No lo toméis a mal, sois mi esclava y la esposa del asesino de mi familia; los sarracenos no entenderían que os tratara con condescendencia.

Benilde asintió turbada y sorprendida por la vehemencia de Guiomar, y sus palabras le corroboraron que para aquellos hombres, como antes lo fuera para todos en la hacienda, la joven seguía siendo un varón.

—¿Me has acogido porque tienes miedo a que pueda delatarte? —preguntó bajando el tono. Vio cómo la miraba extrañada, frunciendo el ceño, y por su expresión se dio cuenta de que aquella posibilidad ni siquiera se le ha pasado por la cabeza.

—Os he reclamado porque estaréis mejor conmigo que con Jabib o cualquier otro soldado de la tropa.

Benilde le clavó los ojos durante un momento que se hizo eterno.

—¿No me culpas por lo que ocurrió? —le dijo finalmente.

Guiomar desvió la mirada.

—¿Por qué habría de hacerlo? —le respondió; luego volvió a encararla sin vacilar—. Soy más libre ahora que cuando servía en vuestra hacienda...

Nada había en el tono con que se expresó que lo provocara, pero Benilde sintió una punzada de rechazo que la perturbó. De nuevo regresó aquella insatisfacción...

—¿Con qué he de cubrirme? —preguntó sin mirarla.

—¿Qué queréis decir?

—La cabeza y el rostro... —le aclaró ante su confusión. Guiomar miró alrededor de la tienda.

—Voy a buscaros algo que podáis vestir. ¿Qué más necesitaréis? —dijo, colocándose el manto sobre los hombros y atándoselo al talle con un cinturón de cuero. Luego tomó la faja del turbante y comenzó a enrollárselo con habilidad sobre la cabeza.

—Ropa para la niña. La tenía en una arquita en mi alc... En la alcoba de tu madre —corrigió con tiento, temiendo la reacción de Guiomar. Esta la miró sorprendida, parpadeando, y se le ensombreció el gesto.

—Veré lo que puedo hacer —dijo en un susurro, girándose hacia la entrada para darle la espalda, alterada, mientras continuaba colocándose la faja sobre la cabeza. La mención de su madre le había hecho perder el hilo de las vueltas.

—¡Guiomar, no...! —exclamó Benilde, y la sierva se giró hacia ella como una serpiente a punto de morder.

—¡Os he dicho que no me llam...!

El enojo se le quebró en la boca, junto a sus palabras, al ver cómo Benilde sujetaba del brazo a su hija y le quitaba la daga de las manos entre sus gemidos de protesta; pues se había percatado al momento de que era a la cría a quien se había dirigido con su nombre. La madre la miró a su vez, y observó su pasmo y su confusión. Como si la hubiera sorprendido realizando el más íntimo de los actos, Benilde enrojeció del cuello a la frente, y se sintió tan expuesta que habría escapado corriendo de la tienda. Y Guiomar, al ver la reacción desproporcionada de la joven ante una evidencia que la halagaba tanto como la estremecía, la acompañó en el rubor con tal intensidad que se cubrió el rostro con la faja del turbante y salió levantando el faldón de la tienda sin siquiera coger la daga.

Capítulo 32

—Soy un juguete en las manos de Dios...

Guiomar se había echado en el jergón y evitaba mirar a Benilde, que le daba el pecho a la niña, sentada sobre un pequeño taburete que la joven le había traído, consciente de la incomodidad de la tienda para alguien que solo había conocido el bienestar de la riqueza. Le había conseguido también la arquita con la ropa de la cría, pero aquello le había costado en dírhams el sueldo de tres meses y el compromiso de que Leil cubriera a las yeguas de uno de los capitanes de Abd al-Aziz. El precio incluía un manto para la madre y una de sus túnicas más sencillas. La pequeña, saciada ya, dormía más que mamaba; rendida por fin tras los terribles acontecimientos del día. Guiomar habría preferido esperar fuera a que Benilde terminara aquella tarea, pues le parecía tan privada que le resultaba violento estar presente. Fue la madre la que le rogó que la acompañara; le aterraba quedarse de nuevo sola en la tienda, rodeada de soldados en el exterior, oyéndolos gritar sin entender qué decían.

Benilde escrutó a Guiomar tras las palabras que acababa de pronunciar. Había mucha desazón en el tono con que las dijo.

—¿Quién no lo es en esta vida? —le respondió finalmente frunciendo el ceño, casi molesta por el eterno sentimiento trágico de la sierva. Esta la miró sorprendida por su tono y calló. De algún modo se había sentido reprendida.

Ante la reacción de Guiomar, Benilde lamentó sus palabras, o al menos el sesgo que les dio. La observó apesadumbrada tratando de encontrarse con sus ojos, pero los había vuelto hacia un lateral de la tienda, evitándolos. Se detuvo entonces en su cuerpo, mirándola como si aún no pudiera creer que era la misma Guiomar cuya muerte había llorado tantas veces. La joven tenía la cabeza apoyada en el brazo, una de las piernas flexionada y una mano jugando nerviosamente con la faja del turbante, que llevaba puesto sin cubrirle el rostro ni el cuello y cuyo extremo reposaba sobre su vientre. Seguía estando delgada, pero los ropajes africanos le daban más corpulencia y una prestancia de la que antes carecía. Le favorecían más que el sayo y las calzas, pensó, y le quitaban la apariencia de siervo. Miró su rostro. Las cejas fruncidas y la boca firmemente cerrada en aquel rictus tan suyo... La antigua cicatriz en la nariz y las sombras de algunas heridas en el cuello le conferían ahora un aspecto más fiero que convenía a su disfraz. Y se dio cuenta, por su comodidad y complacencia al mirarla, que aquella figura seguía ejerciendo sobre ella una atracción difícil de explicar; como la de una inmensa luna de agosto saliendo por el horizonte, tan cercana y, a la vez, tan inasible.

Guiomar volvió a mirar a Benilde y sus ojos se encontraron durante un momento, sin palabras, sin prisa... Hasta que la niña se retiró del pecho con un sobresalto, y la sierva giró el rostro, turbada.

—Tenéis razón... —dijo para enmascarar con palabras su azoramiento—. Hablaba de mis tribulaciones sin tener en cuenta las de otros que han tenido peor fortuna que yo.

—Estás viva... No es poco —añadió Benilde con suavidad ahora—. ¿Cómo pudiste salir del río?

La joven miró al techo de la tienda y pareció perderse en su memoria.

—No lo sé, Leil me sacó —respondió—. Lo último que recuerdo era que estaba bajo sus patas y que me ahogaba... —Guiomar calló, y un ligero estremecimiento le movió los hombros. Luego siguió hablando como si lo hiciera para sí misma—. Cuando volví en mí estaba entre los troncos de unos álamos, junto a unos borregos que pastaban. Había vomitado y me dolía tanto la cabeza que pensé que se me abriría. Tenía el pie dentro del estribo. La silla se había movido y el pobre Leil la tenía trabada en las ingles, conmigo colgando de la pierna. —Levantó la derecha para recrear la postura—. Me había arrastrado hasta allí de aquella manera. Tenía el tobillo tan hinchado que solo pude sacarlo del estribo atándome las riendas del caballo para rebajar el grosor. Después de aquello ya no quedó bien... Me dolía mucho, como todo el cuerpo, y tenía arañazos en los brazos y en el cuello. Llegué a pensar que me había atacado una fiera, pero fueron las cañas y las ramas que llevaba el río. Creí que iba a morir por la fiebre... —dijo, y se interrumpió un momento; luego continuó—. Me encontró un pastor de Anticaria que había perdido parte de su rebaño con la tormenta y andaba buscándolo por los alrededores. Los borregos eran suyos. Me ayudó con las heridas y me bajó la calentura. Era un buen cristiano. Bien podría haberme dejado morir allí y haberse llevado el caballo. Compartió su comida conmigo... Le dije que era un siervo que iba a comprar unas mulas a Malaca y que me había arrastrado el río al tratar de cruzar un torrente. Me creyó... Él mismo había perdido varias ovejas con la tormenta...

—Claudio y Salustio te estuvieron buscando, ¿cómo es que no te hallaron? —interrumpió Benilde.

—No lo sé, Leil salió por la otra orilla. La arboleda estaba en un recodo difícil de acceder... Tal vez ni siquiera me buscaron.

—Lo hicieron; si no, no habrían encontrado tu zurrón —objetó la joven.

—Quizá Dios quiso compensarme el infortunio... —dijo, y la miró con complicidad, sonriendo tímidamente. Benilde le devolvió la sonrisa con los ojos durante un instante; luego miró hacia la puerta de la tienda y ensombreció el rostro.

—¿Cómo acabaste con estos perros?

Guiomar desvió la mirada, molesta por su tono; llevaba implícito una acusación. La joven pareció madurar su respuesta.

—Porque la vida es extraña, mi señora... Es como la rueda que se suelta del eje de un carro; unas veces se escapa recta y otras hace un giro hasta volver al carro —dijo haciendo un círculo con el índice—. La mía no deja de girar...

Benilde la escrutó, intentando entender el sentido de sus palabras. Guiomar, viendo su confusión, prosiguió.

—Pasé con el pastor unos días hasta recuperar las fuerzas y poder cabalgar. Me marché río abajo hasta llegar a Malaca. Desde allí seguí la costa hacia poniente con la intención de llegar a la Lusitania o la Gallaecia. Quería alejarme de vuestro padre y sabía que si me quedaba en Carteia o en Iulia Traducta terminaría por encontrarme. Conozco la zona por mis viajes con don Guma, pero también hay muchos tratantes que saben de mí a través de él y que tienen negocios con vuestro padre. No quería arriesgarme a que me reconocieran, por eso pretendía llegar al menos a la Lusitania. Pensé en embarcarme para cruzar el Estrecho de Calpe hacia Septa, pero no tenía con qué pagar al barquero y no quería vender a Leil.

—¿De qué viviste entonces? —preguntó Benilde. Guiomar se encogió de hombros.

—De lo que encontré en los campos, de lo que pude robar y de algunos trabajos que hice a cambio de un poco de pan —dijo—. Cuando dejé Iulia Traducta, camino a Gades, encontré una pequeña hacienda. Estaban recogiendo la cosecha de trigo y se les había muerto la mula. Me ofrecieron techo y comida si les ayudaba en la trilla con el caballo. Lo acepté, porque la villa estaba alejada de la calzada y porque cada vez tenía menos fuerzas. Con ellos estuve una veintena de días... Me trataron bien, a pesar de que Leil desconfiaba del trillo y costó que aceptara la labor. Me habría quedado allí con placer si no hubiera tenido tanto miedo de que los hombres de vuestro padre pudieran encontrarme —Guiomar calló, y permaneció pensativa durante un momento. Luego habló con un tono teñido de pesadumbre—. Nada hubiera conseguido de haber aceptado su hospitalidad...

Benilde la observó con interés, esperando que continuara; anticipando lo que pudo ocurrirle después, no así el curso de los acontecimientos.

—Continué mi camino a mediados de julio —prosiguió—. Mucho antes de llegar a Mellaria encontré una casa que había sido saqueada. Habían matado algunos siervos y se habían llevado todo lo que había de valor en ella. Por las huellas que vi en el terreno, pensé que era una cuadrilla de ladrones que rondaba por la zona. Me asusté, dejé la costa y anduve por el interior. Pocos días después, una mañana, cuando apenas me había despertado, se me echaron encima cuatro hombres armados con alfanjes. Era la primera vez que veía espadas como aquellas... Vestían como ahora visto yo; eran *mauri*...

A Benilde no le costó relacionar su relato con las palabras que oyó al arzobispo don Oppas durante aquella cena en Toleto. Sin duda se trataba de la incursión africana en Mellaria, un año antes de que regresaran con todo su ejército y ocuparan media Hispania. La joven asintió, mirando a Guiomar. Esta frunció el ceño.

—¿Teníais noticias de esto? —le preguntó, extrañada—. Veo que no os sorprenden mis palabras.

—En Toleto oí referir este ataque al hermano del rey Witiza, el arzobispo...

—Don Oppas... —interrumpió Guiomar y la escrutó, apretando la boca para no decir lo que estaba pensando.

—¿Cómo es que no te dieron muerte? —insistió Benilde para que continuara con el relato.

—Porque mi madre me protege —dijo y vio cómo Benilde arrugaba el entrecejo—. Cuando se me echaron encima traté de defenderme con un cuchillo y muy poco juicio, pues estaba en inferioridad. A punto estuve de herir a uno de los soldados. Me cogió del cabelló y tiró de mi hacia abajo... Creo que quería cortarme el cuello. Con el movimiento, el colgante de mi madre se salió del sayo —dijo, y se llevó una mano al interior del manto para sacarlo y mostrárselo—. Vos teníais razón, no es cristiano. Ahora sé que es un *jamsa*. Así lo llaman los sarracenos y, como vos dijisteis, también es judío; y africano —Guiomar lo levantó para que lo viera—. Es una mano... La mano de Dios, dicen algunos. *Jamsa* significa cinco, y para los ismaelitas que siguen al Profeta representa los cinco mandamientos; pero sobre todo es un amuleto de protección. Mi madre me lo puso en el cuello el día que vuestro esposo atacó la villa antes de confiarnos a Severina... —Guiomar se interrumpió, pensativa, el ceño fruncido—. Aún no sé por qué no se lo puso a mi hermano... Lo amaba más que a mí.

Benilde observó cómo se le oscurecía el gesto y se preguntó qué sombras lo habían provocado. Su percepción debió mostrarse en su rostro, pues, ante su intensa mirada, Guiomar se sintió expuesta y retomó el hilo de su narración, como un medio de evitar que la joven se aventurara en un campo que aún estaba lleno de espinos.

—Puedo decir que mi madre ya me ha salvado dos veces. La primera, confiándome a Severina, y la segunda, dándome su colgante.... —habló, observándolo y pasándole el pulgar por la superficie—. Cuando los soldados vieron el amuleto, se sorprendieron mucho. No esperaban ver un símbolo como este en un *rumí*. Así es como nos llaman a los cristianos —apostilló—. Algún efecto debió de tener en ellos, pues solo me prendieron. Creo que al principio me tomaron por judío, como vos, pero luego ocurrió lo del caballo y ya no tuvieron dudas.

—¿Qué pasó con el caballo? —preguntó Benilde cada vez más inmersa en su relato.

—Lo tenía atado a un pino, y trataron de desatarlo para llevárselo —respondió—. Ya se había encabritado al prenderme; estaba muy asustado... Pero cuando consiguieron cogerlo de las riendas, levantó las manos y se defendió. Ya sabéis cómo es... Uno de los hombres cogió su lanza... Pensé que lo iban a matar. Lo llamé para que se calmara, y un soldado entendió el nombre...

—¿Qué nombre?

—El del caballo... —contestó Guiomar ante la confusión de la joven—. Leil, tal como lo habéis oído, significa noche... En la lengua que mi madre nos enseñó a mi hermano y a mí. Era un secreto que compartíamos los tres, porque a mi padre no le gustaba que la habláramos y nos la prohibió. La llamábamos la lengua de los juegos, pues eso era para nosotros, un juego. Mi hermano y yo la usábamos para entendernos antes de hacer una chanza a algún criado... —Sonrió levemente, como si hubiera recordado alguno de aquellos momentos—. Cuando la oí en boca del soldado, no daba crédito a que él también la hablara... Ahora sé que mi madre no podía ser hispana, y en estos tres años he entendido muchas cosas que no contemplé siendo una niña —dijo, incorporándose hasta sentarse y mirar a Benilde, buscando su comprensión—. El soldado era africano, pero conocía la lengua de los sirios, como mi madre. En Tingis he reconocido su acento y he visto a algunas mujeres que me recordaron a ella, aunque nunca tan bellas. Mi madre era una mujer muy hermosa, la habríais amado si la hubierais conocido... —dijo, y bajó la cabeza para ocultar su emoción.

Benilde asintió, mirándola con ojos amables, enternecida por la reacción de la sierva.

—Lo sé, todos me han hablado de su belleza en la villa... —le dijo, atrayendo la atención de la joven—. Tu madre era una esclava, Guio... —se interrumpió—. He olvidado cómo tenía que llamarte —añadió azorada.

—*Mutarjim...* —respondió ansiosa—. ¿Qué sabéis de mi madre?

—Sé que tu padre desposó a una esclava que consiguió como botín en algún enfrentamiento con los soldados del imperio. La amaba tanto que la liberó, la bautizó y la desposó, a pesar del rechazo de la corte.

—¿Cómo se llamaba antes de ser bautizada? —le espetó; los sarracenos le habían hecho tantas veces aquella pregunta que la soltó sin pensar, los ojos tan vivos y tan fijos en Benilde que esta se sintió abrumada por su intensidad.

—No lo sé... Erico no me lo dijo...

—Erico... —Guiomar desvió la mirada, sorprendida, rehaciendo sus recuerdos—. Erico... ¿Erico vive?

—Vive... Fue él quien me habló de tu madre... —Y de la muerte de su padre, pensó, pero si lo decía, el curso de la conversación se alejaría de Guiomar para entrar en su familia, y a ella le interesaban los acontecimientos que la habían llevado hasta allí—. ¿Qué ocurrió después de que llamaras a Leil?

—El soldado quiso saber por qué conocía la lengua de los sirios —contestó con un leve tono de contrariedad; habría preferido ser ella quien preguntara—. Le dije que mi madre me la había enseñado. Exigió su nombre y el lugar en que nací. Dije que Elvira, y que yo era de Eliberri. No me creyó... Pensaba que era un esclavo africano que había terminado en Hispania. Entonces me preguntó por mi nombre, y no supe cuál decirle. Al final, pronuncié el que mi madre usaba para llamarme en su lengua antes de que naciera mi hermano... *Jiru*... Le dije, y se rio de mí hasta el punto de hacer reír a los demás, que ni siquiera habían entendido la palabra.

—¿Jir..? —Benilde trató de reproducir el nombre sin conseguirlo. Vio cómo Guiomar elevaba ligeramente las comisuras y la miraba con complicidad.

—Cachorro... —le aclaró, y Benilde levantó las cejas por la sorpresa—. Se mofó de mí por ello, y por llamar Leil a un semental... Tal como ellos lo pronuncian, Leil es un nombre de mujer.

Benilde sonrió por primera vez en el día. En otro momento y lugar se habría carcajeado con ligereza, divertida, como hicieron los soldados. Allí estaba Guiomar, una mujer que se hacía pasar por varón; con su caballo, un macho brioso al que llamaba como a una yegua...

En ese momento, la niña se movió incómoda en sus brazos y la madre la meció hasta que se tranquilizó de nuevo.

—Ponedla en el jergón —sugirió la joven, echándose a un lado. Benilde aceptó el ofrecimiento y la colocó sobre él. Al hacerlo, la niña protestó, casi a punto de despertarse. Ella le cogió las manos y la tranquilizó, susurrándole unas palabras, hasta que se quedó inmóvil. Guiomar observó a la pequeña. Tenía las mejillas sonrosadas con algunos restos de mocos o de leche, y a veces movía los labios como si aún siguiera mamando. En su boca y barbilla reconoció a Benilde, y le maravilló que la criatura hubiera salido de su vientre, pues la sentía ajena a ella, a pesar de su evidente preocupación como madre. Le costaba encajar la imagen de aquella joven impulsiva, indómita y caprichosa con la de la mujer que ahora tenía enfrente. La maternidad o el matrimonio parecían haber domado su carácter, pero no le habían restado un ápice de su presencia. Lo que había perdido en frescura lo había ganado en madurez. Aun así, seguía intimidándola, quizá ahora con más fuerza. Temía sus ojos. Mostraban un aplomo y una convicción que la amedrentaban y ejercían sobre ella un influjo que nada tenía que ver con su anterior posición de señora. Benilde captó la mirada de Guiomar en la niña e interpretó distancia y desafección. ¿Qué iba a ser si no? No podía pedirle que sintiera simpatía por un vástago del asesino de su familia; sin embargo, acusó el rechazo como si lo hubiera ejercido sobre sí misma. No parecieron ser suficientes los evidentes gestos de interés y protección que Guiomar le había mostrado. Seguía estando aquella barrera tras la que la sierva se defendía y que la dejaba al otro lado...

Benilde tapó a la niña con su manto y volvió a sentarse en el taburete.

—Comed. Aquí no siempre podréis hacerlo cuando tengáis hambre —habló Guiomar, y le pasó una escudilla con un guiso que olía a nabos, cubierto con un trozo de lo que le pareció tela endurecida. La joven la tomó de sus manos y observó aquella costra con curiosidad y desconfianza.

—Es pan... —le aclaró Guiomar—. No tiene miga, pero sabe bien. No encontraréis nada mejor aquí.

Benilde lo miró por ambos lados y se lo llevó a la nariz. Sí, olía a harina tostada y, comparado con el guiso, le pareció un manjar. Se obligó a comer; si lo había hecho la sierva, podría hacerlo ella, aunque se le revolviera el vientre. Para ayudarse a no pensar volvió a la conversación que la niña había interrumpido.

—¿Los africanos no conocen la lengua que hablas? —le preguntó, bajando la voz para evitar despertarla.

—Solo algunos; los que han tenido más contacto con los sirios. La mayoría habla la de sus tribus, que en nada se parece a la de los sarracenos. Los soldados que desembarcaron en Mellaria eran berwatas, gomeres, harawwas, masmudas... Africanos todos, capitaneados por Tarif, un masmuda. Algunas tribus llevan más tiempo bajo el poder de los sirios y han abandonado su religión por la del Profeta. Por eso conocen también su lengua.

—¿Te capturaron como esclavo entonces? —preguntó Benilde—. ¿Lo sigues siendo?

—Lo fui hasta que gané mi libertad en una apuesta...

—¿En una apuesta? —repitió la joven, asombrada. Guiomar asintió con la cabeza.

—Los soldados que me apresaron me llevaron ante Tarif, su capitán —apostilló—. Le sorprendió mucho que hablara la lengua siria en aquellas tierras y quiso saber mi procedencia. Le conté la historia de mis padres, lo que sabía de mi madre. Le conté su muerte y mi huida...

—¿Sabía que eras...?

—No —interrumpió Guiomar, tajante, anticipándose a sus palabras para impedir que las pronunciara—. Le conté todo menos eso...

Benilde cayó en la cuenta de la advertencia que le había hecho horas antes y entrecerró los ojos, incrédula y admirada.

—¿Cómo es posible que no te hayan descubierto, aquí, en medio de tantos hombres y de una guerra? —dijo en un susurro.

Guiomar se movió, inquieta, y luego se encogió de hombros.

—Estas ropas ayudan... Dios me da la fortuna que me quita por otro lado, como en el río... —musitó; luego la preocupación le arrugó el rostro. O quizá solo esperaba al momento en que el castigo fuera más grande, pensó.

—Tarif no creyó mi historia —prosiguió—. Estaba convencido de que era un esclavo huido con el caballo de su señor y con la lengua de un comediante. Se encaprichó de Leil y se lo quedó, y a mí me encadenó con los cautivos. Me llevaron con ellos cuando volvieron a Tingis. Me iban a vender como esclavo, junto a los demás; pero Tarif se quedó conmigo, porque era la única persona que conseguía manejar a Leil sin hacerle daño. Lo supo cuando intentaron subirlo al barco. No solo no se dejó, sino que consiguió soliviantar a los demás animales. Recurrieron a mí para que lo apaciguara y lo condujera a la tarida. Después de aquello le serví como caballerizo, y a veces como traductor, hasta que me cedió a Tariq.

—¿Como esclavo?

—No, ya no lo era. Había conseguido mi libertad en la apuesta; también a Leil.

—¿Y él lo aceptó sin más? —cuestionó Benilde, a la que le costaba creer que un señor perdiera a un esclavo y a un excelente caballo por el juego. Luego entendió que no era tal como lo había imaginado.

—Sí. Tarif es un bravo capitán, sagaz como pocos; por eso le fue confiada la incursión a Hispania. Pero es orgulloso y testarudo. Para mi fortuna, también es noble; si no, no me hubiera dado a Leil; lo habría matado por venganza.

Benilde la miró sin entender, y Guiomar prosiguió para explicarse.

—Tarif se empecinó en montar a Leil para la fiesta del cordero. Le dije que el caballo no se dejaría, que tendría que ganar su confianza poco a poco, como vos y yo hicimos. Él es un buen jinete y su orgullo le pudo más. Me contestó que lo haría, le gustara al caballo o no. Temí que Leil lo dejara en ridículo ante la tropa y que lo pagara con el pobre animal. Perdí la mesura y le solté que antes conseguiría montar yo a su yegua loca que él al semental. Tarif tiene una yegua que engendra dos potros por parto —aclaró—, pero que muerde y cocea como si no tuviera juicio. Nadie había intentado montarla hasta entonces. A Tarif le divirtió tanto mi bravata que dijo que si lo hacía me daría la libertad. Había testigos. Acepté el reto, y ya no pudo desdecirse.

—¿Y conseguiste montarla? —preguntó Benilde, mirándola con expectación y asombro.

—Sí —contestó con una sonrisa tímida—. La yegua tenía potros entonces. Me restregué sus orinas y sus olores, así pude acercarme poco a poco a ella. Era lo más difícil. Me costó unos días montarla, pero al final se dejó.

—¿Y Tarif?

—Leil lo tiró contra una empalizada la segunda vez que intentó montarlo y le dislocó el hombro. No lo intentó más. Cumplió su palabra y me dio la carta de libertad. También me devolvió a Leil; decía que era tan arisco como yo... —habló mirándola de soslayo, como para medir su reacción a aquella concesión sobre su carácter—. La única condición que exigió fue cederlo como semental para sus yeguas siempre que él quisiera. Después de aquello, seguí a su servicio hasta que volvimos a Hispania. El *walí* puso a Tariq, otro capitán, al mando de la nueva incursión con un ejército de ocho mil africanos... Tarif estaba bajo su mando.

—¿Quién es ese *walí*?

—El sirio Musa. Es el gobernador de África y de toda la Mauritania. *Walí* es el título por el que lo conocen —le explicó, y vio cómo la joven asentía—. Tariq es su hombre de confianza, o al menos lo era antes de que entrara en Toleto; y Tarif lo es de él. El *comes* de Septa...

—Don Ulyan... —interrumpió Benilde, achicando los ojos y endureciendo el rostro. Guiomar asintió, tomando conciencia de que ella parecía estar al tanto de los acontecimientos o conocía a sus autores.

—Don Ulyan cedió a Tariq algunos de sus hombres que conocían las tierras de Calpe y Iulia Traducta para el desembarco —prosiguió—; y Tarif me cedió a mí porque conocía mejor que ellos las tierras desde Iulia Traducta hasta Astigi. Era la ruta que don Guma seguía cuando comerciaba con los tratantes de Septa —aclaró, y vio cómo la cara de Benilde pasaba de la dureza al enojo. Adelantando la barbilla en un gesto que la sierva le había visto y temido tantas veces, le clavó los ojos con una intensidad que no se esperaba.

—¿Cómo has podido prestarte a esa ignominia? Mi padre murió con Don Roderico. Tu padre luchó por defender estas tierras —le reprochó, conteniéndose para no elevar el tono de su voz.

La sorpresa hizo parpadear a Guiomar, que tardó unos instantes en reaccionar, perpleja e impactada por la violencia y el dolor con que lo había dicho. Luego, como si algún resorte hubiera saltado dentro de ella, adelantó el torso y la cabeza y la enfrentó.

—Sí, y le pagaron sus servicios con la muerte —le espetó, manteniendo su mirada con tal fuego en ella que Benilde tuvo que apartar sus ojos, amedrentada—. ¿Qué opciones tenía yo? ¿Huir? ¿A dónde? Llevo huyendo toda mi vida desde que salí de esta hacienda —le dijo con vehemencia—. Yo ya no tengo patria, me la robaron los mismos que han vendido Hispania por un trono de humo. Culpáis a don Ulyan por colaborar con los sirios y olvidáis que Septa era una ciudad sitiada y que ni el rey ni ningún *comes* fue en su ayuda. Don Ulyan ha sacado más provecho pactando con los sarracenos que enfrentándose a ellos, pues el *walí* trata mejor a los que se rinden que a los que presentan batalla.

—¿Lo disculpas entonces? —Benilde la miró, incrédula y escandalizada.

—No —le respondió Guiomar con la misma vehemencia—, pero no lo juzgo por lo que ha hecho. Él tampoco tenía opciones. Esta guerra no se ha perdido por don Ulyan ni por mí. Los verdaderos culpables son otros. Otros que *sí* podían elegir y eligieron esto —dijo, levantándose y extendiendo el brazo para señalar hacia la entrada de la tienda—. Vos deberíais saberlo, estáis desposada con uno de ellos.

Benilde acusó el golpe como una bofetada. Vio cómo Guiomar se embozaba el rostro con el turbante, recogía del suelo las escudillas vacías y una manta, y levantaba el faldón de la entrada.

—Podéis usar el jergón, yo dormiré fuera —murmuró y salió de la tienda. Una vez en el exterior, se detuvo sin saber qué hacer, cegada por el enojo. Después se dirigió a la hoguera que tenía más cerca, se sentó junto a ella y vertió sobre una de las escudillas un cazo del agua que se calentaba en un caldero de cobre. La removió sobre el fondo y la pasó al otro cuenco, repitiendo la operación, para luego tirarla a un lado. Después se quedó mirando las llamas, el ceño profundamente fruncido. La soledad que deseaba le duró un instante, pues dos soldados se sentaron junto a ella y se calentaron las manos. El más corpulento le dio un palmetazo en la espalda que le hizo volverse como un perro al que le pisan el rabo.

—Demasiada hembra para ti, ¿eh, *Jiru*? Si quieres puedo enseñarte cómo se hace... Seguro que os gusta a los dos —dijo, y ambos estallaron en carcajadas. Guiomar se levantó, cogió las escudillas y la manta, y se marchó hacia la tienda, provocando más risas en los soldados. La joven dudó de nuevo frente a la entrada. Finalmente dejó las escudillas junto a esta y se alejó del campamento. Tomó una vereda que sabía llevaba al río. Una vez alcanzó la orilla, la siguió aguas abajo, hasta llegar a un pequeño salto que había formado una poza y un remanso. Allí acostumbraba a ir con su hermano y los hijos de los siervos a bañarse y a atrapar ranas en verano. Hacía frío y la noche ya se había cerrado, pero la creciente luna emitía suficiente luz para resaltar las superficies más claras. Se apoyó en la piedra que solía utilizar para lanzarse al agua cuando era una niña. Como todas las cosas sin vida que la rodeaban, le pareció más pequeña ahora. Se colocó la manta sobre los hombros y se la apretó contra el pecho; luego miró hacia la villa, rodeada de soldados y hogueras que le daban una luz tan extraña que la sintió ajena, como si no fuera la misma casa en la que pasó los mejores años de su existencia... O quizá eran la rabia y el dolor, que lo tergiversaban todo.

La acusación implícita en el reproche de Benilde había desatado una furia insospechada en Guiomar, que nunca habría tenido la violencia con que la sentía de no haber sido espoleada por la culpa. La mención del nombre de su padre le dolió como un latigazo sobre una herida abierta. Había seguido el camino de la supervivencia amordazando su conciencia para impedir que le hiciera vacilar un paso. Ahora esta se revelaba en rabia, como otras veces lo había hecho en pesadillas. Miró hacia el Monte Solorio con el nudo formándosele ya en la garganta; vio el reflejo espectral de la luna en la nieve, la sombra familiar del cerro que se imponía sobre su perfil, y sintió que la rueda que se soltara aquella vez del eje había llegado por fin al carro; que el círculo errático de su vida se había cerrado y la había devuelto al punto desde donde una vez partiera despavorida para enfrentarse ahora a los demonios que dejó. Como si el llanto fuera un arma que tuviera el poder de borrarlos de la faz de la tierra, la garganta se le quebró, y lloró por fin, como adulta, las lágrimas que aquella niña nunca vertiera.

Capítulo 33

Tras una semana de constante asedio a la ciudad, en la que las escaramuzas sarracenas doblegaron su resistencia y confinaron a la tropa de don Clodulfo en la fortaleza de San Esteban, Abd al-Aziz trasladó el campamento de la villa a la vega de Eliberri, con el río Síngilis como única protección. El sirio estaba convencido de que el fortín caería tarde o temprano por desabastecimiento o por desmoralización del ejército hispano, pues sus bajas habían sido muy numerosas y la población judía había apoyado a los invasores, volviendo a tomar el control de gran parte de la ciudad. El *comes* no se había avenido a pactar su rendición cuando aún era fuerte y, ahora que no lo era, Abd al-Aziz solo quería su derrota.

Durante este tiempo, Guiomar había estado junto al hijo del *walí*, acompañándolo en sus interrogatorios a los prisioneros y en las negociaciones con los patriarcas judíos, pasando la mayor parte de su tiempo en la campaña; hasta el punto de que solo había visto a Benilde en los escasos momentos en los que había podido visitarla para asegurarse de que estaban bien y de que su criado les había llevado comida y agua. No habían vuelto a cruzar más de diez palabras seguidas, y en ninguna de ellas la disculpa ni el reproche estuvieron presentes.

Aprovechando que era viernes y que Abd al-Aziz había dado descanso a la tropa, Guiomar se dirigió a la tienda para asearse y pasar el día con Benilde. Llevaba a Leil cargando una basta y gruesa estera de lana en la grupa. Al llegar a la zona del extenso campamento donde se encontraban los capitanes y los almacenes con las provisiones y el botín de los saqueos, vio a la joven en la entrada de la tienda, aplicada en lavar algo en un caldero. Llevaba el pelo sin recoger, que habría estado en algún momento cubierto con un manto que ahora le resbalaba por la espalda. En las tiendas vecinas algunos soldados no apartaban sus ojos de ella y, al ver acercarse al *mutarjim*, torcieron la sonrisa entre el desprecio y la sorna.

Guiomar, que había detenido sus pasos al ver la escena, se acercó a Benilde a grandes zancadas y le dio una bofetada que la tiró sobre sus posaderas. Luego la cogió por el cuello de la túnica y la arrastró al interior de la tienda, mientras algunos hombres reían y se palmeaban los muslos. La joven gateó de espaldas como pudo, hasta que la sierva la arrojó sobre el jergón. Desde allí la miró con los ojos desmesuradamente abiertos, llevándose la mano a la mejilla, aún aturdida e impactada por la reacción de Guiomar. No podía creer que la hubiera abofeteado. Cuando estaba a punto de balbucear pidiendo explicaciones, vio cómo la sierva bajaba el faldón de la entrada y se volvía hacia ella llevándose el índice a los labios, el rostro tenso y sofocado. El gesto detuvo a Benilde. La joven se quitó entonces el cinturón del manto y prorrumpió a voces en una jerga que no entendía y que la sobresaltó, mientras procedía a azotar el jergón con el cuero. Benilde se echó a un lado para alejarse, asustada, y la niña, que se había despertado gimiendo por el alboroto, berreó ahora aterrada por la violencia y las voces de Guiomar. La madre la abrazó para tranquilizarla sin dejar de mirar a la sierva, todavía conmocionada. Esta se detuvo, respirando alterada, y salió de la tienda con el cinturón en la mano. Oyó voces y risas de los hombres. Al momento, volvió con la estera en el hombro y la dejó en el suelo.

Tras un instante de vacilación en el que no dejó de mirarla, se arrodilló frente a Benilde. La niña, al verla, se abrazó a la madre y elevó el tono de su llanto. Ella la meció, echando el torso hacia atrás para ganar distancia de Guiomar, mientras le clavaba unos ojos enojados y llenos de desconfianza.

—Perdonadme, señora —le susurró, adelantando un paso con las rodillas—. Me he visto obligada a hacerlo. Os dije que os cubrierais si salíais de la tienda... Si vos no me respetáis ante ellos, ellos tampoco lo harán, y el perjuicio será mayor para vos que para mí, creedme. No pretendía haceros daño... —se justificó, con una mirada tan intensa y apesadumbrada que a Benilde se le olvidó el hormigueo de la mejilla.

—Estaba lavando la ropa de la niña... No quería mojar el suelo de la tienda... —musitó—. Llevamos una semana sin salir de esta cueva de tela que huele a manteca rancia, y me ahogo... —añadió, mirando alrededor con lágrimas en los ojos. Guiomar sintió su desesperación y se mortificó aún más. Fue a ponerle la mano en el brazo, pero flaqueó y la retiró.

—No puedo ofreceros nada mejor, señora. No puedo... —Benilde vio el intento de gesto de consuelo de la joven y le pareció, conociendo su contención, un acercamiento insólito en ella. Asintió con la cabeza varias veces y se limpió las lágrimas antes de que cayeran. Guiomar enderezó la espalda y se sentó sobre sus talones—. Algunos capitanes de Abd al-Aziz no me aprecian —prosiguió susurrando—; soy hispana y rumí. No me ven como varón, tampoco como mujer. Soy demasiado blando y débil para ellos... Vuestra presencia en la tienda me facilita el disfraz. Hay hombres que me preguntan por qué no tomo a las esclavas...

Era cierto. Sus rasgos eran muy finos comparados con los de los africanos y sirios, por eso trataba de ocultarlos con el turbante. Aun así, sus ojos y su aspecto de adolescente no pasaban desapercibidos; hasta el punto de que algún que otro soldado se había atrevido a insinuarle si compartía los vicios de los griegos, mirándola con una insistencia que la había incomodado tanto que evitaba desde entonces su cercanía. Otros, al ver su rechazo, la observaban con media sonrisa, convencidos de que negaba la evidencia. El mismo Abd al-Aziz le mostraba su confianza con tal acercamiento físico que, de no ser por sus concubinas, habría dudado de su hombría. Guiomar no conseguía acostumbrarse a la familiaridad con que se trataban los sarracenos.

—Señora, del respeto que vos me mostréis ante ellos —insistió—, dependerá el que ellos me tengan a mí y a vos.

Benilde volvió a asentir repetidamente. La niña, que ya se había calmado, miraba a Guiomar sin separarse de la madre.

—El hijo de *walí* confía en mí —continuó la joven—, le soy útil... Le he demostrado muchas veces mi fidelidad, como antes lo hice con Tarif y con Tariq; por eso me protege. Cuento con su favor, pero tiene unos límites. Abd al-Aziz no se va a poner en contra de sus capitanes por mí. Ya ha contrariado a Jabib por vos, porque invoqué la ley del Profeta para reclamaros. Tened cuidado y observad las maneras de las esclavas... —Guiomar se interrumpió y pareció pensar algo, luego se incorporó—. Recogeos el cabello y cubríos la cabeza con el manto hasta la boca. Vamos al río, allí podréis lavar la ropa... Coged a la niña y el caldero y seguidme, manteniendo la distancia; yo no podré ayudaros. Bajad la cabeza y evitad mirar a los soldados por el camino.

Benilde se apresuró a hacer lo que decía y salieron de la tienda. Guiomar cogió a Leil de las riendas y la joven fue tras ella apretando el paso, pues el de la sierva era decidido, a pesar de su leve cojera. Se estrechó el manto sobre el rostro, con la cuerda del caldero clavándosele en el codo, llevando a la pequeña en el otro brazo. Aunque miraba hacia sus pies, de vez en cuando elevaba los ojos hacia los lados para ver cómo varios soldados las miraban y le hablaban a Guiomar. En algunos casos, esta contestaba levantando la mano o diciendo algo que no entendía, y en otros, callaba, sin mirar siquiera al que le había dirigido la palabra. Por el camino vio a varias mujeres como ella. Algunas iban embozadas de pies a cabeza y otras vestían como lo hacían las siervas solteras, sin recoger ni cubrir sus cabellos. No reconoció a ninguna.

Cuando llegaron al río, Guiomar buscó un recodo en el que no hubiera esclavas lavando ni hombres llenando odres de agua. No le importaba que las vieran, lo que quería era guardar la distancia para evitar que oyeran su conversación. Una vez que llegaron a una zona en la que el agua remansaba en la orilla con poca profundidad, Guiomar ató a Leil a un arbusto y buscó una piedra para sentarse. Benilde dejó a la niña en el suelo y le dio el caballito. La cría lo cogió y miró a la sierva con precaución. Ella se bajó el embozo del turbante a la barbilla y le sonrió tímidamente; luego desvió la vista a la madre para descubrir cómo esta la observaba, inmóvil, y elevaba las comisuras de los labios, complacida. Guiomar se azoró y giró la cabeza hacia la ciudad. Vio el perfil de las dos iglesias que sobresalían en el horizonte y, sobre el cerro, el de la muralla de la fortaleza de San Esteban.

—No me dijisteis que don Clodulfo estaba en Eliberri —habló finalmente, aseverando el gesto.

—No me lo preguntaste —respondió Benilde, llenando el caldero de agua y lanzándole miradas de vez en cuando para intentar leer su rostro.

—No lo creí al veros en la villa. ¿Cómo es que no estáis con vuestro esposo en San Esteban?

—No lo vuelvas a llamar mi esposo... —masculló Benilde mientras metía la ropa de la niña en el caldero. Guiomar la observó con pasmo.

—Pero estáis...

—Sí, lo estoy —respondió sin mirarla—. Mi padre adelantó la boda y me desposó un mes después de que te fueras...

—Pues entonces, aunque no lo améis, no deja de serlo...

Benilde se incorporó, con una pequeña túnica chorreando en la mano, y la encaró.

—¿Qué hombre abandona a su esposa y a su hija a merced del enemigo? —le espetó. Guiomar parpadeó y separó los labios ante su vehemencia. Había mucho resentimiento y odio en el tono de la joven, pero no conocía las razones que habían llevado al *comes* a actuar de aquella manera.

—Quizá lo hizo por apartaros del peligro... Quizá pensó que las tropas de Musa se limitarían a atacar la ciudad... —comenzó a decir sin mucho convencimiento, más por ahorrarle dolor a la joven que por disculpar a un hombre que detestaba.

—No lo justifiques. Tú menos que nadie tienes razones para hacerlo... ¿Sabes, Guio...? —Benilde se interrumpió y luego soltó la prenda en el caldero, enojada y fastidiada.

—Podéis llamarme Cachorro si os resulta más fácil —le sugirió, viendo la incomodidad de la joven cada vez que tenía que dirigirse a ella. Benilde respiró hondo y volvió a mirarla.

—Don Clodulfo mató a tu padre y mandó a la muerte al mío.... ¿Ves? Cada vez tenemos más cosas en común —dijo con un rictus de amargura e ironía—. El *comes* se quedó con tus tierras y ahora se ha quedado con las mías. Nos dejó en la villa a sabiendas, después de robarnos lo poco que teníamos. Ni yo ni mi hija le somos ya de provecho. Tiene un heredero bastardo y una puta que le satisface el cuerpo más que yo... Aunque lo último solo me causa alivio.

Benilde se agachó sobre el caldero, enojada y azorada, y comenzó a frotar el jabón contra a la ropa, frenéticamente. Sus palabras provocaron en Guiomar una mezcla de sentimientos que la bloquearon por un momento. La muerte de su padre, el robo de las tierras, la intimidad implícita de don Clodulfo con Benilde... Todo se le hizo un nudo denso y desagradable en el que no distinguía los cabos. Evitó mirarla para darse tiempo. Perdió la vista río abajo; vio cómo algunas mujeres lavaban en la orilla, vigiladas a lo lejos por algunos soldados. De vez en cuando levantaban las cabezas para observarlas con curiosidad.

Benilde tenía razón, pensó; el *comes* se había cruzado en sus vidas como un azote del diablo y las había hermanado. Volvió sus ojos hacia la joven, que seguía enfrascada en una tarea en la que evidenciaba su falta de habilidad. Tenía las manos enrojecidas por la frialdad del agua, y se las estrujaba continuamente para aliviar el dolor de huesos. Guiomar dio dos pasos hacia ella con intención de ayudarla. Luego lo reconsideró y volvió a sentarse. Benilde, que había vislumbrado el gesto, la miró con expectación.

—Señora, apoyad la ropa en una piedra del río, enjabonadla y frotadla contra ella; os resultará más fácil. Os ayudaría, pero no lo entenderían —dijo, mirando hacia las personas que se veían río abajo—. Haced como ellas...

La joven eligió una roca y siguió su consejo mientras Guiomar sujetaba a la niña para evitar que se acercara a la orilla siguiendo a la madre. Cuando la cría se quedó quieta a los pies de aquella, la sierva se sentó en otra piedra más abajo, junto al río. Luego se descalzó, se quitó la venda del pie derecho y lo metió en el agua.

—Benilde... —le habló, sorprendiéndola tanto que esta le clavó los ojos con incredulidad; era la primera vez que se dirigía a ella por su nombre—. Don Clodulfo ya no tiene tierras —afirmó—. Ni las suyas ni las vuestras ni las de mi padre. Cuanto más tiempo tarde en rendirse, menor será la misericordia de Abd al-Aziz.

Guiomar calló; solo temía que el hijo del *walí* quisiera usar a la esposa y a la hija para presionar al *comes*. Jabib se lo había sugerido, y el sirio lo había rechazado, pues parecía tener mucha seguridad en la caída de la fortaleza sin usar otros subterfugios. Pero si el sitio se prolongaba, ¿mantendría su palabra? No quiso expresarle aquellas dudas. Quería evitar que sus miedos se sumaran a los que la joven ya tenía.

—No lo conoces —respondió esta a su afirmación, negando con la cabeza—, el *comes* siempre cae de pie. Sabe muy bien cómo cubrirse las espaldas. Si pierde las tierras ahora, volverá cuando se hayan ido los sarracenos para recuperarlas. Dile a tu señor que lo cuelgue en las murallas para que todos lo vean; la ciudad entera se lo agradecerá.

Benilde reanudó la tarea de frotar la ropa sobre la piedra, y Guiomar la observó, sopesando sus palabras y frunciendo el gesto. Su silencio hizo que la joven volviera los ojos a la sierva, momento que esta aprovechó para responderle con gravedad.

—Los sarracenos no se van a ir, señora, así que de nada le servirán sus argucias. Esta vez el *walí* no va a dejar desguarnecidas las ciudades que ha ganado. Ha traído con él dieciocho mil hombres, y vendrán más. Musa pretende hacer de Hispania otra provincia del califato de Damasco; no hay vuelta atrás. No podremos echar a los sarracenos... No con el sobrino de don Oppas; es un muñeco que no cuenta con el apoyo ni la simpatía de todos los nobles. Menos aún con su confianza después de lo ocurrido en Lacca —dijo, y comenzó a colocarse la venda sobre el tobillo.

413

—Pero tarde o temprano se unirán y derrotarán a tu señor —aseveró Benilde, que no podía creer que el poder de los godos pudiera sucumbir con aquella facilidad—. El arzobispo dijo que los sirios están muy lejos de su tierra, y que les sería difícil reforzarse si quedaran en inferioridad. Los hermanos de Witiza...

—Los hermanos de Witiza apostaron todo a una tirada, mi señora —interrumpió Guiomar—, y midieron muy mal sus posibles resultados. Perdieron el juego en el momento en que abandonaron al rey Roderico y sacrificaron su ejército. Habláis de los sirios, pero no son solo sirios los que luchan con Musa. La mayoría son africanos de la Mauritania y, señora, no van a renunciar a nuestras tierras —insistió negando con la cabeza—. Vos no habéis visto África. Tingis es un pequeño oasis en medio de un desierto de arena tan vasto como un mar. El sol quema todo lo que allí que nace.

—¿Qué es un oasis?

—¿Un oasis?... —vaciló—. Es como una huerta regada por un pozo en mitad de un secano que no tuviera vida ni fin —le aclaró, luego prosiguió—. Señora, aunque todos los *comites* y *duces* se unieran en contra del *walí*, nada podrían hacer ahora. Nuestro ejército está mermado por las bajas y no puede compararse con el de los sarracenos. No los habéis visto luchar... Un solo sarraceno o *mauri* vale por tres soldados godos. Pensad en Lelio, Claudio o Antonino...

Benilde se detuvo un instante. Recordó que Guiomar no conocía aún la muerte del siervo ni la acusación de don Froila. Dado que de nada le serviría saberlo, pues ambos habían muerto, y muerto estaría probablemente el resto de los nombrados si acompañaban a su padre en la batalla de Lacca, prefirió callar. Le avergonzaba explicar la razón por la que su padre le cortó el cuello al caballerizo.

—Pensad en los hombres de vuestra hacienda, bien armados —proseguía la sierva—, y ahora imaginadlos frente a un puñado de los sarracenos que habéis visto aquí. ¿Cuánto tardarían en caer?... —preguntó, mirándola intensamente—. La mitad del tiempo que vos emplearíais en dar un bostezo, mi señora. El ejército de Musa lleva años guerreando. Así ha conquistado toda la Mauritania. Ha luchado contra el imperio, contra las tribus *mauri*, aguerridas como pocas, y ahora contra nosotros. Nuestras tropas están formadas por muy pocos soldados y muchos campesinos y esclavos, mal armados y mal alimentados.... —Guiomar se detuvo y perdió la mirada en el horizonte—. Mi padre convocaba a los hombres de los campos cada luna para entrenarlos como soldados; les hacía practicar con la espada, con el arco y con la lanza. No he visto hacer esto ni a don Guma ni a vuestro padre...

—Mi padre no era soldado —le espetó Benilde.

—Pero en la guerra lo obligaron a luchar como tal —le replicó—. Aquí todos lo son... La única ventaja que tenía el ejército de Don Roderico frente a la tropa de Tariq era el número. El rey habría ganado la guerra... Con muchos muertos, sí, pero la habría ganado; porque los superaban por dos tercios y porque su caballería era mayor. Tariq no pudo traer a Hispania todos los caballos de sus tropas. Don Roderico se equivocó al confiar sus flancos a los hermanos de Witiza. Había estado litigando contra ellos por el trono meses antes, ¡por amor de Dios! —exclamó, abriendo las manos—. Fue un acto insensato, impropio de un estratega. Malos consejeros tendría...

Benilde enderezó la cintura con un gesto de dolor y arrojó el jabón al caldero.

—A todas luces pensaría que la amenaza de los africanos preocupaba de igual modo a la familia de Witiza —justificó—. Además, ese hijo de mala madre —dijo, señalando con la cabeza a la ciudad y recolocándose el manto sobre su cabello— puso parte de su caballería al servicio del rey; la que comandaba mi padre...

—Los sacrificó para dar credibilidad a don Oppas... —afirmó la sierva, asintiendo—. Muy artero.

—¡Son peor que comadrejas! —exclamó Benilde, y luego bajó el tono al ver la alarma en la cara de Guiomar—. Mataron al rey, a mi padre y a tantos soldados...

—No creo que Don Roderico haya muerto —interrumpió la joven—. Encontraron su caballo, pero no su cuerpo. Tariq hizo que lo buscaran entre los muertos y los heridos. Quería usarlo para desmoralizar a nuestro ejército; pero no lo hallaron. Puede ser que lo arrastraran las aguas del río... Yo creo que su guardia personal lo protegió.

—Pero no estaba en Astigi con lo que quedó de su tropa —objetó Benilde, las manos apoyadas en la cadera—. Al menos no lo mencionó el siervo de don Clodulfo; él estuvo allí.

Guiomar negó con la cabeza y volvió a tirar unas piedras al agua.

—No, nada he oído que lo afirmara. Tampoco que huyera a Toleto... Pero sabemos que algunos de sus capitanes marcharon hacia la Lusitania. Quizá se encuentre por allí, herido... —dijo, y se agachó a coger otras piedras—. Aunque viva —continuó—, no tiene opciones frente a Agila. Tampoco las tiene el nuevo rey frente al *walí*. Le han dado unas tierras para acallar su protesta. Sabemos que quiere ir a Damasco para reclamar sus derechos ante el califa —dijo, y exhaló una risa amarga—. Un ratón exigiéndole a un gato... Si no se lo come es porque ahora está ahíto.

—¡Guiomar, al agua no!

La joven se sobresaltó y se volvió hacia Benilde. Esta había cogido a la niña para alejarla de la orilla, mirando a la sierva de reojo, y la sentó de nuevo en la arena—. ¡Quédate ahí! —le ordenó, dándole el caballito para conformarla. La cría comenzó a llorar y Benilde la ignoró, volviendo a la tarea que había interrumpido. Mientras enjuagaba la ropa, sintió los ojos de Guiomar.

—¿Le pusiste tú el nombre? —Oyó cómo le preguntaba. La joven asintió tras un momento de duda, sin levantar la vista del agua.

—¿Y cómo es que transigió tu espo... El *comes*?

Benilde se enderezó otra vez, dejó la ropa sobre la roca y, azorada, la encaró.

—¿Acaso crees que don Clodulfo sabía los nombres de los hijos de don Dalmiro?

No, por qué habría de saberlos, pensó Guiomar incómoda, como si hubiera recibido un responso.

—A estas alturas no recordará ni el de su propia hija —continuó Benilde—. No me habría pedido ni mi parecer si le hubiese parido un varón... Despreció a la niña desde la primera vez que la vio, y su desinterés incluyó hasta el bautismo. Solo me exigió que fuera godo e insigne[29] —dijo con una sonrisa amarga—, y tu nombre es ambas cosas.

Guiomar captó cómo su tono de defensa levantaba una barrera sobre aquel asunto que la conminó a no insistir. Ardía en deseos de preguntarle por qué; por qué había elegido su nombre y no el de una reina, que habría sido más ilustre. Pero aunque no hubiera percibido su reticencia, tampoco habría sido capaz de interrogarla; pues la cuestión la violentaba y azoraba tanto como a ella. Vio cómo se agachaba a coger la ropa para ponerla a secar sobre en un arbusto cercano. Al hacerlo, el manto se le escurrió de la cabeza. Se lo sujetó con las manos ocupadas y al final terminó cayéndosele al suelo, junto a una de las prendas de la niña. Soltó un bufido de exasperación y la miró llena de enojo.

—¿Es necesario que lo lleve puesto también aquí mientras estoy lavando?

Guiomar, a la que en un principio sobresaltó su tono, acogió luego su mirada con calma y, con la misma, le respondió.

—Es conveniente. Trataré de conseguiros un tocado; será más apropiado en estos casos.

—¿Y por qué hay mujeres en el campamento que no se cubren? —insistió la joven señalando a algunas cautivas que lavaban río abajo.

—Porque son esclavas que sirven a la tropa, no tienen un único dueño... O sí lo tienen, pero... —vaciló, incómoda ante su insistencia—. Señora, los ismaelitas exigen el velo a sus doncellas y esposas para protegerlas de los ojos de los hombres. Les gustan

---

[29] Guiomar significa "mujer ilustre".

las cristianas porque no se cubren, pero por eso mismo no las respetan.

Benilde miró hacia las cautivas durante un momento en el que pareció rumiar las palabras de Guiomar. Después observó a otras cinco mujeres que se acercaban a la orilla portando cántaros, embozadas de los pies a la cabeza.

—¿Son entonces aquellas sus mujeres? —dijo señalándolas.

Guiomar se giró en la roca para verlas.

—No, son cautivas como vos —dijo—. Sus esposas están en África o en Damasco. Si van cubiertas es porque sus dueños tienen intereses en ellas... Quizá las amen y quieran desposarlas, o quizá solo quieran usarlas o venderlas como *yawari*.

—¿*Yawari*? —preguntó Benilde con extrañeza y curiosidad.

—Concubinas favoritas... Los sarracenos las aprecian más por su belleza...

—¿Para eso me quería el capitán que disputó contigo? —interrumpió la joven. Guiomar bajó la mirada, incómoda.

—No, mi señora. Quería a vuestra hija como *yawari*; lo será en cuanto deje de ser niña. Vos le interesabais por ser la esposa del *comes*. Vuestro precio es mayor en caso de venta, y la propiedad de las mujeres o las hijas de los enemigos nobles da mayor prestigio a su dueño.

El bochorno encendió la cara y el cuerpo de Benilde. Tal como se había expresado, pareció que tenía un buen concepto de su belleza; pero no era así. El gesto de Guiomar de eludir su mirada al responderle, le ratificaba la suposición de que ella así lo había entendido, y de que la sierva no quería ser testigo de su turbación al desdecirla. No sabía que la vida con don Clodulfo, su desprecio continuado y la eterna distancia de la sierva ante sus intentos de acercamiento habían empañado la percepción de su propia belleza hasta llegar a negarla. Llevada por la necesidad de huir de aquella sensación de ridículo, comenzó a tender nerviosamente la ropa sobre los arbustos y algunas piedras.

Guiomar percibió con pesar su reacción y sintió que debía confortarla.

—No me malinterpretéis, señora —le dijo, mirándola con toda su sinceridad—. Sois muy hermosa...

Benilde asintió sin mirarla y levantó la mano, interrumpiéndola. Quería quitarle importancia y evitar una justificación de la sierva que incrementara el patetismo. El gesto la expuso ante Guiomar, que percibió con pasmo aquella brecha en el acostumbrado aplomo de la joven. Se volvió hacia ella en la roca, se calzó y echó los pies al suelo.

—¿Acaso lo dudáis, señora? —le preguntó y clavó los ojos en los suyos para ver su respuesta. Ella le devolvió la mirada y, como esperaba la sierva, nada añadió—. Sabed, pues, que lo sois —insistió—. Sabed que sois muy hermosa; pero sabed también que vuestros rasgos son comunes en las mujeres de los sarracenos, y que ellos aprecian más la diferencia. Es lo que trataba de deciros. Prefieren a las cristianas de piel blanca, cabellos dorados y ojos claros. Las llaman *qalliqui,* o *yariyat* si son muy jóvenes. Esos son los rasgos que más valoran en las hispanas, y vos, por fortuna, no los tenéis. De lo contrario, ni invocando la *sharia* Jabib habría transigido a mi derecho a vos.

Benilde se quedó inmóvil durante un momento, luego se recolocó el manto sobre la cabeza. Las palabras de Guiomar y su insistencia al defender su belleza le habían hecho pasar del bochorno al sofoco. Y, a pesar de esto, no quiso que el rubor le privara de ver sus ojos durante el raro privilegio de escuchar aquel halago de su boca, aun escueto y justificado por el contexto, pero de cualquier modo un regalo para su espíritu viniendo de Guiomar. Aprovechando el resquicio que había dejado al abrir aquella puerta, Benilde perseveró en su empeño y forzó otro envite sobre ella.

—¿Y cuáles son tus intereses en mí? —le espetó, seria y firme, manteniéndole la mirada sin parpadear.

—No os comprendo... —balbuceó una Guiomar que no esperaba la embestida.

—Acabas de decirme que los sarracenos que cubren a sus cautivas tienen intereses en ellas. Tú, en contra del desprecio que ellos esperan que me muestres, me quieres cubierta. ¿Cuáles son tus intereses en mí?

Guiomar parpadeó confusa; separó los labios para hablar, pero no dijo nada. Luego bajó la mirada, incapaz de pensar bajo la presión de sus ojos. Benilde tenía razón. Si la había reclamado ante Jabib por venganza, correspondía en buena lógica un trato que la vejara y demostrara ante la tropa su odio por la parentela del asesino de su familia. Si, además, su belleza era común y nada conseguiría al venderla, pues el beneficio de la venta sería para Jabib, su empeño en cubrirla solo evidenciaba su interés en ella como esposa.

Benilde vio cómo enrojecía y cómo el rubor resaltaba el brillo y el color de sus ojos al mirarla de nuevo, llenos de timidez.

—Solo vuestra protección, mi señora... —dijo en un susurro, y se retiró unas varas río arriba, cojeando; dejando a la joven un sabor agridulce en la boca.

Capítulo 34

La noche de la conversación en el río, Guiomar durmió por primera vez en la tienda. Había llevado la estera de lana aquella mañana para ceder el jergón a Benilde y a la pequeña, y la había colocado a la máxima distancia que podía guardar en aquel limitado espacio, por respeto y por algo parecido al embarazo. Le costó coger el sueño. Por su respiración sentía a Benilde despierta, cubriendo a la cría cuando se movía y se destapaba, y su presencia allí se le hacía tan densa que la alteraba. No dejaba de pensar que, como ella, la joven captaría su vigilia, y aquella certeza hacía más violento el silencio. Por si fuera poco, sentía mucho frío. Se arrebujó en la manta, echando de menos la hoguera del exterior; pero se convenció de que debía dormir en la tienda: los hombres ya habían comenzado a murmurar.

A media noche consiguió por fin pasar de la vigilia al sueño. No sabía cuánto tiempo había estado dormida cuando la despertaron unas voces desmedidas en el exterior. Abrió los ojos sobresaltada. Dos hombres discutían por una sierva a pocas varas de la tienda. Parecían ser gomeres, pues al menos uno de ellos estaba muy borracho y solo los cristianos bebían vino hasta ese punto. En algún momento escuchó gemir a una mujer, y Guiomar se tensó llena de ansiedad; no podía acostumbrarse al sufrimiento de las cautivas en el campamento. Tentada estuvo de salir a mediar, pero otra voz más autoritaria lo hizo por ella y el intercambio de acusaciones se elevó.

Por el tenue reflejo de la luz de las hogueras en la tienda vio moverse a Benilde. La niña se había despertado al oír la trifulca y comenzó a lloriquear, llamando a la madre. Ella la meció junto a su pecho, tranquilizándola, hasta conseguir que callara. Mientras lo hacía, miraba a Guiomar una y otra vez, y esta vislumbró la duda y el miedo en sus ojos, tan abiertos que reflejaban el brillo mortecino de la tela. Finalmente vio cómo se incorporaba de rodillas con la pequeña en los brazos, cogía la manta y se le acercaba, vacilante, las pupilas clavadas en las suyas buscando licencia. Luego, sin decir palabra, se tendió junto a ella, inmóvil, apenas rozándola con su cuerpo. Guiomar percibió que temblaba de miedo o de frío. Levantó la cabeza para observarla y se echó hacia un lado, sin saber muy bien si lo hacía para dejarle más espacio en la estera o para tener más libertad de movimiento al levantarse y salir. Benilde debió intuir lo último, pues la cogió del brazo y la miró suplicante.

—Por favor, no te vayas —le susurró.

Guiomar la observó durante un momento que a la joven le pareció eterno y después volvió a echarse. Benilde se acurrucó junto a ella, dándole la espalda, tomó un extremo de la manta de la sierva y se cubrió; luego cogió la suya y la echó sobre las tres. Tras esto se quedó muy quieta, como si con ello quisiera minimizar la invasión del espacio de Guiomar. Y esta, tensa como la vara de un arco, hizo lo mismo sin apenas atreverse a respirar, tratando de no rozarla, pues también ella temblaba de frío o de desasosiego; para resignarse luego a la convicción de que le esperaba una larga vigilia hasta el amanecer, tal era el ahogo que le inspiraba su cercanía.

Benilde se despertó con las primeras luces del alba, pero no debido a la claridad. Se había percatado de la ausencia de Guiomar y aquella toma de conciencia la había desvelado. Ni siquiera se había dado cuenta del momento en que la sierva había salido de la tienda, tan rendida estaba. Apenas había dormido tras ser capturada por los sarracenos, y aquella había sido la única noche que consiguió despertar con la sensación de haber descansado, a pesar de que horas antes pensara que sería incapaz de conciliar el sueño por la cercanía de Guiomar. Era la primera vez que dormía junto a otra persona que no fuera su esposo, y las ocasiones con él eran raras, pues don Clodulfo prefería —yaciera con ella o no— pasar la noche en sus aposentos. La situación ahora era bien distinta. Dormir en la tienda le suponía un suplicio para sus huesos; hacerlo en la dura estera de Guiomar, más. Pero la compañía y el calor de la sierva la habían confortado, aun cuando percibía su tensión, haciéndole pensar que, junto a la suya, harían la atmósfera de la tienda tan cargada que terminarían provocando la chispa de un rayo. Sin embargo, el cansancio fue venciendo su resistencia y cayó en un profundo sueño que le hizo olvidar, también, la turbación que le producía la atracción por Guiomar. Apenas la había notado moverse en toda la noche, pero incluso dormida tuvo sensación de su presencia. Sabía que la suya le incomodaba, y solo temía que la sierva decidiera a partir de aquella noche volver a dormir con la tropa.

Miró el lienzo de la tienda, que mostraba el reflejo de la luz del sol que se anunciaba, y suspiró. Al hacerlo vislumbró el vapor de su respiración, corroborando el frío que sentía, y se apretó las mantas entorno a su cuerpo y al de la pequeña. Si alguien le hubiera dicho dos años antes que terminaría durmiendo en la calle en peores condiciones que las de un siervo, no le habría dado crédito. El giro ya había sido cruel tras su matrimonio con el *comes*, pero aquello... ¿Cómo podía cambiar tanto la vida de la noche a la mañana? ¿Cómo podía la hija de un noble levantarse señora de Eliberri un día y acostarse esclava al otro? Señora de Eliberri... Pensó con amargura. Desde que llegó a aquella ciudad, nunca se había sentido señora de nada. Recordó las palabras de Guiomar en el río. La sierva lo había vivido en su infancia y Benilde lo estaba viviendo en su madurez. Madurez, sí, pues nada quedaba ya de aquella joven impulsiva, arrogante y llena de vida que fuera hacía apenas tres años.

Poco después de que el sol saliera por las nevadas faldas del Monte Solorio, la niña se despertó y Benilde se dispuso a darle de mamar. Se colocó a la pequeña en su regazo y se cubrió los hombros con la manta para no perder calor. Al momento escuchó unos pasos que se acercaban, seguidos de una voz que llamaba al *mutarjim*. Instantes después se levantaba el faldón de la tienda y entraba Jabib sin ningún protocolo. Miró alrededor buscando a Guiomar. Luego le clavó unos ojos sin hambre, llenos de desprecio, y le espetó un galimatías del que solo entendió la palabra *mutarjim*. Benilde, a la que se le había escurrido la manta de los hombros con el sobresalto, se la volvió a colocar con tanta premura que a punto estuvo de tirar a la niña, que comenzó a llorar asustada por la irrupción del sarraceno, el movimiento brusco de la madre y la interrupción de su desayuno. La joven la abrazó y la cubrió para protegerla de la impertinencia de aquel hombre. Las palabras de Guiomar sobre el interés del sarraceno por la cría le habían llenado de inquietud.

En aquel justo momento entró la sierva en la tienda. Traía en las manos una escudilla con leche y un trozo de pan. Al ver a Jabib endureció el gesto. Entregó a Benilde lo que llevaba mientras se dirigía al sirio sin mirarlo.

—Señor, en adelante os agradeceré que evitéis entrar en mi tienda sin antes pedir licencia —le dijo.

El hombre la encaró con desprecio y frialdad.

—Solo es una esclava... —masculló.

—En efecto, señor, pero es mi esclava —replicó Guiomar, marcando el posesivo y manteniendo su mirada sin amilanarse. La expresión del sarraceno era ahora desafiante.

—El hijo de *walí* quiere verte, le estás haciendo esperar —le escupió entre dientes y salió, apartando el faldón con brusquedad. Guiomar evitó los ojos de Benilde, pero estos se cruzaron con los suyos un instante lleno de significación en el que la joven le dejó entrever su intriga y su preocupación.

—Volveré en cuanto pueda —le dijo la sierva con un rostro marcado por el cansancio, y se marchó.

Cuando Guiomar llegó junto a la jaima de Abd al-Aziz, vio a su entrada dos soldados godos desarmados. Al principio pensó que se trataba de prisioneros, pero luego constató que no podían serlo, pues ni estaban sujetos por ataduras ni los sarracenos los amenazaban con sus armas. Los hombres esperaban nerviosos, mirando a la tropa que los rodeaba, tensos y desconfiados.

—*Mutarjim*, estos soldados acaban de llegar de la fortaleza y solicitan parlamentar —habló el hijo del *walí*—. Dime si el señor de la ciudad se encuentra entre ellos.

—No, mi señor —respondió ella negando con la cabeza—, ninguno de estos hombres lo es.

El sirio asintió y le hizo un gesto con la mano para que se acercara.

—Quiero que traduzcas sus palabras y las mías —le dijo.

Guiomar se colocó a una vara de él y se dirigió a los hispanos.

—Estáis ante el señor Abd al-Aziz, hijo del gobernador de África. ¿Qué os trae al campamento?

Los godos recibieron con sorpresa las palabras de la joven, pues no esperaban que un africano hablara su lengua sin un atisbo de acento extranjero. Luego miraron al sirio y se arrodillaron en señal de respeto y clemencia. Este acogió el gesto con fastidio y enojo.

—Que se levanten —ordenó contrariado—. Los hombres solo se postran ante Dios.

Guiomar tradujo sus palabras y los soldados se irguieron, pero mantuvieron gacha la cabeza.

—Pregúntales si les envía el señor de la ciudad —le indicó, y la joven asintió con respeto.

—El hijo del walí quiere saber si os envía el *comes* —repitió, y vio cómo los dos negaban al unísono, aunque solo uno habló.

—No, don Clodulfo ha huido esta noche con su séquito —respondió—. Venimos en representación del alcaide para ofreceros la rendición de la fortaleza a cambio de vuestra protección.

Guiomar apretó los dientes con rabia. Benilde tenía razón, el *comes* siempre caía de pie... Tradujo sus palabras a Abd al-Aziz, y este los observó con suspicacia, disgustado. Anduvo unos pasos frente a ellos, los brazos en jarras, separando la blanca capa de su cuerpo y mostrando la rica funda de su alfanje.

—¿Y cómo han podido huir sin ser vistos por mis hombres si tengo rodeada la fortaleza? ¿Volando quizá? —dijo con sorna, elevando la mano y provocando con su gesto risas en algunos capitanes.

La joven se lo repitió en su lengua a los godos y estos se miraron preocupados. El interlocutor dio un paso hacia Abd al-Aziz con intención de dar credibilidad a sus palabras. Al momento los hombres del sirio sacaron las espadas y se colocaron en su camino. El soldado levantó las manos y bajó la cabeza mientras retrocedía.

—Mi señor —dijo, asustado—, la fortaleza de San Esteban tiene pasadizos que llevan al río. Creemos que han salido por el que da al valle hacia levante. El valle es cerrado y ofrece protección para el que pretende ocultarse. De ahí a la calzada hay menos de una legua.

—¿Es verdad lo que dice? —preguntó Abd al-Aziz a Guiomar tras oír su traducción.

—Mi señor, no conozco la fortaleza, pero sí sé que debe ser corta la distancia del valle a la calzada. Si han salido por el Dauro[30] hacia arriba, es difícil que vuestros soldados los hayan visto.

El sirio les dio la espalda, el ceño fruncido, pensativo, y se mesó la barba. La tenía perfectamente recortada, mostrando un pulcro aspecto que desentonaba con el de los soldados godos y el de algunos de sus capitanes.

—¿A dónde lleva esa calzada? —les preguntó finalmente, aunque fue Guiomar quien contestó.

—Va hacia Acci. Quizá el señor de Eliberri pretenda huir hacia allí para buscar protección...

—O quizá esté en la fortaleza, haciéndose pasar por un criado —intervino Jabib.

—¿Cuántos hombres quedan en ella? —espetó Abd al-Aziz a los soldados eliberritanos. El que hacía de interlocutor miró a Guiomar y ella le repitió la pregunta. Tras oírla, el hombre pareció dudar, reacio a dar aquella información.

[30] Río Darro

—Poco menos de doscientos —exageró finalmente—, pero bien armados y dispuestos a luchar por sus vidas. No somos muchos si nos comparáis con vuestro ejército, señor; pero sí suficientes para dar muerte a muchos de vuestros hombres y para retrasar vuestra victoria —dijo con un halo de orgullo y confianza que daba veracidad a su afirmación.

Guiomar tradujo sus palabras, y Abd al-Aziz sonrió levemente. El *rumí* tenía agallas... Y también razón.

Jabib se adelantó.

—¡Miente! ¡Señor, dadme vuestro permiso y mis hombres pasarán a cuchillo las gargantas de esos cerdos infieles! —intervino, iracundo. El hijo del *walí* levantó la mano.

—No voy a mandar a ninguno de mis soldados a la muerte por un puñado de *rumíes* que ya nada tienen que perder —dijo—. Antes veré si dicen verdad. Enviad a un grupo de ojeadores a ese valle. Que busquen si hay huellas recientes de hombres o caballos... Y que les acompañe ese *rumí* —ordenó señalando al interlocutor godo—. El otro, que se quede aquí hasta que regresen. Si no han mentido y rinden la fortaleza, accederé a lo que piden. Respetaré sus vidas y las de sus familias siempre que entreguen las armas. Ninguno será esclavizado si así lo hacen. Es lo que ofrezco; díselo así a los *rumíes*.

Guiomar les repitió la resolución de Abd al-Aziz y los hombres asintieron. El sirio llamó entonces a sus capitanes y entró en la tienda, haciendo un gesto con la cabeza hacia la joven para que lo siguiera.

La jaima del hijo del *walí* era amplia y cómoda, con un suelo cubierto de buenas alfombras y algunos cojines. Como único mobiliario, un arcón y una mesa baja en la que descansaban una jarra de plata repujada y un vaso, así como unos rollos de pergamino y de otro material parecido al trapo, pero con más firmeza que este. Abd al-Aziz se sentó junto a ella, invitando a sus capitanes a que hicieran lo mismo. Luego tomó uno de aquellos rollos y lo deslió. Ante la duda, Guiomar permaneció en pie, hasta que el sirio la miró y señaló un espacio junto a la mesa.

El mapa que había desplegado era de la Bética y tenía las anotaciones en árabe. No satisfizo al sarraceno, puesto que tomó otro, ahora de pergamino, y lo desenrolló. Parecía un mapa godo, pues Guiomar distinguió el nombre de algunas ciudades en latín.

—¿Hacia dónde va la calzada de la que ha hablado el *rumí*? —preguntó a Guiomar.

—Se dirige a Acci, mi señor, en los límites de la Bética —contestó, señalando con el dedo la ciudad—. A partir de ahí se adentra en la Carthaginensis. Pasa por Basti[31] e Iliocrica[32] y conecta con el mar por Carthago Nova[33]. Sigue la vía Augusta por la costa hacia la Tarraconensis y la Septimania.

Abd al-Aziz asintió sin dejar de mirar el mapa.

—Tierras de dominio godo —habló, más para él que para los que lo acompañaban—. El rey Agila se ha guarnecido en la Tarraconensis, pero aquí —dijo señalando la zona de levante— hay un *walí* que está hostigando nuestras tropas y presionando a las ciudades sometidas para que se rebelen contra nosotros—. Le llaman Tudmir.

—El *dux* Teodomiro... —musitó Guiomar.

—¿Lo conoces? —preguntó el sirio con curiosidad.

—No, mi señor, yo era... —dudó— Muy niño; pero mi padre luchó muchas veces con él. Decía que era el mejor militar que había conocido nunca... Es un bravo *thiufadus*, muy acostumbrado a la guerra. Si en nada ha cambiado, no os lo pondrá fácil.

—En verdad no nos lo está poniendo —contestó el sirio, asintiendo con la cabeza—. Esta zona —dijo señalando a Acci y Basti— se ha levantado. Si es cierto que el señor de la ciudad ha escapado, es juicioso pensar que se haya dirigido hacia los dominios de ese *Tudmiro*. O quizá pretenda llegar a las tierras que gobierna vuestro rey... Tu venganza tendrá que esperar, noble *Jiru* —le habló, poniéndole una mano a Guiomar en el hombro.

[31] Baza

[32] Lorca

[33] Cartagena

Yamur, otro de los hombres de confianza de Abd al-Aziz, intervino entonces, mirando a la joven con incredulidad.

—¿Los *rumíes* dejan a sus esposas y a sus hijas a la suerte de sus enemigos?

Guiomar lo observó con toda la calma que pudo y con la misma le respondió.

—Solo aquellos que tienen concubinas a las que aprecian más y que les dan hijos varones.

—Creía que vuestro Dios no permitía el adulterio —replicó el capitán con sorna.

—Y no lo permite, pero la lujuria de algunos hombres interpreta Su palabra a conveniencia. Ninguno de ellos evitará Su juicio cuando les llegue la hora —dijo tajante.

—Dejemos la palabra de Alá, el Clemente y Misericordioso, para los imanes, y volvamos a lo que nos trae aquí —intervino Abd al-Aziz—. ¿Conoces los caminos de la calzada que has mencionado? —preguntó dirigiéndose a la joven.

—Solo hasta Acci y no demasiado bien, mi señor, pues solo la recorrí una vez junto a mi padre —respondió Guiomar—. Cualquier mercader judío de Eliberri que tenga comercio con otros judíos de las ciudades de levante tendrá mejor conocimiento de ella que yo.

Abd al-Aziz asintió con la cabeza soltando el mapa, que volvió a enrollarse.

—Hablaré con los patriarcas... —dijo para sí, luego se volvió a sus consejeros—. Si lo que dicen los *rumíes* es verdad, tomaremos la fortaleza y dejaremos en ella una guarnición de quinientos hombres...

—Señor, necesitaremos todos nuestros efectivos si hemos de combatir contra ese *Tudmir* —interrumpió Jabib—. Deberíamos pactar con los patriarcas para que sean ellos los que se hagan cargo de la ciudad, siempre que paguen la *yizya* y el *jaray*[34].

---

[34] Impuestos en moneda o en especie que habían de pagar los cristianos en tierras conquistadas.

Abd al-Aziz frunció el ceño y pareció meditar; luego se volvió hacia sus acompañantes y les preguntó:

—¿Todos pensáis como él?

Yamur negó con la cabeza y se movió con intención de hablar.

—Los judíos no consiguieron defender la ciudad de las pocas tropas del señor de *Ilibiris*. Si la dejamos sin guarnición, los *rumíes* que ahora quieren rendirse volverán a levantarse en cuanto les demos la espalda...

—Habremos de hablar con los patriarcas entonces —intervino Abd al-Aziz—, y decidiremos el número de soldados según sean las fuerzas con las que cuentan. Quiero salir hacia las tierras de levante cuanto antes. Hemos de derrotar a ese *Tudmiro* y evitar que se una al rey Agila. Mi padre está sometiendo *Imírita*[35] y no podremos contar con el apoyo de su ejército para nuestra campaña, así que hemos de actuar con rapidez. Lo último que deseo es que un puñado de soldados hambrientos nos tenga aquí varados mientras los godos se organizan. Informad a los patriarcas y avisadme cuando lleguen los ojeadores —dijo a los capitanes moviendo la mano para que acataran sus órdenes—. Y tú, habla con el *rumí* y saca de él todo lo que puedas —indicó a Guiomar, tras lo cual todos salieron de la tienda.

Aquella tarde, cuando Benilde ya pensaba que nadie le llevaría algo que almorzar, Guiomar entró en la tienda con dos escudillas llenas de gachas, cubiertas con sendas tortas de harina. Entregó la más llena a la joven y se sentó con la suya en el jergón. Luego sacó de entre su manto el trozo de una rama en forma de horquilla, no más grande que un palmo, y otro de cuerda; y los dejó sobre el suelo de la tienda. La pequeña se acercó, curiosa y cauta, a observar los objetos, y Guiomar dejó que jugara con ellos mientras ellas dos comían.

---

[35] Emerita (Mérida)

Benilde atacó con hambre su plato, a pesar de que aún no conseguía acostumbrarse al fuerte sabor a grasa de cordero de aquel mejunje, dando de vez en cuando a la niña el contenido de sus dedos untados en las gachas.

—Don Clodulfo ha huido esta noche de la fortaleza —habló la sierva mientras se preparaba un bocado con un trozo de torta.

Benilde se quedó inmóvil, mirándola con pasmo.

—¡Ese hijo de mala madre! —exclamó por fin, llena de rabia—. ¿Y los sarracenos no lo han capturado?

—No, les lleva muchas horas de ventaja... Ya estará en Acci. Salió esta noche de la fortaleza por un pasadizo que lleva al río con su séquito y algunos de sus capitanes —añadió la sierva—. Tenían preparada la huida, pues les esperaban con caballos valle arriba. Quince han contado los ojeadores.

Guiomar se llevó un trozo de torta a la boca y masticó con calma, pensativa, mientras Benilde respiraba con agitación, tratando de calmar su ira.

—Abd al-Aziz ha entrado en la fortaleza —prosiguió—. Quedaban no más de noventa soldados, y ninguno era él. Me ha hecho mirarlos a la cara, uno por uno, para ver si lo reconocía. No estaba entre ellos...

Guiomar había hecho la encomienda con desagrado y nerviosismo. Vaciló con dos hombres que tenían los ojos tan azules como el *comes*, pero les mandó hablar y supo al momento que ninguno era él. Podría albergar dudas con el rostro de don Clodulfo, pero reconocería su voz entre mil.

—¿Nunca me dará Dios la satisfacción de ver colgado a ese lobo? —lamentó Benilde con amargura y rabia.

Guiomar percibió el profundo odio que la joven profesaba a aquel hombre y constató que era muy superior al suyo, pues, por encima de este, lo que don Clodulfo le inspiraba a ella era miedo; un terror visceral e indescriptible. La sierva se movió inquieta en el jergón huyendo de aquella sensación que le incomodaba.

—Miradlo de esta manera —habló finalmente, tratando de consolarla—, con su huida ha evitado que puedan usaros como señuelo para rendir la fortaleza.

Benilde la miró asombrada, la preocupación marcándosele en el rostro.

—¿Pretendían hacerlo? —preguntó—. Mi esposo habría preferido antes mi muerte...

—Puede ser, pero ellos no lo saben —respondió la sierva—. No hay razón para temerlo ahora que ha huido. Abd al-Aziz quiere partir hacia Acci en uno o dos días...

Aquellas palabras dejaron a Benilde sumida en sus reflexiones, el ceño fruncido en una mueca de contrariedad; y ambas mujeres comieron en un silencio roto de vez en cuando por los parloteos de la niña, ajena a aquellas tribulaciones y cada vez más cómoda con la presencia de Guiomar.

La madre acabó su escudilla y entregó a la pequeña un trozo de torta que le había reservado. Esta la recibió con una alegría que consiguió sacarle una sonrisa. Cuando Benilde miró a Guiomar, buscando complicidad por el gesto de la niña, vio que aquella se había echado en el jergón, la cabeza apoyada en el brazo, y había cerrado los ojos. Ni siquiera había acabado su almuerzo. Benilde chitó a la pequeña para que guardara silencio, y Guiomar abrió los ojos sobresaltada. Trató de mantenerse despierta, pero la templanza del aire de la tienda, calentada por el sol, y su cansancio terminaron por rendirla. Entró en un sopor tan profundo que ni siquiera parecía oír los ruidos del exterior.

La madre tomó a la niña y la puso en el otro extremo de la tienda para evitar que la importunara, y luego se demoró observando su sueño. La sierva se había quitado el turbante para echarse sobre el jergón y tenía el cabello suelto; los rizos desordenados le llegaban a los hombros, iluminados por un delgado rayo de sol que se colaba por un descosido del lienzo, realzando el cobrizo de los cabellos y el aceitunado de la piel. Se detuvo en ellos sin prisa, como aquella vez en la cuadra. La luz se movió imperceptiblemente hacia el cuello. La apertura de la túnica dejaba ver el hueco de su garganta, enmarcado por los huesos de la clavícula y el cordón del amuleto. Se demoró también en aquellas curvas, absorta; hasta que un leve movimiento de los labios de Guiomar la llevó a su boca entreabierta, mostrando las puntas de sus dientes... Y le sobrevino tal hambre en el vientre y tal calor en el pecho que tuvo que apartar la mirada, el rubor y el ansia alterando su sosiego. Inconscientemente se pasó la mano por el rostro, como si quisiera borrar la imagen y la sed que había provocado; y evitó volver a ella, pues no podía mirar la boca entregada de Guiomar sin sentir el deseo de beberla.

Son los ojos los primeros dardos de la sensualidad... No te robustezca la lujuria...

Las palabras del docto Isidoro le vinieron a la mente como si acabara de leerlas. Aquellas mismas, que tanta significación tenían para ella en Toleto cuando las aplicaba a su esposo, caían ahora sobre la joven para hacerla sentir impúdica y debilitarla. El deseo se le volvió hiel y pensó que debía marcharse de la tienda. El mismo Isidoro prescribía la ocupación para combatir la sensualidad provocada por el ocio; en algo tenía que emplearse para ignorar su turbación... Lavaría la escudilla.

Se estaba colocando el manto sobre la cabeza cuando oyó balbucear a Guiomar. Creyó que se estaba despertando y se apresuró a asegurárselo sobre el pecho para salir. Entonces comenzaron los gemidos. Benilde, sorprendida, se volvió hacia la sierva, constatando que parecía sollozar, aun dormida; los miembros tensos, las manos crispadas y temblorosas. Repetía constantemente un *no* desesperado, para terminar gritando una parrafada en la lengua de los sarracenos, de la que distinguió, por la reiteración, el nombre de *Ermemir*.

La pequeña se acercó a la madre, asustada, y Benilde, viendo que sus propios gritos no la despertaban, se aproximó a Guiomar para hacerlo ella. La sacudió por los hombros, primero con delicadeza y luego con energía, pues no parecía responder al contacto. Finalmente, la sierva abrió unos ojos desorbitados y los fijó al frente, clavándolos en el rostro de la niña, en sus pupilas azules...

Y reptó de espaldas, espantada, hasta topar con la pared de lienzo. Luego vio a Benilde y pareció resituarse.

—Sois vos... —musitó sorprendida y aliviada, tan agitada la respiración que sintió que el aire de la tienda no era suficiente para recuperar el resuello.

—¿Qué te ha ocurrido? —inquirió la joven, a quien la impresión la había sacado de la turbación de hacía unos momentos—. Gritabas como una posesa de Satanás.

Guiomar bajó el tono a casi un susurro.

—Un mal sueño... A veces los tengo...

—¿Quién es Ermemir? No dejabas de nombrarlo...

La sierva la miró, cauta y nerviosa, reticente a hablar, pero sintiendo la necesidad de hacerlo para descargarse de aquella losa que le pesaba tanto.

—Mi hermano... —musitó—. Me visita en sueños para castigarme...

En aquel, en concreto, Ermemir estaba de pie junto al pozo de la villa. Tenía el cuello largo y como de trapo, tan débil que no podía soportar el peso de su cabeza. La miraba desesperado con aquellos ojos del color del cielo, que eran los de su madre, y le pedía que le ayudara a mantenerlo firme. Ella lo intentaba una y otra vez, pero la cabeza no se tenía y el cuello volvía a doblársele, crujiéndole y provocando los gritos de dolor de su hermano y la mortificación horrorizada de la joven.

Guiomar se llevó las manos a la frente, húmeda, como todo su cuerpo, y buscó la faja del turbante para secársela.

—¿Te culpas por lo que le ocurrió a tu hermano? —preguntó Benilde, asombrada por el testimonio de la sierva.

—Si la negligencia de una persona le causa a otra la muerte, ¿acaso no convierte al negligente en culpable? —dijo ella, mirándola fijamente a los ojos.

—¿Y cuál fue la negligencia?

Guiomar apartó la mirada y vaciló, como si temiera que al verbalizarla Benilde añadiera al peso de su culpa el lastre de otra acusación.

—Mi hermano se me escapó de las manos cuando huíamos por el establo —dijo sin atreverse a mirarla—. Severina me lo confió porque estaba buscando un lugar para escondernos. Ermemir oyó las voces de mi madre, se soltó de mi mano y salió corriendo. Cuando traté de cogerlo, ya había abierto la puerta y salía. Severina me impidió que fuera tras él —Guiomar se frotó los ojos con los dedos y expiró con pesar—. Severina pensó que el establo ya no era seguro y me escondió en el estercolero. Luego fue en busca de mi hermano... Los dos acabaron muertos...

—Tenías... ¿Cuántos años tenías? —interrumpió Benilde.

—Doce... —afirmó Guiomar elevando los hombros.

—¿Exigirías a un niño la responsabilidad de un adulto? —le espetó la joven con una mirada severa—. Si te culpas tú, exculpas a don Clodulfo, que fue quien ordenó asesinar a tu familia.

—Sé que mi madre me culpa... —musitó como si no la oyera, volviendo la cabeza y arrugando el gesto, mientras apoyaba un brazo sobre las rodillas y buscaba nerviosamente con el otro el trozo de madera que había traído, tratando de ocultar su pesadumbre. Porque no se trataba únicamente de la muerte de su hermano; esta había sido el colofón de una historia de celos que comenzó con el nacimiento del varón, favorito de la madre y esperanza del padre para trasmitir su linaje. La Guiomar niña vio cómo su espacio era ocupado por un crío enfermizo y caprichoso que se llevaba todas las atenciones... Y los mejores regalos. El caballito había sido uno de ellos. Su envidia fue tal que en un descuido de Ermemir lo escondió a sus ojos, como castigo por no cuidar el obsequio de su padre, por acusarlo de desinterés y por negarle el disfrute de un juguete que deseaba para sí. Aquellos celos se habían unido a la culpa para hacer el lastre más difícil de cargar; hasta el punto de convertir muchas de sus noches en un juicio en el que se condenaba a través de la figura y la voz de su madre. La distancia de lo ocurrido, unida a la visión irreal y tergiversada de una niña, acabaron transformando su orfandad en un castigo del cielo por sus pecados. Por ello sentía más miedo que odio hacia don Clodulfo; el *comes* solo había sido el azote que Dios había usado para hacer cumplir su condena.

Ajena al curso de sus pensamientos, Benilde insistió.

—No es justo que atribuyas al carácter de tus padres la vileza de culpar a un niño cuando ya no están aquí para poder desmentirte. ¿Tan mal concepto tienes de ellos, Guio... —Se acercó a su oído y le susurró—... Guiomar?

La sierva la miró con los ojos muy abiertos, desamparada. Nunca había contemplado su tormento desde aquella perspectiva... Benilde tenía razón. Ahora poseía más conocimiento y más juicio para comprender el pasado y determinar su verdadera responsabilidad en los hechos que acaecieron. Sin embargo, la inercia de la culpa seguía unida a ella como la sombra a su cuerpo. Había sido compañera y artífice de sus pesadillas durante doce años.

Benilde vio que sus palabras parecían haber hecho mella en la coraza y porfió.

—Dijiste que tu madre cuidó de ti cuando te atraparon los africanos... Es verdad. Te dio el amuleto a ti, y no a tu hermano, porque pensó que tú necesitarías mayor protección que Ermemir frente a los soldados al ser una niña, o para que te diera fuerza para seguir adelante... —especuló—. Sí, Guiomar —volvió a susurrar su nombre, poniéndole esta vez la mano en el hombro—. Tu padre te adoraba; me lo dijo Erico cuando íbamos a la villa —añadió, y consiguió con aquellas palabras que a la sierva se le empañaran los ojos y desviara la mirada para evitar que su emoción quedara al descubierto—. Nunca te habría culpado por lo que pasó. Tampoco te culparía por lo que haces ahora...

Guiomar le clavó los ojos, asombrada, y Benilde se replegó, volviéndose a sentar sobre el taburete y evitando su rostro. La sierva creyó que iba a continuar. Llegó a pensar que oiría unas palabras de disculpa, pero estas no llegaron. Dudó si era su orgullo de señora el que las retenía o si solo había pronunciado aquellas palabras por aliviarla.

—Mi hermano se me escapó cuando oyó chillar a mi madre —insistió, tomando su cuchillo, y comenzó a descortezar la madera con saña—. Yo la oía desde el estercolero y solo me tapé los oídos... Cuando salí de allí y los vi muertos, hui dejándolos a merced de las alimañas... No puedo perdonarme mi cobardía...

Benilde, que había sentado a la niña en sus rodillas, miró a la sierva con gravedad y enojo. Guiomar captó su expresión y se apresuró a hablar.

—Ya sé que solo era una niña —añadió—, pero al menos debí intentar darles sepultura...

—Tus padres están enterrados en la villa. No te correspondía a ti esa tarea —interrumpió la joven, y por su cara de sorpresa supo que la sierva no conocía el destino de sus cuerpos.

—No vi sus estelas en el camposanto...

—No están enterrados allí —le aclaró—. Los criados temieron las represalias del *comes* y les dieron sepultura junto a un roquedal que hay camino de las huertas. No les pusieron lápidas por miedo.

Benilde vio alivio y desazón en la mirada huidiza de Guiomar. Esta detuvo su tarea y perdió la vista en el fondo de la tienda.

—Mi hermano y yo solíamos jugar allí... —musitó—. Le llamábamos el campo de los peñones...

—Perdóname, debí decírtelo en la villa —se excusó Benilde con pesar—. Estaba demasiado preocupada en mis cuitas para pensar en las tuyas... Tampoco las conocía...

Guiomar sacudió la cabeza en un gesto con el que pretendía descargar a la joven y volvió a su hermetismo habitual, el ceño fruncido, que habría aparentado concentración en otras circunstancias, pero que en aquellas solo reflejaba la turbulencia de sus pensamientos.

Benilde observó su aplicación en la talla de la rama. Se sorprendió de que lo hiciera en la tienda, pues podía hacerlo fuera y huir así de ella en aquel momento de debilidad, como tantas veces había hecho cuando un acontecimiento o una conversación dejaban su alma al descubierto. Se preguntó si aquello era fruto de su agitación, o si algo estaba cambiando en su relación con ella.

La niña se movió en sus rodillas, tratando de liberarse para volver al suelo. Benilde la soltó con cuidado y le acercó el caballito para entretenerla. La pequeña lo cogió sin ni siquiera reparar en él. Tenía su atención centrada en Guiomar y en su manipulación de aquel objeto. Se aproximó a ella guardando cierta distancia y se acuclilló, curiosa. Fue en ese momento en el que Benilde se preguntó qué pretendía hacer la sierva con aquella horquilla, demasiado gruesa para tener flexibilidad y demasiado estrecha para poder usarse como tirachinas. Cuando la vio tomar varios cabos del trozo de cuerda que había traído y fijarlos con otro sobre el extremo del palo, a modo de cabello, comprendió asombrada que estaba haciendo una muñeca.

Con la punta de la daga le hizo los agujeros de los ojos y luego una incisión recta como boca. Tras observarla mejor, le marcó los extremos hacia arriba, buscando darle el aspecto de una sonrisa. La niña, hechizada por la transformación de la madera, se le había acercado hasta apoyarse, cauta, en la rodilla flexionada de Guiomar. Aquella proximidad sorprendió a la sierva y la sacó de su introspección. Mirándola apenas para no asustarla, siguió con la talla, haciéndole una muesca que circundó la rama a la altura de lo que venía a ser el torso, para atarle luego otro cabo que emulaba los brazos. Lo fijó a la ranura con dos nudos y le hizo otros tantos en los extremos, evitando que la cuerda se deshilachara y simulando con ellos unas toscas manos. Después cogió el caballito, que la niña había soltado para apoyarse en su pierna, y encajó la horquilla de la muñeca sobre el lomo.

Cuando la pequeña vio el jinete sobre el juguete, rio y comenzó a flexionar repetidamente las rodillas. Luego señaló la muñeca con el índice muy extendido y pronunció un *mamá* con tal entusiasmo que provocó una leve sonrisa en Guiomar. La niña se volvió hacia la madre para compartir su contento, y la joven la recibió con su primera risa en muchos días; después la animó a tomar el regalo, pues la sierva se lo ofrecía ya, acompañado de una sonrisa tímida que cautivó a la madre y decidió a la cría.

Benilde miró a Guiomar llena de agradecimiento y complicidad, y esta aceptó su mirada, seducida; pues por el efecto que aquella tuvo en su pecho fue consciente de cuánto había echado en falta su alegría: la luz que le otorgaba al rostro, el gorjeo grave de su risa y la línea evocadora que esta formaba en su barbilla.

Tan desprevenida la cogió y tanto se abandonó a ella que, al obligarse a retirar sus ojos de la joven, sintió un desgarro tan doloroso como el crujido de una raíz al ser separada de la tierra.

Benilde bajó la vista, turbada por aquella concesión.

—Mi hija nunca ha tenido un padre —dijo mientras vislumbraba, sin mirarla, cómo Guiomar se levantaba y comenzaba a colocarse el turbante sobre la cabeza—. Ni siquiera sabe su nombre. Le ha visto el rostro no más dos veces, cuando apenas tenía los ojos abiertos...

La sierva la observó, nerviosa y desconcertada, mientras se colocaba el cuchillo en el cinto y se acercaba a la puerta de la tienda. Se detuvo, esperando que continuara. Benilde se volvió hacia ella entonces, clavándole una mirada intensa y abatida.

—Ojalá fuera hija tuya... —le espetó sin un atisbo de vergüenza ni vacilación.

Guiomar parpadeó y tragó saliva, incapaz de moverse, incapaz de reaccionar. Le temblaron los labios, confusa, y sacudió la cabeza levemente.

—Señora, no sabéis lo que decís... —balbució finalmente y salió de la tienda.

Capítulo 35

Para mediados de marzo, Acci y Basti habían caído tras mucha resistencia goda y poco desgaste sarraceno. Como en el caso de Eliberri, Abd al-Aziz se vio obligado a dejar guarniciones en cada una de ellas, dado que el apoyo de la población judía no era suficiente para asegurar el poder sirio en la zona cuando la tropa se marchase. El ejército del hijo de Musa se vio mermado por la falta de aquellos efectivos, como Jabib había predicho; aun así, seguía siendo tan amenazador que la sola vista de su caballería hacía que muchas poblaciones, sumisas, abrieran sus puertas al avance sarraceno. En otras, la fama que le precedía había empujado a sus gentes a huir hacia los montes y localidades que se encontraban lejos de la ruta de Abd al-Aziz. De este modo fueron cayendo los principales enclaves hispanos desde Malaca hasta penetrar en la Carthaginensis, donde el hijo del *walí* se enfrentó a las fuerzas del *dux* Teodomiro por vez primera y donde aquel, ya fuera por la merma en su ejército, por la estrategia militar del godo o por ambas razones, encontró también las primeras dificultades en su avance.

Antes de refugiarse en Iliocrica[36], las huestes del *dux* habían estado hostigando a la avanzadilla del ejército sirio, causándole más bajas que en cualquier batalla anterior de la campaña. Ante el desequilibrio evidente de fuerzas, don Teodomiro, sirviéndose de su buen conocimiento del terreno, acometió la defensa de su territorio por medio de emboscadas y de ataques por sorpresa que provocaban daños al ejército sarraceno y retrasaban su marcha.

---

[36] Lorca

Abd al-Aziz decidió entonces una ofensiva directa en la zona que obligó a las fuerzas del *dux* a replegarse hasta aquella ciudad.

Estos acontecimientos alejaron a Guiomar de Benilde, pues la continua marcha de la comitiva impedía en muchas ocasiones el asentamiento del campamento y, en estos casos, la sierva vivía con la tropa y Benilde lo hacía con las otras cautivas. En los contados días en que aquél llegó a montarse, Guiomar pasó la noche en la tienda, compartiendo jergón y manta con Benilde y la niña, hiciera frío o no. El tesón de la señora para salvar su resistencia llegó a hacer pensar a la sierva en el que ella misma empleaba para vencer la desconfianza y el miedo de los caballos. Las circunstancias que favorecieron su acercamiento a Leil no habían sido muy diferentes de las que se habían dado entre las dos. Con el semental había compartido una cuadra; con Benilde compartía una tienda. Guiomar, como entonces el caballo, había terminado por amoldarse a la voluntad de la señora, consintiendo poco a poco sus avances y reprimiendo sus propias espantadas.

Aquel acercamiento influyó de alguna manera en Benilde, que mostraba ahora una mayor aceptación de los inconvenientes y de la falta de libertad de su nueva vida. Parecía más serena y resignada ante los acontecimientos, hasta el punto de que ni la ausencia de noticias del paradero de su esposo le quitó la calma. El *comes* no estaba en Acci; tampoco en Basti. Algunos prisioneros lo situaron en Aurariola[37] o entre los hombres de don Teodomiro. Considerando que Dios no había mostrado intención alguna de concederle una gracia a tenor de su experiencia en los dos últimos años, Benilde dejó de anhelar la muerte de don Clodulfo; quizá así llegara a producirse... Del mismo modo, dejó de hostigar a Guiomar con la imprudencia de su lengua; solo conseguía hacerle desandar el sendero que la unía a ella.

El traslado de las escaramuzas a las inmediaciones de Iliocrica permitió a Abd al-Aziz establecer el campamento cerca de la localidad, y a Benilde volver a la tienda de Guiomar mientras

[37] Orihuela

durara la campaña. En las últimas semanas, la sierva la había equipado con algunos enseres básicos para facilitarle la vida en ella. Entre los más agradecidos, una tosca jarra de barro con dos asas para el agua, y un anafre, que bien le habría venido para calentarla de haber podido hacer fuego. Ambos objetos le permitían, al menos, lavar a la niña y asearse ella sin tener que ir al río o a los arroyos. Aunque el agua caliente fuera todavía un sueño inalcanzable, los enseres le habían devuelto cierta privacidad.

Benilde aprovechó la parada de la comitiva y el calor pegajoso de aquel día para emplearse en el aseo de la pequeña, que llevaba lloriqueando y protestando toda la mañana, y en el enjabonado de su ropa, rígida por la suciedad. Revolvió en la arquita de la niña para buscar un lienzo limpio que poder emplear para secarla. Del fondo sacó un paño doblado que, al tomarlo, le pareció que estaba hueco. Al desliarlo salieron de entre sus pliegues las dos cartas de pergamino que Benilde ocultara en la villa, y recordó que no le había dicho nada a Guiomar de su descubrimiento... ¿Para qué?, pensó; de nada le serviría aquel conocimiento ahora. ¿Ante quién podría denunciar la ignominia? La guerra imposibilitaba cualquier demanda de justicia, y nada quedaba ya que pudiera satisfacerla: ni una corte hispana con poder ni la propiedad de sus tierras, que ni siquiera pertenecían ya a don Clodulfo. Pero no eran razones para eludir la responsabilidad que tenía de contarle lo que sabía, pues aquel conocimiento podría al menos cicatrizar la herida que la infamia y la duda le habían infringido en la confianza y consideración de su padre, rehabilitando su honor perdido; aunque fuera solo frente a Benilde, que había contribuido como tantos otros a mancillarlo ante la sierva. Le debía aquella gracia. Se lo debía por justicia cristiana y por todo lo que Guiomar había hecho por ella. Pero temía su posible efecto en la joven, pues la verdad tenía la virtud de curar heridas, pero también el poder de abrir otras nuevas.

Quizá con su olvido solo había tratado de proteger a Guiomar, pensó, y al momento rechazó la idea, enojada consigo. La realidad era que no había dejado de pensar en sí misma desde que la esclavizaron los sarracenos, y que su deseo de protección hacia la sierva obedecía a aquel egoísmo. Benilde anhelaba su bien porque cualquier daño infringido a Guiomar repercutiría directamente en ella, se reprochó. Pues, ¿qué sería de su vida sin Guiomar?... La joven sintió un estremecimiento y un atisbo de ansiedad que le hicieron removerse en el taburete mientras daba el pecho a la niña. Cerró los ojos e inspiró profundamente. ¿Acaso podría existir la vida sin Guiomar?...

Tras darle de mamar, Benilde dejó a la pequeña dormida sobre el jergón. Le había pasado un lienzo húmedo por el cuerpo para lavarla, y el frescor y el haber satisfecho el hambre terminaron por rendir su disgusto. En ese momento escuchó los cascos de un caballo y cómo alguien desmontaba. Después, unos golpes en la ropa que le convencieron de que se trataba de Guiomar, pues siempre que cabalgaba se sacudía el polvo del manto y de los zaragüelles antes de entrar en la tienda. Se colocó la mantilla sobre la cabeza y salió para recibirla y ver a Leil. Cuando levantó el faldón, observó a la sierva atando al animal a una estaca clavada en el suelo. La vio tan agitada que pensó que algo ocurría; pero no vio alarma en su rostro cuando se cruzaron las miradas; solo agotamiento.

—Iliocrica ha caído —dijo—. El *dux* ha huido hacia levante con lo que queda de su tropa, quizá a Aurariola o a Cartago Nova. Mañana marcharemos en esa dirección...

Guiomar entró en la tienda y Benilde le hizo un gesto con el dedo hacia la niña, pidiéndole silencio. Después la siguió, reprimiendo sus ganas de salir a acariciar al semental; echaba de menos al caballo. Echaba tanto de menos montar... Pero al ver el aspecto de la sierva sintió que tenía que ayudarla. Desde que se habían intensificado los ataques del *dux*, Guiomar se protegía con un almófar y una cota de malla que le llegaba a los muslos y que vestía entre la túnica y el manto.

Observó cómo se quitaba la daga y la dejaba caer con cuidado sobre la estera, resoplando levemente. El polvo del camino, al contacto con el sudor, había formado una pátina lodosa en algunas zonas de la cara y de su cuello. Hacía un calor húmedo y pegajoso impropio de la primavera. Benilde se preguntó cómo podría soportarlo Guiomar con aquellos ropajes tan pesados y tan oscuros que evitaba aligerar en su tesón por ocultar su condición de mujer.

La sierva se dejó caer en el pequeño taburete como si su cuerpo pesara una vida. Se abrió el manto y deslió su turbante, pasándoselo por el rostro congestionado por la calima y el agotamiento. El pelo que dejaba ver el almófar aparecía húmedo y pegado a la frente y a las sienes. Apoyó los antebrazos en las rodillas y relajó el cuello. La cabeza le colgó entre los hombros mientras una gota de sudor se interrumpía en el hueco de la garganta. Benilde se aproximó con un cuenco lleno de agua.

—Bebe. Desfallecerás si no recuperas lo que has perdido —le dijo, bajando la voz para no despertar a la niña, quitándole la faja del turbante de las manos y ayudándole a sacarse el almófar de la cabeza. Luego le retiró el manto de los hombros, dejándola solo con la cota de malla y la túnica corta. Guiomar bebió con los ojos cerrados hasta apurar la última gota y le devolvió el cuenco.

—¿Quieres más?

Ella negó con la cabeza mientras observaba cómo Benilde empapaba el lienzo con el agua de la vasija y se aproximaba. Le llevó los dedos a la barbilla y le subió el rostro. Guiomar se zafó con un gesto que la joven interpretó más como un acto instintivo que como rechazo.

—¿Qué hacéis? —preguntó con el ceño fruncido, confusa.

—Déjame —dijo con determinación y volvió a levantarle la barbilla. Guiomar no se resistió. La miró con aquellos enormes ojos verdes, insegura, como una niña desvalida, y a Benilde le tembló la mano. Tras un momento de vacilación, le pasó el lienzo mojado por la frente, echándole el pelo hacia atrás, y Guiomar cerró los párpados y entreabrió los labios ante la exhalación que le brotó, lenta y profundamente, al abandonarse al placer del frescor y a la sensación de que el paño húmedo arrastraba de su rostro la desazón y los restos secos de la jornada. Benilde observó su reacción, su entrega, y volvieron a temblarle las manos. Retiró la que sujetaba la barbilla para que no lo notara, y siguió su itinerario por las mejillas, recogiendo las gotas que le resbalaban hasta unírsele en el cuello; por los párpados, humedeciendo las pestañas, que se agruparon como las de los niños tras el llanto; por la nariz... Llegado a este punto se detuvo y le pasó el dedo por la delgada cicatriz sobre su ala izquierda. Guiomar abrió los ojos para verla sumida en su contemplación.

—Mi padre era un bruto —dijo para sí, y la miró. El tiempo pareció detenerse entonces, como el mundo, como la mano con el lienzo, que se había quedado a unos centímetros de su mejilla y goteaba sobre la cota de malla... Y no fue hasta que Guiomar volvió a cerrar los ojos que Benilde consiguió continuar su recorrido, conmovida y con el gesto aún más torpe, por la boca y por la mandíbula. Se alejó un momento para humedecer de nuevo el paño, y Guiomar salió de su trance, decepcionada por el abandono. El sentimiento apenas duró un instante, sustituido por la sorpresa al notar las manos de Benilde tirándole del cuello de la malla.

—Quítate esto, aquí no te hace falta —le indicó.

Guiomar se sacó la pesada prenda, ayudada por la joven, y la dejó en el suelo con alivio. Benilde aprovechó para levantarle el cabello y pasarle el paño por la nuca y por la garganta. Le abrió ligeramente el cuello de la túnica y continuó por el nacimiento de los hombros, por las clavículas. Llegado aquí, estiró aún más la prenda y se la bajó por los brazos. Guiomar la miró alarmada, colocándosela otra vez, y volvió la cabeza hacia la entrada de la tienda, que tenía el faldón levantado para que pasara el aire. Benilde se dirigió hasta allí y bajó la tela, atando la abertura, dejando claro a todo aquel que tuviera la pretensión de pasar que el *mutarjim* quería intimidad. Luego regresó junto a ella, le abrió de nuevo la túnica y la hizo descender por sus hombros y sus brazos, dejándole el torso desnudo, solo cubierto por el tenso vendaje que oprimía sus pechos. La visión de su semidesnudez, o del arrobamiento de Guiomar, despertaron el deseo y la confusión en

446

Benilde, que se alejó con el pretexto de buscar el anafre. Lo llenó de agua e introdujo el paño, frotándolo con jabón. Cuando se volvió para proseguir la tarea, encontró a Guiomar mirándola, seria, intentando ocultar su nerviosismo sin conseguirlo.

—No tenéis porqué hacerlo —le dijo, extendiendo el brazo para que le diera el lienzo. Ella se lo bajó con suavidad mientras se aproximaba.

—Lo sé.

Benilde comenzó a frotarle el paño por los hombros y la espalda, como algunas veces había hecho con su esposo, si bien nunca por iniciativa propia. A pesar de su palidez, la piel de Guiomar tenía un leve tono aceitunado que contrastaba con el intenso bronceado del rostro y de los antebrazos. Aunque era algo más menuda que ella, tenía los hombros y la espalda más musculados. Las labores de caballerizo le habían endurecido el cuerpo, pensó. Volvió a pasarle el lienzo por el cuello, levantando el cordón de su amuleto, y por la zona del pecho que no tenía cubierta con la venda. Se fijó en esta. Estaba húmeda bajo los senos y las axilas, y presentaba cercos amarillos en aquellas zonas donde el sudor era habitual.

—¿Solo tienes esta?

Guiomar pareció no entender, sorprendida por la pregunta. Luego negó con la cabeza y señaló hacia una bolsa de cuero junto a la estera. Benilde la abrió y vio media docena de vendas de lino perfectamente enrolladas. Sacó la que creyó más nueva y se acercó a una Guiomar cuya inquietud se reflejaba claramente en el rostro, y que se materializó cuando la joven intentó quitarle el vendaje.

—¿Qué hacéis? —protestó, protegiéndose el torso con los brazos.

Benilde la miró sumisa, pero con un aura de seguridad que le hizo dudar.

—Déjame acabar lo que he empezado —rogó, y vio cómo esta, sin dejar de mirarla, iba relajando la postura de protección hasta apoyar las manos sobre los muslos. Benilde volvió a buscar el extremo de la venda, y ella levantó el brazo para facilitarle la labor. Luego comenzó a desenrollarla con cuidado, como si envolviera una herida, alternando la mirada entre el vendaje y los ojos de Guiomar, que no se apartaban ni un instante de los suyos haciendo flaquear su determinación. Las últimas vueltas de la tela se desprendieron solas, ayudadas por la respiración de Guiomar, más agitada ahora, para dejar a la luz unos senos medianos con pequeñas y oscuras aureolas. La visión las azoró a las dos. Benilde, cuya turbación ahora se le notaba en los labios, enjabonó de nuevo el paño y se arrodilló frente a ella, que separó las piernas para darle mejor acceso. Le levantó un brazo y le lavó la axila; luego repitió el gesto con el otro. Volvió a enjabonar el paño y, tras un instante de vacilación, comenzó a pasarlo por la parte superior del pecho; después por el esternón y los senos, delicadamente, como si temiera hacerle daño. Para entonces, el deseo se le había tornado en un hambre dolorosa que había convertido su cuerpo en un saco de temblores. Reconoció ese mismo sentimiento en la primera vez que abrazó a Guiomar en la cuadra. Pero ahora el ansia era más física, más consciente de su origen y más decidida en su finalidad; hasta el punto de hacerla temeraria... Había visto a su esposo perder la calma y la frialdad frente a su cuerpo desnudo, y ahora ella, como él, se sentía arrastrada por la lascivia ante la desnudez de Guiomar. Y lo peor, o lo mejor, era que no sentía fuerzas para oponer resistencia.

Benilde le lavó el vientre, la cintura y los flancos; su respiración cada vez más superficial; evitando mirar a Guiomar, que a esas alturas sabría lo que estaba pasando por su cabeza y por su cuerpo. Luego, sin moverse de donde estaba, le llevó el lienzo a la espalda, frotándola desde la base hacia arriba. El gesto la aproximó a su cuello, y esa cercanía acabó por vencer la poca resistencia que le quedaba. Soltó el lienzo y la abrazó con un suspiro.

Desde el mismo momento en que había comenzado a asearla, supo Guiomar que Benilde buscaba acercarse a su cuerpo. Lo que no sabía era por qué ella se lo había permitido. Luego, cuando comenzó a acariciarla con el paño, tuvo una leve idea. Deseaba su contacto tanto como Benilde el de ella. Aceptó su abrazo como el destino natural al que le había llevado el cortejo del aseo, y se abandonó a su voluntad, que en el fondo no era muy diferente de la suya. Benilde se había refugiado en su cuello temblando, contenida, como la superficie del agua en una fuente. Solo necesitó el abrazo de Guiomar para que el agua brotara salvaje y se desbordara sobre ella como una tormenta, primero; como una marea, después; para terminar, una vez apagadas la urgencia y la incertidumbre, como una lluvia serena por su rostro. Le recorrió con su boca y sus manos cada fragmento de piel que tuvo a su alcance desde la mandíbula hasta el vientre. Y Guiomar sintió su propio cuerpo como nunca hubiera pensado que pudiera sentirse; sorprendida por su grado de abandono; rendida y conquistada por una mujer sin más armas que... ¿Cuáles eran las armas de Benilde? ¿La voluntad? ¿La persistencia? Fueran las que fueren, al menos una de ellas le había desanudado los zaragüelles, y le andaba dubitativa y trémula en uno de los centros de su cuerpo donde todas las fuerzas confluían. El otro era su pecho, que parecía hincharse en cada respiración y extenderse hacia el horizonte. Las caricias en su sexo le hicieron olvidar quién era y comenzó a gemir. Al principio, levemente; después, según se iba incrementando aquella sensación que no sabía describir, más fuerte. Benilde le apretó la cabeza sobre su hombro, respirando pesadamente.

—¡No! —le susurró agitada—. Gruñe, gruñe...

Y ella gruñó, gruñó a cada frenética caricia con un sonido gutural que no se habría reconocido, la boca abierta sobre el hueco de su cuello; hasta que aquella fuerza estalló como un relámpago desde su sexo y se extendió cual onda a través de su cuerpo, dejándola exhausta entre los brazos de una Benilde que seguía temblando sin control... Y en aquel momento sintió que no era nada, o que lo era todo: como la niebla iluminada por la luna, o como el polvo que baila en el interior de un rayo de sol que atraviesa la oscuridad de un establo. Todo. Como la calidez y la vida del cuerpo de Benilde, que ya le acariciaba el cabello, apretando la frente contra su sien, y le susurraba conmovida:

—Guiomar, nunca me alejes de ti...

Benilde observó cómo Guiomar desataba el faldón de la tienda y salía al exterior. La luna proyectó su sombra sobre la tela. La escuchó saludar. Después, un intercambio de palabras en aquella jerga incomprensible y unas carcajadas. No sabía lo que decían, pero podía imaginarlo. No le importaba. Estaba feliz... Y estaba preocupada. Estaba feliz porque había satisfecho su deseo de amar a Guiomar y esta la había aceptado. Y estaba preocupada porque, después de vaciarse en sus brazos, no había dicho nada. Se había dejado colocar la venda sobre sus pechos, guiándola, y había permitido que la vistiera sin apenas mirarla. Y ella necesitaba que al menos le hablaran sus ojos, siendo como era tan parca en palabras. Esa actitud, al final, terminó por imponerse sobre su alegría y le había dejado el ánimo sembrado de dudas.

Se echó sobre el jergón y se acurrucó junto a la niña. Sabía que le iba a costar dormir. El deseo se le había quedado dentro y la llevaba constantemente a la boca de Guiomar en su cuello. La habría besado hasta morirse en ella, pero tuvo miedo... Tuvo miedo de que no le respondiera, como no respondía ella a su esposo cuando la abordaba sin miramientos; o como no le respondía, la abordara como la abordara. Se había visto reflejada en él cuando tocaba a Guiomar. Le había buscado el sexo como él se lo buscaba bajo la túnica, y lo que en su cuerpo le pareciera sucio, en el de ella le pareció hermoso. Se preguntó con preocupación qué le habría parecido a Guiomar... Luego pensó con alivio que esta, al contrario que ella, se había vaciado como lo hacía su esposo en su cuerpo. Después, se exasperó por mezclar a don Clodulfo entre las dos, para terminar lamentándose amargamente porque Guiomar hubiera preferido huir de ella.

Se cubrió el rostro con el brazo flexionado. Sabía que Dios desaprobaba lo que habían hecho. Al menos, lo que ella le había hecho a Guiomar. Lo había escuchado en alguna homilía de los domingos. Los sacerdotes y los obispos abominaban de los sodomitas. Encolerizaban y se les llenaba la boca de asco cuando hablaban de ellos. Los concilios y la *Ley de los Visigodos* los sancionaban. Ella misma fue testigo de ello en Toleto, donde, para su escarnio, castigaron públicamente a dos hombres con cien latigazos por sodomía, leyendo la falta y la pena para que todo el pueblo allí congregado pudiera oírlas. Pero la ley, según pudo escuchar, solo hablaba de hombres sodomitas; nada decía de mujeres. Tampoco le extrañaba. Por sus lecturas y las enseñanzas del padre Balduino, la ley de la Iglesia, como la de los reyes, solo mencionaba a las mujeres para ocuparse de su castidad. Fuera de aquella materia, ellas no existían. Desde esa perspectiva, entendía a Guiomar en su empeño en pasar por hombre. Los godos, al menos, habían respetado la ley hispana sobre el derecho de las mujeres a heredar, aunque esto las había hecho objeto del interés de señores y advenedizos que solo querían sus bienes, desposándolas. Como le había pasado a ella con don Clodulfo.

Fuera como fuere, sabía que los sentimientos que Guiomar le provocaba no eran cristianos; aunque le cabía la duda de que Dios, en su infinita misericordia, no entendiera una emoción tan hermosa y tan pura como la que ella sentía por Guiomar. Y le vinieron a la mente las palabras del docto Isidoro, tal como el monje se las enseñó y ella misma las leyera. ¿Acaso no decía que quien se apartaba del Creador por la belleza de sus criaturas, también por esta misma podía elevarse de nuevo a la hermosura del Señor? Difícilmente entonces su amor podía alejarla de Dios si, por la misma ley, la belleza de Guiomar la acercaba más a Él.

Cuando Guiomar salió de la tienda, lo primero que vio fue una luna inmensa sobre el horizonte y, después, a tres soldados alrededor de un fuego en el que calentaban un recipiente con comida. Los saludó y le respondieron. Luego uno de ellos exclamó para que todos lo oyeran:

—Parece que el cachorro se ha hecho lobo.

Lo que provocó las carcajadas de los demás y el sonrojo de Guiomar, que apretó el paso y se alejó de ellos. Desató a Leil, lo cogió por las riendas y, sin montarlo, siguió el sendero que llevaba al río. Allí buscó un claro entre la vegetación y con la almohaza comenzó a cepillar al caballo, que recibió el regalo con un relincho de satisfacción.

—Sé que es tarde —musitó—, pero no he podido hacerlo antes.

En un momento de la labor se detuvo, cerró los ojos y apoyó la frente en el hombro del animal. La presión de la venda sobre sus senos le recreó la sensación de las manos de Benilde, y la flojedad que había sentido entonces regresó ahora, llenando sus miembros de torpeza. Desde que abandonara la villa de sus padres siendo una niña había estado ocultando sus pechos, como si se trataran de dos trozos muertos de carne que únicamente servían para estorbar y complicarle la existencia. Y ahora Benilde, con solo unas caricias, los había colmado de vida, de sensaciones y de deseo. ¿Podía un abrazo llenar el cuerpo como lo hacía una comida tras días de hambruna? No, la comparación no era acertada. La comida llenaba el estómago, saciaba. Su abrazo le había llenado algo no sabía dónde, pero no la había saciado. Al contrario, ahora sentía aún más ganas de Benilde.

Era extraño, pensó, lo había escuchado innumerables veces de los siervos en la hacienda, de la soldadesca hispana, africana y siria. Todos venían a decir lo mismo en diferentes lenguas. Que solo una mujer podía hacerte sentir como un hombre... Y no era cierto, pues ella nunca se había sentido tan mujer como aquella noche con Benilde.

Capítulo 36

—¡Estate quieta, por amor de Dios!

Benilde aseguró a la niña sobre sus rodillas mientras trataba de mantener la posición en su asiento, a pesar de los vaivenes del carro. Estaba apoyada sobre un fardo de lienzos de una jaima, agarrándose a una de las tablas del vehículo para evitar ser despedida de él en alguno de sus violentos traqueteos. Hacía rato que el sol había abandonado el punto más alto en el cielo y el dorado de su luz anunciaba la tarde. Llevaban tantas horas de camino que la niña se aburría de estar en sus brazos y se rebelaba, tratando de liberarse para curiosear entre los objetos y personas que la rodeaban. Junto a Benilde había seis mujeres más, hacinadas como ella sobre otras tiendas, cajas y pertrechos del campamento. Todas eran siervas y la trataban con deferencia, a pesar de que la joven ni era ni había sido su señora. Compartían ahora con ella el estatus de esclava de alguno de los hombres de confianza del hijo del *walí*, posición que al menos las salvaba de ir a pie como la infantería y el resto de los cautivos y criados. Compartían también la juventud y la belleza, rasgos en los que superaban a la propia Benilde. Dos de ellas llevaban a un pequeño entre sus brazos, y otras tantas mostraban una incipiente barriga que, dadas sus delgadeces, solo podía anunciar un embarazo. La joven observó a la que parecía más niña; no aparentaba más de catorce años. No había dejado de llorar silenciosamente desde que partieron de Iliocrica. Como el resto, era rubia, con unos rasgos delicados y frágiles que la conmovieron. En un momento en que cruzaron las miradas, Benilde estuvo tentada de preguntarle de dónde procedía y quién era su amo, pero no lo hizo. En otras

453

circunstancias incluso se habría acomodado junto a ella y le habría dado ánimos. En otras circunstancias, pues en las de aquel día la tristeza de la pobre sierva solo contribuía a aumentar más la suya. Sabía que era la más afortunada de todas las cautivas del campamento sarraceno, pero esta certeza no le suponía ningún consuelo, embargada como estaba en su propio tormento.

La cría volvió a intentar soltarse de los brazos de Benilde y esta, exasperada, la sacudió con enojo, echándole una reprimenda que le provocó un llanto desconsolado. Una de las siervas se ofreció entonces a entretenerla, y Benilde la cedió con un sentimiento de alivio teñido de culpa. No se sentía con fuerza ni ánimo para atender a la niña. Su cabeza era como la rueda de un molino: no había parado de girar en toda la mañana, causándole un sordo trastorno y dejándola sin vigor para sobrellevar la energía inagotable de su hija.

Y es que apenas había pegado ojo en toda la noche, pendiente de una Guiomar que apareció por la tienda cuando el campamento llevaba horas durmiendo. Aceptó su lugar en el lecho tras una demora que a Benilde se le hizo eterna. Aquella deliberación solo podía evidenciar que la sierva temía acercarse a ella, y la suposición la abatió de tal manera que no hizo intento alguno de acomodarse cuando finalmente esta se echó en el jergón. No quería rozarla si aquello podía causarle violencia. El último rescoldo de esperanza que le dejara la tolerancia de su abordaje de la tarde se había apagado horas antes, asfixiado por la duda que, como un muro, había levantado la tardanza de Guiomar en volver a la tienda. El soplo de aire que finalmente supuso su aparición se convirtió en brisa gélida tras ver sus dudas para entrar en el lecho. ¿Acaso había esperado que volviera a sus brazos como el animal vuelve al redil a la caída del sol? No, pero lo necesitaba para no lamentar la ligereza de sus actos. Lo deseaba como prueba de aceptación de sus sentimientos hacia ella. La actitud de Guiomar ratificó el temido rechazo y el convencimiento de haber cometido un error imperdonable. Tan sumergida estaba en su desdicha que fue incapaz de moverse en el jergón, paralizada por el dolor del repudio y por el miedo a incomodarla aún más si lo hacía.

En aquella tesitura la noche fue eterna e insufrible. Y lo fue también para Guiomar, con el cuerpo alborotado por la tempestad que Benilde había despertado en ella, por la atracción de su presencia y por el estupor provocado ahora por su quietud, que agradecía y lamentaba de igual manera; incapaces ambas de interpretar en la otra nada distinto que sus miedos: el temor al rechazo en la señora y el pavor a la implicación en la sierva.

Benilde desvió la mirada hacia el paisaje, buscando huir del carro y de sus acompañantes con los ojos, ya que no podía hacerlo con el cuerpo. La novedad de las tierras que atravesaban le pareció de una monotonía insufrible y detestable, sumida en su desesperanza hasta el borde de las lágrimas que contenía en la garganta. Fue en ese momento cuando vislumbró, entre el polvo del camino, a un jinete oscuro que se acercaba a galope desde las posiciones de vanguardia. En su infelicidad no le dedicó más atención que la que despertaría un gorrión revoloteando, hasta que reconoció la negrura de Leil y la figura de Guiomar sobre él. La sierva se aproximaba comprobando los carros de la comitiva. Cuando la vio, ajustó el paso del caballo al vehículo, disparando con el acercamiento el corazón de Benilde, que se aferró a sus ojos como el náufrago lo haría al cabo que lo sacara de la zozobra. Parecida necesidad tendría Guiomar, pues aceptó los suyos con la decisión y la intensidad que provoca el ansia. En un instante que habría dado margen a Dios para crear el universo, se reconocieron en la mutua preocupación y, como por encanto, la tormenta que azotaba a Benilde se deshizo.

La sierva sacó entonces de su manto cuatro tortas de pan y se las entregó a la joven.

—Solo he podido conseguiros esto —dijo con timidez—. Abd al-Aziz tiene prisa por llegar a Aurariola. Los sarracenos no comerán hasta que se haya puesto el sol.

La señora las cogió, ante las miradas de sorpresa y envidia de las mujeres, incapaz de ver otra cosa que el rostro embozado de Guiomar. La amabilidad de su gesto y el desvelo inferido de él le sacaron una contenida sonrisa de agradecimiento, que tuvo respuesta en los ojos de la sierva antes de que espoleara a Leil y se marchara a galope hacia los puestos de cabeza de la comitiva.

Benilde no necesitó más. Ni siquiera el pan, que entregó a la sierva que parecía llevar más tiempo entre los sarracenos para que lo distribuyera entre sus acompañantes. Podría subsistir una vida solo con la aceptación que había visto en los ojos de Guiomar. Tampoco oyó los comentarios de las cautivas ni la explicación de la que repartía el pan de que en junio sería mes de Ramadán y lo que aquello significaría para ellas. Le había bastado la porción más ínfima de un momento para descubrir que había otro lenguaje más expresivo y veraz que el que se contenía en las palabras. Lo había sentido en las pupilas de la sierva con la fluidez de un arroyo. El paisaje dejó de ser monótono, y acomodó con complacencia a su hija, que la buscaba ahora reclamando un poco de aquel pan correoso que a Benilde le supo a Guiomar y a gloria.

Aurariola era una pequeña ciudad amurallada, situada estratégicamente entre el Monte de San Miguel y el río Thader[38], previos a la pared de una sierra que le cubría las espaldas. Sobre la cima de aquel, como vigía erigido por antiguas manos cartaginesas, un pequeño fortín que divisaba leguas desde poniente hasta el mar y que habría anunciado a la población la proximidad del ejercito sarraceno mucho antes de su llegada. Este se había posicionado finalmente a los pies de la ciudad como una extensa mancha amenazadora, ganando así su primera batalla, aquella que no se decidía con el choque de las armas sino con el amedrentamiento de la moral del enemigo.

Guiomar sabía que era una cuestión de tiempo que el *dux* se rindiera al hijo del *walí*. Las dudas eran cuánto resistiría el godo

---

[38] Río Segura

y cuánta paciencia le quedaría a Abd al-Aziz, apremiado como estaba por las necesidades de la campaña de su padre, bloqueada —por lo que sabía— en tierras de Emerita, enclave fundamental para extender el dominio sirio por el poniente de Hispania. Emerita era una ciudad insigne, cruce de caminos de las principales rutas hispanas; Aurariola era un poblacho comparado con ella, pero el hijo del *walí* no podía abandonar su campaña para asistir a la de su padre dejando al *dux* Teodomiro en ella, pues este había probado ser un tenaz adversario.

El cinco de abril, tras cuatro días de sitio, se produjeron los primeros movimientos por parte de la resistencia goda.

Guiomar estaba junto a la jaima de Abd al-Aziz cuando se oyó el sonido de un cuerno desde los muros de la ciudad. La llamada puso en guardia a la tropa sarracena y sacó de la tienda al hijo de Musa, que estaba reunido con sus capitanes. Al momento se abrieron las puertas de la muralla, lo justo para dejar paso a dos soldados y un portaestandartes. Los tres jinetes se dirigieron sin prisa hacia el campamento sirio. Cuando cruzaron la mitad de la distancia que los separaba de las líneas sarracenas, uno de los hombres se adelantó al trote y comenzó a vociferar.

Guiomar se acercó a Abd al-Aziz.

—Mi señor, piden seguro —dijo—. Creo que pretenden parlamentar.

Él asintió y dio una breve orden a uno de sus capitanes para que la tropa les dejara paso. Poco tuvo que esperar para tener a los tres godos a unas varas. Dos de ellos ya habían descabalgado y se acercaban a pie, pero el que llevaba el estandarte seguía a lomos del caballo, guardando la distancia de sus compañeros.

Guiomar observó a los que se aproximaban. El primero era joven y robusto, aferraba con fuerza la empuñadura de su espada, sujeta al cinto, y miraba a los sarracenos con desconfianza y alerta. El que le seguía rondaría los sesenta. Tenía una larga melena entrecana y la barba perfectamente rasurada, hecho que extrañó a la sierva, considerando que los soldados estaban en plena campaña y que poco tiempo dispondrían para ocuparse de cuidar su aspecto. A diferencia del que lo antecedía, mostraba un aplomo insólito dadas las circunstancias, por lo que no le sorprendió que fuera el que se adelantara finalmente y preguntara quién comandaba aquel ejército.

Guiomar se ahuecó el embozo del turbante para hacerse oír con claridad y se preparó para ejercer el papel que venía asumiendo desde que servía a los sarracenos.

—Estáis ante Abd al-Aziz, hijo del gobernador de África nombrado por su señor el Califa de Damasco. ¿Qué se os ofrece?

El hombre, que había estado mirando al sirio desde el primer momento como si lo conociera o hubiera deducido su identidad, se volvió ahora hacia Guiomar, y esta vislumbró en sus severos ojos un leve parpadeo de sorpresa e interés que la joven atribuyó a la reacción habitual de los hispanos al escuchar su perfecto acento.

—Dile a tu señor que el *dux* se ofrece a pactar la rendición de la ciudad bajo unas condiciones que le satisfagan.

Guiomar tradujo fielmente sus palabras y Abd al-Aziz elevó las comisuras en una media sonrisa que anticipaba su ironía.

—¡Ah! —exclamó—. ¿Es el vencido el que impone en esta tierra las condiciones al vencedor?

Tras oír la interpretación en boca de la sierva, el godo miró a un lado y a otro, luego a su espalda, como si buscara a alguien.

—No veo ningún vencido —dijo finalmente, encarando al sirio con la misma ironía en la mirada—. Tampoco veo a ningún vencedor.

Jabib dio un paso hacia delante, iracundo, preparado para insultar al hispano, pero Abd al-Aziz hizo un gesto con la mano que lo frenó y lo devolvió a su posición. El sirio bajó luego la mirada, ocultando su divertimento, y se dirigió de nuevo al soldado.

—¡Ah! Tenía entendido que vuestro señor pretendía rendir la ciudad... Quizá mi traductor no os ha interpretado bien.

Guiomar, que se había girado hacia él para defender su oficio, solo necesitó ver el brillo de su mirada para captar la chanza; se limitó a comunicar al soldado lo que acababa de decir. Este sonrió levemente y volvió a su gravedad.

—Lo que mi señor pretende es evitar una larga guerra que traiga el sufrimiento a su gente y a los sarracenos, si con un acuerdo se puede llegar a una solución que satisfaga a los dos gobernadores.

Abd al-Aziz escuchó la traducción de Guiomar sin dejar de observar al soldado con el ceño fruncido ligeramente por la concentración. Luego sonrió de nuevo.

—Una larga guerra... —repitió dando unos pasos hacia un lado y bajando la cabeza. Luego lo volvió a encarar con una mirada severa—. ¿Cuánto cree que va a resistir tu señor con el puñado de hombres que le quedan?

Tras oír las palabras del hijo de Musa en boca de la sierva, el hombre se volvió hacia el portaestandartes y le hizo una señal con la cabeza. El joven giró su caballo hacia la ciudad, levantó el asta de la insignia del *dux* y la agitó en el aire. El gesto movilizó a los capitanes sarracenos, que dieron la alerta para que la tropa se preparara para un posible ataque. Al momento, las murallas que circundaban la ciudad comenzaron a llenarse de soldados armados, hasta cambiar completamente el perfil de las mismas. El negociador godo se volvió entonces hacia Abd al-Aziz.

—¿Un puñado de hombres, decís? —repitió y se giró, señalando de nuevo hacia Aurariola—. Y si os digo que hay otros tantos entre sus muros, quizá no me creáis...

Al sirio se le ensombreció el semblante. Sus ojeadores habían estimado un número menor de soldados hispanos en la ciudad. Efectivamente, no creía que hubiera más entre los muros, pero con solo los que veía sobre ellos la resistencia podría alargarse mucho tiempo más de lo que había anticipado. La contrariedad lo enojó, pero salvo un leve apretar de mandíbula no dio evidencia de su ánimo al mensajero.

—Tenéis razón, no os creo —le habló, mirándole intensamente y con una calma contenida—. Y no dejan de ser un puñado de hombres comparados con mi ejército.

—En efecto, un puñado de hombres que os retendrán aquí durante meses —respondió el godo tras escuchar la traducción de Guiomar—. Sabemos que en África hace calor, pero no conocéis el verano de la Cartaginensis. El sol levanta la humedad de la tierra y del mar, y la ropa se pega al cuerpo como una maldición de Dios. No será el *dux* el que os venza, será ese sol —dijo apuntándolo— y el malhumor de vuestra tropa.

Era una bravata, pero Guiomar sabía que contenía parte de verdad y que Abd al-Aziz sabría distinguirla. Faltaban dos meses para Ramadán. Si el sitio continuaba para esas fechas, al calor habría que unir la irritabilidad de la tropa por el ayuno. Don Teodomiro había enviado a un experimentado negociador, pensó la joven, pues a sus bien medidas palabras unía aquel hombre una confianza en su apostura y una sutil capacidad de captar el ánimo de su oponente que inclinaban la balanza a su favor.

—¿Y qué puede ofrecerme tu señor para evitar que ese sol trastorne a mis hombres en verano? —preguntó el sirio con ironía, señalando al cielo y provocando las risas de los capitanes y la sonrisa de Guiomar, que le tradujo sus palabras.

—La sumisión de Aurariola y del territorio que abarca desde Iliocrica a Lucentum[39]. Siete ciudades que se rendirían a tu señor sin lucha, siempre que las condiciones satisfagan al *dux* y le permitan seguir gobernándolas.

La oferta del soldado provocó la sorpresa y el interés del hijo del *walí*, que lo escrutó durante un momento, evidenciando por primera vez ante los presentes que estaba considerándola.

—Deseo saber de qué territorio me habláis. ¿Me lo indicaríais sobre una carta? —preguntó, señalando con la mano hacia la jaima. El godo asintió con la misma gravedad con la que había hecho el ofrecimiento y entró en la tienda. Tras él entraron el sirio y sus capitanes, junto con Guiomar y el soldado que acompañaba al negociador, que se mantuvo en la puerta sin abandonar su alerta. Abd al-Aziz abrió entonces uno de los mapas de pergamino sobre la mesa y se lo mostró al godo. Este lo observó con interés, admirando su factura.

---

[39] Alicante

—Esta carta es hispana... —musitó, y no añadió más, suponiendo que los sarracenos la habrían conseguido en algún saqueo. Luego se centró en las localidades que se mostraban.

—No recoge todas las ciudades, pero sí las principales —continuó—. El territorio abarca desde aquí —dijo, señalando Iliocrica—, hasta Balana[40]. No aparece en la carta, pero está cerca de Lucentum —apostilló—. Y desde Ello[41] hasta Aurariola. Comprende Ilici, Mula y Begastri[42]. Este es el territorio que os ofrece el *dux* sin lucha si las condiciones...

—Le satisfacen... —interrumpió Abd al-Aziz asintiendo. Guiomar le había ido traduciendo sus palabras según las iba pronunciando, y el sirio no dejaba de observar el mapa con gesto de concentración. Tras mirar significativamente a algunos de sus consejeros, se dirigió al soldado.

—¿Y cuáles serían las condiciones que podrían satisfacer a vuestro señor?, si estáis autorizado a exponerlas...

—Lo estoy —respondió el godo con decisión tras oír a la sierva. Abd al-Aziz hizo una pequeña reverencia con la cabeza para darle venia y el hombre continuó—. El *dux* pide la garantía del gobierno de esas ciudades, sin merma de alguna...

—Sí, eso ya lo habíais mencionado...

—... El respeto de la vida y la libertad de todos los hombres que viven en ellas, así como las de sus mujeres e hijos —prosiguió, y el sirio asintió tras oír a la sierva—. El respeto de su religión y de sus iglesias; y que todo esto quede escrito en un documento que lleve la firma o el sello del gobernador de África o de quien lo represente.

La traducción de las palabras del godo provocó la murmuración y la protesta en algunos capitanes y consejeros de Abd al-Aziz. Este levantó una mano para acallarlas y miró con calma y aplomo a su interlocutor.

---

[40] Villena
[41] Minateda
[42] Elche, la Almagra y Ceheguín.

—Podríamos asumirlas... —dijo—. Ahora bien, ¿podría tu señor asumir las que le impondré yo para aceptar las suyas?

—Exponedlas —afirmó el hombre con el mismo aplomo.

—Vuestro señor *Tudmiro* no podrá dar cobijo en su territorio a ninguno de los fugitivos ni enemigos de los muslimes. Ni los ayudará a alzarse ni se alzará él mismo contra nosotros.

El soldado escuchó con atención las palabras de Guiomar, asintiendo con la cabeza.

—Es justo y asumible por mi señor el *dux* y por aquellos a los que gobierna —dijo mirando a Abd al-Aziz. Este prosiguió:

—Tanto tu señor como todos los hombres libres y los que sirven habrán de pagar la *yizya*...

Ante el gesto de extrañeza del hispano al oír la palabra, Guiomar se ofreció a aclararle.

—Es el nombre que los sarracenos dan al tributo anual en dinero y en especie —le explicó, y el soldado asintió, demorándose de nuevo en sus ojos hasta provocar la extrañeza y cierta inquietud en la sierva.

—¿Qué tributo, pues, habrán de pagar el *dux* y los suyos para satisfacer al gobernador de África? —preguntó finalmente volviéndose hacia el hijo de Musa.

—Considerando lo que pide tu señor... —Abd al-Aziz se interrumpió, y pareció deliberar un momento. Luego enumeró—. Para los hombres libres: dos dinares, ocho medidas de trigo, ocho de cebada, ocho de vinagre, dos de miel y una de aceite. Y la mitad de todo eso para el esclavo.

El godo escuchó la retahíla en boca de Guiomar y no dejó de sacudir la cabeza hasta que la sierva concluyó.

—El tributo es inaceptable —dijo con calma y gravedad, provocando un coro de protestas entre los capitanes de Abd al-Aziz—. Aunque el *dux* pueda asumirlo, no podrán hacerlo los hombres que le sirven. Llevamos varios años en guerra. Las levas y las campañas han despoblado los campos y se han abandonado los sembrados. Vos lo habréis visto en cada una de las ciudades por las que habéis pasado. El *dux* no aceptará esta condición porque no podrá garantizar su cumplimiento, y don Teodomiro es un hombre de palabra.

La afirmación del soldado provocó la indignación entre los sarracenos. Utman, uno de los consejeros que Musa había puesto al servicio de la campaña de su hijo, elevó la voz sobre los asistentes.

—Señor, si el *walí* de esos *rumíes* quiere seguir gobernando su territorio, ha de pagar una *yizya* mayor. Vuestro padre así lo desearía.

Abd al-Aziz se volvió hacia él, contrariado.

—Lo que mi padre desearía es que estuviera junto a él en *Imérita*. Cuanto más tiempo permanezcamos aquí, más perjuicio causaremos a su campaña —dijo, y se dirigió hacia Guiomar—. Dile que resto un tercio sobre la cantidad anterior, no aceptaré menos.

La sierva le tradujo y el godo volvió a negar con la cabeza, exponiendo las razones de su negativa. La joven se las trasladó a Abd al-Aziz:

—Dice que el *dux* no podrá asumir ese tributo hasta que los campos no sean productivos. Dice que eso no será en menos de un año, y que vos deberíais saberlo. Dice que su señor estaría dispuesto a considerarlo si lo dejáis en la mitad de lo dicho, y que aun así sería un gran esfuerzo para ellos.

El sirio frunció el ceño con enojo e hizo el ademán de levantarse de la mesa, pero vio el rostro de Guiomar y se detuvo.

—¿Tienes algo que añadir? —le espetó. Ella carraspeó, incómoda, y bajó la cabeza con respeto.

—Mi señor, creo que el mensajero tiene razón —habló, cuidando su tono y sus palabras—. Las levas comenzaron hace tres años cuando el rey Roderico marchó a luchar contra los vascones, antes de que el noble Tariq entrara en Hispania. Nuestro país ha estado en guerra desde entonces y los hombres no han podido ocuparse de los campos, pues han tenido que responder a la llamada del rey y de los señores. El ejército hispano no es como el vuestro, como ya habéis podido comprobar en la batalla; su grueso está formado por campesinos y esclavos, y gran parte de ellos han muerto. El hombre dice la verdad; la escasez de lo que se ha recuperado en los últimos saqueos lo demuestra... Por lo que sé del *dux*, preferirá morir de hambre luchando antes que morir de hambre en la vergüenza... Jabib intervino entonces de un modo destemplado y con el rostro encendido por la indignación.

—¡Vuestro padre no envió a Utman con vos para que escucharais el consejo de un *rumí*! —protestó ante Abd al-Aziz. Este lo miró fríamente y del mismo modo se dirigió a él.

—¿Qué me aconseja entonces un noble *muslim*, como vos?

—¡Que devolváis la cabeza de este infiel a su señor, exigiéndole la rendición sin condiciones si no quiere la suya clavada en una lanza!

El sirio apretó la mandíbula, respiró hondo y se giró hacia Utman.

—¿Es eso lo que vos me aconsejáis también?

—No. No es forma de tratar a un mensajero que ha pedido seguro y se le ha garantizado —dijo el anciano, mirando a Jabib con seriedad—. Pero sigo creyendo que la *yizya* debería ser mayor. Sacaríamos más saqueando las ciudades que prometen someter.

—¿Y cuántas almas y tiempo nos costaría, noble Utman? —le preguntó el hijo del *walí*—. ¿Y cuántas guarniciones para asegurar esas siete ciudades?... Si *Tudmiro* cumple lo pactado, las habremos sometido sin esfuerzo ni quebranto. Lo que se pierde con una *yizya* menor, se gana al acortar la campaña. Eso es lo que yo pienso, y creo que mi padre estaría de acuerdo conmigo; tiene intereses ahora que lo apremian más.

El godo asistió al debate observando a unos y a otros y mirando a Guiomar de vez en cuando, por si la sierva le daba luz de lo que se hablaba. Esta se mantuvo en silencio y se retiró un paso para evitar que su presencia molestara a los capitanes. Abd al-Aziz se incorporó entonces y se dirigió hacia el mensajero, que hizo lo propio.

—Aceptaré la mitad de lo dicho; es mi última oferta —afirmó—. ¿Estáis seguro de que lo aceptará tu señor?

—Lo hará —contestó el hombre con firmeza tras oír la traducción de Guiomar. El hijo del *walí* volvió a preguntarle, y la joven procedió a comunicarle la cuestión al soldado.

—Mi señor os pregunta cómo podéis estar tan seguro de que no pondrá objeciones a lo aquí acordado —le dijo. Él la miró con gravedad, llevándose la mano al pecho.

—Porque yo soy el *dux* Teodomiro y le doy mi palabra.

La valentía de don Teodomiro causó asombro y maravilla en Abd al-Aziz y en muchos de sus capitanes, hasta el punto de que este lo consideró como un huésped y celebró un generoso almuerzo para agasajarlo. Durante el mismo cerraron los pormenores del acuerdo, y el sirio le aseguró que se redactaría el pacto sobre pergamino y lo firmaría con testigos. Hablaron también de otros temas en los que el *dux* mostró su fina inteligencia, su nobleza y su ponderación, coincidiendo con el hijo del *walí* en tantos aspectos que entre los dos fue generándose una mutua admiración. El godo expresó su intención de abrir la ciudad a los sarracenos al día siguiente, invitándolos a una celebración que extendió a tres jornadas; y Abd al-Aziz le aseguró que solo mantendría en Aurariola una pequeña guarnición para garantizar que el pacto se cumplía.

Guiomar, que había respondido a la identidad del *dux* con la misma sorpresa que los sarracenos, asistió al resto de la conversación y agasajo con asombro y nerviosismo. No era solo que no esperaba que el mensajero fuera don Teodomiro en persona, a pesar de que la joven había intuido por la actitud y apostura del soldado que se trataba de un noble o un distinguido señor. Era, además, que se encontraba delante del compañero de batallas de su padre, al que este admiraba y respetaba tanto como para que ella, sin conocerlo, hubiera guardado una imagen idealizada del insigne *thiufadus* desde su niñez. El pacto acordado garantizaba el autogobierno del territorio bajo dominio del *dux* y el respeto de los sarracenos a sus habitantes, su religión y sus costumbres;

constituyendo una isla pacificada en una Hispania en guerra en la que sería más fácil la vida para los cristianos, y quizá también para ella...

Como si le hubiera leído el pensamiento, en un momento de la tarde, don Teodomiro se dirigió a la joven, observándola con la misma curiosidad con que lo había hecho la primera vez que la oyera.

—¿Os conozco? —le preguntó—. Tengo la sensación de haberos visto antes.

A Guiomar se le secó la boca y tragó saliva.

—No, señor —respondió con sumisión—; no he tenido el honor de conoceros hasta hoy. De haberos visto antes, os recordaría; vuestra fama os precede.

—¿De dónde eres? No pareces *mauri*, aunque vistas como ellos.

—De Eliberri, señor, pero pasé parte de mi vida en Astigi —habló sin apenas mirarle. Don Teodomiro achicó los ojos y pareció rumiar algo.

—¿Eres esclavo del noble Abd al-Aziz? —dijo, y el aludido miró hacia ellos con curiosidad.

—No, no lo soy —respondió, y le aclaró al sirio lo que estaban hablando por cortesía y porque temía que pudiera interpretar confabulación en el intercambio de palabras.

—Necesitaré un traductor para entenderme con los sarracenos en el futuro. Si algún día dejas de servir para ellos, te ofrezco servir para mí. Te pagaré bien.

Guiomar hizo una pequeña reverencia y se mantuvo seria e imperturbable.

—Gracias, señor, lo tendré en cuenta si llega ese día...

Cuando la joven comentó a Abd al-Aziz la oferta del *dux*, el sirio le respondió que era libre para decidir a quién servir, pero que su ausencia le supondría un perjuicio pues, aunque tenía otros hombres en la tropa que también conocían la lengua que se hablaba en Hispania, nadie sabía leerla ni escribirla. Después, poniéndole la mano en el hombro, se dirigió de nuevo a don

Teodomiro y halagó el oficio del joven como traductor, añadiendo que lo estimaba como a un hijo; dejando claro, sin decirlo, que no deseaba prescindir de él.

Aquella noche Guiomar no pudo quitarse de la cabeza la oferta del godo, pero tampoco las palabras del sirio. Tras muchas vueltas llegó a la conclusión de que le debía lealtad a Abd al-Aziz y no abandonaría su servicio, pero que podía aceptar el ofrecimiento de hospitalidad del *dux* de otro modo más conveniente y oportuno. Aunque no para ella...

Y no sin dolor.

Pues, ¿qué mejor protección para Benilde y la niña que la de don Teodomiro?

Capítulo 37

Don Teodomiro abrió las puertas de Aurariola al amanecer, como había prometido el día antes. Abd al-Aziz entró en la ciudad poco después, escoltado por sus consejeros y por parte de sus capitanes. Le seguían su guardia personal y medio centenar de sarracenos. Guiomar lo acompañaba, mirando a derecha e izquierda con cierta aprensión. Había poca gente fuera de sus casas; solo algunos hombres en las puertas, observándolos con inquietud y distancia. Apenas vio mujeres ni niños, y las pocas que asomaron sus cabezas por las ventanas eran ancianas. Supuso que los habitantes de Aurariola tendrían escondidas a sus esposas e hijas por miedo a aquellos extranjeros, de los que solo circulaban terribles y crueles historias.

El *dux* recibió a la comitiva personalmente. Le acompañaban también varios *comites* de localidades vecinas y el obispo de la ciudad. Tras ellos, parte de su ejército. La otra parte en las murallas, con menos efectivos. Guiomar se preguntó dónde estaría el resto, pues su número no llegaba a la mitad de los que vieron sobre ellas el día antes. Lo mismo se estarían preguntando los sirios, pensó, pues los vio lanzar miradas a la tropa goda e intercambiar otras de desconcierto entre sí.

La firma del pacto se llevó a cabo en la residencia del *dux* sin incidentes ni gestos que resultaran extraños a los sarracenos. A pesar de la tensión propia del acto, tanto don Teodomiro como el hijo del *walí* se mostraron afables, y en poco tiempo el clima de tirantez y desconfianza entre godos y sarracenos fue relajándose. La participación de *comites* y capitanes en las conversaciones complicó la labor como traductora a Guiomar, lo que llevó a Abd al-Aziz a hacer llamar a algunos soldados africanos que conocían la lengua de los hispanos para que sirvieran de intérpretes a tan numeroso grupo de personas. Esto facilitó el oficio a la sierva. El ajetreo de la ceremonia unido a su cansancio, tras una noche en la que su participación en la preparación de los documentos que se iban a firmar le restaron muchas horas de sueño, le hicieron estar tensa y centrada en los dos contertulios principales; y no fue hasta que los ánimos se tranquilizaron tras la firma del tratado que Guiomar se permitió observar a los reunidos en la gran sala, para descubrir a un invitado cuya sola presencia le desencajó el rostro.

El *comes* de Eliberri se encontraba entre el grupo de señores y clérigos que asistieron a la celebración posterior a la firma. Y fue tal la descomposición de la cara de la sierva al verlo que don Clodulfo, que en ese momento la miraba de soslayo, se detuvo en ella con extrañeza al captar su reacción. Guiomar bajó la cabeza y se giró hacia Abd al-Aziz, huyendo de aquellos ojos fríos. Como si fuera una tenaza que le apretara la garganta y el corazón, la imagen de aquel hombre la agarrotó y la asfixió hasta el borde del mareo. Guiomar tragó una saliva que se le había secado en la boca y trató de controlar el incipiente temblor que notaba en sus miembros. El hijo del *walí* debió de captar su indisposición, pues la miró con extrañeza y observó su rostro desencajado y pálido.

—¿Te encuentras bien? —le preguntó, preocupado, poniéndole la mano en el hombro. El gesto atrajo la atención de don Teodomiro, que se acercó hacia ellos con interés.

—No es nada, mi señor, solo cansancio —le respondió ella e intentó recomponerse. Luego lo repitió al *dux*, restándole importancia.

Abd al-Aziz se dirigió al godo y después a la sierva, sonriéndole con condescendencia.

—Te doy mucho trabajo, mi fiel *Jiru* —le dijo con simpatía y con un apretón de hombros—. Ni siquiera te dejo dormir... Creo que soy culpable de ese cansancio y de la distracción de estos últimos días...

Pero, no, el sirio no tenía la culpa de aquel cansancio ni de su estado de confusión. Esta había comenzado tras su intimidad con la joven y se había agravado por la lucha interna que le provocara. Fue la propia Guiomar la que buscó ocupaciones que le agotaran el cuerpo y la mente para así alejarse de una Benilde que la atraía y la embriagaba como el vino dulce a las moscas; que la miraba en silencio con ojos demandantes y la hacía flaquear. Tampoco era culpable de la reacción de sus miembros ante la presencia de don Clodulfo. Despertaba el horror dentro de ella y la incapacitaba; le devolvía la vulnerabilidad de una niña. No podía denunciarlo por algo que todos aquellos señores sabían y asumían. No podía recriminarle la crueldad con su familia sin exponer su identidad. Y lo que era peor, no podía evitar que el pavor fuera más profundo que el odio, y aquello la convertía en una cobarde. Por todo esto nada dijo a Abd al-Aziz y se tragó su propia penitencia con la amargura del peor de los venenos. Por si fuera poco, y para colmo de sus males, la presencia del *comes* allí frustraba sus planes para Benilde.

Pero el día acababa de empezar...

En honor de sus invitados, el *dux* celebró un generoso ágape en el que se evitaron aquellos alimentos que sabía no eran del agrado de los ismaelitas. No así el vino que, a pesar de su religión, muchos de los sirios bebieron. Aquél y el placer de las buenas viandas relajaron las posibles tensiones. Los contertulios hablaron con gusto de los temas en los que coincidían: los caballos y la lucha contra un antiguo enemigo común, el imperio. Tanto el *dux* como el padre de Abd al-Aziz habían combatido contra las tropas del emperador Leoncio y ambos las habían vencido. En un momento en que la distensión dio paso a la confianza, el hijo de Musa preguntó a don Teodomiro por el resto de su ejército, pues le había parecido ver más soldados sobre las murallas el día antes. El *dux* bajó la mirada y jugó con un trozo de pan, deliberando algo, y luego miró al sirio con franqueza y serenidad.

—Os lo diré —dijo— si me dais vuestra palabra de que mi respuesta no afectará a nuestro pacto.

Guiomar lo tradujo y temió la reacción de Abd al-Aziz. Este se movió en la silla y frunció ligeramente el ceño. Sus capitanes dejaron de comer y prestaron atención, al igual que los señores que acompañaban a don Teodomiro, que cruzaron inquietas miradas.

—La tenéis —respondió el sirio finalmente—, siempre que la que me deis no lo incumpla.

—No lo incumple —aseguró el godo y se giró hacia una de las criadas que servían el vino y las viandas—. Muéstrale a nuestro noble invitado dónde se esconde la otra parte de nuestra tropa.

La mujer lo miró llena de confusión y el *dux* asintió con la cabeza, animándola. Ante el desconcierto de los sarracenos, la sierva se dirigió hacia uno de los soldados que hacía guardia en la puerta de la estancia y le pidió el yelmo. El hombre accedió a dárselo cuando vio el gesto imperativo de don Teodomiro. La criada se quitó entonces el tocado, deshizo la trenza de su pelo con timidez y se lo colocó en la cabeza; luego echó su cabello hacia adelante y se lo anudó con pericia sobre el mentón. Tras esto le pidió el escudo y la lanza, y se giró hacia los invitados.

—Ahí tenéis un soldado de la tropa que no veis —dijo don Teodomiro hacia un Abd al-Aziz que no daba crédito a sus ojos. A aquella distancia, escondida tras el escudo y con la lanza en ristre, la mujer pasaba por un joven infante con buena barba. Más aún lo parecería parapetada tras una muralla y a la distancia de media legua.

El sirio arrugó los párpados y, para sorpresa de todos, comenzó a apretar los labios sofocando la risa. Miró al godo y este le sonrió con complicidad. Abd al-Aziz rio entonces abiertamente, buscando los rostros de sus capitanes, que lo acompañaron con mayor o menor entusiasmo, tan asombrados como él.

—En verdad sois astuto, señor *dux*... —dijo con admiración—. Y un buen estratega. ¡Me habéis doblegado el ánimo con un ejército de mujeres!

—Y yo me alegro de que así haya sido, pues os prefiero como amigo, noble Abd al-Aziz. Solo espero que mi pequeño ardid no os traiga problemas ante vuestro padre, el *walí.*

Tras escuchar las palabras del *dux* en boca de Guiomar, el sirio frunció el ceño, confuso.

—Si os referís a lo de las mujeres... No —aseguró—. Esta batalla la ha ganado la fina inteligencia de un buen capitán. Además —añadió sonriendo—, mi padre sabe del valor que las mujeres pueden tener en la guerra... Los sirios perdimos algunas batallas contra Dihia, La Kahina.

El *dux* afirmaba con la cabeza —pues conocía los relatos sobre la cabecilla que lideró la resistencia africana contra el imperio y la posterior ocupación de las tropas de Damasco— cuando observó cómo a Guiomar, que estaba de pie junto a Abd al-Aziz, se le cambiaba la cara y daba un ligero paso atrás. Miraba a algún punto que se encontraba detrás de él. Escamado se giró para comprobar qué había provocado aquella reacción y vio a don Clodulfo acercarse con una sonrisa servil y una copa de vino en la mano.

—Disculpadme, mi señor *dux*, me preguntaba si le habíais mencionado al sarraceno lo que os hablé... —le susurró.

A don Teodomiro le contrarió la interrupción del *comes* por inoportuna, pero observó que había despertado cierta curiosidad en el sirio y decidió exponer el tema.

—Noble Abd al-Aziz, el señor de Eliberri os solicita la devolución de sus tierras y de la ciudad. Aceptará los tributos que estiméis más justos.

El sirio miró con interés el rostro descompuesto de Guiomar, que se acercaba de nuevo a él para cumplir con su oficio.

—Mi señor, se trata del *comes* de Eliberri —dijo con la boca seca y vio cómo Abd al-Aziz se volvía para observar a aquel hombre con gravedad—. Os pide la devolución de la ciudad y de sus tierras, bajo pacto y pago de la *yizya* que impongáis.

Él bajó la mirada, serio, y luego se dirigió al *dux* sin mostrar un mínimo atisbo de duda.

—No cabe un tratado como el del noble *Tudmiro* con ese señor —aseveró—. Se levantó contra mi padre, el *walí*, matando a los hombres de la guarnición que puso en la ciudad. Me opuso resistencia en Eliberri y en ningún momento se ofreció al pacto como ahora hace. Prefirió huir por la noche como las ratas, abandonando a sus hombres en la fortaleza. Ya he pactado con los soldados y con los judíos de la ciudad. No cabe un tratado con ese hombre indigno.

La traducción de las palabras de Abd al-Aziz provocó un coro de murmuraciones. Don Clodulfo apretó los labios con rabia, humillado por la respuesta del sirio.

—Con unos sucios judíos... —masculló animado por el vino. Don Teodomiro le lanzó una mirada de advertencia, pero fue Abd al-Aziz quien le contestó.

—Los judíos son *gentes del libro*, como los *rumíes* —dijo tajante—. A nuestros ojos tienen los mismos derechos que vosotros.

Don Teodomiro frunció ligeramente el entrecejo, pero nada añadió a las palabras del sirio. Aunque le disgustaban las formas de don Clodulfo, el *dux* quiso compensarle de algún modo su pérdida.

—Me ha llegado por vuestro capitán —habló, mirando hacia Jabib— que entre vuestras cautivas tenéis a la esposa y a la hija del *comes*. Os ruego al menos que se las devolváis. Él estará dispuesto a pagar lo que pidáis.

Guiomar sintió cómo se le agarrotaban los miembros. La petición del *dux* cayó sobre ella como un caldero de agua sacada del más profundo de los pozos. Tardó tanto en traducir sus palabras que Abd al-Aziz la miró con impaciencia y extrañeza. La reacción de don Clodulfo no fue menos peculiar. Abrió los ojos y la boca con sorpresa y contrariedad. Trató de hablar, pero los rostros del obispo y de los señores que se encontraban a su alrededor le hicieron cambiar de idea. Quedaría en entredicho si se oponía al ofrecimiento del *dux*, por lo que apretó la mandíbula y se tragó la cólera.

Guiomar, que se había quedado sin sangre en las venas, miró hacia Jabib y le vio una torcida sonrisa. Entendió su jugada al momento. La ponía en un aprieto por el interés de Abd al-Aziz ante don Teodomiro de compensar su anterior negativa mostrando ahora clemencia; y si aquél la obligaba a venderla, sería el capitán el que cobraría por la venta, fruto de la condición que le impuso el hijo del *walí* cuando le concedió su propiedad por deuda de sangre. Y, aunque lo dudaba de Abd al-Aziz, también se exponía a que este decidiera quedarse con la niña o entregarla a don Clodulfo en virtud de la promesa que la propia Guiomar le hiciera a su señor. La respuesta del sirio vino a liberarla de un tormento.

—No me corresponde a mí, sino a su dueño el decidir sobre ellas —dijo.

... Y la sumió en otro.

Ante la reticencia o la incapacidad de la joven de traducir lo que se estaba hablando, fue el soldado que asistía a Jabib quien lo hizo por orden de él.

—¿Quién es su dueño, pues? —preguntó el *dux*. Abd al-Aziz miró con interés a Guiomar y la señaló con parsimoniosa elegancia.

—La esclava y su hija pertenecen a mi siervo, y solo a él le corresponde atender tal solicitud si le place —aseguró—. No puedo intervenir en este asunto.

Las palabras fueron traducidas por el soldado, que pasó a ocupar el puesto de Guiomar dada su implicación en lo que se estaba negociando. Don Teodomiro, que se había girado hacia Jabib convencido de que se trataba del dueño por el interés mostrado, no ocultó su extrañeza de que un simple siervo hispano fuera el que poseyera la propiedad de dos cautivas tan nobles. Tras el asombro que vislumbró en su rostro, la joven captó un atisbo de reprobación.

—¿Estáis bautizado? —le preguntó el *dux* con calma.

—Por supuesto, mi señor. Nací en Eliberri y no soy judío... —respondió Guiomar extrañada. El hombre asintió satisfecho.

—Entonces, como buen cristiano, ¿accederéis por caridad a la venta de doña Benilde y de su hija a su amado esposo y padre? El *comes* os pagará su carta de libertad.

Su amado esposo y padre...

Su primer impulso fue decir que no accedería a los deseos de don Clodulfo, si es que en verdad eran los suyos, pues su cara de contrariedad los ponía en duda, pensó. Pero no era solo por odio. Algo dentro de ella se resistía a separarse de Benilde. Algo que se había ido tejiendo en sus entrañas y que la unía a la joven como el ancla al barco: la estabilizaba y le impedía la deriva. Sin embargo, no se trataba solo de ella. Estaba también la niña, y esta le devolvió la perspectiva. De su mano aparecieron luego la consciencia y el temor. No había modo de garantizar la protección de la madre y de la hija si ni siquiera se veía capaz de asegurar la suya. No podía arrastrar a Benilde ni a la niña a una vida incierta en un campamento en plena guerra, donde ni la comida estaba asegurada para los esclavos. Sí, podía asumir el riesgo para sí, que llevaba malviviendo desde que el *comes* destruyera su mundo y a su familia; pero no para la señora ni para la pequeña Guiomar. Y menos ahora que el *dux* podía ofrecerles hospitalidad y protección a las dos.

—Mi señor, ni soy un buen cristiano ni soy nadie para vender unas almas que Dios ha creado —expresó finalmente con una voz que apenas le salía del cuerpo. Luego se llenó de arrojo, miró al don Clodulfo y elevó el tono sin flaquear—. No será el *comes* quien imponga su voluntad sobre doña Benilde, pero tampoco lo seré yo. Haré mía la decisión que tome la señora, solo si antes vos, y solo vos —recalcó dirigiéndose a don Teodomiro—, juráis que garantizaréis su protección como si fuera vuestra propia hija.

El *dux* separó las manos y la miró confuso.

—No entiendo vuestros motivos... —vaciló—. El *comes*...

—Solo confiaré en vuestra palabra —insistió ella, obstinada.

El empeño de Guiomar provocó desconcierto en don Clodulfo. Había clavado sus ojos afilados en la joven, llenos de suspicacia, preguntándose quién era y qué sabía aquel que decía ser eliberritano, cuyo rostro le resultaba cada vez más familiar. ¿Dónde había visto aquellos ojos?

El *dux*, que también se hacía la misma pregunta, la observó durante un instante y luego asintió.

—Os lo juro por mi honor —afirmó solemnemente—. Y ya que os he dado mi palabra, no os importará que doña Benilde exprese aquí y ahora cuál es su deseo.

La desconfianza que demostraba aquella urgencia cogió a Guiomar desprevenida.

—No... —vaciló, y antes de que añadiera más, Abd al-Aziz estaba ordenando que trajeran a la esclava del *mutarjim*. La joven lamentó su ligereza. La precipitación de los acontecimientos le impedía una conversación con Benilde en la que pudiera exponerle la situación. Mortificada, sintió que todo se le escapaba de las manos.

Benilde se presentó sin la niña, agarrada a un tocado que mantenía fuertemente apretado a la altura de la boca. Llena de confusión y nerviosismo, miró primero a la gente congregada y luego a Guiomar, tratando de encontrar a través de sus ojos una respuesta al porqué de aquella convocatoria. Vio en ellos preocupación y angustia, y se le encogieron las entrañas. Luego distinguió la figura de su esposo y el mundo se le cayó encima, robándole el aliento. Comprendió al momento por qué estaba allí, y que ya nadie podría ayudarle a evitar su destino.

El godo se levantó de la mesa y fue hacia ella.

—Soy el *dux* Teodomiro, mi señora —se presentó—. Sed bienvenida a mi casa. Sabed que la misericordia de Dios ha terminado con vuestras angustias.

No, pensó ella, Dios acababa de devolvérselas...

—Mi señora, el generoso... —Don Teodomiro dudó mirando a Guiomar; no sabía aún su nombre—. El generoso traductor del noble Abd al-Aziz os da libertad para elegir vuestro destino; podéis, pues, volver con vuestro esposo —le dijo con satisfacción.

477

Benilde recibió sus palabras como una bofetada que no se adivina. Incrédula, miró a la sierva. La observó morderse el labio con tal tensión que tenía sangre en la comisura. Guiomar le mantuvo la mirada con una mezcla de ansiedad y culpa, y luego bajó los ojos... Una saeta en el pecho la habría herido menos. A Benilde se le hizo un nudo en la garganta y se le llenaron los ojos de unas lágrimas que los presentes interpretaron como emoción. En efecto, estaba sola en aquel trance —sintió—, como siempre lo había estado. Desvió la vista hacia el *comes* y se quedó varada en su rostro. Don Clodulfo, animado quizá por la perspectiva de no tener que pagar la liberación o por el secreto regodeo que le provocaba el sometimiento y su derrota ante él, le sonrió como solía hacerlo. La frialdad y la malicia de aquellas pupilas tuvieron en la joven el efecto contrario al que el *comes* hubiera pretendido. Le tensaron el vientre y cauterizaron por un momento el dolor y la amargura. Sí, estaba sola, y sola saldría de la encerrona.

—Mi señor, si *Mutarjim* me da libertad para elegir mi destino, sabed que prefiero ser su esclava antes que volver con un ser tan infame e indigno como mi esposo —dijo sacando fuerzas de la flaqueza y con toda la determinación que le daba su antiguo orgullo. Sus palabras provocaron un coro de exclamaciones de sorpresa entre los asistentes y un murmullo que fue aumentando en intensidad.

La sonrisa se le congeló en el rostro a don Teodomiro. Endureció el gesto y gritó a los presentes para que guardaran silencio, mientras los sarracenos se transmitían murmurando la traducción del comentario de la mujer.

Don Clodulfo dio un respingo y se adelantó unos pasos hacia ella, el rostro congestionado por la ira, cuando oyó a Guiomar exclamar un *Mi señora* que sonó a ruego. Algo en el tono y la expresión atormentada de sus ojos le hicieron detenerse en seco. De pronto, como si la rabia le hubiera aguzado la memoria, encajó el rostro de la sierva en su recuerdo.

—¡Conozco a ese hombre! —clamó, señalando con el índice hacia Guiomar—. ¡Es un ladrón y un asesino!

El *comes* se dirigió a don Teodomiro, que no salía de su asombro.

—Mi señor —le dijo—, ese hombre era un siervo de mi suegro, don Froila, y ahora, por ende, mío. Me robó el mejor semental de la dote de mi esposa y mató a su caballerizo. Exijo que se haga justicia.

Otro coro de murmuraciones se elevó entre los presentes. Guiomar abrió la boca, impactada por lo que acababa de oír, y Abd al-Aziz, tras escuchar las explicaciones del soldado, la miró con el rostro grave; luego a Benilde, sospechando entre la esclava y el *amo* un vínculo que no podía justificarse con el odio. La señora, que había empalidecido en un primer momento, encaró a don Clodulfo y pareció recomponerse.

—¿Justicia? —le reprochó con la cara llena de asco soltándose la mantilla, que resbaló hasta sus hombros—. ¿Vos exigís justicia?

Viendo el *dux* que la discusión entre los esposos se le iba a escapar de las manos decidió atajarla tomando cartas en el asunto.

—¿Es cierto eso, mi señora? —le preguntó—. ¿Es cierto que ese hombre fue siervo de vuestro padre?

—Cierto es que fue siervo nuestro, pero no lo es lo que le imputa —aseveró ella—. Os juro, mi señor, que fui yo quien le dio el caballo para que escapara de un castigo por algo que no cometió. Fue mi padre quien degolló a Lelio ante mis ojos para ocultar al *comes* mi protección y justificar la pérdida del semental. Dios es testigo de que no miento —dijo con vehemencia y con toda la franqueza que pudo sacar de sí para convencerle—. Señor *dux,* no quiero volver con el hombre que nos abandonó en Eliberri por una fulana y su bastardo —le rogó, y luego se volvió hacia su esposo—. No poseo ya nada que os pueda interesar —le escupió—. Prefiero la compañía del noble *Mutarjim* a volver a vuestro lecho.

De nuevo un murmullo de voces escandalizadas se oyó en el salón por parte de los hispanos. Guiomar no pudo evitar que el rubor tiñera por un momento su palidez, y Abd al-Aziz reprimió una sonrisa y cruzó miradas con algunos sarracenos, que comenzaban a divertirse con la escena que estaban presenciando. No era el caso de Jabib, cuya expresión había endurecido el odio desde el mismo momento en que Guiomar renunció a la venta.

Don Teodomiro había escuchado las últimas palabras de la joven y había fruncido el ceño. El rictus de su boca mostraba que había pasado de la severidad al desprecio.

—Sabed que si estáis con el siervo por elección y no como esclava, estáis cometiendo adulterio a los ojos de Dios, señora.

—Ese siervo me ha tratado con más respeto en dos meses que mi esposo en dos años —dijo abriendo la mano y señalando con ella a Guiomar—. ¿Habláis de adulterio? Preguntad entonces a mi esposo; es experto en esas lides.

—¡Es una sucia ramera! —protestó el *comes*. Ella se revolvió hacia él.

—¿Y qué sois vos? —le espetó, tan acalorada que se quitó la mantilla de los hombros, agarrándola con rabia—. Os lo diré yo: un lascivo, un cobarde, un asesino y un ladrón. No sois digno de estar entre gente respetable.

Benilde escupió aquellas palabras con tal vehemencia y desprecio que el hombre apretó los puños y se dirigió hacia ella para abofetearla. Al ver su reacción, Guiomar, como si su cuerpo hubiera decidido actuar por su cuenta dada la turbación de su mente, se encontró en cuatro zancadas delante de la joven, dispuesta a recibir el golpe de su esposo. Este no llegó a producirse. Don Teodomiro frenó al hombre interponiendo su brazo ante él, y sierva y *comes* quedaron a la distancia de una vara.

—Eres un sucio porquero, no tienes honor —le espetó con desprecio y soberbia. Guiomar sintió cómo la rabia le subía desde el vientre y se tragaba el miedo.

—¡Vos me lo robasteis! —exclamó, sorprendiendo por un momento a los dos hombres; pero don Teodomiro tenía una pregunta preparada y la dejó salir por inercia, aún confuso y desconcertado por el derrotero que tomaban los acontecimientos.

—Señora, ¿qué os lleva a denunciar a vuestro esposo?

—Mi esposo... —repitió con amargura—. Don Clodulfo nunca me ha tratado con nobleza, mi señor. No soy yo quien lo denuncia, sino sus actos. Es un cobarde, pues dejó a su esposa y a su hija legítima abandonadas a los sarracenos después de llevarse lo poco que quedaba en la villa para sobrevivir —dijo entre las airadas protestas del *comes* y el murmullo de los asistentes. Ella elevó la voz y continuó—. Y es un lascivo por razones que prueba su concubina y por otras más vergonzosas que omito porque me atañen y ofenden a Dios y a mi persona...

—¡No puedo tolerar que se me...! —interrumpió su esposo, antes de ser acallado por don Teodomiro.

—Habéis hecho acusaciones muy graves, señora —intervino el *dux*, cada vez más contrariado por la disputa.

—Y no son las únicas, mi señor —insistió, inspirada por la rabia—. También acuso a don Clodulfo de dar muerte a mi padre y a la familia del *mutarjim* para quedarse con mis tierras y las suyas.

Lo dijo...

A Guiomar se le paró la poca sangre que le quedaba en las venas. Miró a Benilde, incrédula, convencida de que la joven iba a pagarle el despropósito desenmascarándola ante todos. Pero no vio en sus ojos rabia ni desaire, solo un arrojo y una fuerza que la llenaban de temeridad y la llevaban a arremeter contra todo lo que se le pusiera por delante, incluida ella.

—¿De qué habla esta necia? —exclamó el *comes* con una sonrisa llena de desprecio, buscando complicidad en los ojos de los presentes—. Don Froila murió en Lacca en manos de estos perros, y ese porquerizo no sabe ni quién es su padre.

Don Teodomiro demudó el rostro por la desconsideración del señor de Eliberri ante los sarracenos que se hallaban presentes.

—Si no guardáis el respeto y la debida compostura frente a mis invitados, me veré obligado a pediros que salgáis de aquí —le dijo con una frialdad que le borró la sonrisa en un instante.

—¿Quién era tu padre? —preguntó el *dux* dirigiéndose a Guiomar. Ella tragó saliva y miró levemente a Benilde. La vio asentir, animándola a hablar, con una seguridad que le hizo pensar que algo preparaba.

—Don Dalmiro, hijo de Gudiliuva... —balbució.

—Miente... —murmuró el *comes* arrugando los ojos, aún sobrecogido por la revelación.

Don Teodomiro dio un respingo. Era el último nombre que habría esperado oír.

—¿Qué?... —exclamó sin encontrar otras palabras.

—Don Dalmiro, hijo de Gudiliuva —repitió ella—. Luchó muchas veces junto a vos...

—Sé quién era don Dalmiro —interrumpió él y levantó el brazo para acallar las murmuraciones que de nuevo se habían elevado entre los presentes—. Es imposible... ¿Cómo os llamáis?

Guiomar sentía que el corazón se le desbocaba en el pecho y que no había aire en la estancia para evitar su ahogo. Abrió la boca y trató de hablar, pero fue a Benilde a quien oyó, lejana, como si hablara desde un sueño que deriva en pesadilla.

—Mi señor, es Ermemir, segundo hijo de don Dalmiro y doña Elvira —afirmó con tal naturalidad que su esposo la miró como si no la conociera—. Ha ocultado su identidad desde que el *comes* mandara asesinar a sus padres. Siempre ha temido sus represalias.

Don Teodomiro observó a Guiomar, asombrado, intentando traspasar aquellos ojos que en verdad ahora le resultaban aún más familiares.

—¡Miente! —protestó don Clodulfo—. Todo el mundo sabe que los hijos del traidor murieron con él. Yo fui testigo —recalcó ante el *dux*, golpeándose en el pecho con el puño—. Este hombre es un impostor que solo quiere mancillar mi nombre. ¿Qué credibilidad tiene un sucio porquerizo que traiciona a los suyos, y una puta que deshonra el buen nombre de su padre? —dijo señalando a Benilde y mirando a los presentes—. ¿Cómo osa acusarme esta necia si no sabe ni de lo que está hablando? —concluyó mirándola con asco.

—Porque yo tengo las pruebas que lo demuestran, señor —añadió ella dirigiéndose al *dux* con determinación.

El *comes* vaciló por primera vez, evidenciando un atisbo de preocupación que despertó recelo en don Teodomiro.

—Mostradlas, entonces —dijo este asintiendo y levantando una mano para detener las protestas airadas de don Clodulfo.

Benilde se volvió hacia Guiomar y se topó con su asombro, los labios separados, la respiración agitada... La miraba como si acabara de descubrirla, y vio en sus ojos una mezcla de admiración, curiosidad y temor; y el atisbo de algo que no supo nombrar, pero que se parecía a la esperanza.

—Señor —dijo dirigiéndose a ella, y a la sierva le resultó tan extraño en boca de Benilde que pensó que le hablaba a Abd al-Aziz—, os ruego que hagáis traer de vuestra tienda los documentos que guardo en la arquita de la niña. Están envueltos en un lienzo.

Tras un momento de vacilación, Guiomar habló con el hijo del *walí* y este ordenó a uno de los soldados de su guardia que fuera a la tienda del *mutarjim* y los trajera. Don Teodomiro tomó entonces la palabra.

—Mientras esperamos esas pruebas, quizá yo pueda aportar otras... Respecto a vos —habló mirando a la sierva—. Hay en mi tropa un capitán que lo fue de don Dalmiro durante mucho tiempo. Vos le conocéis, señor *comes*. También os sirvió; hasta Lacca, si no yerro... —afirmó y se volvió hacia uno de sus soldados—. Haced venir a Erico.

Benilde habría preferido un hachazo; al menos le habría quitado la vida para ahorrarle la visión del profundo desamparo de Guiomar. Sus ojos se encontraron un instante. No vio reproche en ellos. No cabía, pues estaban llenos hasta los bordes de terror. Observó mortificada su palidez; el labio que ya había dejado de sangrar, pues por su color poca sangre le quedaba en el rostro. La vio después mirar alrededor, como aquella vez en el río cuando descubrió su sexo, buscando una salida como un jabato acorralado por una jauría de perros. Y deseó morir. Deseó que la tierra se abriera y se los tragara a todos; o que solo se las tragara a ellas para huir del infierno que presentía y que sería incapaz de soportar. Otra vez. Otra vez se había equivocado...

Había creído muerto a Erico, como lo estaban tantos otros siervos de la villa. Lo había dado por cierto, pues no regresó con don Clodulfo cuando este volvió a Eliberri. Tampoco se le habría ocurrido que se encontrara en Aurariola con el *dux*... ¿Quién iba a pensarlo? Estaba demasiado ocupada en salvarse de su esposo y en satisfacer su odio contra él. De nuevo su temeridad condenaba a la joven, pues sabía que el soldado conocía bien a los hijos de doña Elvira. ¿Acaso no había sido él quien le dijo que Ermemir tenía los ojos azules de la madre? ¿Acaso no supo por él que Guiomar había heredado los del padre? Erico no solo podía desmentirla, y esa era la menor de las tragedias; Erico, sobre todo, podía reconocerla.

Capítulo 38

G uiomar vio la figura irreal de Erico entrar por la puerta como si lo divisara a la distancia de una legua. Le pitaban los oídos con tal estruendo que no podía oír otra cosa que aquel coro ensordecedor y los latidos desbocados de su corazón en la garganta. Observó el rostro envejecido del hombre. Nada le quedaba de aquella sorna ni de la sonrisa de sus ojos cuando la provocaba para sacarle su genio. Ella arremetía contra él a patadas y el soldado se carcajeaba mientras trataba de defenderse de sus arrebatos. Erico se acercaba ahora, grave y desconfiado. Tenía sus rasgos. Tenía su corpulencia, aunque en su memoria fuera más amenazadora; y tenía aquel enorme lunar en la sien. Recordó que una vez le preguntó si le dolía y que él acercó su cara a ella. Recordó su tacto blando y rugoso y que, al tocarlo, él gritó como si le hubiera lacerado, asustándola, para luego mirarla con ojos divertidos...

Nada veía ahora de aquella jovialidad.

Guiomar se colocó el embozo sobre la boca en un acto reflejo del que ni siquiera fue consciente, pues mucho antes de que el soldado entrara por la puerta la joven ya había claudicado. En los momentos de espera, que se alargaron para ella como un lustro, había acatado su suerte. Llevaba huyendo la mitad de su vida desde que don Clodulfo entrara en ella para arrasarla. Había sobrevivido a él, a la crecida del río y a los africanos. Tres veces había escapado de la muerte, pero no de su miedo. Era su compañero inseparable y ya estaba cansada de aquella cadena. ¿Qué más daba lo que pudiera pasarle si su vida había dejado de ser suya mucho tiempo atrás? No le quedaban fuerzas para seguir resistiendo. Miró a Abd al-Aziz. Había observado su expresión severa al enterarse de que fue sierva de Benilde. Había traicionado su confianza ocultándole hechos que quizá habrían inclinado la balanza en su contra ante Jabib. ¿Cómo reaccionaría al conocer su verdadero sexo? ¿Qué sentiría al saberse engañado por una mujer? No esperaba su clemencia; y si alguna le quedaba, ya se encargarían el capitán y sus acólitos de evitar que la ejerciera.

En aquella tesitura se resignó a su destino con el único consuelo de que, al menos, pondría fin a sus desventuras. Solo lamentaba una cosa... Miró a Benilde. Estaba pálida y le temblaban los labios. No necesitó que le hablara para entender su profunda miseria. Era consciente de que la había metido en un zarzal y de que ahora no sabía cómo sacarla. Sabía también por su expresión desesperada que nunca se lo perdonaría. Y, entre aquella marea de emociones que le arreciaban, se coló de improviso una compasión infinita. Habría dado lo que fuera por abrazarla... Ella, cuyo cuerpo era una inane estatua de piedra, habría roto todas sus defensas por consolarla y convencerla de su perdón; por agradecerle que hubiera abierto la puerta para mostrarle que la vida podía ser brillante y cálida, aun en el fugaz momento de la intimidad compartida. Y que aquellos instantes y sus reminiscencias, mientras duraron, habían iluminado su existencia y le habían compensado doce años de desdichas.

La presencia de Erico ante el *dux* ponía fin a una remota posibilidad de acercamiento e impidió más comunicación con ella que una intensa mirada de absolución.

Cuando Erico entró, vio a don Clodulfo y apretó el gesto. Sabía que había llegado a Aurariola días atrás con unos pocos hombres y su concubina, pero no había tenido ocasión de encontrarse con él. Tampoco lo deseaba. Luego se dio cuenta de la presencia de Benilde y levantó las cejas con sorpresa. Se le suavizó el rostro y le dedicó una leve reverencia. Algo preocupaba a la joven, pues tenía la cara desencajada. Al mirarla creyó ver que le hacía un leve ademán de negación que no supo interpretar. La cercanía de su esposo le hizo sospechar que su gesto estaba relacionado con él; y fue él, precisamente, quien primero le habló.

—Te creía muerto, noble Erico —le dijo con una sonrisa forzada y fría—. Me satisface ver que no es así.

El soldado apretó mandíbula y entrecejo, y se limitó a mover ligeramente la cabeza en un mohín que habría sido reverencia si el hombre hubiera llegado a bajarla. El *dux* tomó la palabra entonces.

—Erico, os he hecho llamar para que nos saquéis de una duda. ¿Conocéis a este hombre? —le interpeló señalando a Guiomar. Él miró a la joven con extrañeza, a sus ojos huidizos, y vaciló.

—No...

—Quizá sería más fácil si descubrierais vuestro rostro —sugirió don Teodomiro dirigiéndose a la sierva. Guiomar se deslió del cuello la faja del turbante con reticencia y unas manos temblorosas, pero no llegó a quitárselo de la cabeza. Luego, ante la insistencia del *dux,* levantó la vista hacia el soldado.

—Miradle bien —reiteró.

Erico volvió a su rostro. Se fijó en el mentón y en la cicatriz en la nariz, en sus cejas pobladas... Luego cruzó la mirada con la joven por primera vez y comenzó a demudar la cara. Adelantó la cabeza para cerciorarse de lo que veía, abrió la boca para tomar aire y empalideció. Turbado, contestó a don Teodomiro sin mirarle:

—No lo conozco, mi señor, pero me parece estar viendo a alguien...

Guiomar comenzó a temblar y tragó una saliva que no le pasó de la garganta.

—¿A quién? —preguntó el *dux* con evidente interés.

—Al que fue mi señor, Don Dalmiro.

Un coro de murmuraciones acompañó al asombro de don Teodomiro. El *comes,* viendo el efecto que aquellas palabras habían tenido en los presentes, intervino elevando la voz con vehemencia.

—¡Erico, este impostor dice que es su hijo! ¡¿No viste tú, como yo, que lo desnucaron contra el pozo?! —exclamó, provocando de nuevo los murmullos de los hispanos.

El hombre le lanzó una mirada acre y distanciada, y apretó el cinturón hasta que las venas se le marcaron en el puño.

—Eso creí ver, señor... —dijo volviendo al rostro de Guiomar—. Pero no sé si en verdad estaba desnucado...

Benilde observó al soldado con sorpresa. ¿Estaba mintiendo o realmente dudaba de su recuerdo? Fuera como fuere, le abrió una rendija a la esperanza.

—¿Diríais que es el hijo de Dalmiro? —insistió el *dux*.

—Eso no puedo saberlo, mi señor; pero sí sé que tiene sus ojos —afirmó convencido—. ¿No lo veis vos mismo?

—No conocí a sus hijos —respondió mirando a Guiomar—, pero desde que lo ha nombrado me parece estar viendo al padre. Don Clodulfo, no podéis negar el parecido —concluyó dirigiéndose al *comes*.

—¡Bastardos tenemos todos...! —escupió él, destemplado, provocando el desagrado de alguno de los presentes.

—Todos no somos como vos —replicó el *dux* tajante solo para que él lo oyera. El reproche escoció a don Clodulfo, que apretó los labios con agravio. El godo se volvió luego hacia Guiomar, cuyo nivel de angustia había descendido al constatar que Erico parecía no reconocerla.

—¿Quién te enseñó a hablar la lengua de los sirios? —le preguntó, aún incrédulo.

La joven miró a Abd al-Aziz. No podía dar una respuesta que contradijera la que le dio al sarraceno tiempo atrás.

—Mi madre, doña Elvira —dijo con una voz grave que apenas le salía del pecho—. Con ella aprendí también a leer y a escribir la nuestra. Le enseñaba un confesor por orden de mi...

—¡Yo digo que es un bastardo farsante, un puerco de una sierva del traidor! —interrumpió el *comes*, apuntándole amenazadoramente con el dedo—. ¡La esclava era africana, ¿cómo iba a saber hablar la lengua de los sirios?!

Erico, que había estado observando a la joven con los ojos fruncidos y visiblemente turbado, reaccionó a las palabras de don Clodulfo con una rapidez que este recibió como una insolencia.

—Porque doña Elvira fue esclavizada desde niña por sirios y vendida ya como mujer a un capitán del emperador; al menos eso me contó don Dalmiro —le respondió. Luego se volvió hacia Teodomiro—. Mi señor *dux*, el muchacho no miente. Don Dalmiro quería que su esposa aprendiera nuestra lengua mejor que muchas de las esposas de otros señores, por eso le puso un confesor. Quería ganar su aceptación y hacerles olvidar que había sido una esclava extranjera.

El godo asintió con la cabeza y miró severamente a don Clodulfo.

—Yo también reconozco los rasgos de doña Elvira en él, señor *comes*. Si recordáis a la madre, los distinguiréis tan bien como yo. Y sé de lo que hablo; don Dalmiro adquirió a la mujer en una de nuestras campañas. Tuve ocasión de conocerla bien.

—Una sucia esclava infiel... —masculló él con asco.

El *dux* lo fulminó de nuevo con una mirada.

—No os advertiré una vez más.

Abd al-Aziz murmuró algo al soldado que le traducía y este se dirigió al godo.

—Mi señor Abd al-Aziz quiere hacer al noble *Tudmir* una pregunta —dijo el *mauri* con un marcado acento—. Quiere saber el nombre de la esclava. Mi señor dice que *Ilvira* no es nombre africano...

El *dux* bajó la cabeza y pareció meditar. Luego habló mirando al sirio.

—No, Elvira no es africano; creo que tomó el nombre en el bautismo. Si mi memoria no falla, Dalmiro llamaba Tala a la esclava —dijo y miró a Erico, que asintió.

En otras circunstancias a Guiomar se le habría hecho un nudo en la garganta. Pero aun en aquellas, la emoción de conocer el verdadero nombre de su madre le hizo bajar la mirada para esconderla de los presentes. Tala... Recordaba el nombre, pero no podía asegurar si lo había oído alguna vez en boca de su padre o sabía de él por su estancia forzada en Tingis. Lo que sí conocía era su significado en la lengua de los africanos. Fuente... Pensó que encajaba con el idealizado recuerdo de su madre.

Abd al-Aziz volvió a hacer una seña al traductor y le habló algo en voz baja.

—Mi señor, el noble Abd al-Aziz, quiere hacer una pregunta al soldado si el noble *Tudmir* lo permite... —dijo señalando a Erico y dirigiéndose al *dux*. Este asintió con la cabeza, acompañando su gesto con un movimiento cortés de la mano, por lo que el africano continuó—. Pregunta si conoce el nombre *Jiru*... Cachorro es en lengua de *rumíes* —le aclaró.

Guiomar tragó saliva y miró significativamente a Benilde, a la que se le había parado la respiración. Erico recibió la pregunta con asombro; no se la esperaba. Confuso, respondió sin mostrar un atisbo de duda.

—Es como a veces llamaba doña Elvira a sus hijos —afirmó.

Abd al-Aziz asintió al oír la traducción. Luego miró a los presentes y habló para que todos lo oyeran.

—En lo que mí me concierne, mi siervo dice la verdad —oyó Guiomar. Ella le hizo una leve reverencia al sirio para mostrarle su agradecimiento. Al volverse hacia Erico vio cómo la escrutaba y cómo después desviaba sus ojos, desconcertado y con el ceño fuertemente fruncido.

La llegada de un soldado sarraceno con un hatillo de tela interrumpió el curso de los acontecimientos e hizo respirar a Guiomar. El hombre se acercó a Abd al-Aziz y le habló. El sirio asintió entonces y señaló a la sierva.

—Aquí tienes lo que antes has pedido —le dijo, y a continuación el soldado le entregó el lienzo. Ella se lo pasó a Benilde con una mirada interrogativa. La joven se la mantuvo con determinación, tomándolo de sus manos. Luego deshizo los dobleces y sacó los dos rollos de pergamino. Abrió uno, lo miró y lo descartó. Luego abrió el otro para asegurarse y se lo entregó a don Teodomiro.

—Mi señor *dux*, esta es la prueba de que os hablé —afirmó—. Absuelve a don Dalmiro de su traición y condena a mi esposo por la más vil de las infamias.

Don Clodulfo, que había estado bebiendo de su copa con el frenesí que le daba la rabia de verse cuestionado y ninguneado, se acercó a Benilde y la señaló ante don Teodomiro.

—¡Esta mujer ha perdido el juicio, mi señor! ¿Vais a oír las razones de una necia?

El *dux* ignoró sus protestas y desenrolló el pergamino. Luego se acercó a una de las teas que iluminaban la estancia y observó detenidamente el escrito.

—Yo conozco esta carta... Es de don Dalmiro —murmuró lleno de confusión. Luego la miró con gesto severo—. Cómo, señora, ¿acaso no es esta la prueba de su sedición? —le preguntó, y se la pasó a don Clodulfo. El *comes* la tomó, le echó un vistazo y se la devolvió.

—Así es, mi señor. Me la entregó su correo, más leal al rey que al traidor —dijo y clavó en Benilde una mirada que le heló la sangre.

—Señora —insistió el *dux* con impaciencia—, no entiendo que queráis demostrar su inocencia con la prueba que lo inculpa.

—Noble Teodomiro, entenderéis mis razones si comparáis esa carta con esta otra —dijo y le entregó el otro pergamino—. Si tenéis duda de la veracidad de este documento, comparadla entonces con cualquier otra misiva del *comes* que conservéis en vuestro archivo; si conserváis alguna.

—Ciertamente, mi señora... —le aseguró el hombre.

—Comparad entonces la letra de ambas cartas. A simple vista veréis que no es exactamente igual; sin embargo han sido escritas por la misma mano. Esa mano no es otra que la del secretario de don Clodulfo, Vifredo. Vos mismo podréis comprobarlo si observáis la forma de la letra *d*. No sigue la caligrafía que se hace en Hispania, a pesar de que trata de imitarla, sino la que se hace en tierras de los britanos. También lo observaréis en las terminaciones de las astas de algunas letras: son peculiares y tan iguales que, si colocáis una carta sobre otra y las miráis al trasluz de esa tea, veréis que coinciden como dos gemelas. Vifredo fue formado por un maestro de las islas britanas. Él mismo me lo dijo. Aunque domina la letra hispana, no puede evitar, o desea no hacerlo —apostilló—, que algunos rasgos de la letra britana pervivan en su cálamo. Vifredo escribió esa carta, y él únicamente sirve al *comes*. Solo don Clodulfo sacó beneficio de la traición de don Dalmiro.

Al *comes* se le había demudado el rostro en una mueca de pánico e incredulidad que no pasó desapercibida al *dux*. Viendo que este se había percatado de su reacción, sonrió con una sorna exagerada por su nerviosismo.

—Os he dicho que esta mujer ha perdido el juicio, mi señor. Tanta lectura le confundió el entendimiento y la repudié por ello. Ahora se venga inventando argucias de loca.

—¿Dónde habéis obtenido la carta, mi señora? —preguntó don Teodomiro, cotejando las dos misivas e ignorando de nuevo al *comes*.

—Del *armarium* de mi esposo. Su contenido estuvo en la villa de Eliberri, donde me confinó mientras él permanecía en Toleto con don Oppas.

—¡No podéis hacer caso a esta necia, mi señor! —protestó el hombre, airado—. Se ha amancebado con el porquerizo y solo pretende mancillar mi buen nombre. ¿Quién dice que no la hayan falsificado por venganza? ¡Exijo que se les castigue por...!

—¡Señor *comes*! —le gritó el godo con autoridad—. Olvidáis que yo la tuve en mis manos cuando os pedí la prueba de la traición de don Dalmiro, pues no le creía capaz de levantarse contra el rey. Y no me habríais convencido de no ser por el testimonio del correo, que bien podría haber vendido por oro a su señor... A mi juicio, las palabras de doña Benilde quizá respondan a mis propias dudas —afirmó—. Además, convendréis conmigo en que la señora necesitaría mucho tiempo para preparar la argucia de la que habláis, y os recuerdo que hasta ayer no dabais un *tremis* por Aurariola. Sabía por otros que vuestra esposa era inteligente y letrada, y ahora lo veo con mis propios ojos; pero no la considero tan sagaz como para anticipar vuestra presencia en la ciudad y el resultado de nuestra contienda con el noble Abd al-Aziz.

—Pero ¡mi señor...! —protestó don Clodulfo de nuevo, y el *dux* levantó la mano y la voz para acallarlo.

—¡Basta, señor *comes*! No voy a convertir esto en un juicio en consideración a mis invitados; pero os juro por mi honor que tendré en cuenta lo que aquí se ha hablado en cuanto concluyan las celebraciones —dijo, y esta vez miró a Benilde. Luego se volvió hacia los soldados que hacían guardia en una de las puertas y los hizo venir—. Apresad a Vifredo, el secretario del *comes* don Clodulfo; se aloja con los siervos. Encerradlo y aseguraos de que nadie habla con él hasta que lo haga yo. Y ahora, acompañad al *comes* a sus aposentos. No ha de salir de ellos mientras yo no diga lo contrario —ordenó, provocando las protestas del hombre y el murmullo de los presentes.

—¡Vos no tenéis derecho ni potestad para encerrarme! —gritó—. ¡Don Oppas...!

—¡Don Oppas no tiene ya autoridad ante mí! —le interrumpió tajante—. Si no acompañáis a mi guardia de buen grado, tendréis que hacerlo por la fuerza.

—¡No podéis tratarme como a un vulgar...!

Los soldados tomaron al *comes*, y él se zafó, levantando los brazos y las manos para detenerlos. Luego se giró con la intención de marcharse. Al hacerlo encaró a Benilde y le dedicó una mirada con tal odio que, a pesar de la satisfacción que le produjo la humillación de aquel hombre, la joven no pudo evitar estremecerse.

El *dux* esperó hasta que saliera don Clodulfo. Luego volvió a mirar la carta.

—Era más fácil culpar a Dalmiro... —murmuró y se dirigió a Guiomar—. Vuestro padre... —dijo e hizo una pausa, como si aún le costara creer que estaba ante su hijo—. Vuestro padre cometió el error de poner en duda la legitimidad del rey Égica para

493

nombrar a Witiza heredero al trono por encima de la autoridad del concilio. Estaba en su derecho, ciertamente, pero lo hizo ante testigos. Yo fui uno de ellos, y don Clodulfo otro. Y no fuimos los únicos. Conocía bien a vuestro padre y conozco al *comes*. Solo ahora se me ocurre pensar que Clodulfo lo hubiera preparado todo con perfidia... Fue él quien provocó a Dalmiro en aquella ocasión. Reconozco que me sorprendió su torpeza, pues no era torpe... Pero perdía los nervios cuando mencionaban a su esposa con desprecio —afirmó, y pareció perderse en su memoria.

Guiomar, que sentía como si todos los hechos y revelaciones que se habían producido aquel día hubieran pasado por encima de ella como ruedas de molino, intervino entonces con un infinito cansancio.

—Mi señor, toda mi vida he cargado la acusación de traición de mi padre como la peor de las condenas... —dijo, y sonó a lamento—. Nada he sabido hasta hoy de esa carta... Y nada tengo que perder ni ganar con esto. No tengo tierras, no tengo familia ya, no tengo nada... Solo deseo justicia para mis padres... Para mi herm...ana —se interrumpió y tragó saliva. Le dolió obviar a Ermemir y sintió pena por él y por sí misma, y se le humedecieron los ojos—. Solo quiero que don Dalmiro recobre su buen nombre. Él nunca ambicionó el poder; de haberlo hecho no habría desposado a mi madre... —concluyó, y se limpió las lágrimas con un brusco ademán antes de que cayeran.

Teodomiro se acercó a la joven y le puso la mano en el hombro.

—Os doy mi palabra de que atenderé vuestra demanda y estudiaré las pruebas que doña Benilde ha presentado.

Guiomar asintió y le hizo una reverencia de agradecimiento. Después miró a Benilde y le hizo otra. Vio que esta respondía con un sobrio movimiento de cabeza y la apostura y dignidad de una señora. Cuando retiró sus ojos de los suyos, sintió un atisbo de inquietud. Donde esperaba ver luz solo vislumbró el principio de una sombra.

Una palmada en la espalda y un apretón en el hombro la sacaron de aquella sensación para introducirla en otra no más halagüeña. Al girarse para atender al autor de aquel gesto, se encontró a Abd al-Aziz. La miraba con media sonrisa y unos ojos perspicaces en cuya amabilidad distinguió también un reproche.

—Mi *mutarjim* es un joven lleno de secretos —le dijo con una intencionalidad en las pupilas que sumó desasosiego a su anterior inquietud.

Y no acabó ahí la desazón...

Antes de que Erico se retirara por orden de don Teodomiro, el soldado volvió a observarla una vez más con la misma intensidad con que lo había hecho desde que se mencionara el nombre de Ermemir. Tenía el rostro ansioso y trastornado como si, al mirarla, hubiera encontrado en sus rasgos la respuesta a una hipótesis imposible y luchara por no aceptarla.

Guiomar se dirigió hacia la tienda envuelta en un remolino de emociones que bloqueaban su juicio. Tenía la mente confusa y alterada, y los miembros lentos y agarrotados. Habría estado menos agotada cabalgando sin descanso una jornada con su noche. Ni en sueños habría anticipado lo ocurrido en aquel eterno día. Pues, ¿quién habría podido imaginar que vería al asesino de su familia denunciado por su infamia ante el hombre que su padre más respetaba? No tenía garantía de que fuera a recibir el castigo que merecía, pues el *comes* aún tenía defensores entre los simpatizantes de Witiza, pero al menos había conseguido la implicación de don Teodomiro, y confiaba en su firmeza como juez. Antes de que la velada hubiera acabado, el *dux* le reiteró su hospitalidad e insistió en la oferta que le hiciera el día anterior, subrayando ahora el honor que para él sería contar con la ayuda de un hijo del noble Dalmiro. La invitación satisfizo su orgullo y estuvo rondando en su mente toda la tarde.

Y después estaba Erico... Cuando pasaron los rigores del miedo que su presencia desatara en su cuerpo, aún hubo un pequeño espacio para la emoción. Ver su rostro le había llevado por un momento a su infancia dulce. Por un momento, pues, como la propia Guiomar, el hombre había cambiado y su imagen entonaba más con el lado amargo de su infancia. ¿La habría reconocido?, se preguntó. Había observado su sorpresa y su confusión, su incredulidad. Temió que la denunciara, pero había hablado en su favor, aun siendo testigo de la muerte de Ermemir. ¿Por qué? ¿Dudaba de lo que vio o sabía que era ella? Y si lo sabía, ¿por qué no la había desenmascarado?

Y Benilde...

Se detuvo, cerró los ojos y suspiró conmovida. Benilde había hecho posible todo aquello con un valor y una inteligencia que ella hubiera deseado para sí misma.

Poco después entraba en la tienda para encontrarla sentada en el pequeño taburete, sola, iluminada por una lucerna y la luz mortecina del ocaso; limpiándose unas lágrimas que, por el color de su rostro, llevaban largo rato fluyendo. Guiomar se alarmó. Se acercó a ella apresuradamente.

—¡¿Y la niña?! —preguntó angustiada.

—Está bien. La dejé con Basilia y las cautivas cuando vinieron por mí —respondió con una frialdad que la paralizó. Luego se levantó, la encaró con rencor y le dio un fuerte empujón con las dos manos que la obligó a retroceder varios pasos para no caer.

—¡¿Qué pretendías?! —le recriminó—. ¡¿Querías devolverme al cerdo de Clodulfo?!

—¡No! —se defendió ella, sobrecogida por su violencia.

—¿No? ¿Qué pretendías entonces dejándome en Aurariola?

—Don Teodomiro es buen señor y el hijo del *walí* le respeta —se justificó enfáticamente, intentando hacerle comprender sus razones y su preocupación—. Han firmado un buen acuerdo y Abd al-Aziz tiene palabra. El *dux* os daría una protección que yo no puedo aseguraros aquí, Benilde. Solo quería que lo considerarais...

La joven la miró desolada y no la dejó continuar.

—¡Te dije que nunca me alejaras de ti...! —respondió y se le quebró la voz. Las lágrimas volvieron a rodarle por las mejillas mientras le clavaba unos ojos dolidos. Vio cómo sus palabras o su llanto impactaban en la sierva, que dejó caer los brazos con un ligero temblor en la barbilla—. ¿Todavía no entiendes que yo solo quiero estar donde estés tú? —le reprochó finalmente.

Guiomar no supo qué le conmovió más, si el tono de desesperación con que lo dijo, la aflicción de sus ojos o la pasión contenida en su reproche. Fuera lo que fuese tuvo el efecto de desatar algo dentro de sí y aquello, que le inflamó el pecho como una llamarada, despertó a la vez su miedo al horror de la pérdida. El amor y la impotencia se le hicieron un nudo en la garganta y, sin poder ni querer evitarlo, comenzó a llorar.

Benilde leyó, más que vio, aquellos enormes ojos verdes, que se rindieron a unas lágrimas siempre esquivas en ella, y la intensidad de la emoción la sobrecogió.

—No, Guiomar, no... —se lamentó, como si hubiera provocado lo que no pretendía, y la abrazó con fuerza, repetidamente, apretando su cabeza contra su cuello como lo haría con su hija para calmarle los sollozos y la pena. El gesto no solo no la calmó sino que la conmovió aún más, y se agarró a ella desconsolada; como si después de tantos años su dolor congelado y retenido en algún frío lugar de su cuerpo hubiera comenzado a derretirse al contacto del calor de Benilde. Esta, consciente de su proceso, se limitó a acariciarle el pelo y las sienes, incansablemente, hasta que a Guiomar se le agotaron las lágrimas. Después, sin detener sus caricias, acercó la boca a su sien y susurró.

—Te amo más que a mi vida, que Dios me perdone...

La voz entregada de Benilde, el roce de sus labios y la rotundidad de aquellas palabras le erizaron la nuca y le debilitaron los miembros. Guiomar sintió que le flaqueaban las piernas y dio un paso hacia delante para equilibrarse sobre ella, pues temió desplomarse. La joven notó su vacilación y se separó para mirarla. La luz mortecina de la lucerna enfatizó un rostro demacrado.

—Ven —le suspiró. La tomó de la mano, la llevó al jergón y la hizo tumbarse sobre él. Después le retiró el turbante, se colocó junto a ella apoyándose en el codo y comenzó a echar sus cabellos hacia atrás, despejándole el rostro. Puso la mano en su frente para descartar una fiebre. Estaba caliente, pero no supo si era por la congestión que le había provocado el llanto o porque su agotamiento estuviera derivando en enfermedad. Le limpió los restos de lágrimas con la devoción de una madre y le acarició las mejillas y las sienes con el dorso de los dedos. Y así estuvo hasta que Guiomar abrió los ojos y buscó los suyos. Lo hizo sin vacilación alguna, manteniendo su mirada con expectación y complacencia. Y Benilde sintió que su cuerpo se ablandaba. Aquellas pupilas eran la puerta al tesoro más preciado de su alma, y estaba abierta para ella. Podría entrar para no salir nunca...

Recordó que el docto Isidoro, en sus escritos, prevenía ardientemente las miradas. Decía que enviaban dardos de amor, que seducían la mente y herían el corazón. Por aquellas palabras intuía la joven que el santo erudito había amado; y, por las mismas, que por fuerza habría renunciado al amor. Renunciar... ¿Quién podría, al privilegio de la mirada rendida de Guiomar? Sí, tenía ya el corazón herido, pero aquella era la más dulce de las llagas.

La sierva debió de percibir su emoción, o quizá estaba inmersa en la suya, pues separó los labios y tomó aliento. Si los ojos fueron la invitación para entrar en su alma, los labios lo fueron para entrar en su cuerpo. Benilde sucumbió al *ardiente deseo* que prevenía el erudito y buscó su boca. El primer beso le supo a sangre... Notó los labios secos de Guiomar y recordó que se los había mordido horas antes. Lo que había anticipado como una tímida caricia se había convertido, al contacto con su aliento, en un hambre torpe e insaciable, y temió haberle abierto la herida. Se reprochó su vehemencia. Le limpió las comisuras con el pulgar, reprimiendo el deseo de perderse de nuevo en aquella boca. La duda se había colado en medio de su arrojo. Guiomar había cerrado los ojos, conmovida, y Benilde no supo interpretar el gesto, intimidada por el miedo a forzarla. Se recostó en el jergón apoyando la cabeza en su brazo sin dejar de mirarla. Y la sierva, que esperaba la continuidad de las caricias, abrió los párpados con un atisbo de contrariedad. Giró el cuello para buscarla, y la encontró, los ojos clavados en los suyos. Le había puesto la mano en el vientre al echarse, y solo un tímido roce del pulgar rompía su inmovilidad. Aquella actitud la confundió. ¿Se arrepentía de haberla besado? Se resistió a la idea. Tal vez solo dudaba, pues ella no le había mostrado un mínimo gesto de beneplácito a su deseo que no fuera la mera aceptación de sus caricias y de su boca. Necesitaba a Benilde. Necesitaba su valor y su iniciativa para derribar sus defensas, tan sólidamente armadas por tantos años de temores y de soledad. Al mirarla vio devoción, pero también prudencia y respeto. En manos de Guiomar quedaba, pues, mostrarle que había brechas en sus muros. Tras vacilar, giró su cuerpo hacia ella, y solo ese gesto provocó una marea en Benilde que disparó su respiración. Observó su rostro expectante con timidez y, armándose de valor, rompió las cuerdas que la ataban y elevó una mano para tocarla. La ceja le sirvió de excusa. El abrazo la había despeinado y ella le devolvió su rectitud con el pulgar para deleite de Benilde. La caricia, por mínima que fuera, era ya una proeza en Guiomar, y tuvo la facultad de abrir un camino hacia ella. Después de la ceja, el pulgar fue a la hendidura de su barbilla y de ahí a sus labios. Para entonces, el ancho mundo que Dios creara se había reducido para Benilde en el punto de su cuerpo en el que la sierva la tocaba. Cuando sustituyó el dedo por su boca, tras un acercamiento que tuvo la lentitud de una gestación, aquel mundo se diluyó en una oscuridad húmeda y cálida que la devolvió a la nada. Dios había necesitado seis días para crear al hombre, Guiomar solo un momento y unas tímidas manos para dar vida a Benilde aquella noche. De la boca, la sierva pasó a su cuello y allí se quedó, como el barco que regresa al puerto tras sobrevivir a la peor de las tempestades; y la señora le dio refugio a su agotamiento, apaciguando el propio anhelo con un abrazo que buscaba el alma, más que el cuerpo. El amparo dio sus frutos. Tras un largo momento de mutuo consuelo, notó cómo la sierva ablandaba sus miembros y se rendía al sueño más profundo.

El deseo era una fiera que dormitaba en el cuerpo —pensaría Guiomar horas más tarde—, no se conocía su bravura hasta que se despertaba. La suya había comenzado a desperezarse entre las piernas de Benilde. En el borde del sueño buscó el calor reconfortante de la joven, se acurrucó en el hueco de su cuello, se ciñó a su cintura, se entrelazó a sus muslos... Y Benilde, que había conseguido dormirse después de algunas horas de vigilia en las que logró apaciguar su anhelo, se vio abrumada una vez más por la conciencia de su cuerpo. Aquel acercamiento en sueños le desató de nuevo el hambre y pensó que el largo camino al amanecer sería un suplicio. Fue entonces cuando Guiomar repitió aquel gesto. No había sido más que una inocente maniobra de acomodo a su costado, pero esta vez sintió la presión de su pelvis contra el muslo; y el movimiento, por tímido e inconsciente que fuera, le encendió la piel y desbocó su corazón. Si el calor de su cuerpo no despertaba a la sierva, pensó, lo harían los latidos de su pecho. Pero Guiomar no dormía ya. Lo notó en la cadencia acelerada de su respiración; en la humedad de su mano en la cintura... Y el deseo, agazapado como una garduña en el vientre de un matojo, atacó de improviso, sorprendiéndolas con su fiereza. La sierva nunca lo hubiera sospechado de sí misma; que sus miembros dominaran un lenguaje que su voluntad ignoraba. No hacía una semana que Benilde la había amado, y ella solo había sido testigo mudo de aquel descubrimiento. Ahora, como si su cuerpo se negara a ser sometido sin someter antes, su boca y sus manos buscaron la piel y la encontraron, rendida y abierta a aquel asedio. El deseo tenía la facultad de transformar al pusilánime en el más audaz de los guerreros y la virtud de alimentarse de sí mismo para no desfallecer. Guiomar descubrió, extasiada, el efecto que una tímida caricia podía tener en la joven, y aquel poder y su respuesta la embriagaron como el más dulce y fuerte de los licores. El cuerpo de Benilde había sido puerto. Ahora era agua y alimento. Era sed y era hambre. Era la crisálida que le facilitaba la transformación. De ella emergió a la luz con las alas extendidas, vacía de recuerdos, limpia de sí misma; para convertirse en una nueva Guiomar de la mano de Benilde, al igual que esta, horas antes, había renacido de las suyas.

No sabía cómo había podido ser tan reticente... Amar a Benilde era tan fácil... Dejaba señales sutiles que marcaban el itinerario hacia ella. No había temor a la pérdida. Su boca era receptiva y paciente a la torpeza. Su piel, cálida y viva, sumisa a los labios y alentadora a la vacilación de sus dedos... Sí, amar a Benilde era un acto reflejo...

Benilde recibió a la sierva como si llevara toda la vida esperándola. Guiomar era un milagro en su cuerpo, y este, un milagro en las tímidas manos de Guiomar. Había anticipado aquel abandono decenas de veces en su mente. Lo había recreado de mil maneras posibles... Nada era más prosaico que la realidad y, sin embargo, nada tan exclusivo y prodigioso bajo el crisol del deseo. Aceptó el hambre torpe de la sierva. La condujo cuando se perdía. Le mostró las zonas donde el ansia rozaba el tormento y le enseñó su cadencia hasta que los cuerpos tomaron el control. Benilde, que habría preferido la precisión del tacto de sus dedos, sucumbió para su asombro a las embestidas frenéticas de las caderas de Guiomar en la danza más desesperada que hubiera bailado nunca; pues nada detiene el ardor del sexo cuando se desata...

Envueltas en una nube de ropajes que acotaba el contacto de la piel, la lucha fue violenta. Subir una túnica para el estrecho abrazo de los muslos era una cruzada. Despejar un cuello para sentir el latido de la sangre en la garganta, una contienda. Una batalla, desplazar la firmeza de una venda para liberar unos pechos que ansiaban tocarse y ser tocados. El esfuerzo de aquel desenfreno tuvo recompensa. Benilde, rendida a un goce salvaje y violento, se vació con placer y pesar... Se había quedado en el camino y había abandonado a Guiomar, que sosegó las embestidas para atender su desborde, incapaz de seguir si ella no la acompañaba.

Rendida al agotamiento, Benilde pensó que aquel frenesí había sido, en momentos, tan carnal y salvaje en ella como lo era en su esposo. ¿Qué la diferenciaba entonces de él en la lujuria? Se había castigado con la duda tras amarla aquella tarde. Y la sierva, que sin pretenderlo la había generado, le ofrecía ahora la respuesta. Nada la diferenciaba ante Dios; pero todo, ante Guiomar.

Pues si Aquél la condenaba por sus apetitos, esta la había absuelto con su aquiescencia.

Benilde, alentada por la gratitud que le produjo la consciencia de ser aceptada y correspondida en el deseo, se volcó en ella para regalarle lo que había recibido. Decidió que acabaría con caricias lo que Guiomar renunció a terminar con las caderas. No hubo fiereza ahora. La joven contuvo a la sierva, la sometió de nuevo y la amó sin prisa; hasta llevarla al borde y hacerla derramarse. Después, mientras se recuperaba, besó cada rasgo de su rostro en un itinerario lleno de ternura que concluyó en su boca. Luego se separó para mirarla fijamente.

—Júrame que no nos dejarás en Aurariola —le dijo.

Guiomar se quedó muy quieta. Desvió los ojos y giró la cabeza para huir de ella. La joven presionó su mejilla hasta encararla de nuevo, y ella asintió levemente sin mirarla. Benilde no quedó satisfecha.

—Júramelo —repitió con un ruego, poniéndole la mano en el nacimiento del pelo, el pulgar descansando en la frente. Tras un momento que duró más de lo que la joven hubiera deseado, habló:

—Os lo juro —respondió, y sus palabras provocaron el abrazo entregado de Benilde. Mientras Guiomar lo recibía, suspiró profundamente y se mordió el labio.

El amor era una bendición... Y una cadena.

Capítulo 39

Guiomar abrió los ojos con un sobresalto. Había estado escuchando los rumores del campamento en sueños y solo ahora se había dado cuenta de que llevaba demasiado tiempo oyéndolos. Vio que había mucha luz en la tienda y que las sombras no se proyectaban ya sobre la tela; el sol debía de estar muy alto en el cielo... Retiró la manta enérgicamente. El desorden de su ropa le trajo detalles de su noche con Benilde. Aún llevaba puesto el manto, pero estaba abierto. En algún momento una de las dos habría desabrochado el cinturón. Tenía la túnica levantada hasta el torso y los zaragüelles sobre las ingles, mostrando el nacimiento de los rizos de su sexo. La imagen recreó el sabor y el olor del deseo, y el recuerdo de la pasión le erizó la piel del cuello y le ablandó el cuerpo. Se dejó caer en el jergón, abrumada, y recreó la maestría de Benilde sobre su piel. Aún tenía la venda bajo sus pechos... En ese momento se preguntó por qué no estaba en la tienda y, extrañada, la llamó. No tuvo respuesta desde el exterior. Se levantó como si yaciera sobre un avispero. Recompuso venda, zaragüelles y manto, se colocó el turbante como pudo mientras comprobaba que nada faltaba en la tienda que justificara su ausencia; y salió de ella, buscándola con una incipiente angustia. Tampoco estaba fuera. Ansiosa, miró a través del bullicio del campamento para ver con alivio que la joven se acercaba con la niña en una mano y en la otra una escudilla. Observó cómo el rostro de Benilde se dulcificaba al verla y notó la respuesta del suyo al estímulo. Lo serenó con la misma templanza del sol de abril que las iluminaba. La complicidad y algo que le inflamaba el pecho desataron la sonrisa de sus labios para recibirla. Tras un encuentro elocuente de las miradas que habría conmovido al mismo Monte de San Miguel, la joven dejó a la niña sentada en el suelo y le pasó la escudilla a la sierva.

—Me la han dado las mujeres para ti —dijo ladeando levemente la cabeza en un gesto que fingía unos celos.

A pesar de saber que la actitud de las cautivas obedecía al agradecimiento por llevarles comida durante el viaje, Guiomar se azoró visiblemente; y solo por aquel rubor Benilde la habría devorado a besos. Entró en la tienda, sacó el taburete y la obligó a sentarse.

—Come, te hace falta; te estás quedando en los huesos otra vez.

Guiomar tenía el cuerpo tan pleno que no tenía hambre, pero obedeció a su preocupación.

—Ha estado aquí un siervo de ese *Abdalaziz* —afirmó Benilde después de mirarla un rato con el alma en los ojos—. Al saber que dormías se ha ido, y ha venido otro que hablaba nuestra lengua. Ha dicho que cuando despiertes te presentes ante él. Te he excusado diciendo que has pasado mala noche —añadió sonriendo con complicidad. Guiomar se levantó del taburete como un resorte, y ella la obligó a sentarse de nuevo.

—Ha dicho cuando despiertes. Si tuviera prisa ya te habría hecho llamar—aseveró—. Acaba de comer, te preparé el anafre para que te asees —concluyó acariciando levemente su mejilla antes de entrar en la tienda, provocando con el roce una marea en las entrañas de la sierva. La niña se aproximó entonces a ella y le puso las manos en la rodilla. Cauta, miraba la escudilla y miraba a Guiomar con aquellos ojos grises... Habiéndolo visto solo el día antes, costaba disociarlos de don Clodulfo. La joven acercó el cuenco a la pequeña, y esta metió el dedo y se lo llevó a la boca con una sonrisa que encendió la suya como por encanto. No, reconsideró; no costaba tanto...

Cuando había consumido la mitad de la escudilla, dejó de comer; tomó a la niña de la mano y entró en la tienda.

—Acabadla vos, no tengo hambre —dijo a Benilde, pasándole el cuenco. Ella intentó una protesta que Guiomar acalló colocando los dedos en sus labios y negando decidida con la cabeza. Solo la espontaneidad del contacto había conseguido que la joven se olvidara de la comida. La sierva se lavó las manos, la cara y el cuello sobre el anafre. Antes de que se los secara con la manga, Benilde se adelantó con un lienzo y comenzó a hacerlo ella, suave y aplicadamente; y Guiomar se dejó hacer con los ojos cerrados. Al abrirlos se encontró con su rostro a un palmo, transfigurado en una Benilde cuya belleza nunca le había parecido tan sublime. Le besó en la mejilla y luego, como si lo hubiera reconsiderado, en la boca.

Guiomar salió de la tienda con el alma henchida como la vela de un barco cruzando el estrecho de Calpe, y todo a su alrededor le pareció brillante y perceptible a sus sentidos. Habría notado la más ínfima mota de polvo caer sobre sí, tal era la sensibilidad que Benilde le había dejado en la piel con su beso. Sus pies la llevaron por el campamento sin apenas notar el suelo ni el bullicio, todos sus sentidos centrados en la vida que palpitaba a través de ella con una fuerza y un esplendor inusitados.

La llegada a la jaima de Abd al-Aziz la bajó del cielo y colocó de nuevo el peso del mundo sobre sus hombros.

El sirio estaba con Jabib y otros capitanes. Al ver a la sierva, el hombre la saludó, serio, y le hizo un gesto con la mano para que entrara. Su semblante no pasó desapercibido a Guiomar ni tampoco el del Jabib, que apretó los labios y evitó mirarla. Ninguno de los dos parecía contento.

—En dos días nos marchamos de *Uryúla* —les decía—. Quiero que los hombres estén preparados cuando llegue el momento, pues no deseo que nada nos demore. El sitio de *Imerita* no da frutos y mi padre se impacienta. Hemos de abandonar el levante cuando tengo todo a mi favor para ampliar las victorias de mi padre con más ciudades... —añadió visiblemente contrariado—. Volveremos por donde vinimos. Quiero comprobar que al menos lo ganado está seguro. Nos reuniremos con el *walí* en *Imerita*. Quiera Alá, el misericordioso, que para entonces la ciudad ya haya caído... Podéis volver a vuestras obligaciones —concluyó con un gesto de la mano.

Los hombres comenzaron a levantarse. Guiomar constató aliviada que la seriedad de Abd al-Aziz obedecía a su frustración por tener que abandonar su victoriosa campaña para unirse a la de su padre. Llevada por el deseo de minimizarla, viendo que la reunión había concluido, la joven intervino con respeto.

—Mi señor, si me permitís... Quizá las ciudades que pretendíais someter con las armas puedan someterse bajo parlamento...

A Utman, ya en pie, le molestó la intervención, pero pareció captar la idea.

—El *rumí* tiene razón —la interrumpió, y los sarracenos se detuvieron para oír el argumento—. Si el bravo *Tudmir* ha pactado con el hijo del *walí*, quizá haya otros señores que se avengan a hacerlo en otras ciudades.

—Puede ser —respondió Abd al-Aziz—, pero dudo que se presten sin ver que nuestro ejército los rodea...

—Nada perderíais con probar enviando mensajeros... —insistió el hombre—. Quizá *Tudmir* pueda daros luz sobre esta cuestión si la abordáis con sutileza.

—Consideraré tus palabras, noble Utmán... Y hablaré con *Tudmiro*. Podéis iros —concluyó. Al ver que Guiomar se movía, añadió—: Tú no, *Mutarjim*, quédate.

El hombre señaló un lugar para que se sentara frente a él y ella lo hizo, mirándolo con prudencia.

—¡Ah...! Veo que hoy tienes mejor cara... —le dijo—. Ayer me preocupaste, *Jiru*. Creí que habías enfermado.

—Solo era cansancio, mi señor —respondió la joven, tensándose paulatinamente. Temía su reacción después de los acontecimientos que se habían producido en torno a ella el día antes, y el tono circunspecto con que la trataba incrementó aquel miedo. Tardó poco en comprobar que su intuición no la engañaba. Abd al-Aziz la miró con calma durante un rato que desató los nervios a la joven.

—Me mentiste, *Jiru*... ¿O prefieres que te llame *Irmimir*? —le dijo, alternando la mirada entre ella y un rollo de pergamino que

descansaba en la mesa, con el que comenzó a jugar distraídamente—. No fue la venganza la que te hizo reclamar a la mujer.

Guiomar comenzó a angustiarse. Bajó la cabeza con sumisión, esperando y temiendo que continuara. Como Abd al-Aziz
no lo hacía, dedujo que deseaba una justificación.

—Mi señor, no deja de ser venganza quedarme con su esposa
y con su hija. A ojos del *comes* la afrenta sería la misma —habló
en un tono de absoluto respeto. El sirio arrugó el entrecejo.

—No, no deja de serlo. Pero viendo lo que ayer vi, no me
parece que fuera esa la causa... Si lo hiciste por amor a la mujer,
¿por qué no me la pediste sin más? —respondió con la susceptibilidad del que descubre malas artes en alguien en quien confía.

—No lo hice por amor, mi señor —se justificó ella, apelando
a su inflexión más sincera—, fue por lealtad. Serví a la señora
Benilde antes de que desposara. Siempre me trató bien... Pero os
juro que esa lealtad nunca ha afectado a la que os tengo, noble
Abd al-Aziz.

—¿Por lealtad, solo? No fue eso lo que vi ni lo que veo hoy
en tu semblante —dijo él, y sonrió. Guiomar no pudo evitar ru-
borizarse ante la insinuación del sirio, y este abrió aún más la
sonrisa al ver su reacción. Luego moderó de nuevo la expresión
y la miró intensamente—. No me has respondido... ¿Por qué no
la pediste sin más?

La joven se mordió el labio instintivamente. Al notar el dolor
en la grieta que se había hecho el día antes, parpadeó levemente
y dejó de hacerlo. Con la cabeza baja, habló sin mirarlo.

—¿Habría persuadido mi solicitud al señor Jabib para que
renunciara a la esposa del *comes* de Eliberri?

Abd al-Aziz estrechó los párpados un instante y luego negó
suavemente con la cabeza.

—No... —dijo al final, pues ella seguía con los ojos fijos en el
nerviosismo de sus manos.

—Por eso me acogí a la *sharia*, mi señor.

El sirio suspiró ostensiblemente y comenzó a golpear el table-
ro de la mesita con el rollo de pergamino.

—Te equivocas, *Irmimir*... —aseveró, clavándole una mirada paciente que retuvo la de Guiomar—. Crees que existe una verdad absoluta, y no la hay, excepto que Alá es el único Dios y que Mahoma es su profeta. Tampoco hay una razón absoluta... ¿Acaso no es verdad que tú podías invocar la *sharia* por una deuda de sangre? —preguntó él, y la joven asintió con prudencia sin comprender aún a dónde pretendía llegar—. ¿Y no es verdad también que Jabib es *muslim* y tú *rumí*, y que él lleva sirviendo a mi padre durante años como un leal capitán? —Guiomar bajó la cabeza y asintió de nuevo, apretándose los dedos de la mano con angustia, pues comenzaba a temer que Abd al-Aziz estuviera reconsiderando su decisión. El hombre continuó—: Ambas verdades os dan buenas razones para reclamar a la mujer. Favorecí la tuya porque fue mi deseo y agravié la de Jabib... Y mi capitán no está contento. Me correspondería a mí desagraviarle, pero es a ti hacia quien dirige su encono. Tendrás que satisfacer tú el agravio.

A Guiomar se le desencajó la cara al oír sus últimas palabras, que sonaron a orden.

—Mi señor, no puedo entregarle a Benilde ni a la niña... —rogó mirándolo con el rostro angustiado, y Abd al-Aziz sonrió sin ocultar su cordialidad.

—¡Ay, mi pequeño *Jiru*!... Y dices que no es por amor... —La joven volvió a azorarse, a pesar de su ansiedad, y el sirio se levantó para colocarse a su lado, apretándole fuertemente el hombro—. Nunca te pediría tal cosa, querido *Irmimir*, solo digo que le compenses la pérdida.

Guiomar respiró como si el aire de la tienda hubiese recobrado su ligereza tras haber tenido la densidad de una losa. Bajó la cabeza y asintió repetidamente.

—Así lo haré, mi señor —dijo—. Le pagaré el valor de la niña en dinares.

El sirio secundó su gesto con aprobación; luego, sin retirar la mano de su hombro, buscó el rostro de la joven para observar su semblante.

—¿Has decidido abandonarnos en *Uryúla*? —le preguntó, mirándola fijamente. Guiomar reaccionó con sorpresa y confusión ante la expectación que captó en los ojos del sirio, y este se explicó—. Vi que *Tudmiro* te hablaba... Si tu padre fue un leal compañero, tal vez ahora quiera al hijo a su lado.

—Mi señor —contestó ella sin retirar la mirada—, el *dux* me contó cosas que desconocía de mi padre... Y, sí, también me pidió que le sirviera, como él hizo.

Abd al-Aziz asintió lentamente; luego le retiró la mano del hombro.

—¿Y qué has decidido?

Ella lo observó un instante, tratando de medir si la estaba presionando.

—Mi lealtad me obliga a vos, mi señor; no traicionaré la confianza que me habéis mostrado —dijo con sinceridad—. También me obliga la gratitud... Seguiré con vos hasta que termine la campaña o queráis prescindir de mi servicio.

Abd al-Aziz le palmeó el hombro con satisfacción, dedicándole una sonrisa llena de afecto.

—Me place oírlo, mi fiel *Jiru* —afirmó; después tomó de la mesita el rollo de pergamino con el que había estado jugando y se lo entregó. Ella lo abrió, pensando que demandaba su traducción. Al ver que estaba escrito en la lengua de Damasco, lo volvió a cerrar, mirando confundida a Abd al-Aziz.

—Mi señor, no sé leer vuestra escritura... —se excusó.

—Lo sé, es para ti. He decidido devolverte la casa y las tierras de tu padre. Esta carta lo acredita....

Guiomar separó los labios para tomar aire; la sorpresa le había cortado la respiración, dejándola durante un momento sin saber cómo reaccionar. ¿La premiaba por su decisión? ¿Lo hubiera hecho si la respuesta no hubiera sido la que fue?

—Pero, mi señor... —titubeó finalmente, sin encontrar las palabras.

—Es un regalo para quien me sirve bien, y es justicia para ti y para tu madre —insistió decidido.

—Mi señor, aún no se ha probado que la carta de mi padre fuera falsa —objetó Guiomar, sobrecogida por el gesto del sirio.

—Yo no necesito esa prueba para devolverte lo que es tuyo. Tuya es la casa y tuyas son las tierras —insistió—. Te daría también *Ilibiris* para gobernarla, sé que no lo harías mal; pero eso me pondría en conflicto con mis capitanes. *Ilibiris* es una tierra rica que nos recuerda a Damasco... No entenderían que te favoreciera por encima de ellos. La propiedad que te doy no te eximirá de pagar los tributos que te correspondan al señor de la ciudad, pero lo harás como *muslim*, no como *rumí*. No serán tan onerosos... Dile al escriba que te lo lea, y hazle copia en tu lengua para que...

La llegada de un guardia pidiendo venia interrumpió al sirio.

—Mi señor, un soldado de la ciudad solicita veros, dice que trae un presente de parte del *walí* de *Uryúla*.

Abd al-Aziz se puso en pie, encarando la entrada de la jaima. Guiomar introdujo el pergamino dentro de su manto y lo siguió, preparándose para servir la traducción.

—Dile al hombre que pase —ordenó al sarraceno, pero este pareció dudar.

—Mi señor, el presente es un caballo...

No le extrañó el gesto de don Teodomiro. Guiomar había estado interpretando la larga conversación que habían mantenido el *dux* y el hijo del *walí* sobre las excelencias y diferencias de los caballos que se criaban en Hispania respecto a las de los africanos. El sirio incluso le había hecho partícipe en alguna ocasión, conociendo su buena reputación en la doma.

La joven siguió a Abd al-Aziz fuera de la tienda. No había dado tres pasos cuando vio a Erico sosteniendo las riendas de un magnífico semental blanco. Lo habían cepillado y lavado hasta el punto de que sus crines brillaban al sol como hilos de seda. La presencia del godo le agarró un pellizco en el vientre, que se intensificó al ver su respuesta ante ella. El hombre parecía más calmado que el día antes, pero seguía mirándola con mal disimulado interés. Guiomar bajó la vista. Si a Erico le había quedado alguna duda sobre el color de sus ojos, la brillante luz del mediodía la habría disipado en el mismo momento en que los cruzaron.

Cuando el godo terminó de comunicar el mensaje del *dux* y recibió la respuesta agradecida de un Abd al-Aziz que acariciaba admirado al animal, se despidió e hizo el ademán de marcharse. La mirada ansiosa y sumisa que dedicó a Guiomar al darse la vuelta y la vacilación que captó en él despertaron en la joven algo que se antepuso a la prudencia.

—Deteneos, Erico, por favor —dijo en un impulso. El hombre se giró para mirarla, pálido y expectante, y la joven se dirigió al sirio—. Noble Abd al-Aziz, este hombre sirvió a mi padre antes de morir. ¿Me permitís hablar con él? —le rogó, bajando la cabeza con respeto—. Haced llamar a otro traductor si dudáis del contenido de nuestra conversación, mi señor.

Abd al-Aziz le puso la mano en el hombro y lo apretó con afecto.

—No será necesario, *Irmimir*. Confío en ti y en el noble *Tudmiro*. Puedes hablar en la jaima, nadie os molestará... —le aseguró. Después pareció meditar algo y añadió—: Dile al soldado que luego lo llevarán a la cerca, pues quiero responder a su señor con uno de nuestros alazanes.

Guiomar le tradujo sus palabras y el sirio se marchó con el caballo tras recibir el asentimiento del godo. La joven lo miró entonces y señaló la entrada de la tienda con un ademán; le temblaban las manos.

—¿Me concederéis un momento? —le preguntó.

Erico la observó con inquietud, sin negar ni asentir. Tenía el rostro tenso. Finalmente cruzó el faldón y la joven lo siguió, agarrándose el cinto para evitar que se le notara el creciente temblor de los miembros. Una vez dentro, el hombre la contempló intranquilo y conmovido, sin decir una palabra, tratando de encontrar una pista en su rostro que le ayudara a atar todos los cabos de su confusión.

—¿Dudáis de mí, Erico? —preguntó Guiomar, bajándose ligeramente el embozo de la boca y haciendo de tripas corazón.

Él la miró y arrugó el gesto; después evitó sus ojos, jugando nerviosamente con el puño de su espada, para volver a ellos visiblemente alterado.

—Quizá seáis hijo de Dalmiro... Tenéis sus mismos ojos —aseveró, huraño, como si aún se resistiera a aceptarlo—. Pero no sé de qué madre...

—¿Dudáis entonces de que sea Ermemir? —insistió—. ¿Dudáis de que me haya criado en la villa de mi padre?

—Vi al pequeño Ermemir con el cuello roto —aseguró—. En la guerra he visto a muchos como él, y ninguno se ha levantado ni ha vuelto a caminar... No sé quién sois, pero *sé* que no sois Ermemir. Él tenía los ojos de doña Elvira, y no la veo en los vuestros...

Guiomar parpadeó, tensa, pero siguió encarándolo sin flaquear. Notaba un muro en torno al hombre y se resistía a pensar que el Erico que conocía y que la adoraba no estuviera detrás de aquel escudo. ¿Cuánto quedaba de él?, se preguntó. ¿Tanto había cambiado?

—Y aun así, hablasteis en mi favor ante el *dux*... ¿Por qué? —preguntó con un tono que le hizo recordarse en su niñez, cuando sentía que tenía poder sobre los súbditos de su padre.

—Clodulfo es una rata que no merece el aire que respira... Don Dalmiro era un buen hombre y mejor señor. Respetaré a sus hijos, sean de la madre que sean. Tengo una deuda con él que no podré pagar nunca... —habló desviando la mirada y, por primera vez, Guiomar vislumbró una grieta en su defensa. Como si hubiera percibido la naturaleza de su carácter a través de ella y la antigua confianza renaciera y la cegara, lo observó durante un momento con una intensidad que hizo que el hombre contuviera la respiración. Después dio un paso hacia él.

—Yo sí sé quién sois, fiel Erico, os recuerdo bien —dijo, y comenzó a desliarse el turbante del cuello—. Recuerdo que os empeñasteis en montar a Bruma, que ahora pertenece a esa rata, y que por ello mi padre os ganó dos tremises. —Sonrió y se despojó el turbante de la cabeza.

Erico abrió levemente la boca sin habla. Vio los cabellos morenos con aquellos reflejos de cobre, vio la sonrisa tímida de Elvira, y oyó el eco de la risa feliz de una niña celebrando que solo ella podía montar a su caballo. Y se le humedecieron los ojos. Bajó la cabeza, avergonzado por las lágrimas y sus dudas, y por la culpa que le había acompañado todos aquellos años. Guiomar vio en su rostro la emoción y la pesadumbre, y se acercó para apretarle el brazo con afecto.

—Aún oigo los gritos de vuestra madr...

—¡Deteneos, os lo ruego! —interrumpió ella con la voz grave—. No fuisteis vos quien mató a mi madre... Tampoco yo. De nada sirve culparse, Erico. Yo ya he dejado de hacerlo... O al menos eso es lo que ahora pretendo...

—¿De qué tendríais vos que culparos? —preguntó él, sorprendido por las palabras de la joven. Ella eludió su mirada; no iba a ahondar en su herida.

—No es fácil sobrevivir a los tuyos cuando escapas del destino de la muerte —musitó, y comenzó a colocarse el turbante con agilidad. La sonrisa ya había desaparecido de su rostro—. No es fácil vivir cuando te roban la vida, Erico; al final te culpas por no haber muerto...

El soldado asintió y la contempló con admiración, sobrecogido por su dolor y su entereza.

—Ha sido voluntad de Dios que viváis para vengar a vuestro padre —dijo más por convicción que por confortarla. Ella frunció el ceño y negó repetidamente con la cabeza, mirando hacia un lado.

—Habría preferido que Su voluntad no hubiera llegado a tal extremo... Y ni siquiera he sido yo quien lo ha vengado —respondió y volvió a sus ojos—. Es justicia lo que quiero, Erico, no venganza; no va a devolverme a mi familia... Pero dudo que los hombres puedan dármela. Solo espero que al menos el *dux* redima la memoria de mi padre.

El soldado la miró apreciativamente y le sonrió con afecto.

—Don Dalmiro estaría orgulloso de vos... —le habló en un tono que evidenciaba su admiración. Aquellas palabras atormentaron a Guiomar y le cerraron la garganta. Sacudió la cabeza, incapaz de creer que su padre pudiera aprobar su disfraz, su servicio a los sirios, su amor a Benilde...

—Tendréis esa justicia —continuó Erico—. Vifredo reconoció anoche ante el *dux* que fue él quien escribió la carta por orden del *comes*. Don Teodomiro os lo comunicará durante las celebraciones de esta tarde. También he testificado yo por lo que ocurrió en Eliberri y en la villa.

Guiomar lo miró esperanzada. La voluntad de Dios era extraña; en un solo día recobraba las tierras y el buen nombre de su padre. Después, como si aquella alegría fuera un ave de paso, aseveró el rostro. Ni Dalmiro tendría compensación por la ignominia de Clodulfo ni ella podría disfrutar de sus tierras en una guerra donde la vida no valía un felús de cobre y la propiedad cambiaba de manos como un pollino viejo. El gesto de Abd al-Aziz era un regalo envenenado; le obligaba a corresponderle con lealtad. Y no es que a ella le faltara, pero ahora la presión del compromiso era una carga.

Erico carraspeó y se acercó a la joven.

—Os ruego que me dejéis serviros —le dijo con cierta vehemencia—. Soy hombre libre, no me debo al *dux*, y ahora mucho menos al *comes*...

Solo faltaba aquello... Guiomar lo miró con sorpresa.

—Erico, no puedo permitir que me acompañéis sirviendo yo a quien sirvo. Os hace a vos traidor...

—Mi conciencia me impide servir a los sarracenos... —afirmó él. Luego se dio cuenta de que su respuesta podía ser interpretada como un insulto y añadió:

—No veáis censura en mis palabras, pues no os juzgo. No os estaría ofreciendo mi servicio si así lo hiciera. Me ofrezco a daros seguridad mientras estéis con ellos —habló con decisión.

—Cuento con la protección del hijo del *walí*. Nadie podría ofrecerme mejor seguridad que él, Erico. Si perdiera su favor, ni vos podríais defenderme —le dijo sonriéndole agradecida. Luego pensó en Benilde y frunció el entrecejo. Pareció que rumiaba algo. Sin apartar los ojos del suelo, añadió—: Pero quizá podríais servirme de otro modo...

—Lo que me pidáis si no ofende a Dios ni al rey —respondió él sin dudarlo.

Al rey... ¿*Qué rey?*, pensó la joven con irónica amargura.

—No los ofendería... —aseguró—. Dejadme que lo considere, Erico. Os agradezco el ofrecimiento —concluyó, apretando su antebrazo y sonriéndole tímidamente.

—Si me necesitáis, podéis encontrarme en las caballerizas del *dux*.

Ella asintió. Tras un intercambio mudo de miradas en el que cupo afecto, admiración mutua, timidez y turbación, el hombre le hizo una reverencia con la cabeza y se dispuso a marcharse; y a Guiomar, que se había quedado sin palabras, pues no se atrevía a preguntar nada que le hiciera entrar en detalles de su vida, le asaltó la preocupación de no haber cerrado con él la cuestión de su identidad. Incapaz de abordarla abiertamente, y aún con miedo a la percepción que tuviera el soldado, se dirigió a él cuando casi salía de la jaima.

—Erico, ¿os queda alguna duda de quién soy? —preguntó y se mordió el labio. De nuevo el dolor... Vio cómo el hombre se detenía con el faldón de la entrada aún en la mano y la miraba durante un momento que se hizo eterno para Guiomar. Pensó que habría captado su preocupación, pues él se dio la vuelta y le sonrió levemente. Luego se acercó unos pasos y negó con la cabeza.

—Sois Ermemir, hijo de don Dalmiro... Mi señora —musitó, inclinó de nuevo la cabeza y abandonó la jaima.

Capítulo 40

Guiomar había regresado al campamento con noche cerrada después de otra jornada de celebraciones en la ciudad que acabaron por agotarla. Ejercer de intérprete durante largas horas le exigía un nivel de atención que la dejaba exhausta. Cuando entró en la tienda, Benilde yacía ya junto a la niña en el jergón. Al oírla, se giró y levantó las mantas para recibirla.

—Has tardado mucho... —le susurró—. Empezaba a preocuparme...

Si se preocupaba durante una tregua, ¿cómo lo haría en plena guerra?, pensó mientras se acomodaba entre sus brazos como si llevara toda la vida haciéndolo.

—El vino les suelta la lengua y les hace olvidar el paso del tiempo... A Dios gracias, su profeta desaprueba a los borrachos —suspiró y dejó que su cuerpo se relajara en la templanza de Benilde. Cuando esta ya pensaba que se había dormido, volvió a hablar—. El secretario de don Clodulfo ha reconocido que escribió la carta por orden suya. Teníais razón.

Benilde se incorporó, sorprendida, apoyándose en el codo para mirarla. La escasa luz de la lucerna le devolvió un rostro circunspecto y cansado.

—¿Bajo tormento? —preguntó ella—. Vifredo es un buen hombre...

—No lo sé... El *dux* solo me ha dicho que ha hablado. Dice que ha mandado encarcelar a Clodulfo. Lo juzgará en unos días, aprovechando que están aquí los *comites* y algunos obispos de la Carthaginensis —afirmó la sierva—. Me ha preguntado si os quedaréis en Aurariola para el juicio. Podéis testificar el abandono de vuestra hija; es otro delito por el que puede ser juzgado... —Guiomar vaciló y la miró con tiento, temiendo su reacción a lo que iba a decirle—. Si condenan al *comes*, podríais aceptar la hospitalidad de don Teodomiro; cuidaría de vos y de la niña como si formarais parte de su familia y os libraría de la guerra... Abd al-Aziz respetará el pacto que han firmado.

Benilde echó la cabeza hacia atrás buscando una mejor perspectiva de su rostro, y ella sintió que la escrutaba, tratando de medir si sus palabras obedecían a una intención oculta. Guiomar parpadeó, huyendo de la perspicacia de aquellos ojos que la intimidaban.

—¿Aceptarás tú su hospitalidad? —preguntó la joven finalmente con un tono en el que captó desafío.

Ella bajó la vista, inquieta. ¿En qué modo podría servir al *dux* en Aurariola? ¿Cómo caballerizo? Difícilmente, pensó; él no lo permitiría siendo hijo de noble. ¿Como soldado entonces?... ¿Cuánto tardarían en descubrir su disfraz en la ciudad? ¿Y qué sería Benilde a ojos de los clérigos y de los señores después de lo que dijo ante ellos?...

Aquella era una justificación demasiado larga para su cansancio. Guiomar la volvió a mirar de soslayo y se limitó a negar con la cabeza...

—Debo lealtad a Abd al-Aziz... —dijo escuetamente; luego tomó aire como para añadir algo, pero pareció arrepentirse y lo dejó escapar con un suspiro.

Benilde esperó un momento a que continuara. Como no lo hacía, tomó ella la palabra.

—Tampoco lo haré yo entonces —aseveró con una resolución que no dejaba lugar para la réplica.

Guiomar se despertó en mitad de la noche y no volvió a coger el sueño. Su cabeza era una rueda que encadenaba imágenes de los acontecimientos y conversaciones recientes en un discurso inacabable. Deseaba que llegaran las luces del alba para que la actividad del día amordazara con la realidad aquella verborrea agotadora de la consciencia. Tenía que encontrar una salida que la satisficiera para dejar su mente en paz.

Se arrimó a Benilde buscando que su calor le aflojara los miembros y la calmara de nuevo. Ella le había dado la espalda y estaba acurrucada junto a la niña en una postura instintiva que reforzaba su sensación de protección. Guiomar se agarró a su cintura tímidamente. Como si el gesto hubiera activado un resorte en Benilde, se dio la vuelta para recibirla, y la sierva se acopló a sus miembros con la facilidad de una pieza que forma parte de un engranaje. Apenas se habían amado dos veces y sus cuerpos se conocían como dos mellizos en el vientre de la madre. La sierva apoyó la cabeza en su pecho y se abandonó a la calidez de su abrazo. Notó su latido acompasado. La vida fluía por Benilde y se derramaba inundándolo todo con su fuerza: a su hija, a ella... Recordó a la joven indómita que la pateara en el establo la primera vez que se vieron y sonrió. Desde entonces había pasado un lustro lleno de penurias que había jugado con ellas como un cachorro con un gazapo. Pero la hija de don Froila había mudado la piel para revelarse con una fortaleza y un brillo inusitados. Benilde le había traído el amor en el cruel escenario de la guerra para redimirla de sus horrores... Y para traerle temores nuevos.

Sabía qué era la felicidad. La recordaba en su niñez cuando su padre le dio a Bruma, una potra malcarada que ella convirtió en compañera. La vivió cuando su madre accedió a que acompañara a Dalmiro a Acci para la venta de unos sementales. La sentía en la villa sin ser consciente de lo que era hasta que su mundo se apagó. Y ahora volvía a vislumbrarla por medio de Benilde con pálpitos de una intensidad abrumadora que la aterraba. Si se abandonaba a su complacencia, si se sumía en aquel goce, bajaría la guardia y la zarpa la cogería desprevenida. Pues la dicha atraía los males en un mundo en el que se nacía para sobrevivir. Llevaba la lección grabada en su carne como la marca del hierro de una yeguada. Si siempre había perdido lo que amaba, amar a Benilde era una imprudencia...

Guiomar suspiró tratando de expulsar aquel aire de desesperanza. La realidad era, quizá, menos sombría y más prosaica. El bienestar de Benilde y el de la pequeña dependían absolutamente de ella. Sin la sierva, la madre sería propiedad de Jabib, si este no la vendía antes, y la niña acabaría entre las concubinas de un sirio, en Damasco o en Hispania, en cuanto tuviera edad de ser desvirgada. En otros contextos su protección no habría supuesto mayor problema, pero en el de la guerra la seguridad era tan estable como la llama de una vela en la rendija de una puerta. Aurariola era la calma que precedía a la tormenta. La campaña de Emerita, según sabía, estaba siendo feroz con meses de sitio. Musa no era Abd al-Aziz, y los ocho mil soldados del hijo eran poco más de un tercio de los del padre. Acceder a la voluntad de Benilde y a su propio deseo en aquel escenario era una insensatez; y no acceder, una traición...

La desazón que le produjo aquel pensamiento le hizo darse la vuelta, incómoda, y Benilde, con el automatismo del sueño, se acurrucó tras ella apoyándose en su espalda y buscándole la mano en su pecho. Como si su abrazo hubiera sido una pesada metáfora en aquella disyuntiva, Guiomar sintió de pronto su proximidad con la incomodidad de un lastre. Le faltaba el aire...

Escuchó el canto de un mirlo anunciando el alba y decidió que tenía que salir de la tienda. Levantó la mano de Benilde con cuidado para no despertarla y trató de liberarse de su abrazo. La joven acusó la ausencia de su cuerpo y se movió.

—¿Dónde vas? —preguntó somnolienta.

—Duerme, necesito aliviarme —respondió ella, apretando su mano para tranquilizarla. Era cierto, necesitaba aliviar su cuerpo, pero necesitaba aún más aliviar su conciencia.

Guiomar salió de la tienda y se arrebujó en el manto. Hacía frío y el contraste del aire con el calor de Benilde hizo más gélida la madrugada. Contempló el cielo durante un momento; el lucero de la mañana titilaba con un brillo majestuoso en un horizonte que comenzaba a clarear. Tomó las riendas de Leil y se dirigió con él a pie a través del campamento hacia el río Thader. Algunos soldados la miraron con curiosidad, para luego seguir durmiendo. Saludó a los que hacían guardia y continuó río arriba hasta encontrar una abertura en la orilla que usaban los pastores para dar de beber al ganado. Se alivió entre unos matorrales, se aseó en las frías aguas y luego se sentó en una enorme roca plana junto a la corriente mientras el caballo pastaba de las hierbas de la orilla. Sosegaba escuchar el rumor del agua y a los mirlos, que habían reanudado su canto matutino tras constatar que la presencia de aquella extraña no era una amenaza. Se recostó sobre la fría piedra; estaba tan cansada... Se sentía culpable por estar allí y no junto a Benilde. Instintivamente se llevó las manos a la cara en un gesto de profundo desaliento. Al hacerlo percibió el olor de la joven, y el vientre se le contrajo en un espasmo que le recorrió el cuerpo y la debilitó. Turbada y exasperada se cubrió el rostro con el brazo. La tormenta de emociones que la arreciaba estalló, y comenzó su guerra para evitar los sollozos. Siempre había vivido con miedo. Miedo a que su padre no volviera de la guerra, a ser relegada en su afecto por Ermemir, a morir como su madre, a que la descubrieran... Y ahora aquel mismo miedo fagocitaba a la dicha para hacerse más grande. Le aterraba el amor ciego de Benilde, pues temía que fuera motivo de su condena.

Se reincorporó y se limpió las lágrimas con la faja del turbante, enojada con todo y consigo misma. Tenía que calmarse, tenía que encontrar una respuesta que la dejara en paz, doliera a quien doliera. Comenzó a cepillar a Leil con la almohaza para serenarse. Lo hizo concienzudamente, hablándole, abrazándolo, acariciándolo. Cuando terminó de hacerlo, el sol asomaba el borde de su esfera por el horizonte, el caballo brillaba en su claridad y ella estaba tan vacía de sí que la solución fraguó en su mente sin resistencia. Supo ya lo que tenía que hacer, pero no podría llevarlo a cabo sin contar antes con la lealtad de Erico y el compromiso de Abd al-Aziz. Volvió al campamento. Tenía que hablar con ellos y tenía, además, que redactar los documentos que el sirio le encomendara. Decidió que escribiría uno más.

Benilde no había visto a Guiomar en todo el día. Cuando regresó a la tienda era tarde. La había oído descabalgar y trajinar fuera durante un momento. Como no entraba, salió ella, para encontrarla sentada junto a la abertura amolando una espada corta mecánicamente. Algo en su actitud la inquietó. Al preguntarle qué hacía, se excusó diciendo que había bebido vino y estaba mareada; que había preferido preparar algunas cosas para la partida del día siguiente, esperando que así se le pasara la embriaguez. Benilde le quitó la espada de la mano, la cogió de la muñeca y la metió en la tienda, obligándola a descansar en el jergón.

Cuando la joven despertó por la mañana, Guiomar ya se había levantado y había salido. Vio que la niña dormía plácidamente junto a ella y pensó que debía ir preparando las cosas para el viaje. Sin embargo, decidió aguardar un poco hasta que volviera la sierva. Aún estaba somnolienta, pues aquella había sido una noche extraña... Nunca había visto embriagada a Guiomar. Cayó rendida al sueño a poco de yacer en el jergón, pero a mitad de la noche la notó agitada por una pesadilla. Al despertarla, la había mirado con una expresión ansiosa, como si aún siguiera con la inercia de aquel sueño. Luego, para su sorpresa, la amó en silencio con un placer sin estridencias. La comunión fue tan absoluta que se sorprendió dudando si había existido antes de Guiomar, pues en aquel instante tuvo la sensación de que le pertenecía desde el momento en que nació.

La niña se movió en el jergón y la joven se giró para cubrirla con la manta. Al hacerlo notó la espalda resentida... El amor era un oficio del alma que se ejercía a través del cuerpo, pensó. ¿Qué poder tenía aquella necesidad de posesión sin límites? El placer de la carne era una debilidad del espíritu, un acto vergonzoso a los ojos de Dios según se clamaba en las iglesias... ¿Por qué algo que condenaba a los infiernos podía hacer sentir tan cerca del cielo? No pensaba en la obviedad del goce, tan efímero como un copo de nieve en los labios; pensaba en los rescoldos que dejaba, en su capacidad para construir un universo común y exclusivo para los amantes. Pensó en el que compartía con Guiomar y en el sólido tapiz que había tejido entre las dos.

Aquellas reflexiones se interrumpieron con la llegada de un caballo. Se levantó rápidamente del jergón, se colocó la mantilla sobre la cabeza y salió fuera de la tienda para recibir a la joven. Lo primero que vio fue a Leil; después, a Erico agarrándolo por las riendas. Le acompañaba el criado que solía servir a Guiomar en el campamento. Sujetaba un alazán que llevaba colgado en la silla un escudo hispano, y Benilde supuso que el caballo era del godo. La sonrisa se le esfumó del rostro.

—¿Qué hacéis vos aquí, Erico? —le preguntó desconfiada.

El hombre le hizo una reverencia.

—Preparaos, mi señora, pues partimos en unas horas —le anunció respetuosamente.

—¿Qué decís? ¿Dónde está Ermemir?

—He venido para acompañaros y para ayudaros a preparar vuestra partida.

La joven sintió como si una garra le apretara el pecho; se le desbocó el corazón, pues el aire no le llegaba a los pulmones.

—¿Qué decís, Erico? Yo no voy a Aurariola. No he aceptado la invitación del *dux*... —dijo con vehemencia, y vio cómo él la miraba confuso.

—No vamos a la ciudad, señora Benilde; vamos a Eliberri... —afirmó—. Volvemos a la villa de la vega...

—¿Cómo, a la villa? ¡No voy a volver con mi esposo! —exclamó con una voz aguda y destemplada por la ansiedad sin pararse a pensar que la casa ya no pertenecía a don Clodulfo. La niña salió entonces de la tienda y se agarró a sus piernas, asustada por las voces de la madre. Ella le puso la mano en la cabeza, pero no la cogió.

Viendo la reacción de la joven, Erico levantó las suyas para calmarla.

—¡No lo haréis, mi señora! —enfatizó—. El sirio ha devuelto al señor Ermemir las tierras de su padre. Él quiere que viváis en la villa y que yo os ayude a levantar de nuevo la hacienda; por eso os acompaño... Por eso y porque ahora sirvo al hijo de Dalmiro.

La sorpresa le hizo abrir la boca. Balbució sin encontrar palabras... ¿Por qué no le había dicho nada Guiomar? ¿Por qué no era ella quien le comunicaba todo aquello?

—¿Dónde está Ermemir? —le preguntó acercándose a él, traspasándolo con la mirada.

—Ha partido de madrugada hacia Dianium[43], mi señora... —le respondió el hombre, intimidado.

—Eso es imposible —replicó ella acercándose aún más—, nunca se iría sin su caballo.

—Se ha marchado con Bruma... La yegua torda —aclaró.

Benilde había empalidecido, por la confusión y porque el temor que le había provocado la presencia de Erico y la ausencia de Guiomar alimentaba un mal presentimiento que cobraba cada vez más la forma de una realidad que sabía se negaría a aceptar.

—¿Qué yegua torda, Erico? No sé de qué me estáis hablando... —dijo sacudiendo ya la cabeza.

—La que montaba el *comes*, señora; era de la... Era del joven Ermemir —rectificó—. La llamaba Bruma. Dije a don Teodomiro que la yegua era suya antes de que don Clodulfo se la quedara después de lo de la villa... Y el *dux* se la ha devuelto. El señor quiere que os quedéis al semental... Dice que es vuestro y que se dejará montar por vos; pero que ya sabéis que debéis hacerlo con prudencia. Me ha insistido mucho en ello... También me ha dado esto para que os lo entregue —añadió, y le pasó un rollo de lo que Benilde creía pergamino mal pulido y que resultó ser de un material que desconocía, más tosco y flexible que este. Al desenrollarlo encontró tres documentos. El primero estaba escrito en la lengua de los sirios, y no supo qué encerraba entre sus extraños trazos. El segundo, con una letra desigual que no habría aprobado

---

43   Denia

524

el padre Balduino, era una carta de propiedad por la que Abd al-Aziz cedía a Ermemir las tierras que habían pertenecido a don Dalmiro; y la tercera, con el mismo trazo endiablado, parecía una misiva personal firmada con la inicial E, que bien podría haber sido una G por la forma confusa de la letra. Cuando leyó el principio, se le contrajo el rostro y comenzó a sacudir la cabeza.

—No, no, no... No me hagas esto, no me hagas esto...

La desesperación cegó a Benilde. Sin acabar de leer lo que había empezado, apretó las cartas y echó a correr hacia las tiendas de los capitanes. La niña la siguió llorando, y Erico, dividido entre el semental, la señora y la hija, cogió a la pequeña en sus brazos mientras llamaba a voces a la madre.

Cuando la joven llegó a la jaima de Abd al-Aziz, lo vio enjaezando su caballo. Se olvidó de respetar las distancias y, al tratar de acercarse al sirio con aquella urgencia, uno de los guardias la detuvo con tal contundencia que la tiró de culo a una cuantas varas de él. Como si no se hubiese dado por aludida, Benilde se incorporó del suelo y le espetó fuera de sí.

—¿Dónde está el *mutarjim*?

El hombre le hizo un gesto al soldado para que se detuviera, pues se disponía a asestarle otro empujón, alfanje en mano; luego llamó a un africano de las tiendas vecinas para que se acercara. Cuando estuvo junto a él, Abd al-Aziz se dirigió a la joven y el soldado le tradujo.

—Mi señor dice que la mujer tiene que prepararse para marchar con el campamento. Si no lo hace la llevará por fuerza.

—¿Dónde está el *mutarjim*? —Volvió a preguntar, elevando la voz y mirando hacia la jaima como si esperara que Guiomar fuera a salir de allí al oírla. El sirio le respondió sin mirarla, aplicado en ensillar con mimo el semental que el *dux* le obsequiara.

—El *mutarjim* marchó temprano; sirve al señor Abd al-Aziz en *Valintia* y en *Sacunto*[44]. Lleva su mensaje a los *walíes* de las ciudades de levante —habló el intérprete.

[44] Valentia (Valencia) y Sagunto

A Benilde se le cerró la garganta y se le empañaron los ojos. Apretó los puños con rabia, desesperada.

—¡Decía que vos lo apreciabais... Y le habéis enviado a una muerte segura! —le recriminó—. ¡Le clavarán una saeta en cuanto lo vean!

Abd al-Aziz se volvió hacia ella, molesto por su tono, mientras escuchaba la traducción del *mauri*.

—¡Mujer! —la llamó el soldado, pues la joven ya se marchaba a la carrera. Al oírlo, se volvió—. Mi señor dice que el *mutarjim* viste como *rumí*, y como *rumí* hablará. Dice que lo aprecia como hijo y que no es mi señor que le ordena esto, es el *mutarjim* que se ofrece.

Habría preferido no haberse quedado para escuchar aquellas palabras. El alivio que le supuso saber que Guiomar, al menos, no emprendía aquella misión vestida como un sarraceno por tierras bajo dominio godo se había convertido instantes después en una daga clavada en su espalda al constatar que había sido ella quien se había prestado para llevarla a cabo. La sierva no incumplía la palabra dada, pues no la dejaba en Aurariola, pero la traicionaba igualmente y por partida doble... La traicionaba por no haberle confiado sus intenciones, y la traicionaba aún más por buscar la ocasión para alejarse de ella.

Con aquella herida volvió a la tienda. Vio a Erico con la niña en los brazos, que lloraba desconsolada con los suyos extendidos hacia ella. Vio a Leil con unos ojos que expresaban su nerviosismo, moviendo inquieto los cuartos traseros mientras el africano, que ahora lo agarraba de las riendas, trataba de tranquilizarlo. Benilde no lo pensó dos veces. Se fue hacia él y se dispuso a montarlo. El tiempo que tardó en subirse la túnica para poder acceder al estribo fue el que necesitó Erico para darse cuenta de las intenciones de la señora. Ya sabía cómo se las gastaba a lomos de un alazán. No quería ni pensar cómo lo haría sobre aquel semental brioso. Antes de que consiguiera pasar la pierna por la grupa, el hombre la agarró por la cintura con el brazo que le quedaba libre y la apartó del animal mientras sollozaba ella, tratando de liberarse del soldado, y lo hacía la niña, sobrecogida por un miedo que la madre no calmaba.

—¡Por amor de Dios, mi señora, volved en razón! —rogó él, sujetándolas a las dos y observando con preocupación cómo el semental reculaba y el criado apenas podía controlarlo. Cuando la joven detuvo su resistencia, Erico las dejó en el suelo y fue a ayudar al chico con el animal.

Benilde cogió a la niña y entró en la tienda. Llorando, impotente y desesperada, se sentó en el taburete y abrazó a la pequeña para darle un consuelo que ella distaba mucho de sentir. La meció con un movimiento mecánico y nervioso que servía tanto al desconsuelo de la hija como a la angustia de la madre. Si hubiera sido una fiera habría recorrido la tienda de un lado a otro hasta agotarse. De nuevo se sentía abandonada y rechazada. Y esta vez por la persona por la que habría dado la vida. El dolor era tan fuerte y tan profundo que pensó que ni muriendo conseguiría calmarlo. Se dio cuenta de que aún llevaba fuertemente agarrado el rollo de los documentos que le diera Erico. Lo arrojó al suelo con una rabia que se retroalimentó con la propia brusquedad del gesto. Si Guiomar hubiera estado allí la habría abofeteado, le habría gritado todo lo que ahora le escocía hasta quebrarse la garganta.

¿Qué lealtad podía esperar de una persona a la que en cuatro años le había conocido cuatro nombres? —Pensó con rencor—. ¿Y qué sentido tenía ya volver a Eliberri?... Para eso bien podía quedarse en Aurariola, aunque solo fuera por la satisfacción de ver que ajusticiaban al *comes*. Entonces recordó lo que había dicho el sirio y comprendió que tampoco era libre para decidir su vida en ausencia de Guiomar. La sierva tenía razón: una mujer no era nada en aquel mundo de hombres. Solo a través de la simulación podían soñar con algo de su poder. Guiomar era el ejemplo y Aurariola lo ratificaba. Su disfraz le había permitido reclamarla ante Abd al-Aziz y por el mismo decidía ahora su destino. ¿Por qué no le había dado la opción de elegir el camino a tomar? No podía perdonárselo... No se lo perdonaría nunca —sintió con rabia.

¿Y qué camino habría tomado?

En medio de aquel rencor se coló la pregunta, y la respuesta fluyó como el agua en un nacedero provocando de nuevo sus lágrimas. Sin dudarlo y sin dar luz a otras opciones, se habría marchado con ella. Miró al suelo y vio el rollo arrugado a sus pies; ni siquiera había terminado de leer la carta... Hizo el ademán de cogerlo y desistió, exasperada, su rencor batallando otra vez contra ella. Hasta que terminó por sucumbir.

Mi señora, sé que no me perdonaréis por lo que voy a hacer, pero prefiero que no lo hagáis vos y sigáis viva a que nunca pueda yo perdonarme vuestra muerte.

Benilde atormentó el rostro y lo cubrió con la mano temblorosa. Guiomar respondía a sus pensamientos como si estuviera dentro de su mente, y esa sensación de cercanía se le volvía hiel en las entrañas. Solo el principio ya anticipaba el final, pero siguió leyendo, sumida en la autocompasión.

Marcho hacia levante para entregar un mensaje del hijo del walí a los comites de Dianium, Valentia y Sacunto. Si es voluntad de Dios protegerme en esta misión, me uniré luego a Abd al-Aziz en Emerita, donde batalla ahora su padre. He dado mi palabra de que le serviré mientras continúe su campaña. Desconozco cuánto durará y hasta dónde nos hará llegar. El wali ya sabe de la riqueza de las tierras de Hispania y de la debilidad de su rey. No cejará hasta que la haya sometido desde la Bética hasta la Septimania, y las ciudades opondrán resistencia, creedme. Como os dije, no puedo aseguraros protección cuando ni siquiera sé qué pasará conmigo. Abd al-Aziz requiere mi presencia como traductor, aunque no le sirva de guía fuera de la Bética, y no puedo negarme. Me ha devuelto la hacienda de mi padre, pero solo podré volver a ella cuando acabe la campaña, y solo Dios sabe cuándo será eso.

¿Entendéis que no pueda llevaros conmigo? Mi muerte o una simple herida en el torso os condenarían. Nadie aquí tendría la misma comprensión que vos tuvisteis al descubrirme. Una vez os dije que no había horror mayor que el que viví cuando niña. Ya no es cierto, mi señora, pues lo habría si presenciara en vos y en la pequeña Guiomar lo que los hombres de Clodulfo hicieron a mi madre y a mi hermano. No puedo vivir con ese miedo cada vez que me ausento de vos.

He dispuesto que volváis a vuestra villa en Eliberri. Vuestra, sí, pues para mí lo es tanto como mía. Partiréis con Abd al-Aziz. No temáis el camino, me ha prometido vuestra protección y cumplirá su palabra. Contáis además con la lealtad de Erico, que ha vuelto a mi servicio y me ha prometido protegeros y ayudaros en la administración de la hacienda. Guardad los documentos que acompañan a esta carta, pues por ellos os respetarán los sarracenos de la ciudad. Si Dios y el hijo del wali así lo disponen, me reuniré con vos cuando termine esta guerra. Ojalá fuera mañana.

Benilde, ni por un momento dudéis de que os amo y de que este gesto mío, que os hiere ahora tanto a vos como a mí, no es más que una prueba de que no os miento. Espero que vuestra sensatez y el tiempo os ayuden a calmar el dolor que os infrinjo.

Por siempre vuestra.

G.

El buen juicio que conozco en vos, os hará quemar esta carta una vez la hayáis leído.

—¿Si me amas, por qué me apartas de ti? —musitó, limpiándose los mocos con el dorso de la mano.

No. Hubo un tiempo en que pensó que las dos eran como tallos de una misma rama. Se equivocaba, no podían ser más distintas. Guiomar, alejándola, se protegía a sí misma de la posibilidad del dolor. Pero la vida era dolor, como también era

529

milagro. Negarlos era negarse a vivir. La sierva huía de sus viejos horrores y, por la misma inercia, huía de los que ni siquiera se habían producido. Benilde había creído que su amor podría redimirla de su pasado, que sería para ella como la lucerna que ilumina al perdido la salida de una caverna. Le había mostrado el camino... Y Guiomar había preferido quedarse dentro. ¿Qué sería de la sierva sin aquella luz?

Las lágrimas volvieron a rodar sin freno por sus mejillas. Tenía razón, no podía perdonarla; y no solo por lo que había hecho. No podía perdonarle, sobre todo, su miedo a la vida.

—Mi señora, debemos desmontar la tienda. La tropa marchará dentro de poco —rogó Erico desde fuera.

Benilde se limpió las lágrimas del rostro y se levantó como si su cuerpo hubiera envejecido veinte años en un momento. Con la niña en los brazos, salió y se topó con el rostro preocupado del soldado. Pobre Erico, pensó, siempre le tocaba bregar con ella...

—Señora, no temáis; cuidaré de vos como lo haría Ermemir —le dijo con tal atención que provocó su simpatía. Ella se le acercó y le apretó el antebrazo. Luego, lo miró fijamente.

—¿Pasará por la villa a la vuelta? —le preguntó con un hilo de esperanza. Si al menos pudiera hablar con ella, quizá pudiera hacérselo entender... Pero le bastó ver la expresión del hombre para saber cuál iba a ser su respuesta.

—No lo creo, señora Benilde. Tiene que reunirse con Abd al-Aziz en Emerita, y para ello le será más corto tomar la Vía Augusta hasta Mariana[45], y luego pasar por Sisapo[46] hasta Emerita. El tiempo que pierde en su misión, lo recuperará acortando el camino en leguas.

Si salía viva de ella... Pensó con amargura. Benilde asintió y se separó de la tienda. Vio que a unas varas había un carro ya cargado con pertrechos del campamento y algunas cautivas.

[45] Ciudad de paso de la Vía Augusta. Aún se desconoce el enclave, que estaría en la provincia de Ciudad Real.

[46] La Bienvenida, Ciudad Real.

Basilia estaba entre ellas. Se aproximó y le pasó la niña. Luego volvió a entrar en la tienda, como una sonámbula, para coger algunas cosas que pudiera echar en falta durante el viaje.

Mientras Erico y el criado desmontaban la tienda, Benilde se acercó a Leil, atado a una estaca. Aún seguía nervioso y desconfiado. Lo agarró por el bocado y comenzó a acariciarlo como solía hacerlo en la hacienda. Le habló suavemente, consolándolo; los unía el abandono de Guiomar. Quiso apelar de nuevo a su rencor, pero no pudo. Sabía que la sierva lo había hecho por ella. Como un eco de su voz, el final de la carta le vino a la cabeza... Sí, probablemente se le pasara el dolor, probablemente ella tuviera razón en todo, probablemente no le quedara otro oficio que olvidar...

Benilde se abrazó con cuidado al cuello del animal y Leil se dejó, emitiendo leves resoplos que tuvieron el efecto de sosegarla.

...O quizá, si mantenía la lucerna encendida, Guiomar, tarde o temprano, acabara por encontrar la salida.

EPÍLOGO

(Eliberri, año del Señor 715, 96 de la hégira)

Sentada en el suelo, junto a la puerta de entrada a la casa, la niña observaba absorta el tosco y desorejado caballito de madera con el que jugaba. La talla no medía más de una cuarta y aún conservaba restos de un antiguo policromado blanco. Mientras la sostenía en la mano izquierda, quitaba con la uña del índice de la derecha los diminutos trozos de pintura que aparecían descascarillados en el vientre del animal. La hacienda estaba más tranquila de lo habitual. Los hombres se habían marchado por la mañana a la yeguada, y solo quedaban en ella las criadas y algunos ancianos que se ocupaban de las tareas de los campos.

Escuchó ladrar a Calamidad cerca de los establos. Lo buscó brevemente con la mirada y lo vio junto a la empalizada, la vista fija en el camino. Lo habían dejado en la hacienda porque era un perro joven y juguetón y asustaba a los potros con sus travesuras.

—¡Caaaalla, Calamidad! —gritó volviendo a su entretenimiento. Sentía complacencia al ver cómo se levantaba la pintura a la mínima presión de la uña, a pesar de que Nube, como llamaba al juguete, fuera perdiendo poco a poco los restos del color que una vez diera sentido al nombre.

El perro volvió a ladrar con más insistencia. La niña lo buscó de nuevo y vio que ahora había traspasado la empalizada y se movía lentamente en dirección a su punto de interés. La cría miró hacia el camino, absorta, centrada su atención en el tacto del pequeño borde que la pintura tenía sobre la superficie de la madera tallada, y divisó a lo lejos la figura de unos jinetes. Cuando estos estuvieron más cerca, gritó.

—¡Madre, vienen hombres!

La mujer se asomó a la puerta y se colocó la mano sobre la frente, el sol de la tarde no le permitía distinguir las siluetas. Cuando sus ojos se adaptaron a la luz vio que se trataba de cinco soldados: cuatro vestidos como los sarracenos, portando largas lanzas en las manos; y un africano, que encabezaba la marcha y se protegía con una loriga bajo el manto. Todos portaban alfanjes, dagas y broqueles, que sujetaban en un lateral de la silla de montar.

—Justa, ve y toca la campana para que vengan los hombres —le dijo a la criada que se asomó detrás de ella; luego se volvió hacia la niña—. ¡Guiomar, ve adentro!

La niña desoyó a la madre y se escondió tras sus piernas, asustada por su tono, sin dejar de mirar al desconocido que se acercaba a pie, agarrando de las riendas a un caballo gris moteado con negras crines y cola, y las observaba con ojos expectantes. Cuando se bajó la faja del turbante del rostro, vio que tenía una fea marca sobre la nariz, pero que sonreía como los niños tímidos. Entonces oyó de su madre algo parecido a una risa o a un sollozo, y cómo pronunciaba su nombre de un modo que nunca antes le había escuchado. La miró con desconcierto, esperando encontrar su atención, pero sus ojos estaban clavados en el extraño y habían empezado a llenarse de lágrimas, a pesar de que su boca sonreía. El hombre se detuvo a varios pasos de ellas y habló con una voz clara y suave en la lengua de los hispanos.

—Ya he vuelto, mi señora —dijo como si se hubiese marchado aquella misma mañana; y luego añadió—: ¿Tengo vuestro perdón?

Su madre la separó de sus piernas y se acercó al soldado, despacio. Cuando estuvo a dos palmos de él, se detuvo, mirándolo como si aún no creyera lo que veía. Después le puso la mano en la mejilla, y el hombre bajó la cabeza con humildad, para luego sonreírle embelesado con ojos brillantes y verdes como las algas que mecían las aguas cristalinas del río.

Índice terminológico

Comes: título de nobleza correspondiente a conde.

Dux: título de nobleza correspondiente a duque.

Gardingo: guardia personal y hombre de confianza de los reyes visigodos.

Mauri: perteneciente a alguna de las tribus de la Mauritania, en el norte de África (beréber).

Qalliqui: esclava de piel blanca y cabello rubio.

Razzia: ataque o incursión musulmana por sorpresa con objeto de saqueo o tomas de esclavos.

Thiufadus: jefe militar que comandaba una unidad de mil soldados (*thiufa*).

Walí: cargo de gobernador en el mundo árabe.

Yariyat: joven esclava de piel blanca y cabello rubio.

Yawari: esclava concubina blanca, por lo común refinada.

Yizya: impuesto en moneda o en especie con el que los sarracenos gravaban a los no musulmanes de las ciudades sometidas.

Índice de personajes históricos mencionados

Abd al-Aziz ibn Musa: hijo de Muza o Musa ibn Nusair, le acompañó en la ocupación de Hispania tras la derrota del Rey Roderico en Guadalete. Sometió el sudeste de la península a través de las armas y con una política de pactos y tratados. Entre estos se conserva el contenido del firmado con el *dux* Teodomiro (Pacto de Tudmir) en Orihuela, en abril de 713. Tras el regreso de Musa a Damasco (714), fue nombrado valí de Al-Ándalus. Casó con Egilona, esposa del rey Roderico. Fue asesinado en 716, supuestamente por orden del Califato de Damasco, pues se le acusaba de que su esposa lo había convertido al cristianismo y de que pretendía la instauración de un califato independiente.

Égica: rey visigodo (687-702/703). Durante su reinado tuvo que enfrentarse a su familia política, así como al intento de levantamiento de Suniefredo. Endureció las leyes para luchar contra los conspiradores y reforzar el poder real, y potenció igualmente la política antijudaica. Asoció al trono a su hijo Witiza, durante cuya corregencia Hispania sufrió algunos ataques bizantinos y aquitanos.

Ervigio: rey visigodo (680-687). Sucedió a Wamba tras una posible conjura. Para asegurar su posición en el trono hubo de hacer grandes concesiones a la nobleza y a los obispos. Durante su reinado promulgó leyes muy severas contra los judíos. Le sucedió su yerno Égica.

Isidoro de Sevilla (556-636): prolífico erudito, fue arzobispo de la ciudad hispalense. Su vasta obra abarca desde los temas teológicos hasta los literarios, históricos y geográficos. Entre ellas destacan las *Etimologías*, una enciclopedia que recoge el saber desde los orígenes de la humanidad hasta su época, y que se constituyó como una obra de referencia durante la Edad Media y el Renacimiento. Fue canonizado en 1598 y se le considera uno de los doctores de la Iglesia.

Musa ibn Nusair: valí de África (698-714). Sometió los últimos reductos de oposición beréber en el norte de África y fue el artífice de la invasión árabe de Hispania en 711, para la cual envió a su subordinado Táriq ibn Ziyad. Tras la derrota del rey Roderico en Guadalete y la entrada de Táriq en Toledo, desembarcó en territorio español con sus hijos y 18.000 hombres con intención de tomar el control de la conquista y extenderla a todo el territorio. La desconfianza del Califato de Damasco hizo que fuera depuesto en 714, quedando Abd al-Aziz al mando de Al Ándalus. Fue asesinado en 718.

Oppas: hermano del rey Witiza. Se cree que fue arzobispo de Sevilla. Las crónicas de la época lo implican en los hechos que dieron pie a la invasión árabe y a la traición de los witizanos al rey Roderico. Tuvo el control de Toledo tras la derrota del rey en Guadalete, y se le atribuye una política de persecución a los afines a este tras la misma.

Roderico (Rodrigo): rey visigodo (710?-711). Su reinado fue corto y violento, pues accedió al trono tras un alzamiento contra los familiares de Witiza que provocó una guerra civil. Tuvo que luchar además contra una rebelión de los vascones en Pamplona, durante la cual se produjo la invasión arabo-beréber de 711. Fue derrotado por estos en la Batalla de Guadalete (julio de 711) después de que las tropas de los hermanos de Witiza desertaran en plena batalla, según citan algunas fuentes hispanas y musulmanas. No se conoce con exactitud la fecha de su muerte, que unos sitúan en la misma batalla y otros, años después en Portugal.

Sisenando: rey visigodo (631-636). Se reveló contra Suintila y fue proclamado rey en 631.

Suintila: rey visigodo (621-631). A él se debe la unificación territorial de la península tras expulsar a los bizantinos, que aún ocupaban zonas del sureste peninsular. Su intento de convertir la monarquía en hereditaria provocó su caída a manos de Sisenando.

Suniefredo: noble visigodo que se rebeló contra el rey Égica en 692, llegando a ser nombrado rey en Toledo y a acuñar moneda con su nombre. Su gobierno solo duró unos meses al ser derrotada su conspiración por Égica.

Tarif ibn Malik: general beréber subordinado de Táriq ibn Ziyad. En julio de 710 desembarcó en Mellaria con 400 hombres, en su mayoría africanos, llevando a cabo diversas razias y saqueos por la zona. Posteriormente, el lugar pasaría a llamarse Tarifa en su honor. Se considera que esta incursión fue la precursora de la invasión árabe de 711.

Táriq ibn Ziyad: gobernador de Tánger, fue el general beréber que comandó la invasión árabe de Hispania en 711 por orden de Musa ibn Nusair. Con un ejército de 7.000 hombres desembarcó en Gibraltar, que pasaría a llamarse así en su honor (Montaña de Tariq, *Jab al-Tariq*), enfrentándose y derrotando a las fuerzas visigodas del rey Roderico en la Batalla de Guadalete. Desoyendo las órdenes de Musa, continuó la conquista hasta entrar en Toledo, lo que provocó su reprobación. Fue convocado a Damasco con este para rendir cuentas ante el Califa sobre la gestión de la conquista, constituyéndose en testigo para la acusación del valí. Murió en 722.

Teodomiro: *dux* de la Bética y/o la Cartaginense durante el fin del reinado visigodo. Fue un destacado militar que combatió tanto contra las tropas bizantinas del emperador Leoncio en el sudeste español como contra las incursiones africanas antes y durante la invasión árabe de 711. Las crónicas de la época ensalzan su figura y lo describen como noble y cultivado. En abril de 713 firmó en Orihuela el llamado Pacto de Teodomiro (Tudmir para los árabes) con Abd al-Aziz ibn Musa, en virtud del cual el visigodo se sometía al poder del Califato a cambio del gobierno del territorio pactado y de la salvaguarda de los derechos patrimoniales y religiosos de su población, estableciendo los tributos que los sometidos tenían que pagar al poder musulmán. Dicho territorio comprendía siete ciudades del sudeste peninsular (entre Murcia y Alicante) que pasó a llamarse Cora de Tudmir y disfrutó durante algunos años cierta independencia.

Ulyan: (también conocido como Julián u Olyan). *Comes* de Ceuta, participó activamente en la invasión árabe de 711, a pesar de su supuesta procedencia hispana. Las fuentes muestran contradicción en sus motivaciones, señalando unas su sometimiento a Musa ibn Nusair y otras su lealtad a la facción witizana en la contienda por la sucesión del trono a la muerte de Witiza.

Wamba (646-688): rey visigodo (672-680). Durante su reinado tuvo que sofocar diversas revueltas internas, como la del *dux* Paulo, de la Narbonense; y el intento de invasión de tropas del imperio bizantino y norteafricanas. Según se cree, fue derrocado bajo conjura: tras ser intoxicado, y temiendo estar a las puertas de la muerte, fue tonsurado y tomó el hábito de monje; hecho que le obligó por ley a renunciar a la corona, siendo elegido Ervigio como sucesor. Algunas fuentes, siglos después, señalan a este como uno de los instigadores de dicha intriga.

Witiza: rey visigodo (700-710?). Ejerció la corregencia con su padre, Égica, desde el año 700 hasta la muerte del monarca en

702/703. Su figura ha sido denostada o defendida dependiendo de las fuentes, que alaban su reinado o lo acusan de ser el causante de la perdida de Hispania. Su muerte prematura produjo un enfrentamiento entre sus familiares, que pretendían la sucesión del trono, y Don Roderico, que se alzó contra ellos proclamándose rey en 710. Algunas crónicas señalan que la entrada de los árabes en 711 se produjo por el llamamiento que hicieron los witizanos a Musa ibn Nusair, valí de África, para que les ayudara a recuperar el reino.

Índice topográfico

Para los topónimos se han elegido las formas documentadas recogidas en las monedas visigodas. Se usa la forma latina de aquellas que no aparecen en dichas fuentes.

Iulia Traducta: Algeciras (Cádiz)
Lacca: población desaparecida en las inmediaciones de Arcos de la Frontera, cerca del Río Guadalete
Lucentum: Alicante
Malaca: Málaga
Mariana: ciudad de paso de la Vía Augusta. Aún se desconoce el enclave, que estaría en la provincia de Ciudad Real
Mellaria: Tarifa (Cádiz)
Monte Solorio: Sierra Nevada
Mula: La Almagra (Murcia)
Narbona: Narbonne (Francia)
Pompaelo: Pamplona
Río Dauro: Río Darro
Río Síngilis: Río Genil
Río Tagus: Río Tajo
Río Thader: Río Segura
Sacunto: Sagunto (Valencia)
Septa: Ceuta
Sisapo: La Bienvenida (Ciudad Real)
Tingis: Tánger (Marruecos)
Toleto: Toledo
Valentia: Valencia

Sumario

Made in the USA
Las Vegas, NV
04 August 2021

27558164R00319